BASTEI
LÜBBE
TASCHENBUCH

Über den Autor:

Gianfranco Nerozzi, Jahrgang 1957, ist Autor zahlreicher Publikationen und lehrt »Thrilling« an einer Schreibwerkstatt in Bologna. In Italien wird er als Meister des Noir und Horror verehrt und ist als »Experte für die dunkle Seite der menschlichen Seele« ein beliebter Gast bei Literatur-Talkrunden im Fernsehen.

Gianfranco Nerozzi

TODESMASKE

Thriller

Aus dem Italienischen von
Birgitta Höpken

BASTEI
LÜBBE
TASCHENBUCH

BASTEI LÜBBE TASCHENBUCH
Band 16 610

1. Auflage: Januar 2012

Dieser Titel ist auch als E-Book erschienen

Vollständige Taschenbuchausgabe

Bastei Lübbe Taschenbuch in der Bastei Lübbe GmbH & Co. KG

Deutsche Erstausgabe

Titel der italienischen Originalausgabe: »Cerchio Muto«
Originalverlag: Casa Editrice Nord

Titelillustration: © plainpicture/Arcangel
Umschlaggestaltung: Manuela Städele
Satz: Urban SatzKonzept, Düsseldorf
Gesetzt aus der Garamond
Druck und Verarbeitung: GGP Media GmbH, Pößneck
Printed in Germany
ISBN 978-3-404-16610-7

»... DASS DU NICHT ERSCHRECKEN MÜSSEST
VOR DEM GRAUEN DER NACHT ...«

Psalmen, 91,5

Die Köpfe stehen nebeneinander aufgereiht auf dem Reliquiar und scheinen ins Nichts zu starren.

Der erste ist sehr klein, der Kopf eines Neugeborenen. Lässt man den Blick von links nach rechts wandern, erkennt man die grosse Ähnlichkeit der Köpfe und sieht, dass sie der Grösse nach aufgestellt sind.

Unmerkliche Vergrösserungen, Ausdruck für etwas, was in einem unsichtbaren, pulsierenden Rhythmus Stufe für Stufe die Zeit emporsteigt.

Bruchstückhafte Inkonsistenz eines verhexten Augenblicks, der nichts anderem Platz lässt.

Nicht der Freude und der Zärtlichkeit, nicht dem Himmel und der Welt.

Am Ende bleiben nur diese pupillenlosen Augen.

Blinde, in der tönernen Materie verlorene Augen.

Und all diese flirrenden Monitore im Hintergrund.

Der Kreislauf aus Schmerz und Wut.

Wegen dem, was war, und dem, was sein wird.

Erster Teil

Ausarbeitungen und Wegkreuzungen

»[...] jedes Jahr sterben etwa 1,2 Millionen Menschen weltweit an den Folgen eines Verkehrsunfalls. [...] Das sind im Durchschnitt 3 242 Menschen am Tag. Den Schätzungen nach tragen jedes Jahr zwischen 20 und 50 Millionen Menschen bleibende Schäden infolge eines Verkehrsunfalls davon.«

M. Peden, R. Scurfield, D. Sleet, D. Mohan,
A. A. Hyder, E. Jarawan und C. Mathers (Hrsg.),
World report on road traffic injury prevention,
World Health Organization, Genf, 2004, S. 33

»In Europa stellen Verkehrsunfälle ein gewichtiges Problem für die öffentliche Gesundheit dar. Etwa 127 000 Todesopfer und 2,4 Millionen Verletzte sind im Jahr zu beklagen [...]. Etwa ein Drittel der Unfallopfer ist zwischen 15 und 29 Jahre alt [...].«

F. Racioppi, L. Eriksson, C. Tingvall,
A. Villaveces (Hrsg.),
Preventing road traffic injury:
A public health perspective for Europe,
World Health Organization, Genf, 2004, S. 9

Sacrifice him, sacrifice her, sacrifice all!

Mastema, *Sacrifice*

I

Ausarbeitungen

1

Nachdem ihr Vater aufgehört hatte, sie zu filmen, und aus dem Zimmer gegangen war, vergrub Clorinda Mastri das Gesicht in den Händen. Noch immer auf dem Boden kniend, lauschte sie den letzten Takten von *Wish You Were Here*. Das Stück tauchte ihr Herz in Blau, die Farbe des Himmels und der Traurigkeit, die Farbe der Dinge, die vorübergehen und nicht mehr wiederkehren. Diese Liedzeile am Ende der letzten Strophe war so simpel und so passend.

Wish You Were Here.

Sie wünschte, es gäbe jemanden, an dem sie sich festhalten könnte, um nicht zu fallen.

Nur für einen Augenblick. Nur mit einem Lächeln.

Ich wünschte, du wärst hier, um mir atmen zu helfen.

Als das Stück zu Ende war, umfing sie eine plötzliche Stille, die ihr Angst machte.

Sie wartete. Worauf, wusste sie selbst nicht genau.

Sie verspürte ein Beben: einen Flügelschlag in der Stille.

Flap, flap, flap …

Bald war es so weit. Bald würde La Falena kommen und sie erlösen. Clori erwartete diese Ankunft voller Ungeduld, fürchtete sich aber gleichzeitig davor, zuhören und die Anweisungen befolgen zu müssen.

Jedes Mal, wenn diese Stimme sich vernehmen ließ, staunte Clori darüber, wie dünn und hoch sie doch war. Mit einem Klang, als kratze man mit dem Fingernagel über eine Tafel.

Sie nahm die Hände vom Gesicht und atmete mit geschlossenen Augen tief durch. Sie fragte sich, ob ihr Vater schon ins Bett gegangen war, denn vorhin, als er sie zur Musik von Pink Floyd aus dem CD-Player gefilmt hatte, war er von einer plötzlichen Müdigkeit übermannt worden.

Wie in jedem Jahr am Abend des 2. März – der Abend vor dem Tag, den sie mit leisem Grausen ihren Todesgeburtstag nannte – hatte er sie gezwungen, vor dem Bild ihrer Mutter niederzuknien. Es war ein Ölgemälde, das ihr Papa in jüngeren Jahren gemalt hatte.

Damals, als er noch ein wirrköpfiger Künstler ohne Geld in der Tasche gewesen war, glühend vor Fieber und Hass, hatte er die schönste Frau der Welt getroffen. Er hatte sie gebeten, für ihn Modell zu sitzen, und sie hatte sofort eingewilligt. Diese Begegnung war die Geburtsstunde eines eigenartigen Kunstwerks: eine nackte Frau inmitten eines rauschhaften Chaos aus verbogenen Autoblechen: *Santa Crash*. Eine Rhapsodie aus leuchtenden Farben und Transparenttönen, wahnhafte Durchbrüche durch das Dunkel. Während die Leinwand nach und nach hinter der Farbe verschwand, wurden Maler und Modell durch ein unsichtbares Band immer enger aneinandergefesselt. Gemeinsam erlebten sie den kreativen Rausch, als wären sie eins geworden. Zu einem einzigen Körper verschmolzen, füllten sie die Leere mit den widersprüchlichsten Formen. Danach hatten sie heftigen Sex miteinander, ein Konzert aus Stöhnen und Flüstern. So begann ihre Liebesgeschichte und endete in einer Nacht aus Regen und Blut im Benzingestank und unter dem ohrenbetäubenden Sirenengeheul der Rettungswagen.

Clorinda wurde geboren, Clorinda starb.

Nach dem Unfall kämpfte das Neugeborene in einem Inkubator um sein Leben und siegte schließlich über den Tod. Erneut in einem Kokon, dann wieder heraus.

Ihr Vater ließ das Kind auf denselben Namen wie die Mutter taufen. Clorinda.

So begann der Albtraum. Und wollte nicht enden.

Immer wieder und wieder.

Achtzehn lange Jahre gefangen in einem Käfig. Heranwachsen, nur um der Mutter immer ähnlicher zu werden.

Das Zelebrieren von Geburt und Tod: Clori tut Buße, während sie auf ihren Geburtstag wartet, sie betet vor einer bemalten Leinwand, und ihr Vater filmt sie, wobei der Sound von *Wish You Were Here* den Raum erfüllt.

Auf Knien, während sie mit den Tränen kämpft, wird die Angst immer größer und schnürt ihr die Luft ab. So starrt sie auf das Bild, die Augen weit aufgerissen. Das Gesicht von Santa Crash. Wie in einem Spiegel.

Wie ähnlich du ihr doch bist, süße Babyclori!

Aber … ich bin ich …

Du wirst ihr immer ähnlicher, weißt du das?

Was glaubst du denn, ich … ich bin.

Nein, du bist nicht, du musst tun, was ich dir sage …

Groß werden, eine Frau werden. Und mir meine verlorene Liebe zurückbringen.

An diesem Tag, dem letzten ihres achtzehnten Lebensjahrs, hatte sie noch einmal eingewilligt, sich diesem absurden Erinnerungsritual zu unterwerfen. In Gedanken bereits beim morgigen Höhepunkt der Zeremonie: wenn ihr Vater sie feiern würde, indem er einen Gipsabdruck von ihrem Gesicht nahm, um daraus eine neue Maske für *La Cicogna* zu formen. Ein weiterer Schritt auf dem Weg zur Vollendung seines Kunstwerks, das er so nannte, Symbol der Wiedergeburt und der absoluten Reue.

Falte die Hände. Bete, Kind. Bitte um Vergebung.

Aber ich habe doch gar nichts damit zu tun, ich bin doch gar nicht schuld.

Ich wollte doch nur atmen.

Und diese Musik, immer diese Musik.

Dieses Mal war sie nicht sicher gewesen, ob sie bis zum Ende des Stücks durchhalten würde, ohne zu ersticken, denn ihre Lunge war wie verklebt vor Verzweiflung. Sie hatte die Zähne zusammengebissen und gebetet, dass das Schlafmittel, das sie ihrem Vater ins Abendessen gemischt hatte, endlich Wirkung zeigte.

Erst als das Stück sich seinem Ende zuneigte, überkam ihn eine plötzliche Schläfrigkeit.

»Ich weiß gar nicht, was mit mir los ist, mein Kind. Ich kann kaum noch die Augen offen halten.«

Er filmte jedoch weiter, zoomte auf ihr Gesicht, um gänzlich zu rauben, was er ihr rauben musste: die Schönheit ihrer Züge, die hellen, samtigen Augen. Er wartete, bis sie den rituellen Satz gesagt hatte: »Gute Nacht, schlaf gut, träum was Schönes, Papa.« Dann küsste er sie, wie immer länger als nötig, auf die Lippen und kündigte an, dass er nun ins Bett ginge, denn er sei todmüde. »Es tut mir leid, meine Kleine. Ich lasse dich ungern ausgerechnet heute Abend allein«, sagte er und verzog die Lippen zu einem angestrengten Lächeln. »Doch ich muss mich sofort hinlegen, ich kann mich kaum noch auf den Beinen halten.«

Immer noch mit der Videokamera vor der Brust, die er wie eine Waffe auf sie gerichtet hatte, stieß er die Tür mit dem Gesäß auf und verließ rückwärtsgehend den Raum. Er trug das Haar lang, und sein Bart war von grauen Fäden durchzogen. Dann warf er ihr aus seinen leeren Augen, die durchsichtig schienen wie schmutziges Glas, einen seiner gewohnten unschuldig-grausamen Blicke zu und verschwand im Flur.

Die Tür fiel ins Schloss.

Sie fühlte sich allein und verlassen vor dem Bild ihrer Mutter. Sie rang nach Luft, während das Musikstück zu Ende ging.

Ich wünschte, du wärst hier, ich wünschte, du wärst nirgends.

Ich möchte leben, ohne zittern zu müssen. Wenigstens ein Mal für einen Moment lang glücklich sein.

Augen zu, Augen auf. Die Lungenbläschen verkrampfen, die Luft kommt nicht mehr hindurch, wie sie sollte. Aufspringen, die Hand nach dem Asthmaspray ausstrecken, das Mundstück zwischen die Lippen stecken, den Knopf auf der Oberseite drücken und den Sprühstoß tief inhalieren. Um nicht zu ersticken.

Heftig atmend legte Clori das Ventolin-Spray auf das Kissen, dann sah sie sich um. In diesem Zimmer war alles keimfrei und ordentlich, keine Poster an den Wänden, nichts. Nur das Bett, das mit Büchern vollgestopfte Regal, der 24-Zoll-LCD-Fernseher und der Computer auf dem Schreibtisch aus weiß lackiertem Holz. Durch die Fensterfront, die fast so breit wie das Zimmer war, konnte man in der Ferne das nächtliche Panorama der Stadt sehen. Ordentlich im Dunkeln verteilte Lichtpunkte.

Zeugnisse einer Welt jenseits der Fernsehsendungen, die sie tagtäglich über Stunden verfolgte. Eine Welt mit Menschen, die nicht nur Avatare im Chat waren, nicht nur elektronische Stimmen, Bilder oder Worte auf einem Monitor.

Menschen aus Fleisch und Blut, die sich bewegen …

Ihre Aufgabe war es jetzt, zu diesen Lichtern zu gehen, den Mut zu finden, es wirklich zu tun.

Allein schaffte sie das aber nicht.

Schon seit Monaten bereitete sie ihre Flucht vor. Im Internet hatte sie alles bestellt, was sie für ihre Verwandlung brauchte, hatte die wichtigsten Ausdrücke, die Redewendungen, die Sprache gelernt.

Und jetzt, da der Zeitpunkt gekommen war, fühlte sie sich wie in einem Strudel, unfähig zu handeln, nach Luft schnappend.

Clori schloss die Augen und versuchte herauszufinden, wo

sich ihr kleiner Zwilling mit den schwarzen Flügeln verkrochen hatte.

Wo bist du? Sag doch!

In der darauffolgenden Stille wuchs ihre Angst, ihr Herz begann zu rasen, und sie hatte einen ekelhaften metallischen Geschmack im Mund.

La Falena durfte sie jetzt nicht verlassen.

Melde dich doch, mein kleiner schwarzer Falter.

Braut der Nacht, Königin der absoluten Finsternis.

La Falena war ihre dunkle Hälfte, das Alter Ego ihres Herzens. Die Stimme ihres Zorns und ihrer Wünsche.

Immer war alles so schwierig, erschreckend, kompliziert.

Was soll ich jetzt tun? Sag doch!, fragte sie ins Nichts hinein.

La Falena schlug mit den Flügeln.

Flap.

Ein unentschlossener Flügelschlag in der stummen Luft.

Zu schwach, zu weit entfernt.

Clori gab dem an der Wand lehnenden Bild einen zornigen Stoß, sodass es umkippte und mit einem dumpfen Geräusch auf dem Boden aufschlug.

Das Bild von Santa Crash war nun nicht mehr zu sehen, nicht mehr wahrzunehmen. Es störte die Übermittlung nicht mehr.

Clori konzentrierte sich. Sie gab alles, spannte die Bauchmuskeln an und blähte den Hals, als müsse sie sich übergeben. Sie hatte Tränen in den Augen und ballte die Fäuste.

Flap, flap.

So lange, bis es ihr gelang, weitere Flügelschläge aus ihrem Innern hervorzubringen.

Flap, flap.

Der Falter ihres Herzens kam näher. Dunkle, liebe Zwillingsschwester.

Immer näher.

Jetzt mach schon. Du musst los. Du hast keine Zeit mehr.
Ein kaum hörbares Wispern. In ihrem Kopf.
Los mach schon. Du musst los …

2

Samstagabend. Beschissen wie immer.

Vor allem hier in der Bar Fly del Greco in Sasso Marconi City, wo man sich zum Trinken und Rauchen traf.

Hinterzimmer, Zugang nur für die Clique.

Kippen im Mundwinkel, kettenbehängte schwarze Klamotten. Rauchschwaden. Ein antiquarischer, mit grünem Tuch bespannter Billardtisch. Alte Filmposter an den Wänden. Im Hintergrund *In The End* von Linkin Park. Die Musik ist perfekt, der Sound klingt allerdings gequetscht, die ausgelutschten Boxen schnarren, und die Bässe sind verzerrt. Diskussionen über Motoren, geile Motorräder, Autos und Pferdestärken.

Marke, Modell, Hubraum.

»Obenliegende Ventile, acht Zylinder, sechzehn Zylinder, V-Motor, vergiss es. Hundert Zylinder, leck mich am Arsch.«

»Schiere Power, voll verchromt, und die Scheinwerfer machen *piep*.«

»Hast du schon das Grinsen vom neuen Porsche gesehen?«

»Ja, aber der Aston Martin ist geiler.«

»Ja, klar! Und du heißt Bond, oder was?«

»Aber wie der Roadmaster auf der Straße liegt, das macht so schnell keiner nach.«

»Nichts geht über ’nen GT. Mit dem kriegen die Bullen dich nie.«

All das Geblubbere in der dicken Luft, wo es nach Gras und Bier stinkt.

Franco Negronero saß ein wenig abseits, ohne sich an der sinnentleerten Unterhaltung zu beteiligen. Er sog unentwegt an seiner Zigarette und fragte sich, warum seine Freundin nicht kam. Nicht dass er besonderen Wert darauf legte. Hätte er die Wahl gehabt, würde er sie an diesem Abend lieber nicht zwischen den Füßen haben. Er hatte vor, ein illegales Autorennen zu fahren, um ein bisschen Kohle zu machen, da hatte er lieber seine Ruhe. Doch allein die Tatsache, dass sie sich noch nicht gemeldet hatte, brachte ihn auf hundertachtzig. Kein Anruf, um sich für die Verspätung zu entschuldigen, nicht einmal eine SMS. Sie hatte gesagt, dass sie später mit ihrem eigenen Auto nachkommen würde, weil es ihr wichtig sei, dabei zu sein, aber vorher müsse sie noch ins Fitnessstudio, und dann hatte sie noch einen Termin im Kosmetiksalon bei der Kirche zur Heiligen Jungfrau. *Arme Irre.* Vielleicht war ihr die Zeit beim Enthaaren ihrer Möse davongelaufen. Oder sie war unter dem Solarium eingeschlafen, denn wenn sie sich nicht jeden zweiten Tag mit UV-Strahlen beschießen ließe, bekäme sie überall Pickel, *wenn du wüsstest, amore mio …*

Es war ihr einen Scheißdreck wichtig!

Franco versuchte, nicht dauernd auf die Uhr zu gucken und starrte stattdessen seine *compañeros* mit finsteren Blicken an.

»Ja, aber ein Tempomat ist doch was für Schwuchteln, für verfluchte Homos. Ich will spüren, wie der Turbo unter meinem Arsch zündet, und statt einem Lenkrad will ich eine zischende Schlange in den Händen halten.«

»Was hast du dir denn reingezogen, *amigo*?«

»Automatische Direktübertragung ins Blut, und wie automatisch, willst du sehen?«

Die Sätze drangen nur bruchstückhaft zu ihm durch, wie ein groteskes Klangpuzzle.

»Und, was sagst du zu dem neuen FX? Der ist zwar arschteuer, aber wenn du ihn richtig tunst, dann brauchst du das

Gaspedal nur zu berühren, und ab geht die Post. Mit dem hängst du sie alle ab.«

»Du willst dir doch nicht etwa einen kleinen Ferrari zulegen?«

»Aha, na dann ist bei dir wohl endgültig ein Rad ab, ich werde dich Bond nennen oder Miami Vice! Kannst du mir vielleicht auch noch sagen, wer den Schotter für die ganzen Geschosse hat?«

»Okay, okay. Aber habt ihr gesehen, wie ich meine Kiste hergerichtet habe?«

»Ja, Mensch, abgefahren!«

»Eidechsengrün, Weißwandreifen, abgesenktes Chassis, eine Mega-Puppen-Hi-Fi-Anlage mit 250 Watt, ich brech zusammen.«

Fremde Gesichter im Schummerlicht. Die Lippen bewegen sich ohne Unterlass. Zerfallene Gesichtszüge, die sich dem Blick entziehen wollen.

Jetzt erkannte Franco keinen mehr von ihnen, alle kamen sie ihm fremd vor. Leute, die er noch nie in seinem Leben gesehen hatte.

Er wusste eigentlich gar nicht, warum er so hartnäckig mit ihnen rumhing. Sie hatten sich in Wahrheit nichts mehr zu sagen, abgesehen von dem ganzen Labern über Autos und Tussis und Mist bauen. An manchen Abenden hatte er einfach nur Lust, sie alle zusammenzuschlagen. In diese blassen Gesichter zu treten, mit den rot unterlaufenen Augen wegen der zu hohen Konzentration von Einsamkeit im Blut. Die meisten von ihnen waren schon morgens um zehn breit, und jetzt, um elf Uhr abends, hatte sich jeder von ihnen mindestens schon zwei Pillen Mixtura, auch *Kicks* genannt, eingeworfen. Alles Papasöhnchen, mit dem Arsch voller Geld und immer einem Fluch auf den Lippen. Sich vollzupinkeln und zu kotzen war eins. Sich zuzudröhnen war ihre Religion.

Ich bitte dich, lieber Gott, lass mich an nichts mehr denken, denn ich fühle mich so leer.

Franco verstand sie ja im Grunde. Doch er machte nicht mit. Nicht mehr. Seine Alkoholphase hatte er hinter sich, und Kicks hatte er nie probiert. Kein Mixtura, kein Ecstasy, kein Speed, überhaupt keine Scheißpillen. Er brauchte das Zeug nicht, um hin und wieder träumen zu können. Das konnte er auch ohne. Seine Träume waren zwar manchmal zum Kotzen, aber das war etwas ganz anderes.

Die Nebenwirkung war, dass er am liebsten die ganze Welt um sich herum verprügeln würde.

Früher einmal hatte er Karate gemacht, um zu lernen, seine Fäuste zu kontrollieren. Doch dann war alles anders geworden.

Als er das erste Mal zum Training ging, war er neun gewesen. Fest an die Hand seines Vaters geklammert, hatte er sich umgesehen und voller Staunen die Spiegel an den Wänden und den glänzenden Holzboden betrachtet. Ein leichter Schweißgeruch und der Duft von Räucherharz und Nelkenöl lagen in der Luft. Bereits drei Jahre später hatte er den schwarzen Gürtel. Manch einer hielt ihn für ein großes Talent.

Der Vater wurde mit Komplimenten für seinen Sohn überhäuft.

»Dein Sohn hat wirklich was drauf, na ja, ganz klar, woher er das hat.«

»Dein Sohn wird seinen Weg schon gehen. Hauptsache, er wird kein Polizist, so wie du.«

»Dein Sohn …«

Nach dem Tod seines Vaters hatte er einige Jahre lang nicht mehr trainiert. Dann versuchte er es noch einmal, meldete sich wieder an, als er neunzehn wurde, doch es war nicht von Dauer.

Ein unstillbarer Zorn gärte in ihm. Er hatte sich nicht im Griff und tat allen weh.

Eines Abends nahm ihn ein Meister mit schwarzem Gürtel sechster Dan, der den erkrankten Sensei vertrat, beiseite und meinte: »Warum schlägst du mich nicht, wo du doch so gut bist?« Franco ließ sich das nicht zweimal sagen und ging auf den Mann los. Die Schläge hagelten nieder, ohne Erbarmen, bis er den Mann schließlich mit gebrochener Nase und ausgeschlagenen Zähnen, die wie Kiesel auf der Tatamimatte verstreut lagen, auf den Boden schickte.

Danach verließ er die Sporthalle in der Absicht, nie wieder zurückzukehren.

Einige Wochen später, als Franco gerade in Bazzano auf dem Parkplatz einer Diskothek namens Il Tempio mit einem scharfen Girl im Schlepptau ins Auto steigen wollte, stand plötzlich wie durch ein Wunder der Sensei vor ihm. Der Meister sah ihm geradewegs in die Augen und sagte ganz ruhig: »Du hast das Gedenken deines Vaters entehrt.«

Worte aus einer anderen Zeit, wie aus einem Film. Franco war im tiefsten Innern getroffen, und Tränen, die wie Messerstiche brannten, liefen ihm über sein zu einer Grimasse verzerrtes Gesicht. Ein heißes Gefühl ballte sich in seinem Bauch zusammen, und er war kurz davor, sich auf den winzigen alten Mann mit den Mandelaugen zu stürzen und ihn zu verprügeln. Doch er hielt sich zurück. Er konnte diesem Mann, der versucht hatte, ihm die Regeln des Kampfes und den Kodex des Kämpfers beizubringen, nichts tun.

So viele Jahre hatte er die richtigen Karatestellungen geübt und an seiner inneren Haltung gearbeitet, um ein besserer Mensch zu werden. Er hatte es genossen, mit dem Vater zum Training zu gehen, es war schön gewesen, so aufzuwachsen. Mit ihm zusammen zu sein und diese Leidenschaft und diese Gefühle zu teilen. Zu lernen, wie man die Schreie in Schläge umsetzt, Schläge, präzise wie Atemzüge. Dann war geschehen, was geschehen war, und alles hatte sich in Schmerz aufgelöst. Geblieben waren der Zorn und das Gefühl von Leere.

An jenem Abend war der Sensei in der Absicht zu ihm gekommen, ihn zurückzuholen. Nachdem er diesen schrecklichen, bitteren Satz ausgesprochen hatte, streckte er Franco die Hand hin. Wie um ihm etwas zu geben, woran er sich festklammern konnte, damit er nicht noch tiefer fiele. »Du hast noch Zeit, es wiedergutzumachen«, sagte der Meister mit seiner tiefen und ruhigen Stimme.

Franco versuchte sich an einem verächtlichen Blick, der ihm allerdings misslang, also wandte er sich ab.

Er ließ den Sensei mit ausgestreckter Hand mitten auf der Straße stehen und beeilte sich, diese ernsten Augen rasch hinter sich zu lassen. Er ging weg, die kichernde Tussi am Arm, die immer wieder fragte: »Was war denn das für einer, hey, wer war das denn?«

Niemand. Das war niemand.

Franco überwand den Impuls, sie zu erwürgen, und ließ sie ins Auto steigen. Im Industriegebiet von Zola Predosa fuhr er dann auf einen Parkplatz, klappte die Sitze nach hinten und nahm sie brutal und zornig. Er stieß sie so heftig, dass das Kondom platzte und sie in Tränen ausbrach. Am Ende kam er nicht einmal und *leck mich doch am Arsch, hör sofort auf zu flennen, blöde Kuh*.

Im folgenden Jahr starb der Sensei an einem Herzinfarkt. Als Franco davon erfuhr, ging er zum Friedhof, den zusammengerollten schwarzen Gürtel im Rucksack. Am Grab bat er mit brechender Stimme um Verzeihung und kämpfte den Wunsch nieder, zu schreien, einen Kiai auszustoßen, um dem Meister seine Ehre zu erweisen. Dann holte er den Gürtel aus dem Rucksack und legte ihn neben eine Vase mit Chrysanthemen.

Eine lächerliche Szene.

Mit Tränen in den Augen hatte er hinauf in den Himmel geblickt, hatte geflucht und die Fäuste in den Taschen seiner schwarzen Lederjacke mit den klirrenden Silberketten geballt.

Ferne Erinnerungen. Gegenwärtige Erinnerungen.

Franco fragte sich, warum ihm ausgerechnet an diesem Abend sein Karatemeister wieder eingefallen war. Hier mitten unter seinen Kumpel, mitten im Nichts, den Metal-Rap von Linkin Park im Ohr, die grölten, dies sei das Ende, darauf wartend, dass Maria sich herabließ, endlich zu erscheinen.

»He, Franz, du siehst aus, als wärst du auf einer Beerdigung?«

Die schrille Stimme, die plötzlich in seinem Ohr war, ließ ihn zusammenfahren. Er wandte sich dem Jungen zu, der rechts neben ihm saß: ein Emo, an dessen Namen er sich nicht mehr erinnern konnte. Giorgi, Gorni, irgend so was … Er sah ihn fragend an. »Was?«

»Immer mit so einer langen Fresse … Außerdem kriege ich Kopfweh, wenn du da so stumm rumhockst.«

»Was redest du da eigentlich für einen Scheiß!«, sagte Franco ganz ruhig und drückte seine Kippe in dem übervollen Aschenbecher aus, der am Rand des Tisches stand.

Der andere ordnete seine Stirnfransen, bevor er weitersprach, strich sie glatt, schob sie zurück, immer wieder, bis sie genau richtig über Augenbrauen und Wange fielen bis hinunter zum Kinn. Auf seinen Unterarmen waren einige gekreuzte weiße Linien zu sehen, alte Narben, wo er sich geritzt hatte. »Ich sagte, dass du viel zu finster drauf bist. Deiner Freundin stinkt das bestimmt auch schon, und sie hat sich für heute Abend was Besseres gesucht, ein lustigere Gesellschaft.« Dabei spitzte er die Lippen zum Kuss und machte eine schmeichelnde Geste.

Franco ließ seinen Blick von den gekreuzten Narben weiter zu der Rolex Daytona am Handgelenk des Typen gleiten und spürte, wie sein Magen sich zusammenzog, ein kleines, aber unangenehmes Zwicken. Er sah hoch und zielte direkte auf das Gesicht des Emo, an dessen Namen er sich nicht mehr erinnerte, und dachte, dass Typen wie der ihm wirklich mächtig auf die Eier gingen, gelangweilte Geldsäcke, die nur jammerten, dass die Welt Scheiße ist, sich mit Tabletten vollpumpten und, wenn sie allzu sehr am Rad drehten, zu Rasierklingen griffen, um sich ein bisschen zu ritzen. Sie fügten sich selbst Schmerz zu, um sich lebendig zu fühlen. Und so einer, so ein Anhänger des Blutkultes, wagte es, ihn zu kritisieren, weil er ein finsteres Gesicht machte.

»Na, hat es dir die Sprache verschlagen, schwarzer Franz?«

Scheiß-Emo.

Franco konnte sich nicht mehr zurückhalten und ließ den Arm nach vorn schießen, fast schon im Reflex. Seine Faust traf den Nervsack mitten ins Gesicht, und das Nasenbein brach deutlich hörbar. »Nein, es hat mir nicht die Sprache verschlagen, aber dir hat es jetzt die Nase zerschlagen, *amigo*.«

Der Emo klappte zusammen wie ein Taschenmesser. Das Blut sprudelte und lief über sein mausgraues T-Shirt, über die Servietten und sogar in die Terracotta-Schalen mit den Erdnüssen auf dem Tisch.

Der Grieche, der gerade die Bestellungen aufnehmen wollte, groß und dick mit herabhängenden Schnurrbartenden, mischte sich ein: »Franz, du Vollidiot, war das wirklich nötig?«

»Nein, nicht unbedingt, ist mir aber trotzdem scheißegal.« Mit ruhiger Stimme. »Sonst noch was?«

»Nein, wie kommst du darauf? Schlag doch die Nase ein, wem du willst. Tu einfach so, als wärst du hier zu Hause. Arschloch.«

Franco lächelte, dann nahm er eine Serviette vom Tisch, um

dem nervenden Emo zu helfen, sein Nasenbluten zu stillen. »Es tut mir leid. Ich habe die Nerven verloren«, versuchte er, sich zu entschuldigen.

Der andere wandte sich mit einer brüsken Bewegung ab. »Ach, leck mich doch am Arsch«, sagte er.

Jetzt musste der Typ sich doch gigantisch lebendig fühlen. Bei dem vielen Blut. Franco sah ihn an und lächelte weiter. Es fiel ihm zunehmend schwer, mit dieser Wut zu leben, die sein Inneres zerfraß. An manchen Tagen hatte er das Bedürfnis, die ganze Welt herauszufordern, zu einem Kampf auf Leben und Tod.

Los, komm her, du verfluchte Scheißwelt. Damit ich es dir austreiben kann, immerzu da zu sein und mich jeden lieben langen Tag zu ersticken.

Die anderen aus der Clique saßen am Tisch hinter ihren riesigen Biergläsern mit gigantischen Schaumbergen und starrten ihn an, als habe er den Verstand verloren.

Was gibt's denn da zu glotzen? Habt ihr noch nie 'nen Typen mit 'nem dicken Hals gesehen?

Franco knüllte die Serviette, die er der Nervensäge hingehalten hatte, zusammen und warf sie auf den Tisch, wo sie auf die Kante zurollte und schließlich auf den Boden fiel. Er beobachtete sie dabei, als wäre sie das Interessanteste auf der Welt. Ein zerknülltes Stück Papier neben einem Stiefel mit Metallspitze, der den Takt von Linkin Park mitklopfte.

Los, mach schon. Du hast nicht mehr viel Zeit.

Ein kaum hörbares Wispern in seinem Kopf.

Los, mach schon …

3

Ja, ich mach ja schon.

Clorinda holte tief Luft und beschloss, das Zimmer zu verlassen.

Einen Fuß vor den anderen, erst rechts, dann links. Sorgfältig die Stellen aussuchen, auf die sie die Füße setzte, um nicht zu fallen.

Sie tastete sich in der Finsternis durch den Flur. Vor dem Zimmer ihres Vaters versuchte sie, ganz besonders leise zu sein.

Jeder gewonnene Meter ein Aufatmen der Erleichterung. Weil sie noch nicht gefallen war. Weil sie im Dunkeln noch nichts verloren hatte.

An all jenen Orten, die sie zu erreichen versuchte.

Obwohl …

Es gibt aber keinen Ort mehr zum Bleiben oder Hingehen.

Keinen Ort mehr for you.

Babyclori! Denn ganz genau das bist du.

Unten angekommen, ging sie in die Küche. Dort holte sie den Eiswürfelbehälter aus dem Gefrierfach und drückte die Eiswürfel in die rosafarbene Keramiktasse, aus der sie morgens ihren Kaffee trank. Während sie sich wieder auf den Weg zurück nach oben machte, warf sie einen Blick auf die Tür, die nach unten zu den ehemaligen Vorratskellern führte. Papa Saverio hatte sich dort verschiedene Ateliers eingerichtet, in denen er seinen diversen künstlerischen Aktivitäten nachging. Dort war Clori überhaupt nicht gerne, schon als kleines Mädchen hatte sie sie gemieden, wann immer es möglich war. Nur an ihrem Geburtstag, wenn der Vater den Abdruck von ihrem Gesicht für die Maske nahm, zwang sie sich hinunter. Dort unten führte ein Labyrinth von Gängen mit feuchten, kalkverkrusteten Wänden zu großen Räumen, die verschiedensten Zwecken dienten: das Bildhauer- und Maleratelier, der Schmelzraum mit den Brennöfen für den Ton ... Überall Computer, Verbindungen und Reproduktionsapparate. Ihr Vater war ein vielseitiger Künstler und arbeitete in den unterschiedlichsten Bereichen, von Grafik bis hin zu Spezialeffekten für Kinofilme. Seine Werke wurden in der ganzen Welt geschätzt. Die Skulpturen und Bilder waren stets von einer mystischen Aura umgeben, was ihm den Spitznamen »Schamanenkünstler« eingetragen hatte. *Schamane*. Eine Bezeichnung, die Clori immer beunruhigt hatte. Schamane: Das machte Angst.

Dort unten, in den dunklen Höhlen, in denen er seine Werke schuf, herrschte immer eine bedrohliche Atmosphäre.

Als wären seine Schöpfungen in der Lage, das tiefste Innere eines Menschen zu manipulieren. Als könnten sie dich verändern, neue Schatten in deinem Herzen hervorrufen.

Das Kunstwerk, das er La Cicogna – Der Storch – nannte, befand sich ganz hinten im letzten Raum. Clori schauderte, wenn sie an das Reliquiar dachte, in dem ihr Vater alle im Laufe der Jahre gesammelten Heiligtümer aufbewahrte: ihre Milchzähne, die sich dort wie Flussperlen angesammelt hatten, Dutzende von Säckchen mit abgeschnittenen Haaren, alle fein säuberlich mit Datum und Uhrzeit beschriftet, ihre abgelegten Kleider, Schuhe ... Die ganze Wand war mit Monitoren bedeckt, die an den Computer angeschlossen waren und auf denen hintereinandergeschaltete Videobilder Szenen des vergangenen Lebens zeigten: *Die weinende Clori, die lachende Clori, die winkende Clori. Die kleine Clori. Die größere Clori. Clori, Clori, Clori ...*

Unendlich viele Filmsequenzen, die verschiedensten Augenblicke, einige unbemerkte Schnappschüsse. Die meisten Bilder jedoch zeigten sie schlafend, als sollten ihr die Träume gestohlen werden. Jedes Jahr kamen neue Montagen, neue Bilderfolgen hinzu.

Die Aufnahmen von den Gebeten an Santa Crash nahmen den kompletten Bereich in der Mitte ein und bildeten gewissermaßen die Nervatur der Installation. Sie schufen einen Rahmen um die siebzehn Clori-Köpfe. Ihr Gesicht, das immer größer wurde, erstarrt in den Masken auf den Polystyrol-Köpfen der Puppenbüsten.

Sie wusste nicht, warum ihr Vater an diesem Kunstwerk arbeitete, sie wusste nur, dass ihr davor graute.

Es war, als habe er ihr einen Teil der Seele gestohlen, als würde er sie ganz allmählich auslöschen.

Zu alldem hatte La Falena ihre Meinung gesagt.

Er tut das, weil er verhindern will, dass du wegfliegst.

So hält er dich unten. So raubt er dir deine Lebensenergie, die er dann trinkt, in sich aufnimmt, seinem eigenen Blutkreislauf zuführt.

Zum Glück bin ich jetzt hier und kann dein Herz wieder in Gang bringen. Ich schüttle es wie eine Uhr, die stehen geblieben ist, so lange, bis das Uhrwerk wieder anläuft und die Zeiger sich wieder in Bewegung setzen.

Clori streckte eine Hand aus und strich über das Holz der Tür.

Sie verspürte ein leichtes Vibrieren, als würde sie an einen Kühlschrank fassen.

Dann ein Rascheln, gefolgt von einem tiefen und gurgelnden Knurren.

Los, mach schon, Clori. Du musst dich beeilen, das habe ich dir schon einmal gesagt.

Clori unterdrückte einen Aufschrei, machte einen Schritt zurück und presste sich die Tasse mit dem Eis gegen die Brust. Dann drehte sie sich um und ging wieder die Treppe hinauf.

Wieder auf Zehenspitzen am Zimmer des Vaters vorbei.

Angesichts der Dosis Schlafmittel, die sie ihm in sein Abendessen gemischt hatte, musste er mittlerweile schlafen wie ein Stein.

Clori legte ganz vorsichtig ein Ohr an die Tür, das Herz schlug ihr bis zum Hals. Sie lauschte, ob aus dem Zimmer irgendwelche Geräusche kamen, aber es war nichts zu hören.

Bestimmt ist ihm etwas passiert, dachte sie voller Angst. Sie überlegte, sich ins Zimmer zu schleichen, um nachzusehen, ob alles in Ordnung war, doch sie hielt sich zurück.

Du musst ruhig bleiben, deine Atmung kontrollieren, dir muss alles egal sein.

Immer noch mit dem Ohr an der Tür.

Lauschte sie aufmerksamer.

Fast nicht zu hören, ein gedämpftes Grunzen, das Schnarchen ihres Vaters.

Gott sei Dank, dachte Clori, während sie den plötzlichen Impuls unterdrückte, die Tür zu öffnen und zu ihm unter die Decke zu kriechen, um sich ein wenig in den Arm nehmen zu lassen.

So wie damals, als sie noch klein war.

So wie damals, als sie aufgewacht war, noch in den Fängen eines schrecklichen Albtraums, und er mit ihr das Kokon-Spiel gespielt hatte.

Das ist grauenvoll, nicht wahr?

Im Traum ist sie in einer Blase aus Fleisch und Blut eingeschlossen und bekommt keine Luft mehr. Ihre Lungen sind mit undefinierbaren Flüssigkeiten gefüllt, und sie ist kurz davor zu ersticken. Mit den Fingernägeln gräbt sie sich ein Loch, zerreißt Gewebe und Knorpel, bis sie endlich den Kopf ins Freie strecken kann. Gierig saugt sie die Luft ein und blickt plötzlich in die Reptilienaugen von Santa Crash, die lächelt und sagt: *Du hast mein Gesicht, Babyclori …*

Gib es mir wieder.

Mit Krallen versehene Klauen strecken sich aus dem Nichts nach ihr aus, um ihr die Gesichtszüge herunterzureißen.

Clori war schreiend aufgewacht, ihr Vater war schon da, neben dem Bett, die Videokamera im Anschlag.

»Was hast du geträumt? Erzähl es mir«, forderte er sie besorgt auf.

Sie brachte kein Wort hervor, sondern blickte nur mit schreckensweit aufgerissenen Augen und vor Angst zitternd um sich. Sie war in ihrem Zimmer, ihre Lunge war frei, sie konnte atmen. Doch sie fühlte immer noch diese Bedrohung und war sich nicht sicher, dass sie wirklich wach war.

Papa Saverio sah sie an, nickte mit einem leisen Lächeln, als habe er endlich etwas äußerst Wichtiges begriffen. Er legte die Videokamera auf den Nachttisch, dann legte er sich neben seine Tochter, sodass sie sich fest an ihn drücken konnte. Vereintes Fleisch, verschmolzen in der Wärme, von einer sanften Zärtlichkeit erfüllt.

In diesem Moment hatte sie sich beschützt gefühlt, innen und außen. Endlich in Sicherheit. In einem Kokon, der alle Albträume der Welt aussperrte.

Lange lagen sie so, ihre Herzschläge dicht beieinander. Dann rief ihr Vater plötzlich ohne Ankündigung »Krack!« und schob sie gewaltsam von sich.

Der Kokon war zerrissen, und sie fühlte sich nackt und ausgesetzt. Schauer liefen über ihre Haut, ihre zarten Knochen, ihr schwaches Herz. Mehr als alles in der Welt hatte sie sich gewünscht, dass er sie wieder umarmen würde.

Doch ihr Vater hob die Arme zur Seite und sagte: »Jetzt schlag mit den Flügeln!«

Clori sah ihn fassungslos an, und er wiederholte die Aufforderung, rief, während er wieder die Videokamera auf sie richtete, um sie aufzunehmen: »Schlag mit den Flügeln, habe ich gesagt!«

Schlag mit den Flügeln …

Clori gehorchte, stand auf und begann, die Arme auf und ab zu bewegen, immer schneller, immer schneller.

»Schlag mit den Flügeln, meine Kleine. Wenn der Kokon zerreißt, hast du keine andere Wahl.«

Und sie bewegte immer weiter die Arme auf und ab, immer schneller, immer weiter. Bis ihre Schultermuskulatur schmerzhaft protestierte. Sie brach in Schluchzen aus und fiel zitternd vor Erschöpfung aufs Bett.

Ihr Vater nahm die Videokamera herunter, kam zum Bett und zwang sie, den Kopf zu heben. Mit der Fingerspitze trocknete er ihre Tränen, dann sah er sie lange an. Clori versuchte, diesem Blick standzuhalten, doch sie war zu klein, zu schutzlos, zu müde.

Schließlich hatte er sich vorgebeugt, bis seine Lippen ihr Ohr berührten, und geflüstert: »Das ist grauenvoll, nicht wahr?«

Clori war zitternd liegen geblieben, und die süßen und grausamen Worte hallten in ihrem Kopf wider.

Das ist grauenvoll, nicht wahr?

Clorinda blähte die Nasenflügel und sog ein klein wenig Luft in die Lunge, nur so viel, wie sie brauchte, um nicht zu ersticken. Mehr nicht.

Und sie glaubte, den Geruch ihres Vaters zu wahrzunehmen, ölige Fasern in der Luft, die sich zu ihr ausstreckten, in sie eindrangen und sie mit einer Mischung aus altem Schweiß und seinem Rasierwasser durchtränkten, ekelhaft und tröstlich zugleich.

Ein Quietschen ließ sie zusammenfahren.

Dann folgte ein dumpfes Geräusch wie von Schritten.

Das ist bestimmt mein Vater, der aufgestanden ist und jetzt auf bloßen Füßen zur Tür kommt, es sind seine Fersen, die auf dem Fußboden dröhnen. Tump, tump! Gleich reißt er die Tür auf und sieht mich hier stehen und lauschen, mit einer Tasse Eis vor der Brust, wie eine Idiotin. Was wird er dann sagen und vor allem: Was wird er tun …

Clori konnte einen kleinen Aufschrei nicht unterdrücken und lief los. An ihrem Zimmer angekommen, schlüpfte sie durch die Tür. Ihre linke Hand ging sofort zum Schlüssel, doch die Finger zitterten und griffen ins Leere. Sie wollte nochmals schreien und drückte sich die Tasse mit dem Eis an die Brust, als könne sie so ihr verrückt schlagendes Herz bändigen.

Bestimmt stand der Vater jetzt vor der Tür ihres Zimmers und fasste schon nach der Klinke.

Endlich gelang es Clori, den Schlüssel zu fassen und zweimal umzudrehen. *Klick-klack!* Dann lehnte sie sich gegen die Tür, zog den Kopf zwischen die Schulterblätter, schloss die Augen und wartete auf sein Klopfen und die Frage: »Warum hast du dich eingeschlossen, Babyclori? Kannst du mir das sagen?«

Cloris Lippen bewegten sich langsam, im Versuch zu antworten. Irgendetwas.

»Geh weg, bitte, lass mich allein.«

Dann wurde ihr ganz plötzlich klar, dass niemand an die Tür klopfte, und sie fühlte sich verloren.

Aber du bist nicht allein.

Wieder ein Raunen von La Falena. Es kam näher.

Wir sind doch zu zweit.

Clori löste den Rücken von der Tür und ließ den Kopf nach vorne fallen, als wolle sie der Müdigkeit, die auf ihr lastete, Ausdruck verleihen.

Nur wir zwei, und die Welt bleibt draußen.

Immer noch dieser unangenehme metallische Geschmack im Mund, als hätte sie stundenlang Kupfermünzen gelutscht. Sie wusste, was das war. Es war Panik und die daraus folgende physische Reaktion. Eine große Menge Adrenalin, um die Angst zu bekämpfen. Endokrine Sekretion. Eine Art Droge, die der Körper produziert, wenn er reagieren muss.

Ein paar Tropfen Metall, die Krallen gespreizt, und dann kannst du die Wände hinaufklettern.

Das Bild von Santa Crash auf dem Fußboden, stumm, mit der Bildseite nach unten. Als Clori darüberstieg, war sie fast versucht, es zu zertreten.

Sie seufzte, schob die Tasse mit dem Eis auf die Kommode und stellte sich vor den großen Spiegel an der Innenseite der Schranktür. Sie hob den Blick und musterte aufmerksam ihr ebenmäßiges Gesicht mit der weißen Haut und den blauen Augen.

Du siehst genauso aus wie die Mama, weißt du das? Die Stimme ihres Vaters drang von einem weit entfernten Ort in ihren Kopf. *Mit jedem Tag, der vergeht, ein bisschen mehr.*

Clori schluckte eine aufsteigende Übelkeit hinunter, sie hatte das Gefühl, sich aufzulösen, sich zu entgleiten. Auf dem Höhepunkt der Verwirrung schlug sie ihren Bademantel auf und zwang sich, nach unten zu schauen, um auch den Rest von sich zu betrachten. Sie war so dünn und unzulänglich, so knochig, das Gesicht eines Engels, das versehentlich auf den Körper einer Sardine gesetzt worden war. Die Brüste mit den großen Höfen und den dunklen Brustwarzen.

Der weiche, flaumige Schoß.

Der Albtraum vom Kokon überfiel sie wieder, und sie musste würgen.

Die Blase aus Fleisch und Blut, die mich erstickt.

Von Panik ergriffen sah sie sich um, schnappte mit weit aufgerissenem Mund nach Luft, aus ihrer Lunge drang ein Pfeifen.

Während ihre Atemwege sich zu verknoten schienen, tastete sie sich durch das Zimmer auf der Suche nach dem Asthmaspray.

Wo hab ich es nur hingetan? Wo hab ich es nur hingetan?

Endlich sah sie es auf dem Kissen liegen und griff danach. Dann presste sie alle Luft aus der Lunge, die Augen zur Decke gerichtet, als flehe sie um ein wenig Erleichterung, sprühte sie sich die Medizin in den Rachen und holte tief Luft.

Die Verkrampfung ließ umgehend nach und gestattete ihr ein Aufatmen der Erleichterung.

Okay, jetzt ist es vorbei. Alles in Ordnung. Jetzt bin ich bereit.

Sie hatte mal einen Horrorroman gelesen, in dem Vampire das Blut einatmeten, anstatt es zu trinken, und sich dann in Nachtfalter statt in Fledermäuse verwandelten. Die Hauptfigur war ein Mädchen in ihrem Alter, das sich gegen einen psychopathischen Vater – von dem es vergewaltigt wurde – auflehnte und vor ihm floh. Dieser Vater war obendrein noch Polizist. Clori hatten den Roman an einem Stück gelesen, ihr war komisch zu Mute gewesen, und sie hatte lange den Buchumschlag betrachtet: das Gesicht eines Mädchens mit aufgerissenem Mund, das versuchte, etwas einzuatmen, was nicht da war …

Sie war zwar kein Vampir, hatte aber einen Nachtfalter im Kopf. Eine dunkle Zwillingsschwester, mit der sie sich weniger allein fühlte.

Clorinda war praktisch jeder Kontakt zu Altersgenossen verwehrt geblieben. Sie hatte nie eine öffentliche Schule besucht, sondern immer nur Privatunterricht erhalten. Es hatte nur dieses Haus, den Vater, ihre auf einen Kokon begrenzte Welt gegeben, und jetzt hielt sie es nicht mehr aus, hier gefangen zu sein. Sie wollte nicht jedes Jahr ihr Gesicht verlieren, damit La Cicogna wuchs und die Mama zurückkam.

Sie wollte frei sein wie der Wind, frei, fliegen und lachen, ohne dass ihr jemand Tag für Tag, Stunde für Stunde ein Stück ihrer Seele raubte.

Babyclori?

Was auch immer ihr Vater sagte, was auch immer er tat, er würde es nicht schaffen, sie auszulöschen.

Babyclori? Komm näher, damit ich dich ein bisschen in den Arm nehmen kann.

Er würde es nicht schaffen, ihr die Lebensfähigkeit zu nehmen.

Sie sah auf die Uhr: Es war schon ziemlich spät. Wenn sie rechtzeitig ins Gehenna kommen wollte, musste sie sich beeilen. Sie hatte um drei Uhr Geburtstag, und zu diesem Zeitpunkt wollte sie schon mittendrin sein, fliegen, mit geschlossenen Augen.

Sie konzentrierte sich auf das, was jetzt zu tun war, sie versuchte, die Informationen und die Sprache, die Bilder, die Haltungen und die Bewegungen zu rekapitulieren. Das Fernsehen glich einem Traum, in dem man sich verlieren konnte, während man auf einen besseren Moment, auf andere Zeiten hoffte.

All diese Jahre, allein. Allein mit ihrem Vater.

Babyclori? Komm näher.

Vergiss Babyclori, scheiß drauf!

Sie widerstand der Versuchung zu tanzen, die Bewegungen noch einmal zu üben.

Stattdessen ging sie zum Computer, bewegte die Maus, damit der Monitor wieder erwachte. Das Chat-Fenster erschien mit der Mitteilung eines Teilnehmers, eines ihrer Freunde aus dem Netz. Einer der vielen Unbekannten, mit denen sie beide – sie und ihre dunkle Zwillingsschwester – Tag für Tag kommunizierten, um sich weniger allein und verlassen zu fühlen. Sie las die Mitteilung:

›nigro 777‹ Seid ihr da?

Clori überlegte, ob sie antworten sollte. Dann beschloss sie, dass es nicht sehr nett war, so zu tun, als habe sie die Nachricht nicht gelesen.

›BabycloriLaFalena‹ Gleich nicht mehr, heute Abend fliegen wir weg.

Sie las noch einmal, was sie geschrieben hatte, und ein kleines Lächeln huschte über ihr Gesicht. Dann schickte sie ihren Beitrag ab und loggte sich aus MSN aus.

Schließlich klickte sie ein Photoshop-Dokument an und wartete, bis ihr stilisiertes Gesicht auf dem Bildschirm erschien, die Vorlage für ihre endgültige Verwandlung. Das Make-up, die Frisur, die sie mit einem Programm für virtuelles Hairstyling erstellt hatte ...

Ein neues Gesicht für einen neuen Körper.

Der Prototyp von La Falena.

Sie schaltete den Drucker an, dann sah sie nach der Uhr auf dem Monitor. Es war 23 Uhr 18.

Die Zeit des Teufels, dachte sie, ohne eigentlich zu wissen, warum.

Und ein Schauder lief ihr über den Rücken.

4

Er dachte sich, dass es wohl besser war, jetzt zu verschwinden und diese Idioten sich selbst zu überlassen.

Tatsache ist aber, dass es keinen Ort mehr gibt, wo ich hingehen könnte.

Hier drinnen hielt er es nicht mehr aus, er erstickte. Dieser Emo sah ihn immer noch giftig an und lachte völlig grundlos, mit seiner geschwollenen, blutigen Nase. Und dann die anderen Chaoten aus der Clique, die versuchten, nicht wie Gespenster zu wirken, was ihnen aber gründlich misslang. Im Hintergrund immer noch Linkin Park mit ihrem letzten Album, nicht mehr auszuhalten. Die Gruppe eigentlich okay, aber wenn man sie länger hörte, dann klingelten einem die Eier.

Franco stand auf, nahm seine schwarze Lederjacke vom Garderobenhaken und zog sie an.

Grußlos verließ er das Nebenzimmer.

Dann schob er sich durch das brechend volle Lokal in Richtung Ausgang, die Absätze seiner Cowboystiefel aus Schlangenleder klackten auf dem Holzfußboden, und er war sich seiner Ausstrahlung durchaus bewusst. Dunkle lange Haare, breite Schultern, Dreitagebart und helle grüne Augen. Er bemerkte zwei Tussis, die an einem Tisch in der Ecke saßen und zu ihm hinüberschauten. Blondinen mit sehr kurzen schwarzen Satinröcken, die fast nur breite Gürtel waren und viel Bein freiließen, T-Shirts von Gucci mit Megaausschnitten, eines rot und eines grün. Leider war diese Nacht das Rennen, und er konnte jetzt beim besten Willen keine abschleppen. Seine letzten fünfhundert Euro waren für die Anmeldung zum Rennen draufgegangen, und wenn er jetzt nicht ganz schnell seine Schatulle wieder auffüllte, dann sah es finster aus. Der Scheck mit der Pension seines Vaters würde erst Mitte des Monats kommen, und er konnte sich bis dahin schlecht an den Straßenrand setzen und betteln.

Wenn er das Rennen gewann, wäre er für eine ganze Weile saniert. Er würde die Studiengebühren, die letzten Raten für den Computer und die halbjährlich fälligen Kostenbeiträge für die Unterbringung seiner Mutter im Pflegeheim begleichen können.

Draußen auf der Straße sog er die Abendluft tief ein. Jetzt fühlte er sich gut. Er redete sich ein, dass es ihm völlig egal sei, dass ihn seine Freundin versetzt hatte. Maria hatte die geilsten Titten von ganz Bologna und Umgebung, und im Bett war sie fantastisch, mehr aber auch nicht. Sie war so eine, die man sich hielt, damit der Schwanz auf seine Kosten kam, und gut.

Also bleib bloß weg, *muchacha*, es ist besser so.

Er war jetzt fünfundzwanzig und würde sein Leben bald definitiv in den Griff kriegen müssen. Würde erwachsen werden müssen. Mit einem leisen Anflug von Übelkeit dachte er an das, was bislang schiefgelaufen war.

Bis fünfzehn war alles glattgegangen, und er hatte mehr als einmal am Tag Anlass zum Lächeln gehabt. Dann hatten sich die Ereignisse überschlagen.

Sein Vater war gestorben (auf jene unerwartete, schreckliche Weise), und seine Mutter war verrückt geworden (ganz langsam, ohne Eile).

Am Anfang hatte sie sich kämpferisch und tapfer gegeben. Doch das war alles nur gespielt gewesen. In ihrem Geist hatten sich bereits feine Risse gezeigt, die sich nach und nach verbreiterten, bis schließlich etwas heraustropfte.

Manchmal waren es Schreie, manchmal nur ein Flüstern.

Und es wurde immer schlimmer.

Sie weinte fast nur noch.

Franco verstand und bemitleidete sie zugleich. Auch ihm fehlte sein Vater, natürlich. Ihm fehlte, was er gewesen war, was er für ihn bedeutet hatte: ein Vorbild für das Leben, im Guten wie im Schlechten. Der integre Polizist, Mörder und Held hatte sich im Namen eines Ideals von Gerechtigkeit töten lassen, ein Ideal, das es nicht gab. Sein Vater war einer gewesen, der gegen Drachen kämpfte, doch wenn es keine gab, dann begnügte er sich auch mit Windmühlen. Es war schwer, einen solchen Mann nicht zu lieben, schwer, ihn nicht für seinen unerwarteten Abgang zu hassen.

Franco war allein zurückgeblieben und hatte gegen die Schatten der Vergangenheit gekämpft. Es war nicht einfach gewesen, nach vorne zu schauen und mit erhobenem Kopf weiterzumachen.

Irgendwie brachte er das Gymnasium hinter sich und schrieb sich dann für Medizin ein. Er biss die Zähne zusammen, bis sie knirschten, und machte einfach weiter, wobei der sich immer und immer wieder sagte, dass er stark sein müsse. Tag für Tag klammerte er sich verzweifelt an irgendeinen Strohhalm. Dann brach seine Mutter wieder zusammen, und dieses Mal war er gezwungen, sie in eine psychiatrische Klinik zu bringen.

Als Franco am vierten Todestag seines Vaters um zwei Uhr nachts mit viel Bier im Kopf und dem Rauch von mindestens dreißig Zigaretten in der Lunge nach Hause kam, sah er Licht im Bad. Er dachte, seine Mutter sei aufgestanden, um zur Toilette zu gehen, doch dann hörte er das Wasser der Badewanne rauschen, was zu dieser Uhrzeit ungewöhnlich war.

Die Badezimmertür war nur angelehnt.

»Mama? Bist du da drin?«, fragte er. Statt einer Antwort drang nur ein Klagelaut zu ihm hinaus. Da betrat er das Bad.

Der Heißwasserhahn war voll aufgedreht, Dampf stieg auf, und die Luft war gesättigt von Feuchtigkeit.

Seine Mutter saß auf dem Frotteevorleger vor der Wanne und trug ihre beste Abendgarderobe: einen bestickten schwarzen Satinrock und eine mit Strass besetzte, dekolletierte Bluse von Versace. Die Ärmel hatte sie bis zu den Ellbogen hochgeschoben. Sie war sorgfältig geschminkt und sah so schön aus, als wäre sie wieder dreißig, mit ihren Mandelaugen und den vollen Lippen.

»Was tust du denn da, Mama? Sag doch!«, rief Franco mit einem Gefühl der Verwirrung, das ihn schwanken ließ. Vielleicht träumte er ja. Oder eine Zeitmaschine hatte die Frau, die seine Mutter vor dem Tod seines Vaters gewesen war, zurückgebracht. Dann bemerkte er die Rasierklinge in ihrer Hand. Er wusste nicht, wie er reagieren sollte, also schrie er sie an: »Was tust du da, Mama? Los, rede doch!«

Sie lächelte und war dabei so schön, dass es ihm den Atem nahm. In den heißen Wasserdampf hinein sagte sie: »Ich möchte zu ihm, weißt du? Ich möchte zu deinem Papa, um zu sehen, wie es ihm da geht, wo er jetzt ist. Das ist doch eine gute Idee, findest du nicht?«

Franco ließ sich neben sie auf den Boden sinken, nahm ihr sanft die Rasierklinge aus der Hand und umarmte sie dann weinend. »Oh, Mama ...« Er versuchte, sich zusammenzureißen, doch es kam ihm kein sinnvoller Satz über die Lippen. »Oh, Mama, das darfst du nicht tun ...«

»Was?«

Er küsste sie auf die Stirn, die schweißnass und klebrig war.

»Das da. Das darfst du nicht tun ...«

Seine Mutter sah ihn mit gerunzelten Brauen an, als würde sie ihn plötzlich nicht mehr erkennen. »Wer bist du eigentlich? Sag mir, wer bist du?«

»Ich bin niemand, Mama. Du brauchst dir keine Sorgen zu

machen.« So blieben sie dort sitzen, nebeneinander auf dem Badezimmerfußboden, das Wasser lief immer noch und gurgelte im Abfluss. Die ganze Nacht, bis die Sonne aufging.

An jenem Morgen hatte Franco seine Mutter zu einem Spezialisten gebracht, der eine schwere Depression diagnostizierte.

»Die Häufung von emotionalen Befindlichkeiten, mit denen sie nicht umgehen konnte, hat eine pathologische autodestruktive Neigung hervorgerufen …«

Die Worte des Psychiaters waren wie kleine Feuerbälle in Francos Magen. »Bedeutet das, dass meine Mutter … noch einmal versuchen wird, sich umzubringen?«

»Was soll ich Ihnen dazu sagen? Es ist gut möglich, dass sie es wieder versucht, ja, ein Rückfall ist durchaus wahrscheinlich.«

»Was raten Sie mir dann, Doktor?« *Was soll ich tun? Sagen Sie es mir doch?*

»Die beste Lösung wäre, sie in einer psychiatrischen Einrichtung unterzubringen. Dort wäre sie unter Beobachtung und könnte im Bedarfsfall ruhiggestellt werden.«

»Gibt es keine andere Möglichkeit?«

»Es ist nicht so sehr eine Frage von Möglichkeiten, sondern es geht um die notwendigen vorbeugenden Maßnahmen, um das Schlimmste zu verhindern.«

Franco sah den Arzt an. »Aber warum erkennt sie niemanden mehr?«

Kopfschütteln. Herzklopfen.

»Ihre Mutter hat sich in ihre eigene Welt geflüchtet, eine Welt ohne Schmerz, aus der sie nicht mehr zurückkehren möchte. Sie hat sich dort eingeschlossen, wie in einen schützenden Kokon, in den sie sich nach und nach eingesponnen hat, um nicht mehr leiden zu müssen. Es handelt sich um einen durchaus legitimen Abwehrmechanismus ihrer Psyche.«

Franco drehte sich um und sah seine Mutter durch die Glasscheibe an, die das Zimmer in der Mitte teilte. Sie saß kerzengerade auf dem Rand der Liege, auf der sie wenige Minuten zuvor noch untersucht worden war. Sie trug immer noch ihre Abendgarderobe, die Schminke war ihr über die Wangen gelaufen.

»Und wird sie jemals aus dieser Welt zurückkehren?«, fragte Franco mit Angst in der Stimme. *Aus diesem beschissenen legitimen Abwehr-Kokon?*

Die Stimme des Arztes schien plötzlich weit weg. »Vielleicht eines Tages. Doch während Sie darauf warten, müssen Sie Bedingungen schaffen, um sie vor den Abgründen ihrer gequälten Seele zu schützen.«

Nach dem Besuch beim Psychiater ging er sofort auf die Bank und hob das Geld aus der Lebensversicherung seines Vaters ab, deren Begünstigter er war. Dann rief er in einem psychiatrischen Pflegeheim an, das irgendwo in den Hügeln lag, vereinbarte einen Termin für eine Sofortaufnahme und reservierte ein Einzelzimmer mit Bad für Signora Mara Zanetti, Ehename Negronero, siebenundvierzig Jahre alt.

Schließlich lud Franco seine Mutter an einem grauen, regnerischen Morgen ins Auto und fuhr sie zum psychiatrischen Pflegeheim Villa al Colle.

Er wurde freundlich und verständnisvoll empfangen.

Und er ließ sie dort zurück. In Jerseypyjama und rosafarbenem Morgenrock, die Haare zusammengebunden, während ihre sinnlichen Lippen unverständliche Sätze murmelten und sie den Schatten zulächelte, die nur sie sehen konnte.

Damit begann sein einsames Leben.

Eine Zeit lang stürzte er sich zornig und leidenschaftlich in sein Studium, einen Enthusiasmus vorschützend, den er nicht im Mindesten empfand. Für die Zukunft hatte er geplant, sein Medizinexamen zu machen und sich dann bei der Polizei zu bewerben. Er wollte in die Fußstapfen seines Vaters treten.

Mehr schlecht als recht kam er mit der monatlichen Pension

seines Vaters über die Runden, vergrub sich völlig in sein Studium und legte eine Prüfung nach der anderen ab. Dann stockte plötzlich alles, bis es fast zum Stillstand kam.

Er begann, mit der Greco-Clique herumzuhängen, Punks, Emos, Skinheads. Leute, die nichts weiter zustande brachten, als bis zum Umfallen zu saufen und in Diskotheken wild abzutanzen, Heavy Metal im Blut.

So entwickelte sich mit der Zeit ein Gefühl von Leere. Und er sah sich mehr denn je in einem Käfig ohne Ausgang eingesperrt.

Wenn er über die zehn Jahre, die seit dem Tod seines Vaters vergangen waren, Bilanz zog, so musste er sich eingestehen, dass er mindestens die Hälfte davon vertan hatte. Um sein Studium beenden zu können, fehlte ihm nur noch die Examensarbeit. Doch er hatte noch nicht einmal damit begonnen, das Material für den ersten Entwurf zu ordnen. Die meisten Tage zog er einfach nur durch die Gegend und spielte den Wagemutigen aus Leidenschaft, aus Berufung und aus Notwendigkeit. Sollte er je bei einem illegalen Autorennen erwischt werden, konnte er allerdings seine Polizeikarriere in den Wind schreiben.

Doch er konnte die Finger nicht davon lassen. Im Grunde war es die Herausforderung, die er suchte. Gegen die Zeit anzutreten, die viel zu schnell abläuft und sich nicht anhalten lässt.

Genau, wie ihn sein Vater gelehrt hatte.

Einmal, Franco war zehn Jahre alt gewesen, hatte der Kommissar ihn von der Schule abgeholt, was er sonst nie tat. Normalerweise war das Mamas Aufgabe, oder das Dienstmädchen kam.

Der Vater wartete, bis sein Sohn richtig auf dem Beifahrersitz saß, dann lächelte er und zwinkerte ihm verschwörerisch zu. Er fuhr los, ohne ein Wort zu sagen, ohne zu fragen, wie es in der Schule gewesen war. In absolutem Schweigen fuhren sie durch den Ort. Am Anfang der Via Vizzana, der Straße, die in die Hügel führte und sie nach Hause bringen würde, fuhr er an den Straßenrand, wandte sich seinem Sohn zu und sah ihn eindringlich an. Helle grüne Augen, sanfter Blick. Die Lippen bewegten sich langsam und betonten jedes Wort einzeln: »Wer nicht schnell genug ist, stirbt.«

Sicherheitsgurte anlegen, der Motor dröhnte. Er zählte den Countdown zu einem Stück von Black Sabbath mit dem Titel *Paranoid*. Etwas für alte Leute, aber perfekt für eine rasante Fahrt.

Der Vater gab Gas und fuhr genau in dem Augenblick, als das Schlagzeug einsetzte, mit quietschenden Reifen an.

Dann raste er durch die Kurven, ohne die Angstschreie seines Sohnes und die restliche Welt zu beachten.

Wer nicht schnell genug ist, stirbt.

Der Kommissar hatte immer der Erste sein wollen und war besessen davon. Die Zeit war sein Hobby. Er reparierte und sammelte Uhren und trug immer zwei davon am Handgelenk, eine mit der richtigen Uhrzeit und eine, die eine halbe Stunde vorging. Und er maß die Zeit von allem, was er tat.

Franco wusste nicht, gegen wen sein Vater angetreten war. Vielleicht gegen den Teufel. Jetzt spürte er, dass er dasselbe tun musste, dass er genau diese Art Rennen fahren musste. Er musste irgendwie die Zeit, die verrinnende Zeit herausfordern.

Sein Blick fiel auf die Anzeige der Digitaluhr, die über dem Schild des Greco hing, leuchtende eckige Ziffern, in der Farbe von Blut. Ein Nachtfalter flog immer wieder gegen die Sekundenanzeige, als ob er versuchte, sie anzuhalten.

Die Uhr zeigte 23:17:59.

Franco wartete mit angehaltenem Atem darauf, dass die Ziffern umschlugen, ohne zu wissen, warum. Er hatte das Gefühl, als stünde alles still. Als habe ein verrückter Wissenschaftler Zeit und Raum angehalten wie in einem Science-Fiction-Roman.

Dann flog der Falter wieder gegen die Anzeige, und die letzten Zahlen schlugen um.

Franco seufzte.

Und er suchte in seinem Innern nach einem Gefühl der Erleichterung, fand aber keins.

Der Falter war jetzt erstarrt. Als hätte ihn seine Aktion das Leben gekostet.

Wie vom Blitz getroffen durch diesen letzten Zeitruck.

5

In dem kleinen Bad neben ihrem Zimmer stellte Clorinda die Tasse mit den Eiswürfeln auf den Waschbeckenrand. Dann riss sie ein Stück Klebestreifen ab und heftete damit das Blatt Papier mit dem am Computer erschaffenen »Modell« in eine Ecke des Spiegels. Schließlich öffnete sie das Schränkchen rechts neben dem Spiegel und holte die Schere heraus.

Sie strich sich über die langen braunen, in der Mitte gescheitelten Haare, die genauso waren wie die ihrer lieben Mama. Wieder dieser Geschmack von Kupfermünzen. Zornig ließ sie den Kopf kreisen, um von sich abzuschütteln, was sie hörte, aber nicht hören wollte. Das Echo rauer Angstschreie.

Ein scharfer Schmerz fuhr ihr in den Nacken, ein glasähnliches Knirschen der Wirbel, und sie schrie auf. Dann hielt sie plötzlich inne.

Es hilft nichts, den Kopf zu schütteln. Es hilft nur, dir einen Ruck zu geben.

Clori hob die Schere, fasste mit der anderen Hand nach einer Haarsträhne und schnitt sich mit einer langsamen Bewegung die Strähne ab. Sie glaubte, einen leichten Schmerz an den Haarwurzeln zu verspüren. Aber das war natürlich nicht möglich, denn Haare haben kein Schmerzempfinden.

Haare nicht, Gedanken aber schon. Also beeil dich.

Sie schnitt sich eine weitere Strähne ab. Dann noch eine und noch eine, sie ließ sie einfach los, sodass sie wie tote Blätter zu Boden fielen.

Immer mehr Strähnen, immer mehr Blätter. Sie kürzte sich die Haare bis auf Schulterlänge. Dann dünnte sie die Ponyfransen aus.

Sie ging dabei so sicher und methodisch vor, als hätte sie nie etwas anderes in ihrem Leben getan. Zwischendurch warf sie immer wieder einen Blick auf die Vorlage und verglich sie mit ihrem Spiegelbild. Doch eigentlich musste sie gar nichts überprüfen, denn hier war nicht sie am Werk. Ihre Hände und Muskeln waren erfüllt von La Falena, sie, Clori, konnte nur zuschauen.

Sie schäumte sich den Nacken mit dem Rasiergel ein, das sie aus dem Bad ihres Vaters genommen hatte, und rasierte sich mit Hilfe eines Schminkspiegels, damit sie sich auch von hinten sehen konnte, die Hälfte des Schädels kahl.

Dann gab sie eine ordentliche Menge Schaumgel in die Haare, kämmte sich das, was davon noch übrig war, nach hinten und modellierte sich oben auf dem Kopf einige wirre Strähnen.

Ein rascher Blick in den Spiegel, um zu sehen, ob sie alles richtig gemacht hatte.

Es schien alles in Ordnung zu sein.

Gut.

Aus dem Döschen mit der Feuchtigkeitscreme klaubte sie einen kleinen Silberring, den sie im Monat zuvor bei eBay gekauft und dann versteckt hatte, und spülte ihn unter dem Wasserhahn ab. Glänzend lag er in ihrer Handfläche, die gekrümmten Finger zitterten leicht. Dann nahm sie einen der Eiswürfel aus der Tasse und drückte ihn sich an die Nase, bis sie den Schmerz spürte, der schließlich zu einer Art Betäubung wurde, und wischte sich dann mit einem Stück Toilettenpapier den Rotz unter der Nase weg.

Den Verschluss des Piercing-Rings öffnen und ihn mit Alkohol desinfizieren. Dann die Nase mit zwei Fingern fassen und die Spitze des Piercing-Rings durch den Knorpel der Nasenscheidewand drücken. Einen Blutstropfen, der über ihre Oberlippe lief, leckte sie einfach ab. Er schmeckte warm und salzig. Dann schob sie den Ring zurecht und betupfte die Wunde mit einem Wattebausch. Als ihre Nase wieder Gefühl bekam, fühlte sie einen stechenden Schmerz. Sie nahm noch einen Eiswürfel, drückte ihn auf den Nasenrücken und verharrte fünf Minuten so, während Wasser und Blut über ihren Mund rannen und ihre Augen sich mit Tränen füllten. Dabei betrachtete sie sich im Spiegel. Sie erkannte sich selbst nicht wieder.

Was würde Papa sagen, wenn er mich so sehen würde?

Der kann dir doch egal sein. Der kann dich jetzt nicht mehr festhalten.

Augen zu. Augen auf. Endlich blutete die Nase nicht mehr. Sie konnte weitermachen.

Sie nahm die wiederentfernbaren Tattoos aus der Schachtel, in der sie ihre Schminksachen aufbewahrte, schnitt einen blauen Falter aus und applizierte ihn sich direkt unterhalb des Bauchnabels auf den Bauch, indem sie einen feuchten Schwamm auf das Tattoo drückte, bis es auf der Haut haftete. Danach trocknete sie die Stelle sorgfältig und betrachtete das Resultat.

Ein blauer Falter auf einem schwarzen Falter.

Du bist fabelhaft.

Einen Hauch Rouge, ein bisschen Eyeliner, Wimperntusche, sehr roten und glänzenden Lippenstift – genau so, wie es die Zeitschriften empfahlen.

Dann räumte sie das Bad auf, sammelte die Haare ein und warf sie in den Abfalleimer. Schließlich ging sie in ihr Zimmer, um sich anzuziehen.

Im Kostüm von La Falena! Oh yes.

Sie zog sich den String und die halterlosen Strümpfe an, dann den Minirock von Onyx.

Als sie sich im Spiegel anschaute, stellte sie fest, dass sie wie eine Nutte aussah.

Sie war wunderschön, zum Fürchten schön.

Sie beschloss, den BH wegzulassen, und streifte sich das Fiorucci-Top mit dem Reißverschluss über, das so kurz war, dass es praktisch nur den halben Bauch bedeckte und den Bauchnabel, vor allem aber das Tattoo freiließ. *Scharf!*

Schließlich die glänzend schwarzen Doc Martens, bei denen sie die Schnallen aber offen ließ.

Wieder vor dem Spiegel, um zu sehen, was mit ihr passiert war: definitiv nicht wiederzuerkennen.

O Gott, das bin gar nicht mehr ich, dachte sie.

Babyclori ist tot.

6

Draußen, auf dem Platz vor der Bar Fly, zündete sich Franco eine Zigarette an und schaute in den nächtlichen Himmel, der keine Sterne und keinen Mond hatte.

Ein Gewitter zog auf.

Wenn es regnete, würde das Rennen noch gefährlicher sein. Doch das war schon okay. Denn so, wie er sich heute Abend fühlte, wie er sich immer fühlte, hatte er das dringende Bedürfnis, sein Blut in den Adern rasen zu spüren, seinen Herzschlag über die Höchstgeschwindigkeit hinauszutreiben.

280 Stundenkilometer, zu Diensten. Mit der Lachgasflasche unterm Hintern. Wie im Film.

Es war alles so trostlos. Das Leben um ihn herum, das Leben im Jetzt, das Leben allgemein.

Den Tod herauszufordern war das Mindeste, was er tun konnte.

Ein Zug an der Zigarette. Ein Blick auf die Uhr. Die Aufstellung für das Rennen war auf halb zwei vor dem Muffa-Tunnel festgesetzt, zehn Kilometer hinter Fossa Guasta, wo sich dieser Tanz- und Drogentempel namens Gehenna befand. Also hatte er eigentlich noch eine Menge Zeit, aber trotzdem wurde er das Gefühl nicht los, dass sie ihm nicht reichte. Er begann die Kontrolle zu verlieren, die Symptome waren alle da.

Er rauchte weiter, inhalierte bei jedem Zug tief und versuchte, ruhig und entspannt zu bleiben. Als er die Kippe bis zum Filter aufgeraucht hatte, ließ er sie auf den Boden fallen und trat sie mit dem Absatz seines rechten Stiefels aus. Dann ging er zu seinem Auto, das dunkel wie die Nacht war.

Auf der anderen Seite der Straße wartete, zwischen einem roten Porsche Carrera und einem silbernen Audi TT, der nicht mehr wiederzuerkennende Hyundai, der seinem Vater gehört hatte.

Glänzend und strahlend, frisch aus der Waschanlage; mit Schürze, Heckspoiler, Schiebedach, getönten Scheiben. Ein wildes Tier. Franco hatte jegliches Identifikationszeichen entfernt, denn es sollte ganz allein *sein* Auto sein. Seine heiße Lolle, Stahl seines Herzens.

Unter der Haube ein Motor, der nie muckte. Vergrößerter Luftfilter, offener Auspuff, Chiptuning, Wasserkühlsystem, Turbolader, an dem eine Lachgasflasche hing.

Die Karre fuhr fast 280, mit einer Beschleunigung von null auf hundert in fünf Sekunden, wenn er auf den Nitroknopf drückte. Es war nicht das schnellste aller getunten Autos, doch er war der beste Fahrer, besser als alle anderen.

Sein Geheimnis war, dass ihm alles egal war.

Er musste das Feuer in seiner Brust besänftigen, den Zorn, der in ihm fraß, das war sein einziges Ziel. Scheiß auf den ganzen Rest.

Er holte die Fernbedienung für die elektronische Wegfahrsperre aus der Tasche, drückte den Knopf und wartete auf den Piepton und das Aufleuchten der Scheinwerfer, dann öffnete er die Tür und stieg ein.

Für einen Augenblick betrachtete er das blau beleuchtete Armaturenbrett, das wirklich spektakulär aussah. Dann wartete er, bis das Display des Navigationsgeräts herausfuhr und bereit war. Er hatte den Radarwarner eingestellt, denn ein Strafzettel wegen zu schnellen Fahrens war vollauf genug. Er drehte den Schlüssel, und das kraftvolle Dröhnen des Motors erfüllte ihn mit Genugtuung. Er gab ein wenig Gas und ließ den Motor hochdrehen.

Meine Lolle, schwarz wie die Nacht, Supercar meines Herzens und meines Schwanzes.

Er hatte ein fast schon erotisches Verhältnis zu seinem Auto. Es war im Grunde die beste Nutte, die er je gehabt hatte.

Jetzt streckte er die Hand aus, um die Stereoanlage einzuschalten, in der eine CD von Slipknot steckte. Die Mitglieder dieser Metalband kleideten sich wie Monster und spielten einen Rock, der so gewaltig war, dass er einen zu erdrücken drohte. Neben Mastema war dies seine Lieblingsgruppe. Das erste Stück begann: *Duality.*

Franco legte den ersten Gang ein und fuhr los. Vor der Bar Fly ließ er den Motor noch einmal aufheulen.

Als er das Kinn hob und prüfte, ob der Rückspiegel richtig eingestellt war, sah er sein Spiegelbild und erkannte sich im ersten Moment nicht wieder.

O Gott, das bin ja gar nicht ich, dachte er.

Er überwand diese kleine Realitätskrise und stellte die Countdown-Funktion der Digitaluhr ein, die er am Armaturenbrett hatte anbringen lassen. Er gestand sich nur zwanzig Minuten zu, um den Ort der Aufstellung für das Rennen zu erreichen.

Und wenn du nicht schnell genug bist, stirbst du, dachte er.

7

Sie holte ihren Mandarina-Duck-Rucksack hinter dem mittleren Regal hervor, wo sie ihn zuvor versteckt hatte, und sah dann noch einmal nach, ob wirklich alles Wichtige darin war: das Taschentuch, eine neue Sprühflasche Ventolin gegen ihre Asthmaanfälle, das Schminktäschchen, der Geldbeutel in Sargform mit dem Pentagramm auf der Oberseite – auch das hatte sie bei eBay gekauft, alles mit den hundert Euro in Zehneuroscheinen, die sie im Laufe einiger Monate nach und nach aus dem Geldbeutel ihres Vaters genommen hatte.

Es schien alles in Ordnung zu sein. Obwohl …

Sie hatte ihren Personalausweis vergessen und lief rasch zu ihrem Schreibtisch, um ihn aus der Schublade zu holen, und steckte ihn in den Rucksack.

Jetzt hatte sie alles, sie musste nur noch gehen.

Beiß die Zähne zusammen, fahr die Krallen aus, glätte deine Flügel, Liebes. Wir drehen eine kleine Runde, das wird bestimmt lustig. Wir fliegen hoch hinauf und singen unter dem Regen. Wir erforschen den Himmel und stürzen in die Verdammnis …

Sie tippte die Nummer des Taxirufs in das schnurlose Telefon. Mit sicherer Stimme, die zum Glück nicht bebte, bestellte sie einen Wagen, wobei sie den Ansagen der elektronischen Telefonstimme folgte.

Adresse bestätigt: Via del Castello 33, Sasso Marconi.

Wagen Modena siebzehn.

Ankunftszeit: in circa fünfzehn Minuten.

Sie drückte die Beenden-Taste, legte den Hörer auf die Kommode und ging, von Panik gepackt, rückwärts. Sie verspürte den Wunsch, sich ins Bett zu verkriechen, sich die Decke über den Kopf zu ziehen und sich dort zu verstecken, weit weg von allen und allem, um zu weinen. Doch das hatte sie schon so oft getan, und sie wusste doch ganz genau, dass es nichts half.

Der Kokon-Albtraum schob sich in ihr Bewusstsein, sie drängte ihn ächzend zurück.

Ich bin La Falena.

Mit einem ganzen Haufen Kupfermünzen im Mund hob Clori langsam die Arme.

Sie hielt sie so angespannt wie möglich und begann, sie seitlich auf und ab zu bewegen.

Immer schneller.

Ihr kurzes Shirt rutschte nach oben und gab ein Stück ihres schmalen Oberkörpers frei, weiße Haut, die über die Rippen rutschte, unerwünschte Ecken und Kanten, beinahe durchscheinend im Spiel von Licht und Schatten.

Ihre Brüste bebten unter dem leichten Baumwollstoff.

Während ein Raunen sich in der stillen Luft ausbreitete.

Das ist grauenvoll, nicht wahr?

II
Wegkreuzungen

1

Der schwarze Lamborghini Gallardo schob sich röhrend durch das Stalltor. Polizeidirektorin Chiara Monti öffnete die Autotür, stieg aus und stakste mit ihren viel zu hohen Absätzen auf die wartenden Männer zu. Dabei versuchte sie, sich den Lederrock über den Schenkeln glattzuziehen, der jedoch so eng war, dass er sich allein durch bloßes Atmen immer wieder nach oben schob. Mit einem Lächeln begrüßte sie jeden der sieben Männer ihres Teams, von denen keiner umhin konnte, nicht zumindest einen flüchtigen Blick auf ihre in Netzstrumpfhosen steckenden Beine zu werfen. Und sie konnte nicht anders, als rot zu werden.

Der Stall, in dem sie sich befanden, gehörte zu den Wirtschaftsgebäuden eines alten Bauernhauses, das gerade renoviert wurde. Es lag kurz hinter Castiglione di Pepoli, gerade einmal zehn Kilometer von der Diskothek Gehenna entfernt. Das Gebäude war in eine provisorische Einsatzzentrale für die für den Abend geplante Operation verwandelt worden. Eine Operation des NSPIA, einem Einsatzkommando zur Prävention von Autounfällen, das direkt dem Innenministerium unterstand und dessen Aufgabe darin bestand, illegale Autorennen im Stadtgebiet und in der Provinz Bologna zu unterbinden. Es war der erste von mehreren geplanten Einsätzen, deren erklärtes Ziel es war, die Zahl der Unfallopfer im Umfeld von Diskotheken um mindestens dreißig Prozent zu senken. Hinter den Rennen steckte eine geheime Organisation, die *Triplice*, eine Art kriminelle

Mega-Holding, die mit Jugendtrends, Drogenhandel, illegalen Autorennen, Prostitution und damit zusammenhängenden Geschäftszweigen viel Geld machte.

Es war die sogenannte »Diskothekenmafia«, ein Krebsgeschwür, das unbedingt bekämpft und herausgeschnitten werden musste.

Kommissar Mauro Molisi ging seiner Vorgesetzten mit ausgestreckter Hand entgegen. »Signora Monti, alles klar?«, fragte er jovial.

Chiara zupfte noch einmal an ihrem Rock, dann nahm sie die Hand ihres Kollegen. »Es wäre mir wohler, lieber Molisi, wenn ich nicht wie eine albanische Prostituierte herumlaufen müsste.«

Sie arbeiteten bereits seit fünf Jahren zusammen und waren immer noch beim Sie. Eine Gewohnheit, die jedoch eher eine besondere Art der Zuneigung ausdrückte, als den Wunsch, Abstand zu halten.

»Nun, dieser Rock steht Ihnen gar nicht so schlecht ...« Der Kommissar lachte kurz auf und strich sich dabei über seinen Kinnbart. »Er hebt einige Ihrer Vorzüge hervor.«

»Was sind wir heute wieder geistreich, Molisi!«

Chiara wandte sich den anderen Männern zu, die mit verschränkten Armen auf den Beginn der Besprechung warteten, wobei sie versuchte, Autorität zu demonstrieren. Dann ging sie zu einem großen Transporter, der neben den anderen für den Abend benötigten Fahrzeugen stand, schob die Seitentür auf, kletterte hinein und bedeutete den Männern, ihr zu folgen.

Im Inneren war eine Satellitenübertragungsanlage installiert. Ein unabhängiges Funksystem würde sicherstellen, dass die Polizisten untereinander Kontakt halten konnte, ohne dass die Gespräche von außen abgehört werden konnten.

In dem Transporter roch es unangenehm nach getrocknetem Schweiß und Zigarettenrauch. Die Polizistin ging unter dem Periskop vorbei zur Konsole.

Nachdem sie den Hauptmonitor des mobilen Computersystems eingeschaltet hatte, klickte sie die Datei mit der Einsatzplanung an. Man sah nun das Satellitenbild des Gebietes, in dem das Rennen stattfinden sollte, die Strecke war rot gekennzeichnet.

Chiara hüstelte und erklärte dann: »Wie Sie sehen können, wird das Rennen auf diesem Abschnitt des noch im Bau befindlichen Zubringers zur Autobahn Bologna-Florenz veranstaltet, gleich hinter dem ungenutzten Eisenbahntunnel in der Höhe von Muffa. Die Strecke ist nur drei Kilometer lang, also ziemlich kurz. Doch diese drei Kilometer haben es in sich ...« Sie fuhr mit dem Finger die Straße entlang und hielt etwa auf der Hälfte inne. »Hier, nach dieser Kurve beginnt der abschüssige Teil. Fünfhundert Meter, die in einer Kurve enden. Dort sind die Bauarbeiten noch im Gange, es fehlt zum Beispiel die Leitplanke. An dieser Stelle ist das Ziel.«

»Welches Gefälle hat die Straße auf diesem zweiten Teil der Strecke?«

»Dreißig, fünfunddreißig Prozent. Die Fahrzeuge beschleunigen ungemein und schießen wie Raketen durch die Zielgerade und auf den Abgrund zu ...« Sie hielt inne und rang nach Luft. Der Sauerstoff im Fahrzeug war aufgebraucht. »Das Muffa-Rennen hat von allen illegalen Rennen bisher die meisten Todesopfer gefordert«, fügte sie fast flüsternd hinzu.

Die Männer der Ermittlungsgruppe blickten gebannt auf den Monitor. Sie kamen aus den verschiedensten Abteilungen, hatten aber alle in etwa denselben Dienstrang.

Chiara Monti kam nun auf die einzelnen Phasen der Operation zu sprechen. Kühl und professionell verteilte sie die Aufgaben. »Galimberti, Martini und Gadda riegeln hinter uns ab, sie müssen selbst entscheiden, wie viele Leute sie dafür brauchen ... Girardelli und Grossi machen auf der anderen Seite zu. Sie, Grossi, kommen zwar von einer Spezialeinheit, ich möchte

Sie aber bitten, nicht den Sheriff zu spielen. Ziehen Sie Ihre Pistole nur dann, wenn es unbedingt erforderlich ist ...«

Der angesprochene Polizist – der mit seinem Sakko und seiner Krawatte eher wie ein Buchhalter aussah – setzte eine unschuldige Miene auf. »Also nur eins mit dem Knüppel über die Rübe?«, fragte er sarkastisch.

Chiara Monti ignorierte diese Erwiderung und machte weiter: »Molisi und Sapori koordinieren den Beginn der Aktion aus dem Technikwagen heraus. Sie können später eingreifen und uns unterstützen, wenn es sich als notwendig erweisen sollte. Ihnen stehen etliche Zivilfahrzeuge zur Verfügung, Crossmotorräder und ein paar Geländewagen. Die Gefangenentransporter kommen erst am Schluss, wenn die Sache vorbei ist, um die Festgenommenen wegzubringen ... Noch Fragen?«

»Wie viele Teilnehmer hat das Rennen eigentlich?«, fragte Sapori aus der rechten hinteren Ecke des Wagens.

»Normalerweise fahren immer drei Konkurrenten ein Rennen. Für mehr Autos ist kein Platz.«

»Und Sie sind also die Dritte?«, fragte Galimberti mit einem halben Lächeln aus der linken Ecke.

Chiara zwinkerte ihm zu. »Nein, Commissario, ich bin natürlich die Erste. Was glauben Sie denn?«

Gelächter, Schulterklopfen. Die Spannung ließ langsam nach.

Chiara sah die Männer nacheinander an. »Bitte sehen Sie zu, dass die Sache kein Fiasko wird ...«, sagte sie in beschwörendem Tonfall.

Alle hielten den Blick fest auf ihr Gesicht gerichtet, um ihn nicht hinunter zu den netzbestrumpften Beinen gleiten zu lassen.

»Nehmt eure Diensthandys und testet die Motorräder, meine Helden.« Ihr Blick verweilte einen Moment länger auf Molisi. »Es ist Zeit, dass wir uns in Bewegung setzen.«

Sie wandte ihr Gesicht dem großen verdunkelten Rückfenster zu, durch das man von außen nicht hineinschauen konnte, und betrachtete ihr Spiegelbild. Sie erkannte sich kaum wieder: Üppige Brüste, über denen sich die Fiorucci-Bluse spannte, Punkerfrisur, dick aufgetragenes Make-up.

Ich sehe wirklich wie eine Nutte aus.

Ganz prima für die Rolle, die sie spielen musste. Ziemlich glaubwürdig.

»Viel Glück, meine Herren«, sagte sie mit Nachdruck.

Die kurze Besprechung war beendet.

Die Männer stiegen aus dem Wagen, um ihre Vorbereitungen zu treffen, außer Molisi, der im Fahrzeug blieb, weil er das Übertragungsgerät testen musste.

Chiara trat zu ihm hin und bot ihm eine Camel aus ihrem Päckchen an. »Alles klar bei Ihnen, Molisi?«

Der Kommissar nahm eine Zigarette und steckte sie sich in den Mundwinkel, ohne sie anzuzünden. »Aber ja, natürlich ...«, sagte er. »Und Sie, sind Sie bereit?«

»Zum Sterben bereit«, antwortete die Polizeidirektorin Chiara Monti.

2

Scheinwerfer und Laserstrahlen.

Oben in der Kuppel blinkt ein Schriftzug: RAVE INTO THE RAGE.

Rausch und Rage.

Die Prozession der Gläubigen schiebt sich zwischen den Unfallautos hindurch: Schrottskulpturen, mit Blut und verbranntem Öl verkrustetes Blech, aufgereiht wie zur Mahnung, der Fluch eines bösen Gottes …

Am Eingang kontrollieren die Sicherheitsleute Taschen und Ausweise und nehmen dir die Uhr ab, denn Uhren sind hier drinnen verboten. Wenn sie dir dann das Märkchen in die Hand gedrückt haben, darfst du hinein. Sie tragen Lederklamotten und Nietengürtel, an denen Schlagringe hängen, die Reißverschlüsse der Kapuzenpullover bis über die Münder hochgezogen. Sie sind die Herolde, der Prolog zu dem, was die Besucher nach dem Eintreten erwartet, das Volk des Metal Dance, die Freunde des Growling zum kleinen Preis und die Anhänger des Mixtura, das dich auseinanderbricht.

Der Gang zum Hauptfloor ist eine enge Passage, die wie bei Osmose in einen lebendigen Organismus zu führen scheint, ein Schlund, der die Menschen verschluckt, sie durch eine dunkle Speiseröhre in den Magen gleiten lässt, wo dann die Verdauung beginnt.

Das Inferno, der siebte Höllenkreis, das Paradies der verlorenen Seelen.

Gehenna forever.

In seiner Architektur regiert der Verfall, und man kann die Gesänge der Verzweifelten hören. So reduziert sich schließlich alles auf ein perverses Spiel, auf ein sich bis in alle Unendlichkeit wiederholendes Schema. Ein nicht dechiffrierbares Kryptogramm, das in dich eindringt und sich den Weg durch den Hals in die Brust bahnt. Das dein Herz aufspürt und es zusammendrückt wie einen Schwamm und Blutstropfen und Herzschläge aus ihm presst.

So nimmt der Kult seinen Fortgang. Und die Gebete sind Tränen.

3

Eingezwängt zwischen all diesen schwitzenden Leibern, dachte Padre Cristoforo, wie passend der Name dieses Ortes doch war. Seine ursprüngliche Bedeutung hatte mit dem ewigen Kreislauf von Tod und Wiedergeburt zu tun. Im Alten Testament war die Gehenna eine Opferstätte, an der die Väter ihre eigenen Söhne den Flammen übergaben, um dem Gott Moloch gefällig zu sein. Im Zweiten Buch der Könige wird erzählt, dass Josia die Altäre dieses grauenvollen Kultes zerstören ließ. Gott der Herr selbst schaltete sich ein und verdammte diese Tötungs- und Opferpraktiken, und von da an war Gehenna nur noch das »Mordtal«.

Vor langer Zeit war in dem Gebäude eine Gießerei gewesen, eine Produktionsstätte für Autobleche. Dann hatte es einen Unfall mit Verletzten und sogar einem Toten gegeben, und die Fabrik war geschlossen worden. In den Neunzigerjahren war die ehemalige Gießerei Ziel von Protesten und Demonstrationen gewesen. Zur Kurzarbeit verdammte Arbeiter forderten, dass etwas geschähe, damit sie über die Runden kommen konnten. Der Staat griff ein und veranlasste, dass ein Großteil der Arbeiter in den öffentlichen Dienst übernommen wurde. Einige kamen zur Post, andere zur Regionalverwaltung, über außerordentliche Einstellungsverfahren, wie das eben so geht …

Zehn Jahre nach Schließung der Gießerei begann jemand, in dem Gebäude illegale Raves zu veranstalten. Diese bildeten eine eigenständige Form der Auflehnung, die Hunderte von verlorenen, nach Kicks gierenden Jugendlichen anzog. Nach der Jahrtausendwende erwarb eine Holding das Gebäude, ein gigantischer Konzern, der von Modefirmen bis zu Fernsehsendern alles in sich vereinte. Stylingprodukte, Parfüms, Accessoires und so weiter. Architekten, Künstler, Spezialeffektprofis und Toningenieure wurden engagiert und machten die Diskothek zu dem, was sie jetzt war. Der erste Keim einer ansteckenden Krankheit, ein Virus, der nicht mehr auszurotten war.

Im Verlauf von acht Jahren wurde nun in jeder Stadt ein solcher Tanztempel errichtet, wo man vom Heavy Metal erdrückt wurde und das Mixtura einen abheben ließ, indem es einem die Illusion vorgaukelte, man wäre frei und könnte wegfliegen, auch wenn man den Kopf immer gesenkt hielt, als verbeugte man sich vor dem Nichts.

Das Gehenna war nicht nur eine Diskothek, in der man sich traf und miteinander chillte. Das Gehenna stand für viel mehr, für tiefgründige Erfahrung, Sinnestaumel, Teilnahme an einem Ritual, dessen Ursprung sich im Dunkel der Zeit verlor.

Jedes Mal, wenn Cristoforo dorthin ging, legte sich die Mutlosigkeit wie ein schweres Gewicht auf seine Schultern. Wenn er sich umblickte und all die Jugendlichen sah, die hier abtanzten, verlorene Seelen, die sich wiederzufinden suchten, dann fragte er sich, ob all dieses vergossene Blut, all diese Einsamkeit in den Herzen einen Sinn hatte. Er wusste, dass es einen Kodex für den Zutritt zur Hölle gab, Worte und Musik, rituelle Kleidung, Slogans. Und er übersetzte ihn Tag für Tag.

Wenn er dort hineinging, um Teil dieses lichtdurchzuckten Systems zu werden, versuchte er, in der Menge der Diskobesucher aufzugehen. Er kleidete sich wie sie, sprach dieselbe Sprache, ahmte sie in ihrem Tun und Handeln, in ihrer Ausdrucksweise nach. Fast wie ein Undercover-Agent. Das war nicht leicht. Sich in diese Welt hineinzuversetzen verlangte dem Herzen und dem Verstand einige Opfer ab, und manchmal fühlte er sich tatsächlich wie einer dieser Jugendlichen. Schwach, verzweifelt, ausgelaugt. Wie jemand, der nichts kann und nichts hat und sich durchs Leben schleppt, und nicht wie ein Jesuitenpater bei seiner wichtigsten Aufgabe.

Wenn er spürte, dass er in diesen schizophrenen Zustand zu geraten drohte, versuchte er, dagegen anzugehen, indem er ein zorniges Gebet zwischen den Zähnen hervorstieß.

Er hatte eine Mission zu erfüllen und würde alles tun, um sie zu Ende zu bringen. Doch dazu musste er unbedingt er selbst bleiben.

Er war erst eine knappe halbe Stunde hier und fühlte sich bereits völlig erschöpft. Eine leise Panik stieg aus seiner Magengegend auf.

Er dachte, dass er sich wie immer an die Liturgie und an die Erinnerungen halten musste. Als wären sie ein sicheres Ufer, an dem er festmachen konnte.

Unvermittelt fiel ihm sein Bruder Giovanni ein. Er sah ihn als kleinen Jungen mitten im Weizenfeld stehen, an jenem Frühlingsmorgen, mit seinen kurzen Hosen und seinen knochigen Knien. Vor allem konnte er sich noch ganz deutlich an das Lächeln erinnern, als dieser ihn fragte: »Glaubst du, dass wir Gott näher sind, wenn wir zur Sonne laufen?« Cristoforo hatte geantwortet, dass er es nicht wisse, doch dass sie es vielleicht einfach ausprobieren sollten. Sie rannten also auf diese rote Scheibe zu, die am Himmel immer größer wurde, bis ihnen die Puste ausging, nur um den tieferen Sinn dieses Lichts zu begreifen.

Wir sind wie die Sonnenblumen, wir versuchen, uns nach den warmen Strahlen zu drehen und zu begreifen, was es heißt, erleuchtet zu werden. Lauf, Bruder, lauf. Lauf von der Angst weg, von der bösen Welt. Lauf und versuch, zumindest einen Sonnenstrahl zu stehlen und ihn in dir zu bewahren, wie eine geheime Waffe. Ganz tief in dir, darauf wartend, die Leere zu füllen.

Sie waren noch so jung gewesen, damals, so unwissend.

Sonnenblumenkinder.

Dann waren sie größer geworden, und alles wurde schlimmer. Sie verloren ihre Eltern und entfernten sich immer weiter voneinander. Cristoforo ging nach Rom, wo er der Gesellschaft Jesu beitrat, sein Bruder hingegen blieb in Bologna, im Haus der Familie, kämpfte als ewiger Student gegen die Einsamkeit und die Melancholie an und verbrachte seine Tage damit, Pillen zu schlucken, sich vollaufen zu lassen oder noch schlimmere Dinge zu tun. Er war vom rechten Weg abgekommen und hatte sich in der Nacht verloren. Und Cristoforo hatte nichts getan, um ihm zu helfen. Zu sehr damit beschäftigt, sich als vom Herrn Auserwählter zu betrachten, war er nicht mehr rechtzeitig gekommen.

Der Pater ging zur Bar und holte sich etwas zu trinken. Der Barmann trug eine Art Gesichtsschutz für Baseballfänger, eine weiße Maske mit Löchern, wie der Killer in der Horrorfilmreihe *Freitag der 13.* Er gab ihm mit der Gleichgültigkeit eines Menschen, der schon hundertmal dieselbe Handreichung gemacht hat, sein Glas Cola mit Rum. Ein als mordender Psychopath verkleideter Automat, der in einer Bar Alkoholika ausschenkt.

Das Glas an die Lippen führen, einen Schluck trinken, die Augen für einen Moment schließen.

Und sofort das Aufblitzen einer weiteren Erinnerung unter den Augenlidern.

Ein Rest von Grauen und Melancholie, der nie ganz verschwindet.

Sein Bruder in der zerdrückten Karosserie, aufgeschlitzt vom Blech der Motorhaube, die sich über den nunmehr nutzlosen Motor nach hinten gestülpt hatte. Das überall einsickernde Blut, der Gestank nach Exkrementen und Benzin. Bei der Autopsie hatte sich herausgestellt, dass sein Blut praktisch mit Endorphinen gesättigt war. Kurzum: Stoned bis zur Halskrause war er auf der Rückfahrt von einer Diskothek in Forlì mit hundert Stundenkilometern gegen einen auf der A 14 liegengebliebenen Lastzug geprallt. Frühmorgens um 5 Uhr 50.

Eine Sonnenblume weniger auf der Erde.

Cristoforo spürte, wie ihm etwas Hartes und Spitzes im Hals aufstieg. Er schluckte, und es zerriss ihm fast die Kehle. Dann nippte er an seinem Glas und sah sich um ... All diese zuckenden und sich windenden Körper ...

Der enorme Geräuschpegel verlieh der Szenerie etwas Unwirkliches. Es war, als glitte man auf einer Wolke durch einen schwarzen, drohenden Himmel, während einige hundert Meter tiefer die in der Nacht verlorenen Menschen ihre ganze Verzweiflung herausschrien.

Die Doublebass des Schlagzeugs drang tief in den Kopf, gleich einem wild pochenden Herzen, das die weiche Substanz der Gedanken durchbohrte und sich immer weiter vorarbeitete. Rechte Herzkammer und linke Herzkammer, *Rattattatta*, wie eine Maschinengewehrsalve.

Im Bereich »Kernbearbeitung« drangen aus den in einem »recycelten« Formkasten installierten Lichtprojektoren blutrote Lichtbündel, die sich an den Reflektoren in den Senkrechtförderern brachen. Farbige Sterne glitten durch den Raum, verlangsamt und schwebend, Halluzinationen im Endstadium.

Der riesige hochauflösende Bildschirm, der an starken Flaschenzügen an einem über die ganze Breite der Halle gehenden Laufkran befestigt war, wurde leuchtend gelb und blendete dann über auf ein Auto, das sich im Zeitlupentempo fortbewegte. Aus dem Dolby-Surround-Soundsystem mit seinen Boxen drang ein Herzschlag, der immer lauter wurde. Dann die traurig-vibrierenden tiefen Töne eines Saxophons, die von ansteckender Melancholie waren.

Wenige Herzschläge davon entfernt warfen an den Querträgern angebrachte Scheinwerfertrauben pulsierendes Licht auf den Hauptfloor und zerrissen das Netz aus Rauch, das in der Luft hing. Holografische Projektionen unsäglicher Monster schwebten zwischen den Lebenden.

Und alle zuckten, rempelten, stießen sich die Ellbogen in die Rippen und versuchten, einander berührend sich nicht zu berühren. Wie sich gegenseitig abstoßende Magnete.

Verunreinigung des Geistes, Verschmutzung, Blutstropfen, die die Symmetrie der Vernunft zerstören.

Auf dem Bildschirm war nun der Höhepunkt eines simulierten Autounfalls zu sehen, an dem mit Fleischstücken versehene Dummys beteiligt waren: Der Aufprall vollzog sich in perfekter Synchronisation mit der einsetzenden Musik. Eine wahre Explosion. Die von den vorne sitzenden Insassen abgerissenen Teile flogen in einem Wirbel aus Glasbröckchen durch den Innenraum eines Honda Civic, als dieser frontal auf eine Backsteinmauer prallte …

Der BPM-Counter huldigte der Skandierung des Augenblicks, Herzschläge im Takt des Stroboskopzuckens, programmierter Rhythmus der Doublebass. Ein sanfter Einstieg in die vorprogrammierte Ekstase, die melodiöse Anfangsphase einer berauschenden Nacht.

Herzlich willkommen in der Hölle, Freunde von nah und fern.

Cristoforo wandte den Blick von der Todesszene auf dem Bildschirm ab und trank noch einen Schluck von seiner Cola mit Rum. Das Ritual hatte begonnen. Wieder einmal. Wahrscheinlich war dieser Film ja gar nicht als Mahnung gedacht, sondern als Anstiftung. Als Aufforderung. Als Köder.

Während die Welt vorwärtsdrängt, entfernen wir uns immer weiter von der aufgehenden Sonne.

Cristoforo kniff die Augen zusammen. Dann versuchte er, sich wieder zu straffen, und schob eine Haarsträhne zurück, die ihm über die rechte Augenbraue gefallen war.

Er trug schwarze Jeans und ein schwarzes Hemd von Levi's. Im Grunde unterschied sich das Outfit, das er gewählt hatte, um sich hier unter die Jugendlichen zu mischen, nicht sonderlich von seinem Gewand, das er als Geistlicher trug. Nur der weiße Kragen fehlte.

Sein Blick schweifte durch das allgemeine Durcheinander und blieb an einem jungen Mädchen hängen, das gerade durch den Hauptgang hereinkam. Sie war sehr jung und sehr schön. Ihr von der Seite angeleuchtetes Gesicht bildete einen starken Kontrast zu den wirbelnden Schatten, die durch das Aufblitzen des Stroboskops entstanden. Das Mädchen wirkte verängstigt und deplatziert ... Es sah aus wie ein Engel, der aus Versehen hierher geraten war.

Der Pater verließ den Bartresen und drängte sich nach vorne, um die neu Angekommene besser sehen zu können. Doch sie war verschwunden, von der Menge verschluckt. Und Cristoforo spürte, wie das Gefühl der Panik in ihm wuchs. Seufzend versuchte er, aus seinem tiefsten Innern den Wunsch hervorzuholen, immer und in jedem Fall auf der Seite der Sonne zu bleiben.

Er setzte alles daran, doch es gelang ihm nicht.

4

Das Raunen und Schreien hatte sich ins fast Unerträgliche gesteigert und zersplitterte an der Masse der Körper, die auf der Tanzfläche wogte. Die Stimme des Sängers, die ein hysterisches Growling modulierte, folgte den Riffs der elektrischen Gitarre.

Vasco Ales Terrano kannte das Stück sehr gut, es war ein alter Song von Mastema: *Pollution Soul*, sehr, sehr böse und eines seiner Lieblingsstücke. Er starrte auf den Monitor, verlor sich in den blutigen Fleischfetzen, die über das zerknautschte Blech katapultiert wurden, und ließ die Musik mit ihren zerstückelten, wahnhaften Dissonanzen, die das Schlagen des Herzens, das Fließen des Blutes in den richtigen Rhythmus zwang, tief in sich hineinfließen.

Während seine Leute sich durch die Menschenmenge drängten, um ihm eine Gasse freizumachen, versuchte er, den Atem anzuhalten, damit er den Leichengeruch nicht mehr wahrnehmen musste.

An manchen Abenden entwich dieser Geruch seinem Geist, legte sich wie eine Kapuze über sein Gesicht, und er musste immer wieder schniefen und schnuppern, im Bewusstsein, dass er den Tod im Innern trug.

Rollo und Dana, sein Cousin und sein Cousine, halfen ihm, indem sie das Vordrängen der Bande lenkten: fünf Schläger, die sich als kompakte Masse langsam vorwärtsschoben und den Weg bahnten. Wer sich ihnen entgegenstellte, wurde blutig geschlagen. Rasierte Schädel und ärmellose Shirts, pralle Bizepse, keltische Tätowierungen und Nasenpiercings. Springerstiefel mit Stahlkappe, Schlagringe und japanische Messer. Keiner von den Sicherheitsleuten am Eingang hatte es gewagt, sie zu filzen.

Vasco gab der Meute ein Zeichen stehen zu bleiben. Jeder Platz war recht. Jetzt mussten sie einen Kreis bilden, Raum schaffen, um neue Opfer anzulocken.

Er sah sich um, war sich der verängstigten Blicke bewusst, die ihm die Menschen zwischen dem Aufblitzen der Stroboskope zuwarfen.

Er trug einen weißen Lederanzug von Cruciform Styling, knallenge Hosen mit silberfarbenem Gürtel, und im Knopfloch seiner Jacke steckte eine weiße Rose. Drunter war er nackt bis auf eine Christian-Dior-Kette, sein bloßer Oberkörper und der Bauch glänzten von Öl und Schweiß. Als er das Mädchen mit dem Engelsgesicht sah, machte sein Herz einen Sprung. Und er musste, wie so oft, an den Tod denken, den göttlichen Herrscher über den Dämon des Lichts. Das Abheben, der Rausch konnte so viele scheußliche Begleiterscheinungen haben, und der Frieden des Danach war nur eine Illusion. Es gab kein heiteres, befreiendes Ende, es gab keine Hoffnung. Nur loderndes, verzehrendes Feuer, garniert mit gebrochenen Knochen, abgerissenen Gliedmaßen, weiße Blütenblätter in der Dunkelheit. Und alle nur erdenklichen Strafen.

5

All das Licht, das die dichte Decke aus Rauch zerschnitt, die Gesichter verzerrte und im Takt herausarbeitete … Clori wusste nicht, wie lange sie es hier aushalten würde, bevor sie zu zittern anfangen würde. Um sie herum ein Gemenge von Armen, rasierten Schädeln, Klingen verschiedenster Größe, verspiegelte Brillen, schwarzes Leder und Silberketten. Und die Dreieinigkeit *guitarbassdrum*, die ein metallisches Gefühl auf der Haut hervorrief.

Über den Hauptfloor bewegten sich Projektionen von grausigen Monstern, Holografien von Teufeln und Dämonen.

Clori schob sich mit zögerlichen Schritten durch die Menge und hielt nach einem Fluchtweg Ausschau.

Als sie angekommen war, hatte die Uhr auf dem Armaturenbrett des Taxis 00:50 angezeigt. Sie bezahlte die Fahrt, exakt zehn Euro, stieg aus und steckte ihren sargförmigen Geldbeutel zurück in den Rucksack. Dann holte sie tief Luft, fasste sich ein Herz und reihte sich in die Prozession der jungen Leute ein, die sich durch die Parade der Schrottautos zum Eingang schob. In der Halle zeigte sie Ausweis und Eintrittskarte vor und gab Handy und Armbanduhr ab, wofür sie ein Märkchen erhielt. Schritt für Schritt ließ sie sich von dem Tunnel verschlingen, bis tief in den Bauch des Gehenna hinein.

Die Tatsache, dass man dort drinnen keine Uhr und kein Handy bei sich haben durfte, verstärkte das Gefühl von magischer Unwirklichkeit. Es gab keine Sekunden, keine Minuten mehr, die Zeit blieb stehen. Kein Ticken, kein Herzschlag, alles wurde zu Nichts. Hier gab es nur den Rhythmus der Musik und des Lichts.

Die Zeit existierte nicht mehr. Sie verging nicht, sie endete nicht.

Clori dachte daran, dass sie in wenigen Stunden volljährig werden würde und dass sich dann vielleicht ihr ganzes Leben änderte. Sie dachte daran, dass vor achtzehn Jahren ihre Mutter gestorben war, während sie ihr, Clori, dazu verhalf, das Licht der Welt zu erblicken, und dass sie um drei Uhr morgens ihren letzten Atemzug getan hatte, dem Dunkel entgegengehend, Blutstropfen um Blutstropfen.

Mit geballten Fäusten und zusammengebissenen Zähnen zwang Clori sich dazu, in der Menschenmenge weiterzugehen. Sie merkte, dass sie immer noch ihren Ausweis in der Hand hielt, und schalt sich selbst, dass sie ihn nicht sofort nach dem Hereinkommen weggesteckt hatte. So eingezwängt wie sie war, konnte sie jetzt unmöglich den Rucksack absetzen, also steckte sie den Ausweis zusammen mit der Pfandmarke für Uhr und Handy in die Außentasche ihres Rocks. Sie passten kaum hinein, doch es war ihr egal, wenn sie kaputtgingen. Sie hatte andere Sorgen.

Sie sah sich wieder staunend um und konnte kaum glauben, dass sie jetzt wirklich hier war, jetzt, in diesem Moment. Sie war schon so oft auf der Internetseite des Gehenna gewesen und hatte sich die Bilder und die Videos angesehen, sodass es ihr nun so vorkam, als befände sie sich an einem Ort, den sie schon ewig kannte, besser als ihre Taschen, besser als ihr Zuhause. Diese Tatsache bereitete ihr Unbehagen, ja, machte ihr geradezu Angst. Nach so vielen Stunden, die sie damit verbracht hatte, sich vorzustellen, wie es sein würde, zusammen mit Hunderten von Gleichaltrigen hier zu sein, war das, was sie jetzt empfand, weder angenehm noch zu verstehen. Hin und wieder hatte sie das Gesicht ihres Vaters vor Augen, und sie glaubte sogar, seine Stimme zu hören, die in ihrem Kopf widerhallte wie ein Echo, das sich in der weichen Substanz ihrer Gedanken verloren hatte.

Das ist grauenvoll, nicht wahr?

Doch dann rief La Falena sie zur Ordnung.

Flap, flap …

Schau dich um und staune.

Ein Junge mit künstlich wirkenden Augen pinkelte in eine Ecke, und ein Mädchen, das dicht danebensaß, lachte wie eine Gestörte und scherte sich nicht um die Spritzer. Ihre Bluse war über den schweren Brüsten aufgeknöpft, sie trug große Ringe an den Brustwarzen und ein schwarzes Hundehalsband mit Nieten um den Hals.

Clori war sich der Markenkleidung bewusst, die die beiden trugen: eine Sisley-Jeans er und einen Gucci-Rock sie. So etwas in der Art jedenfalls.

Die Luft war unerträglich stickig, und es stank nach Verdorbenem. Die Musik war so laut, dass sie nur aus einem einzigen diffusen Ton zu bestehen schien. Clori versuchte, sich dazu zu bewegen, doch sie konnte den Rhythmus nicht erkennen, er entzog sich ihr immer wieder.

Sie konnte sich an nichts mehr erinnern: Alles, was sie sich von den Trend-Websites oder den Videos auf eMule oder Youtube abgeschaut hatte, alles, was sie die vielen Stunden lang geprobt hatte, war weg.

Dann diese Musik, all diese Musik …

Einen verwirrenden Augenblick lang hörte sie, wie die Klänge sich zu einem schaurigen und misstönenden Gesang verzerrten, *Wish You Were Here* in einer dämonischen Version. Die Stimme von Camus Babb, dem verfluchten Sänger von Mastema, verwandelte sich in eine zischende Schlange …

Ich wünschte, du wärst hier …

Aber wo hier?

Ihr Kopf drehte sich.

Dann war das Musikstück plötzlich wieder das richtige, die Stimme grölte und stotterte abgehackte Strophen, und die Doublebass ging ab wie verrückt. Clori atmete erleichtert auf, doch ihr wurde die Luft knapp, und sie japste.

Mit den Ellbogen bahnte sie sich einen Weg durch die dicht an dicht gepressten Menschen auf der Suche nach einem ruhigeren Ort, wo sie die Angst niederkämpfen konnte, die immer weiter in ihr wuchs. Die Kehle wurde ihr eng, trotz der Gegenwart ihrer dunklen Zwillingsschwester.

Endlich fand sie ein freies Plätzchen auf einer Treppenstufe am Rand des Floors, hinter einem Pfeiler, der von oben bis unten mit rostfarbenen Nieten bestückt war. Sie setzte sich hin, öffnete ihren Rucksack und kramte nach ihrem Asthmaspray. Sie inhalierte einmal tief, dann steckte sie das Fläschchen wieder weg, umfasste ihre Knie mit den Armen und legte das Kinn darauf. Mit geschlossenen Augen versuchte sie herauszufinden, ob sie noch atmete, zumindest noch ein bisschen.

Vielleicht bin ich ja schon tot und habe es gar nicht gemerkt.

La Falena, die in ihrem Herzen saß, flatterte und wisperte und schien ebenfalls ganz durcheinander zu sein.

6

Seine Leute warteten auf Anweisungen. Sie starrten ihren Leader an, mahlten Luft und Speichel, ein Rudel Wölfe in der Nacht, die heulten statt zu atmen.

Macht einen Kreis und wartet, was kommt, ihr Vollidioten.

Vasco konnte sich jetzt nicht mit ihnen abgeben, denn sein Blick klebte an diesem Engel, der ihm wie in einem Traum erschienen war.

Er bewunderte die perfekte Symmetrie ihrer Züge, wünschte sich, in sie einzudringen, um Teil dieses Gesichts zu werden, um die Reinheit zu zerstören, die sich hinter ihren geschlossenen Lidern verbarg.

Verschmutzen, verderben, oh …

Das war seine Aufgabe, dafür war er auf der Welt.

Er versuchte, den Code einer neuen, sich in ihm ausbreitenden Begierde zu entziffern, doch er konnte sie nicht fassen. Mit hochgerecktem Kinn bewegte er langsam den Kopf wie ein menschliches Periskop, fing die Blicke von Rollo und Dana auf und deutete auf das Mädchen, wobei er den hungrigen Ausdruck eines Raubtiers hatte, das im Begriff ist zuzuschnappen, dabei schnellte seine Zunge über die Lippen.

Die zwei nickten nur. Beide hatten rasierte Schläfen, die verbleibenden Haare waren oben auf dem Kopf zu kleinen Hörnern geflochten: Er war klein und untersetzt, sie groß und geschmeidig wie eine schwarze Raubkatze. Eine furchterregende Punkerin, in diesem roten Licht, das sich über sie ergoss.

Die Meute bewegte sich von der Mitte der Tanzfläche weg, schloss einen Kreis, um einen anderen zu öffnen. Sie umringte die von ihrem Anführer bedeutete Beute in einer kompakten und undurchdringlichen Formation.

Vasco wusste, dass er auf sie zählen konnte.

Er trat durch den Kreis seiner Leute, steuerte auf das Mädchen mit dem Engelsgesicht zu, verringerte mit jedem Schritt die Entfernung, die ihn noch von der perfekten Symmetrie dieses Gesichts trennte. Doch dann erstarrte er. Weil plötzlich alle Laute, die ohrenbetäubende Musik und die schiefen Töne, einer großen Stille gewichen waren.

Er wusste, was das bedeutete.

An einer unbestimmten Stelle in seinem Geist tat sich ein Spalt auf.

Erst kam das Schluchzen.

Dann erschien das Kind Duckdichweg. Es kniete auf dem Boden, klein und zitternd, es weinte, außer sich vor Angst.

Er versuchte, es zu vertreiben, es zum Verstummen zu bringen, denn das Weinen war so ohrenbetäubend, dass er nahe daran war, verrückt zu werden.

So viele Tränen, so viele Tränen, mein Gott…

Er bewegte stumm die Lippen und zog die Nase hoch. Ein brennendes Gefühl machte sich hinter seinen Augäpfeln breit.

»Im Leben musst du knallhart sein wie der Schwanz eines Stiers, mein Kleiner. Knallhart! Und sieh zu, dass du mich nicht enttäuschst, denn du weißt, dass ich sonst sehr böse werde.« So hatte der Chef gesprochen, die Worte hallten in seinem Kopf wider, kratzten an seinen Gedanken, an jedem einzelnen, bis sie zu bluten begannen.

Sein Vater war seit zehn Jahren tot, doch sein Geist war immer noch lebendig und gegenwärtig. Immer bereit für ein gedämpftes Knurren: Befehle, Ratschläge, Chamäleonblicke. In der Erwartung, dass sein Sohn die Rolle einnahm, die ihm gebührte.

Kämpfe gegen deine Angst, zerquetsche sie.

Duckdichweg zitterte und weinte. Er durfte ihm nicht erlauben, weiterzumachen.

So viele Tränen, so viele Tränen, mein Gott ...

Völlig panisch suchte Vasco in seiner Jackentasche nach der Schachtel mit dem Mixtura. Jetzt war der Augenblick gekommen, sich wieder neu zu öffnen. Es gab keine andere Lösung.

So viele Tränen, so viele Tränen, mein Gott ...

Er kippte sich ein paar Kicks in die Handfläche und stierte sie stumpfsinnig an: Sie sahen aus wie Blutklumpen, wie leuchtend rote Rubine. Mit tränenverhangener Seele hielt er sich die rechte Hand wie eine Schale unter die Nase, drückte sich dann die Handfläche auf den Mund, als wolle er sich selbst zum Schweigen bringen, und warf zugleich den Kopf mit einem Ruck in den Nacken, sodass die Pillen in seine Mundhöhle fielen. Er schluckte kräftig und wartete dann mit geschlossenen Augen ab.

Flüssiges Feuer in der Schachtel des Bewusstseins, Lichtfragmente, wundersames Staunen. Vasco ballte die Fäuste und wartete auf ihn.

Mister Knallhart, der wahre Erbe des Chefs, knurrte aus der Dunkelheit.

Aus dem weit entfernten Land der weit entfernten Erinnerungen.

Duckdichweg kauert sich noch mehr zusammen, bis er nur noch eine zitternde Fleischkugel ist.

Ein Tritt, noch einer ...

Der Fuß geht hoch und fährt dann nieder, zerquetscht ihn mit einem schmatzenden Geräusch, dass es einem den Magen umdreht.

Wie in einem Comic für völlig Abgedrehte hebt sich der Fuß wieder, und von seiner Sohle tropfen Blut und Gehirnmasse.

Einmal, noch einmal und noch einmal. Bis schließlich Stille ist.

Keine Tränen mehr.

Nur noch ein dämliches Grinsen und ein Seufzer der Erleichterung.

Nur noch eine zitternde Masse, rot und weiß mit gelben Schlieren.

Augen zu, Augen auf.

Vasco Ales Terrano nahm die Parade der Gesichter seiner Leute ab, die wie angewurzelt um ihn herum standen. Dann rieb er sich den Hosenschlitz, bis sein Schwanz hart wurde, und bleckte die Zähne.

Das Herz in seiner Brust machte *dudump dudump dudump.*

Mit jedem Schlag gewann er seine Klarheit wieder, und die Geräusche um ihn herum hatten bald ihre normale Lautstärke erreicht.

Er hatte es geschafft, er hatte Duckdichweg wieder einmal zermalmt.

Er seufzte und suchte den Blick seiner Beute.

Sie war noch da, sein der Beschmutzung harrender Engel. Einen schwindelnden Augenblick lang glaubte er zu sehen, dass sich auf ihrem Rücken kleine schwarze Flügel bewegten. Doch einen Wimpernschlag später hatten sich dieses Schmetterlingsanhängsel in einer Sichel aus glühenden Spiralen aufgelöst. Die Discokugel oben am Laufkran streute Luftspiegelungen, rief periphere Visionen hervor und machte alles lebendig, was tot war, und greifbar, was nicht existierte.

Vasco kniff die Augen zusammen und versuchte, die körperliche Verfassung des Mädchens abzuschätzen. Sie war sehr jung. Und viel zu dünn, aber trotzdem ganz okay. Der DJ mischte den Anfang von *Ratamahatta* von Sepultura in das Ende von *Pollution Soul.* Congas und Timbales und alle sonst noch denkbaren Percussioninstrumente schienen zwischen den Dolby-Surround-Lautsprechern hin- und herzuspringen. Geiles Zeug, gutes Zeug.

Vasco nahm den Augenblick in sich auf und klopfte mit dem rechten Fuß den Takt mit, wobei er im Zucken des Stroboskops die Schultern auf und ab bewegte. Die Weißgoldkette von Christian Dior, die er um den Hals trug, glitzerte kalt.

Diese Nacht wird nie enden, dachte er und genoss das Hochgefühl. *Sie wird nie ganz enden.*

Dieses Bewusstsein verstärkte die Wirkung des Mixtura, das seinen Körper durchströmte, und die Gegenwart von Knallhart, der immer noch trat und zerquetschte. Der einzige wahre Erbe des Chefs.

7

Clori zwang sich, die Augen zu öffnen und den Blick zu heben. Auf einmal war die von den Lichtklingen zerschnittene Masse von Körpern verschwunden, und sie hatte das Gefühl, als existiere überhaupt niemand mehr auf der Welt. Als habe man sie in einer Wüste aus Wasser und Feuer zurückgelassen.

Jetzt bin ich wirklich verloren.

Red keinen Unsinn und hör hin.

In Wirklichkeit war der ganze Trubel noch da, die Leute waren noch da, nur ein Stück entfernt von ihr.

Die Menschen und die Musik waren von ihr abgerückt.

Alle, außer diesen Typen, die im Halbkreis um sie herum standen und sie anstarrten.

Vielleicht träumte sie, und es war alles nur Einbildung. Oder auch nicht.

Du darfst dich nicht so fühlen, weißt du, das darfst du nicht.

Aber wie fühle ich mich? Wie denn?

Von einem Schwindel ergriffen und nach Luft ringend, versuchte sie zu begreifen, was hier vor sich ging. Vor ihr war mitten im Kreis der schwarzen Gestalten ein merkwürdiges schneeweißes Wesen erschienen, ohne Form und Stabilität, verwirrend, mit blinkenden Augen, hundert Nasen, hundert lächelnden Mündern und hundert Zähnen, die zu mahlen schienen und immer länger wurden: ein grauenerregendes Gesicht aufgelöst im Stottern des Stroboskops. Es musste sich um einen Eisdämonen handeln ... Sie wollte aufstehen, weglaufen, sie stemmte die

Füße auf den Metallboden, versuchte, die Muskeln anzuspannen, doch ihre Absicht verlor sich auf halbem Weg, und so erstickte das Vorhaben bereits im Keim.

Das unförmige Wesen trat nach vorne, aus dem von den Lichteffekten beherrschten Bereich heraus, und seine Gesichtszüge wurden deutlicher.

Siehst du denn nicht, dass es nur ein Typ ist?

Nur ein Typ, natürlich.

Clori spürte, wie sie über und über rot wurde. Denn er sah wirklich gut aus: dunkler Blick, schwarze Pupillen und volle, fast feminine Lippen.

Er hatte langes, nach hinten gekämmtes Haar, beugte sich nun über sie und streckte eine Hand nach ihr aus. An jedem Finger trug er einen silbernen Ring in Schlangenform, der letzte Schrei von Breil.

Mit kühler Hand berührte er ihre Wange.

Das Gesicht kommt näher, wird größer, breiter, sein Lächeln ist wie ein Schnitt, wie eine schlecht verheilte Wunde.

Clori erlebte die Szene unnatürlich verlangsamt, und ihr wurde übel. Sie hatte den Eindruck, in das Gesicht dieses Jungen hineinzustürzen, in es einzudringen, bis sie ein Teil davon war. Sie roch seinen Atem. Ein süßlicher Duft, wie Vanille.

Er kam noch näher, bis er ihre Wange streifte, die Lippen an ihrem Ohr. »Vielleicht kann ich etwas für dich tun.«

Die Stimme wird langsam, verliert sich in einem Traum.

Clori ballt die Fäuste, versucht, La Falena in ihrem Innern zu rufen, vielleicht kann sie ihr einen Rat geben.

Komm schon, lass mich jetzt nicht allein.

Ich brauche deine schwarzen Flügel.

Doch ihr Zwilling blieb stumm.

Wieder die Stimme des Jungen. Wie ein Flüstern, das wie ein heißer Hauch in sie eindrang. »Hast du jemals einen Hunger verspürt, dem du nicht widerstehen kannst?«

Oooh, nein, ich …

Alles drehte sich, unaufhaltsam. Die Übelkeit, die Verwirrung …

»Bitte«, flehte Clori und drehte den Kopf weg. »Mir ist nicht gut.« Ihre Stimme mischte sich in das Chaos der Musik: elektrische Verzerrungen, Trommeln, herzloses Grölen. Sie starrte den Jungen vor sich einen Moment lang an, und als er von einem leuchtend grünen Strahl von der Seite getroffen wurde, schien ihr, als nähmen seine Augäpfel eine gallertartige Konsistenz an, wie ein mit gelben und roten Schlieren versehener Brei.

Sie war im Begriff zu schreien, mit aller Luft, die sie noch in der Lunge hatte. Doch dann riss sie sich zusammen.

Als der Effekt in einem anderen Lichtspiel verblasste, wurden seine Augen wieder normal. Zusammengepresste Lippen, ernsthafte Miene, voller Verständnis. »Ich weiß, wie du dich fühlst.«

Was?

Sie sah, dass er am rechten Revers eine Blüte im Knopfloch trug, eine weiße Rose mit hellem Stiel, die sehr künstlich wirkte, eine Plastikblume.

Ich weiß, wie du dich fühlst?

Was?

Er schrie ihr ins Gesicht, um sich im allgemeinen Lärm verständlich zu machen. »Ich weiß, wie du dich fühlst! Ich erkenne alle Symptome …« Er kramte in seiner Tasche und holte eine rote Pille hervor, die aussah wie ein Blutklumpen, und hielt sie ihr vors Gesicht. »Damit kannst du über deine Angst lachen, glaub mir …«

Clori stellte keine Fragen. Sie war zu durcheinander, wartete auf Anweisungen, die nicht kommen wollten. La Falena hielt sich zurück und half ihr nicht.

Der Junge streckte eine Hand aus und schob den roten Klumpen zwischen ihre halb geöffneten Lippen. Clori öffnete den

Mund gerade so weit als notwendig, um diese seltsame Hostie zu empfangen. Dunkle Kindheitserinnerungen schossen ihr durch den Kopf: die kleine Babyclori, die mit ihrem Papa in die Kirche geht, um am Weihnachtstag der heiligen Messe beizuwohnen, der Geruch nach Weihrauch und Kerzenwachs in der kalten Luft, in der Ecke hinter dem Beichtstuhl die Krippe mit den großen Terracottafiguren ...

Ich bitte dich, lieber Gott, mach, dass ...

Auf Knien auf dem harten Holz betete sie mit gefalteten Händen zur Madonna, als wäre sie Santa Crash, und bat um Vergebung und um Hilfe. Weder das eine noch das andere hatte sie bekommen. Dann die Kommunion, der weit geöffnete Mund, in den die Kälte floss und sich zusammen mit der Hostie an den Gaumen presste. Dieser Geschmack nach Plastik und trockenem Brot, dieses brennende Gefühl. Die Finger des Pfarrers, die aus irgendeinem Grund zitterten.

Dies ist mein Leib.

Sie empfing die Gabe und schluckte sie mit gesenktem Kopf und geschlossenen Augen. Das Brennen, das der Pille folgte, war wie ein glühender Tentakel. Von Panik ergriffen, hustete sie mit der Hand am Hals. Sie hatte nicht den Mut aufzublicken.

»Keine Sorge«, versicherte er. »Du brauchst keine Angst zu haben. Es ist nur etwas, was in dir gräbt, es öffnet dein Inneres und nährt dich.«

Aus der Dunkelheit stieg ein winziges Lichtfragment auf, blass und fern. Clori sah, wie es sich ausbreitete, während ein Schaudern wie eine schwache Liebkosung ihre Hirnrinde durchbrach.

Ein fremdes Atmen heftete sich nun an sie, schuf sich mit Gewalt Platz und durchbrach die Grenze ihrer Wahrnehmung.

Geruch nach Vanille, viel zu stark, ekelerregend. Geruch nach Fleisch und Blumen. Zucker und Blut.

Clori riss die Augen auf, versuchte, wieder ein bisschen klarer zu werden. Sie wollte etwas schreien, doch ihre Lippen bewegten sich stumm, nur ein Zischen kam über ihre Lippen. Sie sah das Gesicht des Jungen mit den schwarzen Augen drohend über sich und begann zu zittern.

Sepultura hatten ihr Stück beendet, jetzt war Rammstein an der Reihe, verzehrend und erschütternd mit *Mein Herz brennt.*

Die Musik war auf eine fast unerträgliche Lautstärke aufgedreht.

Zerfetzender Wirbel auf den Drums.

Ein Hammer, der auf die Magendecke schlägt. Die Herzkammern zertrümmert.

Clori drückte die Handflächen gegen die Schläfen und merkte, wie ihr etwas auf die Lippe tropfte. Die Piercing-Wunde an der Nase hatte wieder angefangen zu bluten. Sie tat so, als wäre nichts und wischte das Blut mit der Fingerspitze weg, dabei schmierte sie sich einen roten Strich auf die Wange.

Die schwarzen Typen hatten ihren Kreis noch enger um sie gezogen. Sie rückten immer dichter an sie heran, als wollten sie sie in einen Käfig sperren.

Sie bemerkte einen kleinen, muskulösen Typen neben einem großen, schmalen Mädchen. Ledermäntel, die Haare zu Teufelshörnern geformt.

Was wollt ihr von mir? Sagt doch was!

Sie stand auf.

Mein Herz brennt.

Rammstein im Hintergrund kündigte die Kremation der Gefühle und das Ende der Hoffnungen, der Leidenschaft und der Reue an.

Mein Herz brennt.

Der Junge mit den dunklen Augen und den falschen Wimpern streckte ihr jetzt die rechte Hand hin. »Komm mit, vertrau mir. Es wird alles gut«, flüsterte er.

Seine Worte waren nicht zu hören, aber zu sehen.

Komm mit.

Clorinda wusste nicht, ob sie ihm vertrauen sollte. Sie versuchte, ihr Herz zu befragen, doch es antwortete nicht. Ihr Herz war schon vor einer ganzen Weile verstummt.

Die ausgestreckte Hand.

Mein Herz brennt.

Sie dachte, dass sie eine Entscheidung treffen musste, bevor der Kreis sich schloss.

Das Herz ist zu Asche geworden und jetzt …

Sie ergriff die Hand und hielt sie fest.

Das Herz fliegt.

Sie ließ sich fortziehen mit dem Gefühl, auf Gelatine zu gehen, und sie versuchte, nicht zu sehr zu schwanken. Einen Schritt vor den anderen. Rechts, links. Wie in einem seltsamen Traum.

8

»Du kannst hier nicht durch, Schätzchen. Es ist schon alles voll.« Der Gorilla, der am Tunneleingang Wache hielt, hatte vorstehende Kuhaugen, kaute auf irgendetwas herum und beugte sich so weit zum Seitenfenster hinunter, dass seine Stirn das Metall berührte. Er versuchte, einen Blick auf die Schenkel der Frau am Steuer des schwarzen Lamborghini Gallardo zu werfen.

Chiara Monti umfasste das Lenkrad noch fester, um ihre Nervosität zu bändigen, und sagte nichts. Sie bemühte sich, nicht nach hinten zu rutschen, auch nicht unmerklich, und stattdessen eine unverfrorene Miene aufzusetzen. Selbstbewusst wedelte sie mit dem Passierschein, den ihr die Organisatoren des Rennens ausgestellt hatten, vor der Nase des wiederkäuenden Rindviehs herum.

Die Zerberusse, die die Einfahrt kontrollierten, fünf Muskelprotze mit Lederjacken, rasierten Schädeln und brustlangen Bärten, umringten das Auto und wirkten so bedrohlich, dass sie schon befürchtete, sie könnten Lunte gerochen haben und wüssten, wer sie war. Vielleicht war sie ja aufgeflogen. Sie legte die Hände in den Schoß und überlegte, wie lange sie wohl brauchen würde, um die Pistole aus dem Seitenfach der Fahrertür zu holen.

Dann sprach einer der Bärtigen kurz in ein Walkie-Talkie, nickte mehrmals und machte seinen Kollegen ein Zeichen, dass sie die Absperrgitter wegnehmen sollten.

Chiara atmete erleichtert auf. Sie zwinkerte dem Paarhufer zu, der immer noch mit der Stirn an ihrem Wagen lehnte und auf ihre Beine stierte, dann legte sie den ersten Gang ein und ließ das Auto einen Satz nach vorne machen, sodass der Mann zurückspringen musste. Er fluchte, und sie schenkte ihm ein »Du mich auch«.

Der Tanz hatte begonnen.

Hinter dem Tunnel empfing sie ein absolutes Chaos. Autos, Menschen, die umherliefen und Videokameras schwenkten. Andere machten vor den geöffneten Kofferräumen ihrer Fahrzeuge die absurdesten Verrenkungen zu der dröhnenden Musik der auf volle Lautstärke aufgedrehten Hi-Fi-Anlagen. Sie kam sich vor wie auf einem völlig ausgeflippten Dorffest.

Chiara fuhr an den rechten Straßenrand, nahm das Fernglas vom Beifahrersitz, stieg aus und kletterte auf die Betonblöcke, die später einmal als Verstärkung der Begrenzungswälle der neuen Autobahn dienen sollten. Auf ihren hohen Absätzen fühlte sie sich unbeholfen und ausgesprochen unwohl. Außerdem war es kalt, die Temperatur war mindestens um zehn Grad gesunken. Der Abfall des Luftdrucks hatte dazu geführt, dass sich am Himmel bedrohliche Wolkenberge gebildet hatten, die sich ausbreiteten und immer dichter auftürmten.

In der Ferne war Donnergrollen zu hören. Es klang wie ein unterdrücktes und tiefes Gurgeln. Die Stimme des Teufels. Als kleines Mädchen hatte ihre Mutter ihr erklärt, dass dies die Ursache für den Donner bei einem Gewitter sei.

Der Teufel kommt in der Kutsche, um uns auf dieser gespenstischen, irrsinnigen Kirmes zu besuchen.

Niemand schien auf sie zu achten.

Einige wenige Autos, die noch keinen Platz gefunden hatten, fuhren mit Schrittgeschwindigkeit weiter.

Chiara versuchte nun, sich einen Überblick zu verschaffen.

Die Zuschauer hatten ihre Fahrzeuge mit eingeschalteten Scheinwerfern auf beiden Seiten der Straße im rechten Winkel zu ihr aufgestellt.

An der Startlinie hatte sich bislang nur ein orangefarbenes Coupé eingefunden, offenbar ein Honda. Daneben standen etliche Leute Schlange, wo an einem Tisch Wetten angenommen wurden. Mädchen mit nackten Beinen, Ritter mit stumpfem Blick. Gestikulieren, Lachen. Erloschen und ohne jegliches Feuer. Man konnte die Symptome erkennen: Das Mixtura veränderte die Ausdrucksfähigkeit völlig. Es wirkte wie ein ins Bewusstsein gepflanztes Stroboskop, ein zuckendes Aufleuchten, das jeweils nur einen Teil mit blendendem Licht übergoss und damit das allgemeine Chaos nur noch vergrößerte und eine Leichtigkeit vermittelte, die viele für Hoffnung hielten.

Mixtura hatte alle bis zu diesem Augenblick angesagten Rauschmittel ausgestochen, und die Leute wollten sich jetzt nur noch Kicks einwerfen, der Welt entfliehen und zu den Engeln fliegen – oder zu den Dämonen.

Willste 'ne Briefmarke ablecken, Baby? Willste 'nen Brief an Beelzebub schicken, damit er rechtzeitig kommt, dann ist das das absolut Richtige für dich …

Man war nicht mehr *zu* oder *dicht*, sondern *offen*. Mit den Kicks konnte man seinen Geist öffnen und die Türen der Wahrnehmung aufstoßen. Dasselbe Prinzip, das die Schamanen benutzten, um in Kontakt mit dem Jenseits zu treten.

Fernglas im Anschlag, konzentrierter Blick durch die Linsen. Das Rändelrad zur Schärfeneinstellung rau unter den Fingerkuppen.

Jetzt gesellte sich ein weiteres Auto zu dem orangefarbenen Honda. Ein schwarzes Coupé. Tiefergelegt mit Spoiler und Seitenschürzen, insgesamt ziemlich normal im Vergleich zu einigen anderen Autos, die hier zu sehen waren.

Die Tür geht auf. Ein Typ mit langen Haaren bis auf die Schultern steigt aus.

Chiara drehte am Zoomrad, um den Neuankömmling besser sehen zu können.

Ein hübscher Kerl mit finsterem Blick. Er erinnerte sie an jemanden. Ihr Herz schlug schneller. Warum sein Anblick sie so aufwühlte, war ihr allerdings schleierhaft.

Der Typ begrüßte die Zwillinge mit ihren Hawaiihemden und Sonnenbrillen, die sie kontaktiert hatte, um sich für das Rennen anzumelden, zwei ziemlich verrückte Typen, Mechaniker aus Zola Predosa, die ihren Lebensunterhalt mit dem Tunen von Autos verdienten und nebenbei illegale Autorennen organisierten. Ihnen hatte sie die Rolle der stinkreichen, sich zu Tode langweilenden Dreißigjährigen vorgespielt, die auf der Suche nach einem neuen Kick war, und die beiden hatten ihr das abgenommen. Sie war auch wirklich gut gewesen. Eine geborene Schauspielerin. Vielleicht hatte sie ihre Rolle auch deswegen so gut gespielt, weil sie tatsächlich frustriert war. Frustriert und verloren, mit wenigen Gewissheiten in Bezug auf ihre Zukunft als Frau. Gescheiterte Ehefrau und immer abwesende Mutter. In ihrem Beruf war es anders, als Polizistin war sie gut, war es immer gewesen. Sie hatte bei der DIA, der Antimafia-Einheit in Palermo und Rom, gearbeitet und war mit dreiundzwanzig bereits Kommissarin geworden. Dann versetzte man sie nach Bologna. Als sie schwanger wurde, hatte sie sich eine längere Auszeit nehmen müssen und damit ihre Karriere aufs Spiel gesetzt. Dann das grandiose Comeback.

»Signora Monti, kommen Sie doch bitte in mein Büro, ich muss mit Ihnen sprechen.«

Mit diesen Worten hatte sie der Polizeipräsident Giulio Mastroleo an einem Frühlingsmorgen vor fünf Jahren zu sich gebeten und sich dann im Gespräch in überschwänglichen Lobeshymnen über ihre beruflichen Leistungen und ihre besonderen Fähigkeiten in Führungs- und Strategiefragen geäußert, die sie schon in der Vergangenheit ausgezeichnet hätten. Dann kam er zum Kern der Sache und fragte sie, ob sie nicht Lust habe, eine spezielle Ermittlungsgruppe zu leiten.

Sie sah ihn an, als sei er verrückt geworden, und fragte vollkommen verwirrt: »Speziell wofür?«

Auf dem Schreibtisch des Polizeipräsidenten lagen unzählige Akten und Dossiers, die sich mit den sogenannten Discounfällen befassten.

»Das ist eine Tragödie, *meine liebe* Kommissarin, eine wahrhaftige Tragödie.«

Gemäß der Statistiken sei die Zahl jugendlicher Unfalltoter auf den Straßen über die Maßen angestiegen. Dem müsse Einhalt geboten werden. Der Bericht des nationalen Statistikinstituts ISTAT spreche von dreitausend Toten in den vergangenen drei Jahren, im gleichen Zeitraum seien genauso viele amerikanische Soldaten in Afghanistan getötet worden.

»Nur dass es hier bei uns keinen Krieg gibt. Oder vielleicht doch ...«

Drogenhandel, Alkoholverkauf, der Kult um illegale Rennen mit getunten Autos, deren Fahrer Gladiatoren in einer Arena glichen, angefeuert von blutrünstigen Zuschauern. Das war wie eine ansteckende Krankheit. Es gab keine Werte, kaum noch Gebete und fast keine Kirchen mehr. An ihre Stelle traten riesige Diskotheken wie das Gehenna. Kulttempel für kranke Seelen.

Hinter all dem verbarg sich etwas Ungreifbares. Eine geheime Macht, bei der die Fäden skrupelloser krimineller Organisationen zusammenliefen. Opfer, Schlächter, Wächter und Diebe, alles vermischte sich. Während sich ein schrecklicher Schatten im Hintergrund abzeichnete, ein geflüsterter und schon immer verleugneter Name.

Triplice.

Und den Preis bezahlten die Jugendlichen. Mit ihrem Leben. Im zerdrückten Blech geopferte Kinder. Opferlämmer.

Das alles musste gestoppt werden, bevor es zu spät war.

Dafür war der NSPIA, der *Nucleo Speciale di Prevenzione degli Incidenti Automobilistici*, das Einsatzkommando für die Prävention von Autounfällen geschaffen worden. Eine lange Bezeichnung für eine schwierige Aufgabe.

Das Team bestand aus sieben gleichrangigen Polizeibeamten, die externe Einheiten leiten durften. Diese Einheiten wurden nach Erfordernis der jeweiligen Operation zusammengestellt. Sie konnten sich gleichermaßen der Verkehrspolizei, der Drogenfahndung und der logistischen Einheit der schnellen Einsatztruppe bedienen ... Und dann gab es noch eine offizielle Leitung, die die Verantwortung für alles trug.

»Wenn Sie die Leitung des NSPIA übernehmen, werden Sie zur Polizeidirektorin befördert, *meine liebe* Kommissarin.«

Natürlich hatte sie Ja gesagt und sich ins Abenteuer gestürzt.

»Mit der allergrößten Diskretion, versteht sich.«

Beim Händedruck umfassen sich die Daumen. Dann stoßen die Fingerknöchel aneinander.

Der schöne Finstere verabschiedete sich von den beiden hawaiianischen Pushern, ging dann zu seinem Auto und öffnete den Kofferraum.

Das Rennen würde gleich beginnen, und Chiara musste sich einen Ruck geben, ihren Platz einnehmen und ihre Rolle bis zum Ende durchhalten.

Seufzend senkte sie das Fernglas und stakste auf ihren High Heels zum Auto zurück, während sich am Himmel bereits die Blitze des drohenden Gewitters jagten.

Als sie wieder hinter dem Steuer saß, sprang sie die Aufregung ganz plötzlich an wie eine zornige Katze. Ihr Magen zog sich unter einem Kratzen und Miauen schmerzhaft zusammen.

Sie schloss die Augen und versuchte, die Phasen der Operation noch einmal durchzugehen, indem sie sich das Schema der Einsatzplanung nochmals vor Augen führte, jede Einzelheit: die bereitstehenden Gefangenentransporter, die Männer des Teams, die auf ihren Motocross-Maschinen im Wald um das Straßenstück herum postiert waren.

Dort hinten an der Ziellinie war der Abgrund, der steil ins Tal abfiel.

Die Aufgabe bestand darin, als Erster ins Ziel zu kommen, ohne dabei in die Schlucht zu fahren. Das Ganze erinnerte ein wenig an den alten James-Dean-Film … *denn sie wissen nicht, was sie tun*. Nur, dass man sich dort im allerletzten Moment aus dem Auto warf, um seinen Mut zu beweisen. Hier musste man schnell und geschickt sein, um sich nicht mit dem Auto in den Tod zu stürzen. Dazu brauchte man eiserne Nerven und eine gute Dosis Naivität. Man forderte den Tod heraus, um sich lebendig zu fühlen.

Chiara dachte, wie oft auch sie sich klarmachen musste, dass sie noch lebendig war und dass noch Blut in ihren Adern floss.

Wie als Kind, wenn sie in ihrem Bett gelegen und sich zweigeteilt gefühlt hatte: Das Fleisch schlief, um nichts mehr zu spüren, und der Geist wollte weglaufen, während ihr Vater sie im Halbdunkel betrachtete und seine Stimme Märchen aus dem Königreich der Wirklichkeit erzählte. Der Alltag, der die Hoffnung tötete, und der Wunsch, in einem Windhauch zu erlöschen wie eine Kerze im Dunkeln.

Sie umfasste das Lenkrad, legte den ersten Gang ein, gab Gas und ließ die Kupplung kommen. Langsam fuhr sie die Straße entlang und versuchte, trotz der hohen Absätze das Gaspedal unter Kontrolle zu halten. Sie war sich der bewundernden Blicke bewusst, die ihr die jungen Männer von den geparkten Autos aus zuwarfen.

Sie wurde immer nervöser, was sie sonst gar nicht kannte. Plötzlich hatte sie Lust auf eine Zigarette. Ach ja, Abhängigkeit … Sie hasste es, unkontrollierten Trieben ausgeliefert zu sein.

Sie hasste es generell, von etwas abhängig zu sein.

Ganz gleich, ob von Dingen, Menschen oder Gefühlen.

Oder gar von Zigaretten oder irgendwelchen Scheißpillen.

Daher beließ sie das Zigarettenpäckchen in der Tiefe des Handschuhfachs neben der Kette mit ihrer Polizeimarke, die sie sich umhängen würde, wenn der richtige Augenblick gekommen war, um die Karten aufzudecken.

Das Schulterhalfter mit der Beretta Px4 Storm 9x21 im Seitenfach an der Fahrertür, in Griffweite.

Ihr Handy vibrierte. Sie schaute auf das Display: Es war Molisi.

Sie wollte schon antworten, doch die Verbindung brach sofort wieder ab.

Das fängt ja gut an.

Sie steckte sich rasch den Bluetooth-Kopfhörer ins Ohr und wartete darauf, dass Molisi sich wieder meldete.

9

Genau zum im Einsatzplan festgesetzten Zeitpunkt parkte Kommissar Mauro Molisi den Transporter an einer unauffälligen Stelle in einer kleinen Einbuchtung hinter einer Kurve, einen halben Kilometer vor dem Straßenstück, auf dem das Rennen stattfinden würde.

Nachdem er den Motor ausgemacht hatte, nahm er sein Handy, um Chiara Monti zu kontaktieren. Sie meldete sich zwar, doch die Verbindung wurde sofort wieder unterbrochen. Er fluchte leise vor sich hin, während er auf Wahlwiederholung drückte.

»Hallo? Hier bin ich, Commissario.«

Ihr Stimme klang metallisch, verzerrt.

»Ja, aber wo genau ...?«

Sie sagte ihm, sie sei schon auf ihrem Posten. Der Start stehe bald bevor.

»Na gut, Monti, sperren Sie die Ohren auf ...«

»Na gut, Molisi, wie ein Elefant ...«

Schlapper Scherz.

Molisi beendete lächelnd das Gespräch. Sie war offenbar nervös. Chiara war so jung, sie hätte seine Tochter sein können. Er verspürte ihr gegenüber eine große Zuneigung. Zuneigung und Achtung vor der Frau, die sie war. Auf Zack und voller Energie. Er war sich sicher, dass seine Tochter, wäre sie noch am Leben, ihr sehr ähnlich wäre. Der Gedanke an seine Tochter überfiel ihn so plötzlich und schmerzhaft, dass er nach Luft ringen musste. Marina war mit einer Schädigung des Hörnervs auf die Welt gekommen, doch sie hatte sich trotzdem in der Schule hervorgetan, hatte Lippen lesen gelernt und sprechen geübt, dabei war sie so gut geworden, dass ihre Stimme kaum anders klang als die eines Menschen mit gesundem Gehör. Sie war immer fröhlich gewesen und hatte nie aufgegeben, hatte Träume und Hoffnungen gehabt ... Und dann, vor zehn Jahren, das plötzliche Ende. Auf einer rasanten Autofahrt.

Zwanzig Jahre war sie alt gewesen, als sie auf so absurde Weise ums Leben kam. Ein besoffener Idiot hatte sein Auto auf der Via Emiliana mit hundert Sachen gegen einen Laternenpfahl gefahren, und sie hatte auf dem Beifahrersitz gesessen.

Molisi war damals noch bei der Straßenpolizei gewesen, und – wie es der Zufall will – er hatte gerade Streifendienst gehabt und war zum Unfallort gekommen. Er hatte nicht ahnen können, wer das eingequetschte Mädchen in dem Autowrack war, das stöhnend Tropfen für Tropfen sein Blut auspresste. Der junge Mann hatte einen schweren Schädelbruch erlitten, und Gehirnmasse war über dem verbogenen Blech verteilt. Während sie auf den Notarzt warteten, versuchte Molisi, die junge Frau, die noch am Leben war, aus der völlig demolierten Karosserie zu befreien. Dann rief sie plötzlich mit einer schwachen und kehligen Stimme um Hilfe.

Molisi spürte, wie sich eine Nadelspitze aus Eis in seinen Magen bohrte und streckte eine Hand in das Gemenge aus Metall und Fleisch, um der jungen sterbenden Frau die Stirn zu trocknen.

Die Augen des Mädchens fokussieren ihn, und die Lippen bewegen sich in der Leere, stammeln eine verzweifelte Bitte: »Papa ...«

Dann erlischt der Blick, während ein letzter Hauch über ihre Lippen geht, gefolgt von einem Schwall Blut, und er schreit: »Du bist nicht sie, du bist nicht sie!«

In der ersten Zeit nach diesem tragischen Unfall sah er die

Szene jedes Mal vor sich, sobald er die Augen schloss. Schließlich schaffte er es, dass sich die Erinnerung nur dann einstellte, wenn er es wollte und ohne dass er schreien musste.

Doch jetzt schnürten ihm die Erinnerungen die Kehle zu und zogen ihn in die Mäander der Vergangenheit. Molisi glaubte auch, dass es so richtig war. Er wollte seine Kleine nicht vergessen, er durfte auch diesen letzten schrecklichen Augenblick nicht vergessen. Denn das gehörte alles zu ihr, auch das Grauen. Irgendwie gehörte ihr Tod ihm, wie alles andere auch: die Fotos, die mit der Videokamera aufgenommenen Filme, der Schrank, in dem noch ihre sorgfältig zusammengelegte Kleidung lag und den er seit damals nie wieder geöffnet hatte.

Mit einem Seufzer erhob sich der Kommissar von seinem Sitz und ging in den hinteren Teil des Transporters.

Sapori saß schon vor der Konsole und überprüfte Satellitenbilder auf den Monitoren. Der Empfang war durch beständige elektrische Entladungen gestört, das Gewitter konnte jeden Moment losbrechen.

Ganz hinten im Transporter stand ein fahrbereites KTM-Motorrad, Benzingeruch hatte sich im Fahrzeug ausgebreitet und machte sie benommen.

Molisi verspürte einen leichten Schwindel. Er bat seinen Kollegen, die Positionen der Einsatzkräfte zu prüfen. Sie mussten sichergehen, dass alles in Ordnung war. Die Einzelheiten in den Blick nehmen. Nichts dem Zufall überlassen.

Auch die Funkverbindungen waren gestört, und die Kommunikation wurde immer wieder unterbrochen.

Die Kollegen bestätigten nacheinander ihre Positionen. Es befanden sich schon alle auf ihren Posten im Wald entlang der Rennstrecke.

»Kann man nichts gegen die Empfangsstörungen machen?«

Sapori schüttelte den Kopf. »*Nada de nada.* Ich habe schon alles versucht.«

Molisi hoffte inständig, dass dieser unglückliche Umstand nicht ihre ganze Aktion gefährdete.

Er sah auf die Uhr und versuchte, seine Ungeduld zu zügeln. Bald würde es so weit sein.

10

Franco Negronero öffnete den Kofferraum und überprüfte die Schläuche, die die Lachgasflasche mit dem Motor verbanden. Alles schien in Ordnung zu sein. Er ließ den Blick über den auf Hochglanz polierten Motorblock gleiten. Dann schlug er den Kofferraum wieder zu. Mit der Hand strich er über den kleinen Totenkopf, den ihm sein Automechaniker an Stelle des Herstellerzeichens montiert hatte. Es handelte sich um den Totenkopfring des *Phantoms*, ein Geschenk seines Vaters. Dieser hatte ihm von dem Superhelden aus längst vergangenen Zeiten erzählt, der seit den diversen Spidermen und Daredevils nicht mehr gefragt war. Das Phantom hatte die Angewohnheit, auf der Wange seiner besiegten Feinde mit dem Siegelring, den er am Finger trug, ein Mal in Form eines Totenkopfes zu hinterlassen. Franco war von dieser Geschichte so fasziniert gewesen, dass auch er einen solchen Ring haben wollte. Sein Vater war diesem Wunsch nachgekommen und hatte ihm an jenem schicksalhaften Abend einen Phantom-Ring auf den Nachttisch gelegt. An jenem letzten Abend.

Franco hatte den Ring am Finger getragen, solange er passte. Dann hatte er ihn sich an einer Kette um den Hals gehängt, um ihn immer bei sich zu haben. Später beschloss er dann, ihn an seinem Auto anzubringen. Als Glücksbringer, um die Götter des Autorennens günstig zu stimmen.

Wer nicht schnell genug ist, stirbt.

Er schraubte nun das hintere Nummernschild ab, denn fast alle Zuschauer hatten Videokameras dabei, um das Rennen zu filmen, und er hatte nicht die Absicht, irgendwelche Hinweise auf seine Identität zu geben.

Die ganze Anhängerschaft des Extremtunings war hier versammelt, um das Ritual zu zelebrieren. Das Rennen der Rennen. Die Muffa-Prüfung.

Autos aller Marken, durchweg getunt, mit verschieden gestalteten Karosserien, schillernde Farben, aufgeblähte Spoiler, seitlich hochklappbare Türen, glänzende Felgen.

Als er sich in den Wagen beugte, um das Nummernschild auf den Rücksitz zu werfen, vibrierte sein Handy in der Hosentasche.

Er holte es heraus. Eine SMS ließ ihn wissen, dass Maria versuchte hatte, ihn anzurufen.

Der Empfang in dieser Gegend war schlecht, es war also durchaus möglich, dass sie vergeblich versucht hatte, ihn zu erreichen. Eigentlich war es besser so. Er hatte keine Lust, mit seiner Freundin am Telefon zu streiten. Daher schaltete er das Handy aus und steckte es in die Tasche zurück. Dann drehte er sich um sah sich einen seiner heutigen Gegner an: ein Aufschneider mit Diesel-Jeans, Fiat-Sweatshirt, Schildmütze und farbigen Motorradstiefeln, die hier völlig fehl am Platz waren.

Sein Wagen war ein Honda Integra, ein japanischer Wagen, der durch den Film *The Fast and the Furious* berühmt geworden war. Flach und schnittig. Mit einem durchaus respektablen Serienmotor. Die Karosserie war in einem so intensiven Orange lackiert, dass es den Augen wehtat. Die vordere Stoßstange hatte Luftklappen, darunter befand sich ein langer und schön geformter Spoiler. Hinten war ein Tenzo-R-Spoiler an einem doppelten Aluminiumhalter angebracht. Auf die Motorhaube waren mit einer Spritzpistole seltsame Zeichen aufgemalt worden, die aus einem Buch über schwarze Magie zu stammen schienen. Verchromte 7x17-Felgen, Goodyear-Reifen 205/40, Designer-Doppelauspuff …

Das Auto war großartig, ein zu fürchtender Gegner.

Der Typ, der es fahren sollte, machte jedoch den Eindruck, als sei er ein Halbidiot. Er rauchte eine Kippe nach der anderen und betrachtete sein vierrädriges Spielzeug voller Bewunderung. Offenbar konnte er die Augen keinen Moment von seinem Geschöpf abwenden, stieß den Rauch nervös zwischen den verkniffenen Lippen hervor und war dauernd in Bewegung. Ziemlich sicher ein von Natur aus nervöser Mensch, also keine Gefahr. So einem würde er die Rücklichter zeigen, wann und wo er wollte.

Franco schaute sich um, sah aber keine anderen Fahrzeuge, die sich der Startlinie näherten. Der dritte Konkurrent ließ auf sich warten. Man hatte ihm gesagt, dass es sich um eine Frau handelte. Und das war eine positive Nachricht. Er hatte noch nie von Frauen gehört, die an einem solch extremen Rennen teilgenommen und dann auch noch auf dem Siegertreppchen gestanden hatten. Die Wahrscheinlichkeit, dass er an diesem Abend gewinnen würde, war also ziemlich hoch.

Er würde gegen einen hypernervösen, dämlichen Schönling und gegen eine Frau antreten. Es würde gar kein richtiges Rennen geben. Und er würde ein hübsches Sümmchen mit nach Hause nehmen.

Die Zuschauer hatten sich schon hinter der Startlinie am Ausgang des ehemaligen Eisenbahntunnels und an den Straßenrändern aufgestellt und bildeten dort, wo die im Bau befindliche Straße etwas breiter war, ein Spalier. Viele hatten sich mit ihren Autos und Motorrädern auch entlang des letzten Stücks platziert. Der begehrteste Platz war aber eine Fläche für maximal fünf oder sechs Fahrzeuge, von wo aus man die Ankunft der Rennteilnehmer im Ziel gut sehen konnte. Wenn einer der Fahrer sich verschätzte und die Schlucht hinabstürzte, konnte man von dort aus den Aufprall mitbekommen – soweit dies in der Dunkelheit möglich war. Mit ein bisschen

Glück würde sich ja vielleicht auch das Benzin entzünden, und dann würde es ein richtig geiles Schauspiel werden.

Viele saßen in ihren Autos und warteten darauf, dass es losging. Andere waren ausgestiegen und hatten schon ihre Videokameras gezückt. Scheinwerfer schickten Lichtbündel ins Dunkel, Motoren liefen, um die Batterien zu schonen. Autotüren standen offen, Musikfetzen aus ausgetüftelten Hi-Fi-Anlagen vermischten sich zu einem ganz speziellen Potpourri aus schrägen Gitarrentönen, Growlings, zerrissenen Phrasen und Melodien. Die reinste Kakofonie.

In der Ferne erkundeten die Laserstrahlen vom Dach des Gehenna aus den vom Aufzucken der Blitze aufgerissenen Himmel. Das Gewitter würde sich in Kürze entladen. Fast sah es so aus, als wollte es nur auf den Beginn des Rennens warten.

Verfluchtes Gewitter.

Die letzten Wetten wurden angenommen – bei dem großen Andrang mussten die Geschäfte eigentlich *muy bien* laufen. Der Gewinner würde dreißig Prozent der gesamten Wetteinnahmen erhalten. Normalerweise waren das gut und gerne drei- bis viertausend Euro, nach Abzug der fünfhundert für die Anmeldung. Das größere Geschäft aber machten die Organisatoren und die Geschäftsführer des Renn-Konsortiums. Um Zufahrt zu dem gesperrten Streckenabschnitt der *Autostrada del Sole* zu erhalten, musste man für die Sicherheitsleute an den Absperrungen bei der Einfahrt zum alten Tunnel einen Fünfziger lockermachen. Summa summarum würde an diesem Abend ganz schön was zusammenkommen. Wenn man dann noch den Verkauf von alkoholischen Getränken, von Kicks und anderen Substanzen für ein gründliches Abschießen hinzunahm, dann würden am Ende Tausende von Euros dabei herauskommen. Es hieß, dass hinter all dem die Diskotheken-Mafia steckte.

Franco wollte es gar nicht so genau wissen, er wollte lieber alles von sich fernhalten, was ihn in irgendeinen Gewissenskonflikt stürzen konnte.

Einer der Organisatoren, ein kleines Männchen um die fünfzig, das den Spitznamen »der Krankenpfleger« trug, kam zu ihm, fragte ihn, ob er irgendetwas zum Aufputschen bräuchte, und hielt ihm eine Metallschale hin, wie man sie aus Arztpraxen kennt, mit einer Reihe von Pillen in unterschiedlichen Farben und Größen. Blau war Ecstasy, gelb Speed, rot Mixtura …

»Geht aufs Haus.«

Franco sah ihn schief an und nahm einen Kick. Gratispillen für die Champions.

Dann wartete er, bis der Zwerg sich entfernt hatte, ließ die Pille auf den Boden fallen und zertrat sie mit dem Stiefelabsatz.

Er wusste, dass die Organisatoren Wert darauf legten, dass die Teilnehmer sich zudröhnten, damit das Event noch spektakulärer wurde … Unter dem Einfluss von Drogen stieg die Risikobereitschaft und damit auch die Wahrscheinlichkeit, dass einer von ihnen in die Schlucht stürzte. Damit war ein unvergessliches Schauspiel garantiert.

Wir sind wie die Gladiatoren im alten Rom, dachte Franco und betrachtete die roten Striche auf dem körnigen Asphalt. Die Kicks färbten so rot, als wäre ihnen ein Blutstropfen beigemischt, blutige Tränen werweißwoher, werweißvonwem. Hämoglobin des abgefahrensten Deliriums und finaler Halluzinationen.

Um seine Nerven zu beruhigen, zündete er sich eine Zigarette an und inhalierte tief. Dann drehte er sich um und sah nach, was der Halbidiot machte. Kaum zu glauben, der nahm doch tatsächlich das Angebot des Kleinstlebewesens an und warf sich jetzt noch etwas anderes ein, dabei schluckte er unaufhörlich und schüttelte den Kopf zum Takt einer Musik, die aus der allgemeinen Kakophonie hervorstach. Wolken aus schwerem, schwebendem Rock.

Immer noch kamen Leute. Zahlende Zuschauer für die Arena der Gladiatoren im Namen der Hoffnung, die es nicht gibt.

Franco dachte, dass eigentlich kein großer Unterschied zwischen dem bestand, was er und was sie machten. Sie gehörten zu derselben verdorbenen Kaste der verlorenen Seelen. Bezahlen und kassieren, und der ganze Rest geht einem sonst wo vorbei.

Panisch sah er auf seine Armbanduhr und stellte mit Erleichterung fest, dass der Sekundenzeiger weiterrückte, die Zeit verging also, und er war noch am Leben. Er existierte noch.

Er bezahlte und kassierte, und alles andere ging ihm am Arsch vorbei.

Er zog ein letztes Mal an seiner Zigarette, warf die Kippe auf den Boden, während er den Rauch ausstieß, und stieg dann seufzend ins Auto.

Er schaltete das Navigationsgerät ein und stellte es so ein, dass er die ganze Straße im Blick hatte. Der Nebel war nicht sehr dicht, doch bei einer Geschwindigkeit von zweihundert Sachen und mehr würde er null Komma null sehen, er würde sich also an das Display halten müssen, um zu wissen, wie viele Meter ihn noch vom Abgrund trennten. Er seufzte wieder, dann legte er die CD von Megadeth in den Player. Er wählte das sechste Stück, die Coverversion von *Paranoid*.

Schließlich zog er sich in aller Ruhe die fingerlosen, schwarzen Lederhandschuhe an.

Bezahlen, kassieren, bezahlen, kassieren.

Er hoffte nur, dass sein Vater ihn nicht von dort oben beobachtete. Von dem geheimen Ort, an dem die Seelen der ermordeten Polizisten wohnten.

11

Der Junge mit den Rabenaugen hatte sie an der Hand genommen und zog sie, gedeckt von seinen Adjutanten – dem Typ und dem Mädchen in Leder – aus der Diskothek. Die anderen von der Gang liefen hinter ihnen her wie in einer Prozession.

Clori lachte wie eine Blöde, und gleichzeitig liefen ihr Tränen über die Wangen. »Wohin bringt ihr mich?«, fragte sie mit schriller Stimme. »Was habt ihr mit mir vor?«

Sie hatte völlig vergessen, ihr Handy und die Uhr am Eingang abzuholen.

Auf dem Parkplatz, wo die Autos dicht an dicht standen, stiegen sie in einen nachtblauen Audi. Am Himmel jagten sich Blitze und Donner.

Die anderen fünf Typen kletterten in einen schwarzen Porsche Cayenne.

Clori wurde von eisigen Schaudern geschüttelt, als hätte sie Fieber, und sie glaubte, sich übergeben zu müssen.

Das Auto stank nach Schweiß und Rauch.

Der Junge mit den schwarzen Augen saß neben ihr auf dem Rücksitz, sein Mund war zu einem Lächeln verzogen.

Clori versuchte alles, um ihre Selbstsicherheit wiederzugewinnen. Es gelang ihr jedoch nur, ihr Zittern einigermaßen unter Kontrolle zu bekommen.

Sie wünschte sich nach Hause zu ihrem Vater zurück, und

gleichzeitig wollte sie hierbleiben und all diese unglaublichen Dinge erleben.

Der Motor sprang an. Die Anlage war auf volle Lautstärke gedreht: Ein schauriger Metalsong von Hatebreed: *I Will Be Heard*.

Sie fuhren los.

Wohin denn?

Das Fahrzeug schleuderte in den Kurven mit einem Rad knapp am Straßengraben entlang.

Das Herz hämmerte ihr im Hals und in den Schläfen, es machte *dudump dudump dudump* an vielen Stellen ihres Körpers gleichzeitig, nur nicht in der Brust, wo es eigentlich sein sollte. Die Reifen kreischten.

Wohin bringt ihr mich?

Niemand antwortete ihr.

Das Mädchen mit den Hörnchen auf dem Kopf fuhr, und ihr Begleiter saß schweigend auf dem Beifahrersitz, den Kopf zur Seite geneigt, die Schläfe an der Scheibe.

Der supergut aussehende Junge, der jetzt gar nicht mehr so gut aussah, mit diesen Augen wie eine Nacht ohne Sterne, saß neben ihr und hatte eine Hand auf ihren Schenkel gelegt.

Sie wurde wieder von Schaudern geschüttelt, und ihr Herz schlug immer noch wie verrückt.

Wohin bringt ihr mich? Sagt doch was!

Auf der schmalen Bergstraße war unglaublich viel los. Autos in schrillen Farben, Stoßstange an Stoßstange. Ein Schild mit einem eigenartigen Namen: MUFFA.

Dann war die Straße plötzlich wieder verlassen.

Sie fuhren allein durch die Wolken. Der Cayenne mit den anderen Typen dicht hinter ihnen.

Dichte Dunstschwaden auf der Fahrbahn, Rauchspiralen wie Schlangen in der Luft.

Nur sie im Auto, allein, mit dem düsteren Metal von Hatebreed.

Und die ganze Welt draußen.

Wo fahren wir hin?

Angst, ein Gefühl der Leere. Flügel, die nicht schlagen.

Wohin fahren wir? Kann mir das jemand sagen?

An den üblichen Platz.

Wirre Worte, hinein und hinaus.

Die Gehörnte am Steuer fragte irgendwann: »Wohin?«, mit ihrer lauten und etwas rauen Stimme.

Der Gehörnte neben ihr antwortete: »Das weißt du doch. An den üblichen Platz.«

Rabenauge küsste Clori auf den Nacken. Sie entzog sich ihm. Und lachte.

Dieses Zeug, das sie ihr gegeben hatten, brannte in ihrem Kopf und in ihrem Herzen. In dem halben Jahr Vorbereitung hatte sie sich auch über die neue Droge informiert, die ihre Altersgenossen konsumierten, um sich besser zu fühlen. Sie nannten sie Mixtura, als wäre sie ein Zaubertrank. Auf Clori hatte die Droge eine verheerende Wirkung, denn sie nahm ihr all die Kraft, die sie in den vergangenen Monaten aufgebaut hatte. Sie fühlte dass La Falena Lichtjahre entfernt war, mit schlaffen, nutzlosen Flügeln.

An den üblichen Platz.

Die Worte machten ihr Angst.

An den üblichen Platz. Das hieß, dass man an einen Ort ging, an dem man schon gewesen war. Eine Rückkehr. Und sie hasste alles, was mit einem Ritual der Erinnerung verbunden war.

Sie sah sich plötzlich vor dem Bild von Santa Crash knien und dann – nachdem sie am 3. März auf dem Friedhof Certosa bei ihrer Mutter gewesen waren – im Cicogna-Atelier, mit einem Handtuch über den Schultern, damit ihre Kleidung nicht schmutzig wurde, während ihr Vater die Vorbereitungen für die Gipsmaske traf. Schicht für Schicht würde er die Gipsmasse auftragen, um einen Abdruck von ihrem Gesicht zu bekommen.

Der Todesgeburtstag der kleinen Babyclori.

Hilfe, ich ersticke ...

Die Erinnerung erfüllte sie mit Wut und Angst, nahm ihr den Atem.

Hilfe ...

Die Hand des Jungen mit den schwarzen Augen strich ihren Schenkel hinauf.

Ich will hier weg, dachte Clori. *Ich will nach Hause.*

Im hintersten Winkel ihres Herzens war La Falena für einen kurzen Augenblick aus ihrer Benommenheit erwacht und hatte ein leises Knurren hören lassen.

Ach was, nach Hause! Du sollst doch Spaß haben!

Aber ich habe Angst, verstehst du?

Ist das was Neues? Wach endlich auf. Du bist doch kein kleines Mädchen mehr. Lass dich darauf ein, mit deiner ganzen Leidenschaft. Koste es aus. Schau dich um und staune. Lass dich in die Welt fallen, im Sturzflug. Such dir ein Positionslicht, versuche eine Notlandung.

Die Hand des Jungen unter ihrem Rock, Gänsehaut, Schauder.

Clori riss den Mund auf.

Sie sagte: »Babyclori ist tot!«

Doch ihre Worte wurden von der Musik im Auto verschluckt.

Sie hielten auf einem Platz in einem kleinen Taleinschnitt, der durch Bäume verdeckt wurde und von der Straße aus nicht zu sehen war. Der Porsche folgte ihnen im Schritttempo und hielt neben ihnen.

Die Scheinwerfer wurden dunkel, und die Motoren gingen aus.

Clori hatte das Gefühl, den Traum von jemand anderem zu träumen.

Der Song war zu Ende, und im Auto herrschte jetzt eine tiefe, unwirkliche Stille. Wie vor einer schrecklichen Bedrohung, wenn die ganze Welt wie erstarrt scheint und wartet.

Die ganze Welt draußen.

Clori atmete mühsam. Ihre Bronchien krampften sich immer mehr zusammen. Sie stand kurz vor einem Asthmaanfall und musste so schnell wie möglich das Ventolin inhalieren. Sie fragte sich, wo zum Teufel sie das Spray hingetan hatte.

In den Rucksack. Natürlich.

Nur leider hatte sie keine Ahnung, wo ihr Rucksack war. Vielleicht hatte sie ihn auf dem Floor liegengelassen.

Natürlich, ganz bestimmt. Sie hatte ihn auf den Boden gestellt, als sie sich hingesetzt hatte, weil sie so durcheinander gewesen war. Jetzt bekam sie also keine Luft mehr und konnte nichts dagegen tun.

Sie spürte, wie ihre Arme schwer und nutzlos wurden und sie sie nicht mehr heben konnte.

Ihre Atemzüge wurden mit jeder Sekunde kürzer. Die Luft stolperte über den Rand ihrer Zähne.

Sie versuchte, sie einzusaugen. Doch sie schaffte es nicht.

12

Die beiden Pusher kamen ihr entgegen, weiße Adidas, geblümte Hemden, Sonnenbrillen, ein völlig unpassendes Outfit für eine Märznacht mit drohendem Gewitter.

»Da bist du ja endlich, Schätzchen«, sagte der eine zu ihr.

»Du hast ja auf dich warten lassen, meine Hübsche«, echote der andere. Die beiden waren gleich groß, hatten dieselbe Statur und sahen sich ziemlich ähnlich mit ihren zu Zöpfen geflochtenen Kinnbärten, die lang, dünn und steif vom Eiweiß waren, wie bei einem Rastafari. Sie waren offenbar Zwillinge.

Chiara schenkte ihnen ein unverschämtes Grinsen und versuchte, knallhart und cool zu wirken. Es war besser, diesen Idioten von Anfang an die Grenzen aufzuzeigen. Sie beugte sich aus dem Seitenfenster. »Ich bin weder euer Schätzchen noch eure Hübsche.«

»Was regst du dich so auf, Süße ...«

Da war nichts zu machen. Sie beschloss, die Sache vorerst auf sich beruhen zu lassen, und fragte nach dem Wo, Wie und Wann.

Die beiden hawaiianischen Zwillinge deuteten in Richtung Start.

»Stell dich dort auf, links neben dem schwarzen Hyundai. Wir schicken dir sofort den Krankenpfleger mit der Medizin. Es geht nämlich gleich los.«

Chiara sagte, sie sei bereits versorgt, habe sich schon ein paar Kicks eingeworfen und sei überhaupt schon ganz schön auf Touren. Sie trat aufs Gas und ließ den Motor aufheulen.

»Wir sind im Einklang, ich und das Schätzchen hier unter mir«, erklärte sie mit veränderter Stimme, höher und rauer, um den Eindruck zu vermitteln, sie sei schon ziemlich zugedröhnt.

»Wie du willst, Zuckerpüppchen«, sagte der eine Hawaiianer.

»Beeil dich, das Volk wird langsam ungeduldig«, fügte der andere Hawaiianer hinzu.

Wie auf Ansage drückten genau in diesem Moment alle Zuschauer auf ihre Hupen, um den Beginn der Show einzufordern.

Chiara fuhr langsam mitten durch dieses Hupkonzert auf die Startlinie zu. Sie spürte, wie ihre Furcht mit jedem Augenblick wuchs. Noch ein paar Meter, und sie hätte ihre Startposition erreicht. Noch ein paar Minuten, und das Rennen würde beginnen.

Der Typ, der sie so durcheinanderbrachte, saß schon in seinem Fahrzeug. Das Auto war so sehr getunt und umgestylt worden, dass nicht mehr zu erkennen war, um welche Marke es sich handelte. Es sah ein bisschen aus wie ein Jaguar, aber vielleicht auch wie ein Ferrari 656, doch konnte es weder das eine noch das andere sein. Vielleicht war es auch ein Hyundai. Als sie ihre Startposition eingenommen hatte, wandte sie den Kopf, um dem Fahrer ins Gesicht zu sehen. Sie konnte jedoch nur sein Profil durch die getönten Scheiben erkennen.

Das Hupkonzert ging weiter, ohrenbetäubend.

Fast nicht auszuhalten.

Ein dicker Tropfen auf der Windschutzscheibe. Dann noch einer.

Es begann zu regnen. Perfektes Timing.

Tropfen um Tropfen, die bald die ganze Windschutzscheibe bedeckten und an ihr herabliefen.

Chiara verspürte Erleichterung, denn jetzt war sie für sich. Die Tropfen bildeten einen Wall, hinter dem sie in Sicherheit war, geschützt vor diesem grotesken Reigen verlorener Jugendlicher, die laut hupend auf ein blutiges und tödliches Spektakel warteten.

Weit weg vom Königreich der Wirklichkeit.

Die Illusion einer Rettung.

Durch diese Tropfen auf der Windschutzscheibe. Nicht mehr erdrückt zu werden.

Sie riss sich zusammen, sprach sich Mut zu und schaltete die Scheibenwischer ein. Die Wischerblätter schoben das Wasser zur Seite, und wieder war sie nackt und entblößt.

Etwa zehn Meter entfernt hatte sich nun das Startgirl mitten auf der Fahrbahn aufgestellt. Oberhalb der Taille war sie nackt, ihre großen Brüste glänzten vor Nässe, angestrahlt von zig Scheinwerferpaaren. Ein hübsches Mädchen mit einem Permanentlächeln, das sie um nichts in der Welt ablegen würde. Ganz plötzlich wurde es still.

Es war so weit.

Chiara zog sich die hochhackigen Schuhe aus und warf sie in den Fußraum vor dem Beifahrersitz. So würde sie ein besseres Gefühl für die Pedale haben.

Dann legte sie den ersten Gang ein, trat die Kupplung durch und gab Gas, damit der Motor hochdrehte. Die geriffelte Oberfläche des Pedals kitzelte an ihren Fußsohlen. Ihre Kontrahenten spielten ebenfalls mit dem Gas.

Drei brüllende, wilde Tiere, bereit, sich in die Nacht zu stürzen und alles zu zerfleischen, was es zu zerfleischen gab.

Die Hände so fest um das Lenkrad geklammert, dass die Knöchel weiß wurden.

Noch mehr Gas, die Drehzahl immer höher.

Die Motoren heulten.

Chiara sah, dass einer der Pusher am Straßenrand stand und in ein Handy sprach, wobei er immer wieder nickte. Vielleicht erhielt er die Anweisung, dass es jetzt losgehen sollte. Sein Blumenhemd blähte sich unter einem plötzlichen Windstoß auf.

Ein Blick auf die Uhr am Armaturenbrett: 02:45.

Pass auf, was du tust. Lass dich nicht ablenken. Konzentrier dich.

Aber ich fahre dieses Rennen ja nicht wirklich.

Chiara hörte wieder einmal ihre innere Stimme, die sich immer dann mit Ratschlägen und kritischen Bemerkungen bei ihr meldete, wenn sie in irgendwelchen Schwierigkeiten steckte. Eine Stimme, die manchmal die ihres Vaters zu sein schien, manchmal die ihres Mannes, manchmal beide vereinte.

Wie jetzt gerade.

Enttäusch uns nicht, Kleines, mach deine Sache anständig, Schätzchen.

Süße kleine Chiara.

Die Augen geradeaus gerichtet. Das Herz schlägt immer schneller. Die Anspannung steigt.

Sie dachte an ihre Tochter und klammerte sich an das Bild ihres lächelnden Gesichts. Das machte sie immer, wenn sie Angst hatte. Gioia war ihre beste Zuflucht, wenn es darum ging, sich nicht von der Angst unterkriegen zu lassen.

Der lange Korridor der Rennstrecke, von den Scheinwerfern der Zuschauerautos beleuchtet, die wabernden Nebelschwaden und dann dieses Mädchen, das jetzt die Arme hob, so langsam, dass sie wie ein nackter Schmetterling wirkte, der sich anschickt, aufzufliegen ... Ein rotes Tuch zwischen Daumen und Zeigefinger der rechten Hand. Gier im Gesicht, Glutaugen, zwischen den Lippen Zähne, die zubeißen wollen. Die an der Wange klebenden nassen Haare.

Achtung ...

Das Startgirl blieb mit erhobenen Armen stehen, als habe der Schmetterling wegen des prasselnden Regens seinen Plan fortzufliegen aufgegeben.

Achtung, fertig ...

Einige schwebende Sekunden. Chiara hält die Luft an und

sagt sich immer wieder, dass sie ja nicht wirklich bei dem Rennen mitfährt, dass kein Risiko besteht, dass sie nur so tut, als ob …

Als sie noch sehr klein war und ihr Vater sie auf seinen Schultern reiten ließ und so tat, als sei er ein Rennpferd, da musste sie ihm einen Satz ins Ohr flüstern, einen Satz, den er ihr beigebracht hatte, damit er losgaloppierte.

Achtung, fertig, los!

Das Girl riss die Arme herunter, und das rote Tuch flatterte durch die dunkle Luft. Silbern schraffiert vom Wasser, das vom Himmel fiel, rauschend und gefährlich.

13

Rollo hatte die Rückenlehne seines Sitzes heruntergedreht, und Dana hatte dasselbe mit ihrem Sitz gemacht. Auf diese Weise war im Innern des Fahrzeugs eine Art ledergepolstertes Bett entstanden.

Vasco hatte das Handy hervorgeholt und einen seiner Leute beim Muffa-Tunnel angerufen, um zu hören, ob alles wie geplant lief.

»Ja, natürlich. Wir sind nur ein bisschen spät ...« Die Antwort klang schrill, der Empfang war gestört.

»Macht weiter, worauf wartet ihr Idioten denn?«, entgegnete Vasco.

Nachdem er das Gespräch beendet hatte, wandte er sich dem Mädchen zu, dem Objekt seiner Begierde, und schenkte ihm ein Grinsen, das ihn so gefährlich wie möglich aussehen ließ. Er schob sich mit dem Gesäß nach vorn, das Kinn gegen die Brust gedrückt, wobei ihm der abgestandene Geruch der weißen Rose in seinem Knopfloch in die Nase stieg, und öffnete seine Hose.

In der CD-Box hatte er eine Packung Scoop – die Vergewaltigungsdroge, die die Erinnerung auslöscht ... Er überlegte, ob es angesagt war, dem Mädchen etwas davon zu verabreichen.

Manchmal verwendete er diese Droge, um sich nicht mit der Beseitigung des Körpers abgeben zu müssen.

Das Opfer konnte so am Leben gelassen werden, weil es sich nicht mehr an das erinnerte, was ihm angetan worden war. Die Folgeschäden blieben jedoch für immer.

Es war wie die langsame Opferung eines Menschen.

Die Nachwirkungen manifestierten sich in Träumen.

Die dunklen Priester des Albtraums kehrten im Schlaf zurück.

Manchmal konnten die Opfer die Last nicht mehr ertragen und nahmen sich nach einigen Monaten das Leben.

Oder waren für den Rest ihres Lebens depressiv.

Es lag viel Poesie darin, wenn man erreichte, dass die Zerstörung so im Körper weiterlebte.

Vasco hatte noch nicht entschieden, was er tun würde.

Monster und Engel, die einander abwechselten, das Jammern von Duckdichweg und das Knurren von Knallhart. Er war wütend und verwirrt.

Rollo und Dana knieten auf den Sitzen, er mit heruntergelassener Hose, den Schwanz schon im Anschlag, und sie mit offener Bluse, ihre aufgerichteten Brustwarzen waren das Einzige, was von ihren viel zu kleinen Brüsten zu sehen war. Sie packten das Mädchen und zwangen sie, sich auf den Rücken zu legen. Dann drückten sie ihre Beine auseinander und hielten sie an den Armen fest.

Der Rock hochgeschoben, der Slip zerrissen.

Vasco griff nach ihren Knien und versuchte, ihre Beine noch weiter auseinanderzudrücken, was ihm aber nicht gelang. Die Wirkung der letzten *Öffnung* ließ bereits nach, und er spürte, wie seine Augen schwer und wässrig wurden. Die Dinge entzogen sich ihm, die Konturen verschwammen.

»Du musst stillhalten, blöde Nutte.« Sein Mund schleuderte Schimpfwörter hervor wie eine düstere Litanei. »Nutte, Fotze, Schlampe ...«

Das Mädchen drückte die Handflächen gegen Vascos Oberkörper in dem Versuch, ihn von sich wegzuschieben. »Bitte, lass mich«, flehte sie. »Lass mich gehen ...«

Pissnelke, Flittchen, Schwanzlutscherin ...

Vasco versuchte, ihr Gesicht zu fokussieren, doch er konnte nur noch eine unförmige, grauenvolle Masse erkennen.

Unter ihm war nun ein zischendes und grunzendes Monster, dessen Fratze die unglaublichsten Formen annahm. Wenn das so weiterging, dann würde sich Duckdichweg wieder bemerkbar machen. Und es war doch einfach nicht mehr zu ertragen, wie dieser in ihm drin Tränen vergoss und jammerte und heulte …

Das Mädchen unter ihm schlug in höchster Panik um sich, wobei sie immer neue, unerträgliche Gestalten annahm. Er wusste nicht, was er tun sollte. Denn sein Schwanz wollte beim besten Willen nicht hart werden, er fühlte sich vielmehr so klein und kalt an, als hätte man Vasco zum Spaß eine Schnecke ans Bein geklebt.

Duckdichweg flennte.

Verpiss dich, sonst zertrete ich dich.

Vasco versuchte, einen drohenden Ton anzuschlagen, doch seine Stimme bebte zu sehr, und es gelang ihm nicht. Knallhart löste sich schon wieder auf.

Die Anlage lief, im Player eine CD mit einem Stück von Carcass, *Carnal Forge*, Satan lächelte von einem Ort gar nicht weit entfernt.

Mit zitternden Händen nahm Vasco sich eine blutrote Mixtura-Pille aus dem Vorrat, der unter dem Aschenbecher versteckt war, und legte sie sich unter die Zunge.

Ein leichter Kitzel im Hirn, ein Fingernagel, der über den feuchten Gaumen kratzt.

Duckdichweg weinte jetzt heftiger, und Vasco fühlte kalten, berechnenden Zorn in sich aufsteigen …

Da war der Engel, da war der Teufel, Raunen und Schreien …

Es fehlte nur noch das Blut.

Eine zur Faust geballte Hand, die sich hebt und zum Schlag ausholt …

Ein purpurfarbener Schwall in der dumpfen Luft.

Knallhart erwachte, gähnte und grunzte zufrieden, als er dieses aus dem Nichts aufgetauchte Monster unter seinen Schlägen in die Knie gehen sah.

Das unförmige Wesen lag mit dem Rücken auf dem Sitz, zitterte am ganzen Leib und verwandelte sich gerade in seine eigentliche Gestalt zurück: in ein zartes, schutzloses, zerbrechliches und wunderschönes Wesen.

Ein Mädchen, das ohnmächtig geworden war und blutete.

Satan ist eine elektrische Gitarre, die scharfe Metal-Splitter verstreut.

Vasco betrachtete hingerissen den Spalt zwischen den Beinen seines Opfers, die nun so weit gespreizt waren, dass es den Körper fast zu zerreißen schien. Das Mixtura, das ihm jetzt durch die Adern strömte, bescherte ihm eine Fantasie: Der Spalt zwischen den Beinen vergrößert sich, der Unterleib bricht auseinander, die Eingeweide quellen hervor, die Oberschenkelknochen werden aus ihren Gelenken gerissen und durchstechen das Fleisch. Er schüttelte mehrmals den Kopf, um diese Vision loszuwerden.

Und sein Penis, der weich zwischen den Zackenreihen des Reißverschlusses lag, sah aus wie ein blasser Wurm, der darauf wartet, zerdrückt zu werden.

14

Bevor das Startgirl auf den Poller stieg und das rote Tuch hob, um es schließlich wieder fallen zu lassen, versuchte Franco, mit seinem Sitz zu verschmelzen und die Schultermuskulatur zu entspannen. Die Hände in den fingerlosen Lederhandschuhen am Lenkrad, mit leichtem, aber festem Griff. Endlich war auch die dritte Konkurrentin an den Start gekommen. Sie fuhr einen Lamborghini. Eine Lolle, die einem die Tränen in die Augen treiben konnte.

Franco hatte die Frau am Steuer nicht richtig erkennen können. Doch das war auch nicht wichtig. Stattdessen sah er nach rechts zu dem Idioten hinüber. Ein Anfänger, was man daran erkennen konnte, dass er sich den Sicherheitsgurt anlegte. Franco hatte sogar den Airbag ausbauen lassen, denn es konnte passieren, dass man sich blitzschnell aus dem Auto werfen musste, und dann durfte es keine Behinderungen geben.

Die Uhr am Armaturenbrett zeigte 02:45. Franco schaltete die Countdown-Funktion ein, er stellte sie auf drei Minuten und drei Sekunden, sein Rekord auf dieser Strecke. Dieses Mal musste er besser sein. Das Geheimnis war, den Nitroknopf erst auf der zweiten Hälfte der Steigungsstrecke zu betätigen und nicht gleich nach dem Start, wie alle es machten, um sofort an die erste Position zu kommen. So bestand zwar das Risiko, dass ein guter Gegner einen nicht mehr vorbeiließ, doch auf einer so kurzen Strecke waren gewisse Strategien sowieso Unsinn. Wenn nämlich dann der abschüssige Teil der Strecke begann, musste man sich gut überlegen, wie man seine Karten ausspielte, um nicht in der Schlucht zu landen. Dann musste man entscheiden, ab welchem Punkt man bremste beziehungsweise wie man die Geschwindigkeit verringerte. Und das möglichst später als alle anderen. In jedem Fall ein schwieriges Unterfangen. Dieses Rennen war eine verfluchte Nervenprobe. Und die Wahrscheinlichkeit, sich den Hals zu brechen, war sehr hoch.

Beim letzten Rennen vor etwa einem halben Jahr waren alle Teilnehmer in die Schlucht gerast, einer nach dem anderen. Und nur einer von den dreien hatte sein Leben retten können, indem er rechtzeitig aus dem Auto hechtete. Beim Aufprall hatte er sich zwar einen Halswirbel gebrochen und war nun vom Hals abwärts völlig gelähmt, doch immerhin war er noch am Leben.

Nach diesem Ereignis war der betreffende Straßenabschnitt massiv von der Polizei kontrolliert worden. Die Rennen waren zunächst an einen anderen Ort verlegt worden, und nachdem etwas Gras über die Sache gewachsen war, kehrte man nun hierher zurück. Hunderte von Jugendlichen waren jetzt wieder hier und hofften auf ein blutiges Schauspiel. Sie würden sicher nicht enttäuscht werden.

15

Die verzerrte Gitarre, überwiegend in Moll, das Grölen wie von einem künstlichen Kehlkopf hervorgebracht, während die Bässe in der Halsvene und im Unterleib pochten ... Sie pumpten eine durchsichtige Flüssigkeit durch die Adern, die immer praller wurden, bis sie sich deutlich über dem Herzfell und in der Schale der Seele abzeichneten.

Adern, die vielleicht gleich platzen würden, eine nach der anderen.

Aus den Lautsprechern kam jetzt ein Song vom letzten Album von Mastema, *Sacrifice*. Die meisterliche Stimme des Dämons life, das Stück war während einer exorzistischen Sitzung in Afrika aufgenommen worden. Raues Flüstern alter Hexen. Kein Schlagzeug, nur eine zerfetzende elektrische Gitarre.

Sacrifice, sacrifice ...

Ein Auto kam die Straße entlang, ein kurzes Aufzucken der Scheinwerfer, der Lichtstrahl durchdrang das tropfende Laub, züngelte ins Wageninnere und traf das Gesicht des Mädchens.

Geschlossene, leicht zuckende Lider. Der Brustkorb hebt und senkt sich rasch, und das Top entblößt die rechte Brust. Alles sehr bewegend, sehr anrührend ...

Sacrifice, sacrifice ...

Vasco steckte einen Finger in die Scheide des Mädchens, bis er das Hymen spürte. Er musste lachen. Die war ja noch Jungfrau, der hatte es noch keiner besorgt.

Von der Musik erregt, streifte er seine Vorhaut zurück und

nahm die Eichel zwischen Daumen und Zeigefinger und drückte sie fest zusammen, damit das Blut in sein Glied schießen konnte, so lange, bis er eine leichte Erektion verspürte. Ihm war klar, dass es nicht ausreichte, um sie zu penetrieren, einen richtigen Fick würde er nicht schaffen, also steckte er den Finger voller Zorn noch tiefer in ihre Vagina. Dann zog er ihn wieder heraus und besah sich im schwachen Licht der Innenlampe seine blutige Fingerspitze. Ein metallischer Geruch streifte seine Nase. Und sein Schwanz wurde schon wieder schlaff.

Mit einem Grunzen stemmte er sich hoch, setzte sich rittlings auf die Brust des Mädchens und zog ihren Kopf an den Haaren nach vorn. Mit der Eichel fuhr er ihr über das Gesicht, bis er eine schwache Ejakulation hatte.

Dann ließ er sich schwer atmend zurückfallen.

Und noch immer der Chor von Mastema aus den Boxen.

Sacrifice, sacrifice …

Vasco drehte langsam den Kopf und warf einen Blick auf die Uhr am Armaturenbrett, er wusste selbst nicht, warum. Sie zeigte 02:50.

Er war jetzt melancholisch gestimmt, mit einem Unterton von tiefem Hass. Und er dachte: *Es ist spät. Zu spät für alles.*

16

Ruhig und tief atmen.

Wie beim Yoga. Sich auf den Rhythmus des Herzschlags und auf die einströmende und ausströmende Luft konzentrieren, kalter Punkt, warmer Punkt. Nur darauf, auf sonst nichts.

Keine Angst.

Ein Meer aus Stille.

Das zu durchpflügen ist, getrieben vom Wind.

Die CD im Player wartet darauf, eingeschaltet zu werden.

Der Countdown beginnt.

Wer nicht schnell genug ist, stirbt, schießt es Franco durch den Kopf.

Das Startgirl hebt das Tuch. Rot weht es in der Luft.

Der Regen geht nieder, heftiger als zuvor.

Das Tuch schwebt im Zeitlupentempo herab wie ein totes Blatt im Herbst.

Ein rotes Blatt, ein Büschel abgeschnittener Haare.

Fuß auf dem Gaspedal.

Zeigefinger auf der Play-Taste.

Noch mehr Gas.

Das Aufjaulen des Motors.

Die CD läuft an. Die elektrische Gitarre spielt den ersten Riff, das Intro des Stücks.

Das rote Tuch auf dem Boden.

Der Honda und der Lamborghini schießen vorwärts.

Der zweite Gitarrenriff.

Die Zeit scheint still zu stehen, in einer Hülle aus diffuser Melancholie.

Das Gefühl, nicht mehr genügend Luft in der Lunge zu haben.

Das Gefühl, dass einem der Atem ausging.

17

Sie kam plötzlich wieder zu sich, riss die Augen auf und schnappte nach Luft. Dann fasste sie sich mit einer Hand an den Hals und setzte sich mit einem Ruck auf.

Ihr Mund öffnete und schloss sich wie bei einem Fisch auf dem Trockenen.

Gurgelnde Geräusche aus der Tiefe ihrer Kehle.

Clori kämpfte schreiend mit der Tür und warf sich, wie von einer unsichtbaren Hand gestoßen, aus dem Auto.

Ihr Gesicht fühlte sich aufgequollen an, so sehr, dass die Nasenlöcher zugedrückt wurden und keine Luft mehr hineinströmen konnte. Ihr Unterleib schmerzte, und irgendetwas war in ihrer Scheide.

Der Regen prasselte wütend auf sie herab.

Sie stolperte ein paar Meter, dann gaben ihre Beine nach, und sie fiel auf die Knie. Also krabbelte sie auf allen vieren weiter. Regentropfen zerbarsten auf ihrem Rücken. Der Minirock hatte sich hochgeschoben, ihre entblößten Pobacken wurden immer kälter.

Sie hörte, wie Autotüren zugeschlagen wurden. Schritte auf dem Waldboden.

Als sie den Kopf hob, sah sie ein Paar Springerstiefel auf sich zukommen.

Die Typen stellten sich im Kreis um sie herum. Und sie wusste nicht mehr, wie sie atmen sollte, im Mund nichts als Stöhnen und mit diesem eigenartigen Geruch in der Nase, nach dem Chlormittel, das ihre Putzfrau für das Badezimmer benutzte. Sie spürte etwas Zähes, Klebriges auf ihrem Gesicht. Vielleicht hatte ja jemand eine Paste aufgetragen, um ihr das Gesicht zu rauben, wie es ihr Vater immer tat. Clori kroch weiter durch zusammengeknüllte Papiertaschentücher und Präservative, runzlige und widerliche Gummiklumpen in den Pfützen, die sich im Schlamm gebildet hatten.

In einem Flash sah sie Papa Saverio vor sich, wie er im Cicogna-Atelier einen Abdruck von ihrem Gesicht nahm. Dabei lachte er und trug dann die Form ihres Gesichtes weg.

Gib es mir wieder, bitte, es gehört doch mir …

Clori kniff die Augen zusammen und dachte über ihr Leben nach. Über den Albtraum vom Kokon, der sich auflösen will, der sie in einem erstickenden Griff hält, jeden Tag fester. Die Träume, die Bedürfnisse, der Wunsch zu fliegen … Tränen stiegen ihr auf, wenn sie an das dachte, was gewesen war, an das, was hätte sein können. Die Hoffnung auf einen besseren Moment war bereits weggespült wie eine Träne im Regen. Für sie würde es keine Zukunft mehr geben, kein *flap flap*, kein Lächeln.

Es würde nichts mehr sein.

Sie fragte sich, wie spät es war. Wie lang es noch dauerte, bis es drei Uhr morgens war. Ihr Todesgeburtstag zehrte sich langsam auf.

Sie wollte aufstehen, die Füße auf die Erde stemmen, um eine unmögliche Flucht zu versuchen.

Erstaunt starrte sie die Bande an, die sie umringte, eingehüllt von den Nebelschwaden wie ein Traum von einer Wolke. Und ihr schien, als würden sich die Jungen in haarige und knurrende Wesen verwandeln, Wölfe, die sich gleich auf sie stürzen und sie zerfleischen würden.

Die Stimme ihres Vater von einem weit entfernten Ort.

Das ist grauenvoll, nicht wahr?

18

Franco ließ die Kupplung genau in dem Moment kommen, in dem der Drummer von Megadeth einsetzte. Der Rhythmus des Schlagzeugs schien dem Herzen einen Stoß zu geben.

Der Hyundai schnellte los wie ein Pfeil, ließ Gummi auf der Straße und schoss einige Meter hinter den anderen durch die schmale, von Pollern begrenzte Durchfahrt. Kein guter Start.

Wasserspritzer aus einer Pfütze. Kristallener Tropfenregen.

Die Welt war auf ein nasses Asphaltband reduziert, eingehüllt in eine Wolke, die sich öffnete und wieder schloss.

Der Regen rauschte zornig vom Himmel. Von den Scheibenwischern verwirbelte Spritzer auf der Windschutzscheibe.

Die Sicht betrug nur noch etwa zwanzig Meter.

Sieben Sekunden für die ersten hundert Meter, dann begann die Steigung.

Abwarten. Noch nicht.

Der Honda hatte Terrain gewonnen und lag in Führung. Der Lamborghini hing an seiner Stoßstange.

Jetzt hatte Franco die Hälfte der Steigung hinter sich und fiel immer mehr zurück.

Er versuchte abzuschätzen, ob der Platz reichte, um sich zwischen seinen beiden Gegnern hindurchzudrängen. Er wusste, dass die Straße erst schmaler und dann, gleich nach der Kuppe, wieder breiter werden würde. Jetzt drückte er den Knopf, der die Einspritzung des Lachgases aktivierte. Dann schaltete er herunter, und der Motor heulte auf. Das Gemisch entzündete sich, ein gedämpfter Knall, und es war, als bekäme das Fahrzeug einen ganz besonders wütenden Fußtritt. Der Kollektor wurde heiß, und das Auto schoss pfeilschnell durch den prasselnden Regen.

Die Straße war sehr schmal. Der Tacho zeigte 270.

Die Rücklichter der beiden anderen Autos dicht vor ihm, doch der Platz zwischen ihnen reichte nicht.

Er würde es nicht schaffen.

Dann fiel der Lamborghini plötzlich zurück und schuf genau in dem Moment, in dem der Hyundai die Kuppe erreicht hatte, eine ausreichend breite Lücke.

Franco jauchzte, als er beim Überholen des Hondas ein wenig abhob und beim Aufkommen lange Funken auf der Fahrbahn produzierte.

Geschwindigkeit: 280.

Fuck, nicht schlecht.

Die Straße wurde immer abschüssiger. Nebelschwaden behinderten die Sicht.

Der Wunsch zu bremsen. Die wachsende Angst.

Der Honda tat alles, um wieder aufzuholen, trieb den Motor hoch und kam ein wenig ins Schleudern. Der Lamborghini hingegen blieb merkwürdigerweise immer weiter zurück. Fast wie mit Absicht. Er fuhr schnell, aber nicht sehr schnell. Als wäre es der Fahrerin egal, ob sie als Letzte oder gar nicht ins Ziel kam.

Ein Blick auf das Navi-Display. Nur noch dreihundert Meter bis zum Ziel. Jetzt, da die Wirkung des Lachgases kaum noch spürbar war, musste er die Geschwindigkeit drosseln.

Franco berührte die Bremse mit der Fußspitze.

Zweihundert Meter. Noch lag er in Führung. Doch nur knapp, sehr knapp. Der Honda bremste nicht ab und würde ihn gleich überholen.

Der Lamborghini stellte jetzt überhaupt keine Gefahr mehr dar.

Franco schaltete herunter und trieb damit die Drehzahl in schwindelnde Höhen. Die Motorbremse hörte sich an wie eine sterbende Sirene, wie ihr verzweifeltes Weinen in einem aufgewühlten Meer aus Gedröhne und Donner.

Noch hundert Meter, und er war immer noch zu schnell.

Franco wartete, bis er auf neunzig Stundenkilometer heruntergebremst hatte, dann zog er die Handbremse mit aller Kraft, die er aufbringen konnte.

Der Hyundai brach nach rechts aus und schleuderte über die regennasse Fahrbahn. Wie durch ein Wunder blieb er auf der Straße. Jetzt war der Moment, auf die Bremse zu treten. Eine, zwei, drei Sekunden.

Jetzt!

Mit seinem ganzen Herzen, mit seinem ganzen Zorn trat Franco auf die Bremse, als es nur noch fünfzig Meter bis zum Abgrund waren. Er würde es nicht schaffen. Unmöglich. Er rutschte auf den Straßenrand zu.

Da riss er instinktiv das Lenkrad herum und beschleunigte sofort wieder, nur ein kurzes Antippen des Gaspedals, um den Turbo zu wecken und dem Wagen einen Drall zu geben. Er drehte sich um die eigene Achse, und Franco versuchte, wieder die Kontrolle über das Fahrzeug zu gewinnen.

Eine Karusselldrehung, noch eine. Das Auto streifte einen Baum. Während er so herumwirbelte, holte er tief Luft und schrie wie beim Karate-Training. Wieder trat er auf die Bremse, lenkte gegen, bis er schließlich einen knappen halben Meter vom Abgrund entfernt schräg auf der Straße zum Stehen kam.

Im Rückspiegel konnte er gerade noch sehen, wie der Honda ins Leere schoss ... Der Halbidiot hatte nicht mehr rechtzeitig bremsen können.

Franco wartete auf das Geräusch des Aufschlags, auf die Explosion. Er schluckte und hatte einen metallischen Geschmack im Mund. Der Hals brannte von den Schreien, das Adrenalin schoss ihm in Wellen durch den Körper, seine Schultermuskulatur verkrampfte sich, und sein Herz kam ins Stolpern.

Er hatte es geschafft.

Der Zeitmesser am Armaturenbrett zeigte genau drei Minuten.

Er streckte eine Hand aus, um den Countdown bei dieser Ziffer anzuhalten. Sein neuer Rekord.

Paranoid war zu Ende. Und in der plötzlichen Stille konnte Franco deutlich seine Herzschläge hören.

Er hatte es geschafft, ganz knapp.

Perfektes Timing.

19

Dann fielen die Wölfe über sie her, alle auf einmal.

Sie packten sie von hinten und pressten sie auf den Boden.

Einer hielt sie fest und drückte ihren Kopf nach vorn mit dem Gesicht in den Matsch.

Etwas, jemand knurrte.

Bitte, bitte, nicht …

Stöße von hinten, unter denen sie erbebte. Stöße in ihren Unterleib.

Ich will nicht, ich …

Sie wurde vergewaltigt.

So sagte man dazu, das hatte sie in ihren Informationsquellen gelesen. Sie hatte es auch in einigen aus dem Internet heruntergeladenen Filmen gesehen. Frauen, die geschlagen wurden, Frauen mit klaffenden Beinen, und Männer, die über ihnen waren, von vorn oder von hinten.

Stöhnen, Lachen, Flüstern, Schreie.

Und jetzt passierte ihr das. Das war nicht möglich.

Clori versuchte, sich davonzustehlen, indem sie an etwas anderes dachte.

Doch es war nicht einfach, diese Stöße zu ignorieren, die ihren Leib erschütterten.

Von irgendwoher kam das Bild eines Sonnenaufgangs an einem wolkenlosen Morgen, ein lebendiges Licht am Himmel, das sich dank des Zaubers einer guten Fee würde ausbreiten können.

All diese Männer über ihr, in ihr.

Doch das war nicht wichtig, denn sie existierte nicht mehr, sie war schon woanders.

Sie hatte sich mitten in diese aufgehende Sonne geflüchtet.

Die kleine Babyclori hält Mama und Papa an der Hand und ist glücklich. An dem verbotenen Ort, an dem die Wünsche mit einem Fingerschnipsen wahr werden und wo alles sauber und leicht ist. Ein Ort, an dem man verschwenderisch mit seinem Lächeln umgeht und Glücklichsein eine Selbstverständlichkeit ist, unumgänglich und verpflichtend. Ein Wimperschlag. Die Augen lächeln bei jedem Windhauch.

Ein Stoß, und noch einer …

Genug, genug …

Ihr Unterleib fühlte sich an, als würde er gleich platzen.

Stöße um Stöße. Keuchen, Stöhnen, schiefes Grinsen.

Es ging immer weiter.

Der Gestank von regennassen Wölfen.

Die Stöße.

Die Reißzähne, die sie zerfleischten, sie zerstückelten.

Clori dachte an ihren Vater. Und ein Schauder überlief sie.

Das ist grauenvoll, nicht wahr?

20

Franco manövrierte den Hyundai vom Rand des Abgrunds weg, und die Front seines Fahrzeugs zeigte zur Fahrbahnmitte. In diesem Moment sah er die Motocross-Maschinen aus dem Wald kommen. Aufblitzen von Scheinwerfern, gespenstische Gestalten im Nebel. Er hörte die Sirenen und die Megafondurchsagen, die die Leute aufforderten, zu bleiben, wo sie waren. Er traute seinen Augen und Ohren nicht.

Einige Zuschauer stiegen aus ihren Fahrzeugen und rannten los. Einige versuchten, mit dem Auto zu entkommen, was ihnen aber nicht gelang, denn die Straße war im Nu blockiert.

Polizeitransporter stellten sich auf der Kuppe auf und schnitten allen den Fluchtweg ab.

Scheiße, die Bullen.

Eine Razzia wie aus dem Lehrbuch.

Der Lamborghini stand zwanzig Meter von ihm entfernt quer auf der Straße. Die Frau, die am Steuer gesessen hatte, war ausgestiegen, sah zu ihm herüber und sprach dabei in ein Handy. Sie hatte etwas um den Hals hängen, was aussah wie eine Polizeimarke …

Jetzt begriff er ihr seltsames Verhalten. Sie war langsamer geworden, weil sie hinter ihnen die Straße abriegeln wollte. Sie hatte nur zum Schein am Rennen teilgenommen und war im Begriff, ihn dranzukriegen.

Er musste weg von hier. Er durfte auf gar keinen Fall im Knast landen.

Aus dem Tal stieg schwarzer Rauch auf. Das Auto des Halbidioten war in Flammen aufgegangen.

Franco überlegte fieberhaft, was er tun sollte. Von dort, wo er sich befand, führte der einzig mögliche Fluchtweg über die noch zu asphaltierende Piste, die hinter der Kurve weiterging. Gitter versperrten die Zufahrt zur Baustelle, eine riesige Baumaschine stand mitten auf der Fahrbahn. Der verdichtete Erdboden war schon mit einer Stabilisierungsschicht versehen worden, und Sandhaufen und Kies bedeckten die übrige Fläche.

Einen Versuch war es wert, denn noch schien in diesem ganzen Durcheinander aus flüchtenden Menschen Chaos zu herrschen. Einige der Zuschauer trugen schon Handschellen, andere knieten mitten auf der Straße oder fingen sich Knüppelhiebe ein.

Die Einsatzkräfte auf den Motorrädern hatten den Parkplatz umstellt und versuchten, die Fliehenden einzufangen. Niemand achtete auf ihn.

Nur die Polizistin mit dem Lamborghini schien ihn im Visier zu haben. Sie hatte das Handy weggesteckt und kam nun auf ihn zu.

Franco musterte sie aus der Entfernung. Sie war gut gebaut. Umwerfende Beine, üppige Brüste. Und sie war barfuß. Dann sah er die auf den Boden gerichtete Pistole in ihrer rechten Hand. Er fragte sich, ob sie wirklich vorhatte, die Waffe zu benutzen.

Rasch stellte er das Navigationsgerät so ein, dass es den Ort lokalisierte, an dem er sich befand, außer dem Tunnel würde es wohl noch weitere Möglichkeiten geben, von hier wegzukommen. Das Ergebnis war nicht sehr erhebend. Es gab nur eine Alternative.

Die Plakette baumelte wie ein Pendel vor der Brust der Polizistin, als diese jetzt auf ihn zukam. Er wartete, bis sie nur noch wenige Meter von seinem Auto entfernt war, dann legte er den ersten Gang ein und fuhr mit quietschenden Reifen los, auf die Baustelle zu, inständig hoffend, sie möge nicht schießen.

Ein Blick in den Rückspiegel: Die Polizistin lief zu ihrem Auto zurück – auf Netzstrümpfen. Franco fluchte, beschleunigte und durchbrach die Absperrung. Als er sich seinen Weg durch die Kiesberge hindurch bahnte, streifte er die Straßenbaumaschine.

Hier war der Nebel noch dichter, und die Lichtbündel der Scheinwerfer brachen sich an den Schwaden.

Franco warf einen Blick auf die Karte des Navigationssystems, wobei er versuchte, trotz des katastrophalen Zustands der Straße die Geschwindigkeit beizubehalten. Nun war er auf der Flucht.

Die Polizistin hatte unterdessen ihr Fahrzeug erreicht und war ebenfalls losgefahren.

Ein tiefergelegter Lamborghini, der durch die Nacht raste. Mit unglaublichem Dröhnen.

21

Als sich alle von der Bande in ihr entladen hatten, wichen sie zurück. Ihre Kleidung war mittlerweile vom Regen durchnässt.

Clori blieb, wie sie war, zusammengekrümmt, die Knie gegen die Brust gepresst und das Gesäß in der Luft. Der Regen spülte die Reste von Blut und Sperma aus ihrer Pofalte.

Ihr zerrissenes Fleisch schien wie ein krankes Herz zu pochen.

Das Gefühl, ihren Darm entleeren zu müssen, das Bedürfnis, glühende Klingen zu erbrechen.

Vor Anstrengung keuchend, stemmte sie die Hände auf den Boden und kroch vorwärts.

Vasco beobachtete, wie sich die junge Frau im prasselnden Regen auf allen vieren durch den Matsch schob. Sie kam ihm jetzt wieder wie ein Monster vor, und er konnte nicht glauben, dass er sie je für einen Engel gehalten hatte ... Seine Schergen standen wie angewurzelt im Regen und warteten auf Befehle. Auch Rollo und Dana waren aus dem Audi gestiegen und standen nun neben ihm, rechts und links, wie zwei unheilvolle Diener.

Alle warteten auf Anweisungen von ihm. Und er war doch so durcheinander.

Das Schauspiel, wie sich seine Leute über das Mädchen hergemacht hatten, hatte ihm nicht besonders gefallen. Nicht so, wie es hätte sein sollen.

Vielleicht, weil sie nicht geschrien, sich nicht gewehrt, nicht gejammert hatte. Sie war starr wie eine Statue geblieben, den Kopf gesenkt, die gefalteten Hände vor der Brust.

»Wir können sie nicht gehen lassen. Das weißt du.« Es war Danas Stimme.

»Kümmerst du dich um sie, oder sollen wir?« Rollo hatte ein japanisches Messer hervorgeholt, dessen Klinge nun im Regen glänzte.

Vasco antwortete nicht und machte einen Schritt nach vorn. Dann noch einen. Die beiden hatten recht. Er hatte dem Mädchen keine von den Vergewaltigungspillen gegeben, und damit war die Möglichkeit eines im Unbewussten weiterhin wirkenden permanenten Schadens vertan.

Die Sache musste auf die übliche Art zu Ende gebracht werden.

Er nahm die weiße Rose aus dem Knopfloch seiner Jacke und zerquetschte sie ungeachtet der Dornen in der Faust. Sie war kalt wie aus Eis. Dann ging er auf das Monster zu, das dort durch den Schlamm kroch. Er fragte sich, was mit dem Engel geschehen war.

Wieder das Ritual, wieder ein Opfer für die dunkle Göttin der Nacht. Doch dieses Mal stimmte etwas nicht. Vasco musste unaufhörlich an die Angst denken, die er in sich verspürte.

Duckdichweg weinte zu heftig, und Knallhart lachte zu schwach. Ganz plötzlich überfiel ihn eine seltsame Unruhe und schob die wenigen Gewissheiten zur Seite, die ihm noch geblieben waren.

In dieser Nacht hatten sie keine Vorsichtsmaßnahmen getroffen, sie hatten ihre Beute vor den Augen aller gefangen und hatten sie weggebracht, ohne sich um eventuelle Zeugen zu scheren.

In seinem Kopf wirbelten Ideen herum, Lösungsansätze für das Problem.

Den Körper verbrennen. Doch erst in große Stücke zerteilen.

Ja, das war eine gute Möglichkeit.

Aber leider regnete es. Er glaubte zwar, irgendwo gelesen zu haben, dass Benzin auch im Wasser brannte, aber er war sich nicht sicher, und dies war nun wirklich nicht der richtige Moment für Experimente.

Ein Schritt, noch einer, die Rose fest in der Faust. In der Stille der Hügellandschaft. Im Rauschen und Tosen des Unwetters.

Seine Leute sahen ihn an, sie warteten mit angehaltenem Atem.

Rollo und Dana ein Stückchen entfernt, mit angedeutetem Grinsen.

Das Mädchen kriecht durch den Matsch und gibt gurgelnde Laute von sich.

Wie kann ich dich zerstören, Baby?

Wie kann ich das?

Wie ...

22

Die Razzia hatte großartig begonnen.

Nachdem sie mitten auf der Strecke gebremst und sich quer auf die Straße gestellt hatte, um eine eventuelle Flucht der Teilnehmer zu verhindern, hatte sie den Befehl gegeben.

An alle Einsatzfahrzeuge: Zugriff!

Dann war der Honda den Abhang hinuntergestürzt, unten in tausend Stücke zerschellt und explodiert. Der Hyundai hingegen kam knapp vor dem Abgrund zum Stehen. Chiara hatte, als ihr bewusst wurde, dass ihr schöner, düsterer Prinz am Leben war, erleichtert aufgeatmet.

Die widersprüchlichsten Gefühle tobten in ihr, während ihre Kollegen das Gebiet einkesselten.

Einige der Zuschauer hatten gemerkt, was vor sich ging und versuchten zu entkommen. Die meisten waren allerdings in ihren Fahrzeugen sitzen geblieben und feierten mit einem Hupkonzert das Ende des Rennens.

Die Motorradeinheit hatte schon mindestens zehn Zuschauer festgenommen. Jugendliche knieten auf dem Boden, die Hände erhoben wie im Film, gebeugte Gestalten im Nebel.

Molisi rief sie auf ihrem Handy an, um ihr mitzuteilen, dass die Verkehrspolizei die Zufahrt zu dem stillgelegten Tunnel versperrt und die Sicherheitsleute festgenommen hatte. Zum Glück ohne Blutvergießen. Es konnte also niemand mehr entkommen.

Im Bereich des Muffa-Tunnels befanden sich in diesem Augenblick mindestens hundert Autos und drei- bis fünfhundert Zuschauer.

Die Feststellung der Personalien würde viel Zeit in Anspruch nehmen. Und es würde alles nichts nützen.

Wenn der ganze Rummel hier vorbei war, würden sie woanders Rennen veranstalten, würden sich zu neuen Ritualen treffen. Es war stärker als sie. Repression war keine Lösung, sie brauchten eine Alternative, etwas, woran sie in einer Welt, in der alles so unglaublich geworden war, glauben konnten.

Chiara war überzeugt davon, dass ihre Arbeit wichtig war, aber auch vollkommen sinnlos. Es war, als wollte sie mit einer Hand voll Sand ein wütendes Meer in seine Grenzen weisen. Oder mit einem Löffel einen See leerschöpfen. Doch das war der Beruf, den sie sich ausgesucht hatte, der Beruf, an den sie glaubte. Den Löffel zu schwenken und damit das steigende Wasser zu bekämpfen. Und manchmal konnte man bei einer Überschwemmung auch einen dicken Fisch fangen …

»Monti, Sie sind doch nicht etwa ohnmächtig geworden?« Die Stimme des Kommissars im Handy an ihrem Ohr.

Chiara riss sich aus ihren Gedanken, schließlich war sie mitten in einem Einsatz. »Entschuldigen Sie, Molisi. Ich habe etwas überlegt. Machen Sie mit den Festnahmen und den Personalien weiter«, sagte wie, während sie zu dem Hyundai hinübersah. Der Fahrer war sitzen geblieben und hatte sich nicht gerührt. Sie sah seinen Umriss durch die getönte Windschutzscheibe. »Vergessen Sie nicht, Molisi, dass es äußerst wichtig ist, die Organisatoren zu isolieren und festzuhalten, vor allem die Pusher in den Hawaiihemden.«

Mittelgroße Fische, um an die Haie heranzukommen.

Sie steckte das Handy weg und ging einen Schritt vorwärts, die Pistole in der Hand zeigte zu Boden. Die Regentropfen auf ihrem Gesicht waren eiskalt.

Sie hoffte, dass es nicht notwendig sein würde, zu schießen.

Schritt für Schritt verkürzte sich der Abstand zu dem Jungen, der sie so verwirrte. Erst jetzt wurde ihr bewusst, dass sie keine Schuhe trug, dass ihre Füße nass und schmutzig und die Netzstrümpfe zerrissen waren.

Jeder Schritt wühlte sie noch mehr auf.

Der Pistolengriff fühlte sich merkwürdig heiß an, das Gummi in ihrer Handfläche allzu rau. Sie wusste, dass sie nicht den Mut haben würde, die Waffe zu gebrauchen, nicht gegen diesen Jungen.

Plötzlich schoss dieser mit quietschenden Reifen auf die Umzäunung der Baustelle zu, die von den Kollegen der Gebietskontrolle nicht als möglicher Fluchtweg in Betracht gezogen worden war.

Auf der Straße stehend sah Chiara, wie der Hyundai die Baustellenabsperrung durchbrach. Sie fluchte und rannte zu ihrem Fahrzeug zurück, ihre Fußsohlen auf dem Asphalt brannten.

Sie verfluchte sich selbst, ließ den Motor an, und das Auto nahm die Verfolgung auf, als wäre es ein Lebewesen.

Sie raste jetzt ebenfalls durch die Baustellenbegrenzung, hielt das Lenkrad fest umklammert und versuchte, die Kontrolle über das Fahrzeug zu behalten.

Der Hyundai hatte nicht viel Vorsprung. Zweihundert Meter vielleicht. Doch die Straße war äußerst tückisch, und der Nebel machte die Sache nicht leichter. Ganz zu schweigen vom Regen, der immer noch niederging.

Chiara beschleunigte vorsichtig bis auf achtzig Stundenkilometer, wobei sie versuchte, ihre Schultermuskulatur möglichst locker zu lassen. Sie durfte sich nicht verkrampfen, musste jedoch eine gewisse Anspannung beibehalten und bereit sein. Sie musste ihr rasendes Herz ignorieren, die störend enge Bluse, die sich den Rücken hinaufschob, den an ihren nackten Schenkeln klebenden Lederbezug des Sitzes. Dann waren da die Pistole, die sie auf den Beifahrersitz geworfen hatte, und die

Marke um den Hals, die über ihrer linken Brust hing. Und das Bewusstsein, dass ihre Brustwarze hart war und auch ein bisschen wehtat. Das musste die Anspannung sein. Oder das Adrenalin, das ihr durch die Adern strömte und sie offenbar erregte.

Mit einem gekonnten Manöver war der Hyundai nach rechts in einen Weg abgebogen, der leicht ansteigend durch die Felder führte und von der großen Straße nicht zu sehen war.

Chiara klammerte sich noch fester ans Lenkrad und beschloss dranzubleiben. Sie schaltete runter, sodass ihr Auto einen Drall bekam und sie in den Weg hineinschleudern konnte. Dann beschleunigte sie, wobei die tiefliegenden Teile des Wagens über den Boden schrammten.

Bei dieser verzweifelten Verfolgungsjagd durch den Nebel überkam sie plötzlich ein seltsames, heftiges Gefühl der Entfremdung, als wüsste sie nicht mehr, wer sie war.

Im verfluchten Königreich der Wirklichkeit von Papa Monti.

Sie war jetzt keine Polizistin mehr. Keine gescheiterte Ehefrau und abwesende Mutter. Nur eine Frau, die versuchte, schnell zu fahren und über sich hinauszuwachsen.

Eine Frau, die versuchte, den Sinn ihres Lebens zu begreifen, was ihr aber nicht gelang.

Eine Frau, die nicht lockerließ. Unter gar keinen Umständen.

23

Endlich hatte er die Hauptstraße erreicht und konnte Gas geben. Er lenkte das Auto mit hoher Geschwindigkeit durch die Kurven und schoss die Geraden entlang. Die Sicht war nicht besser geworden, es regnete immer noch, und der rutschige Untergrund brachte das Auto ins Schleudern.

Die Polizistin ließ nicht von ihm ab.

Er würde sein ganzes fahrerisches Können aufbieten müssen, um sie abzuhängen, und durfte sich dabei keinen einzigen Fehler erlauben. Er konnte dem Himmel danken, dass er das Nummernschild abgeschraubt hatte. Wenn er es wirklich schaffte zu entkommen, dann würde ihn niemand mehr finden. Das hoffte er zumindest.

Er warf einen Blick auf das Display des Navigationsgeräts.

In fünfhundert Metern würde eine Kreuzung kommen, und er musste sich dann für eine Richtung entscheiden.

Er wurde unsicher. Wenn er die falsche Wahl traf, konnte er auf irgendeiner ins Nichts führenden Appenin-Straße landen.

Natürlich hatte er nicht die Zeit, das Navi dazu zu befragen, also folgte er seinem Gefühl und beschloss, weiter geradeaus zu fahren.

Er dachte an all die falschen Entscheidungen, dic cr in scinem Leben getroffen hatte, und hoffte inständig, dass diese nicht auch dazuzählen würde.

Das Auto schoss mit unverminderter Geschwindigkeit über die Kreuzung.

Er sah auf die Uhr am Armaturenbrett, nur um sich zu versichern, dass die Zeit verging: 02:57.

Das Display zeigte in etwa einem Kilometer Entfernung eine sehr enge Kurve an.

In diesem Nebel konnte er rein gar nichts sehen. Es war wie im Blindflug, als wenn er sich in voller Fahrt ins Leere stürzte.

Ohne Herz. Ohne alles.

24

Vasco spitzte die Ohren. Er glaubte, ein entferntes Geräusch zu hören, ein kaum wahrnehmbares Brummen von der Straße.

Mit einem resignierten Seufzer ließ er die Überreste der weißen Rose fallen und packte das Mädchen am Hals. Sie sah aus wie eine Katze, wie sie so ihre Pfötchen gegen seine Brust stemmte und ihr Mäulchen aufriss.

Das mysteriöse Geräusch wurde immer lauter.

Ein Auto kam aus derselben Richtung, aus der auch sie gekommen waren. Vasco hatte eine plötzliche Eingebung und schleifte den Körper des Mädchens weiter.

Das Fleisch zitterte. Der Regen fiel. Es war wie ein Traum mit offenen Augen.

Mit seinem Bündel in den Armen erreichte er den Straßenrand.

Scheinwerfer tauchten hinter einer Kurve auf.

Vasco stellte sich so hin, dass er von einem dicken Eichenstamm verborgen wurde, dann zog er das Mädchen so weit hoch, dass er ihr ein letztes Mal ins Gesicht schauen konnte: der schiefe Mund, Speichelfäden an den Mundwinkeln, weit aufgerissene Augen, die Augäpfel zuckten hin und her wie in der REM-Phase eines Albtraums.

Es gab keine Engel mehr, die man beschmutzen, keine Dämonen, denen man lauschen konnte. Im tiefsten Innern seiner Seele herrschten nur noch reine Trauer und sinnlose Grausamkeit.

Das Geräusch des herannahenden Autos ließ darauf schließen, dass es schnell fuhr. Genau das, was er brauchte.

Jetzt war das Fahrzeug so nah, dass es gleich aus der Kurve kommen musste.

Gleich war es so weit, gleich …

Plötzlich war es da. Wie ein Drache: leuchtende, im Nebeldunst diffuse Augen. Ein wildes, brüllendes Tier, das auf den Wolken ritt.

Vasco holte tief Luft.

Dann stieß er den Körper des Mädchens auf die Straße und warf ihn den gelben Strahlen der Scheinwerfer zum Fraß vor.

25

Kurz darauf. Im Regen, der dicht durch die Dunkelheit fällt.

Die Uhr am Armaturenbrett zeigt 03:03.

Noch vor der Kurve spürte Chiara, dass etwas geschehen sein musste. Eine ahnungsvolle Furcht veranlasste sie, herunterzuschalten und die Fahrt zu verlangsamen. Als Erstes konnte sie in der Ferne die Rücklichter eines Autos auf der talwärts führenden, noch in Nebel gehüllten Straße ausmachen und dachte einen Moment lang, dass es sich um den Verfolgten handelte. Dann aber sah sie die Katastrophe vor sich, bremste und fuhr rechts an den Straßenrand.

Sie stieg aus, noch immer barfuß, und sah sich um.

Das Bild, das sich ihr bot, war grauenvoll. Organisches und Anorganisches verschmolzen miteinander zu einer grausigen Mutation von Monstern und verletzten Träumen.

Der Hyundai lag auf der Seite, zerschmettert am Stamm einer hundertjährigen Eiche.

Chiara verspürte einen Anflug von schlechtem Gewissen.

Aber ich habe doch nur meine Pflicht getan, nicht wahr?

Ich bin ihm nachgefahren, um ihn zu verhaften.

Er hat offenbar gleich nach der Kurve die Kontrolle über sein Auto verloren.

Soweit sie sehen konnte, hatte der Hyundai mehrmals die Leitplanke touchiert, bevor er gegen den Baum geprallt war.

Irgendwo in ihrem Innern begann eine Stimme eine düstere Litanei der Hoffnung zu rezitieren.

Mach, dass er nicht tot ist, nicht durch meine Schuld, Gott, ich bitte dich …

Sie versuchte, ihren Verstand zu benutzen und ihre Gedanken zu ordnen. Sie verschaffte sich einen kurzen Überblick und kam zu dem Schluss, dass für herannahende Fahrzeuge keine Gefahr bestand. Der Unfall hatte sich ein Stückchen hinter der Kurve an einer ziemlich breiten Stelle ereignet. Die Fahrspuren waren frei geblieben.

Also beschloss sie, die Unfallstelle nicht, wie es die Vorschriften vorsahen, mit Signallampen zu sichern. Es gab Wichtigeres zu tun.

Sie zog sich die Kette mit der Polizeimarke vom Hals und warf sie auf den Beifahrersitz, dann holte sie den Wagenheber aus dem Kofferraum des Lamborghini und rannte auf das rauchende Autowrack zu.

Erst jetzt sah sie die Frau. Sie lag ein Stückchen vom Straßenrand entfernt auf dem Rücken in einer Blutlache. Zart und klein – sie musste noch sehr jung sein.

Ein Mädchen.

Der Hyundai hatte sie offenbar angefahren. Er musste die junge Frau unmittelbar nach der Kurve erwischt haben. Was für eine Tragödie, Chiara hätte sich am liebsten übergeben. Als sie sah, in welchem Zustand der kleine Körper war, der da auf dem Rücken auf der Fahrbahn lag, krampfte sich ihr Magen zusammen. Sie hatte schon viele solcher Szenen gesehen, seit sie den NSPIA leitete, doch noch immer wurde ihr übel dabei.

Das Gesicht des Mädchens war richtiggehend eingedrückt, sein Hals gebrochen. Die Arme standen merkwürdig ab wie bei einer Puppe. Die Beine waren nackt, und das Mädchen trug keinen Slip. An den Knien und Schenkeln waren Abschürfungen und Schnitte zu sehen. Die Kleidung war mit Blut und Schlamm verschmiert.

Chiara beugte sich über die junge Frau und suchte nach dem

Puls, obgleich sie wusste, dass es sinnlos war. Die Haut war glitschig vom Regen ... Für einen Augenblick glaubte sie, einen Flügelschlag zu hören. Ganz leise, kaum wahrnehmbar, und doch entschlossen, fast wütend.

Die Lippen des Mädchens bebten ein wenig – »Du bist ...« – und produzierten einen Hauch, der wie ein in die dichte Luft gewisperter Satz klang: »Du bist die Auserwählte ...«

Dann nichts mehr.

Ihre Fantasie hatte Chiara offenbar einen Streich gespielt, eine optische Täuschung mit Tonspur. Denn dieses Wesen mit dem zerquetschten Gesicht, das da auf der Straße in einer Blutlache lag, konnte nicht mehr sprechen, weil es nicht mehr am Leben war. Höchstens durch ein Wunder.

Um jeden Zweifel auszuräumen, tastete Chiara nach der Halsschlagader, wobei sie aufpasste, sich nicht zu sehr mit Blut zu beschmutzen. Sie war überzeugt, dass sich die Schmerzen wie durch Ansteckung auf sie übertragen würden beim Berühren dieser schrecklichen aufgerissenen Wunden.

Alles war still, nichts rührte sich. Das Mädchen war tatsächlich tot. Keine Wiederauferstehung. Es konnte nicht älter als achtzehn sein und war auf so absurde Weise gestorben.

Von einem Auto angefahren, das von einer ungezähmten, frustrierten Polizistin verfolgt wird, die alles daransetzt, das Böse zu bekämpfen, jedoch ohne Erfolg.

Chiaras Blick suchte das Wrack des Hyundai. Es war noch da, es war wirklich noch da, etwa zehn Meter von ihr entfernt. Das Ganze war also kein Traum. Der Wagen sah aus wie ein Kokon, wie der Brutkasten eines riesigen, bösartigen Falters.

Chiara richtete sich auf und ging mit dem Wagenheber in der Hand darauf zu. Die regennassen Haare klebten ihr im Gesicht.

Der Junge war in dem Blechknäuel gefangen und hatte die Augen unnatürlich weit aufgerissen, als wollte er sich dem

Wunsch, sie für immer zu schließen, entgegenstellen. Helle grüne Augen mitten im Rot des Blutes, das sein Gesicht wie eine Maske bedeckte.

Ich bitte dich, mach, dass er nicht tot ist.

Chiara spürte die Angst in sich aufsteigen und steckte den Kopf in das, was vom Innenraum des Autos übrig geblieben war. Sofort stieg ihr Benzingeruch in die Nase.

Da das Auto ganz bestimmt frisiert war, befand sich wahrscheinlich eine Flasche mit Lachgas im Kofferraum. Die Explosionsgefahr war also hoch, ein Funke würde genügen.

Du bist die Auserwählte …

Die Worte, die sie glaubte aus dem Mund des Mädchens gehört zu haben, hallten noch immer in ihrem Kopf wider, wollten nicht verschwinden. Noch nicht.

Doch wofür auserwählt?

Sie streckte eine Hand aus und tastete am Hals des jungen Mannes nach dem Puls. Erleichterung durchflutete sie. Er atmete flach, doch er lebte.

Sie überlegte krampfhaft, wie sie ihn herausholen konnte, bevor das Wrack explodierte.

Der Benzingeruch wurde immer stechender, und sie glaubte, ein Tropfgeräusch zu hören, das sie irgendwo unter dem Kofferraum lokalisierte. Der Tank hatte offenbar ein Leck.

Sie musste sich beeilen.

Die Beine des Jungen waren eingeklemmt in einem Knäuel aus Blech und Kunststoff – Teile des Armaturenbretts und Polstermaterial der Sitze.

Sie versuchte, die Lenkradsäule nach einer Seite wegzudrücken. Zentimeter für Zentimeter, bis sie schließlich einen ausreichend großen Raum geschaffen hatte, um den Wagenheber hineinzuschieben, wobei sie achtgab, dass er gut auf der Tür auflag.

Der Benzingestank verursachte ihr Schwindel.

Sie betätigte den Knopf, um den pneumatischen Kolben in Bewegung zu setzen, und der Arm des Wagenhebers drückte mit einem knirschenden Geräusch langsam das Blech nach oben.

Beweg dich, verdammt noch mal.

Noch ein Stückchen.

Als der Spalt groß genug war, packte sie den Jungen an den Schultern und versuchte, ihn aus dem Auto zu ziehen. Das war nicht einfach, er war schwer, groß und kräftig …

Unter Aufbietung all ihrer Kräfte, die Füße in den Boden gestemmt, hatte sie ihn schließlich zur Hälfte aus dem Wrack gezerrt.

Sie verschnaufte kurz, dann versuchte sie es noch einmal.

Vor Anstrengung ächzend, fluchend und keuchend gelang es ihr endlich, ihn ganz aus dem Auto zu ziehen.

Der Körper lag jetzt leblos auf dem Boden. Die Beine waren blutüberströmt.

Sie fasste den Jungen unter den Achseln und zog ihn ein paar Meter weg. Ihre Schultermuskeln protestierten mit stechenden Schmerzen, doch sie konnte jetzt nicht aufgeben.

Sie waren noch zu dicht am Wrack.

Aus dem Motorraum des Fahrzeugs stieg jetzt Qualm auf.

Gestank nach Benzin und verschmorten Kabeln.

Jetzt war es wirklich Zeit.

Noch einen Meter.

Noch einen.

Mit diesem Körper, der mindestens zehn Tonnen zu wiegen schien.

Chiara drückte und schob und hätte am liebsten gleich noch ihre Seele ausgekotzt, doch sie hatte keine Zeit dazu.

Noch einen Meter …

Dann explodierte das Auto.

Und sie warf sich schützend über den Jungen und barg ihren Kopf an seiner Brust, damit ihr Gesicht nichts abbekam. Sie flüchtete sich in seinen Geruch, es war ein guter Geruch, mit Blut vermischt.

Dann, als das Wrack des Hyundai von Flammenzungen verzehrt wurde, während sich dichter, schwarzer Rauch in die Nacht erhob und der Regen auf dem glühenden Blech zischte, hatte Chiara nur noch einen Gedanken.

Ich habe ihn gerettet, ich habe es geschafft.

Als ob nur das wichtig wäre in dieser wirren und schrecklichen Nacht.

Erschöpft wie sie war, hätte sie sich gerne auf dem Boden ausgestreckt. Doch sie war Polizistin und musste aufstehen und sich auf den Beinen halten, eine Art Lazarus der Pflicht.

Sie strengte sich an, doch auf dem glitschigen Asphalt konnte sie sich nur auf die Knie aufrichten. Neben dem reglosen Körper des jungen Mannes.

Sie vermied es, ihn länger anzusehen, um sich nicht noch chaotischer zu fühlen. Sein Gesicht war voll blutender Kratzer, doch das waren nur kleine Verletzungen.

Ihr wurde bewusst, dass es endlich aufgehört hatte zu regnen, auch wenn das nicht von Bedeutung war.

Aus der Jeans des Jungen lugte ein Handy hervor, und Chiara fragte sich, wo ihr eigenes geblieben war. Bestimmt hatte sie es im Auto gelassen. Sie musste so schnell wie möglich den Rettungswagen rufen, doch ihr war schwindelig, und sie hatte keine Kraft mehr, zum Auto zu gehen. Also zog sie das Mobiltelefon des Jungen aus der Tasche. Es war ausgeschaltet. Chiara schaltete es wieder ein, und sofort erschien der Hinweis auf einen Anruf auf dem Display. Eine gewisse Maria. 02:50.

Chiara musste lächeln. Und gleich darauf begann sie zu weinen.

Chiara begriff nicht, warum dieser junge Mann sie so verwirrte. In diesem ganzen Chaos hatte sie ihm nicht einmal richtig ins

Gesicht sehen können ... Doch es schien ihr, als bräuchte sie ihn gar nicht anzusehen, um zu wissen, wie er war. Dieser Junge verströmte etwas, was sie unbedingt in sich aufnehmen musste, wie Sauerstoff, wenn man am Ersticken ist: Du atmest ihn ein, er wird ein Teil von dir, vermischt sich mit dem Blut, wird zu Energie.

Sie versuchte, diese Gefühle von sich abzuschütteln, wählte die 118 und forderte einen Rettungswagen an, gab ihre Position durch und bat, dass unter den Sanitätern auch ein Arzt sein sollte. Danach gab sie Molisis Nummer ein, um ihm mitzuteilen, wo sie sich befand.

Er antwortete sofort, seine Stimme klang metallisch und gepresst, offenbar hatte er seinen Motorradhelm auf und sprach in das Headset. Er sagte ihr, er sei schon auf dem Weg, er habe die Explosion gehört und den Feuerschein in der Ferne gesehen. Dann fragte er, wie es ihr ginge.

Chiara antwortete, er solle sich keine Sorgen machen, es ginge ihr gut. Dann fügte sie hinzu: »Beeilen Sie sich, Commissario.« Ihre Stimme klang anders, ein wenig barscher als sonst.

Im nächsten Augenblick tat es ihr leid, dass sie unfreundlich zu ihm gewesen war, aber das war nun nicht mehr zu ändern. Das Bedürfnis, alles von sich zu geben, was sie an diesem Abend nicht gegessen hatte, wurde übermächtig.

So kroch sie auf allen vieren zum Straßengraben und spuckte einen Schwall Magensäfte aus.

Dann erhob sie sich mühsam und torkelte zu dem Jungen.

Jetzt musste sie weitermachen und die Identifizierung der Opfer vornehmen, wenn das möglich war. Damit man die Verwandten informieren konnte. Und sie musste mit der Person anfangen, die noch am Leben war. So wollten es die Vorschriften.

Nachdem sie das Handy wieder in die Jeans zurückgesteckt hatte, durchsuchte sie seine Jackentaschen und fand eine Brieftasche. Sie betrachtete das Ledermäppchen mit den abgestoßenen Ecken. Und fühlte, wie eine kalte Hand ihren Magen umklammerte.

Als habe sie Angst, die Brieftasche zu öffnen.

Um Zeit zu schinden, versuchte sie, die Ereignisse zu rekonstruieren.

Er hatte vor dem Zusammenstoß offensichtlich nicht gebremst, denn es waren keine Spuren auf dem Asphalt zu sehen. Das Mädchen musste ganz plötzlich vor ihm gestanden haben, unmittelbar hinter dem Ausgang der Kurve. Er war schnell gefahren, es war neblig, die Sicht betrug nur wenige Meter.

Er ist vor mir geflohen.

Er hat sie durch meine Schuld getötet.

Chiaras Augen wanderten zu der Leiche des Mädchens auf der Straße. Ein Bündel aus Lumpen und Fleisch.

Chiara dachte, dass der Tod mit seinen ganzen abscheulichen Spielarten im Grunde eine groteske Angelegenheit war. Zu dieser nächtlichen Stunde an einem solch abgelegenen Ort von einem Auto angefahren zu werden und zu sterben, war nicht richtig.

Drei Uhr morgens ...

Ein Gedanke, der ihr gar nicht zu gehören schien, schoss ihr durch den Kopf.

Es war Punkt drei, weißt du ...

Die zentrale Frage war: Was zum Teufel hatte dieses Mädchen mitten in der Nacht hier mitten im Nirgendwo ein paar Kilometer von einer Diskothek entfernt zu suchen?

Vielleicht war sie ja zu Fuß auf dem Weg nach Hause gewesen. Weil jemand sie hier rausgelassen hat. Vielleicht hat sie sich verlaufen. Vielleicht hat sie sich mit jemandem in einem Auto vergnügt, hier irgendwo an einem abgelegenen Plätzchen.

Chiara dachte an das Auto, das sie hatte wegfahren sehen. An die roten Rücklichter, die im Dunkeln aufgeblitzt hatten und immer kleiner wurden, bis sie ganz verschwanden ...

Sie hatte Sex mit jemandem, dann hat er sie rausgeschmissen, oder sie ist von allein gegangen, wer weiß.

Sie wird in der Diskothek abgeschleppt und dann an diesen versteckten Platz hinter der Kurve gebracht worden sein. Dann haut sie aus irgendeinem Grund ab. Sie streitet mit ihrem Begleiter, überlegt es sich anders, jedenfalls lässt sie ihn sitzen, steigt aus dem Auto, geht davon, macht im falschen Moment einen Schritt auf die Straße und rums! *Voll erwischt. Ihr Begleiter beschließt, sich aus dem Staub zu machen, damit er keinen Ärger bekommt. Vielleicht ist sein Auto bis oben voll mit Mixtura, und wenn ihn die Bullen damit erwischen, hat er verloren …*

So könnte es gewesen sein. Aber auch noch viel schlimmer.

Das Mädchen konnte zum Beispiel auch Opfer einer Vergewaltigung geworden sein.

Dann gelingt es ihr zu fliehen, sie rennt, was ihre Beine hergeben, und als sie auf die Straße läuft – rums! *- läuft sie gegen den Hyundai des schönen Düsteren.*

Irgendwo in ihrem Kopf die Stimme des Ehemann-Vaters, absolut nervtötend.

Unserer Meinung nach hättest du dieses Auto, das du hast wegfahren sehen, verfolgen müssen. Dort liegt der Schlüssel des Geheimnisses. Bist du nun Polizistin oder nicht, süße kleine Chiara?

Aber ich musste doch anhalten! Um zu sehen, ob jemand Hilfe braucht. Ansonsten wäre es unterlassene Hilfeleistung gewesen.

Angenommen, es wäre keine Unterlassung im Spiel gewesen, Schätzchen, du hättest hier doch auf alle Fälle angehalten, Polizistin oder nicht, Unfall oder nicht, du wärst dorthin gegangen, wo er hingegangen wäre.

Ja, vielleicht. Aber nur, um zu begreifen …

Warum hat dein Herz so heftig geklopft, als du ihn angesehen hast, ohne ihn wirklich zu sehen?

Warum glaubtest du, ihn schon zu kennen?

Weil ich es vielleicht schon immer tue, wie im Film …

Chiaras Herz hämmerte wieder wie verrückt, als sie die Brieftasche ansah, die sie aus der Jacke des Jungen gezogen hatte und die sie – viel zu fest – in der Hand drückte.

Sie schlug sie auf.

Zog den Führerschein heraus. Aber überprüfte ihn nicht sofort.

Denn auf der Straße näherte sich jemand.

Sie hatte auf den Rettungswagen gehofft, doch es war Molisi.

Der Kommissar stieg vom Motorrad und rannte auf sie zu. Er zog sich den Helm vom Kopf. »Chiara, geht es dir gut?«, fragte er und vergaß völlig, dass sie sich siezten.

Nein, mir geht's beschissen.

»Es geht mir gut, aber …« Chiara nahm eine Hand vor den Mund, denn sie befürchtete, er könne riechen, dass sie sich erbrochen hatte. Mit dünner Stimme fügte sie hinzu: »Gewissermaßen …«

Der Kommissar sah sich um. Sein Blick fiel zunächst auf den jungen Mann am Boden, dann erst entdeckte er das tote Mädchen und schüttelte traurig den Kopf. »Was für ein verfluchtes Gemetzel.«

Ja, »verfluchtes Gemetzel« ist die richtige Bezeichnung, dachte sie.

In der Ferne jaulte eine Sirene. Endlich kam Hilfe.

Gott sei Dank.

Chiara sah zum hundertsten Mal zu dem bewusstlos auf der Straße liegenden Jungen hin und versuchte zu erkennen, ob er noch atmete. Mit Erleichterung sah sie, dass seine aufgesprungenen Lippen die Luft einsaugten und sein Brustkorb sich hob und senkte.

Er würde es schaffen …

Ein Blick auf seine verletzten Beine.

... am Leben zu bleiben, zumindest das.

Die Sirene kam näher und wurde immer lauter.

Molisi hatte den Feuerlöscher aus dem Koffer der KTM geholt und lief auf das Wrack des Hyundai zu, in der Absicht, das Feuer zu löschen, das knisternd aus den Überresten der Karosserie züngelte.

Da fasste sich Chiara ein Herz und schlug den Führerschein auf. Sie sah zuerst das Foto. Das Gesicht eines Jungen mit traurigen Augen. Mit achtzehn war der schöne Düstere noch nicht düster gewesen. Sondern nur schön. Und verzweifelt, wenn man das Gesicht genauer betrachtete. Er machte den Eindruck eines vom Schmerz gepeinigten Wesens. Chiara konnte einige der Symptome sofort erkennen. Denn sie hatte denselben Ausdruck hoffnungsloser Verzweiflung bereits viele Male auf ihrem eigenen Gesicht gesehen.

Der Rettungswagen kam mit gellender Sirene angefahren und blieb mitten auf der Straße stehen. PUBBLICA ASSISTENZA DI SASSO MARCONI. Drei Sanitäter stiegen aus und machten sich sofort an die Arbeit. Molisi ging auf sie zu, hielt ihnen den Ausweis der Verkehrspolizei hin und deutete auf das Mädchen. Er bat, sie zu lassen, wo sie war, denn die Spuren müssten noch gesichert werden.

Chiara nahm den Blick vom Foto des Jungen, las den Namen, der darunter stand, und der Boden tat sich unter ihr auf.

Das Schicksal war eigenartig und auch ein bisschen gemein.

Mit Sicherheit aber sadistisch.

Denn dieser Name ...

Dieser Name ...

Es konnte nicht sein, dass ausgerechnet ihr so etwas passierte.

Molisi war neben sie getreten, sie hatte es nicht bemerkt. Ihr Kollege deutete auf die Überreste des schwarzen Hyundai. »Ist das das Auto, das du verfolgt hast?«, fragte er. »Ist der junge Mann auf dem Boden der Fahrer?«

Chiara antwortete nicht sofort, während in ihrem Kopf der immer gleiche Satz herumwirbelte, wieder und wieder.

Wenn ich Ja sage, dann ist sein Leben für immer zerstört. Wenn ich Ja sage, dann ist sein Leben für immer zerstört. Wenn ich Ja sage, dann ist sein Leben für immer …

Und sie dachte, dass sie das Francescos Sohn nicht antun konnte. Also bewegte sie die Lippen und sagte Nein, das sei er nicht.

26

Er fährt aus dem Schlaf hoch. Mit dem Gefühl, etwas verloren zu haben. Einen Atemzug, ein Stück der Kehle, einen Herzschlag, einen Teil seines Herzens.

Er zieht sich ein bisschen hoch, streicht sich die schweißnassen Haare aus dem Gesicht, sieht sich um und versucht zu begreifen, wo er ist.

Sein Zimmer. Es scheint vor seinen Augen zu schwanken. Die mit Graffiti bemalten Wände krümmen sich über ihm, eine Verbeugung vor dem Bauch des Künstlers.

Er kneift die Augen zusammen und drückt sich die Hände gegen die Schläfen. Vielleicht kann er die Kopfschmerzen zerdrücken. Die Bilder seines Traums wirbeln ihm durch den Kopf, der wie ein Eisberg in einem glatten, dunklen Meer ist.

Er hat schlecht geträumt.

Er kann sich nicht mehr genau erinnern, was, er weiß nur, dass es schrecklich war.

Ein Traum, in dem sein Kind in Gefahr war, heulende Wölfe, die immer näher kamen, und Nachtfalter, die wie Fliegen summend um die Szene herumflatterten. Tatsächlich erinnert er sich an nichts Genaues. Doch deswegen fühlt er sich nicht weniger bedroht.

Sein Kopf droht zu platzen, und er würde am liebsten sterben.

Normalerweise schläft er nicht so, so tief, so plötzlich, als hätte er Drogen genommen. Er hat einen üblen Geschmack im Mund, säuerlich, wie vergorener Sirup.

Unter großer Anstrengung setzt er sich ächzend auf, stellt die Füße auf den Boden und bemerkt, dass er noch die Schuhe anhat. Er ist also ins Bett gegangen, ohne sich auszuziehen.

So etwas Verrücktes.

Er sieht auf die Digitaluhr auf dem Nachttisch: 03:00. Die Sekundenanzeige blinkt nicht, und die Ziffern sind erstarrt, als wäre die Zeit stehengeblieben.

Die Uhr muss kaputtgegangen sein.

Er stellt sich auf die Füße. Der Druck auf die Schläfen ist jetzt so groß, dass er fürchtet, sein Hirn könnte implodieren.

Er fragt sich, wie das dann aussehen würde, sein Kopf wie ein Eierkuchen. Und er hat die Vision von zwei Händen, die seitlich gegen den Kopf drücken, bis der Schädel sich auf ein Nichts reduziert. Die vakuumverpackten Gedanken werden so dünn, dass sie überall hindurchpassen, Sternschnuppen, die aus den Augenwinkeln und den Poren der Haut dringen.

Er schüttelt diese absurden Fantasien ab und macht einen Schritt ins Zimmer.

Er kommt zur Tür. Geht in den Flur hinaus. Alles ist dunkel. Stille. Seine Schritte fühlen sich zu leicht an. Er bemerkt, dass er auf Zehenspitzen geht, als wolle er nicht gehört werden.

Zu dieser Uhrzeit müsste Clori schon im Bett sein.

Vielleicht träumt sie schlecht. Er überlegt, ob er sie vielleicht filmen soll. Seine wunderschöne Babyclori …

Dies ist eine besondere Nacht, und auch die Uhrzeit passt genau.

Achtzehn Jahre sind vergangen, doch wenn er die Augen schließt, kann er noch immer alles hören und sehen: das Geräusch, als das Auto ins Schleudern kam, das sich zusammendrückende Blech, der bittere Geschmack im Mund, das Blut und der Whisky. Seine Frau, die sich den mächtigen Bauch hält und vor Schmerzen wimmert, während Blut und Atem aus ihr tropfen.

Die zusammengepressten Lippen, der von Krämpfen geschüttelte Körper.

Dann das Heulen einer Sirene.

Blinklichter, aufgeregte Stimmen.

Sie, die ihn unverwandt ansieht.

Bis ihr Blick ganz erlischt, zu Glas wird, während in der Luft ein Schreien ertönt. Eine zarte, völlig irreale Stimme.

Das verzweifelte Greinen eines Säuglings.

Saverio versucht, diese Erinnerungen zu verscheuchen und holt sich die Digitalkamera von der Garderobenablage im Flur.

Er schaltet sie an, hält sie vor sich und orientiert sich nun mithilfe des kleinen Displays. So hat er das Gefühl, dass nicht er es ist, der sich durch diesen unendlich langen Flur bewegt.

Er hat das Gefühl, schon seit Stunden so zu gehen. Die Kopfschmerzen machen keine Anstalten, sich zu verflüchtigen. Wenn das nicht bald aufhört, wird er noch wahnsinnig.

Ganz plötzlich sieht er die Tür zum Zimmer seiner Tochter vor sich. Einen Augenblick zuvor noch Lichtjahre entfernt, ist die Tür jetzt plötzlich da, er hat sein Ziel erreicht, als habe ein Zauberer mit den Fingern geschnipst. Er legt die Hand auf die Klinke, drückt sie herunter und öffnet die Tür.

Dann macht er einen Schritt ins Zimmer, die Temperatur sinkt plötzlich drastisch, und ihn schaudert. Er schaltet das Licht nicht an. Sein Blick ist immer noch auf das Display gerichtet, dort ist nun alles grün, als hätte er eine Infrarotkamera in der Hand.

Cloris Bett ist unberührt. Sie ist nicht da. Sie ist gar nicht ins Bett gegangen.

Sein Herz macht einen Sprung, und er schwenkt die Videokamera einmal durch das ganze Zimmer. Ganz langsam, mit wachsender Sorge.

Wohin bist du gegangen, Papas kleine Babyclori? Kannst du mir sagen, wohin?

Er verspürt Ärger und Angst zugleich.

Eine innere Stimme flüstert ihm zu: *Sie ist abgehauen, nichtsnutziger Meister.*

Wohin abgehauen?

Weit weg von hier, weit weg von dir.

Er denkt an den konfusen Traum von den heulenden Wölfen, um die Nachtfalterwolken schwirren, und würde am liebsten schreien.

Wo bist du, mein Kind, was machen sie mit dir?

Dann entdeckt er am Ende des Raums eine Gestalt und erschrickt. Er zoomt sich näher heran, durchströmt von Angst und Erleichterung zugleich. Der Dampf seines heißen Atems in der kalten Luft schlägt sich auf dem Display nieder, was den gespenstischen Effekt noch verstärkt.

Babyclori in ihrem roten Morgenmantel dreht ihm den Rücken zu und schaut hinaus durch das große Fenster. Sie scheint in das ferne Panorama der Stadt vertieft zu sein, im Dunkeln verstreute Lichter.

Draußen regnet es, das merkt Saverio erst jetzt.

Es gießt wie aus Kübeln.

Doch die Stadt ist trotzdem zu sehen, so als wäre es draußen völlig klar. Merkwürdig.

Im Zimmer wird es heller, als würde der Morgen grauen …

»Babyclori?«, versucht er zu rufen.

Doch sie bewegt sich nicht, sieht immer noch zum Fenster hinaus.

Sie ist so rührend mit ihren schmalen Schultern, so klein, so zerbrechlich. Und er muss sie beschützen.

Sie gleicht ihrer Mutter so sehr.

Sie gleicht meiner Liebe, die ich jeden Tag ein Stückchen mehr verliere.

Er macht einen Schritt nach vorn. Dann noch einen.

»Babyclori, was tust du? Sag doch?«

Sie dreht sich langsam um.

Saverio hebt die Videokamera und bereitet sich darauf vor, ihr Gesicht einzufangen.

Clorinda hat sich jetzt fast ganz umgewandt ... und plötzlich überfällt ihn eine wahnsinnige Angst. Er will nicht mehr, dass sie sich umdreht. Er will nichts mehr auf der Welt.

Nur noch wenige Augenblicke.

Die Videokamera im Anschlag.

Das Display füllt sich mit ihrem Gesicht.

Eine Maske aus Blut, über die ein Brei aus Knochen, Haut und Gehirn rinnt.

Saverio weicht zurück, und Clori kommt auf ihn zu, die Hände erhoben, als wolle sie um Hilfe bitten. Die Finger wie Krallen ausgestreckt.

Ihr Mund öffnet sich, eine Scharte in der breiigen Masse. Die Zunge schlägt gegen den zahnlosen Kiefer. Ein raues Atmen und tausend Herzschläge in der stillen Luft.

»Du musst mich zurückholen.«

Nur diese Worte, die aus dem Nichts zu kommen scheinen.

Du musst mich zurückholen.

Die Tochter mit dem zerstörten Gesicht geht weiter.

Dann ihre Hände auf ihm.

Pressen gegen seine Schläfen.

Kalte Hände, Finger wie eisige Zweige im Wintersturm.

Saverio beginnt zu schreien, mit aller Luft, die er in der Lunge hat.

Er fuhr aus dem Schlaf hoch und schrie immer noch.

Dann erkannte er die Zimmerdecke.

Versuchte zu verstehen, wo er war. Dann begriff er: Er lag in seinem Bett und hatte bestimmt nur geträumt. Die Uhr auf dem Nachttisch zeigte 03:00.

Von irgendwoher im Raum kam ein Raunen, die Stimme seiner Tochter hallte noch in ihm wieder.

Du musst mich zurückholen.

Er setzte sich mit einem Ruck auf, achtete nicht auf die Kopfschmerzen, diesen unerträglichen Druck auf den Schläfen, wie eine kalte Zange. Erstaunt betrachtete er sein Gesicht im Schrankspiegel, die starre Verzweiflung in seinem Blick.

Sein Haar war weiß geworden, er erkannte sich kaum wieder.

Weil ich einen so großen Schrecken bekommen habe.

Er war mit einem Schlag alt geworden. Nun sah man ihm seine fünfzig Jahre deutlich an.

Er sah weg, um sein Bild loszuwerden. Er konnte es nicht glauben. Der Videokamera, die noch eingeschaltet auf dem Nachttisch lag, schenkte er in diesem Moment keine Beachtung.

Er wollte nur sterben. Mit zerquetschtem Kopf.

Mit Gedanken, die flohen wie Sternschnuppen, verängstigt und verzweifelt.

Er schloss die Augen, kniff sie so fest zusammen, wie er konnte, bis es wehtat.

Clori schlägt mit den Knien auf dem Asphalt auf.

Im Dunkeln unter den Lidern kleine Lichtspritzer.

Clori schlägt mit den Knien auf dem Asphalt auf. Stützt sich mit einem Arm auf dem Boden ab.

Dann vervielfältigte sich die Vision in optische Elemente, bis sie ein Sequenzbild zeigten.

Clori schlägt mit den Knien auf dem Asphalt auf.

Sie stützt sich auf dem Boden ab.

Versucht aufzustehen, aber sie schafft es nicht.

Sie bleibt auf den Knien.

Und sie dreht sich um, starrt in das Licht, das vor ihr wächst.

Sie versucht, die Arme zu heben, um sich zu schützen.

Vor der Brust, die Handfläche nach oben gerichtet.

Als wolle sie beten.

27

Im Morgengrauen, als sich am Himmel schon der erste Lichtschimmer abzeichnete, verließ Pater Cristoforo das Gehenna und mit ihm eine Prozession stummer und müder junger Leute.

Er sog die feuchte Luft tief in die Lunge. Die Autos auf dem Parkplatz waren nass. Es hatte also vor kurzem noch geregnet. Er kam zu seinem Motorrad, das unter einem Schutzdach abgestellt war – eine Guzzi V7 Special 750 von 1970, die ihm sein armer Papa hinterlassen hatte. Cristoforo packte den Lenker fest an beiden Griffen und trat den Kickstarter durch. Der Motor sprang mit einem satten Dröhnen an. Der Pater drehte ein paarmal am Gas, bis der Motor auf niedriger Drehzahl vor sich hin bollerte, ohne Stottern, mit präzisen und trockenen Kolbenstößen. Er hatte auf diesem Motorrad fahren gelernt und würde sich nie von ihm trennen. Bei dem Gedanken, dass er und Papas Guzzi gleich alt waren, dass die Maschine aber besser erhalten war als er, flog ein Lächeln über sein Gesicht.

Manchmal, wenn er die Diskothek nach einer langen Nacht verließ, fühlte er sich wie hundert. Es war, als würden diese Stunden, die er dort drinnen als Zwanzigjähriger verkleidet verbrachte, um die Schachzüge des Teufels auszuspionieren, ihn austrocknen, sodass sich Falten auf sein Herz legten.

Die *Jugendlichen* … sie schienen eine Art Parallelsippe zu sein, eine eigene Ethnie, ein Menschengeschlecht für sich. Sie bewohnten die lebendigen Nächte als unzertrennliche Begleiter der verlorenen Sterne.

Äußerlich sah er aus wie sie, doch im Innern fühlte er sich wie ein alter Trottel, gebeugt unter dem Gewicht der Erinnerungen, die Tag für Tag schwerer zu tragen waren.

Als er auf das Motorrad stieg und den ersten Gang einlegte – mit einem so starken Klacken, dass der Rahmen erbebte –, dachte er, dass es jetzt schön wäre, ins Bett zu kriechen und ein paar Stunden schlafen zu können. Doch er musste zu Ende bringen, was er begonnen hatte, und rechtzeitig für eine Gruppensitzung beim Istituto Lazarus sein. So versuchte er, jungen Menschen zu helfen, die einen Autounfall überlebt hatten. Sonntags vormittags nach der Neun-Uhr-Messe widmete er sich der Verzweiflung jener armen, physisch und psychisch versehrten Menschen und versuchte, sie mit den Worten des Herrn und der Psychoanalyse zu trösten. Geist und Vernunft miteinander verschmelzen lassen, um die Kraft zum Weiterleben zu finden.

Er bockte das Motorrad ab und fuhr langsam vom Parkplatz. Dann bog er auf die Zufahrt zur Autobahn ein und gab Gas. Er hatte die Absicht, das Teilstück bis nach Rioveggio zu erkunden.

Die einsamen Straßen im Licht der aufgehenden Sonne ließen ihn unwillkürlich an eine Wiedergeburt denken.

Als gäbe es doch noch einen schmalen Streifen Hoffnung in der Welt der Menschen.

Bei Kilometer 200 und 230 fand er jeweils eine kleine, schlichte Gedenkstätte ohne Kreuz.

Die dritte befand sich unmittelbar vor der Ausfahrt.

Cristoforo stieg vom Motorrad ab und holte seine Kamera hervor. Er beugte sich hinunter, um den länglichen Stein am Straßenrand im Gras besser sehen zu können. Um den Stein herum lagen verstreut die welken Blütenblätter einer weißen

Rose. Das Ganze erinnerte ihn ein bisschen an die Altäre der Maya, von denen er viele während seiner Mission in Mittelamerika gesehen hatte – gleich nach dem Tod seines Bruders Giovanni hatte er sich auf die Reise begeben. Cristoforo machte ein paar Aufnahmen, neues Material für das Buch, an dem er schrieb. Dann stieg er wieder auf sein Motorrad und fuhr weiter.

Er gab nun richtig Gas, fuhr die Gänge bis zum Äußersten aus. Um den Radarfallen zu entgehen, beschloss er, gleich wieder von der Autobahn abzufahren und eine Abkürzung zu nehmen, an der Abzweigung nach San Benedetto Val di Sambro vorbei, über den Berg bis zur Bundesstraße. Er würde gewissermaßen einen Kreis fahren und dann von oben die Serpentinen hinunter wieder auf die Straße treffen, die an der Diskothek zwischen Muffa und Fossa Guasta, gleich unterhalb von Camugnano, vorbeiführte.

Nachdem es offenbar einen großen Teil der Nacht geregnet hatte, war der Himmel jetzt besonders klar. Es wäre schön gewesen, den Helm abnehmen zu können, um die kühle Luft auf dem Gesicht zu spüren und statt des Plastikgeruchs des Visiers die Natur einzuatmen.

Er legte sich in die Kurven und versuchte, an nichts zu denken. Doch das wollte ihm nicht gelingen.

Das Bild des Mädchens mit dem wunderschönen Gesicht aus dem Gehenna kam ihm in den Sinn. Dieses Gesicht ließ ihn aus irgendeinem Grund nicht mehr los. Was ihn beunruhigte.

Es geschah nichts Ungewöhnliches auf seiner Fahrt. Doch auf dem letzten Stück, gleich hinter dem verlassenen Ort Fossa, musste er wegen eines Staus abbremsen.

Er schaltete herunter und fuhr ganz langsam an einer Reihe von Autos vorbei, die, von der roten Kelle eines Mannes gestoppt, warten mussten.

Jetzt war er ganz vorne und hatte freie Sicht. Es handelte sich nicht um eine Baustelle, wie er vermutet hatte, vielmehr wurde dort gerade ein ausgebranntes Autowrack auf ein Abschleppauto geladen. Das Fahrzeug musste einmal schwarz gewesen sein, doch auf der Karosserie waren nun nur noch wenige lackierte Stellen zu sehen.

Cristoforo sah die Blutspuren auf der Fahrbahn, Spritzer und Arabesken. Es sah aus wie die Flecken auf einem Kunstwerk in Dripping-Technik, zufällig auf die Leinwand getropfte Farbe voller wirrer, aber intensiver Ästhetik.

In dieser Nacht war dort jemand gestorben.

Als das Autowrack endlich auf das Abschleppauto geladen war, machte der Mann mit der Kelle seinem Kollegen, der auf der anderen Seite die Fahrzeuge gestoppt hatte, ein Zeichen, trat zur Seite und hielt die grüne Kelle hoch.

Cristoforo legte den ersten Gang ein und ließ die Kupplung kommen. Er versuchte, den Blutflecken auszuweichen, was ihm aber nicht gelang, und ihm wurde übel. Am Straßenrand lagen Sägespäne, die die Flüssigkeiten aufsaugen sollten: Blut, Benzin, Motoröl, der ganze ekelhafte Mix, den der Unfall ausgekotzt hatte. Die Spuren des Grauens würden auf der schwarzen Straße noch lange zu sehen sein, und nicht einmal der Regen würde es schaffen, sie verschwinden zu lassen.

Vor Cristoforos innerem Auge tauchte ein Bild auf, das er nicht verstand.

Mehrere Köpfe in einer Reihe, einer neben dem anderen.

Die Vision dauerte nur einen Moment. Sie war so schnell vorbei, dass er keine Einzelheiten dieser Gesichter hatte erkennen können.

Es war, als habe er einige Wellen einer geisterhaften, in der Luft verlorenen Übertragung aufgefangen.

Bestimmt hatte ihm die Müdigkeit einen bösen Streich gespielt.

Es war schon spät, und er musste sich beeilen.

Mit einem leichten Schwindelgefühl blickte er in die frische wiedergeborene Sonne.

Um ein bisschen Kraft zu schöpfen.

Alles drehte sich um ihn und hörte nicht wieder auf.

Zweiter Teil
Wiederkehr

»Es gibt nur zwei Arten von Bildhauerei: eine Leere füllen oder in eine Fülle eine Leere einfügen.«

Saverio Mastri, Interview von Prospero Germinara,
in L'Espresso, 30. Januar 2003

Inside my shell, I wait and bleed,
I wipe it off on tile,
the light is brighter this time …

Slipknot, *Wait and Bleed*

III

Aus der leeren Brust

1

Die an der hinteren Wand installierten Monitore waren ausgeschaltet, ein Gewimmel von silbernen Insekten auf rechteckigen Facetten.

Die Umrisse der auf dem Reliquiar aufgereihten Masken zeichneten sich scharf gegen das Licht ab. Die Gesichter schienen das Nichts mit der Intensität eines Traums anzustarren.

Saverio Mastri kniete vor La Cicogna, einen Behälter mit frischer Tonmasse neben sich, und inspizierte die Masken, wie schon so oft. Als er bei der letzten, noch unvollendeten, angelangt war – sie hatte noch kein richtiges Gesicht –, spürte er, dass er etwas tun musste, um nicht zu schreien. Er presste die geballten Fäuste gegen die Schläfen, um den Schmerz abzudrücken, seine Lippen bewegten sich und flüsterten einen alten Song. So zart, dass es wehtat.

Wish You Were Here.

Er hob die Arme wie ein Priester bei der Liturgie, die Handflächen nach oben, die verpflasterten Fingerspitzen wie Krallen aus weißem Kunststoff. Es war genug, er konnte die Träume nun nicht mehr wie Wolkenfinger zum Himmel strecken.

Der Schmerz verbrannte ihm jetzt schon den Atem im Hals und stahl ihm die Herzschläge aus der Brust. Ließ ihn zurück, atemlos, herzlos.

Und so holten ihn die Erinnerungen ein.

Die Geister kehrten immer zurück.

Sie würden nie ganz verschwinden.

2

Saverio Mastri fährt durch die tiefste Nacht, seine Hände am Steuer fühlen sich wie Gummi an. Aus dem Lautsprecher dringt leise ein Song von Pink Floyd: *Wish You Were Here*. Seine Frau sitzt neben ihm und lächelt.

Sie sind auf einer Art Empfang gewesen, den die Gemeinde in einer Villa aus dem 19. Jahrhundert organisiert hat. Er hat irgendeinen Preis bekommen. Der Bürgermeister, der Kulturminister, die Nachrichtensender des zweiten und dritten Programms und ein paar Lokalradios waren da. Der Abend hat sich hingezogen, Abendessen, Herumstehen, ein bisschen Smalltalk mit den Anwesenden. Und ein paar Drinks zu viel.

Jetzt ist es fast drei Uhr morgens, sie fahren in ihrem weißen Käfer nach Hause und sind beide ein bisschen angetrunken.

Außerdem regnet es. Es gießt geradezu wie aus Kübeln. Man kann kaum einen Meter weit sehen.

Saverio fährt etwas zu schnell für einen, dem sich der Kopf wie ein Kreisel dreht.

Sie versucht, immer weiter zu lächeln, sich an die alkoholgetränkte Fröhlichkeit zu klammern, doch sie hält es nicht durch, denn es geht ihr nicht gut. Erst ein leichter Anflug von Übelkeit, dann wirkliches Unwohlsein, und schließlich Schmerzen: Wie eine eisige Klinge dringen sie in ihren Bauch, so heftig, dass sie schon an Wehen glaubt. Sie ist Ende des achten Monats, und womöglich geht es schon los. Zu früh allerdings. Vielleicht stimmt irgendetwas nicht.

Von Panik gepackt stöhnt sie auf.

Ihr Ehemann begreift nicht, wirft ein kurzes Lachen ins Nichts und tritt das Gaspedal noch weiter durch.

»Saverio, ich fühle mich nicht gut ...« Ihre Stimme klingt weinerlich, ist kaum hörbar.

Was?

Die Straße besteht nur noch aus Dunkelheit und Wasser. Das Scheinwerferlicht scheint gegen eine trübe, vibrierende Wand zu prallen.

»Saverio, ich habe Schmerzen!« Sie versucht zu schreien, doch ihr Atem staut sich in der Kehle und erstickt die hohen Töne, sodass sich ihre Stimme tief und gedehnt anhört und ein bisschen Angst macht. Es ist, als würde jemand anderes für sie sprechen, aus ihr heraus.

Er schüttelt den Kopf, um die Verwirrung loszuwerden, macht das Innenlicht an und dreht sich zu seiner Frau um, weil er sehen will, was ihr fehlt.

Wie immer das Entzücken über ihr perfektes Gesicht. Seit sie schwanger ist, ist sie noch schöner und strahlender geworden ... Dann sieht er ihre schmerzverzerrte Miene und begreift.

Sie sagt, dass es ihr nicht gut geht!

Eine saure, alkoholische Blase steigt aus seinem Magen auf und zwingt ihn zu einem unterdrückten Rülpser, der sich anhört wie ein Schluchzen. Er fragt beunruhigt: »Was hast du, Liebes? Was ist?«

Sie presst ihre Hände auf den Bauch. Die Augen vor Schrecken und Staunen weit aufgerissen, als wolle sie sagen: *Ich weiß nicht, was es ist, aber ich habe eine furchtbare Angst davor.*

Saverio wirft durch das unermüdliche Hin und Her der Scheibenwischer einen prüfenden Blick auf die Straße: einsamer Asphalt, prasselnder Regen.

Dann schaut er wieder zu seiner Frau hinüber. Ihr Gesicht ist schmerzverzerrt, durch ihre Lippen dringt ein gepresstes Stöhnen.

»Soll ich anhalten?«, fragt er.

Sie weiß es nicht, sie weiß nur, dass ihr Bauch vor Schmerzen zu zerreißen droht …

Sie müssen sofort in ein Krankenhaus fahren.

Saverio versucht, sich zu konzentrieren, zu überlegen, welches das nächste ist und wie er am schnellsten dort hinkommt, doch seine Gedanken haben sich in seinem Kopf verklebt. Außerdem weiß er eigentlich gar nicht so genau, wo sie gerade sind.

Mit zu Schlitzen zusammengekniffenen Augen, den Blick fest auf die Fahrbahn gerichtet, versucht er, irgendetwas zu erkennen.

Und plötzlich ist da vor ihm ein schwarzes Tier mit Flügeln, er tritt auf die Bremse, reißt das Steuer herum. Der Wagen kommt ins Schleudern, kippt auf die Seite, rutscht über den Asphalt und beginnt, sich zu drehen.

Verwirrung, Fassungslosigkeit. Alles geschieht so schnell und gleichzeitig in Zeitlupentempo.

Das Auto wirbelt durch den Regen.

Das Gesicht seiner Liebsten ist eine surreale Maske, der Mund weit aufgerissen zu einem stummen Schrei.

Blech zerbirst, Blut spritzt.

Das Dröhnen in seinem Kopf, das Schaben von Metall.

Angstschreie.

Dann ist plötzlich alles vorbei, es bleiben das monotone Geräusch des Regens und das Stöhnen. Die verbogenen Scheibenwischer bewegen sich weiter auf einer Windschutzscheibe, die gar nicht mehr vorhanden ist …

Im Hintergrund die Musik von Pink Floyd.

Saverio ist in seinem Sicherheitsgurt gefangen und kann sich nicht bewegen. Die Brust schmerzt, und aus der Nase läuft das Blut in seinen Mund. Er hustet und spuckt und versucht herauszufinden, ob er noch lebt.

Etwas ist gegen die Windschutzscheibe geprallt, etwas großes Schwarzes mit Flügeln, ein Vogel vielleicht. Oder es war eine Sinnestäuschung, eine Halluzination, weil er so viel getrunken hat. Er sagt sich immer wieder, dass es nicht sein kann, dass ausgerechnet ihnen so etwas passiert.

Nicht an diesem Abend. Seine Frau ist doch schwanger.

Vielleicht ist es nur ein Traum, und gleich schlägt er die Augen auf und liegt in seinem Bett, der warme Schlafgeruch des Zimmers, der Duft seiner Liebsten. Ihr Körper neben ihm. Seine Hand legt sich zärtlich auf ihren Bauch, um zu spüren, ob das kleine Wesen, das dort drinnen wächst, noch schläft oder ob es strampelt.

Er hat einen üblen Geschmack im Mund, ein Gemisch aus Alkohol und Metall, und er blickt nun fassungslos hinüber zu der reglosen Gestalt, die seine Frau sein muss: ein formloser Haufen. Ihr schönes Gesicht, auf dem nun der abwesende Ausdruck einer Renaissance-Madonna liegt. Blut rinnt langsam von der Mitte ihrer Stirn herab und stört die perfekte Symmetrie ihrer Züge.

Es ist kein Traum. *O Gott, nein …*

Das Geräusch von Bremsen, Schritte. Jemand rüttelt an der Autotür, versucht, sie zu öffnen. Unbekannte Gesichter blicken ernst durch die zerborstene Windschutzscheibe.

Endlich stehen auch die Scheibenwischer still.

Seine Frau gibt ein Stöhnen von sich, zunächst laut, dann immer schwächer, als würde sie sich entfernen.

Liebste, geh nicht weg!

Sie hält sich den Bauch und zittert. Ihre Lippen sind zusammengepresst, ihr Körper wird von Zuckungen geschüttelt.

Saverios Augen wandern zur Uhr der Stereoanlage. Sie funktioniert noch. Das Auto ist völlig zerstört, nur noch ein Haufen Schrott, und diese verfluchte Uhr geht noch immer.

Dann das Heulen einer Sirene, Blinklichter, aufgeregte Stimmen.

Seine Frau, die ihn unentwegt ansieht.

Dann erlischt ihr Blick und wird glasig.

Die Digitalziffern der Uhr springen weiter. Wie ein Lidschlag. Oder schlimmer, wie die Flügel von schwarzen Faltern, die durch die Nacht fliegen: *flap!*

Auf der Anzeige erscheint die Zahl drei, und ein Schreien erfüllt die Luft.

Eine feine, unwirkliche Stimme.

Das verzweifelte Greinen eines Säuglings.

3

Uuuäääähh, uuuäääähh …

Er kniff die Augen zusammen, um die letzten Tropfen dieser aus seiner Erinnerung emporgestiegenen Laute herauszupressen.

Uuuäääähh, uuuäääähh …

Schrei um Schrei leerte er seinen Kopf, bis er schließlich allein war. Wieder allein in der Stille. Verloren wie noch nie.

Saverio Mastri erhob sich und stellte den Behälter mit dem Ton auf die Ablagefläche neben das Kunstwerk, den Kopf hielt er gesenkt.

Dann schaltete er die Bildschirme ein.

Eine Strähne seines weißen Haars war ihm über das Gesicht gefallen, er strich sie zurück und schloss die Augen, um Kraft zu sammeln. Dann öffnete er sie wieder und sah die nacheinander erscheinenden Bilder an.

Clorinda, die mit Micky-Maus-Ohren durch das Haus läuft, Clorinda, die ein Eis isst. Clorinda, die schläft und schlimme Träume hat.

Wie oft hatte er sich diese Szenen eines vergangenen Lebens schon angesehen?

Viele, zu viele Male.

Seine Müdigkeit glich einem Haufen staubiger Steine, die seinen gesenkten Kopf zu Boden drückten wie zum Gebet.

Gott, mach, dass nicht geschehen ist, was geschehen ist.

Seit dem Tod seiner Tochter hatte er nicht mehr als eine

Stunde am Stück schlafen können. Jedes Mal, wenn er es wagte, sich ein bisschen Ruhe zu gönnen, wurde er in schwarzes, glühendes Magma getaucht und sah die Hölle.

Den letzten tiefen Schlaf hatte er in jener Nacht gefunden, in der Clorinda gestorben war. Damals hatte er eine Vorahnung gehabt, die eingetreten war. Der Aufwachtraum, in dem er dem Geist mit dem zerstörten Gesicht begegnet war.

Ein Raunen in der angstgeschwängerten Luft: *Du musst mich zurückholen …*

Und die Uhr auf dem Nachttisch zeigte immer dieselbe Zeit an.

03:00.

Genau wie damals, als das Auto ins Schleudern kam, über den Boden schrammte, und der Leib seiner Frau aufriss und seine Tochter hervorkam, mit dem Kopf voraus durch Fleisch und Knorpel.

Die Ärzte hatten den Leichnam seiner Frau obduziert und hatten als Todesursache eine starke Blutung in der Bauchhöhle festgestellt. Sie war also nicht an den Verletzungen gestorben, die der Unfall verursacht hatte.

Sie war gestorben, weil sie im wahrsten Sinne des Wortes zerborsten war. Als ob das Ungeborene den Eierstöcken und dem Bauchgewebe schwere Schäden zugefügt hätte, während es sich in Richtung Ausgang vorgearbeitet hatte.

Das Kind hat den Kokon zerrissen.

Dieser Gedanke hatte etwas Schreckliches und Wunderbares zugleich. Der Drang, geboren zu werden, war etwas ganz Elementares. Er nährte sich, genau wie die Liebe, aus unkontrollierten Pulsschlägen und grundlegenden Bedürfnissen: wesentlich, unmittelbar, hungrig nach Haut und Fleisch. Genauso selbstverständlich wie der Atemreflex.

Die Augen geschlossen. Die Lider zugekniffen im Dunkel der Erinnerung.

Saverio ließ in seinem Geiste ein Gesicht entstehen, leuchtend wie Öl auf einer Wasseroberfläche. Das sanfte, lächelnde Gesicht seiner Frau.

Um ihren Kopf lag ein phosphoreszierender Schein gleich einer Aureole – wie an dem Tag, als er sie kennenlernte, als sie ihm für das Bild von Santa Crash Modell gestanden hatte.

Die Frau seines Lebens. Die ihm Inspiration und einen Fluchtweg geschenkt hatte. Verlorene Liebe und unvergessliche Raserei des Herzens.

Seine Frau war wie ein unverhofftes Unwetter gewesen, Sonnentropfen, Abendröte und Morgengrauen, Anfang und Ende. Ein perfekter Körper, leuchtende Melancholie des Fleisches. Blauer Blick, samtige Linien, Kupferhaut und Sternenaugen.

Sie war in ihn eingetaucht und hatte die Leere in seiner Seele gefüllt.

Dann hatte etwas ... jemand sie ihm weggenommen.

Eine schwarze Gestalt mit Flügeln, die im Nichts verschwunden war.

Ein Symbol. Ein Fluch.

Als er die Stimme seiner Tochter zum ersten Mal vernahm, dieses verzweifelte Greinen inmitten dieses Knäuels aus verbogenem Blech, als er sah, wie ihre winzigen Hände sich ausstreckten, um die Leere zu fassen, in diesem Augenblick, als Tod und Leben einander berührten, übereinandergleitend wie Liebende in der Nacht ... genau in diesem Augenblick hatte er endlich begriffen, was Leidenschaft war. Dieser unwiderstehliche Drang, der von innen verzehrt und von außen antreibt. Das Fieber und der Wunsch, etwas zu schaffen und zu zerstören. Er war Künstler und lebte von seinen eigenen Schreien. Er wuchs am Wahnsinn wie ein Hexer. Die Kunst selbst war Magie. Und der Prozess der Beschwörung lag allem zugrunde.

Er hatte sich viele Monate lang intensiv mit schamanischen Ritualen befasst und sie schließlich für seine Werke angewendet. Um das Leben und den Tod und ihr Wesen zu begreifen, hatte er sich intensiv mit dem Kirlian-Effekt und mit allem, was mit der Aura zusammenhing, beschäftigt. Die Existenz der Seele und die Unsterblichkeit der Besessenheit. Das Ergebnis war reiner Wahn gewesen, Ergriffenheit, Gnade.

Kreativität bedeutet Vorahnung. Der Künstler weiß, was geschehen wird. Denn er arbeitet mit dem Geist. Und somit begreift er die Dinge im Voraus. Er zieht sich aus allem heraus, um sich dann ganz einzubringen.

Einen Künstler bringt nichts ins Wanken, denn er verwandelt alles: den Schmerz, die Freude, die schönen und hässlichen Dinge auf seinem Weg, und er lässt sie zu etwas werden, für das es sich zu leben lohnt.

Der Tod seiner Frau und die gleichzeitige Geburt seiner Tochter hatten ihn dazu inspiriert, La Cicogna zu schaffen, die Umwandlung der Trauer, die im Heranwachsen seiner Tochter Gestalt angenommen hatte.

Clorinda war ihrer Mutter mit jedem Jahr immer ähnlicher geworden. Sie, die durch ihre Geburt den Tod der Mutter herbeigeführt hatte, machte es möglich, dass diese wieder zurückkehrte.

La Cicogna war das Beschwörungsritual, um dem Grauen und der Angst zu entfliehen.

Dann hatten sie ihm auch noch die Tochter genommen. Und mit ihr war alles verschwunden, was von seinem Herzen noch übrig war. Jetzt hatte er nichts mehr, was er wachsen lassen konnte. Und das Fieber würde sich aus sich selbst heraus nähren.

Du musst mich zurückholen.

Diese Worte, dem Mund einer Täuschung entsprungen, waren der Schlüssel zum Heil.

Diese geflüsterten Worte boten einen Ausweg. Den Notausgang zur Hölle.

Die Ureinwohner von Mato Grosso beschworen ihre Geister, indem sie von den Gesichtern ihrer Verstorbenen Masken anfertigten. Die Schöpfung von La Cicogna war nichts anderes. Er würde weitermachen.

Die Tage nach dem Unglück hatte er damit verbracht, die Schläge seines Herzens zu zählen, dieses Herzens, das immer mehr schrumpfte. Stundenlang hatte er versucht, dem Rhythmus zu folgen, ohne aus dem Takt zu kommen. Bis ihn das Pulsieren seines eigenen Blutes hypnotisierte. Als hätte ihn das Ticken eines Pendels in Trance versetzt – rechte Kammer, linke Kammer. Schwingung um Schwingung, bis er einen Zustand absoluten inneren Friedens erreicht und den Schmerz nicht mehr gespürt hatte.

In diesen Momenten der Betäubung konnte er seine Tochter flüstern hören und ihren Geruch in der Luft wahrnehmen.

Clori bewegte sich in den okkulten Bereichen am Rande des Bewusstseins.

Und er würde ihr helfen zurückzukehren. Mehr konnte er nicht tun.

Deswegen hatte er einen Abdruck von ihrem zerstörten Gesicht genommen, einen Abdruck für die achtzehnte Maske.

4

Er spritzte das Epoxidharz in die Wangen und unter die Augenpartie, dann wartete er die Wirkung ab und prüfte die Festigkeit der Epidermis. Schließlich strich er die Regenerationslösung – Povidon-Jod mit Vaseline vermischt – behutsam und gleichmäßig auf die ausgefransten Wundränder, nur an den am meisten geschädigten Stellen nahm er ein wenig mehr davon.

Das Spiel von Licht und Schatten durch die Stablampe ließ die Verwüstung der Gesichtszüge deutlich hervortreten. Es schuf eine irreale Atmosphäre, die Saverio Mastri half, bei der Arbeit nicht allzu sehr zu zittern. Als würde er etwas völlig Unwirkliches tun. Hier in der Familiengruft. In die er heimlich mitten in der Nacht eingedrungen war, um seiner Tochter nochmals das Gesicht zu stehlen.

Überall standen Vasen mit Chrysanthemen. Der bitter-süßliche Geruch des Weihrauchs und der Kerzen hatte die Luft gesättigt und verursachte ihm Übelkeit. Am Vormittag war die Beerdigung gewesen – Küsse, Umarmungen, Tränen, unbekannte Menschen –, um Tage verzögert, weil erst noch die Autopsie und der gerichtsmedizinische Bericht abgewartet werden mussten.

Saverio hoffte, dass sich eine so lange Zeit – mehr als fünf Tage waren seit dem Tod seiner Tochter vergangen – nicht negativ auf das Gelingen seines Vorhabens auswirken würde. Das alles war erst am vergangenen Samstag geschehen, und es kam ihm bereits völlig unwirklich vor.

In diesen Tagen hatte er die meiste Zeit einfach nur ins Leere gestarrt. Wieder einmal war er in einen dunklen Abgrund gestürzt. In dessen Schlund böse Wölfe sein Kind zerfleischt hatten, auf die schlimmste Weise, die es gibt. Einer nach dem anderen, ohne Erbarmen.

5

Ein Polizeibeamter hatte ihn am Mittwoch um drei Uhr einbestellt, um ihm das Ergebnis der Obduktion mitzuteilen. Ein Mann mittleren Alters mit Kinnbart und sympathischem Gesicht. »Ich bin Kommissar Molisi«, hatte er sich vorgestellt. Dann hatte er Saverio aufgefordert, auf dem Stuhl vor dem Schreibtisch Platz zu nehmen und ihm in unpersönlichem Tonfall, der jedoch seine Anspannung nicht ganz verdecken konnte, erklärt, was er erklären musste. »Es tut mir leid, Ihnen mitteilen zu müssen, dass Ihre Tochter in der Stunde vor ihrem Tod mehrfach sexuellen Kontakt hatte. In ihrer Vagina und ihrem Darm wurden Spermaspuren von fünf verschiedenen Männern gefunden ... Wir vermuten, dass sie das Opfer einer Gruppenvergewaltigung geworden ist.«

Die Worte, die aus dem Mund des Kommissars kamen, schienen sich nur mit Mühe einen Weg zu seinem Ohr bahnen zu können, so als wäre die Luft im Zimmer dicker als anderswo.

»Wir haben in ihrem Blut Spuren eines Rauschmittels gefunden, welches gemeinhin Mixtura genannt wird. Es könnte sein, dass Ihre Tochter unter Drogen gesetzt und dann zum sexuellen Kontakt mit den Männern gezwungen wurde.«

Die Augen irren umher. Sie starren auf das, was sie finden. Die mit Fotos von Verkehrsunfällen übersäte Wand.

»Außerdem war ihre Lunge erweitert, hervorgerufen vermutlich durch die Droge, was die Atemfähigkeit eingeschränkt hat. Da Ihre Tochter Asthmatikerin war, ist es möglich, dass sie nicht an den Folgen des Unfalls gestorben ist, sondern dass sie im Augenblick des Aufpralls bereits tot war ...«

Die Stimme des Polizisten erläutert die einzelnen Stationen des Grauens, als wäre es das Normalste von der Welt.

»Im Gehirn Ihrer Tochter wurden anomale Zellen gefunden. Eine Art gutartiger Tumor. Wussten Sie davon?«

Behauptungen, Fragen, absolute Verwirrung.

Saverio gab sich große Mühe zu verstehen, was man ihm da sagte, doch es gelang ihm nicht. Denn das Getöse in seiner Brust war so ohrenbetäubend, dass es in seinem Kopf dröhnend widerhallte und ihn völlig betäubte. Es war seltsam, dass etwas, das gar nicht existierte, noch solche Geräusche von sich geben konnte. Denn ein Herz hatte er nicht mehr. Man hatte es ihm wie bei einem Opferritual aus dem Leib gerissen. In seiner Brust war nur noch rauchende Leere verblieben. Vielleicht machte diese Leere ja einen solchen Lärm und zerfetzte ihm das Trommelfell.

»Die Leere macht Lärm, wussten Sie das?«

Seine Lippen hatten einfach angefangen, sich zu bewegen, hatten ohne sein Zutun zu sprechen begonnen. Der Kommissar unterbrach sich und sah ihn fragend an. »Entschuldigung, was haben Sie gesagt?«

Saverio schüttelte mehrmals den Kopf. »Es ist sinnlos, dass ich Ihnen hier zuhöre, wissen Sie«, erklärte er schwermütig, dann drehte er sich um und ging mit gesenktem Kopf, wie im Krampf geballten Fäusten und brennenden Fingerspitzen davon. Was seinem Kind passiert war, wusste er ja schon, der Geist mit dem Hacksteak anstelle eines Gesichts hatte es ihm im Traum gezeigt. Böse und heulende Wölfe hatten sie zerfleischt, während eine Wolke von Nachtfaltern um sie herumgeflattert war.

Er würde die Wölfe zerstören und die Falter vertreiben.

Babyclori? Komm näher.

Und er würde sein Kind zurückholen.

6

In der Krypta arbeitete Saverio mit kalter Effizienz, trotz der Pflaster auf den Fingerkuppen bewegte er die Hände vorsichtig und sicher. Er streute so viel Gips in die bereitstehende Schüssel, bis das Wasser nicht mehr zu sehen war. Dann ließ er den Brei einige Minuten ruhen und rührte ihn durch, ganz vorsichtig, damit sich keine Luftblasen bildeten. Als er glaubte, dass die Masse fest genug war, trug er sie mit einem Spatel auf das Gesicht der Toten auf, beginnend bei der eingedrückten Stirn, dann über Augenhöhlen, Wangenknochen – vielmehr das, was von ihnen noch übrig war –, Nasenbein und schließlich über Mund und Kinn. Sorgfältig verteilte er Schicht für Schicht vom Haaransatz bis zu den Ohren und hinunter zum Hals, bis das Ganze etwa vier Zentimeter dick war.

Nachdem er den Abdruck an der Oberseite ein wenig abgeflacht hatte, damit er diesen bei den nächsten Arbeitsschritten besser auf die Arbeitsfläche legen konnte, wartete er zehn Minuten, bis der Gips ausgehärtet war. Dann nahm er die Maske vom Gesicht und steckte sie, sorgfältig in Luftpolsterfolie eingewickelt, in die Ledertasche, die er zu diesem Zweck mitgebracht hatte.

Danach machte er sich daran, die Gruft wieder in ihren ursprünglichen Zustand zu bringen. Er schloss den Deckel des Sargs, schob diesen wieder in seine Nische, verschloss die Mauer und brachte die Marmortafel wieder an.

Als er endlich mit der Arbeit fertig war, war er durchgeschwitzt und fühlte sich, als habe er hohes Fieber. Alle Knochen und Muskeln schmerzten, und er hatte ein heißes Gefühl im Rachen. Er konnte es kaum abwarten, wieder zu Hause zu sein und sich ans Werk zu machen. Sein Vorhaben war konkret und duldete keinen Aufschub: Er wollte die achtzehnte Maske gestalten und sich im Nichts verlieren. Durch die schwarzen Sterne irren und die Seele von Babyclori rauben, um sie mit sich zu nehmen. Das, was von ihr geblieben war. Ihre reine, klare, unversehrte Essenz.

Sein Kind war beschmutzt worden, eine unbarmherzige Kreatur mit schwarzen Flügeln hatte sie infiziert und sich in ihrem Geist festgesetzt.

Ich bin der schwarze Falter.

Dieselbe üble Kreatur, die ihre Geburt begleitet hatte.

Während alles im Regen versank, verlor die Welt den Halt, rutschte scheppernd über den Boden und zerbrach mit einem *Crash*.

Etwas prallt gegen den Blick und fliegt weg.

Das Wesen war zurückgekehrt. Und es hatte den letzten Teil mit sich genommen. Seine Tochter war vor ihm geflohen, auf der Straße geopfert wie schon seine Frau, ein wehrloses Lamm, nicht wiederzuerkennende Sanftheit.

Wo bist du, mein Kind? Was bist du? Sag es mir doch!

7

In jenem kalten und grell beleuchteten Raum, in dem er die Tote hatte identifizieren sollen, befanden sich auch die Polizistin, die zu dem Unfall hinzugekommen war, und der Gerichtsarzt. Er hatte diesen unbekannten Körper unter dem weißen Tuch angestarrt. Es war der Körper eines Monsters ohne Gesicht gewesen.

Er hatte sich über den Leichnam gebeugt. Der metallische Geruch von Blut, den er wahrzunehmen glaubte, ließ ihn zurückzucken, doch er zwang sich, wieder hinzusehen, wobei er die Übelkeit hinunterschlucken musste.

Im unteren Bauchbereich war ein halb verblasstes Tattoo zu sehen.

Die Haare hatten einen absurden Schnitt.

Das konnte unmöglich seine Babyclori sein, ausgeschlossen … Also schrie er: »Nein, das ist nicht mein Kind!«

Der Arzt hielt ihm ein Plastiktütchen mit einem silbernen Ring hin und erklärte, dass dieser sich in den Splittern des Nasenbeins befunden hätte.

Ein Nasenpiercing vielleicht. Daran können Sie doch sehen, dass das da nicht meine Tochter sein kann. Ich erkenne nichts davon wieder!

Aber die Papiere stimmen! Der Personalausweis, den wir in ihrer Rocktasche gefunden haben …

Man zeigte ihm die blutgetränkten Kleidungsstücke des Opfers, zusammengelegt auf einem Brett, daneben ein Paar Springerstiefel aus schwarzem Leder. Kleider und Schuhe, die sie gar nicht besitzen konnte, die er ihr nie gekauft hatte. Unbekannte Kleider eines unbekannten Mädchens.

Die widersprüchlichsten Gefühle kämpften in ihm, Erleichterung und Angst, kalte und heiße Schauer überliefen ihn abwechselnd.

Ein Wispern in seinem Kopf vervielfältigte sich, wurde immer lauter, bis es sich ihm als Schrei entrang.

»Das kann sie nicht sein!«

Die Polizistin sah ihn mitleidig an und fragte: »Sind Sie sicher, Signor Mastri?«

Und er war nicht mehr in Lage, etwas zu tun oder zu sagen, war wie gelähmt.

Schließlich wurde beschlossen, das Gesicht der vermeintlichen Clorinda Mastri mithilfe einer speziellen Rekonstruktionssoftware einer morphologischen Analyse zu unterziehen. Bei diesem Verfahren wurde das Gesicht der betreffenden Person von allen Seiten fotografiert, dann wurden die Bilder in den Computer eingegeben, der auf Grundlage der Proportionen der Knochen eine Reihe von möglichen dreidimensionalen Ansichten des Gesichts entwickelte. Es handelte sich um eine virtuelle Ermittlungsmethode, die ursprünglich für die plastische Chirurgie entwickelt worden war. Sie hatte zwar keine strafrechtliche Relevanz, lieferte aber zuverlässig Indizien, mit denen man in Fällen wie diesem schnell zu einem Ergebnis kommen konnte.

Als das ebenmäßige Gesicht Clorindas auf dem Monitor erschien, murmelte Mastri immer noch vor sich hin, dass es unmöglich war und dass sie es nicht sein konnte. Doch eigentlich wusste er es bereits, sein Inneres ließ sich nicht länger täuschen.

Dieses unkenntliche Ding auf der Metallliege in diesem verfluchten Leichenschauhaus war wirklich das, was von seiner Tochter übrig geblieben war.

Mein Gott, was haben sie mit dir gemacht? Sag es mir!

Sie hatten sie verwandelt. Um sie dann zu zerstören.

Er musste versuchen zu begreifen, wie das alles hatte geschehen können.

Er musste in seine Erinnerung hinabsteigen, so oft es ihm möglich war, um die Stationen des Albtraums nochmals zu durchleben, wieder und wieder. Es gab keine andere Möglichkeit, um weiteratmen zu können.

8

An jenem schrecklichen Morgen hatte er nach dem Aufwachtraum, in dem der Geist ihn aufgesucht und ihn mit plötzlich weiß gewordenem Haar und Falten im Gesicht zurückgelassen hatte, eine Vision gehabt: Clorinda, die mitten auf der Straße kniet, die Hände gefaltet, absolut identisch mit Santa Crash …

Er hatte gar nicht auf ihr Aussehen geachtet, er hatte einfach gewusst, dass sie es war und dass ihr gerade etwas Furchtbares zustieß.

Am Ende der Vision erstrahlte seine Tochter plötzlich im Licht.

Dann erlosch alles. Wie betäubt starrte er lange ins Leere und wartete auf eine Bestätigung. Gefangen in einer Art Vorhölle zum Nichts, in einem Zustand zwischen Träumen und Wachen, in einem Raum seines Bewusstseins, in dem Frieden war, weit weg von allem und allen.

Drei Stunden später, um sechs Uhr morgens, zerriss das Läuten des Telefons die Hülle der Empfindungslosigkeit und ließ sein Herz so rasend klopfen, dass die Worte in seinem Mund übereinanderstolperten.

Seine Lippen bewegten sich nur mit Mühe, er war noch nicht zurück in der Wirklichkeit und versuchte, zu begreifen, was ihm da am Telefon gesagt wurde.

»Spreche ich mit Signor Saverio Mastri?«

Nein. Ich weiß nicht. Ich weiß nicht, was ich bin.

Mit einem unterdrückten Ächzen zwang er sich, alle Bruchstücke von sich zusammenzufügen, die er in diesem Moment benötigte. »Ja, der bin ich.«

»Hier ist die Polizei.«

Keine Überraschung, keine eiskalte Klinge ihm Bauch, nur ein Nerv, der in seiner Wange pochte und seine Lippen auf einer Seite rhythmisch zucken ließ.

»Es tut mir leid, Ihnen mitteilen zu müssen, dass ...«

Er hörte sich alles an, ganz ruhig.

»Ihre Tochter hatte einen schweren Unfall.«

»Wo ist das passiert?«

Als er seine Fragen stellte, hatte er das absurde Gefühl, dass die Worte aus den falschen Körperöffnungen kamen, aus den Ohren, aus dem Bauchnabel, anstatt aus seinem Mund.

»Wie ist das passiert?«

Der Mensch am anderen Ende der Leitung gab keine großen Erklärungen ab, sondern forderte ihn nur auf, die Tote zu identifizieren.

»Kommen Sie bitte so bald wie möglich zum Rechtsmedizinischen Institut.«

Saverio legte auf und starrte auf den roten, blinkenden Punkt der Videokamera auf dem Nachttisch ...

Er wusste doch schon alles, er hatte ja schon alles gesehen. Wie von einer Feder getrieben, sprang er plötzlich auf.

Er hatte die Graffitis angestarrt, mit denen er die ganze Wand bemalt hatte. Ein Völkchen merkwürdiger Wesen tanzte in einem Gewirr aus Fäden, Knäule roter Nerven, Engelsgesichter und Wellen brachen sich an einem prachtvollen Sternenhimmel. Einen verwirrenden Augenblick lang hatte er das Gefühl, dass alles lebendig wurde.

Mit einem Schrei warf er sich auf das Farbenchaos und begann, mit den Fingern den Putz abzukratzen, um die Bilder auszulöschen. Seine Nägel brachen ab, doch er hörte nicht auf, die Wand zu traktieren, bis all diese Visionen blutverschmiert waren. Visionen aus längst vergangenen Zeiten, als er und seine Frau beschlossen hatten, ein Kind zu bekommen.

Diese Bilder werden ein Schutz sein vor allen Albträumen der Welt.

Am Ende waren all seine Versuche, dem Bösen zu entkommen, jämmerlich gescheitert. Und jetzt gab es nichts mehr, für das es sich zu schlafen und zu träumen lohnte.

Nachdem er so eine ganze Zeit lang die Wand zerkratzt hatte, ließ er sich erschöpft und mit zerfetzten Fingerkuppen auf den Boden fallen.

Gemartert von Trommelschlägen, die von einer Schläfe zur anderen zu springen schienen, rief er sich ein Taxi, um sich zum Leichenschauhaus bringen zu lassen und seine unkenntliche Tochter zu identifizieren.

9

Als Saverio die rekonstruierten Gesichtszüge seines Kindes auf dem Bildschirm sah, verfiel er in verzückte Bewunderung und konnte die Augen nicht mehr von der perfekten Symmetrie des Gesichtes abwenden.

Sie war so schön, dass es einem den Atem nahm. Das Bild der Madonna, das Gesicht eines Engels, die göttlichen Proportionen eines himmlischen Wesens.

»Die morphologische Analyse des Gesichtsskeletts scheint die Identität des Opfers zu bestätigen.«

Die Stimme des Technikers kam aus dem Nichts und riss ihn aus seinen Gedanken.

»Was?«

Saverio nahm den Blick vom Computerbildschirm und sah erstaunt in das deformierte Gesicht dieses Körpers, der da nackt auf dem Metalltisch lag.

Das ist alles nicht richtig, dachte er.

Die großen Brüste, die Schamhaare … Die Scheidenspalte, die unter dem Tuch zu ahnen war. Sie hatte sich verändert. Sie war zur Frau geworden, ohne dass er es bemerkt hatte.

Das ist alles nicht richtig.

Mit einer zornigen Geste fasste er nach dem Tuch und zog es über seine Babyclori. Alle starrten ihn an, als er erklärte: »Das ist mein Kind. Das ist meine Tochter.«

Das Licht meiner Augen, der Odem meiner Lunge und so weiter und so weiter.

Dann begann er, wie ein Verrückter zu schreien, sodass man ihm schließlich eine Beruhigungsspritze geben musste.

Danach stellte ihm die Polizistin ein paar Fragen. Ob er gewusst hatte, dass seine Tochter in die Diskothek gehen wollte? Ob sie Drogen nahm?

Auf der Liege sitzend, den Kopf in die Hände gestützt, verneinte er all diese Fragen. Er presste die Finger so fest gegen die Schläfen, dass es wehtat.

»Wie konnte das nur geschehen?«, fragte er irgendwann mit Tränen in den Augen.

»Sie befand sich direkt hinter einer engen Kurve mitten auf der Straße, als sie angefahren wurde. Es hat geregnet, und es war neblig ... Der junge Mann am Steuer konnte nicht mehr bremsen.«

Saverio hörte zu und dachte an die Wölfe in seiner Vision.

Nachdem sie die Formalitäten erledigt hatten, wurde ein Streifenwagen gerufen, der ihn nach Hause brachte.

»Sind Sie sicher, dass Sie in Ordnung sind?«, fragte ihn einer der Polizisten, als sie am Tor zu seinem Grundstück hielten. Er nickte nur, stieg dann aus und ging mit dem Gefühl zu schweben zum Haus. Das Beruhigungsmittel, das sie ihm verabreicht hatten, wirkte wie eine dicke Decke, in die sein Geist eingewickelt war. Sie deckte den Schmerz zu und wärmte ihn, damit er später schärfer denn je hervorbrechen konnte.

Saverio betrat das Haus. Er erkannte dort nichts mehr, als befände er sich in der Wohnung eines Fremden.

Völlig verwirrt ging er durch die Zimmer, bis sich die Verwirrung gelegt hatte.

Dies war wirklich sein Haus. Der Ort, an dem er Clorinda großgezogen hatte. Schutzraum seines Herzens und seiner Seele. Leider war nunmehr das Erste zu klein und das Zweite zu leer.

Er überwand den Impuls, in eines seiner Ateliers zu gehen, nach einem Skalpell zu greifen und sich die Brust aufzuschneiden, um zu sehen, was sich dort drinnen befand, ob noch etwas von seinem Lebensorgan übrig war. Er ballte die Fäuste und versuchte, sich zu straffen. Seine Aufgabe war es jetzt, zu verstehen, was genau mit seinem Kind geschehen war.

Also ging er zu Cloris Zimmer ins obere Stockwerk hinauf. Die Tür stand offen, er betrat den Raum und prüfte, ob nicht vielleicht irgendein Geist am Fenster stand.

Doch da war niemand. Nichts bewegte sich.

Sein Kopf war von einem einzigen Gedanken beherrscht: *Ich muss es verstehen. Ich muss verstehen, warum.*

Das Bild von Santa Crash lag mit der Vorderseite nach unten auf dem Boden. Er fragte sich, ob er es aufstellen sollte, doch dann überlegte er sich, dass es dort eigentlich gut lag. Denn im Augenblick würde er den Anblick ohnehin nicht ertragen können.

Er hatte Wichtigeres und Dringenderes zu tun.

Saverio schaute in jede Ecke, durchsuchte jede Schublade, jedes Regalbrett, Zentimeter für Zentimeter. Denn er wollte alles wissen, was er nicht wusste, auch das, von dem er nicht gewusst hatte, dass er es hätte wissen müssen. Er wollte alles von seiner Tochter wissen.

Wie war sie eigentlich, meine Clori? Wann hat die Verderbnis angefangen? Wer ist dafür verantwortlich?

In einer Schrankschublade fand er die Zeitschriften: *Trend Discoteque, Nachtfalter, Strobomanie* … Er blätterte sie durch und sah sich die Fotografien an. Einzelne Textstellen waren mit rosafarbenem Marker angestrichen.

… das Volk der Nacht erhebt sich bis zu dem Augenblick, an dem die Sonne wieder aufgeht …

Er las ein paar Zeilen, und das Herz in seiner Brust schien mit jedem Schlag zu schrumpfen.

Es gab auch handschriftliche Notizen. Von ihr. Von Clori. In ihrer winzigen Schrift.

Stundenlang tanzen, im Rhythmus des Herzens, die Grenze überschreiten, in einen großen schwarzen Abgrund stürzen.

Dann wurden die Buchstaben größer, ein wenig zittrig, anders, als hätte sie jemand Fremdes dorthin gemalt.

Wer war bei dir, Clori? Sag mir, wen wolltest du mit dir nehmen? Mit wem wolltest du träumen? An was zu glauben, dachtest du, sei richtig?

All diese Jahre hatte er sie beobachtet und beschützt, indem er sie als Geisel gehalten hatte, abgeschirmt von der Welt. Er hatte alles darangesetzt, dass sie rein blieb. Doch es war ihm nicht gelungen. Der Wahnsinn hatte sie angesteckt und war wie eine Schlange in sie eingedrungen.

Ganz hinten in der Schreibtischschublade fand er den Ausdruck einer Internetseite über eine Diskothek namens Gehenna. Die Polizei vermutete, dass sie dort gewesen war, denn diese Diskothek lag in der Nähe des Unfallortes.

Gehenna forever ...

Wenn er sich richtig erinnerte, war Gehenna im Neuen Testament ein Synonym für die Hölle.

In einem Anfall von Zorn warf er die Zeitschriften und Zettel durch den Raum, sodass sie wie seltsame Vögel im Zimmer umherflatterten.

Dann starrte er, auf dem Fußboden kniend, ins Leere, röchelte mit offenem Mund, wobei ihm ein Speichelfaden aus dem Mundwinkel lief.

Die Wirkung des Beruhigungsmittels hatte nachgelassen, die dicke Decke war verschwunden, und jetzt fühlte er sich so schlecht, dass es kaum auszuhalten war.

Er zwang sich aufzustehen und mit der Inspektion der Untiefen einer nicht wiederzuerkennenden Tochter fortzufahren. In dem kleinen Badezimmer klebte am Spiegel Clorindas

Gesicht in Punk-Version. Kurze, vor Gel starrende, nach allen Seiten abstehende Haare, schwarz umrandete Augen, Piercing-Ring in der Nase, rot bemalte Lippen … Auf dem Waschbecken waren Blutflecken.

Was hast du dir angetan, Babyclori? Was?

Sie hatte sich offenbar das Piercing selbst gestochen. Dieser widerliche Silberring, der jetzt im Leichenschauhaus lag, in einer Plastiktüte neben den fremden Kleidungsstücken. Bestimmt hatte sie alles im Internet bestellt.

Im Abfalleimer fand er ihre abgeschnittenen Haare, die er lange betrachtete. Das Herz in seiner Brust war mittlerweile klein wie ein Wurm, die Herzschläge waren ganz leise. Sie existierten fast nicht mehr.

Clorinda hatte ihre Transformation und ihre Flucht sorgfältig geplant.

Clorinda wollte vor ihm weglaufen.

Vielleicht hatte sie ihm auch ein Schlafmittel gegeben. Das konnte erklären, warum er nach dem Abendessen schlagartig müde geworden war.

Clorinda war eine andere geworden. Hatte ihn hintergangen. Sie hatte ihm den Rücken gekehrt.

All diese Jahre hatte er alles getan, damit seine Tochter vor sich selbst in Sicherheit war. Doch es war sinnlos gewesen.

Was haben sie dir angetan, mein Kind? Was habe ich dir angetan?

Zurück in ihrem Zimmer, drehte er sich voller Verzweiflung um die eigene Achse und trat nach den Zeitschriften auf dem Fußboden.

Rasend, besessen, im Nichts verloren.

Als ihm der Computer auf dem Schreibtisch ins Auge fiel, ging er zu ihm und bewegte die Maus, um den Bildschirm zu aktivieren. Dann startete er das Mailprogramm und sah nach den Nachrichten, die sie versendet hatte. Viele waren an eine gewisse La Falena gerichtet. Er pickte sich eine heraus: »Liebe La Falena, du musst wissen, dass mein Vater, als ich klein war, mit mir das Kokon-Spiel gespielt hat. Immer wenn ich Angst hatte, hat er ...«

Dann klickte er auf eine der Eingangsmails. Unendlich viele Male stand dort das immer gleiche Wort, der lautmalerische Begriff für das Schlagen von Flügeln.

Flap, flap, flap, flap ...

Er schloss das Programm und sah bei MSN und Netlog nach. Der letzte Kontakt hatte am Abend zuvor um 23 Uhr 18 stattgefunden.

›nigro 777‹ seid ihr da?

›BabycloriLaFalena‹ gleich nicht mehr, heute Abend fliegen wir weg

Diese Antwort im Plural! Als wäre Clori nicht allein, als wäre jemand bei ihr gewesen!

Mit wem warst du zusammen, Babyclori, kannst du mir das sagen?

Rasend vor Eifersucht konnte sich Saverio gerade noch zurückhalten, um nicht den Monitor durch das Zimmer zu schleudern.

Sie wollte wegfliegen. Sie wollte fliehen.

Weg von mir.

Sein Blick fiel auf das schnurlose Telefon, das auf der Kommode stand. Er nahm es von der Station und rief die zuletzt gewählte Nummer an. Der automatische Anrufbeantworter eines Taxiunternehmens meldete sich.

Bitte teilen Sie uns die Adresse mit ...

Es passte alles.

Hier Taxiunternehmen ...

Er unterbrach die Verbindung.

Ein Stöhnen ließ ihn zusammenzucken.

Ein kalter Schauer überlief ihn, er lauschte erstarrt, das Telefon fest in der Faust.

Das Geräusch kam unter dem Bett hervor.

Er beugte sich langsam hinunter wie in einem Traum, und sein Atem wurde zu Dampf.

Da sah er sie.

Babycloris Augen waren weit aufgerissen in der roten Masse, wo ihr Gesicht hätte sein sollen, die Pupillen schleuderten Blitze. Ihre Lippen bewegten sich, sie flüsterte immer denselben Satz: *Du musst mich zurückholen.*

Dann streckte sie ihre Hand aus, um ihn zu berühren, und er konnte sich ihr nicht mehr rechtzeitig entziehen. Die Finger waren eisig wie Zweige nach einem Schneeschauer.

Er wich zurück. In seiner Brust zog sich etwas zusammen, während eine schwarze Nova in seinem Kopf explodierte, und er verlor das Bewusstsein.

Als er wieder zu sich kam, lag er mitten zwischen den verstreuten Zeitschriften auf dem Boden, in der Hand immer noch das Telefon, das ein *Tut-tut-tut* von sich gab.

Er drehte den Kopf und spähte vorsichtig unter das Bett. Nur Staubflocken, sonst nichts.

Verwirrt und verstört stand er auf und versuchte festzustellen, ob sein Herz noch schlug. Er spürte nichts.

10

Bevor Saverio sich wie ein Dieb in der Nacht aus der Familiengruft schlich, dachte er noch einmal an alles, was passiert war, und hätte am liebsten geschrien. Einfach, um zu hören, dass er noch da war, dass er noch lebte, auch wenn in seinem Brustkorb nur noch Leere herrschte.

Im Schein der Taschenlampe kontrollierte er, ob er irgendwelche Spuren hinterlassen hatte, doch offenbar war alles in Ordnung.

Chrysanthemen überall. Die in die Grabsteine gehauenen Kreuze.

Sein Blick fiel auf das Foto seiner Frau. Darunter stand in Goldbuchstaben auf dem Marmor: DU WIRST IMMER IN UNSEREN HERZEN SEIN. Lächerlich und schmerzlich zugleich.

Nun gab es ja keine Herzen mehr, in denen sie aufbewahrt werden konnte.

Er schluckte und versuchte, das Schluchzen zu unterdrücken, das ihm in der Kehle brannte. Es tat so weh, dass er nach Luft schnappte und sich eine Hand auf die Lippen presste wie zum Kuss. Ein Hauch in der Luft als Gruß an seine verlorene Liebe.

Ich will, dass du hier bist, ich will, dass du überall bist. Nur mit einem Lächeln …

Plötzlich legte sich eine große Stille über ihn, zum Sterben tief. Und die Temperatur fiel mit einem Mal. Vor seinem Mund bildeten sich beim Ausatmen Dampfwölkchen.

Saverio wandte sich zum Ausgang und versuchte, keine brüsken Bewegungen zu machen, die die Schreie der Stille hätten zurückholen können.

Er ging einen Schritt vorwärts. Die Ledertasche fest in der Hand. Der Abdruck der achtzehnten Maske wartete in Luftpolsterfolie gewickelt darauf, zu einem Objekt der Anbetung und der Reproduktion zu werden.

Racheengel und La Cicogna, die nicht vergeht.

11

Er saugte noch ein letztes Mal die Bilder auf den Monitoren auf, mit der fiebrigen und gierigen Intensität eines Verdurstenden, der den letzten noch verbliebenen Schluck Wasser trinkt, bevor er in der Wüste am Durst zugrunde geht.

Dann ließ er seinen Blick zu der ungestalten Form der achtzehnten Maske gleiten. Der mit Fett bestrichene Abdruck der zerstörten Gesichtszüge seines Kindes lag umgedreht und mit Klemmen befestigt auf der Arbeitsfläche und wartete darauf, gefüllt zu werden.

Seufzend nahm Saverio den Behälter mit dem Ton und stellte ihn vor das Reliquiar. Dann nahm er einige organische Erinnerungsstücke, die er noch von Clori besaß: die erste abgeschnittene Locke (als sie zwei gewesen war), der erste ausgefallene Milchzahn (ein oberer Schneidezahn, der für die Zahnfee unter das Kopfkissen gelegt wurde, als sie gerade drei geworden war), ein Reagenzglas mit ihrem Blut (entnommen, als sie sechseinhalb war) und ein Fläschchen mit ihrem Urin. Er pulverisierte den Schneidezahn in einem Mörser, verteilte die Haare und alles andere darüber. Ein rosafarbenes Gemisch kam dabei heraus, das er schließlich in den Behälter mit dem Ton gab.

Mit einem Spachtel vermischte er das Ganze langsam, ungeachtet der schmerzenden Stiche, die von seinen wunden Fingerspitzen ausgingen. Wieder achtete er darauf, dass sich keine Luftblasen bildeten, genau wie er es in der Gruft getan hatte, als er den Negativabdruck von dem angefertigt hatte, was vom Gesicht seines Kindes übriggeblieben war.

Als die Masse ausreichend verrührt war, nahm er den Behälter an den Rändern und ließ den Inhalt in die vorbereitete Form laufen.

Dann wartete er. Sein Kopf dröhnte vom Getöse, das seine leere Brust veranstaltete.

Was er soeben mit den Reliquien von Clorinda getan hatte, hatte etwas mit Magie zu tun, aber auch mit Quantenphysik. Der menschliche Geist blieb in den kleinsten Teilchen, die seinen physischen Körper bilden, lebendig. Manche nannten dies »Aura«, andere »Astralleib« …

Die Essenz war immer schon vorher da und bildete einen Teil des kosmischen Ganzen, über das Wissenschaftler, Esoteriker, christliche Geistliche und buddhistische Mönche Theorien aufstellten. Schon immer waren Körperteile der Heiligen aufbewahrt worden. Man hatte Gräber aufgebrochen und die Totenruhe gestört, um Zeugnisse für ihre Zugehörigkeit zur realen Welt zu sammeln, gewissermaßen, um das Jenseits herauszufordern.

Den Leib eines Verstorbenen zu konservieren oder ihn zu verbrennen und die Asche in einer Urne aufzubewahren, gehörte zu einem Ritual der Erhaltung. Dieses als Trauerritual zu bezeichnen, war nur eine Art, sich von etwas zu distanzieren, das immer und unter allen Umständen nahe blieb.

Zu vergessen war ein Luxus, den sich niemand erlauben konnte.

Saverio testete mit der Spachtelspitze das Material in der Form. Es schien gerade die richtige Härte zu haben. Mit dem Handrücken fühlte er die Temperatur. Die Maske war warm wie die Stirn eines Kranken.

Jetzt, da der Moment gekommen war, spürte er, wie sich ein Zögern seiner bemächtigte.

Doch dann zwang ihn ein inneres Raunen zum Weitermachen.

Du musst mich zurückholen.

Er drehte die Form um und brach sie mit einer entschlossenen Bewegung in der Mitte durch, ein aufspringender Kokon.

Das Gegenstück, der Kern, erblühte auf der Ablage wie eine große Blume. Die Reproduktion des zerstörten Gesichts von Papas Babyclori.

Saverio Mastri versuchte, sich nicht von Furcht und Ekel überwältigen zu lassen. Noch immer veranstaltete die Leere in seiner Brust einen Höllenlärm, als er die monströse Maske streichelte, die da aus der Form gekommen war. Seine Aufgabe war es jetzt, Perfektion zu schaffen, wo keine mehr war. Die Vertiefungen zu füllen, die verlorene Form wiederzugewinnen.

Clori zurückkehren zu lassen, wie sie jetzt war.

12

Er montierte den Positivabdruck auf eine an der Arbeitsfläche befestigte Halterung. Die Vorderseite des Gesichts sah in seine Richtung und wartete darauf, modelliert zu werden.

Um sich besser in sein Vorhaben einfühlen zu können, hatte er die Monitore im Cicogna-Atelier so konfiguriert, dass sie alle Großaufnahmen zeigten, die er im letzten Jahr von Clorinda gemacht hatte. Das Video vom Gebet an Santa Crash hatte er bewusst weggelassen, denn er war sich nicht sicher, ob er den Anblick würde ertragen können.

Er holte eine spezielle Glasscheibe, wie sie erstmals zu Beginn des 20. Jahrhunderts von Walter Kilner verwendet worden war. Er hatte sie angeschafft, als er seine künstlerischen Studien über die Aura angestellt hatte, und hatte ein Vermögen dafür bezahlt. Dieses Instrument war der Ausgangspunkt für das Ehepaar Kirlian gewesen, um das berühmte fotografische Verfahren zu entwickeln, mit dem sie Energiefelder sichtbar gemacht hatten, die lebende und nicht lebende Körper umgaben. Ganz vorsichtig stellte er die Vorrichtung vor die Maske. Sie bestand aus zwei übereinandergelegten rechteckigen Glasplatten in einem Rahmen, zwischen denen sich eine Lösung aus Alkohol und Dicyanid befand. Eine fotosensible Mischung, die in der Lage ist, elektrische Felder zu absorbieren.

Er dimmte die Lampen im Raum herunter und wartete ungeduldig und ängstlich darauf, dass die ersten Leuchtspuren um den am Tisch befestigten Abdruck erschienen.

Nach und nach bildete sich die Corona. Bis die vollständige Form des noch intakten Gesichts von Clorinda sich über die zerstörten Gesichtszüge legte.

Er hatte es geschafft. Die Maske hatte die Aura aufgenommen.

Jetzt konnte er das Gesicht seines Kindes sehen, wie es vor dem Unfall gewesen war. Den Ausdruck des Staunens und des Schreckens.

Seine Augen füllten sich mit Tränen. Doch dies war nicht der richtige Augenblick, um sich Gefühlen hinzugeben. Er musste ruhig und entspannt sein. Seine Aufgabe war es jetzt, neu zu erschaffen, zu gestalten. Nur das tun, was er schon unzählige Male in seinem Leben getan hatte: das Fieber, das ihn verzehrte, zu nähren, die Leere zu füllen und die Fülle zu leeren. Bilder entstehen zu lassen, die Ungewissheiten verarbeiten, indem er sie lebendig werden ließ.

Mit der Digitalkamera fotografierte er das auf den Platten erschienene Bild aus drei verschiedenen Winkeln, dann schickte er die Fotos über Bluetooth an seinen Rechner.

Nachdem er den Kilner-Schirm wieder sorgfältig verstaut hatte, tippte er ein paar Befehle für die endgültige Verarbeitung des Modells ein und wartete, dass das Bild auf den Monitoren von La Cicogna erschien.

Wie in Trance starrte er lange auf die Vergrößerung von Babycloris Gesicht, sodass sich ihre perfekten Züge in sein Hirn einbrennen konnten.

Während all dieser Jahre hatte er sie vermessen, indem er die Proportionen ihrer Knochen abgeschätzt hatte. Er hatte versucht, die Essenz in sich aufzunehmen, die ihrem Gesicht zu eigen war. Alles stimmte mit den Maßen seiner geliebten Frau überein.

Als Künstler konnte ihn eine ästhetische Form, die der Perfektion so nahekam, nicht kalt lassen. Es war verblüffend, wie sich alles basierend auf dem Prinzip der Selbstähnlichkeit bei Fraktalen gegenseitig durchdrang. Eine Art natürliche Sprache, die die Mathematik in Kurven zu übertragen versucht hatte. Komplexe geometrische Systeme, die einer uralten einfachen Form Anmut verleihen können.

Das Gesicht seiner Tochter (wie auch das seiner Frau) besaß alle Maße, die sich auf die Zahl *Phi* der göttlichen Proportion zurückführen ließen, dieselbe Zahl wie die der DNA-Kette, dieselbe, die jeder Existenz zugrunde lag, an der sich die Bildhauer der Welt abgearbeitet hatten, um sich dem endgültigen Modell Gottes zumindest für einen Augenblick anzunähern.

In all diesen Jahren war Saverio im Begriff gewesen, eine Art Skulptur aus lebendigem Fleisch zu schaffen, indem er seine Tochter formte.

Im Grunde diente La Cicogna hauptsächlich dem Zweck, die Schöpfung des ursprünglichen göttlichen Modells zu begleiten.

Jetzt konnte er nichts mehr tun.

Nur noch die Leere füllen und formen.

Mit einem Seufzer machte er sich an die Arbeit.

Er öffnete einige Pakete feuchten Tons, formte Rollen, drückte sie flach und legte sie sich auf der Sperrholzplatte am Fuß der Halterung bereit.

Er entfernte die Pflaster an seinen verletzten und nagellosen Fingerkuppen. Dann drückte er die Hände ganz langsam in den Ton, fast war es, wie in einen Traum einzutauchen. Er ballte die Hände zu Fäusten, und die Masse quoll zwischen seinen Fingern hervor. Als er die Finger spreizte, begannen sich die Tonklumpen von seinen Handflächen zu lösen. Alle Dinge neigten dazu, sich nach einem großen Druck sofort auszudehnen, um ihre ursprüngliche Form wieder anzunehmen und nicht ganz zu sterben.

Geschickt modellierte er den Ton, wobei seine Fingerspitzen wie Feuer brannten. Die Wunden hatten wieder zu bluten begonnen. Doch das war ihm egal.

Er begann, die eingedrückte Nase zu rekonstruieren, wobei er bei der zerstörten Basis des Positivs begann, das er durch den Abdruck des realen Gesichts erhalten hatte.

Dann nahm er sich das Kinn vor.

Er arbeitete äußerst konzentriert, den Blick starr auf die Maske gerichtet, die nach und nach unter seinen Händen die gewünschte Form annahm.

Er merkte nicht, wie die Zeit verging.

Da war nur dieses Gesicht, das er in sich trug, und das Gesicht, das er mit seinen Händen schuf. Und die grauenvolle Form blieb darunter verborgen.

Das Blut seiner Fingerspitzen färbte den Ton rot, was dem Ganzen etwas Ätherisches und Elementares zugleich verlieh.

Mit einer kreisenden Bewegung der Daumen von innen nach außen modellierte er ganz sanft die Stirn und die Augenbrauenbögen und stellte sicher, dass die Augäpfel zwischen den Lidern perfekt wurden.

Blutstropfen um Blutstropfen nahm das Gesicht seines Kindes wieder Form an.

Es war wie eine Katharsis. Den deformierten Teil verhüllen, ihn unter einer Schicht von absoluter Schönheit verbergen. Mit den Händen und den Fingern, die Impulse vom Gehirn oder von woanders her erhielten. Kurze elektrische Entladungen an den Unterarmen, Vibrationen an den Fingerknöcheln und an den Nervensträngen.

Alles geschah so selbstverständlich und zwangsläufig wie ein Blinzeln.

Er dachte nicht über das nach, was er da tat, er lebte es, ohne sich dessen wirklich bewusst zu sein. Als würde jemand anderes für ihn die verletzten Finger bewegen, seine fieberhaft werkelnden Hände, sein nichtexistentes Herz schlagen lassen.

Papa?

Was denn?

Du musst mich zurückholen, ja?

Aber ja, ich habe es doch begriffen! Was glaubst du denn?

Mit einem Hohlbeitel und einem Schabmesser beseitigte und glättete er das überstehende Material.

Er nahm eine Nagelfeile, um die Lippen in ihre perfekte Form zu bringen, weich und voll mit den leicht gebogenen Mundwinkeln.

Saverio arbeitete ohne Pause. Sein Kopf schien zu schwimmen. Die Zeit existierte nicht mehr. Er sang *Wish You Were Here*.

Augen auf, Augen zu.

Clorindas perfektes Gesicht. Über Clorindas entstelltem Gesicht.

Vor ihm.

Wie ein Traum mit offenen Augen.

Kälteschauder schüttelten ihn. Die mit Blut und Ton verkrusteten Hände zitterten, sein Blick war wirr, und die weißen Haare klebten ihm im Gesicht, schneeweiße Fäden hingen über seinem Asketenbart und über dem Rücken.

Seine leere Brust hatte eine Wiederkehr ausgespien.

Babyclori, komm näher …

Tränen der Rührung rannen ihm in glänzenden Streifen über die Wangen in den weißen Bart.

Er streckte die Hände aus und löste die frisch geschaffene Skulptur aus ihrer Halterung.

Die achtzehnte Maske war fertig.

Vielleicht würde er sich jetzt weniger allein fühlen.

IV

Aus dem Königreich der Wirklichkeit

1

Der gute Molisi sah sie konsterniert an, als sie ihm mitteilte, dass es nicht Franco gewesen war, den sie verfolgt hatte. Als er nachfragte, vergaß er, dass er sie zuvor geduzt hatte: »Sind Sie sich ganz sicher, Chiara?«

Ihr Nicken kam zu schnell, wie früher als Kind, wenn sie ihren Vater angeschwindelt oder irgendeine absurde Behauptung aufgestellt hatte.

Chiara, unsere kleine Lügnerin, kriegt eine lange Nase.

»Ich hatte ihn verloren. Der Typ vom Rennen hat mich abgehängt ...«

Molisi sah aus, als wolle er noch etwas sagen, doch dann ließ er es bleiben.

Um klarzustellen, dass sie das Thema nicht weiter vertiefen wollte, wies Chiara ihn an, sich mit den Kollegen um die Vermessung der Spuren zu kümmern. »Beeilung bitte, wir können ja nicht die ganze Nacht hierbleiben«, fügte sie barsch hinzu. Dann drehte sie ihm den Rücken zu und ging zum Rettungswagen, um sich nach dem Zustand des Verletzten zu erkundigen. Man sagte ihr, dass der junge Mann immer noch ohne Bewusstsein sei.

»Wird er sterben?«

»Sein Zustand ist kritisch«, antwortete der Sanitäter, »da ist alles möglich.«

Chiara nickte schulterzuckend und gab sich unbeteiligt. Nur einen Augenblick lang war sie versucht zu fragen: »Alles ist möglich? Was alles?« Doch dann sagte sie sich, dass es höchste Zeit war, dass sie hier fertig wurden, und gab sich einen Ruck.

Sie belog sich selbst, als sie sich davon zu überzeugen versuchte, dass es wichtigere Dinge zu erledigen gab, als sich um das Schicksal eines Geistes zu kümmern, der ganz frisch aus dem Königreich der Wirklichkeit zurückgekehrt war.

Also ließ sie die Sanitäter den leblosen Körper allein in den Rettungswagen bringen und konzentrierte sich stattdessen auf ihre Aufgaben.

Dann fuhr der Rettungswagen mit gellender Sirene in Richtung Istituto Lazarus, welches das nächstgelegene Krankenhaus und auf Unfallopfer spezialisiert war.

Polizeidirektorin Chiara Monti verspürte eine leise Panik in sich aufsteigen, wie bei einem Verlust.

Sie ging zu ihrem Lamborghini, kramte einen Kaugummi aus dem Handschuhfach und steckte ihn sich in den Mund, um den Geschmack des Erbrochenen zu überdecken. Dann machte sie sich daran, den von Bäumen verdeckten Taleinschnitt hinter der Kurve zu inspizieren.

Sie kaute, den frischen Pfefferminzgeschmack im Mund, während sie sorgfältig den Boden absuchte. Im weichen Untergrund waren Reifenspuren von mindestens zwei Fahrzeugen zu erkennen, von denen eines, der Breite der Spuren nach zu urteilen, ein Geländewagen sein musste. Sie sah Abdrücke von schweren Männerschuhen, Springerstiefel vielleicht, und außerdem die Umrisse kleiner Hände, als wäre hier jemand auf allen vieren gekrochen.

Vielleicht wurde das Mädchen zu Boden geworfen, oder sie ist gefallen und ein paar Meter weit auf allen vieren gekrochen, bevor sie wieder aufgestanden ist. Vielleicht war ihr schlecht.

Chiara fand eine zertretene Blüte auf dem Boden. Sie beugte sich hinunter, um besser sehen zu können. Es war eine kleine Rose mit einem merkwürdigen Stiel, dünn und viel zu hell, fast weiß. Seufzend richtete sie sich wieder auf, und alles drehte sich um sie. Als sie sich nochmals umsah, dachte sie, dass die Eingebung, die sie vorhin an der Unfallstelle gehabt hatte, vermutlich gar nicht so weit von der Realität entfernt war. An diesem Ort war etwas Schreckliches geschehen. Vielleicht nur ein Spiel, das zur Tragödie geworden war. Oder Schlimmeres. Und die Verantwortlichen hatten, kurz bevor sie gekommen war, ungehindert wegfahren können. Im Geiste sah sie wieder die roten Rücklichter in der Ferne aufleuchten und am Ende der Straße erlöschen. Und sofort hörte sie die Stimme ihres Vaters vermischt mit der ihres Mannes aus dem Königreich der Wirklichkeit: *Du hättest diese Lichter verfolgen sollen, süße kleine Chiara!*

Scheiß auf süße kleine …

Das Jaulen einer näher kommenden Sirene riss sie aus ihren Gedanken. Endlich kamen die Kollegen von der Verkehrspolizei.

Molisi rief nach ihr: »Chiara, könnten Sie bitte einmal herkommen?«

Chiara Monti schluckte den Geschmack von bitterer Minze herunter und fragte sich, wann dieser absurde Tag endlich vorbei sein würde.

2

Als die Untersuchungen am Unfallort beendet waren, kehrten sie in die Operationszentrale zurück und nahmen die Aussagen der Personen auf, die in der Nacht festgenommen worden waren.

Chiara traf sich mit Silvia Cavallo, der Staatsanwältin, die die Untersuchung leiten sollte. Silvia war eine alte Freundin, mit der sie in den Zeiten der Brigata Anti-Gang bei verschiedenen Fällen zusammengearbeitet hatten. Verborgen hinter einer als Spiegelwand getarnten Scheibe, hörten sie die Befragungen mit. Es war wie im Film. Chiara durfte nicht erkannt werden, damit ihre Tarnung nicht aufflog. Vor allem mussten sie den Typen in die Enge treiben, der Krankenpfleger genannt wurde und für die Versorgung mit Drogen zuständig war. Und natürlich die Zwillinge, die Pusher mit den Hawaiihemden. Zeitgleich wurden die Anruflisten der beschlagnahmten Handys überprüft, denn kurz vor Beginn des Rennens hatte Chiara um 2 Uhr 45 einen der Jungs telefonieren sehen, es war ein Anruf von einer Festnetznummer gewesen. Jetzt mussten sie über die Aufzeichnungen herausfinden, um welchen Anschluss es sich handelte.

Um eins schlug Chiara die Einladung von Galimberti und Gadda aus, mit ihnen zusammen zu Mittag zu essen, denn sie hatte überhaupt keinen Appetit.

Am frühen Nachmittag ging sie in die Pathologie, wo die Identifizierung von Clorinda Mastri stattfinden sollte. Diese dauerte jedoch länger als vorgesehen, denn sie musste Sapori und einen Techniker der Spurensicherung rufen, um eine morphologische Analyse des zerstörten Gesichts der Toten durchzuführen. Angesichts des unanfechtbaren Resultats gab der Vater schließlich seinen Widerstand auf und bestätigte unter Tränen und Geschrei die Identität seiner Tochter. Damit war die Identifizierung der Toten formal abgeschlossen. Offenbar war das Mädchen an den Folgen des Unfalls gestorben. Doch die näheren Umstände ihres Todes waren so dubios, dass eine eingehendere Untersuchung erforderlich war. Auf alle Fälle musste das Ergebnis der Autopsie abgewartet werden.

Als Chiara wieder in der Zentrale war, gönnte sie sich zusammen mit Silvia Cavallo einen schnellen Automaten-Espresso. Die Staatsanwältin war trotz ihres sanften Aussehens knallhart, eine Art Squaw auf dem Kriegspfad. Sie informierte Chiara über die Vernehmungen des Krankenpflegers, der Pusher-Zwillinge und der Ordner-Gorillas, bei denen aber nichts Relevantes herausgekommen war. Keiner hatte Namen genannt. Nicht, dass man irgendetwas anderes erwartet hätte. Die Organisation, die hinter allem stand und die sie zu bekämpfen versuchten, die *Triplice,* war sehr mächtig und entzog sich immer wieder. Die Mauer des Schweigens ließ sich nicht so leicht einreißen. Immer dieselbe Geschichte. Bei dem Rennen hatte ein Junge sein Leben verloren. Doch rechtlich gesehen konnte man die Festgenommenen kaum wegen größerer Delikte drankriegen. Höchstens eine Anklage wegen Drogenhandels war denkbar. Der Vorwurf der Bildung einer kriminellen Vereinigung würde schnell ausgehebelt werden, wenn ebenso skrupellose wie fähige Anwälte auf den Plan traten. Jedenfalls würden praktisch alle Verdächtigen innerhalb weniger Tage wieder auf freien Fuß kommen. Die Pusher würden schlimmstenfalls Hausarrest aufgebrummt bekommen, der Krankenpfleger vielleicht ein bisschen mehr.

Um elf Uhr abends waren die letzten Protokolle geschrieben, und Chiara war so müde, dass sie sich kaum noch auf den

Beinen halten konnte. Sie schlich mit hängendem Kopf durch die Gänge, als schäme sie sich für etwas. Sie hatte den ganzen Tag nichts gegessen, seit achtundvierzig Stunden nicht geschlafen und war nun völlig am Ende.

Sie ging in die Garage, wo sie dem Verantwortlichen für die Fahrzeuge die Schlüssel des Lamborghini aushändigte, und stieg in ihren roten Alfa GT. Der Geruch des Mimosen-Deodorants erfüllte das ganze Auto, sie sog ihn ein und versuchte, sich nicht von nostalgischen Gefühlen übermannen zu lassen, die dieser Duft in ihr hervorrief. Dann zündete sie sich eine Camel an, um den Blumenduft mit Zigarettenrauch zu überdecken, ließ den Motor an und fuhr nach Hause. Sie hatte den fast schmerzhaften Wunsch, ihre Tochter in die Arme zu nehmen, sie zu küssen, zu sehen, dass sie noch da war. Und den weniger sehnsuchtsvollen Gedanken, dass auch ihr Mann da sein würde. Ihr Mann. Attraktiv und zuvorkommend. Lächelnd und aufdringlich. Menschlicher Klebstoff und Muskelmann, der sie unendlich liebte und trotz dieser späten Stunde mit Sicherheit noch auf war und auf sie wartete.

Wie vorhergesehen, schlief Roberto noch nicht, sondern saß wie ein Wachposten im Sessel neben der Wohnungstür, mit diesem sanften Lächeln in seinem breiten Gesicht. Er war schon im Schlafanzug, und auf seinem Schoß lag eine Fitnesszeitschrift. Sie konnte ihren Unmut nicht unterdrücken und fuhr ihn an: »Wieso zum Teufel bist du noch auf, Roberto?« Doch er ließ sich nicht aus der Ruhe bringen, hielt an seinem Lächeln fest, erhob sich und küsste sie auf den Mund.

So vorhersehbar und so lieb! Und verhasst, mein Gott!

Die Berührung seiner Lippen, der Geruch seines Atems. Ein Hauch von Zärtlichkeit legte sich über ihre Unduldsamkeit, konnte sie jedoch nicht ganz verdrängen. Dann drängte sich seine Zunge ein Stückchen weiter vor, und sie wich zurück und sagte: »Ich bin furchtbar müde.«

»Willst du etwas essen?«

»Wo ist Gioia?«

»Soll ich dir einen Toast machen?«

»Schläft sie schon?«

Fragen, nur Fragen. Und niemand antwortet.

Sie geht in das Zimmer ihrer Tochter, setzt sich auf den Rand des Bettes und betrachtet sie.

Gioia, Stern ihrer Augen, Glück ihres Herzens.

Dann legt sie sich neben das Kind, nimmt es in den Arm und bleibt so, wagt es nicht, auch nur einen Muskel zu bewegen. Zuletzt hat sie sie gestern Morgen gesehen, als sie noch schlief. Und jetzt, als sie nach Hause kommt, schläft Gioia schon wieder.

Die Mama, die nie da ist.

Abwesende Mama und herzlose Ehefrau.

Robert war in der Tür erschienen, sah sie neben ihrer Tochter liegen und schüttelte lächelnd den Kopf. Dann kam er auf Zehenspitzen näher, schwenkte eine Decke wie ein Matador sein Tuch, und breitete sie über seine Frau.

Chiara hielt die Augen fest geschlossen und gab vor zu schlafen, um nicht sagen zu müssen: »Danke, mein Schatz, du bist so lieb.«

Das Geräusch der sich entfernenden Schritte, dann die Erleichterung gewürzt mit schlechtem Gewissen und einer ganzen Reihe anderer Empfindungen von Zärtlichkeit bis Angst. Sie hatte das Gefühl, ersticken zu müssen, und wollte schreien, bis ihr Hals wund war.

Roberto trug keine Schuld und war doch schuld an allem.

Kerkermeister ihres Käfigs, Ehemann, der nicht vergeht.

Den Blick im Halbdunkel verloren, die Umrisse der Plüschtiere, die angriffslustig wie kleine Monster auf der Kommode hockten. Chiara versuchte loszulassen und ganz schnell einzuschlafen, wie sie es als Kind getan hatte: *Drei, zwei, eins und … klick, gute Nacht und schöne Träume, süße kleine Chiara.*

Die Stimme ihres Vaters, der ihr befahl, die Augen zu schließen, um nicht zu sehen. Und über allem schwebte drohend das Königreich der Wirklichkeit. Der Ort, an den man sich begab, wenn man wach war, mit offenen Augen, dort geschah alles grundlos und schmerzte, weiter nichts. Die Welt darum herum ein verrückt gewordener Kreisel.

Nach dem Tod ihrer Mutter kam Papa Monti jeden Abend zu seiner Tochter ins Zimmer, um vor seiner Einsamkeit zu fliehen. Manchmal erzählte er ihr Märchen, damit sie einschlief und nichts mehr spürte. *Drei, zwei, eins und … klick.* Alles wurde dunkel, und sie spaltete sich in zwei Teile. Der Körper blieb im Königreich der Wirklichkeit, von Kopf bis Fuß betäubt, und der Geist ging in der Welt der Träume spazieren, reiste zu unsichtbaren Sternen, flog so schnell es ging.

Chiara hatte ihre Tochter ein bisschen zu fest an sich gedrückt, und diese ließ einen leisen Klagelaut vernehmen.

Die Erinnerung an den Vater hatte sich in Chiaras Kopf festgesetzt, seine Stimme, die großen Hände. Wie er sich im Krankenhausbett, kurz bevor er starb, an Robbi wandte und ihm sagte: »Kümmere dich um sie.« Es hatte sich wie eine Drohung angehört.

Kümmere dich um sie.

»Kümmere dich um sie, sie braucht das, ich weiß nur zu gut, wie sehr …«

Dann war er mit einem erstickten Laut gestorben und hatte noch nicht einmal versucht, den Kopf zu drehen, um seine Tochter ein letztes Mal anzusehen.

Scheiß auf »Kümmere dich um sie« …

Ich will nicht, dass sich jemand um mich kümmert, niemand.

Ich will mich um mich selbst kümmern.

Ist das zu viel verlangt?

Robertos Schritte im Flur, ehe er das Licht ausmachte.

Dann das Geräusch des Fernsehers im Schlafzimmer, ein dumpfes Gemurmel. Das Bettgestell ächzte. Jetzt lag er im Bett, das Kissen im Rücken, die Arme verschränkt, wie immer.

Gott sei Dank.

Chiara war erleichtert. Der Ehegatte hatte sich ins Körbchen verzogen, gut so.

Robbi und seine aufdringlichen Aufmerksamkeiten. Robbi und sein Dauerlächeln.

Robbi, der so zärtlich und so grausam sein konnte. Ein Mörder der schlimmsten Sorte. Ein Flügelstutzer, Killer der verlorenen Träume.

Denn man kann den Wunsch zu fliegen nicht unterdrücken, man kann ihn nur umbringen.

Dieser Satz in der stummen Luft schien nicht ihr zu gehören.

Ein Raunen in der Leere, eine Liebkosung des Herzens.

Das Gefühl, nicht mehr wirklich hier zu sein. Der Körper wird zu Nebel, erhebt sich, um wegzufliegen, durch die Nacht der Zeit, um zu sehen, was gewesen ist.

Chiara fühlte sich von diesen Erinnerungen bedrängt und versuchte, ihre Tochter noch fester an sich zu drücken. Sie drückte ihre Nase in den Honigduft ihres Haars, sperrte die Ohren weit auf, um sie mit dem leichten Schnarchen Gioias zu füllen, das bedeutete, dass sie existierte, dass sie lebte und schlief und träumte.

Während das Königreich der Wirklichkeit drohend über ihr schwebte und nicht abließ von ihr – die Bühne ihrer Unzulänglichkeiten.

Während sie mit offenen Augen in der Dunkelheit lag und ihre Lider sich anfühlten, als hätte sie stundenlang geweint, dachte Chiara darüber nach, dass sie immer Rollen gespielt hatte, die sie nie ganz hatte ausfüllen können. Nicht nur bei ihrer Arbeit als verdeckte Ermittlerin, sondern auch im wirklichen Leben, immer und überall. Unerträgliche Rollen.

Rollen, die schwer aufrechtzuerhalten waren.

Wie an jenem Abend, als Francesco ihr den Laufpass gegeben hatte. Nachdem sie sich ungestüm geliebt hatten, ohne sich überhaupt auszuziehen. Zwei verliebte und verlorene Tiere.

3

29. September 1997

Das Hotelzimmer kalt und deprimierend. Der Geruch von Sex in der Luft und der Wunsch zu schreien.

Seine letzten Worte scheinen zwischen den Wänden widerzuhallen.

»Wir können so nicht weitermachen, wir zwei, tut mir leid.«

»Wovon sprichst du? Sag mir, wovon sprichst du?«

Grüne Augen sehen sie an, die Lippen vor Verzweiflung verzerrt.

»Mein Leben existiert nicht mehr. Und du bist so jung ...«

Seine Worte kratzen an der Kruste ihres Herzens.

»Es gibt keinen Ausweg.«

Francesco, schön wie die Sonne.

Und sie beginnt zu schreien: »Nein!«

Und er zieht sich die Hose hoch.

»Ich spüre nichts mehr. Ich bin nur noch ein Schatten, ein Gespenst.«

»Was willst du damit sagen? Darf ich das wissen?«

»Ich will sagen, dass du weitermachen musst. Ohne mich ...«

Die Tränen rinnen ihr stumm über die Wangen. Ihr Atem bricht. Eine Brust unter der Bluse und eine draußen. Die Brustwarzen so hart, dass es wehtut. Und dieses feuchte Gefühl im Unterleib.

Die Wut wächst, von Panik genährt.

»Willst du vielleicht zu deiner Frau zurückkehren? Sag mir die Wahrheit.«

Francesco schüttelt den Kopf. »Ich kehre zu niemandem zurück, nicht mehr …«

Ein letzter Blick, so traurig, dass es wehtut. Dann geht er. Lässt sie hier allein, den Rock noch bis zum Nabel hochgeschoben, den Slip auf die Fesseln heruntergerollt.

Chiara betrachtete ihr tränenverschmiertes Gesicht im Spiegel, sie keuchte mit offenem Mund: Die schwarzen Spuren, die die Schminke hinterlassen hatte, ließen sie aussehen wie ein Clown. Eine verfluchte Närrin, die soeben von dem einzigen Mann verlassen worden war, den sie je in ihrem Leben geliebt hatte, von dem Mann, wegen dem sie den Kopf und alles andere verloren hatte.

Für ihn hätte sie ihren Mann verlassen.

Für ihn hätte sie den besten Schwiegersohn der Welt von Papa Montis Auftrag entbunden.

Kümmere dich um sie, denn sie braucht das!

Scheiß auf »Kümmere dich um sie« …

Als sie so vor dem Spiegel stand, überfiel sie plötzlich eine bleierne Müdigkeit. Schwere Lider und weiche Knie.

Sie hätte sich am liebsten auf der Stelle zum Schlafen niedergelegt, um so weit wie möglich von all dem weg zu sein. Ausgelöscht wie ein Licht.

Drei, zwei, eins … klick …

Doch sie konnte die Augen nicht schließen, denn ihre Augäpfel fühlten sich so prall an, als wollten sie aus ihren Höhlen quellen. Das letzte Bild von ihm hatte sich auf ihrer Netzhaut eingebrannt – seine breiten Schultern im Türrahmen, als er das Zimmer verließ.

Ich bitte dich, geh nicht, ich bitte dich, lass mich nicht hier allein.

Die ganze Welt war über ihr zusammengestürzt, und sie saß mitten in den Trümmern.

Und was mache ich jetzt?, fragte sie sich, und die Panik wuchs. *Was mache ich jetzt mit meinem Leben?*

Sie wischte sich das verschmierte Make-up aus dem Gesicht, zog ihren Slip hoch, ohne noch ins Bad zu gehen und sich zu waschen. Dabei versuchte sie, ganz flach zu atmen und nicht zu schlucken, um den Geschmack seiner Küsse nicht zu verlieren.

Ihr war, als träumte sie den Traum einer anderen Frau.

Wie in Trance nahm sie ihre Handtasche, stopfte das Halfter und die Pistole hinein und verließ das Zimmer. Nur weg von diesem verdammten Hotel.

Draußen schüttete es wie aus Kübeln.

Es donnerte und blitzte, als Chiara ins Auto stieg, auf dessen Scheiben wütend der Regen trommelte.

Sie fragte sich, was sie jetzt tun sollte.

Sie schaltete das Handy ein und blickte voller Angst und voller Hoffnung auf das grüne Display, auf dem sofort nacheinander fünf Hinweise auf verpasste Anrufe erschienen. Ihr Herz schlug, als wäre ein wild gewordener Trommler am Werk. Die Anrufe waren aber nicht von Francesco. Die Liste zeigte immer dieselbe Nummer und immer denselben Namen: Robbi.

Sie prüfte die Uhrzeiten: Ihr Mann hatte praktisch den ganzen Abend über versucht, sie zu erreichen.

Was zum Teufel will er von mir? Was will er?

Sie schaltete das Handy wieder aus und starrte lange in den Regen hinaus, der auf die Windschutzscheibe prasselte und dort seltsame Wasserornamente schuf.

Was mache ich jetzt?, fragte sie das Nichts. *Was soll ich denn jetzt tun?*

Eine innere Stimme, eine Stimme, die noch nicht die des Vater-Ehemann-Wesens war, präsentierte ihr die Möglichkeiten, was für und was gegen sie sprach.

Du kannst die ganze Nacht herumfahren, bis die Sonne auf-

geht, und dir dann vielleicht eine Kugel in den Kopf schießen und die Sache ein für alle Mal beenden.

Oder du kannst nach Hause fahren und so tun, als wäre nichts geschehen, wie immer. Abwarten, was passiert. Vielleicht ändert Francesco ja eines Tages seine Meinung und kommt zu dir zurück. Oder auch nicht.

In beiden Fällen bedeutet es, dass du dich zusammenreißen musst, während du abwartest, wie die Dinge sich entwickeln. Dass du so tun musst, als wäre nichts geschehen.

Auch wenn es sich anfühlt, als würde dir jemand Stücke aus dem Herz reißen.

Sie schaltete das Radio an, vielleicht konnte sie ja so diese innere Stimme übertönen, diese Stimme, die nicht schweigen wollte. Es kam das Stück von Louis Armstrong, das Francesco so liebte und sie auch: das Lied ihres ersten, in Mimosenduft eingehüllten Kusses.

We have all the time in the world.

Alle Zeit der Welt, du kannst mich mal.

Die Zeit war vorbei. Der Countdown war bei null angelangt.

Ende des Spiels.

Eine Woche später erschoss Francesco kaltblütig einen gefährlichen Boss der neuen Mafia, einen psychopathischen Scheißkerl, der dafür verantwortlich war, dass ein Pentito und seine Familie nebst den Männern der Anti-Gang, die sie bewacht hatten, erbarmungslos abgeschlachtet worden waren. Francesco wurde bis zum Abschluss der Ermittlungen in diesem Fall suspendiert. Dann stellte ihm jemand eine Falle und ließ ihn mit seinem Dienstwagen in die Luft fliegen.

Als Chiara davon erfuhr, verlor sie fast den Verstand. Die Hoffnung, dass er zu ihr zurückkehren würde, war mit einem

Schlag dahin. Er hatte sie verlassen, um sich zu opfern. Francesco würde niemals wieder irgendwohin zurückkehren.

Die darauffolgenden Tage waren ein einziger Albtraum aus Schmerz und Verwirrung. Alle Zeitungen schrieben über ihn: der Helden-Kommissar, der Mörder-Kommissar. Und sie starb mit jeder Sekunde ein bisschen mehr. Sie starb und wurde wiedergeboren in einem unaufhörlichen Kreislauf.

Dann entdeckte sie, dass sie schwanger war, und ihr Herz zersprang fast vor Freude, trotz aller Zweifel und Ungewissheiten. Da sie eine Spirale trug, war die Wahrscheinlichkeit für eine Schwangerschaft eigentlich verschwindend gering gewesen. Also handelte es sich um eine Art Wunder, von dem sie nicht wusste, wem sie es zuschreiben konnte. Denn trotz ihrer heimlichen Liaison hatte sie immer noch mit ihrem Mann geschlafen, zwar nur dann, wenn es sich nicht vermeiden ließ, aber sie hatte es getan. Sie wusste also nicht, wer von den beiden dieses Wunder in ihrem Uterus vollbracht hatte. Doch eigentlich war das unwichtig. Wichtig war das Glück, das sie verspürte. Ihr zu Staub gewordenes Herz nahm nach und nach seine Funktion wieder auf, Chiaras Agonie verschwand, und die Erinnerungen verblassten.

Herzstaub, als wäre es Sternenstaub.

Sie ließ sich eine Weile beurlauben, schloss sich mit Roberto in ihrem Käfig ein. Und sagte alles ab, blendete alles aus, lebte einen Tag nach dem anderen, bis es ihr gelungen war, nichts mehr zu spüren. Von Kopf bis Fuß betäubt wie in den Märchen, die ihr Vater ihr erzählt hatte, als sie klein gewesen war. Der Körper hier und der Geist dort. Fliegen ohne Verantwortung.

Francesco war noch in ihr, er und seine grünen Augen, und er würde niemals ganz verschwinden. Doch was geschehen war, ihre so intensive und verzweifelte Liebesgeschichte, dieser absurde Tod in einem Feuerwerk aus Fleisch und Blut … das alles hatte sie in die entferntesten Regionen ihres Geistes verbannt, als gehöre es zu einer anderen Zeit, einem anderen Menschen. Weit weg. Unerreichbar.

Die einzige Möglichkeit, wie sie sich auf ihr Muttersein vorbereiten konnte.

Als sie so an ihre Tochter geschmiegt auf dem Bett lag, dachte Chiara an den Moment, als sie sie zum ersten Mal gesehen hatte. An die Zärtlichkeit, die sie durchflutet hatte, wenn sie ihr die Brust reichte, prall vor Milch. Die Schmerzen im Unterleib. Ihr Bauch, den der winzige Körper verformt hatte und der direkt nach der Geburt unverändert blieb, sodass sie fast glauben mochte, zwei Kinder zu haben. Ein Zwilling, der in ihr geblieben war, und der andere, der herausgekommen war und knötternd an ihrer Brustwarze saugte mit diesem Flaum auf dem runden Köpfchen, der in alle Richtungen abstand, und der winzigen roten Nase.

Dieses Wesen konnte Francescos Tochter sein. Oder Robertos.

Aber auf alle Fälle war es ihr Kind. Ihr Kind ganz allein.

Sie hatte alles Recht darauf.

Sie hatte es sich verdient.

Zehn Jahre war das jetzt her. Sie hatte alles darangesetzt, um eine gute Mutter zu sein. Zehn lange Jahre hatte sie sich dazu gezwungen, mit Robbi zusammenzuleben und seine schwere, klebrige Liebe zu ertragen.

Schließlich hatte sie sogar ein gewisses Gleichgewicht gefunden. Dank ihrer Arbeit, die sie fast wie eine Mission verrichtete.

Deshalb war sie nie zu Hause. Doch es gab keine andere Möglichkeit, um weiterzuleben, ohne dass sie sich ganz verloren hätte.

Und jetzt diese furchtbare Nacht, die die Vergangenheit wieder aufleben ließ und sie zerbrechlich, unsicher und verzweifelt machte.

Dröhnende Autos im Regen. Das Rennen, die Razzia, der schöne Düstere auf der Flucht. Die Verfolgung ...

Die Ereignisse der letzten Stunden liefen wie ein Film in ihrem Kopf ab.

Sie, die sich im Zeitlupentempo über das angefahrene Mädchen beugt, die Hand ausgestreckt, um den Puls am Hals zu ertasten. Diese Worte, die sie gehört zu haben glaubte: Du bist die Auserwählte ...

Diese Szenen spielten sich immer wieder vor ihrem inneren Auge ab.

Begleitet von Zittern und Seufzen.

Verwirrung, Angst, das Bedürfnis, auch noch die Seele auszukotzen.

Sie drückte ihr Kind gegen die Brust, atmete in sein weiches Haar. Die Augen geschlossen. Eine Müdigkeit, die das Bett scheinbar zum Schwanken brachte, und ihre Erinnerungen, die nicht mehr aufhörten.

Das Blechknäuel des Hyundai und das explodierende Blut.

Der Junge gerettet, Gott sei Dank.

Sein Führerschein. Die Enthüllung.

Francesco war aus dem Reich der Toten zurückgekehrt.

Er hatte seinen Sohn geschickt, um den Staub zu verstreuen, den sie anstelle des Herzens hatte. Und diesen Sohn hatte sie zerstört.

Hatte ihn ausgelöscht, wie ein Licht.

Drei, zwei, eins ... klick ...

4

Kaum war Chiara Monti am Montag in ihrem Büro, rief sie im Istituto Lazarus an und bat, mit dem verantwortlichen Arzt sprechen zu können. Dieser erklärte ihr, wie es um den Patienten stand.

»Franco Negronero befindet sich aufgrund einer Rückenmarkschädigung in einem irreversiblen Koma der Stufe drei.«

»Doch er könnte sich wieder erholen?«

»Das halte ich für unwahrscheinlich ...«

Sie nahm die Information entgegen und versuchte, die aufkommende Übelkeit hinunterzuschlucken. Am Ende des Gesprächs hinterließ sie ihre Büronummer und sagte: »Bitte informieren Sie mich, wenn es Veränderungen gibt.« Dann legte sie auf.

Sie widerstand der Versuchung, Franco zu besuchen, sie wusste ja auch nicht, wie sie reagieren würde, wenn sie ihn reglos in einem Krankenhausbett sähe. Es war ihr unmöglich, sich vorzustellen, dass er sich in einem solchen Zustand befand. Fast tot, wie eine Pflanze, oder doch ein bisschen mehr?

Allein durch ihre Schuld.

Aber du hast doch deine Pflicht getan, süße kleine Chiara.

Die übliche innere Stimme, die sie zu beruhigen versuchte.

Um ihre Mutlosigkeit zu bekämpfen, vertiefte sie sich in die Arbeit. Es hatte sich einiges angestaut, und sie erledigte nun, was sie am meisten verabscheute: Berichte und Protokolle durchlesen. Sie arbeitete den ganzen Tag, ohne sich eine Pause zu gönnen.

Aufmerksam hörte sie sich die Aufzeichnungen der Verhöre an. Konzentriert und unermüdlich. Doch im Innern wie tot.

Auf diese Weise hielt sie mehr schlecht als recht bis zum Abend durch und fuhr dann nach Hause.

Sie aßen gemeinsam zu Abend: die immer abwesende Mutter, der Klebstoff-Mann und das wunderbare Kind. Gioia war vor lauter Glück darüber völlig aufgekratzt. Das Nachrichtenmagazin TG3 brachte einen Bericht über die Muffa-Razzia, und man sah, wie einige Jugendliche in Handschellen abgeführt wurden. Chiara griff nach der Fernbedienung und schaltete auf ein anderes Programm um. Schließlich stand sie auf und ging ins Bad, um sich zu waschen und für die Nacht fertig zu machen. Sie spürte ein Ziehen im Unterleib, bestimmt bekam sie ihre Tage. Zur Sicherheit führte sie sich einen Tampon ein, bevor sie ihren Pyjama anzog.

Nachdem sie Gioia ins Bett gebracht hatte, ging sie ins Schlafzimmer. Roberto machte gerade seine Liegestütze auf dem Teppich. Mit nacktem Oberkörper. Chiara bewunderte kurz das Spiel der Muskeln auf seinem Rücken und fragte sich dann, warum sie für diesen gut gebauten Mann nichts empfand. Als sie unter die Decke geschlüpft war, sagte sie: »Du glaubst gar nicht, wie müde ich bin.«

Roberto beendete seine Übungen, kroch ebenfalls unter die Decke und knipste das Licht aus.

Sie drehte ihm den Rücken zu.

Er umfasste sie von hinten.

Chiara flüsterte: »Ich kriege meine Tage ...«

Stille.

Robertos Griff wurde lockerer. Dann seine Stimme, allzu sanft: »Gute Nacht, mein Liebling.«

»Gute Nacht, Roberto.«

Drei, zwei, eins ... klick ...

5

Am Dienstag erwachte sie mit Schmerzen im Unterleib. Der Tampon war blutgetränkt. Sie wusch sich rasch und zog sich an. Dann verabschiedete sie sich mit einem Kuss auf die Stirn von Gioia, die noch im Bett lag.

Sie fuhr sofort in die Zentrale und schloss sich in ihrem Büro ein, nachdem sie angekündigt hatte, für einige Stunden nicht gestört werden zu wollen.

Dann loggte sie sich in die Datenbank ein und suchte nach Franco Negronero.

Im Vorstrafenregister gab es keinen Eintrag. Er hatte in den letzten Jahren nur zwei Strafzettel bekommen. Einen wegen einer Geschwindigkeitsüberschreitung von zehn Stundenkilometern, er war auf der Schnellstraße geblitzt worden. Den anderen, weil er die Innenstadt befahren hatte – es existierte die Aufzeichnung einer Überwachungskamera, die die Zufahrt zum Stadtzentrum kontrollierte, welches für Autos verboten war.

Langzeitstudent der Medizin, es fehlte nur noch die Examensarbeit.

Er wohnte allein in einem alten Landhaus in der Via Vizzana in den Hügeln von Sasso Marconi; sein Vater hatte es ein Jahr vor seinem Tod gekauft.

Francos Mutter lebte seit einigen Jahren in einer psychiatrischen Klinik. Die schöne Mara mit den großen blauen Augen, die Francesco nicht hatte vergessen können. Sie war geflohen.

Das Nichts konnte eine gute Zuflucht sein, wenn sich nichts Besseres fand. Ein sicherer Ort.

Die Frage, wie der Sohn allein mit der Hinterbliebenenrente seines Vaters den Klinikaufenthalt seiner Mutter bezahlen konnte und dabei selbst noch einigermaßen über die Runden kam, ließ sich leicht beantworten: Er nahm an illegalen Autorennen teil und kam so zu Geld.

Franco Negronero, Sohn ihrer verlorenen Liebe und möglicher Halbbruder ihrer Tochter Gioia, lebte also am Rande der Legalität. In gewisser Weise füllte er die Kassen jener, die sein Vater bekämpft hatte. Hinter den illegalen Rennen standen genau die Leute, die der Kommissar hatte auffliegen lassen wollen, wobei man damals noch nicht von der *Triplice* sprach. Die Organisation hatte zwar schon existiert, sich aber noch in der Gründungsphase befunden. Dann wurde sie jedoch sehr rasch mächtiger. Francesco musste etwas herausgefunden haben und hatte getan, was er getan hatte. Und dabei war er getötet worden.

In seiner Schreibtischschublade hatte Chiara einen an sie adressierten Umschlag mit einem handgeschriebenen Zettel darin gefunden.

Auf dem Stück Papier stand eine einzige Zahl.

Die Zahl Drei.

Er hatte also etwas in Erfahrung gebracht.

Und hatte Antongiulio Terrano getötet, um zu verhindern, dass etwas geschah. Ein Versuch, die Zeit anzuhalten. Vielleicht.

Francesco hatte immer zwei Uhren am Handgelenk getragen, von denen eine richtig und die andere falsch ging. Denn er war vom Ticken der »verrückten Uhr«, wie er sie scherzhaft nannte, besessen. Er hatte einen Countdown im Blut, den er bei dem Versuch, die Nacht zu überleben, immer wieder ablaufen ließ.

Und jetzt war sein Sohn auf ein dahinvegetierendes Wesen reduziert, durch ihre Schuld, durch die Schuld Chiara Montis, der Polizistin für alle Fälle. Gescheiterte Mutter, abwesende Ehefrau und so weiter und so weiter …

Während sie am Computer saß und die Daten aus dem Hauptarchiv abrief, überfiel sie die Erinnerung an damals, als sie Francescos Sohn zum ersten Mal gesehen hatte. Er war damals zwölf Jahre alt gewesen. Es war der Tag, an dem sie von Rom nach Bologna gekommen war, um im Ermittlungsteam von Kommissar Negronero anzufangen.

6

Polizeipräsidium Bologna, 28. März 1995

Das Büro roch nach Zigarren. Der Junge stand am Fenster und sah hinaus. Als er die Tür aufgehen hörte, wandte er sich um und sah eine junge Frau im Türrahmen stehen. »Ciao«, sagte er.

Chiara wollte locker wirken, was ihr aber nicht gelang. Kommissar Francesco Negronero, der am Schreibtisch saß, sah von seinem Computer auf und musterte die neu Angekommene mit so ernster Miene, als fühle er sich von ihrer Anwesenheit gestört. Ein Anflug von Panik und Herzklopfen. Dann breitete sich ein Lächeln über das Gesicht des Kommissars, und alles begann zu leuchten.

»Sie müssen Chiara Monti sein, ich habe Sie erwartet. Ich bin extra ins Präsidium gekommenen, um Sie zu begrüßen, eigentlich ist heute nämlich mein freier Tag.«

Chiara wurde rot bis zum Haaransatz und kam sich absolut lächerlich vor, wie sie so mit ihrer Bewerbungsmappe unterm Arm wie angewurzelt in der Tür stand. Dann kam dieser Junge – ein seltsamer Anblick im Büro eines Polizisten – auf sie zu, streckte ihr die Hand hin und sagte: »Guten Tag. Ich bin der Sohn des Kommissars.« In seiner sanften Stimme klang Stolz mit.

Drei Jahre später, auf der Beerdigung seines Vaters, war der Junge völlig verändert. Traurige, dunkel umschattete Augen in einem leichenblassen Gesicht. Zu Fäusten geballte Hände.

Seine Mutter hatte ihm ihre rechte Hand, die leicht zitterte, auf die Schulter gelegt.

Der Himmel war düster, als sei er wütend über das, was geschehen war: das Ende eines Helden, der Tod eines Märtyrers und eines Mörders. Das Verschwinden im Nichts, zu Staub zerfallendes Fleisch, geronnenes Blut des Mannes, den sie mit ihrem ganzen Wesen und ohne Hoffnung geliebt hatte.

Während der Zeremonie, als der Sarg in einem Meer von Blumen ins Grab gesenkt wurde, sah Chiara immer wieder zu Francescos Frau und seinem Sohn hinüber. Sie fühlte sich ihnen gegenüber schuldig und empfand großes Mitleid, doch gleichzeitig beneidete sie sie dafür, dass sie sich in ihrem Schmerz gegenseitig Halt geben konnten. Sie hatte niemanden, mit dem sie ihre Gefühle teilen konnte. Sie war allein.

Während sie in ihrer guten Uniform zwischen den Kollegen in der ersten Reihe stramm stand, stieg in ihr ein Hass auf sich selbst auf, ein Hass auf ihre Gefühle, die in ihrem Kopf Verwirrung stifteten.

Auf keine der Fragen hatte es eine Antwort gegeben.

Warum hat er es getan?

Warum hat er mich auf diese Art verlassen, um dann zu töten und sich töten zu lassen?

Warum ist mein Leben so widerlich?

Warum ist die ganze Welt so widerlich?

Fragen ohne Antworten. Tropfen des Nichts.

Als Polizistin war sie voller Wut und wollte diejenigen fassen, die für den Tod des Kommissars verantwortlich waren. Als Frau trieb sie in einem Strudel, und in ihrem Innersten drehte sich alles: in ihrem Kopf, in der Brust, im Bauch ...

Dann war ihr plötzlich alles zu viel, sie hielt es nicht mehr aus, konnte einfach nicht bis zum Ende der Beisetzung bleiben.

Sie drehte sich um und trat genau in dem Moment, als der

Sarg mit einem dumpfen Geräusch auf dem Boden der Grube aufkam, aus der Reihe der Polizisten heraus, während der Pfarrer und der Ministrant schon den Segen sprachen und den Weihwasserwedel schwenkten.

Erstaunte Blicke der Kollegen. Der Polizeipräsident, der ganz vorn stand, sah zu Boden.

Chiara drängte sich mit erstarrter Miene durch die Menge der Neugierigen. Als einer der Fernsehreporter sie weggehen sah, trat er auf sie zu und wollte eine Frage an sie richten, doch sie hob einen Arm und schüttelte den Kopf. »Lassen Sie mich in Ruhe! Bitte!«

Ein anderer Journalist holte sie ein und schob ihr geschickt das Mikrofon vor den Mund.

»Was denken Sie über den Tod des Kommissars?«

Ich denke einen Scheißdreck.

Sie drehte sich um und stieß ihn grob von sich weg. »Ich habe nichts zu sagen.«

Dieser lächerliche Satz, wie aus einem Film.

»Bitte lassen Sie mich.«

Mit großen Schritten ging sie in Richtung Auto davon.

Schließlich rannte sie, als sei der Teufel hinter ihr her.

Autotür aufschließen.

Endlich drinnen, Mimosenduft, derselbe, den auch Francesco benutzt hatte.

Sie startete den Motor und drehte die Anlage auf laut.

Während die Kamera von TG2 sie immer noch filmte.

Ein langsames Tröpfeln in ihren Gedanken: eine Leere, die sich ausbreitet und *pling, pling* macht ... Tropfen des Nichts.

7

Am Mittwochmorgen stand sie sehr früh auf. So aufgewühlt wie sie war, konnte sie ohnehin nicht mehr schlafen. Außerdem tobte ihre Menstruation wie ein Sommergewitter.

Um sich von ihrem Ärger und ihren Schmerzen abzulenken, schaltete sie das Notebook ein und sah ihre E-Mails durch. Eine Mail war von der Gerichtsmedizin: Es ging um das Ergebnis der Obduktion von Clorinda Mastri. Chiara öffnete den Anhang und fand sich nach der Lektüre des Berichts in ihren Vermutungen bestätigt.

Der Gerichtsmediziner hatte im Körper des Mädchens Sperma und Spuren einer Droge gefunden. Sie war entjungfert und von vorn und von hinten von verschiedenen Männern vergewaltigt worden.

Also war sie vermutlich von einer Gruppe von Leuten mit dem Ziel, sie zu missbrauchen, an diesen entlegenen Ort gebracht worden.

Merkwürdig war jedoch die Tatsache, dass diese Schweine sie nach der Vergewaltigung hatten gehen lassen. Man hatte keinerlei Substanzen wie zum Beispiel die Vergessensdroge Scoop im Blut des Mädchens gefunden. Lediglich eine mittelgroße Dosis Mixtura. Chiara konnte sich nur vorstellen, dass das Mädchen nach der Vergewaltigung versucht hatte zu fliehen.

In der Lunge hatte man Anzeichen für eine schwere Atemkrise gefunden. Vielleicht wäre Clorinda auch gestorben, wenn sie nicht auf die Straße gelaufen wäre, vielleicht hatte ihr Schicksal schon festgestanden.

Ja, genau wie das Schicksal aller Menschen.

In einer gesonderten Anmerkung las sie, dass im Gehirn des Mädchens eine merkwürdige Zellveränderung gefunden worden war. Diese hatte zwar nichts mit all dem zu tun, was geschehen war, passte aber ins Bild. Irgendwie haftete dem Ganzen etwas Mysteriöses an. Beängstigend.

Um Punkt sieben wachte Gioia auf und rief nach ihrer Mama. Sie fühlte sich nicht gut.

Sie hatte ein bisschen Fieber und würde nicht zur Schule gehen können.

Chiara rief Molisi an und erklärte ihm, dass sie wegen ihrer kranken Tochter einen Tag Urlaub nehmen würde.

»Es ist nichts Schlimmes, nur ein bisschen erhöhte Temperatur. Doch ich behalte sie lieber im Auge.«

Ihr Stellvertreter beruhigte sie und versicherte ihr, dass er auch einmal ohne sie klarkommen würde.

»Haben Sie den Autopsiebericht von der Mastri gelesen?«

»Ich habe ihn vor zehn Minuten geöffnet und einen Blick daraufgeworfen. Eine schlimme Sache.«

Chiara schwieg einen Moment, um den Rest Angst abzuschütteln, der ihr noch die Kehle zuschnürte. »Können Sie den Vater einbestellen und ihn darüber informieren ... Wäre das möglich?«

Molisi erklärte ihr, das sei kein Problem. »Ich versuche, es ihm möglichst schonend beizubringen.«

Chiara dachte, dass es bei solchen Dingen keine schonende Methode gab. Jede Art würde grausam und jedes Wort erbarmungslos sein.

Roberto ging um zehn in sein Büro, um die Rechnungen der Leute zu prüfen.

Und die Damen Bulgari-Monti blieben allein zu Hause.

Da Gioia ja *so* krank war, legte sie sich mit einer Decke aufs Sofa und verlangte dann von ihrer Mutter, dass sie ihr einige Kapitel aus einem Kinderbuch vorlas, eine Geschichte über einen Jungen, der von schrecklichen aus Ton geformten Monstern bedroht wurde. Chiara gab sich alle Mühe, spielte mit der Betonung und änderte ihre Stimme je nach Figur. Dabei versuchte sie, nicht an die Märchen zu denken, die ihr Vater ihr erzählt hatte, in einer dieser magischen und schrecklichen Stunden, die die Grenze zwischen dem Königreich der Wirklichkeit und dem Wunsch wegzufliegen markiert hatte.

Schließlich klappte sie das Buch zu, nachdem sie die Seite mit einem Eselsohr markiert hatte, und berührte die Stirn ihrer Tochter mit den Lippen: Die Haut fühlte sich kühl an. Dann schaltete sie den Fernseher ein, suchte einen Zeichentrickfilm und ging in die Küche, um das Mittagessen zu machen.

Als sie so mit Topf und Pfanne hantierte, fühlte sie sich in der Rolle einer normalen, unbekümmerten Hausfrau so gut wie schon lange nicht mehr. Doch tief in ihr brodelte es. Die Wahrheit dessen, was war. Die Angst vor der Welt, die nur darauf wartete, zubeißen zu können.

Danach saßen Gioia und Chiara auf dem Boden vor dem Fernseher und aßen gemeinsam. Riesige Gabeln voll Spaghetti, die vor Soße nur so trieften.

Als Chiara ihre Tochter so essen sah mit ihrem verschmierten Mund, wurde sie von einer großen Wärme und einer Welle der Rührung durchflutet. Gioia sah ihr sehr ähnlich, die Nase, die Gesichtsform und den Schnitt der Augen hatte das Mädchen von ihr. Oft schon hatte sie in Gioias Gesicht nach Ähnlichkeiten mit Roberto oder Francesco gefahndet, doch ohne Ergebnis. Gioia hatte grüne Augen, genau wie Francesco – also auch wie Franco –, doch sie war blond wie Roberto. Die Waage schlug in keine Richtung eindeutig aus. In ihrer Position hatte Chiara natürlich alle Möglichkeiten, einen DNA-Test machen zu lassen. Bislang hatte sie dies jedoch noch nicht für notwendig gehalten. Aber jetzt …

Vielleicht war jetzt der richtige Moment, es zu erfahren.

»Schade, dass Papa nicht hier ist.« Gioias Stimme, ganz unvermittelt, zwischen zwei Bissen.

Chiara wusste nicht, was sie darauf antworten sollte, obwohl ein einfaches Nicken genügt hätte.

»Mama, hafft …« Gioia schluckte den Bissen laut hörbar hinunter und beendete dann den undeutlich begonnenen Satz. »Mama, hast du den Papa lieb?«

»Aber sicher, mein Schatz. Warum sollte ich ihn nicht lieb haben?«

Wo er doch so gut und so patent ist und sich so aufopfernd um mich kümmert …

»Aber lass uns doch lieber von uns sprechen.«

»Warum, Mama? Was gibt's denn da zu sagen?«

Lächeln, Augenzwinkern.

»Dass es uns gut miteinander geht, uns beiden, stimmt doch, Mäuschen, oder?«

Silbernes Lachen, die Hände klatschten gegeneinander.

»Ja, das stimmt. Aber, Mama, weißt du, du bist ja nie da …«

Das Messer drehte sich in der Wunde.

Der Magen zog sich zusammen, nur ein bisschen, trotzdem unangenehm.

Im Fernsehen ein Zeichentrickfilm von Warner Brothers. Karl der Kojote und der Strauß Road Runner.

»Du hast recht, mein Schatz.« Sie fuhr zärtlich mit einer Hand über die weichen Haare. »Die Mama ist nie da.«

Trauriger Blick, aufsteigende Tränen.

Weil das Schicksal unentrinnbar war und sich die Dinge nie änderten.

Das Schicksal aller Menschen. Als wäre es nur ein Spiel.

8

Am Donnerstagvormittag um neun Uhr fanden die Trauerfeierlichkeiten für Clorinda statt. Viele Menschen hatten sich auf dem Friedhof La Certosa eingefunden. Auch der Kulturreferent von Bologna und der Bürgermeister von Sasso Marconi waren gekommen.

Eine kleine Crew von TG3 filmte die Zeremonie. Denn Mastri war ein berühmter Mann, und seine Werke waren in der ganzen Welt bekannt.

Am Anfang hielt sich Chiara ein wenig abseits und versuchte, in der Menge ernst dreinblickender Menschen unterzutauchen. Sie trug ihre Sonnenbrille, obwohl der Himmel grau und verhangen war.

Saverio Mastri stand kerzengerade vor dem geschlossenen Sarg. Er war elegant gekleidet, Hose, Hemd, Sacco, alles in Schwarz. Das Gesicht über dem grauen Bart war blass und wurde von schulterlangem Haar eingerahmt. Seine vom Schmerz gezeichnete Haltung hatte etwas Ätherisches: die Flüchtigkeit eines Gespenstes, das versucht, Form zu erlangen, um in der Welt der Menschen auftreten zu können.

Er weinte nicht. Und er trug auch keine dunkle Brille. Seine Augen hatten die Farbe von trübem Wasser. Er hielt die Hände gefaltet und wirkte sehr ruhig. Das war nicht mehr der verzweifelte, schreiende Mann, den sie bei der Identifizierung der Leiche erlebt hatte. Der Mann hatte sich völlig verändert. Als habe er seinen inneren Frieden gefunden, als habe er sich mit dem Verlust seiner Tochter abgefunden. Oder vielleicht hatte er beim Tonband seines Schmerzes auf die Pausentaste gedrückt und wartete nun darauf, es weiter abspielen zu können. Vielleicht später, wenn er wieder allein war.

Clorindas weißer Sarg stand auf metallenen Laufschienen vor einem kleinen Betonbau, der Familiengruft der Mastris. Dort wartete er auf das Ende der Bestattungszeremonie.

Überall Blumenkränze, Vasen mit Chrysanthemen, Narzissen, sogar Sträuße mit roten Rosen.

Chiara sah sich um, ob sie etwas Ungewöhnliches in den Mienen oder Blicken der Umstehenden erkennen konnte ... Sie wusste selbst nicht recht, wonach sie suchte. Irgendetwas Außergewöhnliches, das einen Verdächtigen entlarvte, den die Neugier hierher gelockt hatte.

Möglicherweise hielten sich die Vergewaltiger ja in der Menge verborgen. Nicht alle vielleicht, aber zumindest einer. Ein perverser Charakter mochte den Anblick des Schmerzes erregend finden, den seine grauenvolle Tat hervorgebracht hatte.

Der Pfarrer zitierte eine Bibelstelle, die ihm zu diesem trostlosen Augenblick zu passen schien: »Lasset die Kindlein zu mir kommen ...« Eine unglückliche Wahl, die sich offenbar auf das jugendliche Alter der Verstorbenen bezog. »Gedenken wir in stillem Gebet unserer Schwester Clorinda und wenden uns mit ganzem Herzen an den Herrn ...«

Eine Parade von undurchdringlichen Gesichtern.

Brillen mit dunklen Gläsern, um Tränen oder deren Abwesenheit zu verbergen.

Brillen, schwarz wie die Seelen der Sünder.

Doch nichts Auffälliges, nichts Verdächtiges.

Hinter ihren grün gefärbten Gläsern verborgen, konnte Chiara die Anwesenden unbemerkt mustern. Als sie ein wenig zur Seite trat und den Hals reckte, entdeckte sie am Ende des Weges einen Bagger.

Ein Schauder überlief sie. Dieser Bagger vermittelte den Eindruck einer sich hinter allem verbergenden Gleichgültigkeit. Die Heiligkeit wurde betrogen. Sogar der Tod war zu einem schematischen Vorgang geworden, dem jegliche Spiritualität abhandengekommen war. Er wurde auf ein soziales Ereignis reduziert, dem man ohne wirkliche Anteilnahme beiwohnte. Die Gebete wurden gedankenlos heruntergeleiert, und man wartete nur auf den dröhnenden Schaufelbagger, damit er dem Toten eine Wohnstätte grub. Benzingestank mit Blumenduft vermischt.

»Denn Clorinda ist nicht tot«, salbaderte der Pfarrer unbekümmert weiter. »Sie wartet nur auf den Moment der Auferstehung …«

Chiara lief es kalt den Rücken hinunter.

In ihrem Kopf hallte der Satz wider, den sie aus dem Mund der Toten gehört zu haben glaubte, als diese blutend auf der Straße gelegen hatte.

Du bist die Auserwählte …

Die Zeremonie war zu Ende, und der Sarg wurde von den Mitarbeitern des Bestattungsinstituts in die Gruft geschoben.

Der Pfarrer stand mit gefalteten Händen vor dem Eingang, und der Ministrant sah starr zu Boden, als schäme er sich.

Chiara musterte noch immer die dicht an dicht gedrängten Menschen. Es waren offenbar noch einige mehr geworden. Der Kameramann von TG3 war näher gekommen und richtete seine Kamera nun auf Saverio Mastri. Der Reporter hielt schon das Mikrofon für ein kurzes Interview bereit.

Chiara fiel auf, dass praktisch keine Jugendlichen anwesend waren. Es war merkwürdig, dass nicht einmal Clorindas Klassenkameraden gekommen waren. War es denkbar, dass das Mädchen keine Freunde gehabt hatte, die sich nun von ihr verabschieden wollten? Nur ein paar Kinder waren da, an der Hand von Erwachsenen.

Als sie überlegte, was ihr der Besuch dieser quälenden Beerdigung gebracht hatte, kam sie zum Schluss, dass sie besser zu Hause geblieben wäre und noch ein paar Stunden mit ihrer Tochter verbracht hätte. Oder sie hätte sogar noch einen Tag Urlaub nehmen sollen. In den fünf Jahren, die sie beim NSPIA war, hatte sie sich nicht ein Mal eine Stunde freigenommen. Molisi war fähig, er würde sie würdig vertreten und ihr den Rücken freihalten.

Sie konnte eigentlich genauso gut gehen.

In diesem Moment entdeckte sie drei junge Leute in der vordersten Reihe genau ihr gegenüber. Kurz zuvor waren sie noch nicht dagewesen, und jetzt standen sie mit verschränkten Armen da und schauten zu, wie der Sarg eingemauert wurde.

Merkwürdigerweise trugen sie keine dunklen Brillen. Und sie sahen sich die Szene mit einer gewissen Begierde an, als wollten sie alles mitbekommen und bis ins letzte Detail in sich aufsaugen.

Chiara sah sich die drei aufmerksam an. Sie standen nicht genau nebeneinander, sondern der in der Mitte war ein bisschen nach vorn getreten. Das Trio schien sich also aus einem Boss und seinen beiden Handlangern zusammenzusetzen.

Der junge Mann in der Mitte war groß und kräftig, mit Gel im tiefschwarzen Haar. Er trug einen knöchellangen, schwarzen Mantel, in einem Knopfloch steckte eine weiße Blüte. Die beiden anderen waren ein Typ und ein Mädchen, er klein und stämmig, sie groß und schlank. Ihre Haare waren zu Zöpfchen geflochten und an den Schläfen ausrasiert. Die beiden standen so abwesend und erstarrt da, als hätte man dort zwei Puppen abgestellt, die auf irgendeine absurde Modenschau warteten. In ihren ledernen Staubmänteln und den Motorradstiefeln wirkten sie wie Mitglieder einer Rockband.

Vielleicht waren sie zufällig hier, vielleicht auch nicht. Vielleicht aus reiner Neugier.

Ohne die drei aus den Augen zu lassen, schob sich Chiara

unauffällig in ihre Richtung, um sie sich aus der Nähe anschauen zu können. Dann zog sie ihr Handy aus der Jackentasche, das Diensthandy mit der Digitalkamera.

Während sie so tat, als schriebe sie eine SMS, richtete sie das Objektiv auf die drei und drückte auf den Auslöser, wobei sie versuchte, die Gesichter heranzuzoomen und sie möglichst scharf zu bekommen.

Noch einen Schritt.

Immer näher. Jetzt hatte sie dieses merkwürdige Trio in Nahaufnahme auf dem Display. Sie konzentrierte sich auf das Gesicht des vermutlichen Anführers. Dieser bewegte die Lippen, als spreche er ein Gebet, mit einer eigentümlich schmerzverzerrten Miene, wie sie sich vielleicht für einen solchen Anlass gehörte, bei ihm jedoch unpassend wirkte. Dann schwieg er und sah ganz plötzlich direkt in Chiaras Richtung, wie um sie zu ertappen, und grinste sie frech an.

Chiara hob den Kopf mit einem Ruck. Auch die anderen beiden sahen jetzt zu ihr herüber.

Sie hatte ein mulmiges Gefühl. Ganz bestimmt hatten die drei etwas mit Clorinda Mastris Tod zu tun. Aufgrund einer bloßen Vermutung konnte sie sie kaum festnehmen, aber sie konnte zumindest ihre Personalien feststellen. Dann allerdings wäre das Trio gewarnt.

Chiara wollte hier mitten unter den Trauernden keinen Ärger heraufbeschwören.

Daher ging sie ganz langsam den schmalen Weg entlang auf den Ausgang des Friedhofs zu.

Nach etwa hundert Metern drehte sie sich um. Die drei hatten angebissen und folgten ihr.

Sie ging nun schneller. Das Handy hatte sie wieder in die Jackentasche gesteckt, um die Hände frei zu haben. Jetzt bedauerte sie, dass sie die Pistole in den Rucksack gesteckt hatte.

Nun war sie am Tor.

Sie drehte sich um, um nochmals nachzusehen. Die drei folgten ihr immer noch und holten sogar auf.

In Chiaras Magengegend machte sich ein Gefühl von Zorn und Ärger breit.

Weil sie jetzt einen Anflug von Angst verspürte und dies nicht zulassen wollte. Weil sie Polizistin war und das Verhalten der drei ihr nicht gefiel.

Sie erreichte ihr Auto auf dem Parkplatz, schloss es auf und stellte den Rucksack auf den Fahrersitz. Dann holte sie ihre Beretta heraus und steckte sie sich vorn in den Hosenbund, sodass sie gut zu sehen war. Schließlich nahm sie ihren Polizeiausweis in die Hand und sah nach, wo sich die drei befanden.

Sie waren schon ganz nah.

Chiara versuchte, ihren Zorn und ihre Angst hinunterzuschlucken, und ging mit großen Schritten auf die Bande zu.

Die drei jungen Leute waren erstaunt stehen geblieben. Diese Frau kam ihnen einfach zuvor, und das waren sie offenbar nicht gewöhnt.

»Würden Sie sich bitte ausweisen ...«

Sie hielt ihnen ihren Polizeiausweis hin.

Der Rudelführer trat noch einen Schritt auf sie zu und streckte den Hals, um zu sehen, was auf ihrem Ausweis stand: »Polizeidirektorin Chiara Monti, aha. Sie sind also eine wichtige Person ...«, sagte er in einem Ton, der freundlich und doch drohend klang. Aus der Nähe betrachtet waren seine Augen schwarz wie Kohlestückchen. Schön und beunruhigend.

»Würden Sie mir bitte Ihre Ausweise zeigen, meine Herrschaften. Jetzt sofort.«

Die beiden Schergen traten nun vor und stellten sich rechts und links von Chiara auf, als wollten sie sie in die Zange nehmen.

Chiara legte die Hand auf die Pistole und umfasste den Griff. Der Lauf drückte sich schmerzhaft in ihren Unterleib. »Wenn ich Sie wäre, würde ich tun, was ich gesagt habe.«

»Warum sollten wir Ihnen unsere Ausweise zeigen, Signora Polizeidirektorin Chiara Monti? Haben wir etwas angestellt?« Diese Frage hatte der Anführer gestellt, mit einem boshaften Grinsen auf den Lippen.

Chiara verzog keine Miene. »Weil ich von der Polizei bin und es verlange. Ganz einfach.«

Es folgten einige Momente des Schweigens, Spannung lag in der Luft. Wenn die drei gewollt hätten, hätten sie sie ganz einfach gepackt und ihr die Pistole weggenommen. Doch das wäre sinnlos gewesen. Es waren zu viele Leute hier unterwegs.

Der Typ mit den schwarzen Augen musste zum selben Schluss gekommen sein, denn er holte seinen Ausweis aus der Innentasche seines Trenchcoats und hielt ihn Chiara hin. Unter dem Mantel war er von Kopf bis Fuß in Weiß gekleidet, außerdem trug er an jedem Finger einen Silberring in Schlangenform.

Die beiden Schergen taten es ihm nach.

Chiara las mit einem Auge die Namen in den Ausweisen, mit dem anderen behielt sie die drei im Blick.

Dana Dobrovič.

Sie wandte sich an die junge Frau und fragte sie, ob sie slawischer Herkunft sei, und diese antwortete: »Mein Vater.« Ihre Stimme klang wenig weiblich und eher wie die eines Transvestiten. Sie war sehr schön und sehr eigenwillig mit ihren hellen Katzenaugen, einem tropfenförmigen Piercing an der Oberlippe und vielen Ringen im kahl rasierten Augenbrauenbogen.

Chiara merkte sich die Adresse.

... Via Garibaldi 5 ...

Dann nahm sie sich den nächsten Ausweis vor.

Giuseppe Rollo ... dieselbe Adresse ...

Schließlich kam sie zum letzten Ausweis, dem des Rudelführers, und als sie den Namen las, fuhr ihr ein scharfer Stich in die Magengegend.

Vasco Ales Terrano.

Derselbe Name wie des Verbrecherbosses, den Francesco getötet hatte. Nun reichte es mit diesen üblen Zufällen.

Sie sah die drei jetzt scharf an. »Waren Sie Freunde von Clorinda Mastri?«, fragte sie und versuchte dabei, ihre Stimme ruhig und bestimmt klingen zu lassen.

Vasco verneinte. »Wir waren nur neugierig. Wir haben in der Zeitung davon gelesen. Schrecklich, was ihr passiert ist.«

»Gehen Sie auf alle Begräbnisse von Leuten, die nach einem Diskothekenbesuch tödlich verunglücken?«

Der Typ namens Rollo fuhr hoch. »Wir waren hier in der Nähe und haben gedacht, wir schauen mal vorbei. Ist das vielleicht verboten?«

Chiara holte tief Luft. »Nein, es ist nicht verboten. Das nicht.« Sie gab ihnen ihre Ausweise. Dann trat sie einen Schritt zurück und verabschiedete sich mit einem Nicken. »Gehen Sie jetzt bitte weiter«, sagte sie und war sich ihres Polizeijargons bewusst, den sie nach nunmehr dreizehn Jahren in diesem Job ganz automatisch verwendete.

Vasco grinste. »Nett, Sie kennengelernt zu haben, Frau Polizeidirektorin Chiara Monti«, sagte er und ließ den Blick über ihre Brüste wandern, die sich unter der schwarzen Bluse abzeichneten. Dann sah er zu dem roten Alfa Romeo hinüber und meinte: »Schönes Auto ...«

Schließlich drehte er sich um und entfernte sich, gefolgt von seinen Begleitern.

Chiara sah ihnen nach, wie sie in einen blauen Audi am Rand des Parkplatzes stiegen und losfuhren.

Als sie im Auto saß, brummte ihr der Kopf. Sie nahm ein Notizbuch aus dem Handschuhfach und schrieb sich die Namen und die dazugehörigen Adressen auf.

Die drei hatten etwas mit Clorindas Tod zu tun. Wenn es vorher nur ein vager Verdacht gewesen war, so war sie sich jetzt ganz sicher.

Ohne auf die Geschwindigkeitsbeschränkungen zu achten, trat sie das Gaspedal durch. Einer der Vorteile, wenn man bei der Polizei ist.

Sie sah konzentriert auf die Straße und nahm eine durch die Sonnenbrille abgedunkelte Version der Dinge wahr.

Finster wie die Seelen böser Menschen.

Sie fuhr über die Schnellstraße und merkte nicht, dass ihr im Abstand von etwa dreihundert Metern ein blauer Audi folgte. Zu sehr war sie damit beschäftigt, darüber nachzudenken, dass ihr die Vergangenheit gerade erbarmungslos die Aufwartung machte.

Und die Vergangenheit des Königreichs der Wirklichkeit war die schlimmste von allen.

V
Aus dem dunklen Bauch

1

Er hat das Gefühl, eingesperrt zu sein: in einem dunklen Bauch, der ihn nicht atmen ließ.

In seinem Kopf wirre Bilder, etwas läuft und rutscht, ein schwarzes Wesen mit Flügeln hockt am Rand seines Bewusstseins und wartet.

Der Regen auf der Glasfläche, die Wischer, die die kompakte Symmetrie der Windschutzscheibe zerstören, sie auflösen.

Ungleichmäßige Wasserformen, Tropfen und Schlieren.

Auf einmal steht sie da.

Und die ganze Welt scheint plötzlich stillzustehen.

Die Uhr am Armaturenbrett zeigt 02:59.

Franco versucht, das Bremspedal durchzutreten, reißt das Steuer herum, tut alles, nur um dieses Wesen nicht zu überfahren, das so plötzlich vor seinem Auto aufgetaucht ist.

Doch seine Bewegungen sind zu langsam. Praktisch bedeutungslos. Nur sein Herz ist nicht von dieser absurden, sinnlosen Zeitlupe erfasst worden und pocht wie verrückt.

Dudump, dudump.

Die Scheinwerfer schneiden wie helle Klingen in die sich öffnenden und schließenden Nebelschwaden hinein.

Das Mädchen versucht noch, die Arme hochzureißen, um sich zu schützen.

Vor der Brust mit den Handflächen nach oben.

Als wolle sie beten.

Dudump, dudump.

Eine Sekunde, zwei Sekunden …

Verlorene, im Scheinwerferlicht gefangene Augen.

Augen eines Nachtfalters.

Dudump, dudump.

In dem Augenblick, in dem die Ziffern der Uhr am Armaturenbrett auf drei springen, spielt die Welt verrückt: das klatschende Geräusch von Fleisch beim Aufprall.

Das Gesicht des Mädchens schlägt auf die Scheibe und scheint sich in einer Explosion von Glasgemmen wie zum Kuss zu ihm hinzuwenden. Franco hat das Gefühl, dass dieses Gesicht mit seinem verschmilzt, bis es sogar seine Knochen durchdringt und sich auf seine Gesichtszüge legt.

Wieder die Vision eines geflügelten Wesens, ein Flash, der sich vom Rand in die Mitte seines Bewusstseins verschiebt.

Der Rest sind zerfetztes Fleisch, zerborstenes Blech, blutbespritzte Details. Ein dumpfer Schmerz steigt von seinen Beinen hoch und wird immer stärker. Erst das Knabbern von Mäusezähnen, dann das Gebiss eines Raubtiers, das ganze Stücke aus ihm herausreißt. Die Kniescheiben werden aus ihren Halterungen gerissen, knorpelige Knochenstücke, die unter diesem grausigen Kauen krachen.

Bissen um Bissen, den Weg von Haut und Fleisch entlang, bis das Raubtier an einem Punkt in der Mitte seines Bauchs verschwindet. In einem schwarzen Loch, das jede Klage mit sich nimmt, jedes Pulsieren von Blut, bis nichts mehr bleibt.

Nur das Gefühl, in sich selbst eingesperrt zu sein, wieder im Urzustand, eine Zelle, die sich öffnet, sich ausdehnt, wächst.

Wieder Fötus, wieder im Bauch der Mutter schwimmend.

Wasser atmend in einem unendlichen Traum.

Das Herz in einer knarzenden Kruste eingeschlossen, ein Kokon, der gleich aufbrechen wird, um etwas herauszulassen.

2

Stimmen verschwinden, kommen wieder und lösen sich dann auf.

Unbekannte Sprachen durch die Membran des Uterus, der ihn trägt.

Ein Leuchten, ein Spalt, durch den er den Geist und den Rest von ihm stecken kann.

Von einem unbändigen Trieb angespornt, hechtet er nach oben. Vielleicht wird er tot wiedergeboren.

Von Panik ergriffen, versucht er, sich wieder in die Sicherheit zu flüchten, zurück in den dunklen Bauch. Doch der Weg hinter ihm ist verschwunden, was bleibt, sind Spuren in der Finsternis, Nebelschwaden, das Nichts, das knurrend vorwärtsdrängt.

Seine Angst wächst ins Unermessliche, bricht eine Knospe aus Eis auf und raubt ihm den Atem.

Wenn er nicht rechtzeitig herauskommt, droht ihm das Ersticken, die Lunge ist randvoll mit undenkbaren Flüssigkeiten.

Er reißt mit seinen Fingernägeln eine Öffnung, durch die er den Kopf stecken kann.

Aus der Höhle heraus, aus der Dunkelheit. Gänzlich ausgeliefert, ungeschützt und allein.

Vor seinen Augen fügen sich farbige Fragmente zu einem weißen Raum zusammen. Ein zuckender Raum unter flatternden Lidern.

Er versucht, die Augen zu bewegen, von rechts nach links.

Die Zimmerdecke, glatt und glänzend wie ein Knochen.

Wer bin ich? Wo bin ich? Warum?

Er befindet sich in einem Krankenhauszimmer oder etwas Ähnlichem. Er zwingt sich, den Kopf vom Kissen zu heben und laut zu schreien, um auf sich aufmerksam zu machen – denn da draußen muss jemand sein, er hat Stimmen gehört –, aber es kommt nur ein Stöhnen heraus. Irgendetwas steckt in seinem Hals. Das Blut dröhnt in seinen Ohren.

Vielleicht ist er noch gar nicht ganz aus dem Traum aufgetaucht. Vielleicht ist er noch unterwegs. Gefangen in einem verfluchten Limbus. Er versucht, seine Beine zu bewegen, aber er schafft es nicht. Es ist, als würden die Schenkel im Innern seines Bauchs beginnen. Als wären die Gliedmaßen und der Oberkörper miteinander verschmolzen. Er streckt eine Hand aus, um das Äußere seines Körpers abzutasten. Doch er findet nichts. Nur dicke, formlose Decken.

Eine fürchterliche Gewissheit macht sich in ihm breit, beißend, zerfetzend, kratzend …

Nein, das kann nicht sein.

Seine Haut zittert und schwitzt, während sein Atem erstickte Geräusche produziert.

Das kann nicht sein, das kann nicht sein.

Er rutscht langsam aus seinen Sinnen heraus, verliert einen nach dem anderen, schließt die Augen, kappt die Verbindung.

Er denkt, dass so etwas Entsetzliches nicht ausgerechnet ihm passiert sein kann.

Das darf nicht wahr sein.

Nein.

3

»Nein!«

»Ganz ruhig, ganz ruhig.«

Er schlägt die Augen auf.

Jemand steht vor ihm, beugt sich über ihn, sagt etwas: »Entspannen Sie sich, tief atmen, bleiben Sie ganz ruhig ...« Die Stimme einer Frau, eine unangenehme Stimme, zu kratzig und zu dünn. Eine Krankenschwester vielleicht. Franco versucht, den Blick scharf zu stellen.

Es ist alles trüb, durchtränkt mit Verwirrung, Nebel, der aufsteigt und sich senkt.

»Was ist mit mir passiert?«

»Sie hatten einen schweren Unfall, können Sie sich daran erinnern?«

»Natürlich kann ich mich daran erinnern, so, als wäre es gerade eben passiert. Ich tue nichts anderes ...«

Die Frau, die sich über ihn gebeugt hat, richtet sich auf, und ihr Gesicht wirkt auf seltsame Art verschwommen, als wäre es mit einem Stift schraffiert worden.

»Sie hatten einen schweren Unfall und müssen Gott danken, dass Sie noch am Leben sind. Das war ein Wunder, glauben Sie mir.«

Ihre Stimme scheint gleichzeitig aus verschiedenen Richtungen zu kommen.

»Leider mussten wir Ihnen beide Beine amputieren, weil die Nekrose aufgrund der vielen Brüche weit fortgeschritten war.«

Was habt ihr mit mir gemacht?

»Aber Sie brauchen keine Angst zu haben, jetzt ...«

Oh, ich habe überhaupt keine Angst, jetzt, *warum sollte ich auch Angst haben?*

Allenfalls reiße ich mir die Luftröhre eigenhändig heraus, mit bloßen Händen, sodass ich wirklich ersticke.

Die Krankenschwester dreht ihm den Rücken zu und hantiert an den diversen Apparaten herum: EEG, EKG ... Blinkende Monitore und Piepen.

Franco versucht, die Empfindungen wegzuschieben, die ihn nun zu überwältigen drohen. Das Grauen über seinen neuen Zustand ist zu groß, als dass es ganz in seinen Kopf hineinpassen würde. Also beginnt er, schrittweise darüber nachzudenken.

Er sieht sich mit irrem Blick um und fragt sich, was sie wohl mit seinen Beinen gemacht haben.

Er weiß, dass bei einer Amputation die betreffenden Gliedmaßen normalerweise kremiert werden. Und das kommt ihm jetzt komisch vor.

Kremiert. Die Assoziation mit etwas Süßem.

Seine Beine auf Zuckerbäckerei reduziert, als Füllung für einen Windbeutel ... Das ist nicht richtig, sie hätten ihn vorher fragen müssen.

He, was machen wir mit denen?

Denn sie gehören ja ihm, Fleisch von seinem Fleisch, Knochen von seinen Knochen und so weiter ...

Franco versucht verzweifelt, sich daran zu erinnern, wie seine Beine ausgesehen haben. Er will ihrer auf irgendeine Weise gedenken, sich an alles erinnern, was sie betrifft, bis ins kleinste Detail. Die Behaarung auf den Oberschenkeln und an den Waden schwarz und kraus, der große Zeh im Vergleich zu den anderen Zehen viel zu lang, der kleine Zeh mit seinem winzigen, fast eingewachsenen Nagel, die Hornhaut unter den Ballen nach zehn Jahren Karate. Die Narbe von der Verletzung, die er sich an einem Tag vor tausend Jahren mit elf Jahren am Strand von Cattolica zugezogen hat. Sein Vater ist im Wasser und ruft ihm zu: *Los, spring!*, und er springt vom Felsen. *Platsch*! Und dann zerschneidet er sich den Fuß an etwas ... an einer Muschelschale, einer Glasscherbe vielleicht.

Los, spring!

Und wie er geweint hatte, damals, und wie es geblutet hatte! Die Wunde musste mit elf Stichen genäht werden. Und danach verbrachte er *elf* Tage auf der Strandliege unter dem Sonnenschirm und sah seinen Freunden zu, wie sie herumrannten und Spaß hatten. Er hatte sich so traurig und verlassen gefühlt und auch ein bisschen lächerlich mit seinem verbundenen Fuß, über den eine rot geblümte Duschhaube gestülpt war, seine Mutter hatte darauf bestanden, damit der Verband nicht schmutzig würde.

Jetzt waren diese Narbe, wie auch seine langen großen Zehen und die ganze Beinbehaarung, die Hornhaut unter den Füßen ... zu Asche geworden.

Er denkt an all die Schuhe, die er in seinem Leben besessen hat: Mokassins, Stiefeletten, Camperos, seine blau-weißen Adidas-Laufschuhe, die Badelatschen, die Hausschuhe mit dem Bugs-Bunny-Kopf, die an der Oberseite viel zu warm waren, aber an den Sohlen die Kälte nicht abhielten ... die krokodilledernen Cowboystiefel, die er in der Nacht des Unfalls getragen hat ... *Ja, die*, die waren noch neu gewesen, er hatte sie zusammen mit Maria gekauft und ein Vermögen dafür hingeblättert.

Er fragt sich, ob sie diese verfluchten Stiefel noch irgendwo haben. Vielleicht stehen sie in irgendeinem Schrank.

Oder jemand hat sie sich unter den Nagel gerissen.

Er starrt in die Dunkelheit, schüttelt den Kopf, als wolle er die ganze Welt anzweifeln, reißt den Mund auf und schreit laut: »Ich will meine Stiefel, ich will sie trotzdem wiederhaben!«

Als die Krankenschwester das hört, dreht sie sich plötzlich um, und ihr Gesicht ist nicht mehr schraffiert, er sieht es jetzt ganz klar und deutlich. Ein grauenvolles, blutüberströmtes Gesicht mit zerquetschter Nase und eingedrückter Stirn. Die Augen glitzern gelb.

Sie kommt einen Schritt näher, und ihr Gesicht zerfällt immer mehr, als würde ein unsichtbares Maul Stücke davon abbeißen.

Rasch ist es nur noch ein Haufen Hackfleisch.

Franco erlebt die Szene mit aufgerissenen Augen, während in seinem Herzen ein Gewittersturm tobt. Ungläubig und erschrocken, aber zugleich mit einer Art stiller Gleichgültigkeit.

Die Krankenschwester hebt einen Arm mit anklagend ausgestrecktem Zeigefinger ... Ihr Mund, eine sichelförmige Vertiefung in dem Brei, öffnet sich und versucht zu sprechen, einen Laut von sich zu geben. »Du musst zurückkehren«, flüstert sie.

Was zum Teufel sagst du da?

Ihre Zunge schlägt gegen den Gaumen, und die Zähne springen aus dem Kiefer, fallen über ihr Kinn, an langen Blutfäden klebend.

Du musst zurückkehren.

Er würde gern aus dem Bett springen und weglaufen, doch er kann nichts tun. Er hat seine verdammten Beine nicht mehr, er ist ein Krüppel. Nur noch ein halber Mann.

Die Krankenschwester kommt auf ihn zu, mit ausgestreckter rechter Hand, wie der Geist in diesem japanischen Horrorfilm *Ring*. Es fehlt nur noch ein Fernseher, in dem der Brunnen gezeigt wird, und er könnte fast glauben, er würde in der letzten Szene des Films mitspielen.

Die Krankenschwester kommt immer weiter auf ihn zu, nervtötend langsam. Dann packt sie ihn und hält ihn fest, mit

Raureif bedeckte Finger. Sie hält ihn fest und zieht und reißt an ihm. Und er macht den Mund auf und versucht, mit aller Kraft zu schreien, doch wieder gelingt es ihm nicht. Ein Zischen breitet sich von der Mitte seiner Lunge her aus und füllt alle leeren Räume. Seine Muskeln ziehen sich zusammen und beginnen zu zittern, immer heftiger, immer wilder …

4

Der junge Mann auf dem Bett vibrierte, als würde er von elektrischen Ladungen geschüttelt. Als erlitte er gerade einen epileptischen Anfall.

»Was ist da los?«, rief die Krankenschwester und näherte sich dem Patienten ganz vorsichtig, als fürchte sie sich vor einer Gefahr. Sie war gerade ins Zimmer gekommen, um die Infusionsflasche zu wechseln, als es begann.

Die Augenlider des Mannes flatterten, und die Augäpfel bewegten sich unruhig hin und her, als würde er träumen. Seine trockenen und rissigen Lippen zuckten leicht, und die Zähne bissen fest auf das Mundstück aus Kunststoff, das den Beatmungsschlauch schützte.

Auch das EKG-Gerät piepste jetzt. Die Herzfrequenz hatte sich verdoppelt und kam nun fast auf hundertzwanzig Schläge pro Minute.

Die Schwester drückte auf die Klingel, um den Stationsarzt zu rufen. Dann blickte sie auf den Monitor des EEG und entdeckte einige Kurven. Die Hirnaktivität war also nicht mehr ganz auf null.

Endlich kam der Arzt. Umgehend prüfte er die Apparate, runzelte die Stirn und machte ein verwundertes Gesicht. »Die Kurven auf den Monitoren sind für einen komatösen Patienten in diesem Zustand äußerst ungewöhnlich.«

Die Schwester konnte die Augen nicht von dem jungen Mann lösen. »Was zeigen die Kurven genau an?«

»Das sind Theta-Wellen, die für Veränderungen des hypnagogischen Zustandes zuständig sind. Es ist, als befände sich der Patient in einer Art Raum zwischen Wirklichkeit und Traum.«

Die Frequenz und die Amplitude der Impulse verringerten sich und überließen Delta-Wellen mit einem wesentlich ruhigeren Rhythmus, der etwa bei zwei Hertz lag, das Feld, dafür stieg die Intensität.

In diesem Moment hörten die Zuckungen des Patienten auf. Er wurde ganz plötzlich ruhig. Als habe jemand auf einen Knopf gedrückt.

Der Arzt blickte auf den Monitor des EKG: Die Herzfrequenz hatte sich beruhigt. Und die anormale Frequenz der Hirnströme war durch einen normalen Alpha-Rhythmus abgelöst worden.

Was auch immer der Grund für diese Krise gewesen war, nun schien sie jedenfalls überwunden zu sein.

Der Arzt sah die Schwester verblüfft an.

Diese wirkte gleichermaßen erstaunt.

Dann beobachteten sie den Patienten wieder.

Und Franco schlug mit einem Zucken der Lider ganz plötzlich seine grünen Augen auf.

5

Die Schwester stieß einen Schrei aus und wich unwillkürlich einen Schritt zurück. Dabei stieß sie gegen den Infusionsständer, der bedenklich zu schwanken begann. Der Arzt fuhr sie an, sie solle sich zusammenreißen.

Die Lippen des Patienten, zwischen denen das Mundstück steckte, bewegten sich. Ein schaumiger Speichelfaden lief dem jungen Mann aus dem Mundwinkel, und seine Lunge, die nun selbstständig zu atmen versuchte, zog sich zusammen und presste gegen das Beatmungsgerät. Das Ergebnis war ein gurgelnder Laut. Als tauchte ein Monster gerade mit dem Kopf aus dem Schlamm auf.

Der Arzt legte die rechte Hand auf Francos verbundene Stirn und drückte den Kopf ins Kissen. Dann zog er mit einer raschen Bewegung den Schlauch aus der Luftröhre.

Franco bog den Kopf nach vorne, um tief auszuatmen, er keuchte. Seine Augen irrten durchs Zimmer, und er rief etwas. Er sah aus, als würde er seine Umgebung noch nicht richtig wahrnehmen, als befände er sich noch zur Hälfte in der Dimension, in der er sich bis zu diesem Moment aufgehalten hatte.

Eine Woche war seit dem Unfall vergangen, und er hatte die ganze Zeit über im Koma gelegen. Jetzt, da er gegen alle Vorhersagen daraus erwachte, war das Erste, was er sagte: »Ich will meine Stiefel ...«

6

Er versuchte, die Arme zu bewegen. Der linke war mit einem Riemen an einer Art Brett festgeschnallt, aus dem Handgelenk ragte ein Schlauch. Der rechte Arm hingegen war frei, und er konnte ihn anheben: Er schien mindestens hundert Kilo zu wiegen. Vor Anstrengung zitternd, führte Franco die Hand ans Gesicht. Ein Verband am Kopf, Pflaster auf der Nase und über den Augenbrauen. Er war zu schwach, um den Arm länger oben zu halten, also ließ er ihn wieder zurückfallen.

Einen Moment lang schloss er die Lider und fragte sich, ob das jetzt die Wirklichkeit war.

Dann riss er die Augen wieder auf. Alles war unverändert.

Also träumte er nicht. Nicht mehr.

Er sog die Luft durch die Nase ein, es roch nach frischer Bettwäsche, Desinfektionsmittel und nach seinem eigenen muffig-verschwitzten Körper.

Der Gedanke an die jüngsten Ereignisse beschleunigte seinen Herzschlag für einen Augenblick. Die Autofahrt, das Mädchen, das er angefahren hatte. Und dann er in dem dunklen Bauch, hin- und hergerissen zwischen dem Wunsch, dort herauszukommen, um freier atmen zu können, und dem Bedürfnis, für immer im Warmen und in Sicherheit zu bleiben.

»Herzlich willkommen.«

Jemand hatte gesprochen. Franco hob den Kopf, und sofort verschwamm alles vor seinen Augen. Doch dann gelang es ihm, den Blick zu fokussieren, und er sah das Gesicht eines Mannes mittleren Alters mit blauen Augen, hageren Wangen und einem vernachlässigten Bart.

»Ich bin Dr. Casali. Wie fühlen Sie sich?«

Franco versuchte zu antworten, doch er konnte nicht. Die Anstrengung, die ihn das Sprechen kostete, raubte ihm fast die Sinne. Diese unglaubliche Schwäche erschreckte ihn zu Tode.

Das Zimmer schien sich um ihn zu drehen, dann stand es wieder still.

Jetzt bemerkte er auch die Krankenschwester neben dem Bett. Er sah sie argwöhnisch an. Sie war angezogen wie eine Ordensschwester und bereits ziemlich alt. Es war also nicht die, die ihn zuvor besucht hatte, als er schon einmal glaubte, aufgewacht zu sein, nicht die, deren Gesicht ein einziger roter Brei gewesen war, und die durch das Zimmer gewandert war und ihm befohlen hatte zurückzukehren.

Am Ende hatte er ja auf sie gehört.

Er war aus dem dunklen Bauch zurückgekehrt.

»Was ist mit mir passiert?«, versuchte er zu fragen.

»Zwingen Sie sich nicht zum Sprechen.«

Der Arzt wandte sich an die Schwester. »Ich entferne jetzt die Herzelektrode ...«, sagte er, während er den Riemen löste, mit dem das linke Handgelenk des Patienten am Bett befestigt war.

Die Schwester hielt eine Schale unter den Arm, und der Arzt zog den Katheter heraus.

Franco ächzte. »Das tut weh.«

»Versuchen Sie, sich zu entspannen. Ich bin gleich fertig ...«

Mit einem kurzen Ruck zog er den winzigen Ballon am Ende des Endoskopschlauchs aus der Vene. Aus der kleinen Wunde trat ein wenig Blut aus und tropfte in die Schale. Mit Daumen und Zeigefinger drückte der Arzt die Wundränder zusammen, um den Blutfluss zu stoppen, dann klebte er ein Pflaster darüber.

»So, fertig.« Er betätigte einen Schalter und veränderte damit die Position der Rückenlehne des Bettes.

Franco konnte nun aufrecht sitzen und die Einzelheiten des Zimmers, in dem er sich befand, betrachten. Weiße Wände, blaue Bodenfliesen. Die Rollos des Fensters waren oben, und er konnte hinaus zu den Bäumen sehen. Es musste ein bedeckter Tag sein, denn es war nicht sehr hell.

Der Arzt holte eine kleine Stablampe aus der Tasche seines Kittels, beugte sich wieder über ihn, um die Pupillenreaktion zu prüfen.

Franco ließ die Untersuchung über sich ergehen und versuchte, seine Beine zu bewegen, einfach so, um es zu versuchen. Er wusste, dass da unten nichts mehr war. Der Befehl, den sein Gehirn abgeschickt hatte, verlor sich auf halbem Weg, und ihm würde übel.

Ein schreckliches Wort schwirrte durch seinem Kopf: *Kremiert, kremiert ...*

Dr. Casali steckte die Lampe wieder ein und nickte, sichtlich zufrieden.

»Ihre Pupillen reagieren sehr gut auf das Licht. Ihr Erwachen grenzt an ein Wunder, wissen Sie.«

»Wie meinen Sie das, bitte?«

»Bei dem Unfall haben sie eine Rückenmarkverletzung erlitten. Wir haben nicht erwartet, dass Sie je wieder aus dem Koma erwachen würden.«

Der Arzt hielt ihm die zur Faust geballte Hand vor die Nase, und für einen Moment sah es so aus, als wolle er ihm einen Boxhieb versetzen. Dann ließ er Daumen, Zeigefinger und Mittelfinger herausschnellen und fragte: »Wie viele Finger sind das?«

»Drei«, flüsterte Franco leicht genervt.

Es war ihm klar, dass dies ein recht einfacher Test war, um zu erkennen, ob er womöglich Hirnschäden davongetragen hatte, aber er fand es trotzdem lächerlich.

»Und das?«

Der Arzt hatte den Mittelfinger verschwinden lassen, und jetzt sah es so aus, als wolle er mit Daumen und Zeigefinger schießen.

»Peng!«, rief Franco, beeilte sich dann aber hinzuzufügen: »Zwei.«

Der Arzt nickte und beendete sein Zahlenspiel mit dem nach oben zeigenden Daumen.

»Soll das heißen, dass ich am Leben bleiben darf?«

»Was?« Der Arzt sah ihn verblüfft an und behielt die Hand dabei oben.

»Daumen nach oben bei den Gladiatoren ... das heißt, dass man mich nicht töten darf, oder?«

Der Arzt nickte ernst und schloss die Faust wieder. »Ich sehe, dass Sie Ihren Humor nicht verloren haben. Das ist ein gutes Zeichen.«

»Deswegen haben Sie auch eine solche Trauermiene aufgesetzt?«

Dr. Casali sah ihn ungerührt an. »Aber ich lache doch wie verrückt«, sagte er. Dann notierte er sich etwas auf einem Block. »Wissen Sie, wie Sie heißen?«

Franco schien zu zögern und wurde blass, als wäre er sich plötzlich über nichts mehr sicher. »Ich bin ...«

»Erinnern Sie sich nicht mehr an ihren Taufnamen?«

Wieso, gibt es denn auch einen anderen Namen als den Taufnamen?

»Ich bin Franco Negronero oder so ähnlich ...«

Der Arzt nickte wieder. »Gut. Ich glaube, ihre kognitiven Fähigkeiten sind völlig normal.«

»Also bin ich nicht zum Idioten geworden.«

»Nein.«

Dr. Casali kam nun wieder zum Bett und sagte: »Tod!«

Franco sah ihn an wie im Traum. Und dachte: *Wusste ich es*

doch, ich bin immer noch in dieser dunklen Bauchhöhle, und der Typ verwandelt sich jetzt in den Geist von Ring.

Als der Arzt Francos Verwirrung sah, verzog er das Gesicht zu einer Grimasse, die ein Lächeln sein sollte. »Der nach oben gestreckte Daumen bedeutete für die Gladiatoren eigentlich, dass sie getötet werden sollten. Es ist das Symbol des Schwertes.« Er steckte sich die Enden des Stethoskops in die Ohren, schob die Bettdecke zur Seite und hörte den Patienten gründlich ab. Mit gerunzelter Stirn nickte er immer wieder. »Der Herzschlag ist regelmäßig. Natürlich müssen wir noch eine Reihe klinischer Untersuchungen durchführen, um ihren körperlichen Zustand genauer beurteilten zu können.«

Jetzt zog er die Bettdecke ganz zurück, bis zum Fußende des Bettes.

Und Franco schloss die Augen, um nicht hinsehen zu müssen. Er war noch nicht bereit für den Anblick seiner Beinstümpfe.

Es war nicht gerecht. Er hatte doch nichts Böses getan. Dann erinnerte er sich daran, dass er ein Mädchen getötet hatte, und glaubte, sterben zu müssen.

Wenn er nur nicht an diesem Rennen teilgenommen hätte. Wenn er nicht vor dieser Polizistin geflüchtet wäre, wenn er an der Kreuzung nicht diese Straße genommen hätte ...

Wenn, wenn, wenn ...

Wieder stieg Panik in ihm hoch. Ein langer Kratzer, der ihn langsam vom Magen bis weit nach unten aufriss und blutende Gräben in seinem Bauch öffnete, die sich bis zu seinen Hoden hinunter verzweigten. Franco fragte sich, wie es da unten um ihn stand. Er versuchte zu spüren, ob sein Penis noch da war. Während er langsam seinen Körper und seinen Geist neu wahrnahm, entdeckte er neue Zonen des Schmerzes. Offenbar hatte er überall Abschürfungen, mehrere Stellen fühlten sich geschwollen und wie aufgeblasen an. Unregelmäßig verteilte Wunden und

Hämatome. Am ganzen Körper. Außer dort unten. Außer dort, wo seine …

»Versuchen Sie bitte, die Beine zu bewegen.«

Die Stimme des Arztes, der vor ihm am Fuß des Bettes stand. Vor seinen geschlossenen Lidern.

Franco öffnete die Augen. Das Licht schmerzte.

Er bewegte die Lippen. Fragte: »Welche Beine?«

7

»Wie, welche Beine?«, fragte der Arzt mit leicht gereiztem Tonfall.

Franco wurde von einem ganzen Schwall von Emotionen überwältigt: Erleichterung, Verwirrung, Angst, ungläubiges Staunen.

Wegen dem, was er unterhalb seines Bauches sah, dort, wo er nichts spürte.

Er war sich undeutlich bewusst, dass er im Begriff war, einen Teil seines Verstandes zu verlieren, und starrte mit weit aufgerissenen Augen auf die wundersame Erscheinung zweier Beine. Seine Beine, mit allem, was dazugehörte: die schwarzen, gekräuselten Haare, die langen großen Zehen …

Nun wusste er gar nicht mehr, was er denken, was er glauben sollte.

In seiner Verwirrung gab er ein Grunzen von sich und beugte sich zur Seite, um sich zu übergeben. Doch der Brechreiz verlor sich in Husten und Lachen.

Seine Beine waren noch da. Keine Stümpfe, die im Leeren endeten.

»Geht es nicht?«

Die Stimme des Arztes. Sein ernstes Gesicht. Die blauen, zu einem Schlitz zusammengekniffenen Augen, seine fragende Miene.

»Was?«

»Ich habe Sie gebeten, die Beine zu bewegen. Können Sie das, oder nicht?«

Franco holte tief Luft und konzentrierte sich darauf, die Muskeln zu aktivieren, doch das an die Nerven gesendete Signal verlor sich auf halber Strecke.

Er war also offenbar gelähmt. Was auch diese absolute Taubheit in seinen unteren Gliedmaßen erklärte.

Wie immer war er zur Hälfte tot. Von Anfang an verloren.

Sein Leben war bis zu diesem Augenblick ein Wettrennen gewesen, bei dem er nie als Erster ins Ziel kam, auch wenn er gewann.

Sterben, während die Zeit viel zu schnell verrinnt, Tag für Tag, ohne jemals anzuhalten.

Nun wurde er langsam verrückt, dachte, dass er vielleicht schon immer verrückt gewesen war. Er hatte seine Beine noch, aber er konnte sie nicht bewegen.

Verfluchter Mist.

8

»Genau, sehr gut«, sagte Dr. Casali.

Genau, was?

»Versuchen Sie es noch einmal.«

Franco begriff nicht. Franco spürte nichts.

Von der Hüfte an abwärts war er nur eine Wüste aus Eis.

Die Kälte der toten Dinge, die zurückkehren und dich anhauchen.

Was soll ich versuchen? Was soll ich glauben?

Weiter Signale in Richtung Beine senden, immer weiter.

Liebe Nervenenden, ihr müsst wissen, dass …

Ich kann nicht mehr.

»Ja, genau, sehr gut.«

Einen Scheißdreck gut!

Franco betrachtete voller Erstaunen diese Beine, die seine eigenen sein mussten, zumindest befanden sie sich dort unten und setzten das fort, was von seinem Körper übrig geblieben war. Beine, die sich ein wenig bewegten. Leider spürte er überhaupt nichts.

Nichts, gar nichts, *nada de nada.*

Bei seinem Aufenthalt in dem dunklen Bauch war er offenbar verrückt geworden. Denn so sehr er sich auch bemühte, er konnte seine aus dem Jenseits zurückgekehrten Beine einfach nicht spüren.

Als wären sie nicht da. Als gehörten sie einem anderen.

9

Dr. Casali drückte und schob, testete die Gelenke. Voller Staunen. Als würde er die Gliedmaßen eines Geistes berühren.

»Unglaublich«, wiederholte er immer wieder und schüttelte den Kopf mit herabgezogenen Mundwinkeln. »Das ist wirklich unglaublich ...«

Zwei weitere Ärzte kamen herein, beide etwas jünger. Einer war fast völlig kahl, der andere hingegen mit einer Lockenmähne ausgestattet. Sie hatten Mappen unter dem Arm und traten zu Dr. Casali.

»Wir haben die Röntgenaufnahmen des Patienten vom Abend des Unfalls überprüft.«

Franco versuchte zu begreifen, was los war.

Die schon bekannte Krankenschwester wuchs plötzlich wie ein lächelnder Pilz neben ihm empor. Sie trug Latexhandschuhe und hielt eine Spritze.

Dr. Casali zeigte seinen Kollegen die Handflächen, als wolle er sich ergeben.

»Die Befunde bestätigen unsere anfängliche Prognose eigentlich nur.«

Satzfetzen ohne Sinn.

Ich habe mir nichts getan. Wo ist das Problem?

Können Sie mir sagen, was Sie von mir wollen?

Die Schwester desinfizierte seine Armbeuge mit einem in Alkohol getauchten Tupfer, dann stach sie die Spritzennadel in die Vene und zog am Kolben. Sie füllte ein Reagenzglas mit

Blut, sie füllte zwei Reagenzgläser. Dann zog sie die Nadel wieder heraus und lächelte, als wolle sie sich entschuldigen. Schließlich zog sie sich im Schneckentempo wieder zurück.

Der Arzt mit den Locken sagte: »Könnte es sich nicht um einen Irrtum handeln?«

Der kahle Arzt sagte: »Können die Wunden sich nicht einfach resorbiert haben?«

Der verantwortliche Arzt gab die Frage zurück. »Ist Ihrer Meinung nach ein Wunder auf Erden möglich?«

Jetzt schwiegen die drei Ärzte, wandten sich dem Patienten zu und betrachteten ihn argwöhnisch.

Was zum Teufel wollt ihr? Könnt ihr mir das sagen?

Es mochte vielfältige Erklärungen geben für das, was mit ihm passiert war, natürlich. Man konnte es zum Beispiel absurd nennen.

Die Fürsprache des Heiligen Geistes.

Ein verfluchter Traum.

Franco begann zu befürchten, dass das, was er gerade erlebte, doch ein Traum war und nicht die nackte und harte Wirklichkeit.

Sich auf verschiedenen Zeitebenen zu bewegen konnte auf lange Sicht gefährlich sein.

Erst wache ich auf, suche meine Beine und finde sie nicht.

Dann schlafe ich wieder ein und wache auf und habe meine Beine noch.

Ein ununterbrochener Fluss von wechselnden Träumen. Die sich beständig wiederholten.

Erleichterung und Verzweiflung, Erleichterung und Verzweiflung.

Dritter Teil
Spuren im Nichts

… an den Rand einer Öffnung in der Finsternis … Der Nachtfalter fliegt hinein.

Der lachende Mann, Victor Hugo

VI

Spuren

1

Pater Cristoforo Baldi rieb sich die roten Augen, dann setzte er seine Brille wieder auf und sah sich die Bilder auf dem Monitor an. Bilder des Todes: zerstörte Autos, Blut auf dem Asphalt, zerfetzte Körper. Die Auflistung der Unfälle des vergangenen Wochenendes. Der letzte Bericht aus dem Internet betraf den Unfalltod eines achtzehnjährigen Mädchens. Es war der Unfall gewesen, auf den er nach dem Verlassen des Gehenna bei seiner Suche nach neuen Gedenkstätten gestoßen war.

Clorinda Mastri, die Tochter von Saverio Mastri, einem der derzeit angesehensten Künstler der Postmoderne, war von einem Auto erfasst worden und gestorben. Ein tragisches Unglück, verschuldet durch Regen und Nebel.

Der fünfundzwanzigjährige Fahrer, Sohn jenes Kommissars Negronero, der vor zehn Jahren Schlagzeilen gemacht hatte, lag mit schweren Verletzungen im Istituto Lazarus im Koma. Das war die Klinik, in der Cristoforo junge Menschen, die einen Verkehrsunfall überlebt hatten, psychotherapeutisch betreute. Am Abend zuvor hatte ihn Pater Santini, der Klinikleiter und ebenfalls Jesuit, angerufen, um ihm mitzuteilen, dass der junge Mann völlig überraschend aus dem Koma erwacht war und er, Cristoforo, in der kommenden Woche mit der Therapie beginnen solle. »Ein wirklich interessanter Fall«, hatte Pater Santini gesagt. »Das könnte ein neuer Typus für deine Abhandlung werden.«

Santini bezog sich darauf, dass sich Cristoforo neben seinen eigentlichen Aufgaben als Psychotherapeut und Diener Jesu auch noch schriftstellerisch betätigte.

Als Cristoforo nun das Foto des Opfers genauer betrachtete, erkannte er das Mädchen mit den verängstigten Augen aus dem Gehenna wieder.

Zufälle.

Wege, die einander kreuzen? Wer weiß das schon.

Seufzend sah er zum Aschenbecher, der randvoll mit Kippen war. Er hatte es nicht mehr geschafft, noch einmal zur Diskothek zu fahren, um weiteres Material zu sammeln, und daher hatte er einen Großteil der Nacht damit verbracht, zu rauchen und Dokumentationen über Unfälle in der Emilia Romagna zu lesen. Statistische Daten einer Samstagnacht: Uhrzeiten, Orte.

An der Wand vor ihm hing eine Karte der Region, auf der mit roten Stecknadeln jene Stellen gekennzeichnet waren, an denen er am Straßenrand Gedenkstätten entdeckt hatte. Improvisierte Grabsteine, von Angehörigen zur Erinnerung an einen geliebten Menschen errichtet, der an dieser Stelle tödlich verunglückt war. Doch vielleicht dienten sie nicht nur dem Gedenken, sondern standen auch für etwas anderes: Mahnung, Drohung, grausame Statistik. Magische Zeichen …

Dreiunddreißig rote Punkte.

Cristoforo starrte mit zusammengekniffenen Augen auf die Nadeln, von denen jede für einen Tod stand. Er blinzelte nicht, bis alles zu flirren und zu verschwimmen begann und ihm die Tränen über das Gesicht liefen. Er wischte sie sich rasch mit dem Handrücken von der Wange. Irgendetwas entglitt seinem Zugriff.

Er holte sein Päckchen Colombo aus der Schreibtischschublade, fischte sich eine Zigarette heraus und steckte sie sich zwischen die Lippen. Dann zündete er sie an und nahm einen Zug. Er musste husten, sein Hals fühlte sich zugeschnürt und gereizt an.

Er bewegte die Maus, um die PDF-Datei mit den Berichten

des Ersten Weltverkehrssicherheitstages aus dem Jahr 2004 zu öffnen.

Er las noch einmal in aller Ruhe all diese sinnlosen Worte.

»Die Daten der WHO zeigen, dass jedes Jahr weltweit 1,2 Millionen Menschen bei Verkehrsunfällen tödlich verunglücken (...) Das sind im Durchschnitt 3.242 Menschen am Tag. Außerdem tragen jährlich zwischen 20 und 50 Millionen Menschen bleibende Schäden infolge eines Verkehrsunfalls davon.«

Akademische Ausführungen über das zunehmende Problembewusstsein in der Bevölkerung und über die Präventionsmöglichkeiten. Über die Notwendigkeit, Maßnahmen gegen die wichtigsten Ursachen zu ergreifen: Alkohol, Drogen, schnelle Autos ...

Erziehen und strafen.

Politisches Handeln, guter Wille, gesellschaftliches Bewusstsein.

Die Weltgesundheitsorganisation, die Regionalkomitees der Vereinten Nationen und die assoziierten Organisationen lassen die Jugendlichen zu Wort kommen. *Hören wir uns ihre Vorschläge an. Und machen wir die Straßen der Welt sicherer, für ihr und unser Wohl ...*

Er klickte eine andere Datei an und las zum x-ten Mal die Unfallstatistiken der Diskounfälle.

- 36,4 % Kollisionen zweier oder mehrerer Fahrzeuge
- 27,3 % Unfälle ohne Beteiligung anderer Fahrzeuge
- 24 % Aufprall auf feste Hindernisse ohne Beteiligung anderer Fahrzeuge

– 90 % Fahren unter psychophysischen Beeinträchtigungen (Müdigkeit, Alkohol, Drogen)

Er scrollte sich durch die Statistik.

Kritische Zeit: von drei bis sechs Uhr morgens.

Er verweilte bei den Opferzahlen der Diskounfälle der letzten drei Monate in der Provinz Bologna.

Zwölf, neun, achtzehn …

Er las diese Zahlen mehrmals, als könne er in ihnen einen Zugangscode für eine fundamentale Enthüllung entdecken.

Sechs, fünfzehn, einundzwanzig …

Zigarette im Mundwinkel. Augen wegen des Rauchs leicht zusammengekniffen. Trommelnde Finger auf der Schreibtischplatte.

Was hatten diese Zahlen gemeinsam?

Dann wusste er es.

Sie waren alle ein Vielfaches von drei.

Manche glaubten, dass die Zahl drei ein Symbol des Bösen sei. Drei Uhr nachts … Genau zur entgegengesetzten Stunde war Christus am Kreuz gestorben. Die Antistunde, das Pochen der Verzweiflung, das sich dem Herzschlag der Hoffnung entgegenstellte. Im Alten und im Neuen Testament war die Zahl drei ein Symbol für Gefahr. In der Kabbala sprach man von drei Seelen: vom physischen Leib, *Nefesch*, welcher *Ruach*, das geistige Prinzip, unterstützte, dem seinerseits *Neschama*, die eigentliche Seele, beisteht …

Cristoforo nahm die Zigarette aus dem Mund und hustete. Im Zimmer hing ein dichter Rauchschleier.

Er musste versuchen zu begreifen und die sich abzeichnenden Spuren verfolgen, um zu sehen, wohin sie führten. Ein Blutbad an Unschuldigen wurde hier verübt. Eine wahrhafte Liturgie der Apokalypse. Er dachte an all das ungestraft vergossene Blut. An die Gewalt in den Familien. An das Weinen der Kinder.

Schon immer war er überzeugt gewesen, dass dieser ganze Wahnsinn einen bestimmten Zweck verfolgte. Ein okkulter Machtzirkel versuchte, eine neue Form der Kontrolle über die Gesellschaft zu etablieren. Oder auch noch Schlimmeres.

Der Teufel bestellte bereits das Feld für seine Ankunft und schuf damit die Voraussetzungen für etwas, das ihm glich.

Der gewaltsame Tod eines Menschen setzte Energien frei und bereitete den dunklen Mächten den Weg. Diese Kräfte konnten genutzt werden, indem man sie auf ein ganz bestimmtes Ziel lenkte. Oder man konnte sie über die Erde verteilen, wie die Saat auf einem Feld. Eine solche Streuung konnte die sogenannte »Astralmuschel«, die die Erde umgab, verändern. Sie schädigte die schützende Hülle und machte sie durchlässig für das Chaos.

Cristoforo stand auf und schleppte sich müde zum Fenster. Er öffnete einen Flügel, sog die frische und feuchte Morgenluft tief ein, ließ den Blick schweifen. In seinem tiefsten Innern wusste er, dass es bereits zu spät für eine Rettung war. Die Dunkelheit bedrohte die Vorposten der gottgefälligen Menschen.

Und alle Sonnenstrahlen würden nicht ausreichen, um die Schwärze zu durchdringen.

2

Das Handyvideo war gelungen. Die drei zwielichten Gestalten, die sie auf der Beerdigung von Clorinda Mastri gefilmt hatte, waren gestochen scharf zu erkennen.

»Und Sie meinen, dass diese Typen etwas mit der Vergewaltigung des Mädchens zu tun haben könnten?«, fragte Kommissar Sapori, während er versuchte, die Ausschnitte zu vergrößern, um sich die Gesichter besser ansehen zu können.

Chiara Monti biss sich nervös auf die Lippen. »Vielleicht ja. Vielleicht auch nicht. Jedenfalls war es sehr merkwürdig, dass sie auf der Beerdigung waren ...« Sie machte eine Pause, als ob sie nicht wisse, wie sie nun fortfahren sollte. »Als ich sie nach ihren Ausweisen gefragt habe, hatte ich ein wirklich ungutes Gefühl.«

»In welcher Hinsicht?«

»Als stellten die drei eine Gefahr dar.«

Der Typ, der der Anführer zu sein schien, bewegte auf dem Video die Lippen.

»Was sagt er da eigentlich?«

»Ich weiß es nicht. Vielleicht sollten wir dieses Video jemandem zeigen, der Lippen lesen kann.«

In diesem Moment kam Molisi ins Zimmer. Er trug ein Tablett mit Espressobechern. »Zeit für einen Kaffee«, verkündete er und ging zum Schreibtisch. Dann fiel sein Blick auf den Bildschirm und auf den Jungen mit den schwarzen Augen, der gerade sprach. »Hau ab, duck dich weg«, sagte er.

Chiara drehte sich mit einem Ruck zu ihm um. »Was haben Sie gesagt, Molisi?«

Der Kommissar trat näher an den Monitor heran, um besser sehen zu können. »Er wiederholt immer denselben Satz: ›Hau ab, duck dich weg‹ ...«

»Aha, der tolle Molisi kann sogar Lippen lesen?«, zog ihn Sapori auf.

Molisi erstarrte kaum merklich. »Das hat mir meine Tochter beigebracht, ist lange her.«

Chiara erinnerte sich an diese schlimme Zeit, die ihr Kollege hatte durchmachen müssen. »Verzeihen Sie uns, Mauro, wir wollten nicht ...«

»Da gibt es nichts zu verzeihen.« Molisi schnitt ihr das Wort ab. »Ist das das Video vom Friedhof?«

Chiara nickte und griff nach einem der Plastikbecher auf dem Tablett. »Genau.« Sie nahm einen kleinen Schluck, doch der Espresso war noch zu heiß, und sie zuckte zurück.

»Was bedeutet dieser Satz?«, fragte Sapori.

Chiara versuchte, nochmals an ihrem Kaffee zu nippen, doch ihre Hand, mit der sie den Becher hielt, zitterte zu stark. »Wie soll man das wissen ... vielleicht nur sinnloses Gefasel.« Sie dachte an die Augen des Jungen, an die tiefschwarzen Blicke, die er ihr auf dem Friedhofsparkplatz zugeworfen hatte. Und wie unbehaglich sie sich in seiner Gegenwart gefühlt hatte.

»Wie, haben Sie gesagt, heißt dieser Typ, der den Satz flüstert?«, fragte Sapori.

Chiara riss sich aus ihren Gedanken. »Terrano. Vasco Terrano ...«, antwortete sie.

»Aber das wird doch nicht ein Verwandter von *dem* Terrano sein ...«

»Vermutlich einer seiner Söhne«, schaltete sich Molisi ein. Dann drehte er sich um und sah Chiara an. »Sie haben doch früher einmal mit Negronero zusammengearbeitet, nicht wahr?

Der Kommissar, der diesen Mistkerl erschossen hat. Das ist an die zehn Jahre her.«

»Ja, Molisi, das habe ich, das weiß doch jedes Kind«, gab sie patzig zurück.

»Und der junge Mann, der das Mädchen angefahren hat, ist der Sohn von Negronero.«

»Es war wirklich eine Überraschung, als ich das festgestellt habe. Ziemlich verwirrend«, murmelte Chiara. »Das Leben ist voller Merkwürdigkeiten ...«

Sapori hob die Arme, als wollte er um Ruhe bitten. »Wenn ich richtig verstanden habe, haben wir es hier mit folgendem Szenario zu tun: Clorinda Mastri wird von einer Gruppe Idioten bedrängt, deren Anführer der Sohn von Terrano sein könnte. Sie versucht wegzulaufen und wird dabei von einem Auto erfasst, dessen Fahrer sich als der Sohn von Kommissar Negronero entpuppt. Und dann, als wäre das nicht genug, kommt auch noch die Frau zur Unfallstelle, die früher mit Negronero zusammengearbeitet hat, also Sie, Chiara. Sie verfolgt gerade den Phantom-Sieger des illegalen Rennens, welcher sich jedoch offenbar in nichts aufgelöst hat. Nun, das klingt völlig grotesk! Fehlt nur noch, dass Molisi der Onkel des Rettungsarztes ist ...«

»Tja, das ist tatsächlich wie in einem schlechten Roman!« Chiara schien ratlos.

Sie fühlte sich von dieser Häufung von Zufällen bedroht. Sie hatte immer alles gefürchtet, was in festen Bahnen verlief und vorhersehbar war. Es vermittelte ihr ein Gefühl von Ohnmacht. Als würde das Leben der Menschen von dunklen Kräften bestimmt.

Wiederkehrendes war für sie immer schon furchtbar gewesen, ganz gleich um welche Art der Wiederkehr es sich handelte, Rituale oder Erinnerungen ...

All diese Zufälle waren Spuren, die auf etwas ganz Konkretes hinzuführen schienen. Etwas Konkretes, dem sie sich stellen musste, auch wenn sie nicht wollte.

Wie um dieses Gefühl abzuschütteln, trank Chiara ihren Kaffee in einem Zug aus.

3

Das Istituto Lazarus hatte sich auf die Opfer von Verkehrsunfällen spezialisiert und wurde von Geistlichen und Laien gemeinsam geführt. Die Klinik befand sich in einem ehemaligen Kloster oben an der Via Belvedere, in den Hügeln von Casalecchio del Reno. Die Einrichtung war von einem reichen Industriellen aus der Stadt finanziert worden, dessen Sohn mit nur neunzehn Jahren nach einem Diskothekenbesuch bei einem Frontalzusammenstoß mit einem LKW ums Leben gekommen war. Die Klinik beherbergte Stationen für Orthopädische Traumatologie und Kieferchirurgie sowie Zentren für Psychotherapie und motorische Rehabilitation. Den gesamten östlichen Gebäudeflügel nahm die Station für Komapatienten ein. In seinem ersten Studienjahr hatte Franco im Zuge seines Musterstudentendaseins hier schon einmal hospitiert. Damals war er von den in Nylonschlaufen hängenden Patienten zutiefst beeindruckt gewesen. Sie sahen aus, als würden sie schweben. Dies war eine neue Form der Dekubitusprophylaxe für all jene, die länger als einen Monat im Koma lagen.

Der Anblick der nackten Körper, die wie Schinken von der Decke hingen und von medizinischem Personal umschwärmt wurden, das Untersuchungen anstellte oder pflegerisch tätig war, hatte ihn ziemlich erschüttert. Er wäre fast ohnmächtig geworden und hatte, obgleich alles hochinteressant für ihn war, den dringenden Wunsch verspürt, so schnell wie möglich von der Station zu verschwinden. Der Leiter der Einrichtung, ein älterer Jesuit, hatte den Studenten erläutert, dass in diesem Institut die innovativsten Techniken angewendet wurden und sich hochqualifiziertes Personal um die Komapatienten kümmerte. Franco war bleich geworden und hatte sich setzen müssen, um nicht umzukippen. Fast so, als habe er damals schon geahnt, dass er eines Tages hier sein und gegen ein Gefühl der Reue und Absurdität ankämpfen würde.

»Sie müssen Ihr Erwachen als ein Wunder betrachten, wissen Sie«, hatte Dr. Casali gesagt.

Wunder!, so ein Quatsch.

Seit seinem Erwachen hatte man ihn einer Unzahl von Untersuchungen unterzogen und Tests durchgeführt: Blutbild, Röntgen, Magnetresonanztomographie. Und wie man ihm gesagt hatte, war nichts dabei herausgekommen, was eine Erklärung für seine Heilung hätte sein können.

»Bei der Computertomographie konnten wir keinerlei Hinweise auf Embolien entdecken. Auch keine Schwellungen des Hirngewebes. Keine Raumforderungen oder Anzeichen für Hirndruck. Als Sie eingeliefert wurden, hat man ein mögliches durch Scherkräfte verursachtes Subduralhämatom diagnostiziert, das aber jetzt offenbar resorbiert worden ist.«

Allerdings waren bei ihm Verletzungen schon immer unglaublich schnell verheilt.

Er hatte bereits mit einer motorischen Rehabilitationsmaßnahme begonnen und trainierte nun zwei Stunden am Vormittag und eine am Nachmittag im Physiotherapiezentrum. Ansonsten langweilte er sich zu Tode. Die Zeit schien stillzustehen, rhythmisiert nur durch das Pochen seines Herzens. Und durch das Warten auf Mittagessen und Abendessen, die Highlights des Tages mit geruchlosen Hühnerbrüstchen von der Farbe roher Nudeln und gekochtem Mangold ohne jeden Geschmack, der ihm fade von seinem Pappteller zuwinkte und den er manchmal ausspuckte und manchmal nicht. Er hatte keine Verwandten, die ihn besuchen kamen, nicht einmal enge Freunde. Die von der Clique waren zu zugedröhnt dafür. Und was mit Maria war, keine Ahnung … *Ach, soll sie sich zum Teufel scheren!* Als man ihm das Handy zurückgab, sah er die vielen Hinweise auf verpasste Anrufe und mindestens zehn SMS, die darauf warteten, gelesen zu werden. Er löschte alles, ohne überhaupt auf die Absender zu schauen. Er hatte keine Lust, mit jemandem zu kommunizieren.

Um sich ein wenig abzulenken, hatte er sich den iPod geben lassen, den er in der Unfallnacht in der Jackentasche getragen hatte. Ein bisschen Musik, um sich weniger allein und verlassen zu fühlen. Doch das Gerät war offenbar kaputt, denn es spielte nur noch ein einziges Lied, ein altes Stück von Pink Floyd mit dem Titel *Wish You Were Here*, bei dem er sich nicht einmal mehr erinnern konnte, es heruntergeladen zu haben. Am Anfang hatte er es sich gerne angehört, weil es einfach ein wunderschönes Stück war, aber irgendwann, na ja, reicht es auch. Somit war ihm auch diese Art Zeitvertreib versagt. Diese verfluchte reglose Zeit hüllte ihn ein wie ein Leichentuch.

Sie hatten ihn fast kahl geschoren, um die Kopfverletzungen behandeln zu können, und als er sich das erste Mal im Spiegel sah, erkannte er sich fast nicht wieder. Jetzt, nach einigen Tagen, ging es ihm schon viel besser. Sein Kopf war verbunden. Sein vormals geschwollenes Gesicht sah schon fast wieder normal aus. Die Kratzer und Abschürfungen heilten praktisch beim Zusehen. Ihm war nur eine leuchtend rote Narbe geblieben, die sich von seinem rechten Augenwinkel bis zu den Lippen hinunterzog, fast wie eine Träne aus Blut. Doch man hatte ihm versichert, dass auch diese bald verschwinden würde.

Seine Nase war noch verpflastert. Ansonsten fehlte ihm nichts.

Seine Muskeln gewannen ihre Kraft in einer unglaublichen Geschwindigkeit zurück, es kam ihm fast so vor, als könne er hören, wie die Zellen sich öffneten und neue Energie in sich aufnahmen, wie sie sich dann ausdehnten, um zerstörtes Material durch neues zu ersetzen.

Er spürte die Zellen, aber seine verfluchten Beine spürte er nicht.

Es war keine wirkliche Gefühllosigkeit, wie wenn das Blut aufhört zu fließen und die Muskeln einschlafen, denn die Nervenenden waren aktiv, und er spürte sie, aber es war, als wären sie von einer künstlichen Schicht bedeckt. Kurzum, er konnte sich völlig normal bewegen, konnte es aber nicht richtig fühlen.

Die Verwirrung hatte der Resignation Platz gemacht. Bei allem, was passiert war, wunderte er sich über nichts mehr.

Auch nicht über die Tatsache, dass in seiner Gegenwart alle Uhren stehenblieben.

»Sie hatten so etwas wie eine Nahtod-Erfahrung, als Sie ins Koma gefallen sind. Und in Ihrem Hirn muss sich auf neuronaler Ebene eine Art Elektrizitätsresiduum gebildet haben ... Mit anderen Worten: Sie senden anormale elektrische Wellen aus, die den Uhrmechanismus außer Betrieb setzen.«

Der Arzt erklärte ihm die Details. Es hatte schon mehrere solcher Fälle gegeben.

»Wenn ein Körper stirbt, geben seine Zellen viel Energie ab. Deshalb können Menschen, die wieder zurückkehren, manchmal paranormale Fähigkeiten entwickeln, in der Regel aber nur vorübergehend. Als Sie auf so unerklärliche Weise wieder aus dem Koma erwacht sind, wurden in Ihrem Gehirn offenbar anormale Wellen freigesetzt, die oft mit derartigen Erscheinungen in Verbindung stehen.«

Also nichts Übernatürliches. Alles ganz normal, alles in bester Ordnung ...

Abgesehen davon, dass ich tot sein sollte und es nicht bin, dass ich zumindest gelähmt sein sollte und es nicht bin. Abgesehen davon, dass ich meine Beine nicht spüre, obwohl sie da sind.

Spezialisten von außerhalb hatten sich mit seinem Fall befasst und hatten einige Erklärungen dafür: »Die Myelinschicht, die die Nervenfasern ummantelt, wurde durch eine Verletzung aufgrund des Unfalls geschädigt. Dies hat zu einer Art Kurzschluss geführt, der die Übermittlung der Nervenimpulse verlangsamt hat. Diese Anomalie trägt dazu bei, dass die Verletzungen innerhalb kürzester Zeit verheilt sind, und sie ist auch der Grund für die Empfindungsschwäche, die erklärt, warum der Patient seine Beine nicht mehr spürt. Es ist nicht auszuschließen, dass sich die Einschränkung der Tastempfindung verschlimmert und sich mit der Zeit auf andere Körperteile ausweitet.«

Franco erinnerte sich, dass ihm so etwas auch schon einmal in seinem Studium begegnet war. Experimente, die zeigen sollten, warum bei Salamandern amputierte Körperteile wieder nachwachsen konnten und beim Menschen nicht. Es gab charakteristische Morphogene, die die Impulse in diesem Sinne beeinflussten, und Myelinrezeptoren, die umgekehrt funktionierten: Nervenimpulse, die unaufhörlich zwischen unbestimmten Teilen des Körpers, zum Beispiel zwischen Knochenmark und Beinmuskeln, flossen, anstatt in den Nervenfasern von einem Knoten zum anderen zu springen. Dies konnte eine Erklärung dafür sein, warum seine Brüche in so kurzer Zeit geheilt waren.

Die Schädigung des Myelins – die sogenannte »weiße Substanz« des Gehirns – zog normalerweise schwere Krankheiten wie Multiple Sklerose oder Leukodystrophie nach sich. In seinem Fall dagegen hatte man eine Anomalie festgestellt, die diese Art Mangel in einen Vorteil verwandelt hatte.

Er kramte in den Erinnerungen des ehemaligen Musterstudenten, und ihm fiel ein, dass das Myelin eine Impulsleitung in den Nerven von etwa hundert Metern in der Sekunde erlaubte. So schnell wie ein Überschallflugzeug. In seinem Fall hatte sich alles auf eine Art Intermittenz reduziert, ein Stroboskop, das sehr schnell blitzte und zu einer rasenden Regeneration führte.

Welche Mechanismen das Phänomen ausgelöst hatten, war jedoch völlig unklar. Und hier betrat man das Reich der Wunder auf Erden.

Wenn sich die Geschichte verbreitet, kommen Massen von Kranken aus aller Welt, um mich zu berühren, als wäre ich so etwas wie die Madonna von Lourdes.

Kommet herbei, kommet herbei, da ist er, der Überlebende, das Samstagnachtwunder: Der heilige Franz ist von den Toten auferstanden.

Zombies aller Länder vereinigt euch.

Ich bin gesund und munter. Und lebendig wie ein Fisch im Wasser.

Fasst mir doch an den Arsch, wenn ihr mir nicht glaubt.

Ich bin noch. Ich zittere.

Doch auf den Beinen bin ich noch nicht.

All diese absurden Theorien, all dieses akademische Geschwätz …

Er war aus einem Koma dritten Grades mit Dekortikation und Dezerebration erwacht. Hirnaktivität praktisch gleich null. Eine glatte Linie auf dem Monitor. Und alle dachten, das wäre irreversibel.

Doch ich bin da, amigos.

Franco war zum Gegenstand einer neuen wissenschaftlichen Theorie geworden, die vielleicht ihren Weg in die ein oder andere medizinische Abhandlung finden würde. Vielleicht würde er diese sogar lesen müssen, falls er sich je dazu entschließen könnte, sein Studium zu Ende zu bringen.

Für die Zukunft hatte er sich eine massive Dosis neuen Wissens verschrieben, um endlich die Examensarbeit zu Ende zu schreiben, die Prüfungen abzulegen und das werden zu können, was sein Vater gewollt hätte.

Dann ließ sich ein Stimmchen in seinem Kopf vernehmen, das unbarmherzig flüsterte: *Hör zu,* Amigo, *du hast ein Mäd-*

chen getötet, das darfst du nicht vergessen, du darfst nicht so tun, als ob alles in Ordnung wäre!

Und so verfiel er in Trübsinn und kam sich schäbig vor. Er war gerettet worden und verdiente es doch gar nicht. Er hätte tot sein sollen. Stattdessen lebte er und wurde mit der Geschwindigkeit eines Düsenjets gesund.

Er ließ sich alle Zeitungen bringen, die von dem Unfall berichteten. Das tote Mädchen hieß Clorinda Mastri und war die Tochter eines berühmten Künstlers, Saverio Mastri.

Die Tochter eines berühmten Künstlers vom Sohn eines berühmten Polizisten getötet ... Das hatten die Zeitungen natürlich ausgeschlachtet.

Sie war genau an jenem Tag volljährig geworden. *Alles Gute zum Geburtstag*, querida.

Er hatte ihr Glückwünsche überbracht.

Indem er sie zu Brei gefahren hatte.

Franco sah sich unzählige Male das kleine Foto in der Zeitung an, und jedes Mal konnte er vor Beklemmung kaum atmen.

Achtzehn. Sie war erst achtzehn gewesen.

Clorinda Mastri war gestorben, weil er nicht in der Lage gewesen war, eine Entscheidung zu treffen. Und weil er so schnell gefahren war. Nur deswegen.

Es war nicht richtig, dass er lebte und sich so rasch erholte. In einem solchen Fall gab es keine Katharsis. Das Ganze war geradezu pervers, völlig falsch.

Er, das Samstagnachtwunder, verdiente weder eine Rettung noch eine zweite Chance. Und früher oder später würde er dafür bezahlen müssen.

4

Um fünf Uhr morgens, im Haus herrschte noch völlige Stille, saß Chiara in ihrem Arbeitszimmer und loggte sich in die Datenbank von Interpol ein, um alle Informationen herunterzuladen, die dort über den verstorbenen Antongiulio Terrano zu finden waren. Viele Dokumente in diesem Archiv waren Zeugenaussagen, gesammelt von jenem Ermittlungsteam, dem sie damals angehört hatte und das von Hauptkommissar Francesco Negronero geleitet worden war. Als sie seine Unterschrift unter den Dokumenten sah, krampfte sich ihr Magen zu einem Eisklumpen zusammen. Sie versuchte, das Gefühl zu ignorieren, zündete sich eine Zigarette an und begann dann zu lesen.

Terrano hatte eine Vielzahl illegaler Geschäfte betrieben, die von Waffenhandel bis Kinderprostitution reichten. Doch man hatte ihn nie fassen können. Dann ging ihnen ein Pentito ins Netz, ein kleiner Fisch, der im großen Ozean geschwommen war, und dieser war bereit, gegen Terrano auszusagen. Pasquale Serra war einer der Buchhalter, die die Konten der Organisation verwalteten, was so viel bedeutete wie deren Gelder zu waschen. Mit seiner Hilfe wäre man an die Depots bei den Schweizer Banken gekommen, hätte die Strohmänner der Scheinfirmen entlarvt und sich so langsam bis zu demjenigen vorgetastet, der die Fäden in der Hand hielt.

Serra, seine Frau und sein dreijähriger Sohn waren in ein Bauernhaus im toskanisch-emilianischen Apennin gebracht worden, wo sie unter strenger Bewachung auf den Prozessbeginn warteten. Doch irgendwie musste etwas durchgesickert sein. Vielleicht hatte es in den Reihen der Polizei einen Maulwurf gegeben. Jedenfalls hatte mitten in der Nacht ein Trupp psychopathischer Killer die sieben Bewacher niedergemetzelt und war in das Bauernhaus eingedrungen.

Man brachte den Buchhalter nebst Frau und Sohn in die ehemalige Kapelle des Hofs. Die Frau wurde auf dem Altar mit dem einbalsamierten Penis eines Stieres gepfählt, und der Sohn wurde so lange getreten, bis sein Köpfchen nur noch ein einziger Brei aus Gehirn und Knochen war. All das, so nahm man später an, unter den Augen des armen Serra, der nackt an einem alten Holzkreuz über dem Tabernakel hing, die Lider mit Superkleber an die Augenbrauenbögen geklebt, sodass er gezwungen war, jede Einzelheit des Massakers an seiner Familie mit anzusehen. Am Ende wurde der Arme mit einer Holzsäge entmannt. Man ließ sein Blut in Eimer laufen, die unter seinen Füßen aufgestellt waren, bis er schließlich verblutet war.

Das alles hatte vermutlich etwa drei Stunden gedauert.

Als die Carabinieri und die Polizei am folgenden Morgen an den Tatort kamen, fanden sie neben den Eimern, die randvoll mit dem Blut des Buchhalters Serra waren, ein kleines Aufnahmegerät. Mit diesem waren die Schreie der Opfer dieser langen Folternacht aufgenommen worden.

Damals war Chiara nicht in Bologna gewesen, und man hatte ihr nach ihrer Rückkehr die Aufnahme vorgespielt. Sie hatte sie sich nicht bis zum Ende anhören können. Sie war zur Toilette gelaufen und hatte sich übergeben.

Unter den Interpol-Dokumenten, die sie jetzt durchsah, befand sich auch ein Audiofile mit einer digitalisierten Version der Aufzeichnung dieser Nacht. Chiara zögerte, die Datei herunterzuladen, denn das Ganze hatte etwas Krankhaftes an sich, war vielleicht sogar ansteckend. Am Ende klickte sie doch auf das Icon, gab ihr Passwort ein und zog die Datei auf ihren

Rechner herunter. Sie war schließlich Polizistin und musste entsprechend handeln. Sie musste in der Lage sein, die schlimmsten Dinge zu analysieren, musste versuchen, sie zu verstehen, um sie bekämpfen zu können. Das waren ihre Mission und ihr Fluch zugleich.

Die Ermordung des Buchhalters hatte den Prozess platzen lassen.

Kein Zeuge, keine Anklage gegen Terrano.

Da war Francesco einfach hingegangen und hatte ihm ins Gesicht geschossen.

Und jetzt waren die bösen Schatten von damals wieder da.

Am Horizont wimmelte es von ihnen.

Antongiulio Terrano hatte drei Töchter, von denen man wusste, und einen Sohn, der Letztgeborene.

Das verfluchte Königreich der Wirklichkeit hatte damit noch eine weitere Person hervorgezaubert wie ein Kaninchen aus dem Hut: Vasco Ales, vermeintlicher Vergewaltiger junger Mädchen.

Der Mann, der auf Beerdigungen vor sich hin flüsterte.

Hau ab, duck dich weg.

Molisi hatte recht. Die ganze Sache war wirklich wie aus einem Roman.

Chiara lehnte sich auf ihrem Stuhl zurück und sah aus dem Fenster.

Es wurde langsam hell.

Die Nacht war zu Ende, und sie war wieder einmal gerettet.

Die Träume hatten sie nicht mit sich fortgenommen, wie ihr Vater ihr immer gedroht hatte.

Sie streckte sich und verließ den Schreibtisch.

Im unteren Stockwerk hörte sie Robertos Schritte. Er war offenbar aufgestanden, um das Frühstück zu machen.

Chiara rieb sich die Augen, während sie durch den Flur zum Bad ging.

Unter der Dusche pfiff sie, wie sie es als Kind getan hatte – obgleich ihr Vater immer gesagt hatte, dass das nur Jungen tun dürfen. Sie staunte, dass sie es noch konnte. Eigentlich hatte sie gar keinen Grund, fröhlich zu sein. Wieder von all diesen grauenvollen Dingen zu lesen, die Terrano verbrochen hatte, war ein Albtraum gewesen. Sie überlegte, ob das Pfeifen vielleicht nur eine Gegenreaktion war: *Ich verhalte mich konträr zu meinen Gefühlen, um zu sehen, ob es mir dann besser geht.*

Der Beruf, den sie gewählt hatte, produzierte Ängste und Frustrationen, und sie war nur selten wirklich mit sich zufrieden. Es war immer dieselbe Geschichte vom Teelöffel und dem See, der ausgeschöpft werden musste. Eine sinnlose Anstrengung. Im Vergleich zu all dem Aufwand, den sie mit der Organisation der Muffa-Razzia betrieben hatten, war das Ergebnis dürftig. Am Tag danach hatten sie die beiden Pusher gehen lassen müssen, die nur zu Hausarrest verdonnert worden waren. Den Typen, der Krankenpfleger genannt wurde, konnten sie hingegen noch festhalten. Man wollte zumindest versuchen, ihm eine Aussage zu seinen Lieferanten zu entlocken. Allerdings war es ziemlich unwahrscheinlich, dass sich dieser Zwerg mit dem großen Kopf zu Enthüllungen hinreißen lassen würde, die seine Lage nur verschlimmern konnten.

Chiara stieg aus der Dusche, trocknete sich gründlich ab und zog sich an.

Vor dem Spiegel kämmte sie sich. Ihr Haar war völlig zerzaust, und sie sah furchtbar aus, wie sie fand. Da fiel ihr Blick auf die Bürste ihres Mannes. Robbi hatte einen blonden, welligen Schopf, der an der Stirn schon ein wenig zurückwich. Sie holte tief Luft und schob den Kiefer nach vorn. Es war unsinnig, es noch weiter hinauszuschieben, einmal musste sie es doch tun. Sie zupfte mit einer Pinzette ein paar von Robbis Haaren aus der Bürste und tat sie in die durchsichtige Kunststoffdose für die Interdentalbürstchen.

Dann verließ sie das Bad und nahm sich eins der Plastiktütchen, die sie immer in ihrer Jackentasche bei sich trug. Gioia war gerade wach geworden und lag noch im Bett. Chiara ging in ihr Zimmer, um ihr guten Morgen zu sagen.

Auf dem Kissen fand sie ein paar Haare ihrer Tochter und sammelte sie ein.

Das Kind sah sie fragend an. »Was machst du da, Mama?«

»Nichts, mein Schatz, ich brauche deine Haare ...«

»Wofür?«

Chiara schluckte, bevor sie antwortete. »Ich brauche sie als Erinnerung«, sagte sie dann.

Das war eigentlich auch gar nicht so falsch, wenn man bedachte, dass sie sich in der obersten Kommodenschublade eine Art Reliquienschrein angelegt hatte. Die Schachtel mit den Milchzähnen, die Gioia bisher verloren hatte (mittlerweile hatte sie nur noch zwei), die ersten abgeschnittenen Haare, die zweiten abgeschnittenen Haare, sogar ein paar abgeschnittene Fingernägel.

Chiara steckte die Haare zusammen mit der Zahnbürstendose in das Tütchen.

»Mama, gehst du denn schon?«

»Ja, mein Schatz, ich muss wirklich los ... Heute Abend komme ich vielleicht ein bisschen früher nach Hause.«

»Das sagst du immer, und dann machst du es doch nicht.«

Chiara steckte die Tüte in ihre Tasche und dachte: *Doch, ich mache es wirklich, mein Engel.* »Aber dieses Mal mache ich es wirklich ...«, flüsterte sie ihrer Tochter verschwörerisch zu.

Dann gab sie ihr einen Kuss und verließ das Zimmer.

Wie immer versuchte sie, so schnell wie möglich aus dem Haus zu kommen, und rief ihrem Mann in der Tür einen Gruß zu, ohne sich noch einmal umzudrehen.

Als sie in ihrem Auto saß, versuchte sie es noch einmal mit dem Pfeifen, doch jetzt gelang es ihr nicht mehr.

Sie ließ den Motor an und beim Anfahren die Reifen quietschen, als habe sie es sehr eilig. Den blauen Audi auf der anderen Straßenseite mit den zwei dunklen, reglosen Gestalten darin bemerkte sie nicht.

5

Franco saß auf der Bettkante. Er trug einen Jogginganzug, der ihm eine Nummer zu klein war und über seinen breiten Schultern spannte, sodass er noch robuster und kräftiger wirkte als sonst. Außer seiner Blässe wies nichts darauf hin, dass er vor kurzem aus einem tiefen Koma erwacht war. Mit der verpflasterten Nase sah er eher aus wie ein Boxer, der gerade einen Kampf hinter sich hatte.

Er war soeben aus dem Kraftraum der Klinik gekommen, und ihm war ein bisschen schwindelig. Eine Stunde lang hatte er mit einem Gerät, das mit Gegengewichten versehen war, seine Beine trainiert. Er musste noch seine Technik verbessern, sie zu bewegen, ohne sie wirklich zu spüren. Sein Gehirn begann die fehlenden Verbindungen durch eine Art Simulation auf psychophysischer Ebene zu rekonstruieren, was ihn in die Lage versetzte, sich normal zu bewegen, anstatt nur durch die Gegend zu schlurfen und womöglich zu stolpern.

Als er in sein Zimmer zurückkam, fand er dort einen Mann vor, der sich als Jesuitenpater ausgab, auch wenn er nicht so aussah. Er trug keinen Talar, sondern Jeans, Sweatshirt und Turnschuhe. Das einzig Religiöse an ihm war ein im diffusen Licht des Zimmers silbern schimmerndes Kreuz, das auf seiner Brust baumelte. Er stellte sich als Pater Cristoforo Baldi vor, als einer der Psychotherapeuten der Klinik.

»Wollen wir darüber reden?« Die Stimme des jungen Jesuitenpaters klang eintönig, ohne Höhen und Tiefen.

»Worüber sollen wir reden, sorry?«

»Über das, was dir passiert ist.«

»Vielleicht sollten wir über das sprechen, was mir *nicht* passiert ist.«

Cristoforo nickte. »Gut. Dann reden wir also darüber. Was genau ist dir denn *nicht* passiert?«

»Ich bin nicht gelähmt, ich liege nicht mehr im Koma, ich bin nicht tot.«

»Das scheint mir ein interessantes Trio von Nicht-Ereignissen zu sein, die dir da … passiert sind. Was ist, jenseits der Wortspiele, der Unterschied zwischen etwas, das passiert ist, und etwas, das nicht passiert ist?«

Franco dachte einen Augenblick nach. »In meinem Fall, gar keiner. Mir ist passiert, dass mir nicht passiert ist, was mir hätte passieren sollen, wenn wir schon bei den Wortspielen sind.«

Der Jesuit musste lächeln. »Das ist ein schönes Durcheinander«, sagte er. Dann stand er auf, ging zum Fenster und sah hinaus. Im Garten saßen drei Patienten in Rollstühlen nebeneinander in der Sonne, die Köpfe oder Oberkörper starr und aufrecht, fast wie Soldaten. Eine Schwester schob einen vierten Rollstuhlpatienten den Weg entlang.

»Hast du Gott gedankt für das, was dir nicht passiert ist, Franco?«, fragte Cristoforo, ohne sich umzudrehen.

Franco starrte auf einen unsichtbaren Fleck an der gegenüberliegenden Wand des Zimmers. »Das war nicht Gott«, flüsterte er.

Der ist nämlich böse, und es ist ihm sowieso egal.

Er hob die Stimme und wiederholte: »Nein, das war nicht Gott!«

Cristoforo drehte sich um, nahm die Hände auf den Rücken und kam wieder zum Bett. Das Kreuz auf seiner Brust wurde von einem verirrten Sonnenstrahl getroffen und blitzte auf. »Wer ist es denn dann gewesen, deiner Meinung nach?«

»Wollen Sie die Wahrheit wissen und nichts als die Wahrheit?«

»Ja, bitte.«

Franco nickte und atmete tief aus, bevor er zu sprechen begann. »Ich war in einer Art dunkler Bauchhöhle eingeschlossen, ein Uterus, eine Blase, jedenfalls etwas, das mich eng umhüllt hat. Dann ist sie gekommen. Und hat meine Hand gedrückt.«

»Sie, wer?«

»Der Geist aus *Ring*.«

Der Pater warf ihm einen verwunderten Blick zu. »Meinst du diesen japanischen Horrorfilm?«

Franco verzog das Gesicht zu einem müden Lächeln. »In meinem Fall war es die Erscheinung des Mädchens, das ich angefahren und getötet habe.«

»Du meinst, es war ihr Geist?«

»Ich meine, dass ich es nicht weiß. Dass ich verwirrt bin. Als ich noch bewusstlos war, habe ich andauernd von dieser Unfallszene geträumt, dem Moment des Aufpralls ... Es war wie ein unaufhörlicher Fluss, immer dasselbe, immer und immer wieder. Dann bin ich in einem Krankenhauszimmer aufgewacht, aber das war nicht die Realität. In Wirklichkeit war es eine Art Probe, die ich bestehen musste, so etwas in der Art. Ich war verletzt, ohne Beine, ohne alles, und ich wäre an meinem inneren Schmerz gestorben, wenn sie nicht gekommen wäre und mich aus alldem herausgerissen hätte.«

»Das Gespenst aus *Ring* hat dich aus dem Koma geholt?«

»Ich weiß, Sie glauben jetzt, dass ich verrückt bin, dass mein Hirn durch den Unfall geschädigt wurde.«

»Na ja, ich bin tatsächlich hier, um nach deinem psychischen Zustand zu sehen. Ich will dir helfen, das Trauma zu überwinden, dir vielleicht einen Weg zeigen, damit es gelingen kann. Wenn du also wirklich verrückt sein solltest, dann macht es mehr Spaß.«

»Machen Sie das nur mit Opfern von Autounfällen?«

»Sag doch du zu mir. Ich bin ja gar nicht viel älter als du.«

Franco nickte. »Okay, Freund Pater. Machen wir also auf vertraulich, wenn du es so willst. Aber du hast meine Frage nicht beantwortet. Warum tust du das?«

Cristoforo schien nachzudenken. »Sagen wir, um die Erinnerung an einen Menschen zu bewahren, den ich geliebt habe. Aber eigentlich solltest nicht du mich analysieren.«

»Ist es Ihnen ... dir unangenehm, wenn dich jemand ausfragt?«

»Meine Gefühle sind hier nicht wichtig. Du sollst mir sagen, wie du dich fühlst.«

»Ich fühle mich merkwürdig.«

»Nun, manchmal fühle ich mich auch merkwürdig.«

»Das ist kein großer Trost.«

»Ach nein?«

»Nein.«

Cristoforo sah ihn an, als würde er ihn eingehend studieren. »Sag mir das Erste, was dir durch den Kopf geht, Franco ...«

»Leck mich ...«

»Und das Zweite?«

»Immer noch leck mich.«

»Das Dritte?«

»Nur eine kurze Rede ist eine gute Rede.«

Cristoforo nickte, als wäre er zu einer wichtigen Erkenntnis gelangt. »Warum willst du nicht loslassen?«, fragte er.

»Oh, das würde ich schon gerne, Freund Pater, aber ich bin ein besitzergreifender Mensch, und deswegen halte ich sehr an mir fest.«

Cristoforo sah dem jungen Mann, der im Jogginganzug vor ihm auf dem Bett saß, in die Augen. Da war etwas in diesem Blick, ein Schatten der Trauer, aber auch eine Entschiedenheit, die an glänzendes, kaltes Metall erinnerte. Grün glitzernde Iris. »Fühlst du dich schuldig wegen dem, was passiert ist?«

Schweigen.

Dann sagte Franco nur: »Ja.« Ohne wegzuschauen und ohne zu blinzeln, hielt er dem Blick seines Gegenübers stand, beinahe unverfroren. Doch es war eine wie mit Puderzucker bestäubte Unverfrorenheit.

»Du glaubst also nicht an Gott, Franco?«

»Aha. Ich wusste, dass Sie … dass du mir früher oder später diese Frage stellen würdest. Ihr Pater seid doch alle gleich. Immer wollt ihr bekehren, immer seid ihr dabei, verlorene Schafe auf den rechten Weg zurückzuführen.«

»Ich bin eigentlich kein Pater.«

»Ach ja, ich vergaß. Du bist ja Jesuit. Ein Gottesgelehrter.«

»Nicht abschweifen. Bitte antworte mir: Glaubst du oder glaubst du nicht?«

»Ich weiß einfach nie, was ich auf diese Frage sagen soll. Die Auferstehung des Fleisches, die Hölle, der Himmel … Ich glaube, ich glaube nicht … Manchmal so, manchmal so. Aber ja, ich glaube. Doch ich habe kein Vertrauen. Nicht mehr.«

»Wie kannst du glauben, ohne zu vertrauen?«

»Ich glaube zwar, dass es richtig ist, ewiges Seelenheil anzustreben, doch ich glaube nicht, dass man es erreichen kann, nur um ein Beispiel zu geben. Denk an meine Beine. Sie sind da, aber ich spüre sie nicht.«

»Aber wir reden jetzt über Religion.«

»Da ist es genauso. Ich glaube an Gott, aber ich vertraue nicht darauf, dass es gut und richtig ist.«

Cristoforo seufzte. »Du bist verwirrt, was verständlich ist, finde ich.«

»Nein, aber schau, hier gibt es nichts, was verständlich wäre. Als wäre es verboten.«

Schweigen. Wie um die Gedanken zu sammeln.

»Als du das Mädchen angefahren hast, was hast du da empfunden?«

»Nichts, ich habe nichts empfunden. Außer dem merkwürdigen Gefühl, dass sie in mich hineinschlüpft. Ihr Gesicht in meines.«

»Du hast vorhin gesagt, dass du vor dem Aufwachen diese Szene immer wieder im Traum erlebt hast. Hast du auch noch andere merkwürdige Dinge gesehen? Abgesehen von dem Geist aus *Ring* natürlich. Lichter oder so etwas?«

»Meinst du den berühmten Tunnel aus Nahtod-Erfahrungen? Nein, ich habe mich nur wie gefangen in einem dunklen Bauch gefühlt. Beim Aufwachen kam es mir so vor, als würde ich meine Geburt noch einmal durchleben. Ich kam auf wunderbare Weise aus dem Leib meiner Mutter, Gott möge sie beschützen.«

»Liebst du deine Mutter?«

»Ich habe sie geliebt. Jetzt existiert sie nicht mehr.«

»Wie meinst du das?«

»Sie hat die Verbindung unterbrochen. Sie hat das Licht in ihrem Kopf ausgeknipst, um im Dunkeln zu irgendeinem weit entfernten Ort zu gehen, und hat sich vielleicht für immer verlaufen. Seitdem sie vor ein paar Jahren versucht hat, sich umzubringen, ist sie in einer psychiatrischen Einrichtung.«

»Sollen wir darüber sprechen?«

»Nein.«

»In Ordnung.«

Schweigen. Augenpaare, die sich anblicken. Lippen, die sich weiter bewegen: »Wie erklärst du dir das Phänomen, dass ich meine Beine nicht mehr spüren kann?«

»Eine psychische Reaktion. Ist dir das Phantomgliedsyndrom ein Begriff?«

»Natürlich, wenn jemand ein amputiertes Bein oder einen amputierten den Arm noch immer spürt. Manche glauben, das hat etwas mit der Aura zu tun.«

Cristoforo nickte. »In deinem Fall handelt es sich um das

umgekehrte Syndrom. Du spürst etwas nicht, was aber da ist. Und in der Tat kannst du dich auch normal bewegen. Die holistische Medizin glaubt, dass wir Menschen jenseits der zeitlich-räumlichen Dimension existieren und dass wir aus Energie- und Bewusstseinsschichten bestehen. Die Aura, wie du gesagt hast. Wenn man seine Schuldgefühle unterdrückt, gerät man in eine Schieflage, die wieder ausgeglichen werden muss. Für dich ist der Traum, den du vor dem Erwachen geträumt hast, sehr bedeutungsvoll. Der Geist des Mädchens, für dessen Tod du dich verantwortlich fühlst, kommt, um dich zu retten. Ich glaube, dass es nur ein Versuch war, dein Schuldgefühl zu beschwichtigen.«

»Und wie erklärst du dir die Tatsache, dass ich auf so wundersame Weise von einer Rückenmarkschädigung geheilt wurde? Die Ärzte haben versucht, mir die Sache zu erklären, mit zusammengestückelten, geradezu fantastischen Hypothesen. Ich bin fast fertig mit meinem Medizinstudium und verstehe ein bisschen was davon.«

»Wie du aber auch weißt, gibt es in der Medizin immer wieder Dinge, die außerhalb jeder wissenschaftlichen Logik liegen. Religiöse Menschen nennen sie ›Wunder‹. Andere sagen dazu ›unerklärliche Anomalien‹ oder Krankheiten mit unbekannter Ursache, Idiopathien. Ich, der ich ein Gottesgelehrter bin, wie du mich richtig genannt hast, bezeichne sie gar nicht. Ich mache mich nicht verrückt, um eine Bedeutung für alles zu finden, was mich umgibt. Die Schöpfung selbst ist rational nicht erklärbar, was heißt das dann für den ganzen Rest ... Ich denke, dass Dinge manchmal einfach passieren, und fertig. Mit dem Segen Gottes natürlich.«

»Oder sie passieren nicht ...«

»Genau. Manchmal geschieht nicht, was logischerweise geschehen müsste. Das ist dann ein außergewöhnliches Ereignis.«

Cristoforo sah auf seine Uhr. Sie war um drei Uhr stehen geblieben. Genau zu dem Zeitpunkt, an dem die Sitzung begonnen hatte. Man hatte ihm von dieser besonderen Eigenschaft des jungen Mannes berichtet. Franco Negronero bot einen Fundus an Eigentümlichem und Unstimmigem, nicht nur in physischer oder psychischer Hinsicht. Etwas Mysteriöses umgab ihn, etwas, was mit jenem Unergründlichen zu tun hatte, das Cristoforo zu erforschen versuchte.

Die Dimension, in der alles geschehen konnte.

In der kein Glaube half.

Mit einem Seufzer reichte er Franco die Hand. »Ich habe mich gefreut, mir dir reden zu können, Mann ohne Glauben«, sagte er zum Abschied. »Ich komme noch einmal wieder und gehe dir auf die Nerven, bevor du entlassen wirst.«

Franco erwiderte den Händedruck. »Auch ich habe mich gefreut, dich kennenzulernen, Mann des Kreuzes.«

Dann wartete er, bis Cristoforo das Zimmer verlassen hatte.

Als er schließlich allein war, fühlte er sich verlassener denn je.

Und dennoch lächelte er.

6

Das Foto in der *Panorama*-Sonderausgabe von 1998 war ziemlich gut. Der entsprechende Artikel war dem furchtbaren Ende des Kommissars Francesco Negronero gewidmet und trug den Titel: »Der Held ist tot, es lebe der Mörder.«

Das Foto mit dem zerstörten Auto nahm eine ganze Seite ein.

Im Vordergrund eine Großaufnahme von Antongiulio Terrano: in Stein gemeißeltes Gesicht, ausdrucksloses Lächeln, erschreckend, und diese Chamäleonaugen, an die er sich noch so gut erinnern konnte. Augen, die sich unabhängig voneinander bewegten und ihm folgten, ihm immer folgten. Und manchmal hatte er sich vor Angst fast in die Hose gemacht.

Komm her, Sohn, dann zeig ich's dir ...!

Komm her, dann lehr ich dich ...!

Es folgten die Interviews mit den engsten Mitarbeitern des Kommissars, der die Ermittlungstruppe Anti-Gang geleitet hatte.

Eine von ihnen hieß Monti.

Chiara Monti.

Vasco Terrano streckte eine Hand aus, um das Bild auf dem Laptop zu berühren. Das war die Polizistin vom Friedhof. Kein Zweifel.

Ihre Frisur war anders, und sie war ein bisschen älter geworden, aber nicht sehr.

Bestimmt war sie ihm auf den Fersen.

Ausgerechnet sie.

Wut stieg in ihm auf.

Diese Frau hatte mit dem Mann zusammengearbeitet, der seinen Vater getötet hatte.

Und jetzt wollte sie ihm an den Kragen. Ihm, dem Erben des dunklen Blutes, dem edlen Herold der finstersten Nacht.

Er googelte fieberhaft und speicherte alles, was er über sie und Negronero finden konnte.

Er füllte ein Verzeichnis mit Dateien und keuchte dabei, als wäre er gelaufen. Die Furcht saß ihm im Bauch, das stechende Gefühl, wenn man weiß, dass einen etwas Gefährliches verfolgt.

Die Vergangenheit kommt immer zurück, sie lässt dich niemals los.

Als er in der Woche zuvor durch Zeitungsberichte erfuhr, wer das Mädchen angefahren hatte – den Engel auf Erden, den er nach Gebühr beschmutzt hatte –, hatten ihn Schauer der Erregung geschüttelt, und er hatte sich gesagt, dass in all dem eine Vorsehung lag. Eine Symmetrie zeichnete sich ab, die er nicht ignorieren konnte, es wurden ihm Wege aufgezeigt, die er verfolgen musste.

Die Zeitungen sagten: »Tochter eines berühmten Künstlers getötet vom Sohn eines berühmten Polizisten.«

Wegen der Empfindungen, die bei der Lektüre der Zeitungsberichte in ihm getobt hatten, wegen der Art, wie der Tod seines Vaters kommentiert wurde – den die Journalisten wieder hervorgekramt hatten –, wegen all dem hatte er beschlossen, auf die Beerdigung von Clorinda Mastri zu gehen. Und dort war dann diese Polizistin aufgetaucht. In diesem Moment hatte Vasco begriffen, dass er nur ein Werkzeug war und ein anderer die Fäden in der Hand hielt und über die weiteren Ereignisse entschied. Nur eine Figur in einer Geschichte, die sich im Nichts verlor, er konnte nichts weiter tun, als den Spuren zu folgen und dem Bedauern nachzuhängen.

Alles kam wieder, und das aus gutem Grund. Rechnungen mussten beglichen, Qualen gelindert werden. Die Schreie und das Hämmern im Kopf.

Die Zeitungen berichteten, dass der Sohn des Kommissars im Koma lag.

Die Polizistin hingegen war ihm irgendwie auf die Spur gekommen und hatte ihn nun in Verdacht.

Vermutlich war sie diejenige gewesen, die als verdeckte Ermittlerin an dem Rennen teilgenommen hatte.

Ausgerechnet *sie*, die Mitarbeiterin jenes furchtlosen Kommissars, Märtyrer und Mörder chamäleonartiger Väter, der das Kind Vasco in die zwiespältigsten Empfindungen gestürzt hatte: Freude und Erleichterung und zugleich Schmerz und Leere.

Nachdem der Boss an jenem Abend vor zehn Jahren durch einen Schuss ins Gesicht getötet worden war, war er allein mit seinen Schwestern zurückgeblieben. Diese hatten ihn aufgezogen und zu dem gemacht, was er jetzt war.

Die Stimme des Vaters jedoch kehrte immer wieder zurück, und Duckdichweg weinte, und Knallhart hatte nicht genügend Kraft, um die Angst zu besiegen.

Gequält streckte er die Hand nach der kleinen weißen Rose aus, die neben dem Mauspad auf dem Schreibtisch lag. Er schnupperte, sie roch nach nichts, als wäre sie künstlich. Nacheinander riss er alle Blütenblätter ab und ließ sie durch das Zimmer segeln. Eine Weile betrachtete er den Stängel, den er noch zwischen Daumen und Zeigefinger hielt, weiß und voll winziger Dornen, dann legte er ihn neben den Laptop. Mit einem tiefen Seufzer klickte er die Fotos der heruntergeladenen Berichte an. Sie legten sich übereinander wie ein Fächer.

Chiara Monti, Francesco Negronero, Antongiulio Terrano …

Bild um Bild, in endloser Folge, schichteten sich auf dem Monitor übereinander.

Dann brach das Programm ab, und der Computer hängte sich auf. Der schwarze Bildschirm.

Der Blick unter einem gesenkten Lid.

... ein Kind geht langsam neben dem Vater her, der ihm eine Hand auf die Schulter gelegt hat. Eine schwere Hand.

Leichen liegen im Gras. So von den Schüssen zersiebt, dass nichts Menschliches mehr an ihnen ist. Als hätten die Mörder voller Lust immer und immer wieder auf sie geschossen. Die Körper sind buchstäblich zerfetzt. Schuss um Schuss um Schuss.

Der Geruch des Todes: Blut, Exkremente und Schießpulver.

Männer mit Maschinengewehren stehen in der Tenne zusammen. Sie verbeugen sich. Verneigen sich vor dem Mann und dem Kind, als diese vorbeigehen. Die Tür der Kapelle neben dem Herrenhaus geht auf. Schwere Flügel aus dunkler, fast schwarzer Eiche. Ein Kreis, mit Blut gezeichnet, das Blut läuft über das Holz, in Rinnsalen bis zum Boden.

Ein Schritt noch mit dem Gefühl, rückwärts- statt vorwärtszugehen.

Wohin? Zu wem?

Über die Schwelle, das Herz macht dudump dudump dudump.

Die Hölle kommt immer näher.

Vasco hörte einen Klagelaut aus der toten Ecke kommen, in der Duckdichweg hauste.

Mit einem Ruck wich er zurück. Weg von seinem Spiegelbild auf dem inaktiven Monitorschirm.

Er griff nach dem Handy und rief Rollo und Dana an.

Sie gingen sofort dran.

Sie saßen im Auto vor der Zentrale der Straßenpolizei und kontrollierten die Lage.

»Sie haben die Zwillinge gehen lassen«, sagte Dana.

»Sollen wir uns um sie kümmern?«, fragte Rollo.

Vasco verneinte. »Das machen wir morgen Nacht zusammen. Ihr bleibt an der Polizistin dran. Ich will alles von ihr wissen. Auch, wann sie aufs Klo geht.«

Danas raues Lachen im Hintergrund.

»Wir mailen dir ein paar frische Fotos ... Wir haben sie heute Morgen gemacht.«

Vasco legte grußlos auf.

Ihn schauderte, und er wusste nicht, ob vor Erregung oder Angst. Vielleicht beides zusammen.

Der dunkle Bildschirm wurde wieder hell und kündigte den Eingang einer Nachricht an.

Er klickte sofort auf die Anhänge und sah sich voller Entzücken die drei Bilder an, die auf dem Monitor erschienen waren.

Sie zeigten ein Mädchen. Ein sehr hübsches Mädchen.

In der Mail stand in roter Schrift: SIE HEISST GIOIA UND IST ZEHN JAHRE ALT. IST SIE NICHT SÜSS?

Unterschrift: DEINE LIEBLINGSCOUSINS.

Vasco vergrößerte das mittlere Bild. Es war das schärfste von allen, und er konnte jede Einzelheit des Gesichts erkennen. Dieses zarte Wesen sah seiner Mutter sehr ähnlich.

Er dachte daran, dass er noch nie einer Polizistin wehgetan hatte.

Er dachte, dass es schön sein könnte, es auszuprobieren.

Und er fühlte sich verloren.

7

Nach der Fertigstellung der achtzehnten Maske hatte er die Tage damit verbracht, den Schreien der Stille zu lauschen, die aus seinem verlorenen Herzen drangen. Mit ausgestöpseltem Telefon. Weit weg von allem und allen.

Saverio Mastri kniete vor La Cicogna wie vor einem Altar, das weiße Haar zerrauft und schweißnass, der Bart verklebt von Spucke und Tränen. Er hatte sich die Videos von seiner Tochter, die der Sequenzer auf die Bildschirme verteilte, wieder einmal angeschaut. Und er hoffte, dass diese Bilder aus der Vergangenheit ihm etwas über die Zukunft sagen konnten, über das, was ihn erwartete.

Er hatte Zufallsalgorithmen in das Programm eingefügt, um jedes Einzelbild zu fraktalisieren, in einem endlosen Fluss der Vervielfältigung.

Das war das Prinzip, das jeder Schöpfung zugrunde lag.

Somit hatte er sein Werk letztlich weiterentwickelt, und die auf dem Reliquiar aufgereihten Köpfe waren stumme Zeugen eines neuen Anfalls schamanischer Expressivität geworden.

Nur, um nicht zum Ende zu kommen. Nur, um nicht zu sterben.

Er hatte gefastet, um sich zu reinigen, hatte nur ein Glas Wasser am Tag getrunken. Und mit jeder Stunde, die er so verbrachte, füllte sich sein Magen mit Säuren, und seine Nieren schrumpften, während er den Schweif eines lichtlosen Kometen hinter sich herzog.

Sein ganzer Körper bereitete sich darauf vor, sich in höhere Bewusstseinsebenen aufzuschwingen.

Am sechsten Tag beschloss er, nun auch das Video des letzten Abends hinzuzunehmen, das letzte Gebet an Santa Crash. So füllte er sich nun mit diesen letzten Augenblicken seiner Tochter an. Und als der Schmerz unerträglich zu werden begann, suchte er Trost bei der letzten Maske, die er im Schoß hielt, und hoffte. Auf ein Beben, ein Raunen, irgendein Zeichen, damit er verstünde, was er tun, wie er weitermachen solle.

Das Video endete damit, dass Clori auf dem Boden kniete und er zu den letzten Takten von *Wish You Were Here* rückwärtsgehend das Zimmer verließ.

Unfähig, etwas zu tun, ließ Saverio die Aufnahme weiterlaufen.

Er streichelte das Gesicht der Maske, und die Tränen tropften auf den Ton, wie eine nicht zu stillende Blutung.

Dann kamen plötzlich andere, völlig unerwartete Bilder.

Eine unruhige Kameraführung, die den düsteren Flur des Hauses zeigte. Dann die Tür zum Zimmer seiner Tochter. Ihre Hand kam ins Bild und drückte die Klinke herunter. Das Sofa, das unberührte Bett. Alle Farben hatten einen Grünstich, wie bei einer Infrarotaufnahme.

Völlig fassungslos sah er jetzt vor sich, was er die ganze Zeit für einen Traum gehalten hatte.

Der Aufwachtraum an jenem furchtbaren Morgen, als er die Vision von der sterbenden Clori gehabt hatte.

Das leere Zimmer.

Die Fensterfront mit dem fernen Panorama der Stadt.

Und niemand steht davor.

Er wusste nicht, ob er erleichtert oder enttäuscht sein sollte.

Da war kein Schatten vor dem Fenster, kein Geist, der sich nun umdrehte, um mit ihm zu sprechen.

Natürlich hatte er sich das alles nur zusammenfantasiert.

Oder ...

Er war wie ein Schlafwandler erwacht und dann mit der Videokamera durchs Haus gegangen. Er hatte Clorinda gesucht und nicht gefunden, dann war er wieder ins Bett zurückgekehrt, völlig verwirrt, und sein Unterbewusstsein hatte die Realität in einem vermeintlichen Traum verschlüsselt.

Dann hatte sich alles wieder verwischt, bis zu dem Moment, als der Anruf der Polizei gekommen war und er sich langsam vom Herzen her aufzulösen begann.

Also war nichts, aber auch gar nichts in dieser letzten Aufnahme, kein Geist, keine Wiederkehr aus der leeren Brust.

Obgleich ...

Von etwas angetrieben – er wusste selbst nicht, wovon –, streckte er den Zeigefinger aus, der wie die anderen Finger auch wegen des abgerissenen Nagels noch verpflastert war, und drückte auf die Rückspultaste, um den Anfang zu finden. Dann drückte er auf Play und startete damit auch das Programm, das die Fraktalisierung vornahm.

Als er wieder an die Stelle mit der Fensterfront kam, zeigte sich, dass doch etwas auf dem Ausschnitt zu sehen war. In der Vervielfältigung der Einzelbilder – Frame um Frame – zeichnete sich nun eine unförmige Gestalt ab, die sich ausdehnte und zusammenzog und dabei unbeständige und unverständliche Formen annahm.

Trotz seiner großen Anspannung kam Saverio auf die Idee, dass es sinnvoll sein könnte, den Fraktalisierungswert um einige Punkte herunterzusetzen.

Mit zitternder Hand gab er dem Programm den Befehl, den Wert um den Faktor drei zu reduzieren, und nun schien sich alles zu stabilisieren. Die Gestalt von Clorinda war zu sehen, von hinten, wie sie zum Fenster hinaussah. Dann drehte sie sich um, wandte ihm ihr grauenvolles, blutüberströmtes Gesicht zu und sah ihn an. Ihr Mund öffnete sich, eine Scharte in der breiigen Masse, die ihm mit magischem Gebaren zuraunte: *Du musst mich zurückholen.*

Dann streckte sie die Hände aus, und alles wurde schwarz.

Alle Monitore waren dunkel.

Saverio drückte sich die Maske an die Brust.

Sein Kopf wie unter Hammerschlägen. Das Bedürfnis, alles auszukotzen, auch seine Seele.

Ein Satz hallte in einer Endlosschleife in ihm wider.

Es war kein Traum. Es war kein Traum.

Die Maske an seiner Brust schien zu vibrieren. Sie gab Laute von sich. Kleine Schreie. Raunen.

Was soll ich tun?, fragte Saverio Mastri an das Nichts gewandt.

Wie soll ich vorgehen?

Ein stärkeres Raunen setzte sich in seinem Kopf fest.

Und die ersten Anweisungen der Maske drangen zu ihm.

8

Chiara wartete einige Tage, bevor sie Franco im Krankenhaus besuchte. Der Stationsarzt, der sie angerufen hatte, um ihr mitzuteilen, dass Franco aus dem Koma erwacht war, hatte sie darum gebeten. »Zunächst müssen wir einige Untersuchungen machen, um uns über seinen physischen Zustand klar zu werden, und in dieser Phase wäre es gut, wenn er nicht mit Menschen in Kontakt käme, die ihn aufregen könnten. Sie wollen ihm bestimmt Fragen stellen, durch die er sich an das Unfalltrauma erinnern muss und an alles, was damit zusammenhängt.«

Chiara zeigte Verständnis, ihre Fragen seien auch nicht sehr dringend. Das Wichtigste sei, dass es dem Patienten bald wieder besser gehe.

So wartete sie mit Ungeduld und Furcht auf den Freitag. Sie fürchtete sich vor dem, was sie empfinden würde. Sie fürchtete sich vor vielem. Vor allem aber fürchtete sie sich vor sich selbst.

»Kann ich du sagen?«

Franco sah die Frau an. Sie war nicht sehr groß, dunkle Haare und Augenbrauen, die Haut sonnengebräunt. Eine attraktive Frau jedenfalls. »Natürlich, gar kein Problem«, antwortete er. »Sag zu mir, was du willst.«

Ein Lächeln und ein melancholischer Schatten im Blick. Goldbraune, intensive Augen.

»Mein Name ist Chiara Monti, ich bin die Polizistin, die zu dem Unfall dazugekommen ist.«

Francos Magen zog sich zusammen. Diese Frau musste diejenige sein, die ihn an jenem Abend in ihrem Lamborghini verfolgt hatte. Die eingeschleuste Fahrerin. Die infiltrierte Gesetzeshüterin, die barfuß mit einer Pistole herumlief. Er hatte in jener Nacht ihr Gesicht nicht gut erkennen können bei dem Regen, dem Nebel und all dem anderen. Doch sie war es ganz bestimmt. Jetzt, da er aus dem Koma erwacht war, war sie gekommen, um ihn festzunehmen. Was für eine Scheiße.

Die Frau kam einen Schritt näher. »Wie fühlst du dich?«, fragte sie.

Franco sah sie aufmerksam an. »Gut.« Er strich sich mit den Fingerspitzen über die Schenkel, um zu überprüfen, ob er etwas spürte. Er spürte nichts. »Ein Wunder«, fügte er gleich noch hinzu.

Sie setzte sich auf die Bettkante. »Ich kannte deinen Vater, weißt du?«, sprudelte sie hervor, als wolle sie diese Worte ganz schnell loswerden. »Ich habe in seinem Team gearbeitet.«

Verwirrung. Furcht. Ein wenig Hoffnung tief in seinen Gedanken. Franco hätte gern etwas gesagt, doch er fand nicht die richtigen Worte. Er begriff nicht, welches Spiel diese Frau mit ihm spielte. Was hatte sein Vater mit der Sache zu tun? »Wirklich?« Chiara seufzte und sah sich um. Für ein Krankenhauszimmer war es hier eigentlich ganz nett. »Ich habe dich auch ein paarmal gesehen, als du noch klein warst ...«

»Aber jetzt bin ich größer.«

Chiara nickte. »Entschieden größer«, sagte sie und sah ihm in die Augen. Herzklopfen, das nicht vergeht. Kloß im Hals. Alle Symptome einer geistigen Verwirrung im Anmarsch. Abgesehen von dem Pflaster auf der Nase und der Narbe auf der Wange sah Franco seinem Vater unglaublich ähnlich, vor allem jetzt, mit den kurzen Haaren. Er war eine jüngere Ausgabe von

Francesco, ohne Falten, jedoch mit den gleichen feinen Gesichtszügen, den gleichen Augen, sogar die Stimme hörte sich gleich an. Nur der Blick war anders. Francescos Blick war leuchtend gewesen, der von Franco war düster. Doch konnte man ihm das verdenken? »Du wirst dich fragen, warum ich hier bin.«

Aber ich weiß es doch, du willst mich festnehmen. Was sonst? »Warum bist du hier, Chiara?«

»Ich wollte dir ein paar Fragen zu dieser Nacht stellen.«

Okay, jetzt geht's los.

Die Frau starrte auf einen Punkt über dem Kopfteil des Bettes. »Das Mädchen, das du angefahren hast, ist vorher vergewaltigt worden«, erklärte sie und versuchte dabei, kühl und unbeteiligt zu klingen. »Ich würde gern wissen, ob du vor dem Unfall jemanden gesehen hast.«

Herzklopfen. Kloß im Hals.

»Ich kann mich an nichts erinnern. Nur dieses Mädchen, das ganz plötzlich nach der Kurve ...« Franco unterbrach sich, runzelte die Brauen und verzog das Gesicht, als würde ihn ein plötzlicher Schmerz durchfahren. »Ich habe sie voll erwischt, ich konnte nicht einmal mehr bremsen.« Chiara streckte einen Arm aus und drückte ihm tröstend die Hand. Doch sofort zuckte sie wieder zurück, als hätte sie sich an seiner Haut verbrannt. »Wir glauben, dass Clorinda Mastri vor ihren Vergewaltigern fliehen wollte. Sie war mit Drogen vollgepumpt und hatte im Augenblick des Unfalls einen schweren Asthmaanfall.«

»Tut mir leid, ich kann mich wirklich nicht erinnern.«

Chiara nickte. »Das habe ich vermutet. Aber ich musste es zumindest versuchen. Doch nun erzähl mir etwas von dir: Was tust du so?«

Franco zögerte. Er fragte sich, warum sie diese Frage stellte. Vielleicht war das ihre Methode, ihm auf den Zahn zu fühlen. Die langsame Annäherung, wie es Inspektor Columbo in der

Fernsehserie auch immer machte. »Ich studiere Medizin. Mir fehlt nur noch die Examensarbeit, dann bin ich fertig.«

»Worüber willst du schreiben?«

»Irgendetwas aus dem Bereich der Rechtsmedizin. Und dann würde ich gerne zur Polizei gehen.«

Chiaras goldbraune Augen leuchteten. »Du willst also in die Fußstapfen deines Vaters treten?«

»Irgendetwas in der Art.«

»Ich bin bei einem Sonderermittlungsteam, das sich mit Unfällen nach Diskothekenbesuchen befasst. Manchmal beschäftigen wir auch externe Mitarbeiter für die Datenanalyse, zum Beispiel um statistische Indikatoren für die Typologie der Unfälle zu erstellen. Die meisten dieser Mitarbeiter sind auch Studierende. Wenn dich das interessiert, sehe ich zu, ob ich etwas für dich tun kann. Man bekommt nicht sehr viel dafür, aber du kannst vielleicht ein paar Erfahrungen sammeln.«

Franco sah sie überrascht an. Er verstand das Verhalten dieser Frau immer noch nicht. »Das ist sehr nett von dir. Ich denke darüber nach.«

Chiara erhob sich und sah auf die Uhr, die stehengeblieben war, und schüttelte sie.

»Das hilft nichts«, erklärte Franco.

»Wieso nicht?«

»Ich bin daran schuld, dass die Uhren stehenbleiben. Das hat irgendetwas mit veränderten elektrischen Feldern in meinem Gehirn durch das Koma zu tun.«

Chiara lächelte. »Nicht schlecht, wenn man die Macht hat, die Zeit anzuhalten.«

»Genau, so hat man auf einmal alle Zeit der Welt.«

Ein Schaudern. Das Lied von Armstrong. Ein Schmerz durchzuckt das Herz, ganz rein und klar, kein Staub ist mehr darauf. Chiara sagte sich, dass sie besser gehen sollte, bevor die Rührung sie überwältigte.

Alle Zeit der Welt. So ein Quatsch.

»In Ordnung, jetzt ist es trotzdem Zeit zu gehen, auch wenn ich nicht weiß, wie spät es ist, weil du meine Uhr angehalten hast...«

Franco sah sie ernst an. *Warum sagt sie nichts über das Rennen? Warum sagt sie nicht, dass ich festgenommen bin? Warum...?*

»Die Ärzte haben mir gesagt, dass sie dich morgen nach Hause schicken...«

»So Gott will.«

Chiara seufzte. »Du hast eine schlimme Erfahrung gemacht. Jetzt musst du dich wieder erholen, innerlich und äußerlich.«

Warum sagt sie nichts über das Rennen?

Franco schluckte mühsam und blickte ihr in die Augen. »Bekomme ich eine Anzeige?«

Sie hielt seinem Blick stand, aber nur für ein paar Sekunden. Bevor sie antwortete, sah sie weg. »Normalerweise erfolgt bei einem solchen Unfall eine Anklage wegen fahrlässiger Tötung. Doch in deinem Fall gibt es eine Menge mildernder Umstände. Der Nebel, der Regen, die enge Kurve, das Opfer war auf der Flucht und stand unter Drogen. Am Ende wird es wahrscheinlich darauf hinauslaufen, dass du ein paar Monate keinen Führerschein haben wirst, so lange, bis alles geklärt ist.«

Schweigen.

Sie will mir gar nichts anhängen. Sie ist nicht deswegen hier.

Francos Überraschung und Verwirrung nahmen zu. Vielleicht war diese Polizistin wirklich guten Glaubens und hatte nicht begriffen, dass er derjenige gewesen war, den sie verfolgt hatte. Oder sie deckte ihn. Hatte beschlossen, ihn nicht anzuzeigen. Chiara Monti deckte den Sohn des Kommissars, mit dem sie früher einmal zusammengearbeitet hat. Und sie hatte ihm sogar einen Job angeboten.

Er war noch einmal davongekommen.

»Jetzt muss ich aber wirklich los. Draußen wartet ein Wagen auf mich.« Chiara kramte in ihrer Jackentasche, holte eine Visitenkarte hervor und reichte sie Franco. »Für alle Fälle, egal was es ist. Wenn du mein Angebot annehmen willst … oder auch einfach nur so zum Reden … du kannst mich immer anrufen.«

Franco nahm das Kärtchen und las: CHIARA MONTI, POLIZEIDIREKTORIN DER STAATSPOLIZEI.

Dann hob er den Blick und sah die Frau aus seinen zu Schlitzen verengten, hellen grünen Augen an. »Danke«, flüsterte er. »Für alles.«

Chiara musste sich schnell umdrehen und dieses Krankenhauszimmer, das eher wie ein Hotelzimmer wirkte, verlassen. Weg von diesen Augen und dieser Stimme, bevor sie wie ein Kind in Tränen ausbrechen würde.

9

Er hängt da wie ein Pendel. Ein nackter Wurm.

Der Mann hat irgendetwas an den Augen. Die Lider sind festgeklebt. Die tränenden, runden Augäpfel scheinen aus den Höhlen springen zu wollen.

Papas Hand drückt meine Schulter ein bisschen. Er will mir Mut machen, dort hineinzugehen. Drinnen der widerliche Gestank nach Blut und Scheiße und die ganzen lachenden Gesichter.

Männer mit nackten, schweißglänzenden und muskulösen Oberkörpern trinken Wein und rauchen und lachen, und alle sind blutverschmiert. Und als sie uns hereinkommen sehen, verbeugen sie sich ehrerbietig …

Das Riesending von dem Stier liegt auf dem Altar.

Der Mann mit den angeklebten Augen stöhnt, er schnauft hinter dem Knebel, den er im Mund hat.

Mein Vater flüstert etwas. »Verfluchter Verräter.« Dann holt er ein kleines Aufnahmegerät aus der Tasche.

Eine Frau kniet vornübergebeugt auf dem Boden, sie halten sie an den Armen fest, sie wehrt sich nur schwach. Sie ist dick und ganz nackt, und ich versuche, in ihre Arschspalte zu gucken, will sehen, was da zu sehen ist, und ich will kotzen, doch ich merke, wie mein Schwanz hart wird. Ich bin ganz durcheinander und möchte am liebsten weglaufen. Weg von diesem Gestank und diesem groben Gelächter. Weg von diesem nackten Arsch.

Die Frau jammert und heult, während sie ihr dieses Ding

hinten reinschieben, das aussieht wie ein knotiger Stock, aber der Schwengel von einem Stier ist.

Ich flüstere etwas, ich weiß nicht, was.

Mein Vater dreht sich um und zeigt mir das Aufnahmegerät, das er in der Hand hält, und legt den Zeigefinger auf den Mund. Halt die Klappe, soll das heißen. Dann beugte er sich runter und drückt seine Lippen an mein Ohr, um mir zuzuflüstern: »Du musst knallhart sein wie der Schwanz von einem Stier, mein Kleiner. Knallhart.«

Die Frau keucht und spuckt Blut, während sie mit diesem komischen Stock in ihr rumrühren, als wäre es ein japanisches Schwert. Sie drehen ihn, schieben ihn hin und her, um möglichst noch tiefer in sie reinzukommen.

Erst dann sehe ich den Jungen.

Er hockt in einer Ecke, den Kopf in den Armen verborgen, und versucht, nichts zu sehen und nichts zu hören. Seine Lippen bewegen sich langsam und wiederholen immer nur ein Wort, wie eine düstere Litanei: »Mama, Mama, Mama ...«

Und ich würde gern alles auskotzen, was in mir drin ist, aber ich kann nicht.

Mein Vater lächelt mir zu, und seine Hand drückt meine Schulter jetzt so fest, dass es fast schon wehtut.

Und so vermischt sich alles.

Die Gerüche, der Gestank.

Der Wunsch, im Nichts zu versinken.

»Vasco!«

Was...

Er riss die Augen auf und starrte in das Gesicht einer Frau direkt vor ihm. Goldbraune Augen und weiche Lippen.

Polizeidirektorin Chiara Monti.

Er tauchte aus seiner Verwirrung auf und wurde sich bewusst, dass er vor einem Computerbildschirm saß. Er musste eingenickt sein. Das passierte ihm manchmal, einfach so, ganz plötzlich: Er klinkte sich dann für ein paar Sekunden aus. Die ihm aber endlos vorkamen.

Und kaum schloss er die Augen, nutzte Duckdichweg schon die Gelegenheit und machte sich bemerkbar. Wie ein schlechter Film in endloser Wiederholung.

»Vasco?«

Eine Stimme von irgendwoher. In diesem Zimmer, das er nicht wiedererkannte.

Eine Stimme rief ihn. Die Stimme seines Cousins.

»Vasco ...«

»Rollo, *what the fuck* ...?«

»Die Zwillinge sind schon gefesselt und warten in der Werkstatt ... Sie behaupten steif und fest, dass sie der Polizei nichts über dich gesagt haben. Vielleicht stimmt es ja.«

Panik und ein Gefühl von Leere. Der Wunsch, wegzulaufen, denn Knallhart hat sich wieder einmal davongemacht.

»Das ist jetzt nicht mehr wichtig«, sagte Vasco leise. »Kneble sie mit dem Paketband, ich komme gleich.«

Dann wartete er, bis sein Cousin aus dem Zimmer war, und warf einen letzten Blick auf das Foto der Polizistin. Er drückte auf eine Taste, um es auszudrucken. Seine Hände in den Latexhandschuhen waren feucht. Er hatte kein Gefühl mehr in ihnen, als wären es gar nicht seine Hände.

Ein Rascheln, und der alte Epson-Tintenstrahldrucker ratterte los.

Vasco wartete, bis der Drucker das Blatt ausgespuckt hatte, dann fuhr er den Laptop herunter, schloss den Deckel und schob ihn in seine Tasche. Er sah sich noch einmal um. Der zerstörte Computermonitor, die geschmolzene Speichereinheit. Er war sich sicher, alle Daten auf sein Powerbook gezogen und nichts übersehen zu haben. Die Schreibtischschubladen standen auf, er hatte alle Dokumente eingesteckt. Die Bovini-Zwillinge waren Vollidioten. Sie hatten sich von einer eingeschleusten Polizeischnepfe verarschen lassen und außerdem so viele Spuren hinterlassen, dass sie zum Problem für die Organisation wurden. Kein wirklich großes Problem, aber doch so, dass es nervte. Und so etwas konnte nicht hingenommen werden, auf gar keinen Fall. Das hatten ihm seine Schwestern nur zu gut beigebracht.

Seufzend erhob er sich von dem Schreibtischstuhl, auf dem er es sich bequem gemacht hatte, bis alles vorbereitet war. Der Schreibtisch war voller Fingerabdrücke, ölige Spuren, die die Mechaniker hinterlassen hatten. Eine Kolbenzwinge als Briefbeschwerer. Poster an den Wänden, auf denen nackte Frauen mit gespreizten Beinen zu sehen waren. Und ein riesiges Plakat von Ferrari.

Vasco nahm das Blatt Papier aus dem Drucker, dann ging er zu der Tür, die das Büro mit der Werkstatt verband.

Rollo kam ihm sofort entgegen. »Sie warten auf dich«, sagte er.

Ein radloser Golf auf der Hebebühne. Motorteile überall, Geruch nach Öl und Benzin, Werkzeuge an den Wänden.

Die Zwillinge saßen an Händen und Füßen gefesselt auf je einem Schemel mit dem Rücken zur Werkbank. Zwei Gorillas in schwarzen Muskelshirts hatten die Köpfe der beiden nach hinten gebogen, sodass sie mit dem Nacken auf der Kante der Werkbank lagen.

Mehrere Schichten Paketklebeband bildeten einen dicken, kompakten Knebel. Aus den dichten Kinnbärten waren zerfaserte kupferfarbene Pinsel geworden.

Dana stand lächelnd ein wenig abseits, mit ihren Katzenaugen und den schwarz umrandeten Lippen.

Vasco machte einen Schritt nach vorn.

Dann noch einen.

Und alle sahen ihn an.

Er ging auf die Zwillinge zu und beugte sich hinunter, damit er sie und sie ihn sehen konnten. Dann schüttelte er den Kopf und sagte mit gespieltem Bedauern: »Ihr hättet euch besser informieren sollen. Ihr hättet besser aufpassen müssen …« Dann schwenkte er den Ausdruck mit dem Bild von Chiara Monti vor ihren Augen. »Ist sie das?«, fragte er ruhig.

Die beiden nickten eifrig, erst der eine, dann der andere.

Vasco knüllte das Blatt zusammen und warf es auf den Boden. Dann ging er wieder näher an die Gesichter der beiden gefesselten Männer heran. »Was glaubt ihr, wer ich bin?«, fragte er gespielt schmeichelnd. »Was glaubt ihr eigentlich, wer ich bin?«, wiederholte er heftiger.

Als Antwort rissen sie die Augen auf und stöhnten und würgten.

Er kramte in seiner Tasche und holte ein kleines digitales Aufnahmegerät heraus, das er anschaltete und auf die Werkbank stellte.

Dann zog er den Kopf zwischen die Schultern, legte den Zeigefinger auf den Mund, um zu bedeuten, dass alle still sein sollten. Die verschwörerische Geste eines kleinen Jungen, der jemandem einen Streich spielen will.

Stille. Absolute und kalte Stille.

Er drückte auf den Aufnahmeknopf.

Dann kam Dana und reichte ihm den Hammer.

10

»Vergib mir Vater, denn ich habe gesündigt ... So sagt man doch, oder?«

»Das sagt man nur im Film.«

»Ach ja? Wie sagt man denn in der Wirklichkeit?«

»Jetzt kotz ich alles vor dir aus, verfluchter Pfaffe!«

»Ich glaube, du bist noch verrückter als ich, *Pater.*«

»Es lässt sich nicht alles verbergen!«

Schweigen.

Das ferne Geräusch eines Hubschraubers, das Flüstern eines Herzschlags.

Pater Cristoforo war noch einmal zu ihm gekommen. Für die letzte Therapiesitzung, bevor er entlassen wurde.

Mit einem offenen Lächeln, in seiner Alltagskleidung – verwaschene Jeans und schwarzes Hemd –, das große Kreuz auf der Brust wirkte deplatziert, es passte überhaupt nicht zum sonstigen Erscheinungsbild des Paters.

Franco hatte kein Pflaster mehr auf der nur noch leicht geschwollenen Nase. Die Narbe, die sich wie eine Tränenspur über seine Wange zog, war verblasst. Er trug den üblichen zu engen Jogginganzug, den er in der Motorischen Rehabilitation erhalten hatte. Sogar seine Uhr hatte er ums Handgelenk gebunden, obgleich sie nutzlos war. Auf dem Bett stand eine Tasche mit den Kleidungsstücken, die er am Abend des Unfalls getragen hatte, zumindest das, was davon noch übrig war. Außerdem waren da noch die Lederjacke und die schwarzen Stiefel aus Krokodilleder. Ansonsten gab es nichts einzupacken.

Da er keine Verwandten hatte, die ihm Wäsche oder andere persönliche Dinge hätten bringen können, hatte man ihm nach seinem Erwachen eine Grundausstattung geliehen – eine Freiwilligenorganisation sammelte getragene Kleidung und kümmerte sich überhaupt um Habenichtse in Krankenhäusern. Diese Kleidungsstücke lagen nun sorgfältig gefaltet auf dem Tischchen und warteten darauf, vom Krankenhauspersonal zurückgebracht zu werden.

Gleich nachdem Cristoforo ins Zimmer gekommen war, hatte Franco ihn gefragt, ob er beichten könne.

»Im Ernst, ich meine eine ganz reguläre Beichte.«

Sein Gegenüber sah ihn erstaunt an: »Warum, gibt es auch Beichten, die nicht regulär sind?«

So saßen sie also einander gegenüber und begannen ihr Gespräch mit der grundlegenden Frage, welcher Unterschied zwischen einer Therapiesitzung und einer Beichte bestand, wenn man von der anschließenden Buße einmal absah.

»Es gibt keinen Unterschied. Außer, dass wir im zweiten Fall nicht nur zu zweit sind.«

»Wie? Wer ist denn noch da?«

»Ein Haufen Leute.«

»Wer denn?«

Als Antwort machte der Pater das Kreuzzeichen und deklamierte: »Im Namen des Vaters, des Sohnes und des Heiligen Geistes …«

Franco nickte, ohne die Geste nachzumachen. »Aber sind diese ganzen Leute nicht nur einer?«

»Ja, aber einer, der für viele zählt.«

»Eine Gruppentherapie also.«

Cristoforo lächelte und beugte ein wenig den Kopf, seine Hände waren gefaltet. »Genau, Mann ohne Glauben«, sagte er. »Wir alle, die wir hier jetzt bei dir sind, hören dir gespannt zu.«

Das Geräusch des Hubschraubers verlor sich in der Ferne. Erst jetzt nahm Franco seine Präambel dieser nicht ganz regulären Beichte wieder auf. »Ich bereue, Vater. Denn ich habe ein Mädchen getötet und müsste selbst auch tot sein, aber ich bin es nicht, und das macht mich wütend, sofern es mir nicht gerade Angst macht.«

»Es war nicht deine Schuld. Es war doch ein Unfall.«

Franco schüttelte heftig den Kopf. »Nein, es war kein Unfall.«

Cristoforo sah ihn mit fragendem Blick an. »Wie meinst du das?«

»Ich habe an jenem Abend an einem illegalen Autorennen teilgenommen und bin vor der Polizei geflüchtet. Ich war sehr schnell ...«

Sein Gegenüber blieb angesichts dieser Offenbarung gelassen. »Und was ändert das?«

»Wie, was ändert das? Wenn ich dieses Rennen nicht gefahren wäre und nicht hätte fliehen müssen, wäre Clorinda vielleicht noch am Leben!«

»Natürlich. Meine Großmutter hat auch immer gesagt: ›Wenn ich Räder hätte, wäre ich ein Autobus!‹ Was vorher war, zählt nicht, die ›Wenns‹ zählen nicht. Die gibt es nämlich immer, bei allem, was wir tun, in jedem Augenblick unseres Lebens. Wir machen weiter, Tag für Tag, und atmen Bedauern ein. Was aber zählt, ist unsere Absicht, das, was wir für richtig halten. Du hast dieses Ende nicht gewollt. Sie stand einfach plötzlich vor dir, und du konntest nichts tun. Vergiss die ›Wenns‹.«

Franco sah den Pater mit verlorenem Blick an. Mit den Fingerspitzen strich er über seine Knie, um sich zu vergewissern, dass sie noch da waren. »Es ist nur einfach so, dass ich mich im Augenblick so ohne Hoffnung fühle, so leer«, sagte er. Der junge Mann von vorher schien verschwunden zu sein. Die Härte in seinen Augen war verschwunden, sie schimmerten nun weich.

»Du bist fünfundzwanzig Jahre alt.« Cristoforo zeigte mit dem Finger auf Franco, als wolle er ihn anklagen.

»Na und?«, fragte dieser abwehrend.

Cristoforo seufzte. »Du hast doch noch das ganze Leben vor dir.«

»Ja, natürlich, um anderen Mist zu machen! Das Leben ist so schwierig, und ich bin so müde.«

»Der Glaube an Gott und an die Worte von Jesus Christus helfen, um diese Müdigkeit abzuschütteln, von der du sprichst.«

»Weißt du, wie mein Vater gestorben ist?«, stieß Franco hervor, und es hörte sich fast aggressiv an. »Weißt du, was er getan hat und was man ihm angetan hat?«

»Natürlich. Ich habe mich anständig vorbereitet, was glaubst du denn?«

»Na gut, als mein Vater auf diese absurde Weise ums Leben gekommen ist, habe ich mich beraubt gefühlt. Ich war stinkwütend. Ich habe geheult und geschrien. Weil mir nun eine Führung fehlte, ein Bezugspunkt. Das Vorbild, dem ich nacheifern konnte. Ich wollte wie er werden. Doch gleichzeitig auch das genaue Gegenteil. Feige statt mutig, egoistisch statt großzügig. Er hat mich in dieser Welt alleingelassen. Und das hat mir eine wahnsinnige Angst gemacht ...«

Cristoforo schwieg einige Augenblicke, als müsse er seine Gedanken sammeln. Dann begann er zu sprechen, ganz leise. »Dein Vater ist nicht mehr da, damit musst du dich abfinden, denn du bist mittlerweile ein Mann und musst dir selbst Schild und Schwert suchen. Kämpfen, um aufzubauen, und nicht kämpfen, um zu zerstören. Die Welt besiedeln, oder es zumindest versuchen, anstatt sie in Schutt und Asche zu legen. Diejenige, die uns umgibt, und die zukünftige, die uns irgendwann erwartet ... Wir wissen schon, wenn es losgeht, dass uns auf der Reise Leid erwartet. Freude und Schmerz, Schwarz und Weiß, Licht und Dunkelheit, banal und unvermeidlich und *leck mich am Arsch*. Doch wir brechen trotzdem auf. Wenn die Zeit dann abgelaufen ist, ändert sich etwas in uns. Wir haben uns verändert. Wir sind stärker oder schwächer geworden. Wer weiß das schon. Was zählt, ist nicht die Dunkelheit, die uns bedrängt, oder die Nacht, die uns anklagt. Was zählt, ist das Licht der Sonne, wenn sie für uns scheint.«

Franco hörte sich die Worte an und versuchte, sich besser zu fühlen. Und für einen kurzen Moment gelang ihm das auch. Dann verfiel er wieder in Trübsinn, aber er wusste auch, warum. Und das machte den Unterschied aus. Es war das Bewusstsein, das einen stärker machen konnte. Bereit sein, sich dem Teufel oder wem auch immer zu stellen, trotz allem.

Cristoforo drückte ihm die Hand und umarmte ihn. »Also, halte dich wacker. Bring dein Studium zu Ende. Gib nicht auf. Und wenn du reden willst, dann ruf mich an.«

Franco lächelte. »Immer auf der Suche nach verlorenen Schafen, was?«

Dann kam die Krankenschwester mit den Entlassungsunterlagen.

Cristoforo ging aus dem Zimmer.

Franco verließ es wenige Minuten später ebenfalls, mit ernster Miene, die Jacke über die Schulter geworfen, die Cowboystiefel an den Füßen, was zusammen mit der Jogginghose absolut lächerlich aussah. In der Hand trug er die Tasche mit den blutverkrusteten Kleidungsstücken. Dr. Casali hatte ihn am Morgen noch einmal untersucht und ihm gesagt, dass alles in Ordnung sei. Er solle in einer Woche zur Kontrolle wiederkommen.

Der Flur war lang und einsam, die Türen zu den Krankenzimmern, in denen die Komapatienten an der Decke hingen wie Marionetten, standen halb offen.

Franco fragte sich, was die, die nicht mehr aufgewacht waren, dachten, was sie träumten. Ob auch sie in einem dunklen Bauch waren, der warm und glitschig von Blut war. Der Urschlamm des Fleisches und der Obsession.

In Begleitung jener Krankenschwester, die ihn am Tag seines wundersamen Erwachens betreut hatte, erreichte er den Aufzug. Zum Abschied gab er ihr einen Kuss auf die Wange und sagte: »Danke für alles, Schwester.«

In der Eingangshalle sah er etliche Patienten im Rollstuhl, alle waren sie jung, alle mit blassen Gesichtern. Manchen fehlte ein Arm, manchen ein Bein ... Die meisten von ihnen lächelten, als sie Franco kommen sahen. Alle schienen zu wissen, wer er war.

Das legendäre Samstagnachtwunder.

Bestimmt hatten sie den Wunsch, ihn zu berühren, um zu sehen, ob er vielleicht Glück brachte.

Ein Patient hatte ein kleines Radio, aus dem krächzende Musik kam. Eine Melodie, die Franco kannte.

Wish You Were Here, immer dieses Stück.

Auf einmal wurde ihm eng um die Brust, er musste nach Luft ringen und versuchte, so rasch wie möglich den Ausgang zu erreichen und dabei niemandem in die Augen zu blicken.

All diese jungen Leute mit ihren zerstörten Leben. Die ihn ansahen und ihn beneideten.

Er lief hinaus auf die Straße. Dann verlangsamte er seine Schritte. Seine Beine trugen ihn, doch er spürte sie nicht. Das Gefühl, jeden Moment zu fallen. Ein nicht existenter Schritt nach dem anderen.

Vor dem Tor wartete schon das von der Klinik bestellte Taxi.

Bevor er einstieg, drehte er sich um und sah noch ein letztes Mal zu dem Gebäude hinüber, das ihn diese beiden unendlich langen Wochen beherbergt hatte. Er hatte das Gefühl, zehn Jahre dort verbracht zu haben, und kam sich nun vor wie ein Sträfling, der seine Strafe endlich abgesessen hatte und nun frei durch die Straßen gehen konnte.

Und das erschreckte ihn zu Tode.

Doch er hätte sich das selbst nie eingestanden.

Stattdessen wurde sein Blick hart, und er ballte die Fäuste.

Seine Beine spürte er immer noch nicht.

Sie hielten sich noch immer versteckt.

Waren verdammt und verloren.

Im Nichts.

VII
Im Nichts

1

In dem kleinen Bad neben dem Zimmer, das das seiner Tochter gewesen war, stellte Saverio Mastri die Tasse mit den Eiswürfeln auf den Waschbeckenrand. Das Eis begann schon zu schmelzen. Er riss ein Stück Klebestreifen ab und heftete damit das Blatt Papier mit dem am Computer erschaffenen »Modell« in eine Ecke des Spiegels. Die ganze Freitagnacht hatte er damit verbracht, Internetseiten über Mode und Online-Magazine zu durchforsten. Dann hatte er seinen neuen Look gewissermaßen am grünen Tisch geplant, hatte Kohleskizzen gemacht, die er eingescannt und mit Photoshop weiterbearbeitet hatte. Als das Ergebnis endlich seinen Vorstellungen entsprach, machte er sich an die Umsetzung.

Er öffnete das Schränkchen rechts neben dem Spiegel und holte die Schere heraus.

Mit seinen langen, in der Mitte gescheitelten Haaren, die inzwischen weiß und völlig verfilzt waren, und dem bis zur Brust reichenden Bart sah er aus wie ein siebzigjähriger, wunderlich gewordener Greis. Er schluckte, und sein Speichel hatte den Geschmack von altem Kupfer. Als habe er den Mund voller Münzen.

Zornig ließ er den Kopf kreisen, um von sich abzuschütteln, was er hörte, was er aber nicht hören wollte. Das Echo rauer Angstschreie.

Ein scharfer Schmerz fuhr ihm in den Nacken, seine Wirbel knirschten wie Glas, sodass er das Gesicht verzog und aufstöhnte.

Saverio hob die Schere, die er in der einen Hand hielt, fasste mit der anderen nach einer Haarsträhne. Dann schnitt er sich mit einer langsamen Bewegung die Strähne ab … Er glaubte, einen leichten Schmerz an den Haarwurzeln zu verspüren. Aber das war natürlich nicht möglich, denn Haare haben kein Schmerzempfinden.

Haare nicht, Gedanken aber schon.

Er schnitt sich eine weitere Strähne ab. Dann noch eine und noch eine. Er ließ sie einfach los, sodass sie wie tote Blätter zu Boden segelten.

Immer mehr Strähnen. Immer mehr weiße Blätter auf dem Boden.

Er stutzte sich die Haare und den Bart so kurz wie möglich, ohne auf einen gleichmäßigen Schnitt zu achten. Dabei ging er so sicher und methodisch vor, als hätte er nie etwas anderes in seinem Leben getan.

Zwischendurch warf er immer wieder einen Blick auf die Vorlage und verglich sie mit seinem Spiegelbild. Doch eigentlich musste er sein Tun gar nicht überprüfen, denn nicht er war der Handelnde. Seine Hände und Muskeln wurden von etwas geleitet, und er konnte nur zuschauen.

Geleitet von wem? Geleitet von was?

Vom Raunen der Maske. Wovon sonst?

Er schäumte sich den Kopf mit Rasiergel ein und rasierte sich mit einem Nassrasierer Kopfhaar und Bart vollständig ab.

Ein rascher Blick in den Spiegel, um zu sehen, ob er es richtig gemacht hatte. Es schien alles in Ordnung zu sein. Ohne die langen, weißen Haare und den Bart sah er viel jünger aus.

Sehr gut.

Er nahm den kleinen Silberring, den ihm die Polizei zusammen mit Clorindas ihm unbekannten Kleidungsstücken und den furchtbaren Stiefeln ausgehändigt hatte. Glänzend lag der Ring in seiner Handfläche, die gekrümmten Finger zitterten leicht. Dann nahm er einen Eiswürfel aus der Tasse und drückte ihn sich an die Nase, bis er den Schmerz spürte, der schließlich zu einer Art Betäubung wurde, und wischte sich dann mit einem Stück Toilettenpapier den Rotz unter der Nase weg.

Mit geschlossenen Augen lauschte er auf die Anweisungen, die ihm sein Inneres zuflüsterte, und nickte ein paarmal. Er öffnete den Verschluss des Piercing-Rings und desinfizierte ihn mit Alkohol. Dann fasste er seine Nase mit zwei Fingern und drückte die Spitze des Rings durch den Knorpel der Nasenscheidewand. Einen Blutstropfen, der über seine Oberlippe lief, leckte er einfach ab. Er schmeckte warm und salzig. Dann betupfte er sich die Wunde mit einem Wattebausch. Als seine Nase wieder Gefühl bekam, spürte er einen stechenden Schmerz. Da nahm er noch einen Eiswürfel, drückte ihn auf den Nasenrücken und verharrte fünf Minuten so, während Wasser und Blut über seinen Mund rannen und seine Augen sich mit Tränen füllten. Dabei betrachtete er sich im Spiegel. Er erkannte sich selbst nicht wieder.

Augen zu. Augen auf. Endlich blutete die Nase nicht mehr. Er konnte den Eiswürfel wegnehmen.

Aus dem Schminktäschchen nahm er Clorindas Make-up und verteilte eine ordentliche Menge davon im Gesicht, um Falten und Fältchen abzudecken. Noch nie in seinem ganzen Leben hatte er so etwas getan, er kam sich lächerlich vor. Doch das war egal. Im Grunde war es ein bisschen, wie ein Bild zu malen, wie aus dem Nichts ein Kunstwerk zu schaffen.

Er verstrich das Make-up vom Kinn über den Hals bis zur Brust hinunter und auch auf seinem kahlen Schädel. Für Stirn und Augenpartie nahm er einen Schwamm, um dort eine dickere Schicht Schminke aufzutragen.

Sein Gesicht sah nun glatt und dunkel aus, wie sonnengebräunt. Die Haut wirkte wie Plastik.

Danach räumte er das Bad auf, sammelte die abgeschnittenen Haare ein und warf sie in den Mülleimer. Schließlich ging er in das Zimmer zurück, um sich unter den kritischen Blicken der Maske anzuziehen.

Am Morgen war er zum Einkaufen in der Innenstadt gewesen, was schon lange nicht mehr vorgekommen war. Dolce & Gabbana, GothiKa Store in der Via D'Azeglio. Er hatte sich Kleidungsstücke ausgesucht, wie er sie in den Online-Magazinen gesehen hatte: schwarze Jeans mit Flügeln auf dem Gesäß, ein Hemd mit Spiegelelementen von Cruciform Styling, Stiefel mit Metallspitzen. Die Verkäuferinnen hatten ihn verwundert angeschaut: ein Typ mit langen Haaren und einem Bart wie ein Guru, der In-Klamotten für Jugendliche sucht. Bestimmt hatten sie geglaubt, dass er die Sachen für jemand anderen kaufte.

Wieder zu Hause, sah er sich seine Vorlagen noch einmal kritisch durch und druckte dann diejenige aus, die ihm am geeignetsten schien. Den Ausdruck zeigte er Cloris Maske, die er auf einem Dreifuß auf der Kommode postiert hatte. Damit er sich nicht so allein und verlassen fühlte, so gepeinigt vom Lärmen der Stille und allen möglichen Ängsten.

Die Maske raunte ihm zu, was er zu tun hatte. Ein dunkle Stimme, die ihm Schauer über den Rücken jagte.

Saverio stand nur in Boxershorts und Socken vor dem großen Spiegel an der Innenseite der Schranktür und musterte seinen Körper kritisch. Er war drahtig und muskulös, fast völlig unbehaart und sah wirklich nicht aus wie fünfzig. An den Hüften nur die Andeutung eines Fettpolsters. Sein Blick fiel auf die W-förmige Narbe auf seiner Brust, eine Erinnerung an die Wunde, die ihm die Prägung des Lenkrads beim Aufprall zugefügt hatte, in jener Nacht, als der Käfer von der Straße abgekommen und seine Frau gestorben war.

Das getönte Make-up auf seinem Gesicht bildete einen Kontrast zu der ansonsten hellen Haut, aber das war egal.

Mit langsamen Bewegungen zog er sich die Jeans an. Sie saß am Bauch etwas eng. Dann schlüpfte er in das Hemd, ließ es über die Hose hängen und knöpfte es über der Brust ein wenig auf. Perfekt. Zum Schluss kamen die Stiefel, die ihm etwas zu groß waren, doch das machte nichts.

Dann betrachtete er sich noch einmal im Spiegel.

In diesem Outfit, mit dem kahl geschorenen Schädel und dem Nasenpiercing, war er wirklich ein anderer Mensch.

Die Maske raunte ihren Beifall. Er war bereit.

Nun musste er zu dem Ort fahren, der für seine Tochter die Bühne der Verderbnis gewesen war. Er musste die Bedeutung dieses ganzen Wahnsinns begreifen. Nur das.

2

Seit dem Unfall war er nicht mehr Auto gefahren. In all diesen Jahren hatte er sich immer ein Taxi genommen oder hatte sich einen Wagen mit Fahrer gemietet. Den Käfer hatte er damals reparieren lassen, in die Garage gestellt und wie einen archäologischen Fund mit einer Plane abgedeckt. Der Tank war voll, bereit für alle Fälle. Es hatte sich jedoch nie die Notwendigkeit ergeben, das Auto tatsächlich zu benutzen.

Als er jetzt zum ersten Mal wieder in dieses Auto stieg, überfiel ihn Melancholie. Einen lähmenden Augenblick lang glaubte er, das Parfum seiner Frau riechen zu können. Doch das war unmöglich, denn er hatte damals, gleich nachdem er aus dem Krankenhaus entlassen worden war, die blutbefleckten Sitze neu beziehen lassen. Das Auto war also von innen wie neu.

Nachdem er sich auf dem Sitz zurechtgesetzt hatte – der Hosenbund drückte ein wenig, und sein Gesicht fühlte sich wegen des Make-ups klebrig an –, fiel sein Blick auf das Kassettenradio, in dem noch eine Kassette steckte. Saverio war sich bewusst, dass es immer noch die mit dem Titel *Wish You Were Here* sein musste, die von damals. Er schaltete das Gerät jedoch nicht ein, dafür war es noch zu früh.

Seufzend legte er die Maske auf den Beifahrersitz und drückte auf die Fernbedienung, um das Garagentor zu öffnen.

Dann drehte er den Zündschlüssel. Das Auto sprang sofort an und ließ im Leerlauf sein charakteristisches Knattern hören.

Die Uhr am Autoradio zeigte natürlich die falsche Zeit, und

Saverio drückte mit seinem verpflasterten Zeigefinger die Tasten, um sie zu stellen.

Dann legte er den Gang ein.

Er klammerte sich fester als notwendig ans Lenkrad und fuhr an.

Langsam rollte der Käfer aus der Garage und durch das Tor. Dann blinkte Saverio links, bog in die Via del Castello ein und gab Gas. Er ließ den Motor im ersten Gang viel zu hoch drehen, trat dann die Kupplung durch, legte aber den zweiten Gang viel zu hastig ein, sodass das Getriebe krachte. Vor ihm lag die erste Kurve, die er in einem viel zu weiten Bogen nahm, wodurch er dem Straßengraben gefährlich nahe kam. Er fluchte und zwang sich zu mehr Konzentration. Das Schalten in den dritten und vierten Gang ging schon flüssiger, fast problemlos. Nach und nach gewöhnte er sich wieder ans Fahren, und das Auto gehorchte nun willig seinen Befehlen, während es leicht auf der Fahrbahn zu schwimmen schien, weil zu wenig Luft in den Reifen war. Unten an der Kreuzung nahm er die Via Porrettana in Richtung Autobahn. Es war fast Mitternacht, und die Bundesstraße war stark befahren. Nach dem Kreisverkehr fuhr er an der Mautstation bis ans Ende der Schlange heran. Er trommelte mit den Fingern auf das Volkswagen-Logo des Lenkrads und sah sich um. Neben ihm stand ein Peugeot 206 voller Jugendlicher. Die Scheiben waren heruntergedreht, und die Anlage lief auf voller Lautstärke. Eine wilde Musik mit übertrieben wummernden Bässen. Ein Mädchen auf dem Rücksitz mit einer Art lila-schwarzem Bürstenschnitt starrte in seine Richtung, schien aber irgendwelchen fernen Gedanken nachzuhängen und sah ihn offenbar gar nicht richtig.

Ihr Kiefer mahlte hastig einen Kaugummi, und sie wirkte irgendwie traurig.

Saverio fragte sich, was sie wohl denken mochte. Sie sah so zerbrechlich aus, so einsam.

Die Schlange setzte sich in Bewegung, er musste ein Stück weiterfahren und stand nun hinter einem schwarzen Golf. Durch die Heckscheibe waren drei blonde Köpfe zu sehen, die sich zu der dröhnenden Musik im Auto auf und ab bewegten. Ob es sich um Mädchen oder Jungen handelte, war nicht zu erkennen.

Als er an der Reihe war, zog er sein Ticket und fuhr auf die Autobahn. Er trat aufs Gas, schaltete, gab noch mehr Gas, fuhr immer schneller. Er wusste selbst nicht, warum.

Nach einem halben Kilometer kam ein Tunnel, Saverio las nur noch im Augenwinkel das Schild: elektronische Geschwindigkeitsmessung. Er beachtete es nicht, sondern trat das Gaspedal nur noch fester durch und raste durch die Dunkelheit.

Er fragte sich, wie alt das Mädchen mit dem Irokesenschnitt wohl sein mochte. Vermutlich ungefähr so alt wie seine Tochter ... wie seine Tochter gewesen war.

Wer weiß, wer sie am Ende in den Fängen gehabt hatte.

Es tut mir leid, Ihnen mitteilen zu müssen, dass Ihre Tochter in der Stunde vor ihrem Tod mehrfach sexuellen Kontakt hatte.

Die Stimme des Polizeibeamten, der ihn am Tag vor der Beerdigung einbestellt hatte, um ihm das Ergebnis der Autopsie mitzuteilen, hallte noch in seinem Kopf wider.

Wir vermuten, dass sie das Opfer einer Gruppenvergewaltigung geworden ist.

Eine eisige Hand griff nach ihm, und er suchte den Blick der Maske, die auf dem Beifahrersitz lag und ihre tönernen Augen auf ihn gerichtet hatte, als wolle sie ihm Mut machen.

Er wusste noch nicht, was er in dieser Nacht tun würde.

Er wusste gar nichts.

Er wusste nur, dass er zu der Diskothek namens Gehenna fahren musste.

Um einen Grund für dieses Grauen zu finden.

Um seinem Schmerz einen Sinn zu geben.

3

Der Parkplatz war bereits übervoll. Saverio fuhr langsam durch die Reihen, bis er schließlich eine Lücke fand, in die sein Käfer gerade noch hineinpasste.

Er drehte den Zündschlüssel, der Motor erstarb, und eine plötzliche Stille umgab ihn und erfüllte ihn mit Furcht. Dann drangen die gewohnten Schreie aus seiner Brust, und sein Gesicht verzog sich zu einem schiefen Grinsen. Irgendwie hatte der Lärm der Leere auch etwas Beruhigendes und bot ihm Sicherheit.

Er hatte ja kein Herz mehr, also konnte er weitermachen, ohne sich besonders aufzuregen.

Saverio drehte den Rückspiegel so, dass er sich darin sehen konnte. Sein neues Gesicht mit diesem Ring in der Nase, der Haut, die aus Plastik zu sein schien, und den Augen wie Glasscherben bedachte ihn mit einem gleichgültigen Blick.

Er glaubte, ein kaum wahrnehmbares Raunen zu vernehmen, und wandte seinen Kopf der Maske auf dem Beifahrersitz zu.

Dann spitzte er die Ohren, ob vielleicht noch mehr zu hören war. Nichts. Im Auto herrschte jetzt eine kalte, fast anstößige Stille.

Dann die plötzliche klangvolle Stimme eines Jungen, der mit einem Mädchen hinter dem Käfer vorbeiging.

»Kannst du mir sagen, was du eigentlich willst?«, fragte er. »Was, verflucht noch mal, willst du?«

Saverio hatte den Impuls, das Fenster herunterzudrehen und auf diese Frage zu antworten.

Ich will nur Antworten haben.

Mit einem Schaudern nahm er die Maske vom Sitz und streichelte sie mit den Fingerspitzen, doch wegen der Pflaster spürte er nichts.

Dann öffnete er das Handschuhfach, steckte die Maske hinein und fluchte.

Mit dem Gefühl, den Traum eines anderen zu erleben, ging er durch den Tunnel aus Unfallautos, der zum Gehenna führte. Inmitten der jungen Leute vor dem Eingang versuchte er, sich wie einer von ihnen zu fühlen. Er hatte den Eindruck, dass ihn alle mit seltsamen Blicken musterten, als wüssten sie, dass er ein Eindringling war, der hier gar nichts zu suchen hatte, der hier war, um etwas zu tun, auch wenn er selbst nicht wusste, was, der nur geleitet wurde von Geflüster und Schreien.

Im Bewusstsein der Blicke, denen er am liebsten ausgewichen wäre, stand er plötzlich vor der Kasse.

Es ging vorbei an den Sicherheitsleuten, die ihn aufforderten, seine Uhr abzugeben, warum auch immer.

Er nahm die Marke entgegen, und betrat dann in einer Gruppe Jugendlicher ein durchsichtiges Rohr. Er versuchte, ungezwungen zu wirken. Die Jugendlichen trugen Jeans mit tief sitzendem Hosenbund, sodass der Hintern zu sehen war, hatten schmale Schultern und wirre Frisuren unterschiedlichster Art. Das Licht kam und ging, zuckte auf und erlosch, ein blinzelndes Augenlid.

Er fragte sich, ob er das richtige Outfit gewählt hatte. Er fragte sich, ob er der Situation gewachsen war.

Und dann fand er sich plötzlich in der Hölle wieder.

Saverio ließ den Blick auf der Suche nach einem Fluchtweg unruhig umherschweifen und schob sich mit zögerlichen Schritten durch die Menge.

Die Musik schien aus allen Richtungen zu kommen. Eine Musik wie Gott, mit der Gabe der Allgegenwärtigkeit, die einen völlig einhüllte und erdrückte.

Verzerrte elektrische Gitarren, der Rhythmus des Schlagzeugs so schnell, dass er glaubte, der Magen spränge ihm in den Hals.

Der Sänger des Stücks, das die Lautsprecher gerade herausbrüllten, hatte eine so tiefe und knurrende Stimme, dass man meinen konnte, er sei vom Teufel besessen.

Die Stroboskopblitze zeigten Fetzen von Körpern, die sich zuckend bewegten.

Saverio fragte sich, was seine Tochter wohl an diesem Ort empfunden haben mochte. Er fragte sich, was sie gesucht hatte. Welche Gedanken ihr durch den Kopf gegangen waren. Ob sie sich gefürchtet hatte.

Seine Babyclori mit dem reinen Gesicht, das so schön gewesen war, dass es wehtat.

Der Eintrittspreis beinhaltete auch ein Getränk. Also ging er zur Bar und überlegte, was er bestellen sollte. Seit dem Unfall, seit achtzehn Jahren also, hatte er keinen Tropfen Alkohol mehr angerührt. Allein schon beim Geruch wurde ihm übel.

Der Barkeeper trug eine seltsame weiße, mit Löchern versehene Maske. Sein Oberkörper war entblößt, krause Brustbehaarung, Tätowierungen auf den Schultern, gewundene Schlangen und Rosen. Saverio bestellte einfach nur eine Cola, der Mann nickte, schenkte ihm ein Glas ein und gab noch einen ordentlichen Schuss Rum dazu. Saverio beschloss, nichts zu sagen. Natürlich tranken hier alle Alkohol, und der Barkeeper hatte ihn wahrscheinlich falsch verstanden. Um nicht noch mehr aufzufallen, führte er das Glas sofort an den Mund und tat so, als nähme er einen Schluck, hielt dabei aber die Luft an, um den Alkohol nicht riechen zu müssen.

Dann wandte er sich dem Floor zu. In die tanzende Menge mischten sich holografische Projektionen, die sich streckten und dehnten und szenische Effekte von einer bemerkenswerten Optik schufen. Das war bewusst so gemacht, um zu erstaunen und zu beeindrucken. Um zu erschrecken.

An diesem Ort konnte man leicht in eine Art halluzinative Trance verfallen. Man sah sich um und war fasziniert. Es war ein bisschen wie das kreative Delirium, bei dem sich im Kopf Formen, Farben, Bilder und Klänge vermischten. Brodelndes Magma, das einem keine Ruhe lässt, bis man es endlich ausgespuckt hat.

Alles war Teil eines Rituals, war wie ein Gottesdienst der Seele.

Der Drang, der ihn hierher getrieben hatte, hatte sich in ein Gefühl der Verwirrung und des Unbehagens verwandelt. In diesem Outfit eines Zwanzigjährigen und mit der Schminke kam er sich absolut lächerlich vor. Er beschloss, sich erst einmal umzusehen; das Glas mit dem widerlichen Cola-Rum hatte hielt er immer noch in der Hand.

Da bemerkte er sie.

Das Mädchen mit den lila-schwarzen Haaren aus dem Peugeot an der Mautstation saß nun auf einem Hocker an der Bar, starrte ins Leere und wackelte im irrsinnigen Rhythmus der Musik mit dem Kopf. Sie sah aus, als stünde sie kurz vor einem epileptischen Anfall. Sie lehnte mit dem Rücken gegen den Bartresen, und ihr Rock war so kurz, dass man ihren Slip sehen konnte. Sie schien allein zu sein.

Als habe sie gespürt, dass sie beobachtet wurde, hielt sie inne und sah ganz plötzlich zu Saverio hinüber, sah ihm direkt in die Augen. Über ihre allzu rot bemalten Lippen flog ein Lächeln.

Er erwiderte den Blick mit einem verlegenen Grinsen, strich sich nervös mit der linken Hand über den kahl rasierten Schädel und wischte dabei einige Schweißtropfen weg. Die Pflaster kratzten auf seiner Haut, was sein Unbehagen noch verstärkte.

Wenn er begreifen wollte, was mit seiner Tochter passiert war, konnte ein Gespräch mit diesem Mädchen ein Anfang sein.

Also schob er sich näher, versuchte dabei, ihr nicht zwischen die Beine zu schauen, und stand schließlich neben ihr. Er bemühte sich, seine Gesichtsmuskeln ruhig zu halten, aus Angst, es könnten sich Risse im Make-up zeigen und sein Alter verraten. Fieberhaft überlegte er, was er sagen konnte, um das Eis zu brechen.

Das Mädchen starrte ihn immer noch provozierend an und schloss auch nicht die Beine. Der allzu schwere Lidschatten und die dick aufgetragene Wimperntusche ließen ihre Augen wie die einer Puppe erscheinen. Sie lächelte immer weiter, doch es war zu erkennen, dass es kein echtes Lächeln war. Auch die farbigen Lichtreflexe, die über ihr Gesicht zuckten, konnten die Verzweiflung in ihrem Blick nicht überdecken.

Saverio beugte sich zu ihr, bis seine Lippen ihr Ohr streiften. »Warum bist du traurig?«

Eine einfache Frage, eine schwierige Antwort.

Sie drehte sich so weit um, dass sie mit ihren Lippen die ihres Gesprächspartners berührte. Als wolle sie ihn küssen. »Ich bin nicht traurig«, antwortete sie. Ihr Atem roch nach Pfefferminzkaugummi und Alkohol. Und ihre riesigen Augen waren, so aus der Nähe betrachtet, zitternde Gelatine-Kugeln, die Augen eines Monsters.

Saverio zuckte zurück.

Im Aufblitzen der Lichter konnte er sehen, wie sie in vulgäres Lachen ausbrach und dann wieder ernst wurde. Heiterkeit und Verzweiflung im raschen Wechsel.

Saverio fragte sich, ob er jetzt verrückt wurde. Er wollte sich schon die Augen reiben, doch dann ließ er es bleiben, damit er die Schminke nicht verwischte.

Um sich nichts anmerken zu lassen, senkte er den Blick und starrte auf das Glas in seinen Händen. Ein Lichtstrahl von der Seite brachte die Flüssigkeit darin zum Glühen, sie sah aus wie Blut.

»Welches Sternzeichen bist du?«, fragte das Mädchen unvermittelt.

Saverio dachte jetzt, dass er das gar nicht wusste, oder er konnte sich im Augenblick nicht daran erinnern. Dann hörte er etwas in seinem Kopf. Nicht der übliche Lärm der Leere, nicht das dröhnende Konzert unglaublicher Klänge, die dieser Ort der Verlorenheit produzierte.

Es war eher ein vampirischer Laut, ein Ton, der alle anderen verschlang.

Eine Art Flügelschlagen.

Flap, flap.

4

Das Mädchen mit dem Irokesenschnitt sah ihn fragend an. Sie schien an ihm interessiert zu sein, machte aber gleichzeitig den Eindruck, als sei ihr alles gleichgültig: er, die ganze Welt und sie selbst ebenfalls.

»Ich bin Waage, weißt du«, offenbarte sie, wobei sich ihre Stimme fast im allgemeinen Lärm verlor.

Die laute Musik, das Schlagen von Flügeln.

Saverio vernahm ein Raunen in seinem Kopf: *Ich dagegen bin ein Schmetterling.* Dieselbe krächzende Stimme, die auch die Maske von sich gab, dieselbe, wie sie der Geist gehabt hatte. Er dachte an das, was er in Clorindas Computer gefunden hatte, an die Nachrichten mit dem so häufig wiederholten Namen. *La Falena*, der Nachtfalter ... Vielleicht war es ein Symbol für etwas. Vielleicht nur eine Obsession.

La Falena, Schmetterling der Nacht: ein Wesen, das in der Finsternis umherflattert. Genau wie die Erscheinung, die ihm vor die Windschutzscheibe geflogen war und ihn in der Unfallnacht die Kontrolle über das Auto hatte verlieren lassen.

Flap, flap ...

Auf dem Bartresen standen in einer Reihe einige Gläser mit Eiswürfeln darin. Saverio stellte sein noch volles Glas dazu. Nur um die Symmetrie zu stören. Dann wandte er sich wieder an das Mädchen. »Was machst du hier?« Eine ebenso unsinnige Frage wie jede andere auch.

Sie sah ihn erstaunt an und fragte: »Hier wo?«, fragte sie.

Die Tanzfläche füllte sich mit Nebel und Scharen von Kreaturen der Nacht, die in den Schwaden herumsprangen. Schmale vielfarbige Lichtstrahlen umgaben die Tanzfläche wie Gitterstäbe eines Käfigs. Auf dem an Flaschenzügen aufgehängten Panoramabildschirm rasten Autos ineinander, eines nach dem anderen, fleischbestückte Dummys lösten sich in den Fahrzeugkabinen in ihre Einzelteile auf …

Saverio war wie hypnotisiert, er musste sich einen Ruck geben, um sich wieder mit dem neben ihm sitzenden Mädchen zu befassen. »Was machst du hier so allein?«, fragte er viel zu leise.

Sie kniff die Augen zusammen und hielt sich eine Hand hinter das Ohr, um ihm zu bedeuten, dass sie ihn nicht verstanden hatte.

»Was machst du hier so allein?«, wiederholte er also und schrie fast dabei.

Ein betrübtes Seufzen, ein Kopfschütteln. »Ich habe Stress mit meinem Freund.« Pause. Sie machte die Beine noch ein bisschen breiter und rutschte mit dem Gesäß auf dem Hocker herum. »Er ist nämlich ein riesengroßes Arschloch, weißt du.«

»Was hat er dir denn getan?«

Sie verzog die Lippen, es konnte ein Lächeln sein oder auch etwas anderes. »Was er mir getan hat? Dass er es mit meiner besten Freundin getan hat!«

Saverio spielte Bedauern und wollte schon die Stirn runzeln, doch er hielt sich im letzten Moment zurück und setzte eine unbeteiligte Miene auf. »Das tut mir leid …« Er wusste nicht, was er noch sagen sollte.

Er überlegte, wie er und seine Freunde mit achtzehn gewesen waren. Er hätte gerne einen Vergleich angestellt, doch die Erinnerung an diese Zeit seines Lebens war wie ein in Nebel gehülltes fernes Land.

»Bist du mit dem Auto da?«

Sie hatte gesprochen, hatte etwas gesagt, doch er hatte es nicht verstanden.

»Was?«

»Wenn du mit dem Auto da bist, fährst du mit mir dann woandershin?«

Saverio sah ihr gerade ins Gesicht. Das Stroboskop zuckte wieder, doch dieses Mal waren es nicht Freude und Traurigkeit, die sich in den Lichtblitzen abwechselten.

Vielmehr sah sie einen Moment lang aus wie ein Kind, zart, zerbrechlich und lächerlich. Im nächsten Augenblick war sie eine reife Frau, mit feuchten Lippen und den Augen einer Hure.

Saverio versuchte, seinen Lidschlag mit diesem visuellen Wechsel zu synchronisieren. Um sich auf die reife Version zu konzentrieren und das Kind vernachlässigen zu können.

Dann bewegte er die Lippen. »Ja, sicher, ich fahre mit dir, wohin du willst ...«

Seine Stimme schrie es beinahe heraus. Um das Lärmen von Hunderten von Flügelschlägen zu übertönen, die sich im Nichts verloren.

5

Als sie durch den gläsernen Tunnel zum Ausgang gingen, waren die Lichter plötzlich verschwunden. Sie hatte ihn bei der Hand genommen. Ihre Finger waren kalt wie die einer Toten, zu kalt, sodass er erschrak und schon fürchtete, das Mädchen habe sich in den Geist verwandelt, der ihn verfolgte. Doch dann, als sie endlich im Freien waren, atmete er erleichtert auf, weil sie ihn anlächelte und ihr Gesicht völlig normal war, ohne Blut und gelbe Augen.

Sie kamen zu seinem Käfer, und das Mädchen schrie: »Aber was ist das denn? Ein Oldtimer?«

Saverio erwiderte nichts und schloss den Wagen auf.

Sie stiegen ein.

Im Wageninnern breitete sich sofort ihr Parfum aus. Zu süß und würzig, vermischt mit säuerlichem Schweißgeruch.

Bevor er den Zündschlüssel herumdrehte, warf Saverio dem Mädchen einen Blick zu, in dem kein Lächeln mehr war. »Wie heißt du?«, fragte er.

»Barbara. Aber du kannst mich Barbi nennen, wenn du willst. Und du?«

Er antwortete nicht sofort, sondern startete zuerst den Motor. »Du kannst mich Papa nennen, wenn du willst«, sagte er dann.

Das Mädchen ließ ein kleines Lächeln sehen. »Du bist doch hoffentlich nicht so ein Perverser, der auf irgendwelche komischen Spielchen aus ist ...«

Saverio antwortete nicht. Er war verwirrt.

Nein, nur ein bisschen verzweifelt, weiter nichts.

Er legte den ersten Gang ein und fuhr vom Parkplatz. Dann bog er auf die Straße ab, die in Richtung Hügel führte.

»Wohin fährst du mit mir, Paparino?«, fragte Barbi ein bisschen kokett.

Er antwortete nicht. Er hatte kein besonderes Ziel, er musste nur einem Raunen folgen. Er versuchte, ein Ritual zu Ende zu bringen, eine Zeremonie abzuhalten. Nicht mehr und nicht weniger. Das hatte er achtzehn lange Jahre für seine Frau getan, und jetzt würde er es für seine Tochter tun.

6

Die dahinfließende Straße, das schwarze Land. Die Hügel waren gerade noch zu erkennen, zeichneten sich wie drohende Schatten gegen den violetten Himmel ab. Der Mond war rund und scharf umrissen wie in einem Film über Werwölfe.

Saverio hörte hin und wieder ein Knurren, doch er wusste nicht, woher es kam. Vielleicht von draußen, vielleicht von drinnen. Auf alle Fälle machte es ihn nervös.

Als es lauter wurde, warf er einen Blick zum Handschuhfach, in dem sich die Maske befand. Er wartete auf etwas, auf irgendetwas.

Barbara hatte seit einer Weile schon nichts mehr gesagt. Sie starrte auf die Straße, die unter ihnen dahinglitt, und bewegte die Augen nur, um den Kurven zu folgen. Sie war so still, als wäre sie hypnotisiert.

Sie erreichten den Ort, als die Uhr am Armaturenbrett 02:30 anzeigte.

Hinter einer sehr engen Kurve kam ein Taleinschnitt, der dicht mit Bäumen bestanden war. Saverio blendete auf, um zu sehen, wo es einen Durchlass gab. Ganz langsam fuhr er dicht an einer riesigen Eiche vorbei und kam dann auf eine kleine, von Büschen umgebene Lichtung, ein ideales Versteck zum Vögeln oder auch für Schlimmeres. Als Saverio den Motor ausmachte, spürte er, wie sich in seiner Brust etwas zusammenzog.

Er war schon einmal hier gewesen.

Irgendwie war er schon einmal hier gewesen.

Barbara kramte in ihrer Gürteltasche, holte ein Döschen heraus und öffnete es. Darin befanden sich einige dunkle Tabletten. Sie drehte sich zu Saverio um und fragte ihn, ob er auch einen Kick wolle. Er schüttelte den Kopf, obgleich er gar nicht genau wusste, um was es sich handelte. Vielleicht war das die Droge, die das Ecstasy verdrängt hatte. Die Droge, von der man große Mengen in Clorindas Blut gefunden hatte.

»Was nimmst du denn, Paparino?«

Saverio versuchte, sich die Maske im Handschuhfach vorzustellen. Vielleicht raunte sie etwas, und er konnte sie nur nicht hören. »Ich nehme … nichts«, antwortete er.

»Komm schon. Ich nehme im Augenblick bloß Mixtura, weißt du?«

Barbi nahm eine der Tabletten und steckte sie sich in den Mund. Dann warf sie mit einem Ruck den Kopf nach hinten.

Die Stimme von Saverio: »Warum nimmst du dieses Zeug?«

Die Stimme des Mädchens, ein wenig rauer als zuvor: »Es öffnet meinen Geist.«

»Und was machst du danach?«

»Wie, was mache ich danach?«

Saverio hatte die flüchtige Vision eines in der Mitte gespaltenen Schädels, der aufgebrochen war wie ein Kokon, und aus dem Spalt quoll Gehirnmasse. »Was machst du dann, mit deinem offenen Geist?«

Sie kicherte.

»Es kommt mir dann so vor, als ob sich alles schneller bewegt und gleichzeitig langsamer. So kann ich verstehen, mit was es mir gut geht.«

Kichern in der von Knurren und Flügelschlägen gesättigten Luft.

»Und mit was geht es dir gut?«

Grrrrrrr, flap flap.

»Mit allem und mit nichts.«

Wölfe und Schmetterlinge.

Grrrrrrr, flap flap.

Saverio streckte eine Hand aus, um ihr Gesicht zu berühren. Als wolle er sich vergewissern, dass sie wirklich existierte, und um sie ein bisschen zu trösten. Sie war so verloren, so zerbrechlich, so jung.

Sie ließ sich die Wangen streicheln, dann drehte sie plötzlich den Kopf, ergriff seine Hand und küsste sie mit spitzen Lippen. Als sie versuchte, an seinen Fingern zu saugen, bemerkte sie die Pflaster und ließ von ihm ab. »Was ist mit deinen Fingern? Hast du dich verletzt, oder findest du das geil?«

»Ich habe mich verletzt.«

Du weißt gar nicht, wie sehr.

Kichern, Knurren, Flügelschläge. Das Lärmen nahm zu.

»Bist du sicher, dass du es nicht doch probieren willst?« Barbara hielt ihm das Döschen hin. »Ich gebe sie dir für wenig. Wir verrechnen es einfach mit dem Rest.«

Mit dem Rest? Was für ein Rest?

Saverio betrachtete die Tabletten im Zwielicht. Sie waren rot, blutrot. Er hatte nie in seinem Leben Rauschmittel nehmen wollen, auch nicht um seine Kreativität zu steigern. Aber in dieser Situation war es vielleicht eine gute Möglichkeit, um etwas zu begreifen. Also streckte er die Hand aus, nahm eine der Tabletten und steckte sie sich in den Mund. Sie schmeckte süßlich, ein bisschen nach Vanille.

»He, du hast es ja ganz schön eilig, Paparino.«

Barbara war nicht mehr dieselbe wie vorher. Ihre Stimme klang höher, und sie war offenbar voll auf Touren. Sie wirkte nun selbstsicher und gar nicht mehr so verlassen. Sie drückte auf den Rücken der Kassette und schaltete damit die kleine Anlage an. »Machen wir ein bisschen Musik?«

Saverio achtete nicht auf sie. Er war viel zu sehr mit einer ganzen Schar wilder Regenbögen beschäftigt, die durch sein

Bewusstsein zogen. Viele Regenbögen, wie vielfarbige Schwerter, die alles, was ihnen begegnete, niedermetzelten.

Die Klänge von *Wish You Were Here* breiteten sich aus, und die Uhr auf dem Radiogerät zeigte 02:50.

Es ist wie ein Countdown, dachte Saverio. *Ein verfluchter Countdown.*

»Das ist ja Rentnermusik, was du da hörst, Paparino. Hast du nichts Besseres?«

»Das Stück ist schon richtig.«

Barbi zeigte die Handflächen und hob ihre Puppenaugen zum Himmel, als wolle sie sagen: *Mach doch, was du willst!* Dann zog sie den Reißverschluss ihres Shirts auf und ließ zwei kleine, runde Brüste sehen.

Mondlicht schien durch die Scheiben und tauchte die Szene in milchige Töne, was das Ganze eher surreal als erotisch wirken ließ. Das Mädchen hatte ein kleines Tattoo auf dem Brustbein, ein einfaches kleines Herz. Saverio dachte an die Narbe in Form eines W, die seine Brust zierte, und er musste lächeln.

Sie begann sich mit den Fingerspitzen die Brustwarzen zu streicheln. Dabei leckte sie sich die Lippen, wahrscheinlich imitierte sie irgendeine schlechte Schauspielerin aus einem Pornofilm.

Saverio hatte ganz plötzlich das Bedürfnis wegzugehen. Er wollte nicht mehr hier sein.

Das war der Ort, an dem die Wölfe sein Kind zerfleischt hatten. Er spürte es genau in der Mitte seiner Brust. Und dieses Wissen füllte die Leere mit Schreien des Grauens.

Das Raunen der Maske war jetzt deutlicher zu vernehmen.

Ich will weg von hier.

Wenn es an der Zeit ist, nichtsnutziger Meister, wenn es an der Zeit ist.

Barbi hatte sich zu ihm hinübergebeugt und streichelte ihm

den Hosenschlitz. Ihre Zunge hing heraus wie bei einem durstigen Hund.

Saverio schob sie grob von sich.

Hör auf damit, du könntest meine Tochter sein!

Trotzdem war sein Schwanz hart geworden. Und wollte etwas ausspucken, irgendetwas …

Wish You Were Here im Hintergrund, so sanft, dass es wehtat.

Dann spürte er einen Ruck im Kopf. Als wäre ein Knopf abgesprungen.

Irgendetwas war kaputtgegangen. Eine Naht war aufgeplatzt, und jetzt floss seine Gedankensubstanz heraus.

Erst spürte er einen stechenden Schmerz, dann durchschoss ihn ein eisiger Strahl.

Ein feuchtes Rinnen, vielleicht blutete sein Geist innerlich, und seine Gedanken tropften rot heraus.

Feuerrot, pulsierendes Rot, Herzschlagrot.

Die Wunde musste sehr groß sein.

Doch es gab eine einfache Möglichkeit, um die Blutung zu stillen.

Gestalten.

So viele Male hatte er das getan: hatte den weichen Ton modelliert und der seelenlosen Materie Bedeutung gegeben. Die Eingeweihten nannten ihn »Meister«. Er war Künstler und musste die Dinge begreifbar machen, musste sie in ein Gleichgewicht bringen. Wenn die Ästhetik an Kraft gewann, wurde auch der Charakter stärker und klarer.

Er war Künstler und Vater.

Zumindest war er vor langer Zeit beides einmal gewesen.

Dann hatten sie sein Kind zerstört, hatten seine Arbeit von Jahren zunichtegemacht.

All diese verlorenen Stunden, in denen er Clorinda an den Sinn des Lebens herangeführt hatte. All diese Stunden, in denen er sie beschützt hatte. Damit sie sich nicht allzu wehtat.

Jetzt war er nichts mehr.

Das letzte Werk war zum Traum geworden. Brüchig und lächerlich.

Genau wie sein geschminktes Gesicht.

Wie dieses Mädchen, das Nutte spielen wollte, die Regeln aber nicht beherrschte.

Die Uhr auf dem Radio zeigte 02:55. Nicht mehr lange, und es würde wieder einmal drei Uhr schlagen. Er blutete in seinem Innern. Und davor graute ihm. Vielleicht war es die Wirkung des Mixtura, vielleicht auch nicht.

Er nahm die Hände vors Gesicht, weil er das Gefühl hatte, seine Züge blätterten Schicht für Schicht ab.

Er war im Begriff, das Gesicht zu verlieren.

Das Knurren wurde lauter, auch die Flügelschläge. Es war ein großes Lärmen.

»Was ist das denn, Paparino?«

Barbis Stimme erklang ganz plötzlich mitten aus dem Konzert unsäglicher Laute heraus.

Saverio hob den Kopf ganz langsam, um das Mädchen mit dem Irokesenschnitt anzuschauen, und dann gefror ihm das Blut in den Adern.

Vor ihm saß jetzt Clorinda und sah ihn durchdringend an, getauft von den durch die Seitenscheibe einfallenden Mondstrahlen.

Sie war zurückgekommen. Er hatte es geschafft.

7

»Wie steht mir die, Paparino?« Die Stimme klingt erstickt, Silben prallen gegen das tönerne Material, werden von ihm absorbiert.

Jetzt begreift er endlich. Das Mädchen hat offenbar das Handschuhfach geöffnet, die Maske gefunden und sie sich dann aufgezogen. Also kein Geist aus dem Jenseits, kein befreiendes Finale. Nur ein Albtraum in reinster Form.

»Hör auf damit! Du bist nicht meine Tochter!«

Kichern und Knurren und Flügelschläge ... der Lärm hatte wieder eingesetzt.

Saverio hatte immer noch das Gefühl, als ob sich seine Gesichtszüge auflösten. Er reckte den Kopf, um sich im Rückspiegel zu sehen. Zwei gelbe, fiebrige Augen starrten ihn an.

Beinahe hätte er sich umgedreht, um nachzusehen, ob vielleicht der Geist auf dem Rücksitz saß. Doch als er den Piercing-Ring sah, begriff er, dass er es selbst war in diesem Spiegel, er selbst in dämonischer Ausführung, die Augen mit der farblosen Iris, kleine Tore der Verdammnis, die das Innere seines Bewusstseins mit der Außenwelt verbanden.

»Nimm diese Maske ab!«, schrie er das Mädchen an, das das Gesicht seiner Tochter trug, wobei er Atemwolken in die eisige Luft stieß. »Nimm sie ab, habe ich gesagt, sonst könnte es gefährlich werden.« Er wusste nicht, was er da sagte und warum er ausgerechnet diese Worte aussprach. Jetzt war ohnehin alles verloren und sinnlos, und es würde keine Befreiung von dem

Übel mehr geben. »Nimm sie ab, verflucht noch mal!« Zornig und ein wenig kehlig.

Das Mädchen gab jetzt eigenartige Laute von sich: ein Gurgeln, Klopfen, leises Ächzen. Sie versuchte, sich die Maske vom Gesicht zu reißen, aber es gelang ihr nicht.

Blut rann unter der Maske hervor, präzise Linien, die seitlich am Hals herab, über das Kinn und die Kehle liefen. Auf den nackten, kleinen Brüsten tiefrote Tropfen wie Sommersprossen.

Was geschieht hier?

Barbi schüttelte den Kopf und schlug um sich, von Qualen gepeinigt.

Ein Laut, fast wie ein Schmatzen.

Die Maske verschlingt sie.

Ein vager Gedanke inmitten der Verwirrung.

Sie frisst ihr Gesicht auf.

Saverio war unfähig, etwas zu sagen oder zu tun. Er war wie gelähmt.

Und er konnte nur zusehen, wie sie die Autotür öffnete und sich hinauswarf, wie von einem Federmechanismus hinausgeschleudert.

Er sah sie auf allen vieren wegkriechen. Cloris *Gesicht*, das ihr den Atem raubte, auf ihrem eigenen *Gesicht*. Der hochgeschobene Minirock gab die nackten Pobacken frei, den Stoffstreifen eines Stringtangas.

Saverio wollte aussteigen, um ihr zu helfen. Er wusste: Wenn es ihr nicht gelänge, die Maske abzunehmen, dann würde ihre Lunge implodieren und sie würde ersticken.

Das Mädchen namens Barbi kroch über den mit gebrauchten Kondomen und zerknüllten Taschentüchern übersäten Boden und zog eine Blutspur hinter sich her, während die Maske ihr Gesicht auffraß. Saverio konnte keinen Muskel bewegen, es war, als würde er von unsichtbaren Armen festgehalten. Die

Arme eines Geistes mit den gelben Augen eines bösartigen Falters.

Sie meißelt sie.

Ein erklärendes Raunen drang in sein Bewusstsein: *Sie macht ihr Gesicht zu Brei.*

Barbara stützte sich mit den Armen auf dem Boden ab, und es gelang ihr aufzustehen. Schwankend ging sie ein paar Meter. Jetzt hatte sie fast die Straße erreicht.

In diesem Augenblick konnte Saverio sich aus der unsichtbaren Umarmung lösen. Er riss die Autotür auf und sprang hinaus.

Da hörte er das Geräusch eines Motors, eines herannahenden Fahrzeugs.

Er bewegte die Beine, um dem Mädchen hinterherzulaufen.

Die Lichtbündel der Scheinwerfer leuchteten schon hinter der Kurve hervor.

Mit dem Gefühl zu schweben, erreichte er die Straße.

Ganz plötzlich war da der Kühler eines Lastwagens.

Dann sah er zu dem Mädchen.

Sie war in der Mitte der Fahrbahn auf die Knie gefallen.

Es war dieselbe Szene, wie er sie in seinem Aufwachtraum gesehen hatte.

Clori schlägt mit den Knien auf dem Asphalt auf.

Sie stützt sich mit einem Arm auf dem Boden ab.

Versucht aufzustehen, aber sie schafft es nicht.

Sie bleibt auf den Knien.

Und sie dreht sich um, starrt in das Licht, das vor ihr wächst.

Sie versucht, die Arme zu heben, um sich zu schützen.

Vor der Brust, die Handfläche nach oben gerichtet.

Als wolle sie beten.

Saverio schreit auf.

Der Lastwagen trifft den Körper des Mädchens voll, katapultierte ihn durch die Luft, und dann rollt er, rollt, rollt.

Santa Crash, noch einmal.

Mein Gott, nein …

Der Lastwagen kam ins Schleudern, brach beim Gegensteuern zur Seite aus, die Bremsen kreischten ohrenbetäubend. Dann kippte er auf die Seite und rutschte noch zehn Meter über den Asphalt, bis ihn der Straßengraben stoppte. Die Scheiben der zerdrückten Fahrerkabine explodierten in Myriaden von Glasstückchen. Der aus seiner Halterung gerissene Aufbau polterte über den Asphalt und prallte gegen einen Baum. Eines der Hinterräder drehte sich noch.

Saverios Blicke suchten nach dem Körper des Mädchens.

Ein Haufen aus blutigen Fetzen in der Mitte der Fahrbahn.

Er lief zu ihr hin. Beugte sich über das, was noch von ihr übrig war. Die Maske auf ihrem Gesicht war intakt.

Gott sei Dank.

Er nahm sie dem Mädchen ab.

Dann starrte er gebannt auf das aus Blut gemeißelte Gesicht. Er wusste nicht, was er denken, was er glauben sollte.

Er war verwirrt und schockiert.

Jetzt musst du dich beeilen.

Die Maske raunte ihm zu, was er zu tun hatte.

Davonfahren durch die Nacht.

Er musste fliehen, bevor ihn jemand hier fand, bei diesem toten Mädchen auf der Straße …

Aber ich habe doch nichts damit zu tun. Ich …

Niemand kroch aus dem Führerhaus des Lastwagens. Der Fahrer musste bewusstlos sein oder tot. Das Rad drehte sich immer noch.

Los, mach schon.

Saverio rannte zu seinem Auto zurück, stieg ein und warf die Maske auf den Beifahrersitz.

Er ließ den Motor an und fuhr los. Er nahm nicht die Richtung, aus der er gekommen war, sondern fuhr die Straße einfach weiter. Er versuchte, an nichts zu denken.

Nicht an das, was geschehen war, nicht daran, warum es geschehen war.

Es hatte sich um ein Ritual gehandelt. Nicht mehr und nicht weniger.

Der Tod seines Kindes war zelebriert worden. So hatte sie zurückkommen können.

Clorinda lebte jetzt in der Maske.

Er hielt das Lenkrad fest in den Händen. Trotz des Lärmens der Leere, das sich nun wieder in seiner Brust vernehmen ließ, fühlte er sich auf seltsame Weise mit sich selbst im Reinen. Als wäre nicht gerade ein Mädchen im gleichen Alter wie seine Tochter auf absurde Weise ums Leben gekommen. Als wäre nichts geschehen.

Die junge Frau war schon kaputt gewesen.

Und er hatte nichts Böses getan.

Er hatte der Maske nur Nahrung gegeben.

Die einzige Art, Clorinda zurückkehren zu lassen, bestand darin, ihre Essenz, die in der Maske gefangen war, zu füttern.

Er dachte an das Bild auf dem Kilner-Schirm, die Aura der Maske, die er fotografiert hatte. Sein Kind würde für immer bei ihm bleiben. Sofern er es nährte und versorgte.

Endlich wieder beschützt.

Gegen alle Wölfe der Welt.

Flügelschlag um Flügelschlag.

Vierter Teil
Fragmente im Kreis

»Wilder Tanz, kreative Leidenschaft. Alles ist Teil eines sich vervielfältigenden Ganzen.«
»Und wie würden Sie Ihre Werke beschreiben, Meister?«
»Vogelscheuchen des Geistesblitzes und des Fiebers. Unkenntliche Fragmente.«

Saverio Mastri im Interview mit Erika Zinner,
in: *Flash Art International*, Dezember 1999

VIII
Fragmente

1

Sonntag. Zu Hause.

Bruchstücke zusammensetzen. Die Überreste seiner selbst und seines Lebens.

Und sich wie ein Fremder fühlen. Einer, der hier nichts verloren hatte. Ein Eindringling.

Nach einer unruhigen und schlaflosen Nacht stellte Franco, am ganzen Leib schlotternd, seine Füße vor dem Bett auf den Boden und bedachte seine Bugs-Bunny-Hausschuhe unter der Kommode mit einem skeptischen Blick. Er beschloss, sie nicht anzuziehen – er spürte ja ohnehin nichts da unten. Also ging er barfuß und nur mit der Pyjamahose bekleidet in sein Arbeitszimmer.

Mit nacktem Oberkörper setzte er sich vor den Computer.

Er hatte die Heizung nicht angeschaltet und spürte jetzt die Kalte am Rücken und am Bauch. Er zitterte, doch das war gut so.

Zumindest seine obere Körperhälfte war noch zu Empfindungen fähig, und das hatte etwas Beruhigendes.

Obgleich der Frühling bevorstand, war es noch ziemlich kalt. Der Winter wollte das Feld einfach noch nicht räumen.

Winter draußen, Winter im Gemüt.

Mit klappernden Zähnen prüfte er, ob die Internet-Verbindung aufgebaut worden war, ging auf Google und suchte alles, was er über den Unfall finden konnte.

Der Tod der schönen Clorinda Mastri.

Achtzehn Jahre alt.

So klein, so zerbrechlich.

Er wollte alles über sie wissen, alles, was möglich war. Und noch viel mehr.

Ein elementares Bedürfnis, eine Obsession.

Vielleicht war es aber auch nur eine Art, die Zeit herumzubringen. Während die Minuten und Sekunden seines Lebens auf ein Nichts geschrumpft waren.

Zu einer flachen und unbeweglichen Linie, die dich in den Wahnsinn treibt, wenn du nicht achtgibst.

Als ihn das Taxi am Tag zuvor am Grundstückstor abgesetzt hatte, hatte er das Gefühl, am Eingang zu einem gefährlichen Ort zu stehen, einem Ort, der ihm Böses antun konnte. Als hätte sich sein Haus in den Schauplatz eines Horrorfilms verwandelt. Ein heimgesuchtes Haus, dessen Fenster lachen konnten, als wären es Münder.

Sich selbst Mut zusprechend, drückte er den Torflügel ganz vorsichtig auf und setzte die Füße auf den schmalen, geraden Weg. Bei jedem Schritt knirschte der weiße Kies unter den Sohlen seiner Cowboystiefel – *krack, krack, krack* –, bis Franco den kleinen Vorplatz vor dem Hauptgebäude erreichte. Unter dem mit Jungfernrebe bedeckten Holzdach stand der alte schwarze Saab 900 Turbo, und Franco spürte einen wehmütigen Stich, als er an den Tag dachte, an dem sein Vater das Auto mitgebracht hatte.

»Schau mal, mein Sohn, was für ein Glücksgriff, was für ein Schnäppchen.«

Der Zündschlüssel dreht sich, das Auto springt beim dritten Versuch an und tuckert im Leerlauf.

»Hörst du, wie der schnurrt, das ist der reine Wahnsinn ...«

Der Mechaniker, der sich um die Polizeiautos kümmerte,

hatte Francos Vater das Auto überlassen, und dieser beabsichtigte, es wieder herzurichten, wenn sein Sohn volljährig sein würde. Mittlerweile war das Modell völlig aus der Mode gekommen. Doch es hatte sich eine gewisse Schönheit bewahrt, die Faszination vergangener Zeiten.

Ein Schritt. Und noch einer.

Bis er vor dem Eingang stand.

Mit gezücktem Schlüssel und klopfendem Herzen.

Mit zwei ohrenbetäubenden Umdrehungen öffnete er das Sicherheitsschloss.

Dann betrat er dieses Haus, das er eigentlich lieben sollte, im Augenblick jedoch verabscheute. Es war nun kein Rückzugsort mehr, kein Ort, an dem man sich einschließen konnte, um die Kälte weniger zu spüren.

Sein Haus kam ihm verändert vor. Ein fremder Ort. Die Luft war eisig, und es roch ungelüftet.

Völlig panisch ging er durch die Zimmer und sah nach den Möbeln, den Gegenständen, seinen Sachen, prüfte, ob er sie wiedererkannte. Dabei murmelte er immer wieder ein Satzfragment vor sich hin.

Wish you were …

Das letzte Wort hielt er mit den Zähnen zurück.

… here.

Damit es ihm nicht herausrutschte und die letzte Zeile der Strophe vervollständigte.

Hier, jetzt. Doch eigentlich hatte er das Gefühl, gar nicht hier zu sein.

Wohin er auch ging, hinter welche Tür er sich auch flüchtete.

Er war ein Geist, der durch die Zimmer schwebte, denn er spürte rein gar nichts mehr.

Von etwas gedrängt, das nicht aus ihm selbst kam, betrat er das Wohnzimmer und schaltete die Stereoanlage ein. Er wusste nicht, welche CD im Player war, doch es war ohnehin klar, welches Lied aus den Boxen kommen würde.

Der rote Leuchtpunkt des Players war wie die Pupille eines bösen Auges. Franco drückte auf Play, dann setzte er sich auf das Sofa und schloss die Augen.

Die Klänge von *Wish You Were Here* füllten den Raum. Und Franco wurde von Melancholie erfasst, ohne zu wissen, warum.

Wieder einmal fragte er sich, ob es nicht vielleicht sein Kopf war, der ihm dieses Stück vorspielte.

Immer nur dieses Stück.

Wie ein Ohrwurm, der einen nicht mehr loslässt und den man immer vor sich hin summt.

So war auch dieses Stück. Es kam immer wieder und wurde sogar von CDs gespielt, auf denen etwas ganz anderes sein sollte.

Dieses Stück war ein Geist.

Die akustische Entsprechung eines Gespenstes.

Eingelullt von dieser Musik, die gar nicht da sein durfte, sank Franco in einen unruhigen Schlummer.

Er träumte von einem Mädchen ohne Gesicht, das mit den Armen schlägt und so tut, als würde es fliegen.

Als er wieder erwachte, drang das schwache rötliche Licht des Sonnenuntergangs durch die Fenster.

Die Anlage spielte immer noch das Stück von Pink Floyd, das er nun zu ignorieren versuchte.

Automatisch sah er auf die Uhr, auf diese Uhr mit ihren stehengebliebenen Zeigern, und fühlte sich von allen und allem abgetrennt.

Da stand er auf, riss sich mit einer zornigen Bewegung die Uhr vom Handgelenk und warf sie mit einem Wutschrei gegen die Wand.

Der Mörder junger Mädchen, der Mörder der verlorenen Zeit.

Er bewegte sich wie ein Automat, als er mit starrem Blick in die Turm-Mansarde hinaufstieg, wo das Arbeitszimmer seines Vaters gewesen war.

Dort angekommen, holte er tief Luft und glaubte, noch den Geruch der toskanischen Zigarren wahrzunehmen, die sein Vater immer geraucht hatte. Und einen schwindelnden Augenblick lang sah er ihn am Schreibtisch sitzen, ganz deutlich wie in einer Digitalaufnahme. Die Lampe war auf die Arbeitsplatte gerichtet, er hatte das Okular vor dem rechten Auge und reparierte mit einem winzigen Schraubendreher ein Uhrwerk. Sein Hobby, wenn er nicht gerade damit beschäftigt war, die Welt vom Bösen zu befreien, sein ... Zeitvertreib.

»Hallo, Papa, wie geht es dir?«

Er hebt den Kopf und sieht Franco an. »Mir geht es gut, mein Sohn, und dir?«

Das sanfte Lächeln, während ihm plötzlich Blutstropfen aus den Augenwinkeln rinnen und sich auf den stoppeligen Wangen verzweigen wie kahle, auf dem Kopf stehende Baumskelette.

»Mir geht es sehr schlecht, Papa, so schlecht, dass es schlechter nicht mehr geht, und auch du, vielleicht hast du es gar nicht bemerkt, bist nicht viel besser dran, weißt du? Du siehst nämlich aus, als würdest du dich in deine Einzelteile auflösen.«

Franco blinzelte ein paarmal, und die Vision löste sich mit einem Zittern auf.

Als er endlich allein war, machte er noch einen weiteren Schritt.

In diesem Raum war es mindestens zehn Grad kälter als im übrigen Haus, was ihm aber nicht unlieb war, denn so floss das Blut in den Adern schneller, und er fühlte sich lebendiger.

Er ging zu dem Nussbaumschränkchen neben dem Schreibtisch und öffnete es. Genauso vorsichtig wie ein Archäologe, der einen alten Schatz ausgräbt, holte er eine mit Intarsien verzierte Holzdose heraus, in der sich die Uhrensammlung seines Vaters befand.

Er klappte den Deckel auf und betrachtete die Uhren Stück für Stück. Die stillstehenden Zeiger. Die nicht aufgezogenen Federwerke. Die leeren Batterien.

Diese Uhren hatte nicht er angehalten. Das hatte die Zeit besorgt. Dieses Mal war er unschuldig.

Die Zeit, die die Zeit anhält.

Mit einem unangenehmen Geschmack von altem Kupfer im Mund nahm er eine silberne Timex aus ihrem Samtfutter. Eine wunderschöne Uhr.

Er band sie sich um das Handgelenk, wobei er darauf achtete, das Armband nicht zu eng zu schnallen. Dann stellte er die Uhr auf drei.

Die dritte Stunde. Die das Ende und den Anfang eines neuen Lebens markierte. Für ihn. Und für viele andere.

Die Stunde, zu der Clorinda gestorben war.

Er verließ das Arbeitszimmer und ging nach unten. Vor dem Fenster herrschte vollkommene Finsternis, und er machte das Licht an.

In diesem Moment fühlte sich Franco so allein und verlassen, dass er kurz davor stand, in Tränen auszubrechen.

Er suchte sein Handy, schaltete es ein und starrte einen Augenblick lang auf das Display. Er hätte jetzt gerne die Stimme von jemandem gehört.

Er konnte vielleicht diesen merkwürdigen Priester anrufen, Pater Cristoforo, und ihn um einen Segen bitten. Oder diese Polizistin, die mit seinem Vater zusammengearbeitet und angeboten hatte, ihm zu helfen.

Den Pfaffen, die Polizistin oder doch niemanden?

Während er noch überlegte, drang plötzlich ein Ton an sein Ohr, der ihn aufschrecken ließ. Er hatte eine SMS bekommen.

Sein Herz klopfte heftig.

Die SMS war von Maria.

Sie hatte sich bequemt.

Sie hatte es erfahren. Wollte zu ihm kommen.

Franco starrte eine Weile ins Leere.

Dann las er noch einmal die letzten Worte der Nachricht: ICH WILL DICH SEHEN, DU HAST MIR SO GEFEHLT …

Wütend klappte er das Handy zu.

Leck mich.

Er hatte keine Lust, irgendjemanden zu treffen. Am allerwenigsten Maria. Sie war auch nur ein Geist. Einer von vielen.

Ein Geist aus der Vergangenheit, der zurückkehren wollte. Schade, dass er, Franco, gar nicht da war. An seiner Stelle war jemand anderes zurückgekommen. Der Mann ohne Glauben. Das Samstagnachtwunder.

Die Klänge von *Wish You Were Here* schwebten immer noch unbeirrt in der Luft.

Ich wünschte, du wärst hier …

Aber du, wer?

Aber hier, wo?

Hier, jetzt.

Er ging ins Wohnzimmer zurück und zog den Stecker der Anlage heraus. Das rote Auge des Players erlosch.

Dann überlegte er, ob er fernsehen oder sich vielleicht einen Film auf DVD anschauen sollte. Am Ende beschloss er, dass er nichts von beidem tun würde.

Stattdessen ging er ins Bad und zog sich aus. Den Jogginganzug, den man ihm in der Klinik gegeben hatte, warf er in den Wäschekorb. Dann putzte er sich die Zähne.

Er musterte sich lange im Spiegel über dem Waschbecken. Die Schwellungen und Blutergüsse im Gesicht waren fast völlig verschwunden. Auch die rote Narbe, die sich wie eine blutige Tränenspur über seine Wange gezogen hatte, war nicht mehr zu sehen.

Raspelkurze Haare, ungepflegter Bart, verzweifelter Blick: die neue Version des schwarzen Franz.

In seinem Zimmer zog er sich die Pyjamahose an und kroch ins Bett. Den Großteil der Nacht horchte er in die Stille und lauschte, ob es Flügelschläge und Raunen gab.

Er hörte nichts. Er war betäubt wie nach einem Schlag auf den Kopf. Seine Schläfen pochten unter dem Druck dieser unnatürlichen Stille, dieser schrecklichen Abwesenheit von Geräuschen.

Erst im Morgengrauen überwältigte ihn die Müdigkeit, er schloss die Augen und fiel in einen unruhigen Halbschlaf. Die eine Hälfte seines Geistes tauchte in den Schlaf hinab, die andere blieb wachsam. Er zitterte am ganzen Leib.

Nach einer Weile, die ihm unendlich vorkam und gleichzeitig rasend vergangen zu sein schien, öffnete er die Augen wieder und stand auf.

Dann ging er zum Computer und begann mit dem, was er tun musste: Informationen über Clorinda Mastri sammeln.

Er fand etwa zwanzig Artikel über den Unfall, die er sich alle auf den Rechner zog und dann aufmerksam las. Nirgendwo wurde erwähnt, dass das Mädchen vor dem Unfall vergewaltigt worden war. Vielleicht hatte die Polizei es für angebracht gehalten, diese Information – aus ermittlungstechnischen oder anderen Gründen – nicht an die Öffentlichkeit zu geben.

Die Journalisten hatten sich vor allem auf den Vater, Saverio, eingeschossen und huldigten ihm als Künstler. Einige wenige hatten auch darauf hingewiesen, dass der Sohn von Kommissar Negronero für den Unfall verantwortlich war, und hatten die zehn Jahre alte, blutige Geschichte wieder aus dem Zylinder gezaubert. Die Tötung von Antongiulio Terrano und die Folge: das aus Rache in die Luft gejagte Auto des Kommissars. Dass die Vergangenheit wieder aufgerührt wurde, machte Franco wütend und traurig, und er verspürte eine leise Angst.

Um diese Gefühle nicht über sich zusammenschlagen zu lassen, legte er einen neuen Unterordner für die gefundenen Dokumente an. Dann öffnete er die Fotos von Clorinda mit Photoshop.

Er fragte sich, wie viel Uhr es wohl sein mochte.

Er sah auf die Timex, die wunderschön war und nicht ging. *Es ist drei Uhr*, dachte er. *Es wird für immer drei Uhr sein.*

Ein Kichern stieg in ihm auf, er drängte es zurück.

Er konnte ja auch auf die Uhr des Computers schauen. Natürlich.

Doch das tat er nicht. *Weil …*

Er holte sich eine Zigarette und steckte sie sich zwischen die Lippen.

Die Ärzte hatten ihm das Rauchen verboten. Zumindest für eine Weile. »Lassen Sie es fürs Erste bleiben«, hatten sie gesagt.

Nein, danke.

Er hatte sich in diesen Tagen nur allzu sehr am Riemen gerissen.

Er fand das Feuerzeug. Beim ersten Zug musste er husten.

Beim zweiten ging es schon besser.

Auch beim dritten und vierten.

Er zog an der Zigarette, blies den Rauch gegen den Monitor und starrte in das wunderschöne Gesicht von Clorinda.

Er dachte immer wieder an diese merkwürdigen Dinge, die ihn verfolgten, überlegte, was sie bedeuten mochten.

Der Geist in dem dunklen Bauch, das Mädchen im Traum, das mit den Armen schlägt … ganz zu schweigen von diesem Musikstück immer und überall!

Franco drückte die Kippe im Aschenbecher aus. Dann hieb er sich mit der Faust auf den Schenkel: Er spürte nichts und fluchte.

Er wählte ein Foto des Mädchens aus, vergrößerte es, korrigierte die Scharfeinstellung und druckte es aus.

Ohne das Ergebnis zu überprüfen, nahm er ein anderes Foto. Er vergnügte sich damit, es am Bildschirm zu zerstückeln. Er hatte sich nie besonders gut mit Grafikprogrammen ausgekannt, doch jetzt ging alles automatisch, als hätte er nie etwas anderes getan.

Er schuf Details an Augen, Mund und Nase.

Zehn verschiedene Varianten dieses Gesichts, und dann noch weitere. Er veränderte die Farben und den Farbton: verschiedene Lichteffekte, gerasterte Konturen, Graphit- oder Pastellhintergrund …

Während die Zeit stillstand und die Luft immer eisiger wurde.

Er druckte.

Immer und immer wieder.

Dann nahm er alle Bilder von der Wand über dem Schreibtisch und hängte an ihre Stelle die Ausdrucke auf.

Er arbeitete ohne Pause, wie in Trance.

Als er fertig war, stand er reglos mitten im Zimmer. Fast ohne zu atmen betrachtete er das Puzzle aus Foto-Fragmenten an der Wand.

Clorindas Gesicht schien ihn anzuschauen wie in einem Traum.

2

»Sie haben ihnen die Münder mit Paketband zugeklebt und dann mit dem Hammer draufgehauen, bis alle Zähne ausgeschlagen waren. Dann haben sie die beiden in dieser Position festgehalten, sodass sie an ihrem Blut und an den Knochen- und Zahnstücken erstickt sind.«

Chiara Monti hörte Kommissar Sapori nur mit halbem Ohr zu. Sie war so sehr mit ihrer eigenen schlechten Laune beschäftigt – außerdem hatte sie noch nichts in den Magen bekommen. Der Sonntagmorgen hatte schlecht angefangen und war noch schlechter weitergegangen.

Sie hatten einen Haufen Mist zu erledigen. Angesichts der Spezialaufgabe ihres Teams verbrachten sie die Sonntage immer damit, die Scherben der Samstagabende aufzusammeln.

Die Scherben und die Körper.

An diesem Wochenende war es besonders schlimm gewesen. Viele Unfälle, vor allem auf der A 14 im Abschnitt Faenza-Imola: Dort waren drei Autos in einen schrecklichen Auffahrunfall verwickelt worden, und alle Insassen, auf dem Heimweg von den Diskotheken der romagnolischen Riviera, waren auf der Stelle tot gewesen. In der Nacht hatte der NSPIA außerdem zusammen mit den Carabinieri von Ravenna eine Drogenrazzia durchgeführt, bei der etwa zehn Dealer festgenommen wurden. Daher war ein Großteil der Anti-Drogen-Einheit unter der Leitung von Galimberti jetzt mit den Formalitäten wegen der Festnahmen und mit Verhören befasst.

Der anonyme Anruf war um Punkt zwölf Uhr mittags in der Zentrale von Casalecchio eingegangen.

Eine verzerrte Stimme hatte eine rätselhafte Nachricht hinterlassen und dann noch einen Ort genannt: die Autowerkstatt Elaborauto im Industriegebiet von Zola Predosa. Kommissar Sapori, der eigentlich der Spurensicherung angehörte, war das einzige NSPIA-Mitglied, das in der Zentrale geblieben war. Also fuhr er mit ein paar Männern zu der genannten Adresse. Dort fanden sie das Rolltor einen halben Meter offen stehend und mitten darauf ein Schild mit der Aufschrift: WEGEN URLAUB GESCHLOSSEN.

In der Werkstatt dann die Leichen der beiden Inhaber: die Zwillinge Antonio und Carlo Bovini, jene Pusher, die in der Nacht der Razzia festgenommen worden waren.

Polizeidirektorin Chiara Monti war umgehend alarmiert worden.

»Aber wie lautete diese Nachricht genau, Sapori?«, hatte sie ihn per Handy gefragt, während sie zum Tatort raste.

»Es ist eine künstliche, mit dem Computer bearbeitete Stimme, die sagt: ›Wie schnell du fahren kannst, kleines Mädchen.‹«

Sie kam mit quietschenden Reifen am Tatort an und sprang aus dem Auto. Die beiden Polizisten, die vor der Werkstatt Wache hielten, salutierten und standen stramm.

»Steht bequem, Leute.«

Die Magensäfte stiegen ihr sauer auf.

Sie steckte sich ein Bonbon in den Mund, weil sie Zucker brauchte und um die Säure zu überdecken.

Dann betrat sie die Werkstatt, zögernde Schritte auf dem mit Ölresten und Reifenspuren übersäten Boden.

Schlecht gelaunt und müde.

Chiara hatte die letzten Stunden des Vormittags im Hubschrauber verbracht, von wo aus sie die Gegend um den Futapass an der Grenze zur Toskana abgesucht hatten. Ein Informant hatte ihnen mitgeteilt, dass dort eine große Menge Mixtura umgeschlagen werden sollte. Übergabe mit einem einfachen Lieferwagen an einer Tankstelle. Am Ende hatten sie nichts Verdächtiges entdecken können und waren gegen Mittag wieder nach Bologna zurückgekehrt. Und kaum hatte sie einen Fuß auf festen Boden gesetzt, da kam schon der Anruf des Kommissars.

»Sie müssen sofort hierherkommen, Signora Monti, die beiden Pusher des Rennens sind getötet worden.«

»Können Sie das nicht allein regeln?«, fragte sie, mit dem Gefühl, als laste ihr ein Stein auf den Schultern, der mindestens hundert Kilo wog. Sie konnte es kaum abwarten, nach Hause zu fahren, unter die Dusche zu gehen und dann mit Gioia ein Buch zu lesen und ihren Mann anzuschauen und ihn ein bisschen zu hassen. Dinge eben, die man an einem Sonntagnachmittag mit der Familie tut.

»Nein, es ist besser, wenn Sie herkommen und sich das selbst anschauen«, antwortete ihr Gesprächspartner in einem bedeutungsschwangeren Tonfall, der ihr auf die Nerven ging.

Sie fragte sich: *Was mag da wohl so Unglaubliches vorgefallen sein, dass ich persönlich hinfahren muss?*

Schlecht gelaunt und müde betrat sie die Werkstatt und ging zu den Kollegen von der Spurensicherung, die in ihren weißen Anzügen ihre Arbeit machten. Und dann sah sie es.

»Auf diese Weise haben sie keine Sauerei veranstaltet.«

Chiara starrte wie hypnotisiert auf den Hammer, der auf dem Fußboden lag. Sie hatte zwar gehört, dass ihr Kollege etwas gesagt hatte, aber sie hat es nicht verstanden.

Daher drehte sie sich zu ihm um und sah ihn fragend an. »Entschuldigung, was haben Sie gesagt?«

Sapori kniff die Augen zu schmalen Schlitzen zusammen

und machte eine vage Geste. »Nun, ich habe gesagt, dass die hier saubere Arbeit geleistet haben mit dem Klebeband über dem Mund.«

»Ich glaube, dass sie uns damit eine Mitteilung machen wollten, so in der Art: ›Denen haben wir das Maul gestopft.‹ Und dann der anonyme Anruf ... das riecht schwer nach Provokation.«

Der Kommissar nickte. »Der Computer im Büro ist völlig zertrümmert, sie haben alles herausgerissen, und der Tresor ist offen und leer, als hätten sie versucht, Beweise, Dokumente und dergleichen verschwinden zu lassen.«

Einer der Polizisten kam näher. »Wir haben auf der Werkbank ein digitales Diktiergerät gefunden.«

Sapori ordnete an, es umgehend der Spurensicherung zu übergeben.

Chiara hatte ein Déjà-vu-Erlebnis. Dieselbe Methode hatten auch die Killer angewandt, die für den alten Terrano gearbeitet hatten. Auch sie hatten die Schreie ihrer Opfer aufgezeichnet und das Band als Souvenir für die Polizei hinterlassen.

In diesem Moment fiel ihr Blick auf etwas, das vor der Werkbank auf dem Boden lag. Sie ging einen Schritt näher. Es sah aus wie ein zusammengeknülltes Papier. »Sapori, Sie haben doch Handschuhe an, können Sie das bitte mal aufheben.«

Der Kommissar beugte sich hinunter, griff nach dem Papierknäuel und faltete es vorsichtig auseinander. »Verfluchte Scheiße!«

»Was ist es denn?«

Sapori hielt ihr das Papier so hin, dass sie das Foto darauf erkennen konnte.

Chiara starrte auf das Bild, das sie selbst beim Verlassen der Polizeizentrale zeigte. Das Herz schlug ihr bis zum Hals. Ihre Tarnung war aufgeflogen, sie wussten von ihr, wussten, dass sie sich bei dem Rennen eingeschleust hatte.

Wie schnell du fahren kannst, kleines Mädchen.

Was sie jedoch am meisten erschreckte, war die Drohung, die sich dahinter verbarg. Jemand beobachtete sie. Jemand forderte sie heraus. Und die Botschaft, die man mit der Ermordung der beiden Pusher hatte übermitteln wollen, galt in erster Linie ihr.

Ihr, Chiara Monti, und einem Teil ihrer Vergangenheit.

Was gewesen ist und was sein wird.

Dieses verfluchte Rennen.

3

Aus dem Schränkchen über dem Waschbecken holte er die Rasierklinge, die er früher einmal dazu benutzt hatte, sich die Koteletten zu trimmen. Dann zog er die Jogginghose aus und setzte sich in die Badewanne. Er dachte an jenen Abend, an dem seine Mutter versucht hatte, sich die Pulsadern aufzuschneiden, an ihr angstvolles Gesicht. Er dachte, dass er jetzt vielleicht genauso aussah.

Mit einem resignierten Seufzer führte Franco die Rasierklinge an seinen rechten Oberschenkel und begann zu schneiden.

Als er das Blut zwischen den Härchen hervorquellen sah, empfand er eine unerklärliche Erleichterung.

Das Fehlen von Schmerz gellte wie ein schräger Trompetenstoß. Er begriff nichts mehr, seine Gedanken schienen zusammengeschrumpft zu sein. Winzige elektrische Zuckungen versuchten, dem noch verbliebenen Bewusstsein Botschaften zu senden, erreichten es jedoch nicht.

Er ritzte einen ersten Blutbuchstaben ein, dann einen zweiten und einen dritten.

Purpurfarbene Tropfen rannen über seinen Schenkel und fielen auf das glänzende Weiß der Wanne.

Noch ein Buchstabe.

Metallischer Geruch in der Luft.

Die Klinge schnitt in die Haut, bis die Inschrift vollendet war.

Seine Invokation, sein Schlachtruf.

Ich bin.

4

Mitten in der Nacht wecke ich meine Tochter und sage zu ihr: »Zieh dich bitte an.« Dann nehme ich sie bei der Hand und führe sie hinaus. Ich lasse sie ins Auto steigen, setze mich ans Steuer und fahre los, ohne etwas zu sagen. Sie sitzt neben mir auf dem Beifahrersitz mit ihren blauen, noch schlafverklebten Augen, in ihrem Gesicht spiegeln sich Angst und Verwirrung, sie ist so klein und so zerbrechlich.

Vor der Diskothek drossele ich das Tempo und halte am Straßenrand an, von dort aus kann man alles gut sehen. Dann drehe ich mich zu Clorinda um und sage: »Schau hin.«

Sie gehorcht mir und zieht sich hoch, um sich das Schauspiel durch die Scheiben hindurch anzuschauen: all diese Jugendlichen, die sich in einer Prozession durch den Tunnel aus Unfallautos zum Eingang schieben. Sie sieht aufmerksam hin, kurze, trockene Atemzüge zwischen den halb geschlossenen Lippen.

Ich warte, bis sich ihr die ganze Szene gut eingeprägt hat, dann sage ich zu ihr: »Sie sind wie Nachtfalter, farblose Schmetterlinge, die verzweifelt versuchen, zum Licht zu gelangen, aber nicht die richtige von der falschen Intensität unterscheiden können.«

Clorinda hört mir zu, aufmerksam und ohne ein Wort zu sagen, zart und wehrlos. Wenn ich sie so anschaue, spüre ich die reine und intensive Liebe, die mich mit ihr verbindet. Das hat etwas mit dem Wesen der Seele und der Haut zu tun. Fraktale der Melancholie, Parasiten des schlagenden Herzens und ungebändigte Krieger der Wiederkehr.

Und so kommt die Angst. Für mich, für sie. Für die ganze Welt. Ich schließe also die Augen, dann öffne ich sie wieder, lasse den Motor an und fahre davon.

Wir gleiten durch die Nacht, schweigend und allein, ich und meine Tochter, die mit geschlossenen Augen und leicht geöffnetem Mund nach Luft ringt.

Ich fahre weiter, auf der Suche nach einem neuen Beispiel, damit sie begreift.

Und schließlich finde ich es.

Bei Kilometer 33 halte ich an und sage noch einmal: »Schau hin.«

Sie reißt die Augen auf, blickt über den Kreis der Leere hinaus und sieht das verbogene Blech und die Blinklichter der Rettungswagen.

Wir steigen aus, um besser sehen zu können. Wir halten uns an der Hand und gehen näher heran, und niemand scheint auf uns zu achten. Als wären wir unsichtbar oder wie Nebelschwaden.

Wir beugen uns vor, um in das Wageninnere zu schauen.

Die Frau mit dem halb aufgerissenen Leib und die kleinen Hände, die sich ihren Weg durch den Spalt bahnen, wie ein aus der Erde kriechender Zombie aus einem Film von George Romero.

Clori beginnt bei diesem Anblick zu schreien, während ich ihr so leise ins Ohr flüstere, dass es fast nur ein Hauch ist: »Das ist grauenvoll, nicht wahr?«

Er fuhr plötzlich aus dem Schlaf hoch und war allein. Saverio Mastri sah sich mit gefrorenem Staunen um, während sich die letzten Traumfetzen wie kleine Sterne im Dunkel des Zimmers auflösten. Vor Anstrengung zitternd fand er sein Bewusstsein wieder und setzte sich auf. Er betätigte den Schnurschalter der Rollos, seine Fingerspitzen brannten.

Er befand sich im Bett seiner Tochter.

Eingehüllt in nichts als seinen eigenen Schweiß.

Er stand auf und ging durch das Zimmer zwischen den Fragmenten seiner Erinnerung hindurch. Ihm war, als wäre Clorinda hier bei ihm, ganz nah und zugleich weit weg.

Ich glaubte, dich zu kennen, aber ich kannte dich nicht.

Ich glaubte, dich zu verstehen, aber ich verstand dich nicht.

Ich glaubte ...

Mit einem Gefühl, dass das alles völlig unwirklich war, starrte er die auf der Kommode liegende Maske an. Er streckte eine Hand aus, um nach ihr zu greifen.

Und er spürte eine leichte Vibration, wie wenn man einen eingeschalteten Kühlschrank berührt.

Saverio wusste, warum.

Die Geschehnisse der Samstagnacht waren völlig absurd gewesen. Und absolut zwingend.

Mittlerweile widmete er sein Leben, vielmehr das, was davon übrig geblieben war, nur noch dem Zelebrieren des Todes.

Er konnte sich nicht entziehen.

Mysteriöse Wesen leiteten ihn.

Kräfte, zu denen er nicht einfach Nein sagen konnte.

Er wusste, dass die Maske weitere Gesichter zum Verschlingen, weitere Opfer verlangen würde. Und er würde sie ihr geben. An allen Tagen, die er in den folgenden Monaten noch erleben würde, vielleicht auch noch länger.

5

Er ging über den Rasen. Mit geschlossenen Augen, das Gesicht dem Himmel zugewandt, um die Wärme der morgendlichen Sonnenstrahlen aufzufangen.

Er erinnerte sich an die Worte von Pater Cristoforo: *Was zählt, ist nicht die Dunkelheit, die uns bedrängt, oder die Nacht, die uns anklagt. Was zählt, ist das Licht der Sonne, wenn sie für uns scheint.*

Die Luft hier auf dem Land war erfrischend, und jeder einzelne Atemzug brachte seine Lunge zum Vibrieren. Hinten auf dem Feld verbrannte jemand Gestrüpp, und ein leichter Rauchgeruch stieg den Hang hinauf und vermischte sich mit dem Duft von Gras.

Franco kam zu dem Unterstand, unter dem der alte Saab Turbo stand. Das Auto war so staubig, dass es eher grau als schwarz aussah. Franco dachte melancholisch an seine *Lolle*, die in Rauch aufgegangen, in tausend Stücke zerschellt war, zusammen mit seinem Totenkopfring. Als er eine Hand ausstreckte, um die Wagentür zu öffnen, sah er sich vorsichtig um. Wie ein Dieb. Er stieg ein. Es roch nach Samt und Leder. Im Handschuhfach fand er den Fahrzeugschein und betrachtete ihn prüfend. Es schien alles mit ihm in Ordnung zu sein. Franco hatte sogar daran gedacht, in all diesen Jahren die Steuern und die Versicherung zu bezahlen. Als er die Dokumente wieder zurücklegte, sah er ganz hinten in dem Fach etwas Zylinderförmiges, das wie Messing glänzte. Er holte das Ding heraus. Es war eine 9-mm-Patrone.

Zuerst wunderte er sich, erinnerte sich aber sofort daran, dass sein Vater ihm erzählt hatte, dass dieses Auto einem Kommissar der Mordkommission gehört hatte. Vermutlich hatte dieser die Patrone im Auto liegen lassen.

Franco war schon immer von Patronen fasziniert gewesen. Vielleicht konnte er einen Schlüsselanhänger daraus machen lassen, als Glücksbringer. Ein guter Stern für seinen Traum, in die Fußstapfen seines Vaters zu treten und eine Laufbahn bei der Polizei einzuschlagen. Jetzt, da er den Totenkopfring nicht mehr hatte, brauchte er einen neuen Talisman, ein neues Amulett, um sich die Vergangenheit zurückzuholen. Außer der Timex, die er am Handgelenk trug.

Franco schloss die Klappe des Handschuhfachs und steckte die Patrone in seine Hemdtasche. Dann suchte er unter dem Lenkrad nach dem Zündschlüssel. Als er dort nichts fand, fiel ihm ein, dass sich bei diesem Auto das Zündschloss in der Mittelkonsole, gleich hinter dem Schalthebel befand. Nachdem er den Schlüssel gefunden hatte, drehte er ihn leicht, sodass das Armaturenbrett beleuchtet wurde. Ein Blick auf die Tankanzeige sagte ihm, dass der Tank noch zu einem Viertel voll war. Auch der Ölstand war in Ordnung. In der ersten Zeit nach dem Tod seines Vaters hatte seine Mutter das Auto einige Male benutzt, um zum Einkaufen zu fahren. Danach hatte es bis zu diesem Augenblick im Unterstand gestanden.

Franco versuchte, den Motor zu starten. Er sprang beim dritten Versuch an. Nicht schlecht, wenn man bedachte, dass das Auto seit mindestens sechs Jahren nicht bewegt worden war. Franco legte den Rückwärtsgang ein und wollte zurücksetzen, doch er ließ die Kupplung zu schnell kommen und würgte den Motor ab. *Scheiße.* Er ließ das Auto nochmals an und achtete nun darauf, sensibler mit dem Kupplungspedal umzugehen. Dann endlich fuhr er den Weg zum Tor hinunter.

Es war ein eigenartiges Gefühl, Auto zu fahren, ohne die

Beine richtig zu spüren. Doch nach und nach gewöhnte er sich daran. Zumindest die Bewegung konnte er wahrnehmen, es fehlte nur die taktile Empfindung.

In gemäßigter Geschwindigkeit fuhr er über die Hügelstraße, nahm die Kurven ganz kontrolliert und spielte mit Kupplung und Bremse, sooft er konnte, indem er Gas gab und dann wieder wegnahm.

Auf der Via Sabbiuno trat er das Pedal fester durch, damit der Motor höher drehte und der Turbo einsetzte. Das Auto schlug sich für sein Alter wacker. Nur manchmal gab es bei der Beschleunigung harmlose Aussetzer, die sich wie kleine Schluchzer anhörten. Vielleicht musste die Einspritzanlage neu eingestellt werden.

Franco betätigte den elektrischen Fensterheber und ließ das Fenster hinunter, dann streckte er den Kopf hinaus, um den Wind auf seinem Gesicht zu spüren.

Er war. Er existierte. Er war *kein* verfluchter Geist.

Er öffnete den Mund, um die Geschwindigkeit einzuatmen, er fühlte sich lebendig und gesund. In der Lage, weiterzuleben. Zu kämpfen.

Als er in die Via dei Colli kam, musste er abbremsen, weil ein weißer Panda der Post im Schneckentempo vor ihm herfuhr. Er wollte schon hupen und sich vorbeidrängen, ließ es dann aber bleiben.

Vielmehr wartete er, bis der Briefträger am rechten Straßenrand neben dem Tor zu einer Villa hielt, schaltete dann hoch und fuhr mit einem brüsken Lenkmanöver auf die Straßenmitte, schaltete nochmals und schoss mit quietschenden Reifen davon. Er erhaschte noch einen flüchtigen Blick auf einen kahlgeschorenen Typen mit ungepflegtem Bart, der mit einem Paket in der Hand aus einem Auto stieg.

Ohne die Geschwindigkeit zu verringern, fuhr Franco durch die Hügel.

Er dachte daran, dass sein Führerschein eingezogen worden war. Wenn ihn jetzt die Polizei anhielt, würde er ganz schön im Schlamassel stecken. Doch das war ihm egal.

Am Ende der Hügelstrecke nahm er die Via San Mamolo und bog gleich darauf nach rechts auf den Parkplatz der Klinik ab.

Nachdem er den Motor ausgestellt hatte, betastete er seinen rechten Oberschenkel an der Stelle, wo er mit dem Rasiermesser die wichtigen Worte *Ich bin* eingeritzt hatte. Er hoffte nur, dass die Wunden nicht wieder zu bluten begannen. Dann stieg er aus und betrachtete das Schild auf der Vorderseite des Gebäudes: PFLEGEHEIM VILLA AL COLLE. Das letzte Mal war er in der Woche vor seinem Unfall hier gewesen. Seitdem hatte er seine Mutter nicht mehr gesehen.

Er war aufgeregt wie beim ersten Mal.

6

Chiara hatte die Übersicht über die Handytelefonate der Pusher bis zum Ende durchgesehen. Sie hatte die Verbindungsdaten schon vor mehr als einer Woche bei der Telecom angefordert, sie aber jetzt erst erhalten, weil irgendein unfähiger Mitarbeiter vergessen hatte, sie abzuschicken. Und irgendein unfähiger Polizist hatte geschlampt und sich nicht mehr darum gekümmert. Dann waren die Zwillinge auf absurde Weise ins Jenseits befördert worden, und auf einmal war Bewegung in die Sache gekommen.

Der Polizeipräsident hatte sie noch am selben Vormittag angerufen. Eigentlich wollte er sich darüber beklagen, welche Wendung die Ereignisse genommen hatten, auch wenn er das Foto und die damit verbundene Drohung vorschob. »Sie sind ein bisschen zu umtriebig, Signora Monti. Als Führungskraft sollten Sie Ihre Leute anleiten und sich nicht selbst in dieser Weise exponieren.«

»Sie haben recht, Signore, doch ich bin es nicht gewöhnt, nur zuzusehen, während andere handeln«, antwortete sie müde.

»Ich weiß, dass Sie eine hervorragende Polizistin sind. Schließlich habe ich Ihnen diese Aufgabe übertragen und kenne Ihre Fähigkeiten sehr gut ... Doch versuchen Sie, etwas vorsichtiger zu sein, wollen Sie mir das versprechen?«

Oh, natürlich, das will ich unbedingt.

Nach dieser Strafpredigt spürte Chiara Zorn in sich aufsteigen. Sie hatte das Gefühl, dass etwas anderes hinter dem Gespräch steckte. Bestimmt machte da jemand gewaltig Druck, denn unter den bei der Muffa-Razzia Festgenommenen befanden sich eine ganze Menge Söhne und Töchter aus besseren Kreisen. Dort war die Aktion bestimmt nicht mit Wohlwollen aufgenommen worden.

Die können mich doch alle mal.

Sie hatte weder Zeit noch Lust, sich um die Reaktionen irgendwelcher einflussreicher Geldsäcke zu kümmern.

Das Telefonat, das Chiara interessierte, war in der Nacht des Rennens um 2 Uhr 45 eingegangen und kam von einem Handy, das sich an der Grenze des für Muffa relevanten Gebiets befunden hatte. Über eine Satellitensuche wurde ein Ort identifiziert, der im Großen und Ganzen mit Kilometer 33 der Via della Guasta übereinstimmte. Dort, wo Clorinda Mastri verunglückt war. Ein weiteres Puzzleteil.

Der direkt oder indirekt Verantwortliche für die Vergewaltigung konnte somit auch mit dem illegalen Rennen in Verbindung gebracht werden. Und deshalb auch mit dem Mord an den beiden Pushern. So schloss sich der Kreis.

In diesem Augenblick war die einzige Person, die das Attribut schuldig anstreben konnte, jener Vasco Terrano, der bei der Beerdigung aufgetaucht war.

In der Werkstatt der Pusher hatte man nichts gefunden, keine Indizien, keine Fingerabdrücke … Ein deprimierendes Nichts.

Doch Chiaras Gefühl verkündete lauthals, dass Vasco ihr Mann war.

Sie drehte sich mit dem Schreibtischstuhl und warf einen Blick auf die Magnettafel, die neben dem Schreibtisch an der Wand hing. Sie las den Satz, den sie dort angeheftet hatte: *Hau ab, duck dich weg.* Die Worte, die dieser Typ auf dem Friedhof vor sich hin gemurmelt hatte, wenn man Molisis Übersetzung glauben durfte. Und keiner wusste, was sie bedeuteten. Offenbar waren bei diesem Bastard ein paar Schrauben locker, außerdem war die Wahrscheinlichkeit, dass er ein Sadist und Mörder war, ziemlich hoch. Bestimmt hatte er das widerliche Erbe seines Vaters angetreten und versuchte nun, sie zu bedrohen, um sich an Francesco zu rächen. Und das hatte er ihr mit dem zusammengeknüllten Foto am Ort der Exekution der beiden Bovinis und mit dem anonymen Anruf in der Zentrale mitgeteilt: *Wie schnell du fahren kannst, kleines Mädchen.*

Das »kleine Mädchen« war sie, Polizeidirektorin Chiara Monti.

Die, die dich fertigmachen wird, du Stück Scheiße, du.

Wenn er der Schuldige war, würde sie ihn kriegen. Im Augenblick aber musste sie warten, bis die Wogen sich geglättet hatten, und in der Zwischenzeit versuchen, das einzige Fischlein, das sie noch im Netz hatten, auszunehmen, und dieses Fischlein war der Zwerg, den sie Krankenpfleger nannten.

Chiara legte die Übersicht über die Verbindungsdaten in die Akte, dann zündete sie sich eine Zigarette an, obwohl in den Büros Rauchverbot herrschte.

Sie nahm einen Zug und behielt den Rauch so lange wie möglich in der Lunge. Dann blies sie ihn gegen den Computer, und ihr wurde schwindelig.

7

»Mama?«

Sie hatte ihn offenbar nicht gehört. Sie saß auf einer Bank ganz am anderen Ende des Gartens. Über dem geblümten Morgenrock trug sie eine Wolljacke, die Hand hatte sie an den Kragen gelegt, als wollte sie ihren Hals vor einem unvermuteten kalten Windstoß schützen, obwohl doch die Sonne schien und es ziemlich warm war.

Hier draußen auf dem Außengelände des Pflegeheims schien alles so friedlich und beinahe fröhlich zu sein. Doch wenn man genauer hinsah, bemerkte man den dünnen Angstfilm, der über allem lag.

Pflegerinnen in Grün und Weiß schoben mit gelangweilten Mienen ältere Patienten in ihren Rollstühlen über die Wege.

Geisteskranke streiften umher, den Kopf zur Seite gelegt, mit wirren Haaren und erloschenem Blick, als hätten sie schon viel zu lange den Wolken nachgejagt.

Eine Patientin, nicht älter als dreißig, stand vor einer Hauswand und schlug immer wieder mit der Stirn dagegen. Ganz sachte, ohne sich wehzutun, ganz vorsichtig.

Franco machte einen Schritt vorwärts und dachte an die Niederlagen. An die verlorenen Kämpfe des Geistes und des Herzens. Im Leben aller Menschen.

Noch ein Schritt auf seinen vermeintlichen Beinen, die Illusion von Bewegung. Müdigkeit stieg in ihm auf und ließ ihn frösteln. Er sah wieder zu seiner Mutter hinüber und rief noch einmal nach ihr, lauter, aber nur ein bisschen lauter, um sie nicht zu erschrecken. »Mama!«

Diesmal zuckte sie zusammen. Sie schüttelte kaum merklich den Kopf, und ihre Lider flatterten, als sei sie gerade aus einem sehr tiefen Schlaf erwacht. Sie drehte den Kopf in Richtung der Stimme, hob langsam den Arm und zeigte mit dem Finger auf ihn.

Franco erinnerte sich an einen alten Fantasy-Film, *Invasion der Körperfresser*, in dem pflanzliche Außerirdische die Menschen durch exakte Kopien ersetzten, die keinerlei Gefühle hatten. Wenn diese Wesen einen Menschen erwischten, den sie noch nicht ausgetauscht hatten, zeigten sie mit dem Finger auf ihn und öffneten den Mund zu einem furchtbaren Schrei.

Franco sah seine Mutter an und hatte plötzlich Angst, dass sie genau diesen Laut von sich geben könnte, während ihr Finger noch auf ihn gerichtet war.

Sie hat mich erwischt: Der hat noch Empfindungen, der hat Angst, der ist nicht vollkommen.

Lippen, die sich ins Leere bewegen, kein Wort dringt zwischen ihnen hervor, kein Schrei. Nichts. Nur diese erloschenen Augen.

Als Franco seine Mutter so sah, wäre er am liebsten weggelaufen, damit sie ihn nicht fangen konnte.

Er musste sich zwingen, diesem Drang nicht nachzugeben.

Er trat noch einen Schritt auf sie zu, nahm ihre Hand, drückte sie sanft und schob dabei den ausgestreckten Finger zurück. Dann suchte er in ihren Augen nach einer Regung. Doch da war nichts.

Er holte tief Luft, stieß sie wieder aus und sagte: »Ich wäre fast gestorben.« Dann verstummte er, denn in seinem Hals zog sich etwas zusammen. Er schluckte mit Mühe. »Doch jetzt geht es mir gut, auch wenn ich nicht weiß, ob ich noch existiere.«

Mama Mara lächelte in diesem Moment. Doch sie lächelte nicht ihn an.

Sie wandte die Lippen einem toten Punkt irgendwo jenseits ihres Sohnes zu.

In diesem Moment wünschte Franco von ganzem Herzen, sich in einen edlen Ritter verwandeln zu können. Dann käme er auf seinem Schimmel angeritten und würde diese schöne Dame rauben und in ein durchsichtiges Schloss in den Wolken in Sicherheit bringen.

Weit weg von diesem Ort.

Doch es gab keine Pferde und keine Schlösser mehr.

Mama Mara lächelte die Geister an. Sie existierte nicht mehr.

Nicht hier, nicht jetzt.

Sie würde nicht mehr zurückkehren. So gerne wäre Franco in ihren Geist, in ihre Augen eingedrungen, damit sie ihn wenigstens ein Mal wirklich wahrnehmen würde, und dann würde er sagen: *Lass uns zusammen fliehen, irgendwohin.*

Ich bitte dich, komm zu mir zurück. Eine Sekunde reicht mir schon, weißt du?

Die junge Patientin schlug immer noch ihre Stirn gegen die Wand, doch jetzt tat sie es nicht mehr sanft. Man hörte ein dumpfes Geräusch. Beeindruckend.

Die Bewegungen wurden immer heftiger.

Jetzt lief ihr schon Blut über die Schläfe.

Eine Krankenschwester kam herbei, um sie zu stoppen.

Francos Übelkeit wurde stärker.

Er sah auf seine Timex, starrte die Zeiger an, sie standen auf drei Uhr.

Er dachte, dass nichts mehr existierte. Auch Märchen gab es schon seit einiger Zeit nicht mehr, sie waren von der stillstehenden Zeit aufgesogen worden. Kein gläserner Turm, nur Wände aus Rauch und erloschene Augen.

8

Auf dem Desktop waren zwei MP3-Dateien abgelegt. Chiara Monti klickte mit der Maus auf das linke Icon, um das Soundfile abzuspielen.

Die Lautsprecher des Computers kratzten aufgrund einer durch das Handy verursachten Störung.

Sie fluchte und schob ihr Nokia bis an den Rand des Schreibtischs.

Eine leise Furcht wuchs aus einem unbestimmten Punkt unterhalb ihres Herzens hervor. Sie versuchte, sich auf das zu konzentrieren, was sie gleich hören würde.

Jemand, der nicht wusste, worum es sich hier handelte, wäre von der Aufnahme nicht besonders erschüttert gewesen. Die Geräusche der Hammerschläge wurden durch das Klebeband abgemildert. Eine unaufhörliche Folge von dumpfen Schlägen. *Dump.* Einer nach dem anderen, in gleichmäßigem Rhythmus, als gäbe ein Metronom den Takt vor.

Dump, dump, dump.

Wenn man genau hinhörte, dann konnte man auch ein *Uh* hören, welches jeden Schlag begleitete.

Das musste das Stöhnen der Opfer sein. Die armen Bovini-Zwillinge, die ihre eigenen Zähne einatmeten.

Uh, uh, uh.

Chiara hörte sich die Aufnahme bis zu Ende an, ohne etwas Besonderes entdeckt zu haben, kein anderes Geräusch, das irgendeinen Hinweis geben konnte. Sie schloss die Datei wieder und drückte die Zigarette im Aschenbecher aus. Dann starrte sie auf das Icon der zweiten MP3-Datei. Das war die Datei, die sie am Donnerstag zuvor bei ihren Recherchen zum alten Terrano von der Interpol-Datenbank heruntergeladen hatte. Die Aufnahme aus jener Blutnacht vor vielen Jahren. Die Tonspur der Qualen, die der arme Serra und seine Familie hatten erleiden müssen. Bis jetzt hatte sie sich die Datei noch nicht wieder angehört, doch sie konnte es nicht länger aufschieben.

Wieder klickte sie auf die Maus, um auch diese Datei abzuspielen.

Ein raschelndes Hintergrundgeräusch, das vielleicht das Rauschen von Regen sein konnte. Dann die entsetzlichen Schreie von Signora Serra, als sie auf so grauenvolle Weise gepfählt wurde. Gurgelnde Laute, die einem Schauer über den Rücken jagten.

Chiaras Magen zog sich zu einem kleinen, säuregetränkten Klumpen zusammen.

Dann Schritte, Lachen.

Und immer wieder diese Schreie, immer wieder ...

Es war grauenvoll, nur die Geräusche zu hören. Als ob die Tatsache, dass allein das Gehör beteiligt war, den Effekt vervielfachte und die Hilflosigkeit vergrößerte.

Als die Schreie der Frau schließlich aufhörten, vernahm man in der darauffolgenden kurzen Stille ganz deutlich die von Weinen getränkte Stimme eines kleinen Kindes, das immer wieder rief: »Mama ...«

Puh. Jetzt kam das Schlimmste.

Ein Flüstern. Ein raues, kaum hörbares Wispern.

Schwere Schritte.

Die Stimme des Kindes wird lauter, das Weinen, das nicht enden wollende sinnlose Rufen: »Mama, Mama ...«

Dann ein schauriges Knacken, das Wort reißt in der Mitte ab.

»Mam…«

Ein trockener Zweig, der abbricht und in eine Schlammpfütze fällt.

Und noch mehr dumpf schmatzende Schläge, unerträglich.

Nur das ist zu hören.

Kein Lachen im Hintergrund.

Stille.

Und ein Herz, das zum Zerreißen schlägt.

Das Würgen wie beim ersten Mal, als sie sich die Aufnahme dieser Abartigkeiten angehört hatte.

Die letzte Viertelstunde war ausgefüllt mit dem Stöhnen des Buchhalters, nachdem man ihm die Geschlechtsteile abgeschnitten hatte. Klagelaute ähnlich dem Jaulen eines Hundes, erstickt durch den Knebel, den man ihm in den Mund gesteckt hatte.

Endloses Jaulen.

Dann das langsame Tropfen des Blutes in die Eimer.

Und dann war die Aufnahme zu Ende.

Die plötzliche Stille ließ sie zusammenzucken.

Sie hatte das Gefühl, gerade von einer Reise in die Geräuschkulisse der Hölle selbst zurückgekommen zu sein.

Sie zündete sich noch eine Zigarette an, nahm einen Zug und sah sich dabei um, als könnten ihr die vertrauten Gegenstände und Möbelstücke in ihrem Büro dabei helfen, in die Normalität zurückzukehren.

Helfen, sich weniger verlassen und allein zu fühlen.

Doch die Angst verließ sie nicht. Sie kam nicht dagegen an.

Und auch diese Laute, die sie soeben gehört hatte, verhallten nicht.

Die Laute der Hölle selbst…

Sie versuchte, sachlich zu sein. Ihre Arbeit zu tun.

Etwa nach der Hälfte der Aufnahme, kurz bevor das Kind getötet wurde, war sie auf etwas aufmerksam geworden, ein kaum wahrnehmbares Wispern. Mit dem Mauszeiger schob sie den Cursor zurück, bis sie die Stelle erreichte, die sie interessierte.

Sie drehte auf volle Lautstärke und versuchte, die Worte herauszuhören. Vielleicht lohnte es sich ja, diese Stelle der Aufnahme genauer zu untersuchen.

Sie griff nach dem Telefonhörer und tippte Saporis interne Nummer ein.

Der Kommissar nahm sofort ab. »Signora Monti?«

»Ich müsste ein MP3-File analysieren lassen. Haben Sie gerade Zeit?«

Als der andere mit Ja antwortete, schickte sie eine Kopie der Datei über das Intranet der NSPIA. »Ist schon unterwegs.« Sie beendete das Gespräch und stand auf, zu schnell, und ihr Kopf begann sich zu drehen.

Sie fluchte und verließ das Büro.

9

Franco parkte am Rand des Zentrums von Sasso direkt gegenüber vom Postamt am Straßenrand, stieg aus und sah sich um.

Eine ältere Frau betrat eine Metzgerei. Ein Junge rannte die Straße entlang. Die Menschen um ihn herum beachteten ihn nicht. Er hatte das Gefühl, dass sie ihn anschauten, ohne ihn wirklich zu sehen, und das machte ihm Angst. Vielleicht war er ja wirklich im Nichts verschwunden.

Er machte einige Schritte auf dem Bürgersteig und blieb dann am Bordstein stehen.

Während er zusah, wie die Autos auf der Via Porrettana vorbeirasten, begann er im Geiste mit einem seltsamen Abzähl-Orakel, bei dem sich zwei Fragen wie bei einem Duell gegenüberstanden: *Ich bin. Ich bin nicht.*

Seine Hand schloss sich um die Pistolenpatrone, seinen Talisman, den er in die Hemdtasche gesteckt hatte.

Dann trat er auf die Straße.

Und begann hinüberzugehen, ohne nach links und nach rechts zu schauen.

Erster Schritt: Ich bin.

Zweiter Schritt: Ich bin nicht ...

Das langgezogene Kreischen einer Bremse.

Das Auto kam einen halben Meter von ihm entfernt zum Stehen. Der Fahrer steckte den Kopf aus dem Fenster und brüllte: »He, was machst du da, du Arschloch?«

Erster Schritt: Ich bin.

Zweiter Schritt: Ich bin nicht …

Noch ein Auto, dieses Mal aus der Gegenrichtung. Der Fahrer bremste, riss das Steuer herum, blieb quer zur Fahrbahn stehen, während Franco weiterging, als sei nichts geschehen.

Wieder Brüllen und Fluchen.

Ich bin, ich bin nicht …

So erreichte er heil und sicher die andere Straßenseite.

Völlig unversehrt.

Der letzte Schritt auf den gegenüberliegenden Randstein. *Ich bin!*

Als hätte ich einen schützenden Kokon um mich, dachte er. *Die Talisman-Patrone funktioniert!*

Als er das Postamt betrat, um die Pension seines Vaters abzuholen, murmelte er vor sich hin: *Ich bin, ich bin …*

10

Das mysteriöse Flüstern war die Stimme eines Jungen, der sagte: »Ich hab Angst, Papa.«

Mithilfe eines Technikers hatte Sapori das Geräusch isolieren können. Zunächst hatten sie es verstärkt, dann die Frequenz korrigiert, bis die Worte zu verstehen waren. Sie bewegten Mauszeiger, lauschten in Kopfhörer, murmelten vor sich hin, bis das Ergebnis einigermaßen zufriedenstellend war.

»Ist das der Sohn von Serra?«, fragte Chiara. »Sagt er diesen Satz?«

Der Kommissar schüttelte den Kopf. »Nein, seine Stimme hat eine andere Frequenz. Es ist ein anderer Junge, älter.«

Ein Junge. Zu Tode erschreckt.

Gleich darauf war Serras Sohn ermordet worden, zerdrückt wie ein Wurm. Chiara versuchte, sich dieses arme Wesen vorzustellen, wie es in einer Ecke hockte, weinte und den Kopf in den Armen barg. Als wollte es sich verstecken, nachdem es mitangesehen hatte, wie seine Mutter auf diese entsetzliche Weise gefoltert wurde.

Was er wohl empfunden haben mochte? Welches Grauen er durchlebt hatte?

Drei Jahre. Er war erst drei Jahre alt gewesen. Und ein verfluchter Mafioso hatte ihn auf so furchtbare Weise getötet.

»Was ist denn das für eine Aufnahme, Signora Monti?«, fragte Sapori. »Hat sie mit dem Tondokument zu tun, das im Büro der Pusher gefunden wurde?«

Chiara schüttelte den Kopf und seufzte. »Das weiß ich noch nicht.« Dann unterbrach sie sich, denn ihr war wieder schwindelig. »Vielleicht kann ich Ihnen bald mehr sagen«, fügte sie knapp hinzu. In ihrem Kopf hallte diese flehentliche und verzweifelte Stimme wieder: *Ich hab Angst, Papa …*

Und immer wieder das Königreich der Wirklichkeit, das drohend über allem schwebte.

11

Am Mittwochvormittag ging Franco in den Supermarkt von Sasso einkaufen, denn sein Kühlschrank war leer, und auch er musste hin und wieder etwas zu sich nehmen. Er hatte bestimmt zehn Kilo abgenommen, und wenn er so weitermachte, würde bald nicht mehr viel zu sehen sein von seinem durchtrainierten Körper eines Karatekämpfers.

Als er wieder zu Hause war, ging er ins Arbeitszimmer und suchte in der Schreibtischschublade nach der Visitenkarte, die ihm die Polizistin gegeben hatte.

Er fand sie, in der Mitte geknickt, zwischen den Entlassungspapieren der Klinik zusammen mit der Telefonnummer von Pater Cristoforo. Einen Augenblick lang war er versucht, den Jesuiten anzurufen.

Hey, Mann des Kreuzes, hier spricht das Samstagnachtwunder … Der Mann ohne Glauben, erinnerst du dich? Weißt du, mir geht es mittlerweile so gut, dass ich sogar Lieder höre, die nicht da sind, ich sehe Mädchen ohne Gesicht, die glauben, Flügel anstelle ihrer Arme zu haben, ich überquere Straßen, ohne nach links und rechts zu schauen, und niemand überfährt mich, und wenn ich nicht weiß, was ich mit dieser verfluchten stehen gebliebenen Zeit anfangen soll, dann schneide ich an mir herum, damit ich mich wenigstens ein bisschen lebendig fühle, genau wie so ein verfluchter Emo … Ich mache Blutschriften.

Dieser Priester, der kein Priester war, hatte die Gabe, die Menschen zu beruhigen, auch wenn kein Grund bestand, ruhig zu sein. Pater Cristoforo mit seinen psychoreligiösen Auslegungen.

Wenn das so weiterging, dann würde er ihn früher oder später bestimmt kontaktieren.

Er speicherte die Nummern der Polizistin und des Jesuiten unter seinen Kontakten. Damit er sie zur Hand hatte, wenn er sie brauchte.

Sein Blick glitt über die Fotos an der Wand, über das ebenmäßige Gesicht Clorindas auf den verschiedenen Aufnahmen.

Nüchterne Besessenheit. Reue im Herzen.

Sie war so schön. So perfekt.

Als sich die Angst in seinen Magen bohrte, wandte er den Blick ab und sah auf das Handy, das er so fest umklammert hielt, dass seine Knöchel weiß geworden waren.

Er dachte an Chiara Monti mit ihren goldbraunen Augen und ihren roten Lippen.

Anrufen oder nicht anrufen?

Den Job, den sie ihm angeboten hatte – auch wenn sich das Ganze ein bisschen seltsam angehört hatte –, konnte der erste Schritt zur Verwirklichung seines Traums sein.

Für die Polizei Daten über Verkehrsunfälle zu analysieren war für ihn in vielerlei Hinsicht eine ideale Aufgabe.

Er würde Material für seine Examensarbeit sammeln können.

Er würde eine Menge praktischer Erfahrungen machen können.

Das würde sich vielleicht auch in seiner Bewerbung bei der Polizei auszahlen ...

Schließlich fasste er sich ein Herz und suchte sich die soeben gespeicherte Nummer der Polizistin heraus: CHIARA MONTI – POL.DIR.

Drei unendlich lange Freizeichentöne.

So unendlich lang, dass er schon wieder auf Beenden drücken wollte ... *Du kannst mich mal.*

Dann die Stimme einer Frau.

»Hallo?«

Ein leicht süditalienischer Tonfall, den er bei ihrem Besuch im Krankenhaus nicht bemerkt hatte.

Franco wartete ein paar Sekunden. Als müsse er Anlauf nehmen. Dann begann er zu sprechen.

12

Chiara Monti war gerade in ihr Büro gekommen. Sie hatte eine endlose Sitzung des Kontrollausschusses im Polizeipräsidium hinter sich. Sinnloses Gerede über Operationspläne zur Kriminalprävention in der Emilia-Romagna. In diesem Moment klingelte ihr Telefon. Eine unbekannte Nummer. Sie fragte sich, wer das sein mochte. Dann meldete sie sich, und als sie die Stimme am anderen Ende der Leitung hörte, war sie wie vor den Kopf geschlagen. Es war Francescos Stimme.

»Hallo? Hier spricht Negronero.«

Stille.

»... Franco Negronero. Erinnern Sie sich an mich?«

Ihr Herz schlägt dudump dudump dudump ...

Chiara presste den Hörer gegen ihr Ohr, obwohl sie es kaum ertragen konnte, diese Stimme aus dem Jenseits zu hören. »Natürlich erinnere ich mich an dich.«

Ich erinnere mich an alles und an noch viel mehr.

»Störe ich?«

Chiara nahm den Hörer wieder ein Stück vom Ohr weg. »Nein, nein, du störst überhaupt nicht.«

»Ich rufe Sie wegen des Jobs an, diese Sache mit der Datenanalyse.«

Sie versuchte, ungezwungen zu wirken. Sich professionell zu geben, wie eine Polizistin eben, und dabei die Stimme ihres Ehemanns im Kopf zu ignorieren, die ihr zuraunte: *Süße kleine Chiara.*

»Aber waren wir nicht per du, *Sie* ... und ich?«, fragte sie.

Im Hörer war ein Schnaufen zu hören, als habe ihr Gesprächspartner den Atem ausgestoßen, den er zu lange angehalten hatte. »Stimmt ja, okay.«

»Wenn du Lust hast, am Donnerstag in der Zentrale vorbeizukommen, kann ich dir alles erklären. Das ist in Casalecchio im Industriegebiet ... Ich weiß nicht, ob du das kennst.«

Die väterliche Stimme wispert: *Unverbesserlich!*

»Am Donnerstagvormittag muss ich zu einer Kontrolluntersuchung in die Klinik. Ich bin dann sowieso in der Gegend. Wann würde es dir denn passen?«

»Gegen zwei. Immer vorausgesetzt, dass nichts Unvorhergesehenes dazwischenkommt.«

Die beiden Stimmchen zusammen: *Gescheitert, das bist du ...*

»Vielleicht können wir uns auch irgendwo hier in der Ecke treffen und erst etwas essen gehen«, platzte sie heraus.

Franco schwieg einen Moment.

Und Chiara schimpfte sich eine Idiotin. Es war nicht gut, Francescos Sohn zu treffen. In vielerlei Hinsicht nicht.

»Hast du schon mal Pfannenpizza gegessen?«, fragte er.

13

Chiara wartete in der Fußgängerzone von Casalecchio vor dem Teatro Testoni. Sie trug Jeans, Turnschuhe und eine Bomberjacke, die ihre weiblichen Formen nicht völlig kaschieren konnte.

Als Franco sie sah, wurde ihm wieder bewusst, wie schön sie war. Eine besondere Schönheit. Irgendwie anders als all diese hübschen Tussis.

Nachdem sie sich die Hand gegeben hatten, fragte sie, wie es ihm gehe und wie die Untersuchung im Lazarus gewesen sei. »Gut«, sagte er, was eine schamlose Lüge war. Er hatte sich den ganzen Vormittag lang in Unterhosen den verschiedensten Tests unterziehen müssen, bis ihn Dr. Casali höchstpersönlich mit den Worten verabschiedete, es sei alles in Ordnung, dabei aber so finster und sorgenvoll dreinblickte, als habe er gerade eine Krebserkrankung diagnostiziert. Eine unheilbare Form der Heilung für das Samstagnachtwunder.

Francos Stimmung war in den Keller gerutscht. Er hatte genug von all diesen Ärzten, die begierig waren, seinen Fall zu untersuchen, weil dieser so mysteriös war.

»Ich hoffe, ich bin nicht zu spät«, sagte er, um das Thema zu wechseln.

Und Chiara antwortete, sie wisse es nicht, denn sie habe ihre Uhr im Auto gelassen. »Als wir uns das letzte Mal gesehen haben, hast du eine funkelnagelneue Sector zum Stehen gebracht, das wollte ich nicht noch einmal riskieren.«

Franco lächelte und hob sein Handy hoch. »Wenn ich die

Zeit wirklich wissen muss, dann schaue ich auf mein Handy«, erklärte er und kam sich vor wie ein Teenager, ausgerechnet er, der jeden Abend eine andere haben konnte, wenn er es darauf anlegte.

In einer anderen Zeit, in einer anderen Dimension, einer verfluchten Parallelwelt.

»Was haben denn die Ärzte gesagt: Wirst du diese Kunst, Uhren anzuhalten, für immer und ewig beherrschen?«

»Das wissen sie selbst nicht so genau. Ich glaube zwar, dass es nur vorübergehend ist. Obwohl …«

Chiara sah Franco aufmerksam an, wobei sie versuchte, ihre Aufregung zu dämpfen. »Obwohl?«

Kopfschütteln, ein Lächeln flog über sein Gesicht. Franco schob den rechten Ärmel nach oben und zeigte ihr die Timex mit den stillstehenden Zeigern. »Jetzt trage ich eben nur noch Uhren, die nicht gehen, was gar nicht so schlecht ist.«

»Wie meinst du das?«

»Man fühlt sich irgendwie freier, wenn man nicht dauernd damit konfrontiert wird, dass die Zeit vergeht, ich weiß auch nicht, wie ich es ausdrücken soll …«

Über Absurditäten sprechen, als wären es alltägliche Dinge. Sich wohlfühlen. Seite an Seite, mit einem halben Meter Platz dazwischen, um ja nicht Gefahr zu laufen, sich auch nur aus Versehen zu berühren.

Sie gingen durch einen kleinen Park, vorbei an einem eigenartigen Brunnen, der aussah wie eine Rutsche, einer grün gestrichenen Bude, in der man im Sommer Eis kaufen konnte, und einem kleinen, stillstehenden Karussell.

Dann erreichten sie eine Straße, und auf der gegenüberliegenden Seite war die Pizzeria.

Ein kleines Restaurant mit etwa zehn Tischen, das von einer

netten Familie – Vater, Mutter, Sohn – geführt wurde. Papa Francesco war früher öfter mit Franco hierhergekommen, und sie hatten nach dem gemeinsamen Karatetraining noch eine Pizza gegessen. Frisch geduscht, mit schmerzenden Muskeln.

Das Lokal sah immer noch aus wie vor zehn Jahren. Die Tapete, auf der eine rustikale Steinmauer aufgedruckt war, der Tresen und der Pizzaofen. Als wäre hier die Zeit stehengeblieben, wie bei den Uhren. Das Lokal war leer, und die Tische waren sauber abgewischt. Zwei Uhr nachmittags an einem Wochentag war auch schon ein bisschen spät für ein Mittagessen.

Franco ging zum Tresen und setzte einen flehenden Blick auf. »Macht ihr uns noch zwei zum Mitnehmen?«

Die blonde Frau an der Kasse sah ihn stirnrunzelnd an, als würde sie ihn erkennen, dann drehte sie sich um und wartete auf die Bestätigung des Pizzabäckers, der nickte und seine beiden Kunden fröhlich fragte: »Wie wollt ihr sie denn?«

Sie verließen mit den dampfenden, in der Mitte zusammengeklappten Pizzas das Lokal. Chiara biss sofort in ihr Stück und verbrannte sich prompt die Zungenspitze. Sie stöhnte auf, kaute mit offenem Mund weiter, und ein Mozzarella-Faden zog sich wie eine Spinnwebe über ihr Kinn. »Himmel, das ist ja eine anspruchsvolle Angelegenheit«, sagte sie, nachdem sie sich das Kinn abgewischt und den Bissen heruntergeschluckt hatte. Tränen standen ihr in den Augen. »Ich habe mir die Zunge verbrannt.«

Franco lächelte und blies auf seine Pizza, damit sie ein bisschen abkühlte. »Na, wie schmeckt sie dir?«

»Puh ... vielleicht ein paar Zentigrad zu heiß, aber sehr lecker.«

Als sie so nebeneinander mit ihren merkwürdigen Pizzas durch den Park gingen, fühlte Chiara sich plötzlich wunderbar entspannt und in Frieden mit sich selbst. Diese Tonaufnahmen aus der Hölle hatten sie aufgewühlt und hallten immer noch in ihr wider, vor allem abends und nachts, wenn sie jeden Gedanken und jeden Atemzug zu durchdringen schienen. Doch jetzt hatten sie sich in eine luftige Materie verwandelt, ähnlich einem Nebel, der zwar da, aber nicht wirklich zu spüren war.

In dem kleinen Park setzten sie sich auf den Brunnenrand und aßen gemächlich ihre Pizzas auf.

Franco hatte lieber nicht erwähnt, dass er früher dasselbe mit seinem Vater gemacht hatte, dass sie genau hier gesessen hatten, mit einer Pfannenpizza in der Hand, und über Filme oder Bücher gesprochen hatten oder über erfundene und wahre Polizeigeschichten. Und er, Franco, hatte sich dabei seine Zukunft herbeigeträumt.

»Wenn ich groß bin, will ich auch Polizist werden, genau wie du.«

»Und warum willst du ein Polizist werden wie ich?«

»Um den Menschen zu helfen, um sie zu retten.«

»Na ja, dann könntest du ja auch etwas weniger Gefährliches machen, zum Beispiel Arzt werden. Ärzte sind auch Helden, weißt du?«

»Also werde ich beides. Geht das?«

Die Stimme der Erinnerung lauerte hinter jedem seiner Atemzüge.

Sie schwiegen und ließen es sich schmecken. Als sie fertig waren, trafen sich ihre Blicke, doch nur für einen Augenblick. Dann schauten sie gleichzeitig wieder weg, als habe ein elektrischer Schlag sie gezwungen, die Blicke wieder voneinander zu lösen.

Franco streckte Chiara eine Hand hin, um sich ihr Pizzapapier geben zu lassen und es dann zusammen mit seinem in den Abfalleimer zu werfen. Sie zögerte einen Augenblick, bevor sie ihm das Papier reichte. Ihre Finger berührten sich. Wieder ein elektrischer Schlag.

Vorsicht. Nicht anschauen und nicht berühren.

Franco sah Chiara fragend an, als habe er bemerkt, dass sie verwirrt war, vielleicht aber auch, weil es ihm ebenso ging.

Sie versuchte sich an einem Lächeln, das er erwiderte.

Sie wurde immer verlegener. Ein Spiel der Andeutungen, das keiner von ihnen wirklich verstand.

Sie hätte ihm gerne so viel erzählt. Von allem, was ihr im Kopf herumging. Sie hätte sich gerne geöffnet unter dem – äußerst düsteren – Blick dieses jungen Mannes, der einmal ein kleiner Junge gewesen war.

Natürlich wäre es schön gewesen, sich ihm anvertrauen zu können, wunderbar, aber auch beängstigend.

Schließlich zog sich Chiara in ihr Schneckenhaus zurück, hörte auf zu lächeln.

Sie kramte in der Innentasche ihrer Bomberjacke, holte einen USB-Stick heraus und reichte ihn Franco. »Zieh dir die beiden Programme, die auf dem Stick sind, auf deinen Computer, und schau sie dir an«, sagte sie. Dann erklärte sie ihm, worum es ging.

In einem kühlen und professionellen Tonfall, fast völlig unbeteiligt.

Franco hörte ihr aufmerksam zu. In der Hand immer noch das mit Tomate verschmierte Papier.

14

Immer näher heran, Frame um Frame.

Zoomen, zoomen …

Die Polizistin mit einem Typen. Sie spricht mit ihm. Sie essen Pizza. Mozzarellafäden und Lächeln …

Vasco bewegte die Maus, klickte auf die Pausentaste und hatte nun den Typ in Großaufnahme vor sich.

Er schloss die Augen für einen Moment, als müsse er sich Mut machen, als müsse er erst die Kraft finden, um in die Musik hineinzuatmen, die sich im Zimmer ausbreitete, die Musik aus dem Vorspann von *Uhrwerk Orange*. Elektronische Klänge und Bässe in voller Lautstärke, die den Magen berührten und streichelten.

Er öffnete die Augen, gab sich einen Ruck und sah sich noch einmal das Gesicht des jungen Mannes neben der Polizistin an.

Er war es wirklich, es gab keinen Zweifel. Er war seinem Vater wie aus dem Gesicht geschnitten.

Der Sohn des Kommissars.

Franco Negronero war aus dem Koma erwacht. Er hatte sich mit Chiara Monti getroffen. Ganz bestimmt heckten die beiden etwas aus.

Mit einer brüsken Geste stoppte Vasco das Band. Das Video, das sein treuer Cousin gestern aufgenommen hatte, war zu Ende.

In Vascos Kopf schwirrten Mutmaßungen, Fantasien, Gedanken herum.

Die Polizistin war um Viertel vor zwei in die Mittagspause

gegangen. Sie hatte ihr Privatauto genommen, den roten GT, und war ins Zentrum von Casalecchio gefahren. Sie hatte in der Fußgängerzone vor dem Theater gewartet, bis der Abkömmling von Negronero erschienen war.

Vasco fühlte sich auf eine diffuse Weise mit diesem Typen verbunden. Als teilten sie ein gemeinsames Schicksal, als wären sie durch eine doppelte Verbindung aneinandergeschweißt. Der Krieg hatte begonnen, ein Duell, ein Kampf bis aufs Blut. Und Vasco würde alles tun, um die Feinde von Knallhart zu zermalmen, allem Jammern und Klagen von Duckdichweg zum Trotz.

Der Augenblick der direkten Konfrontation würde früher oder später kommen.

Doch jetzt musste er mit Bedacht vorgehen.

Vasco öffnete die Datei mit dem Überwachungsbericht der letzten Tage.

Aus dem Leben der Polizeidirektorin Chiara Monti und ihrer Familie.

Besondere Aufmerksamkeit widmete er dem Tagesablauf des kleinen Mädchens.

Sie heißt Gioia. Ist sie nicht süß?

Die Tochter der Polizistin.

8 Uhr: steigt in den Schulbus.

8 Uhr 15: Ankunft in der Schule.

10 Uhr 30: Pause im Hof hinter dem Hauptgebäude, bei schönem Wetter.

13 Uhr: verlässt die Schule.

Er überlegte, was nun zu tun war, welche Maßnahmen er in den folgenden Tagen ergreifen sollte.

Dann erhob er sich vom Schreibtisch, verließ die Kammer, in der er ein kleines, improvisiertes Büro eingerichtet hatte, und ging durch das Hauptschiff der alten Kapelle, die er sich als Höhle, als Rückzugsort für seine wilde Verzweiflung gewählt hatte.

Er öffnete eine Tür links neben dem Altar, die in die ehemalige Sakristei führte. Hier hatte er eine Dunkelkammer für seine weißen Rosen eingerichtet.

Ein kaltes rötliches Licht hüllte ihn ein, und ein Schauer überlief ihn. Hier drinnen war es mindestens zehn Grad kälter als draußen. Er betrachtete die zehn Töpfe, die Pflanzen mit den schmächtigen Blütenblättern und den dünnen Stängeln, die nur dieses blutfarbene Lichtspektrum aufsogen und dabei ihr Grün verloren wie eine Hoffnung. Am Ende blieb nichts als ein unnatürliches Weiß.

Diese mutierten Rosen waren das Symbol der Nacht und der Abwesenheit von Licht, das uralte Wahrzeichen der Göttin der Finsternis. Die Dämonin, die seine Handlungen steuerte, als wären sie eine Frucht des Schicksals, unabänderlich wie alle Schicksale.

An diesem düsteren, in rotes Licht getauchten Ort fand er seine Inspiration.

Er widerstand dem Impuls, die Blütenblätter jeder einzelnen Pflanze abzureißen und dabei wie ein Verrückter zu schreien. Dann dachte er, dass er im Grunde, um sich zu retten und dem Jammern nicht nachzugeben, nur ganz bei sich selbst und nah an allem anderen bleiben müsse.

Ganz nah.

15

Der Mann mit dem Spitznamen Krankenpfleger hieß eigentlich Stanislao Puccini. Ein Name, der einem Künstler würdig gewesen wäre. Doch leider war er nur ein schmieriger Dealer, der viel älter als seine neunundvierzig Jahre wirkte und zudem eine Menge Vorstrafen auf dem Buckel hatte.

Er maß einen Meter fünfzig, sein Kopf war im Verhältnis zu den Schultern zu groß, und er musste in seiner Kindheit an Rachitis gelitten haben. Aus den schmalen Augen schossen immer wieder hämische Blicke, kalte Blitze, die ihn selbstbewusst erscheinen lassen sollten, was ihm aber nicht gelang. In Wirklichkeit zitterten seine Hände, und es war deutlich zu sehen, dass er Angst hatte.

Er war mit Handschellen an die Armlehnen des Stuhls im Gefängnis-Verhörraum gefesselt, das Aufnahmegerät stand eingeschaltet vor ihm auf dem Resopaltisch.

Aus dem winzigen Lautsprecher konnte man das *Dump, dump* und die unterdrückten Schreie *uh, uh, uh* hören.

Die Bovini-Zwillinge starben gerade unter den Hammerschlägen in ihre Gesichter.

»Ein unschönes Ende, nicht wahr?« Staatsanwältin Cavallo saß dem Mann gegenüber. Ihre Stimme klang honigsüß. »Die beiden haben, genauso wie Sie übrigens, geschwiegen. Doch als sie dann draußen waren, hat man es ihnen auf diese Weise gedankt.«

Dump, uh.

»Warum lassen Sie ihn dieses Zeug anhören?«, fuhr Puccinis Anwalt auf und wedelte mit der Hand vor seinem Gesicht herum, als wolle er eine Fliege verscheuchen. »Sie wollen meinen Mandanten nur einschüchtern, Staatsanwältin Cavallo, aber das werde ich nicht hinnehmen!«

Dump, uh.

Die Staatsanwältin setzte eine Unschuldsmiene auf. »Ich möchte Ihrem Mandanten nur begreiflich machen, mit wem er es zu tun hat. Was das für Leute sind, die er schützt.«

Dump, uh.

Mit weinerlicher Stimme schaltete sich der Krankenpfleger in den Wortwechsel ein. »Ich weiß nichts. Die haben mich nur engagiert, um das Zeug zu verkaufen und es an die Teilnehmer zu verteilen ... Ich hatte nur mit ihnen zu tun ...«

Der Anwalt straffte sich. »Sie sagen gar nichts mehr, Puccini, lassen Sie mich das machen.«

Silvia Cavallo schaltete das Gerät aus. »Mit ihnen? Mit wem?«, fragte sie, ohne den Anwalt zu beachten.

Puccini leckte sich einen Schweißtropfen von der Oberlippe. Dann schluckte er. »Die Bovinis. Es waren diese verfluchten Zwillinge, die mich engagiert haben«, sagte er mit dünner Stimme. »Ich kenne keine anderen Namen.«

Die Staatsanwältin erhob sich und nickte. »In Ordnung«, sagte sie versöhnlich. »Denken Sie ein paar Tage darüber nach, dann unterhalten wir uns noch einmal. Wägen Sie zusammen mit Ihrem Anwalt das Für und Wider ab, und dann entscheiden Sie, ob es für Sie besser ist, zu kooperieren oder nicht ...« Nach diesen Worten schaltete sie das Aufnahmegerät wieder ein.

Während die schrecklichen Laute wieder durch das Vernehmungszimmer hallten, wandte sie sich mit grimmiger Miene an den Anwalt. »Ich bin fertig. Ich schicke Ihnen einen Beamten, der Sie hinausbegleiten wird.« Sie verließ den Raum und schloss die Tür hinter sich.

Dann kam sie zu Chiara Monti in den Nebenraum. »Was denkst du darüber?«, fragte sie.

Chiara saß vor der Trennscheibe und hielt den Blick auf den Krankenpfleger gerichtet, der wider Willen die Aufzeichnung vom Tod seiner Spießgesellen weiter anhören musste. Er war kreidebleich im Gesicht und blinzelte im Rhythmus der Hammerschläge, als gingen sie auf sein eigenes Gesicht nieder. Der Anwalt suchte das Gerät nach der Taste zum Ausschalten ab.

»Vielleicht ist er jetzt nur noch ängstlicher geworden.«

Silvia nickte. »Ganz bestimmt, doch er fängt auch an, sich zu fragen, was mit ihm geschehen wird, wenn er hier rauskommt. Und das können wir ausnutzen.«

Im Verhörraum war es dem Anwalt mittlerweile gelungen, das Gerät auszuschalten. »Sie dürfen nichts mehr sagen, Puccini, unter keinen Umständen«, brummte er.

Der Häftling beschränkte sich darauf, den Kopf zu schütteln.

Chiara stand auf. »Okay, lassen wir ihn noch ein paar Tage schmoren, dann schauen wir, wie wir weiter verfahren.«

Sie hatte nur einen einzigen Wunsch: nach Hause zu ihrer Tochter zu fahren. Sich auszuruhen. An nichts mehr zu denken.

Wenigstens für ein paar Stunden.

Die Woche ging zu Ende, und ein neuer Samstag stand bevor.

Noch mehr junge Leute würden auf den Straßen sterben. Noch mehr Drogen würden konsumiert werden.

Dieser verfluchte Teelöffel, mit dem sie den See des Grauens auszulöffeln versuchte, wurde immer kleiner.

Es half überhaupt nichts.

Und sie war so müde.

Francescos Sohn kam ihr in den Sinn, sein trauriges Lächeln, dann der intensive Geschmack der Pizza, die sie gemeinsam gegessen hatten. Das war erst gestern gewesen, und ihr kam es vor wie vor hundert Jahren.

Ein Blick auf die Uhr. Dann sah sie die Staatsanwältin mit einem entschuldigenden Lächeln an. »Ich muss jetzt gehen, Silvia. Wir hören voneinander.« Sie seufzte, und eine leise Angst stieg in ihr hoch und schnürte ihr die Kehle zu.

16

Und wieder Samstag

Wieder so ein verdammter Samstag. Na danke auch.

Am Vormittag durch die Läden gezogen, zusammen mit einer Freundin, die ganz schön genervt hatte, na ja … Und immer wieder hatte sie sich umgeschaut in der Hoffnung, ihn zu treffen, ihn wenigstens flüchtig zu sehen … Die ganze Woche ging das schon so, die ganze Woche schon hoffte sie, dass der schwarze Franz zurückkam.

Als Maria dann gegen zwei wieder zu Hause war, hatte sie sich gleich in ihr Zimmer verzogen, den Schlüssel vier Mal umgedreht und die Anlage angemacht, Depeche Mode in voller Lautstärke. Sie hatte keine Lust, mit ihrer Mutter zu Mittag zu essen, auch weil deren neuer Freund da war, den Maria nicht ausstehen konnte. Gott, was hätte sie dafür gegeben, bei ihrem Vater sein zu können. Doch der war wegen seiner Arbeit immer unterwegs, da war einfach nichts zu machen. Sie musste hierbleiben, in dieser Scheißwohnung. Und sie wollte doch dazugehören, sie wusste nur nicht, zu was, sie wusste nur, dass es bestimmt nicht Familie hieß. Die Familie war tot, genau wie Gott.

Und so lag Maria nur mit Slip und BH bekleidet den ganzen Nachmittag über auf ihrem Bett, eingetaucht in die Musik, starrte an die Decke und weinte heiße Tränen des Selbstmitleids. Das Handy hielt sie in der Hand, damit sie es gleich vibrieren spürte, wenn Franco anrief.

Sie litt, weil er so gemein zu ihr war: Er antwortete einfach nicht auf ihre ganzen SMS und Anrufe. Das würde sie ihm heimzahlen. Wenn er sie später doch noch sehen wollte, würde sie sofort zu ihm gehen, sich ihm zu Füßen werfen und sich dann, im richtigen Moment, an ihm rächen.

Denn Franco war wirklich ein riesengroßes Arschloch gewesen.

Er hatte sie behandelt, als würde sie nicht mehr existieren.

Die ganze Woche hatte sie gehofft, dass er sich melden würde, um ihr zu sagen: »Ich will dich sehen, Baby.«

Doch keine Reaktion.

So ein Arsch.

Während sie nachdachte und heulte, war es Abend geworden.

Jetzt musste sie sich aber einen Tritt in den Hintern geben.

Schluss mit der Flennerei.

Maria stand auf und ging ins Bad. Sie schaute in den Spiegel über dem Waschbecken und hätte fast aufgeschrien.

Ihre Augen waren rot und geschwollen, das Make-up war zerlaufen, und sie sah aus wie ein Clown. Einen irritierenden Augenblick lang sah sie sich, wie sie als ältere Frau aussehen würde, mit vierzig oder ein bisschen drüber, so alt wie ihre Mutter. Panik machte sich in ihr breit.

Sie griff zur Reinigungsmilch und wischte sich das ganze Zeug ab. Dann verteilte sie Peelingcreme auf ihr Gesicht und ließ sie ein bisschen einwirken. Sie cremte sich am ganzen Körper mit Feuchtigkeitslotion ein, dazu Straffungscreme für Busen und Hintern. Nicht dass sie das nötig gehabt hätte, aber man wusste ja nie …

Deo unter die Achseln, allerdings eines ohne Alkohol, denn alles andere reizte die Drüsen.

Dann wusch sie sich das Gesicht mit kaltem Wasser und sah

wieder in den Spiegel. Die Schwellungen um die Augen waren abgeklungen. Gut.

Ein Hauch Make-up, Wimperntusche, Lippenstift.

Noch ein Blick in den Spiegel.

Ganz schön sexy …

Nackt ging sie in ihr Zimmer zurück, begutachtete prüfend ihre Achselhöhlen und den Schambereich, denn bei diesem ganzen Durcheinander hatte sie völlig vergessen, am Freitagnachmittag zum Depilieren in den Schönheitssalon zu gehen.

Sie sah trotzdem gut aus.

Mit ihrem mageren, sehnigen, gebräunten Körper und den großen Brüsten.

Das Parfum von Christian Dior im blauen Flakon. Sie sprühte es in die Luft, sprang dann unter die feinen Tröpfchen, hielt ihnen das Gesicht mit geschlossenen Augen entgegen und unterdrückte den Impuls, diesen wunderbaren Duft einzuatmen.

Dann stand sie vor ihrem Schrank und überlegte, was sie anziehen sollte.

Sie wählte einen Minirock aus schwarzem Leder. Gut sitzende halterlose Netzstrümpfe. Ein ärmelloses Fiorucci-Shirt, das ihre Brüste betonte. Stiefel mit hohen Absätzen und fertig.

Dann nahm sie ihr Handy und versuchte, Giorgi zu erreichen, den Emo, mit dem sie eine Woche lang ausgegangen war, um sich ein bisschen über das schreckliche Erlebnis hinwegzutrösten, dass sie ihren Freund halb verloren hatte.

Giorgi hatte einen Haufen Schotter und hatte sie wie eine Königin behandelt. Fünf-Sterne-Hotel, roter Porsche Carrera, Candle-Light-Dinner und Kicks bis zum Abwinken. Trotz seiner Angewohnheit, sich zu ritzen, war er ein ziemlich scharfer Typ. Vielleicht ein bisschen schmächtig, aber mit einem hübschen Gesicht, trotz der geschwollenen Nase. Er hatte einen Unfall gehabt, über den er nicht reden wollte.

Alles in allem gefiel er ihr gut. Er war zwar nicht mit Franco zu vergleichen, aber um ein bisschen Spaß zu haben war er schon okay.

Schade, dass er jetzt nicht an sein Telefon ging.

Maria drückte auf die rote Taste und warf ihr Handy aufs Bett. Vielleicht konnte er ja gerade nicht drangehen, aber er würde später ganz bestimmt zurückrufen.

Was für ein Scheißtag. Auch heute war wieder alles zum Kotzen gewesen.

Genau wie gestern und vorgestern.

Sie machte den Fernseher an, ging auf Sky, wo *Big Brother* lief, und saß dann wie hypnotisiert vor dem Bildschirm, ohne wirklich hinzuschauen. Ihr leerer Magen krampfte sich immer wieder zusammen und ließ ein Knurren vernehmen.

Sie hatte Hunger, aber keinen Appetit.

Viel lieber ließ sie sich ins Nichts fallen und saugte die bloße Luft in sich auf, um sich mit etwas zu füllen.

Um elf rappelte sie sich auf und sah sich verstört um. Giorgi hatte nicht zurückgerufen. Vielleicht hatte er von Francos wundersamem Erwachen gehört und hatte Angst vor ihm, weil er seine Freundin ordentlich durchgevögelt hatte. Wer wusste das schon.

Sie musste jetzt irgendetwas tun, sonst würde sie noch verrückt werden.

Daher beschloss sie, allein zum Gehenna zu fahren und sich dort ein bisschen abzulenken. Und sich vom ersten geilen Typen, der ihr vor die Füße kam, aufreißen zu lassen.

Auch wenn er nicht geil ist. Egal.

Sich aufreißen lassen, einfach, um sich lebendig zu fühlen, nur deswegen.

Sie wurde mit jedem Moment wütender.

Auf Franco, auf Giorgi, auf die ganze Welt.

Sie nahm ihr Täschchen. Verließ das Zimmer. Ging durch den Flur an der verschlossenen Schlafzimmertür ihrer Mutter vorbei. Sie hielt sich die Ohren zu, aus Angst, von dort drinnen Stöhnen zu hören.

Mama, die sich leidenschaftlich von diesem Idioten ficken lässt, der mir so unendlich auf den Sack geht.

Als sie die Wohnung verließ, verspürte sie Melancholie und eine seltsame Unruhe zugleich.

Unten stieg sie in ihren gelben Opel Tigra.

Ihr war zum Heulen zu Mute, doch sie riss sich zusammen.

Startete den Motor und fuhr los.

Es war ganz still, denn sie hatte keine Musik angemacht. Als sie den Kreisverkehr erreichte, von dem es zur Autobahn abging, fiel ihr ein, dass sie das Handy auf dem Bett liegen gelassen hatte.

So eine Scheiße!

Jetzt war es zu spät, um noch zurückzufahren.

Sie bebte am ganzen Leib.

Irgend so ein nervöser Typ hing ihr am Auspuff.

Nervös... hast du eine Ahnung... Ach, vergiss es einfach.

Sie bremste, um einen alten weißen Käfer vorbeizulassen, der sich vor sie in die Schlange an der Mautstation drängelte.

So ein Idiot.

Sie umfasste das Lenkrad und fuhr weiter. Die Lippen angespannt in einem stummen Schrei.

Diese Einsamkeit war nicht mehr auszuhalten.

17

Die lange Reihe von Unfallautos.

All die Jugendlichen, die sich in einer Prozession hindurchschieben. Mit ausgebreiteten schwarzen Flügeln auf dem Rücken, ahnungslose Falter in einer nicht enden wollenden Nacht.

Ein Schritt vor den anderen, rechts, links.

Verlorene Seelen auf dem Weg ins Verteilzentrum. Auf den Transportbändern läuft das Gepäck, Koffer voller Illusionen, voller Freude und Schmerz, voll mit allem und mit nichts.

Vor dem Eingang löst sich der Schwarm auf und verteilt sich.

Er zoomt auf die Augen, ein Schatten in der Mitte ihrer Pupillen.

Tote Augen, erloschene Herzen.

Saverio sah sich in diesem wahnsinnigen Licht- und Klangchaos um, war wieder einmal im siebten Höllenkreis.

Da sah er sie.

Das blonde Mädchen saß allein in einer Nische neben dem Hauptfloor und starrte ins Leere, reglos und blutleer wie eine Wachsfigur.

Er bemühte sich, nicht zu sehr zu lächeln, und ging einen Schritt näher.

Das Make-up spannte auf seinem Gesicht, und seine leere Brust schrie wie verrückt.

Das Drehbuch war immer dasselbe. Mittlerweile wusste er,

was er tun und was er sagen musste. Er neigte sich nach vorn, wie zu einer Verbeugung, und bewegte die Lippen.

»Warum bist du traurig?«, fragte er sanft.

Dann lief der Film ab, schnell, unzusammenhängend.

»Ich heiße Maria, und du?«

Gesagte und ungesagte Worte.

Sie an der Hand nehmen.

Was hast du mit deinen Fingern gemacht?

Nichts, das war gar nichts.

Das Gehenna verlassen und über den Parkplatz zum Auto gehen.

Lass uns irgendwohin fahren, wo es ruhiger ist.

Die Bitte des blonden Mädchens hallte dröhnend und unaufhörlich in seinem Kopf wider.

Fahren wir irgendwohin, wo es ruhiger ist.

Die Wiederholung. Das Gefühl von Unabwendbarkeit. Es war nicht zu stoppen.

Einsteigen. Die Hand greift nach dem Zündschlüssel und dreht ihn. Der Motor springt sofort an.

Losfahren. Die richtige Stelle suchen.

Nicht sprechen. Nichts sagen wollen.

Nur fahren und dem Raunen der Maske lauschen. Mehr nicht.

Und die ganze Welt bleibt draußen.

Wartende Tränen irgendwo in den Fluren der Seele.

18

»Du könntest meine Tochter sein, weißt du das?«

»Was willst du damit sagen?«

Starre, glänzende Augen im Halbdunkel.

Nichts. Nichts will ich damit sagen.

Das Mädchen sieht ihn schief an, mit kokett gespitzten Lippen. »Warum, wie alt bist du denn?«, fragt sie. Ein leises Raunen. So weit entfernt, dass es wehtut.

Dann das rasche Flattern von Flügeln im Kopf.

Das düstere Knurren von La Falena.

Bruchstücke, immer nur Bruchstücke.

Der Motor dröhnt. Die Straße gleitet unter ihnen weg. Sie will noch ein paar Kicks, und er steckt ihr welche zwischen die roten, aufgeworfenen Lippen.

Bruchstücke, die sich zusammenfügen.

Das Mädchen mit dem Namen Maria lächelte süß, ließ einen tiefen Seufzer hören und leckte sich über die Lippen, um sie zu befeuchten, als warte sie auf eine Leckerei. Sie streckte die Hand zu dem neben ihr im Auto sitzenden Mann aus und zog ihm den Reißverschluss herunter. Dann wollte sie seinen Schwanz herausholen, der aber gar nicht erigiert war. Sie holte tief Luft, als müsse sie ins Wasser tauchen, dann beugte sie sich hinunter.

Saverio packte sie an den Haaren, zog ihren Kopf wieder nach oben und bedeutete ihr *Nein* mit dem ausgestreckten, verpflasterten Zeigefinger, tat, als wolle er mit ihr schimpfen ... Dann verpasste er ihr plötzlich eine solche Ohrfeige, dass sie mit dem Kopf gegen das Seitenfenster schlug.

Sie drehte sich um, wütend, mit glasigen Augen. »Was soll das? Spinnst du?«, rief sie und hielt sich mit einer Hand den Kopf, während sie sich mit der anderen die gerötete Wange rieb.

Sieh an, so ein Schwein.

»Fahr mich zurück«, sagte sie.

Auf der Straße ein Schild mit der Aufschrift GUASTA.

»Es ist zu spät.«

»Was redest du da?«

Saverio beginnt zu schreien, sinnloses Zeug, seltsame Sätze, Keuchen, Knurren.

Maria, voller Entsetzen, versucht auszusteigen, doch die Tür ist verschlossen.

Er versetzte ihr noch einen Schlag, von unten nach oben. Dann packte er sie am Nacken und drückte sie nach vorn, sodass sie mit der Stirn auf das Armaturenbrett schlug. Einmal. Noch einmal.

So lange, bis das blonde Mädchen mit einem Klagelaut und einem Seufzer das Bewusstsein verlor.

Er holte die Maske aus dem Handschuhfach und sah sie zärtlich an.

Dann zog er das Mädchen näher zu sich heran, legte sein Ohr an ihre halb geöffneten Lippen und hörte sie leise wimmern. Schließlich riss er sich mit den Zähnen das Pflaster vom Finger, sodass die verletzte Kuppe zu sehen war, der nachwachsende Nagel, das offene Fleisch, der blutverkrustete Knochen.

Mit der Fingerspitze fuhr er die regelmäßige Linie des kindlichen Profils nach, wobei er rote Spuren auf ihrer Haut hinterließ, und verlor sich verzückt in der Betrachtung ihrer immer heftiger flackernden Lider. Vielleicht träumte sie.

Er musste sich beeilen, bevor es zu spät war.

Er setzte ihr die Maske auf.

Dann streckte er sich, um den Türgriff zu betätigen.

Die Tür öffnet sich ein Stück.

Er sah auf die Uhr.

Es fehlt nicht mehr viel.

Er konnte nicht länger warten.

Saverio legte den ersten Gang ein und fuhr an. Er nahm die Kurve im Schritttempo, fuhr in der Mitte der Fahrbahn.

02:50.

Dann bremste er und hielt mitten auf der Straße an.

Das blonde Mädchen, das gesagt hatte, es heiße Maria, und ihm versichert hatte, es sei nicht traurig, schwankte im Zwielicht auf dem Sitz hin und her und stöhnte leise.

Saverio lehnte den Hinterkopf gegen das Seitenfenster, spürte das feuchte, kalte Glas an seinem rasierten Nacken und fröstelte, ohne es zu merken. Er seufzte. Müde von allem und müde von nichts. Durchdrungen von Wörtern und Knurren.

Schmatzende Geräusche und lauter werdendes Wimmern. Die Maske hatte zu fressen begonnen.

Er gab dem Mädchen einen Stoß, sodass es aus dem Auto rollte.

Und mit den Knien auf dem Asphalt aufkam.

Das Fahrzeug entfernte sich. Im ersten Gang, ruckelnd, die Schaltung knirschte, und alles schwankte.

Als wollte es flüchten, ohne dass es ihm gelang.

Hundert Meter weiter.

Wenden.

Niemand kommt hier zu dieser Uhrzeit vorbei.

Die nunmehr die richtige ist.

Er machte das Kassettenradio an. Spielte das Stück ab.

Wish You Were Here.

Sanfte Töne, Traurigkeit, die nicht vergeht.

Die junge Frau namens Maria zog sich plötzlich hoch und merkte, dass sie nichts mehr sehen konnte. Sie hatte etwas auf dem Gesicht, das grauenvoll brannte. Es war, als würde sich ihre Haut in Säure auflösen.

Sie versuchte, sich dieses Ding herunterzureißen, dieses Ding, das drückte und biss. Sie spürte das Blut über den Nacken laufen, feucht und klebrig, dachte, dass sie vielleicht träumte, dass dies nur ein Albtraum sei und sie bald aufwachen würde, in ihrem Bett zu Hause, in Sicherheit. Sie hatte Mühe zu atmen, und ihre Lunge schien immer kleiner und enger zu werden.

Dann hörte sie ein Motorengeräusch, immer näher, immer aggressiver.

Sie hatte Todesangst. Bekam keine Luft mehr.

Saverio wendete den Käfer, sodass die Front in die richtige Richtung zeigte. Dann gab er Gas und drückte das Pedal durch, einmal, zweimal.

Schließlich ließ er das Kupplungspedal langsam kommen, und der Motor drehte hoch.

Das Mädchen auf der Fahrbahn hatte sich auf den Knien aufgerichtet.

Saverio schaltete das Fernlicht ein, um sie anzuleuchten.

Er sah auf die Uhr des Autoradios.

Gleich war es so weit.

02:58.

Wish You Were Here.

Dann fuhr er mit quietschenden Reifen los.

03:00.

Der weiche Aufprall des Körpers. Der Kopf schlägt auf dem Asphalt auf und bricht auseinander wie eine Melone.

Die Räder fahren darüber, zerdrücken den Brustkorb, das scharfe Geräusch brechender Äste.

Aussteigen, die Taschenlampe in der Hand.

Hingehen und schauen.

Eine zuckende Marionette aus Fleisch und Blut.

Eine Puppe mit verdrehten Gliedern.

Die Maske abnehmen und dabei aufpassen, nicht in die Blutlache zu treten, die sich auf dem Asphalt ausbreitet.

Die Verwüstungen im Gesicht überprüfen, die angefressenen Gesichtszüge, die Geburt eines weiteren Albtraums, eine Skulptur aus Fleisch und Knochen, abstrakt und grauenvoll.

Saverio kehrte zu seinem Auto zurück und prüfte die Schäden an der Karosserie. Die Kofferraumhaube war ein kleines bisschen eingedrückt, und die Stoßstange hatte eine Delle und einen Blutfleck.

Er stieg ein und fuhr los, zurück nach Hause.

Vorher würde er aber noch bei einer Münzwaschanlage vorbeifahren.

Er hatte das Gefühl, als breite sich die Leere in seiner Brust bis in den Bauch aus. Und dann bis in den Kopf.

Wenn er so weitermachte, würde er so leicht werden wie ein Vogelknochen. Und er würde viel einfacher und wie im Flug frei werden können.

Die Maske auf dem Beifahrersitz hielt nicht einen Moment lang still.

Sie raunte ohne Unterlass.

IX
Im Kreis

1

Als Chiara Monti am Montagmorgen gegen sieben in ihr Büro kam, machte sie sich sofort daran, die E-Mail für Franco mit dem ersten Datenpaket zu den tödlichen Autounfällen der letzten Wochen vorzubereiten. Sie hatte die erforderlichen Genehmigungen dafür eingeholt und die entsprechenden Stellen informiert. Vom Präsidium hatte sie ein Placet erhalten. Alles war in Ordnung, und sie konnte loslegen.

Als Nachricht schrieb sie wenige, unverbindlich gehaltene Worte: CIAO, LASS VON DIR HÖREN. CHIARA.

Sie unterließ weitere Ergänzungen wie etwa: P. S. MELDE DICH, WANN IMMER DU WILLST. ICH WÜRDE MICH FREUEN. Eigentlich wäre es netter gewesen, ihn anzurufen, doch das verbot sie sich, denn seine Stimme, die sich genauso anhörte wie die von Francesco, rief in ihr widerstreitende Gefühle hervor. Freude und Schmerz zugleich, sodass sie sich noch verlorener fühlte, wenn sie sie hörte, als zuvor. In ihrem Kopf regierte das Chaos und produzierte Larven, schlimmer noch als eine Bienenkönigin in ihrem Stock.

Das Königreich der Wirklichkeit lag immer und überall auf der Lauer.

Möglicherweise war dieser junge Mann der Halbbruder von Gioia, was die Tatsache, dass er eine unbestreitbare Anziehung auf sie ausübte, nur noch verwirrender machte. Das alles zusammen bereitete ihr Angst und ein leises Gefühl von Scham.

Sie zog die Schublade ihres Schreibtischs auf, wo die Tüte

mit dem genetischen Material von Robbi und Gioia lag. Bei all dem Durcheinander war sie noch nicht dazu gekommen, sie an einen zuständigen Kollegen zu schicken.

In einem Moment war sie überzeugt, dass sie es tun musste.

Im nächsten überfielen sie die Zweifel. *Vielleicht ist es besser, die Dinge auf sich beruhen zu lassen, sie sind auch so schon kompliziert genug.*

Chiara ließ einen verzweifelten Blick über das Chaos auf ihrem Schreibtisch schweifen. Neben dem Computer lagen die Protokolle der Zeugenaussagen sowie Angaben zu einigen von Galimbertis Leuten, die in die Drogenszene des Gehenna eingeschleust worden waren, um dort etwas über Vasco Terrano herauszufinden. Die Informationen waren vom Samstag, also erst zwei Tage alt, doch ihr kam es wie eine Ewigkeit vor. Mittlerweile flossen die diversen Ermittlungen ineinander: ungelöste Fälle, gelöste Fälle, unbefriedigte Neugier und krumme Teelöffel mit wenigen Tropfen schmutzigem Wasser darin ... Ihre Verwirrung, die durch die endlosen Sitzungen, an denen sie teilnehmen musste, noch verstärkt wurde, hatte sich auch am Sonntagnachmittag bei der ersten wohlverdienten Erholungspause seit fast einem Monat nicht aufgelöst.

Um ihren freien Nachmittag zu feiern, war sie mit Roberto und Gioia in den Talonpark gegangen, wie so viele andere Familien auch. Der Rasen zeigte schon das helle und kräftige Grün des Frühlings, die Sonne schien warm auf sie herab, die Luft war würzig, und Chiara konnte sogar zulassen, dass Roberto den Arm um sie legte, als sie auf einer Bank saßen. Es gelang ihr, diese Berührung als nicht allzu unangenehm zu empfinden.

Später aßen sie in einem Restaurant zu Abend und fuhren dann nach Hause.

Roberto machte sich daran, die Armlehnen eines alten Stuhls – spätes 18. Jahrhundert – zu reparieren, den Chiara überaus scheußlich fand, auch weil er gar nicht zur übrigen Einrichtung passte. Roberto hingegen liebte ihn sehr, vielleicht auch, weil der Stuhl ein Hochzeitsgeschenk seiner Mutter gewesen war. Chiara saß unterdessen mit Gioia auf dem Sofa, und sie schauten sich einen Zeichentrickfilm auf DVD an. Als es Zeit zum Schlafen war, las sie Gioia noch eine Gutenachtgeschichte vor, blieb dann neben ihr im Kinderbett liegen und tat so, als sei auch sie eingenickt, bis sie aus dem Schlafzimmer Robbis Schnarchen hörte. Dieser hatte sein Intermezzo als Laienschreiner beendet und war über dem Warten auf sie eingeschlafen.

Zur Sicherheit blieb sie noch ein Stündchen neben Gioia liegen, ging dann ins Schlafzimmer hinüber und kroch unter die Bettdecke. Als Roberto sie von hinten umarmte und an sich zog, zuckte sie zusammen.

Sie konnte nicht einschlafen.

Gedanken schwirrten durch ihren Kopf, Stunde um Stunde.

Sie dachte, dass sie den Geruch ihres Ehemanns nicht mehr ertrug.

Dachte an die vor ihr liegende Woche.

Daran, dass Galimbertis Männer nichts Verwertbares herausbekommen hatten, womit sie Terrano junior festnageln konnten.

Als der Wecker klingelte, stand Chiara sofort auf und verließ das Haus eine halbe Stunde früher als üblich.

Sie frühstückte in der Bar neben der Zentrale, Fruchtsaft und heißen Caffè macchiato, sprach mit niemandem und antwortete nur mit einem Nicken, wenn ihr jemand mit einem »Guten Tag, Signora Monti, wie geht es Ihnen?« begegnete.

Beschissen, wie soll es mir sonst gehen?

Der Wachposten schnellte in Habtachtstellung wie jeden Morgen, und Chiara hätte ihn am liebsten mit Fußtritten traktiert, sie wusste auch nicht, warum.

Als sie ins Büro kam, fiel ihr Blick sofort auf die Magnettafel. Neben den Satz *Hau ab, duck dich weg*, den sie in der letzten Woche daran befestigt hatte, hatte sie einen weiteren notiert: *Ich hab Angst, Papa.* Der Satz des mysteriösen Jungen auf der Tonaufnahme von der Hinrichtung des Buchhalters Serra. Sie bedachte die beiden rätselhaften Sätze mit einem *Ihr könnt mich mal*, meinte aber eigentlich die ganze Welt damit. Ihr Magen krampfte sich zusammen, als wäre er in Sorge um etwas, doch sie hatte keine Ahnung, was es war. Vielleicht war es eine Vorahnung. Vielleicht würde etwas Schlimmes geschehen.

Vielleicht wurde sie einfach langsam paranoid. Denn im Grunde passierte dauernd etwas Schlimmes, und sie hätte daran gewöhnt sein müssen.

Chiara konnte sich nicht mehr erinnern, wann sie zuletzt etwas Schönes erlebt hatte. Sie setzte sich an den Schreibtisch, starrte den Bildschirmschoner an, auf dem das Wappen der Polizei pulsierte, kleiner und größer werdend, ein Effekt, der sie an das Pochen eines Herzens erinnerte. Dann bewegte sie die Maus auf dem Mauspad, auf dem der Falter von *Das Schweigen der Lämmer* abgebildet war.

Sie loggte sich in ihr Postfach ein, um zu tun, was sie jetzt tun musste: ihrem schönen düsteren Prinzen das Material schicken.

Ihr Blick fiel wieder auf die genetischen Beweisstücke in der Schublade. *Verdammt.* Kurzentschlossen nahm sie die Tüte und steckte sie in einen Umschlag für die interne Post. Dann schrieb sie den Adressaten darauf: DOTT. CARMELO PECORA – SPURENSICHERUNG – POLIZEIPRÄSIDIUM FORLÍ. Sie starrte einen Moment lang ins Leere. Dann fügte sie hinzu: DRINGEND. Schließlich legte sie den Umschlag in ihr Ausgangsfach.

Sie seufzte und warf einen verzweifelten Blick auf die abzulegenden Vorgänge und auf die mit Akten vollgestopften Ordner in den Kartons in der Ecke neben dem Fenster.

Dann rief sie den Posten und bat um einen Kaffee.

Während sie an ihrem Espresso nippte und die Zeit vertrödelte, blinkte das Hinweis-Icon am rechten unteren Rand des Monitors auf und signalisierte den Eingang einer Mail. Chiara trank ihren Kaffee aus, stellte das Pappbecherchen auf den Schreibtisch und klickte auf das Verzeichnis mit der Eingangspost.

Dann auf das Briefumschlagsymbol, in der Hoffnung auf eine Antwort von ihm, von Franco, der sich bedankte und vielleicht vorschlug, noch einmal zusammen eine Pfannenpizza essen zu gehen.

Doch die Mail kam von einer Hotmail-Adresse.

Mit einem Betreff, der ihre Alarmglocken sofort schrillen ließ.

FAHR ZU, KLEINES MÄDCHEN.

Sie streckte den Rücken durch und ging mit dem Gesicht ganz dicht an den Monitor heran.

Dann klickte sie auf den Anhang, und der Boden tat sich unter ihr auf.

2

Als am Montagmorgen um sieben Uhr die E-Mail von Chiara Monti eintraf, war Franco schon geraume Zeit wach.

Nach einer weiteren schlaflosen und unruhigen Nacht hatte er ein wenig saubergemacht, hatte sich an den Computer gesetzt und sich noch einmal mit den Programmen beschäftigt, die ihm die Polizistin in der Woche zuvor auf einem USB-Stick gegeben hatte. Es handelte sich um ein System zur morphologischen Identifikation, das er auch schon in Studienzeiten angewendet hatte und das hier an eine Art virtuelle Umsetzung der Unfalldynamik gekoppelt war.

Der Eingang der Mail ließ ihn zusammenzucken. Der Absender war STAATSPOLIZEI – NSPIA, und es war ein ziemlich großer Anhang beigefügt, den zu öffnen eine geraume Zeit in Anspruch nahm.

Das Ministerium für Infrastruktur und Verkehr hatte über den Nationalen Sicherheitsplan eine Beobachtungsstelle eingerichtet, deren Aufgabe es war, Daten über Verkehrsunfälle zu sammeln: Orte, Charakteristiken der in den Unfall verwickelten Personen und Fahrzeuge, Autopsieberichte.

Um den Datennachschub zu gewährleisten, waren die Ordnungskräfte verpflichtet, auf Grundlage der am Unfallort erstellten Protokolle und der erfassten Personenschäden – Tote (innerhalb von vierundzwanzig Stunden oder innerhalb des dritten Tages nach dem Unfall) oder Verletzte – Kurzformulare auszufüllen.

Francos Aufgabe würde es sein, die Endfassungen der Übersichten zu erstellen und vor allem die Daten herauszufiltern, die mit der sogenannten »Biomechanik des Aufpralls« zu tun hatten, wofür er die ihm zur Verfügung gestellten Programme nutzen sollte. Die Unfälle mussten umfassend rekonstruiert werden: Analyse der auf den menschlichen Körper einwirkenden Kräfte, Ursache und Auswirkung der Geschwindigkeit, Traumata der Unfallbeteiligten.

Franco hatte die letzten Tage der Woche damit verbracht, wissenschaftliche Texte zu lesen, die sich mit diesem Thema befassten, und hatte alte Examenshefte aus dem Bereich Gerichtsmedizin wieder ausgegraben.

Gefangen in seiner stillstehenden Zeit, mit ausgestecktem Telefon und ohne Fernseher – um jedweden Kontakt mit der Außenwelt zu vermeiden –, sah er oft zu den an der Wand hängenden Fotografien von Clorinda auf, als wolle er sich bei ihr rückversichern. Die Gewissensqualen für das, was er diesem armen Mädchen angetan hatte, hatten sich in das übersteigerte Bedürfnis, alles über sie erfahren zu müssen, verwandelt.

Er wollte wissen, warum und wieso. Alles wollte er wissen.

Jetzt war endlich das Material gekommen, mit dem er arbeiten konnte.

Er konnte jetzt zum Kern der Sache kommen.

Zum lebendigen Kern des Todes, mit all diesem Hackfleisch als Beilage.

3

Es handelte sich um eine Reihe von Fotos.

Alle zeigten ein Mädchen zu verschiedenen Tageszeiten.

Gioia, mein Gott …

Chiara sah fassungslos auf das Bild ihrer Tochter, auf dem diese auf den Stufen vor ihrem Haus sitzt, ihr Lieblingsplatz, wenn sie mit ihrer Puppe spielte.

Gioia, wie sie lachend über eine Wiese im Talonpark läuft, wo sie den letzten Sonntag verbracht haben. Im Hintergrund Chiara und Robbi. Er hat eine Hand auf ihre Schulter gelegt, und sie sieht ganz schön dämlich aus, wie sie so mit übertrieben aufgerissenem Mund lacht.

Gioia, wie sie angeschnallt bei ihrem Papa im Auto auf der Rückbank sitzt, zum Fenster hinausschaut und irgendjemandem zuwinkt.

Scheiße, Scheiße, Scheiße, Scheiße …

Chiara klickte diese Fotos des Grauens der Reihe nach an.

Im Hals einen pochenden Klumpen, der ein Herz zu sein schien, es aber nicht war. Denn wenn sie schluckte, war ein Wehklagen zu hören.

Süße Gioia, Freude meines Herzens …

Chiara riss die Schublade auf und nahm ihre Waffe heraus. Dann hängte sie sich das Holster mit dem Clip links an den Gürtel, sodass der Pistolengriff nach außen wies.

Sie sah sich das letzte Foto an, fluchte, ein Blick auf die Uhr.

Sie sprang auf.

Ich muss los, schnell, es ist nicht mehr viel Zeit.

Und rannte aus dem Büro.

Auf dem Monitor blieb ein etwas unscharfes Bild stehen: Gioia an der Hand ihres Papas, wie sie den Bürgersteig entlanggehen.

In der rechten unteren Ecke zeigten Digitalziffern die Uhrzeit an, zu der das Foto gemacht worden war.

4

Acht Uhr morgens. Vater und Tochter gingen schweigend in Richtung Schulbus.

Das Mädchen hielt den Blick gedankenverloren auf den Gehweg gerichtet, den Schulranzen auf dem Rücken, ein rotes Band in den zum Pferdeschwanz zusammengefassten Haaren.

Er, Jackett und Krawatte, Vollmondlächeln und breite Schultern, grüßte alle, die sie trafen.

Auch andere Kinder strebten an der Hand ihrer Väter oder Mütter dem Ende der Straße zu, wo der Schulbus wartete.

Helles Lachen und Husten.

Nur eine Passantin kam ihnen entgegen, eine große, schlanke, schwarz gekleidete junge Frau.

Gioia Bulgari und ihr Vater Roberto hatten ihr Ziel fast erreicht.

Wie jeden Morgen würde er seine Tochter mit einem Kuss auf die Wange verabschieden, bevor sie in den Bus stieg.

Wie jeden Morgen würde sie ihren Vater mit einem »Tschüs, Papi!« verabschieden.

Ein blauer Audi stand auf der gegenüberliegenden Straßenseite. An der Fahrertür lehnte ein massiger Typ mit zu Zöpfchen geflochtenen Haaren. Er hatte die Arme vor der Brust verschränkt und schien auf jemanden zu warten. Sein Gesicht wurde von einer Sonnenbrille mit sehr großen Gläsern verdeckt.

Roberto und Gioia hatten den Bus fast schon erreicht.

Das Mädchen drehte sich um, um eine Klassenkameradin zu begrüßen, die an der Hand einer älteren Person, vermutlich der Großmutter, näher kam.

Die schwarz gekleidete junge Frau war jetzt nur noch ein paar Meter von ihnen entfernt. Gleich würden sie aneinander vorbeigehen.

Roberto betrachtete die Frau zerstreut. Sie hatte ihr Haar zu kleinen Zöpfchen geflochten, trug eine verspiegelte Brille und schien hübsch zu sein, sehr schlank und gut gebaut. Ihr Mund war zu einer Seite verzogen, eine rätselhafte Grimasse, die vielleicht auch ein Lächeln sein konnte.

Die Distanz zwischen ihnen verringerte sich.

Noch zwei Meter, einen Meter.

Die junge Frau ging an ihnen vorbei.

Roberto folgte ihr mit dem Blick und musterte ihren Hintern, der bemerkenswert war für eine so schmale Person. Dann sah er wieder nach vorn.

Gioia hielt die Hand ihres Vaters fest, gleich hätten sie den Bus erreicht.

Der Mann neben dem blauen Audi auf der anderen Straßenseite sprach in ein Handy.

»Hallo, Gioia!« Ein sommersprossiges Mädchen winkte. Es stand auf dem Trittbrett des Busses, und der Busfahrer forderte es auf, weiterzugehen. »Pass bloß auf, dass du nicht hinausfällst ...«

Gioia begrüßte das Mädchen ebenfalls.

Dann legte ihr jemand eine Hand auf die Schulter.

5

Franco sah die lange Liste am Anfang des Dossiers durch. Sie war nach Daten und Uhrzeiten geordnet.

Er suchte den 3. März. Drei Uhr morgens. Ort: Muffa. Er klickte die entsprechende Datei an.

Die Nachnamen waren in dem Bericht aus datenschutzrechtlichen Gründen abgekürzt, nur die Wohnorte und Geburtsdaten waren dort unverschlüsselt zu finden, da sie unerlässlich für die Statistiken waren.

Mit klopfendem Herzen begann Franco, die Dokumente über den Unfall von Clorinda Mastri zu lesen. Clorinda M. in diesem Fall ... Dieser verfluchte Unfall, der sein Leben zerstört hatte und vielleicht auch noch mehr.

Er starrte länger auf den Satz: VERSTORBEN AN DEN FOLGEN DES AUFPRALLS, als könne er dessen Bedeutung nicht richtig erfassen.

Dieser Satz schien mehr mit der Realität zu tun zu haben als mit den Albträumen auf Erden.

VERSTORBEN AN DEN FOLGEN DES AUFPRALLS BEI SCHWERER KOLLISION MIT EINEM KRAFTFAHRZEUG

Franco klickte den Bericht der Straßenpolizei an und las ihn aufmerksam durch.

… aus dem Protokoll der Unfallaufnahme geht hervor, dass sich das Opfer mitten auf der Fahrbahn befand …

Das Herz dröhnte ihm in den Ohren, was ihn irritierte.

Lesen, immer weiterlesen.

REKONSTRUKTION DER UNFALLKINEMATIK

Das in den Unfall verwickelte Fahrzeug (Hyundai Coupé, Fahrgestellnummer […], Kennzeichenüberprüfung noch ausstehend), geführt von […] Feststellung der Personalien – Personalausweisnummer B789GFN, ausgestellt in der Gemeinde Sasso Marconi … [siehe vollständige Daten am Ende]. Gültiger Führerschein, ausgestellt bei der Präfektur Bologna.

Das unfallverursachende Fahrzeug fuhr auf der Bundesstraße 99 (Via Guasta) in Fahrtrichtung Muffa. Bei Kilometer 33 schwerer Aufprall auf die Frontseite des Fahrzeugs […] Kollision des genannten Fahrzeugs mit der Person […] Opfer verstorben.

Bremsspuren schräg zur Straßenachse – der Bremsvorgang wurde erst nach der Kollision eingeleitet – weisen auf seitliches Schleudern aufgrund der regennassen Fahrbahn hin.

Unfallopfer auf dem rechten Fahrstreifen in Richtung Süd-Westen (zweispurig), 7,2 m vom Kollisionsfahrzeug und 1,5 m vom Straßenrand entfernt gefunden.

Er beendete die Lektüre der technischen Daten des Unfalls mit den verschiedenen Einschätzungen der Straßenpolizisten. Dann nahm er sich die medizinischen Daten vor.

Dort las er, was er dem armen Mädchen angetan hatte.

Wie er dieses so perfekt geschnittene Gesicht zerstört hatte.

Er starrte auf die Fotografien an der Wand, die Lippen verbittert zu einem Strich verzogen. Dann auf den Bildschirm. Die grauenvollen, furchtbaren Autopsiefotos.

Die Folgen eines Zusammenpralls mit hoher Energie.

Finger, die über das Herz streichen. Fingernägel, die berühren und ritzen.

6

Chiara stürzte aus dem Büro und rannte auf dem Flur fast in Molisi hinein, der sie fragend ansah. »Chiara, alles in Ordnung?«

Sie antwortete nicht.

Sie wollen meinem Kind etwas antun.

Während sie in die Tiefgarage hinunterlief und in ihren GT stieg, blinkte nur ein Satz in ihrem Kopf, wie eine kaputte Neonschrift, die zischt und immer wieder an- und ausgeht.

Sie wollen meiner Tochter etwas antun.

Auf der Garagenausfahrt kam sie ein wenig ins Schleudern, denn sie hatte zu rasch zu viel Gas gegeben.

Vielleicht ist es diesmal nicht bloß eine Warnung.

Dann die Straße entlang, mit dröhnendem Motor. Das Fenster herunterdrehen, das Magnetblinklicht aufs Autodach setzen.

Am Kreisverkehr bremsen, nach rechts abbiegen.

Dann in der Unterführung versuchen, den Stecker des Spiralkabels der Sirene in den Zigarettenanzünder zu stecken. Doch der will nicht reingehen, will einfach nicht reingehen, *verflucht noch mal …*

Dann doch noch das gellende Heulen der Sirene, das alle verscheucht. Endlich konnte sie schneller fahren.

Durch den Kreisverkehr vor dem Kinokomplex und dann in absurder Geschwindigkeit Richtung Schnellstraße. Lichthupe für einen Idioten in einem Polo, der viel zu langsam vor sich hin kroch.

Mit der einen Hand am Steuer, kramte sie mit der anderen in ihrer Bomberjacke nach dem Handy und suchte die Nummer von Robbi heraus.

»Der gewünschte Gesprächsteilnehmer ist nicht erreichbar …«

Scheißescheißescheiße …

Wenn Gioia etwas passiert, dann bringe ich mich um, das schwöre ich.

7

Multiple Splitterfrakturen mit Schädel- und Gesichtsdeformation.

Ein wenig Blut rinnt aus dem Herzen. Nicht weiter schlimm, nur ein paar Tränen aus den Kammern, die Ergriffenheit des Fleisches vor der Auflösung der Form. Göttliche Formen, die für den Arsch sind.

Franco las die lange Auflistung von Verletzungen und Brüchen:

... palpebrales und subkonjunktivales Hämatom, Dislokation des Canthus lateralis und des Bulbus, Hypästhesie des Nervus infraorbitalis, eine Asymmetrie des Wangenprofils und des Jochbogens, Hautwunden. Prolaps des weichen Gewebes. Orbitadachfraktur. Orbitabodenfraktur. Bersten des Bulbus. Zahnbruch im Bereich der mittleren Incisivi.

Dann vergrößerte er eines der Bilder.

Um es sich besser anschauen zu können.

Von Clorinda Mastris Gesicht war nicht mehr übrig geblieben als ein Haufen zermalmter Knochen. Die Nase war völlig platt, der Unterkiefer verschoben, der Oberkiefer zerbröselt wie ein Keks.

Ein zerrissener roter Schleier.

Ein wahrer Albtraum.

Den er hatte Wirklichkeit werden lassen, er, der schwarze Franz, das Samstagnachtwunder.

Mit einer schwermütig langsamen Bewegung nahm er die Patrone vom Schreibtisch und schloss die Faust darum.

Scheiß Glücksbringer.

Dann warf er den Drucker an.

Der Tintenstrahldrucker surrte und füllte dann Seite um Seite mit diesen grauenvollen Gesichtern.

Zu Brei gewordenen Gesichtern.

Samstagnacht-Anatomien.

Als er fertig war, legte er die Patrone wieder weg, nahm die Ausdrucke und ging zur linken Wand, die er von Postern und Bildern befreit hatte, sogar das Bücherregal hatte er beiseitegeschoben. Das Klebeband hatte er schon in der Hand.

8

Sie bog auf die Schnellstraße ein. Robbi ging nicht ans Handy. Bestimmt war etwas Schlimmes passiert. Sie versuchte es zu Hause. Obgleich Robbi und Gioia zu dieser Uhrzeit eigentlich schon weg sein mussten, wenn sie den Schulbus noch erreichen wollten.

Und tatsächlich klingelte das Telefon ins Leere. Dann schaltete sich der Anrufbeantworter ein, und Gioias Stimmchen sagte: »Hallo, hier ist die Familie Monti Bulgari, und weil bei uns daheim niemand zu Hause ist, sprechen Sie bitte nach dem Piep ...«

Sie hatten die Ansage aufgenommen, als Gioia sechs gewesen war, und dann beschlossen, den Spruch zu belassen. Denn er war einfach zu niedlich, der schönste Anrufbeantworterspruch der Welt.

Nach dem Signalton sagte Chiara: »Mäuschen, wenn du noch zu Hause bist, ruf den Papa mal ans Telefon. Robbi, bist du da?«

Sie wusste nicht, was sie sagen oder tun sollte, sie war völlig durcheinander. Denn ihre Tochter war in Gefahr, auch wenn es solche Situationen eigentlich nur im Film gab. Oder so etwas fand woanders statt, wie zum Beispiel in Palermo, damals bei der Antimafia-Einheit.

Sie ... die da.

Jemand hatte es auf sie abgesehen.

Vielleicht war der Verantwortliche Vasco Terrano, die Rückkehr eines Grauens, das nicht vergeht.

Oder es steckte etwas anderes dahinter. Etwas viel Komplexeres.

Etwas Mächtigeres.

Sie raste nach Hause.

Das Handy gegen das Ohr gepresst, versuchte sie noch einmal, ihren Mann zu erreichen. Als dieses plötzlich einen Anruf signalisierte, zuckte Chiara zusammen und wusste nicht, ob sie überhaupt eine Nummer gewählt hatte oder nicht. Sie antwortete rasch: »Robbiwobistdudenn?«

Stille.

Wer zum Teufel ist das?

»Chiara, entschuldigen Sie, ich bin es.«

Molisi?

Bestimmt wollte er wissen, was los war. Er hatte ihr gegenüber einen ausgeprägten Beschützerinstinkt.

»Ich bin auf dem Weg nach Hause, ich muss schauen, ob da alles in Ordnung ist. Ich habe eine Art Drohung per Mail bekommen.« Sie versuchte, ihre Stimme ruhig zu halten.

»Was für eine Drohung?«

»Fotos von meiner Tochter. Aber lassen Sie uns keine Zeit am Telefon verlieren. Schicken Sie bitte einen Wagen zu Gioias Schule. Ich fahre nach Hause, für den Fall, dass sie noch dort sein sollte.«

Molisi sagte, dass er sofort alles Nötige veranlassen würde.

Guter Molisi.

Sie beendete das Gespräch.

9

»Hallo, Kleine, darf ich dir ein Geschenk machen?«

Gioia drehte sich um, als sie spürte, dass jemand sie an der Schulter berührte.

Roberto hatte nichts bemerkt. Erst als er den Zug an seiner Hand spürte, weil seine Tochter plötzlich stehen geblieben war, wandte er sich um und sah, dass sie mit der attraktiven jungen Frau mit den Zöpfchen und der verspiegelten Sonnenbrille sprach, an der sie gerade vorbeigegangen waren.

Er wollte schon den Mund aufmachen und nach einer Erklärung verlangen, doch seine Tochter lächelte. Offensichtlich geschah hier nichts Böses.

Die junge Frau mit den Zöpfchen tätschelte Gioia die Wange, und diese sagte: »Danke schön, Signora.«

Die junge Frau mit den Zöpfchen drehte sich um und ging weg. Roberto sah ihr nach, wandte sich dann an seine Tochter und fragte: »Was wollte sie denn?«

Die Frau hatte sich irgendwie merkwürdig verhalten, hatte ihn völlig ignoriert, und das ärgerte ihn ein bisschen.

»Sie hat mir das hier gegeben.« Gioia zeigte ihrem Vater, was sie in der Hand hatte. »Der Stiel ist ganz kalt ...«

Die Blume war vollständig weiß, sogar der Stiel, sodass sie aussah, als wäre sie aus Plastik.

Was das wohl für eine Blume war? Vielleicht eine Rose, doch so ganz ohne Farbe ... ziemlich seltsam. »Und warum hat sie sie dir gegeben?«, fragte er.

»Ich weiß nicht. Aber sie war sehr nett.«

Roberto betrachtete seine Tochter gedankenvoll.

Der Busfahrer machte ihnen ein Zeichen. »Was ist jetzt? Einsteigen oder nicht?«

Auf der anderen Straßenseite war jetzt niemand mehr.

Der blaue Audi war weg.

Verschwunden im Nichts.

10

Sie brachte den Alfa Romeo mit einem Reifenquietschen zum Stehen. Die Straße war verlassen. Es war niemand mehr an der Haltestelle des Schulbusses.

Es war niemand mehr da, vielleicht war sie zu spät gekommen.

Bestimmt hatten sie ihrer Tochter schon etwas angetan.

Sie wendete und bog am Ende der Straße nach rechts gegen die Fahrtrichtung in eine Einbahnstraße ein, denn das war der kürzeste Weg nach Hause. Um ein Haar stieß sie mit einem verfluchten Ape-Lieferwagen zusammen, der in der Straßenmitte auf sie zu ratterte.

Chiara hielt die Kelle aus dem Fenster. Der Alte mit Hut, der am Steuer saß, machte ein erschrockenes Gesicht, schaltete, um schneller wegzukommen, versehentlich in den Rückwärtsgang, ließ die Kupplung zu schnell kommen, das Fahrzeug machte einen beschämten Satz, und der Motor erstarb.

Da sprang Chiara aus ihrem Auto, ließ es mit offener Tür mitten auf der Straße stehen und rannte los, die rechte Hand unter der Jacke auf dem Griff der Pistole, die sie aber nicht zog, um niemanden zu erschrecken.

Sie lief den etwa hundert Meter langen Anstieg zu ihrem Haus hinauf, ein freistehendes Einfamilienhaus. Als sie im Vorgarten war, sah sie, dass Robertos Auto noch im Carport stand, lief die Treppen zur Tür hinauf, zog ihre Beretta aus dem Holster und umfasste den Griff mit beiden Händen, während sie nach oben zielte.

Dann drückte sie die Eingangstür auf, stürmte ins Haus, und da stand er plötzlich vor ihr.

Fast hätte sie ihm mitten in die Stirn geschossen.

11

Er hängte den letzten Ausdruck an die Wand. Dann trat er ein paar Schritte zurück und betrachtete die Bildfragmente.

Cloris Gesicht, perfekt und zart: Augen, Nase, Mund, die sinnlichen Lippen.

Cloris Gesicht voller Blut: eine zertretene Plastikpuppe.

Gutes und Böses, Licht und Dunkel, die Perfektion und das Monströse.

Franco spürte, wie sich sein Kopf zu drehen begann und sich mit Raunen füllte. Es war, als ob all diese Bilder des Lebens und des Todes mit ihm zu sprechen versuchten. Um zu erklären, was er tun musste, wie er weitermachen sollte, um nicht zu sterben.

Es gab einen Plan, ein Ziel, einen Traum, die erreicht werden mussten.

Aus der Stereoanlage kam das Stück von Pink Floyd. Die Melodie war zurückgekehrt und füllte den Raum, ohrenbetäubend und unerträglich.

Wish You Were Here.

Wie oft hatte er diesen Wunsch im Dunkeln seines Zimmers ausgesprochen, nachdem sein Vater gestorben war. Schlaflos, mit offenen Augen und geballten Fäusten.

Wish You Were Here.

Wie oft hatte er an diesen Satz gedacht, wenn er zu seiner Mutter gefahren war, in der Hoffnung sie würde aus ihrer schmerzfreien Wolkenwelt zurückkehren.

Ich wünschte, du wärst hier, Mama, ich wünschte, du würdest mir ein für alle Mal das Atmen beibringen.

Während er die mit Clorindas Gesichtern tapezierte Wand betrachtete, diese Gesichter, die sich, wie es schien, auf ihn stürzen wollten, bedrohlich und gierig, spürte er, wie ihn unmittelbar unter der Haut ein Wehklagen und Frösteln durchlief.

Sein Kopf drehte sich immer schneller.

Er kniete auf dem Boden nieder, vor diesen Foto-Fragmenten. Wie vor einem Altar.

Er hatte das absurde Gefühl, in der Luft zu hängen mit seinen angewinkelten, gefühllosen Beinen. Er schloss die Augen, und da sah er sie.

Sie war nicht gegangen, sondern war für immer da, im Dunkel seiner Lider verborgen, darauf wartend, ihn an einem unbezähmbaren Verlangen teilhaben zu lassen.

Das Mädchen, das die Arme in der Leere bewegte, als wären es Flügel.

Flap, flap.

Franco hob die Arme, streckte sie zur Seite und bewegte sie im Rhythmus seiner Vision.

Und einen absurden Moment lang glaubte er sogar, ein paar Meter über dem Boden zu schweben.

Flap, flap.

Doch dann gab es in der Mitte seines Kopfes einen Knall, weich und hart zugleich, eine explodierende Fleischblase.

Er fiel zu Boden.

Schlug die Augen auf und war verloren.

12

»Chiara, bist du verrückt geworden?«

Roberto starrte sie mit aufgerissenen Augen an, als sei sie ein Gespenst.

Sie nahm sofort die Waffe herunter und fragte atemlos: »Wo ist Gioia?«

»Warum? Was ist passiert?«

»War alles in Ordnung mit ihr?«

»Wieso fragst du mich das?«

»Wieso antwortest du nicht?«

Nur Fragen und keine Antworten, immer dasselbe.

Gioia war heil und gesund in der Schule angekommen.

»Sind Sie sicher? Sagen Sie mir, dass Sie sich sicher sind, Commissario!«

Molisi war höchstpersönlich zur Schule gefahren, um das zu überprüfen, gefolgt von einem Streifenwagen.

»Aber ja doch, Chiara, ich bin mir ganz sicher, ich habe sie ja mit eigenen Augen gesehen. Sie war in ihrer Klasse, und es ging ihr gut, seien Sie ganz beruhigt.«

Also hatte sich alles mit einem großen Schrecken in nichts aufgelöst.

Für den Moment.

Oh, aber ich bin doch ganz ruhig? Warum sollte ich mir auch Gedanken machen?

Eine Bande von Verrückten war hinter ihr her und bedrohte sie. Nichts weiter. Nichts Besonderes.

Sie hatte sich nur mühsam zurückhalten können, um nicht sofort zu ihrer Tochter zu fahren und sie in die Arme zu nehmen. Doch Gioia hätte nur einen Schreck bekommen, und das wollte Chiara nicht.

Außerdem war es jetzt wichtig, mehr Informationen zu bekommen.

»Hast du heute Morgen irgendetwas Ungewöhnliches bemerkt, als du Gioia zum Schulbus gebracht hast?«, fragte sie ihren Mann in demselben Tonfall, mit dem sie auch einen Verdächtigen befragt hätte.

Zunächst verneinte Robert die Frage, doch dann erinnerte er sich an die junge Frau mit der verspiegelten Brille und den Zöpfchen, die seiner Tochter eine Blume geschenkt hatte.

»Eine Blume geschenkt? Was für eine Blume denn?«

»Schau her, Chiara, die Frau kam mir nicht gefährlich vor, im Gegenteil …«

»Im Gegenteil was?«

Die Beschreibung schien im Großen und Ganzen auf diese junge Frau, diese Dana Dobrovič, zu passen.

Die Frau, die mit Terrano auf dem Friedhof gewesen war, die mit den Katzenaugen.

Um ganz sicherzugehen, hatte sie ihrem Mann das Handy-Video gezeigt, und Robbi hatte gesagt: »Ja, das könnte sie gewesen sein.«

Alles passte, und die Angst löste sich nicht auf, sie blieb, deutlich spürbar, rot und stark, eine Angst, die einen trunken machen konnte.

Um halb zwei holte Chiara ihre Tochter von der Schule ab, was sonst praktisch nie vorkam.

»Hallo, Mama, was machst du denn hier?«

Auf der Heimfahrt horchte sie Gioia aus. Während sie über alles Mögliche sprachen, flocht Chiara ihre Fragen unauffällig ein, denn sie wollte ihre Tochter nicht beunruhigen.

»Erinnerst du dich, wie sie war, die Frau mit der verspiegelten Brille?«

»Nett.«

»Wirklich?«

»Nein, ich weiß nicht ... Ich kenne sie ja gar nicht.«

Fragen.

»Und warum hat sie dir diese Blume gegeben?«

»Weiß nicht ...«

»Du weißt aber doch, dass du keine Geschenke von Leuten annehmen darfst, die du nicht kennst. Wie oft muss ich dir das sagen, Gioia?«

Nur Fragen, auf der Suche nach Beruhigung.

»Bist du böse auf mich?«

»Ein bisschen.«

»Es tut mir leid, Mama. Nur, ich hab doch gar nichts getan.«

»Natürlich nicht.«

»Weißt du was, sie war ganz kalt.«

»Wer denn?«

»Diese Blume. Sie war eiskalt, als die Frau sie mir gegeben hat, wie aus dem Kühlschrank.«

»Was hast du denn mit der Blume gemacht?«

Die weißen Blütenblätter waren bereits welk und zerknittert, weil Gioia die Blume in ihr Aufgabenheft gelegt hatte.

Die mysteriöse Blume war eine weiße Rose mit farblosem Stil, als sei sie im Dunkeln gewachsen.

Chiara erinnerte sich, dass sie so eine Blume schon einmal gesehen hatte, nämlich an dem Tag, an dem Clorinda Mastri ums

Leben gekommen war. Eine solche Rose hatte dort, wo die Vergewaltigung stattgefunden hatte, zertreten auf dem Boden gelegen. Und wenn sie sich recht erinnerte, hatte Vasco Terrano am Tag der Beerdigung eine solche Blüte im Knopfloch seines Mantels getragen.

Also ein weiteres Fragment des Kreises. Noch etwas, was wiederkehrte.

Als sie einander im Arbeitszimmer bei Chiara zu Hause gegenübersaßen, ergänzte Molisi noch eine Information: »Mit der weißen Rose werden in einigen Kulturen die Geister der Nacht geehrt. Ich glaube, irgendwo gelesen zu haben, dass sie in Südamerika wächst. Die alten Stämme der Aymara glaubten, sie käme noch aus der Zeit des Anfangs, als der große Geist die Erde, den Mann und die Frau geschaffen hat.«

»Wie kommt es, dass Sie so viel über diese Dinge wissen, Molisi?«, fragte Chiara.

»Nun, meine Frau kauft immer diese Mystery-Zeitschriften. Und mich fasziniert das Thema in gewisser Weise auch.«

»Was auch immer es mit diesen Rosen auf sich hat, jedenfalls ist klar, dass die Vergewaltiger von Clorinda Mastri dieselben sind, die etwas von mir wollen und mich bedrohen, und die hinter der Organisation der illegalen Autorennen stehen«, stellte Chiara mit trauriger Stimme fest. »Verbrecher, die mit der Triplice in Verbindung stehen, jedenfalls.«

»Und Sie haben immer noch Vasco Terrano im Visier?«, fragte der Kommissar, während er sich nach vorn beugte, damit sie ihm Feuer für die Zigarette geben konnte, die er soeben von ihr geschnorrt hatte.

Chiara starrte ins Leere, um ihre Gedanken zu sammeln, dann antwortete sie: »Alle Spuren führen zu ihm, vielleicht sogar ein bisschen zu offensichtlich.«

»Wollen Sie damit sagen, er verhält sich wie einer, der will, dass man ihn für schuldig hält?«

Chiara schüttelte den Kopf. »Nein. Vielleicht will er auch nur, dass ich es weiß.«

»Eine Provokation?«

»Ein Kreis, der sich schließt.«

13

Saverio Mastri stand nackt vor La Cicogna, auf seinem glatten und muskulösen Oberkörper zeichnete sich die Narbe in Form eines W ab, das Evviva für ein im Nichts verschwundenes Herz.

Sein kahl geschorener Kopf glänzte vor Schweiß.

Er blinzelte und kniff die Augen zusammen, auf der Suche nach dem Dunkel der Erinnerung. Um es mit Bildern zu füllen.

In der Düsternis seines Kopfes erschien ein Gesicht, glänzend wie Öl auf der Wasseroberfläche. Das wunderschöne Gesicht seiner Tochter.

Babyclori ächzt im Schlaf, ihre Lider flattern wie ein Herz, das zu schnell schlägt. Der Wechsel der Traumphasen, der Wunsch zu wachsen, und das Bedürfnis, immer klein zu bleiben, träumende Kreise, fantastische Zunkunftswünsche und wieder leises Ächzen.

Saverio nähert sich und pustet ihr ins Gesicht, um ihr seinen Atem zu schenken.

Füll dich mit allem, was ich bin, und lass nicht zu, dass die anderen dich zerstören.

Ich werde auf dich achten. Lass mich machen, mein Liebling. Ich werde dich beschützen, mich um dich kümmern, dich fernhalten von jeglichem Übel.

Denn du bist Fleisch von meinem Fleisch, Blut und Zorn.

Leidenschaften, die nicht vergehen.

Saverio riss sich zusammen, steckte den Kopf durch die Decke der Erinnerung, und ein Schauder überlief ihn.

Er dachte an das, was er getan hatte, und dann das, was er wieder tun würde.

Um sie zurückzuholen.

Und er verspürte keine Reue. Er spürte nichts.

Die Haut der kreativen Anstrengung hatte sich mittlerweile vom Knochen gelöst und schlotterte um seine Glieder wie ein zu weites Kleidungsstück.

Vogelscheuchen des Geistesblitzes und des Fiebers.

Kunstwerke sind blutende Lämmer, aus deren Hals es rot herausspritzt. Opfergaben, Versöhnungsopfer.

Kreativität bedeutete immer Transformation, Veränderung der Form … Kunst war das Magma, das Produkt der Zersetzung der Wirklichkeit, der geheime Bodensatz.

Die qualvolle Suche nach einer verlorenen Wiedervereinigung.

14

Vor dem Badezimmerspiegel. Lange das Gesicht mustern, aufmerksam, um sicherzugehen. Dass er noch existierte. Irgendwo auf der Welt.

Franco hatte einen ganzen Tag damit verbracht, die Unfallopfer zu analysieren. Er hatte ohne Pause Daten eingefügt, Strukturen untersucht.

In seinem Kopf schwirrten noch immer Daten und Bilder herum. Kalte Statistiken des Todes. Beschreibungen.

Die Bisse der Glassplitter im Gesicht, die beim Zusammenprall gehäuteten Körper, Blech und Klingen aus Eis, Blutstropfen, Grimassen aus schwarzem Metall und Verzweiflung.

Franco dachte an die Hölle und versuchte mit aller Kraft, bei sich selbst zu bleiben. Er tat alles, um wieder Luft zu bekommen.

Dennoch ersticke ich.

Dennoch glaube ich.

Was auch immer geschieht.

Ich hoffe dennoch.

Augen zu und Augen auf.

Während sich hinter ihm ein Schatten aufrichtete.

Ein Gefühl von Erwartung. Eine zerfließende Vision aus dunklen Formen, die sich außerhalb seines Gesichtsfeldes bewegten.

Himmelswesen, Obsessionen, *Etwas* …

Eine dunkle Gestalt entfaltet sich und zeichnet sich auf der Wand ab.

Franco drehte sich mit einem Ruck um. *Da ist doch jemand.*

Niemand.

Das Zimmer war leer. Die weißen, glänzenden Fliesen völlig unberührt. Hinter der halb geöffneten Tür der Flur.

Spalt. So heißt das, weißt du.

Aber ich sehe nichts.

Warum, was wolltest du denn sehen?

Nichts.

Er beugte sich über das Waschbecken, tauchte die Hände in das warme Wasser und bemerkte nicht das Gesicht, das im Spiegel erschienen war, drohend, mit sanften Augen und zersplitterten Knochen.

Seine Obsession bildete eine Wolke der Verzweiflung, die stehen blieb wie in einem Comic, Aura aus Eis und Zärtlichkeit.

Ich wünschte, du wärst hier, nur für einen Augenblick, nur für einen Atemzug ...

Franco hob den Kopf mit einem Ruck und betrachtete im Spiegel sein nasses Gesicht.

Dennoch ersticke ich.

Dennoch glaube ich.

Was auch immer geschieht.

Ich hoffe dennoch.

Ohne sich abzutrocknen, drehte er den Wasserhahn zu und verließ rückwärtsgehend das Bad. Mit dem Gefühl, sich durch eine kalte Nebelwand zu bewegen.

Er ging in die Küche. Er wollte sich etwas zu essen machen, denn ab und zu musste auch er etwas zu sich nehmen.

Er schaltete den kleinen Fernseher auf der Anrichte an. In RAI 2 lief gerade eine Magazinsendung. In dem kleinen Fenster unten rechts stand: ITALIEN IM ZWEITEN.

Franco holte ein Paket tiefgekühlte Hamburger aus der

Truhe und machte es auf. Er nahm einen Hamburger heraus und schob ihn in die Mikrowelle.

Sah zerstreut zum Fernseher.

Im Halbkreis um den Moderator sitzen die Studiogäste: ein Polizeikommissar, ein Journalist des *Corriere della Sera* und ein kahlköpfiger Roman-noir-Schriftsteller.

Die Moderatorin geht umher, lächelt, strahlt.

Wie immer schön.

Der Moderator hat die Arme verschränkt und stützt in einer nachdenklichen Haltung sein Kinn auf den Zeigefinger.

Wie immer ernsthaft.

Franco hört nur mit einem Ohr zu.

»... also sind wir mit dem Verantwortlichen der Polizei einer Meinung, was die Initiative betrifft, die Alkoholkontrollen in den frühen Morgenstunden zu verstärken und ein besonderes Augenmerk auf die gefährlichen Begleitumstände, wie zum Beispiel überhöhte Geschwindigkeit, zu legen. Aber was kann man angesichts so vieler Toter sagen?«

Ding.

Die Mikrowelle meldete sich, und Franco holte sein Abendessen heraus.

Verbrannte sich die Finger.

Fluchte und ließ den Burger auf die Herdplatte fallen, wartete ein paar Sekunden und griff dann wieder danach.

Er biss in den Burger und kaute.

Bäh!

Das Zeug schmeckte nach Plastik.

Der kahlköpfige Schriftsteller hatte jetzt das Wort.

Der Moderator sagte: »Sie haben einen Roman geschrieben, in dem ein Serienkiller seine Morde als Diskounfälle tarnt. Was glauben Sie, was ...«

Franco schluckte mühsam einen Bissen herunter.

Was soll er schon glauben.

Er warf den Rest des Burgers in den Mülleimer.

Schweinefraß.

Der Schriftsteller erläuterte seine Meinung.

Franco schaltete den Fernseher aus. Der Bildschirm wurde dunkel.

Wir sind verloren in einem Strudel, und vielleicht ist nichts mehr daran zu ändern.

Wie auch immer es sei.

15

Suchanfrage im Hauptarchiv der Staatspolizei.

Junge Frauen zwischen sechzehn und fünfundzwanzig Jahren, die in den letzten zwölf Monaten in der Provinz Bologna Opfer einer Vergewaltigung geworden waren.

Auf dem Monitor erschien eine lange Liste.

Sie schränkte die Suche auf Personen ein, die in Unfälle verwickelt gewesen waren, und begrenzte sie auf einen Radius von dreißig Kilometern um das Gehenna. Kein Ergebnis.

Die Typen, die Clorinda Mastri misshandelt haben, haben das unter Garantie nicht zum ersten Mal getan. Chiara wusste nur zu gut, was in gewissen Psychotikern vor sich ging: Anderen Menschen Schmerzen zuzufügen war für sie wie eine Droge, sie mussten es immer und immer wieder tun. Der Drang, andere zu quälen, wurde immer mächtiger.

Chiara trommelte auf die Schreibtischplatte und versuchte, analytisch und ruhig nachzudenken. Ihr durfte nichts entgehen.

Immer wieder wanderten ihre Gedanken zu Gioia, dann spürte sie, wie sich Unbehagen in ihr breitmachte.

Im Augenblick war Gioia relativ sicher. Roberto würde sie jeden Morgen zur Schule bringen und sie auch wieder abholen. Chiara wäre noch ruhiger gewesen, wenn ein Streifenwagen vor dem Haus gestanden hätte. Doch sie konnte kaum Personenschutz für sich beanspruchen, nur weil sie Polizeidirektorin war. Das Problem musste an der Wurzel gepackt werden. Sie musste den Verantwortlichen zu fassen bekommen. Um ihn von sich abzuschütteln und um sicherzustellen, dass er nie wieder jemandem Schaden zufügen konnte. Nicht ihr und schon gar nicht ihrer Tochter.

Um das zu schaffen, musste sie erst ihre Gedanken ordnen und die Zusammenhänge begreifen.

Sie grübelte und grübelte.

Sie überflog die verschiedenen Vergewaltigungsfälle. Der Fall einer gewissen Marilena Guidi, zwanzig Jahre alt, erregte ihre Aufmerksamkeit. Man hatte die junge Frau in einem völlig verwirrten Zustand in der Nähe des Gehenna gefunden, mit Spuren von Schlägen am ganzen Körper und zerrissener Kleidung.

Die Frau hatte gesagt, sie erinnere sich an nichts mehr.

Eine gynäkologische Untersuchung ergab, dass sie mehrmals vergewaltigt worden war. Von acht verschiedenen Männern. In ihrem Blut waren Spuren von Gamma-Hydroxybuttersäure gefunden worden, also GHB, vulgo »Scoop«, die sogenannte Vergewaltigungsdroge, die für ihre aphrodisierende und euphorisierende Wirkung bekannt war und in der Medizin zur Stoffwechselregulierung verwendet wurde. In hohen Dosen hatte sie jedoch den Nebeneffekt, dass sie das Kurzzeitgedächtnis lahmlegte. Chiara hatte Interpol-Berichte darüber gelesen, dass diese Substanz in einigen Fällen von sexuellem Missbrauch eine Rolle gespielt hatte. Die Opfer waren dann nicht mehr in der Lage, die Männer anzuzeigen, die sich an ihnen vergangen hatten.

Die psychischen Schäden waren jedoch furchtbar und häufig irreparabel.

Marilena Guidi war eines von diesen stummen Opfern gewesen.

Chiara las den psychiatrischen Bericht aufmerksam durch. *Die Patientin weist eine starke dissoziative Amnesie auf. Albträume, Schlaflosigkeit. Schwere Form von Depression.*

Marilena hatte mit einer Psychotherapie begonnen, ohne jedoch große Fortschritte zu erzielen.

Dann hatte sie sich das Leben genommen. Drei Monate nach dem Ereignis hatte sie sich aus dem vierten Stock eines Hauses gestürzt.

Chiara las weiter. *Die Patientin hat sich einer Hypnosetherapie unterzogen.* Hier lohnte es sich vielleicht, weiter zu recherchieren.

Seufzend nahm Chiara den Telefonhörer und rief Molisi über seine interne Nummer an. Er ging sofort dran.

»Ich brauche eine Akte aus dem Gesundheitsamt«, bat sie.

»Ich bin schon auf dem Weg.«

Lieber, guter Molisi.

PROTOKOLLABSCHRIFT
(von Bandaufnahme)
Hypnosesitzung
Patientin: Marilena Guidi
Datum: 7. Oktober 2007, 17:15 Uhr
Anwesend sind Dr. Gustavo Manetti und Dr. Giulietta Marini

Manetti: »Was siehst du, Marilena?«

Guidi: »Ich will nichts sehen.«

Manetti: »Bist du allein?«

Guidi: »Nein, da ist noch jemand, der mir was antun will.«

Manetti: »Ein Mann?«

Guidi: »Nein, viele Männer. Ich will weg, aber ich kann nicht. Sie halten mich fest. Sie fassen mich an. Ich hab so große Angst.«

Manetti: »Wie sehen diese Männer aus?«

Guidi: »Ich will sie gar nicht anschauen. Ich will nur, dass sie weggehen.« [Schluchzen]

Manetti: »Du bist nicht allein. Wir sind jetzt hier bei dir, Marilena. Entspann dich.«

Guidi: »Ich kann nicht.«

Manetti: »Das stimmt nicht. Du bist stark, du kannst das.«

Guidi: »Ich kann nicht. Sie tun mir weh, mein Bauch, überall.«

[...]

Manetti: »Du musst uns vertrauen. Erzähl mir, wie diese Männer sind.«

[...]

Guidi: »Einer flüstert mir was ins Ohr.«

Manetti: »Was flüstert dieser Mann, Marilena?«

Guidi: »Etwas, das ich nicht verstehe.« [Schluchzen]

Manetti: »Versuch, es uns zu sagen.«

Chiara starrte ungläubig auf den Satz, der dort im Protokoll stand, ihr Herz hämmerte wie eine Dampfmaschine.

Der Satz, den Marilena ihren Peiniger hatte sagen hören.

Das ist nicht möglich.

Genau dieser Satz.

Es war eine Bestätigung und gleichzeitig völlig absurd.

Einer der Vergewaltiger von Marilena hatte immer wieder gesagt: *Hau ab, duck dich weg.*

Denselben Satz, den Vasco Terrano auf dem Friedhof vor sich hin gemurmelt hatte.

Natürlich würde eine solche zufällige Übereinstimmung, so außergewöhnlich sie auch war, vor Gericht kaum als Beweis bestehen können.

Doch ihr genügte es, denn sie hatte nun eine weitere Bestätigung dafür, dass ihr Verdacht begründet war. Sie dachte an diese weiße Rose, die sie an dem Ort gefunden hatte, an dem Clorinda Mastri vergewaltigt worden war. Eine ebensolche Blume hatte die junge Frau mit den Zöpfchen Gioia geschenkt. Eine im Dunkeln gezüchtete Blume, die Vasco wie ein Schmuckstück trug, offenbar als Symbol einer Obsession.

Ihr Blick ging zur Magnettafel: *Hau ab, duck dich weg* und *Ich hab Angst, Papa.* Sie spürte, dass zwischen diesen beiden Sätzen ein Zusammenhang bestand.

In der rechten Ecke der Tafel hing – ein wenig unscharf – das Foto des Hauptverdächtigen, ein vergrößertes Standbild aus dem Handyvideo. Vasco Terrano schien sie mit seinen trüben, erloschenen Augen zu beobachten, die so bedrohlich wirkten, weil ihnen das Licht fehlte. Vasco war derjenige, der hinter allem stand, da war sie mittlerweile ganz sicher. Er war der würdige Erbe seines Vaters, dieses Schweins. Er war Teil der Diskotheken-Mafia und hatte mindestens eine Schraube locker. Ein gefährlicher Mensch. Ein Wolf, der sein Rudel befehligte, um jungen, schutzlosen Mädchen richtig wehzutun. Ein wildes Tier, das so schnell wie möglich gefangen werden musste.

Sie hatten schon die Adressen aufgesucht, an denen Vasco und seine beiden Begleiter gemeldet waren, doch in den Wohnungen lebte nach Aussagen der Nachbarn schon seit Jahren niemand mehr. Damit würde es viel schwieriger werden, diesen Schweinehund zu fassen.

Im Übrigen galt er als völlig unbescholten. Er hatte niemals auch nur einen Strafzettel wegen falschen Parkens bekommen und bezahlte seine Steuern pünktlich.

Er schien sauber zu sein.

Sauber oder wieder sauber? Das war die Frage. Die Familie Terrano hatte ihre Finger überall mit drin. Früher war sie sehr mächtig gewesen, vielleicht war sie es ja immer noch.

So mächtig, dass sie jemanden jenseits der Legalität leben lassen konnten. Jenseits von allem.

Abgesehen von seinen Geburtsdaten gab es praktisch nichts über Vasco Terrano: geboren am 29. September 1983 in Palermo. Weiter nichts. Ging es nach den Unterlagen, hatte er nie eine Schule besucht und keinen Militärdienst abgeleistet. Eine vage Spur fand sich bei der Grenzpolizei an der italienischschweizerischen Grenze, die seine Ausreise im Jahr 1989, also vor zehn Jahren, und seine Rückkehr ins Bel Paese im Dezember 2003 registriert hatte. Als sei er unmittelbar nach dem Tod seines Vaters für fünf Jahre von zu Hause weg gewesen.

Die Terranos hatten Besitztümer in Deutschland, Frankreich, Rumänien und in Kroatien, und vielleicht hatte der Sohn irgendwo dort eine gewisse Zeit verbracht, um sich vom Schock über den Verlust seines Vaters zu erholen.

Dann war er zurückgekehrt und ein verfluchtes Gespenst geworden. Ein Gespenst, das umging und für die Triplice die üblichen Straftaten verübte oder noch schlimmere Dinge tat. Ein Gespenst, das, um sich die Zeit zu vertreiben, mit vollen Händen Albträume verteilte, indem es schutzlose Mädchen vergewaltigte und unschuldige Kinder bedrohte. Unheilvoller Bote einer okkulten Macht, die zu stark zu sein schien, unberührbar.

Chiara hatte keine Angst. Sie war an solche Menschen gewöhnt. Sorgen machte sie sich nur über die Umstände. Die merkwürdigen Verkettungen waren ihr unheimlich, und sie war im Begriff, sich in einem Strudel zu verlieren und nicht mehr die nötige Distanz wahren zu können. Sie war erregt und spürte eine beständig drohende Gefahr.

Sie stand auf, ging zum Fenster und sah hinaus.

Sie suchte die Straße vor der Zentrale mit den Augen ab und fragte sich, ob dort jemand war, der sie beobachtete und den Fotoapparat gezückt hielt. Sie zündete sich eine Zigarette an und nahm ein paar rasche Züge. Das Nikotin drang sofort in ihr Blut und beruhigte sie ein wenig.

Hau ab, duck dich weg.

Sie fragte sich, was dieser Satz bedeutete. Eine Art Mantra, das Vasco aus unerfindlichen Gründen zu jeder Gelegenheit vor sich hin murmelte.

Jetzt musste sie ihn ausschalten. Sie würde ihn schon zum

Wegducken bringen, diesen Scheißkerl, auf die eine oder andere Weise.

An diesem Morgen hatten sie die richterliche Anweisung erhalten, Puccini aus der Haft zu entlassen, Puccini, den zwergenhaften Krankenpfleger und Muffa-Rennen-Dealer. Am Abend des nächsten Tages würde er unter Hausarrest gestellt werden und zu Hause auf das Gerichtsurteil warten.

Sie sah auf die Uhr. Vier.

Es war noch Zeit.

Chiara Monti nahm ihr Handy und wählte die Nummer eines befreundeten Journalisten, der für *La Repubblica* arbeitete.

16

Puccini wurde am Donnerstagmorgen gegen sieben Uhr von zwei Gefängniswärtern aus seiner Zelle geholt.

Es nutzte nichts, dass er nach Erklärungen verlangte und sich beschwerte – »Hören Sie, Sie können nicht einfach tun, was Sie wollen, ich will mit meinem Anwalt sprechen!« –, er wurde trotzdem in das Verhörzimmer gebracht und mit Handschellen an den Stuhl gefesselt. Dann ließ man ihn drei Stunden schmoren.

Um zehn Uhr kam Staatsanwältin Silvia Cavallo in Begleitung einer jungen Frau herein.

»Dies hier ist Polizeidirektorin Chiara Monti«, erklärte die Staatsanwältin nüchtern.

Der Krankenpfleger sah die beiden erstaunt an und wusste nicht recht, ob er wütend oder ängstlich sein sollte. Vermutlich hatte er die Polizistin von der Razzia wiedererkannt – auch wenn Chiara in jener Nacht völlig anders ausgesehen hatte –, doch er zeigte es nicht und protestierte stattdessen wieder: »Sie können mich nicht so einfach verhören, ohne Anwalt. Das geht nicht!«

Die Cavallo zwinkerte ihm zu. »Wir wollen Sie auch gar nicht verhören. Es handelt sich hier nur um ein Treffen zur Klärung einiger Fragen.« Dann legte sie die Zeitung, die sie unter dem Arm trug, auf den Tisch, schlug sie auf und schob sie dem Mann hin.

Finster blickte er auf den Artikel auf der dritten Seite des

Lokalteils. »Wende bei den Ermittlungen im Mordfall der Bovini-Zwillinge«. Er reckte den Hals, beugte den Kopf, der kugelrund war wie ein Basketball, und las, was da stand.

»... möglicherweise gibt es einen Zeugen, der bereit ist, den Namen der Verantwortlichen zu nennen ... wahrscheinlich handelt es sich dabei um einen gewissen Stanislao Puccini, der am Donnerstag aus dem Gefängnis entlassen und unter Hausarrest gestellt wird. Dort wird er auf den Prozess warten, bei dem er sich einer Anklage wegen unerlaubten Handels mit Betäubungsmitteln stellen muss.«

»Sie sind verrückt. Ich habe doch gar nichts gesagt.«

Chiara sah ihn fragend an. »Es hat Sie ja auch niemand beschuldigt. Der Journalist hat nur ein paar Vermutungen angestellt.«

»Ich werde Sie anzeigen!«

Silvia Cavallo ließ ein kleines Lachen hören. »Meiner Auffassung nach werden Sie gar nicht die Zeit haben, das zu tun.« Sie holte ein digitales Aufnahmegerät aus der Tasche und stellte es auf den Tisch. Dann ging sie hinaus und ließ Chiara mit dem Krankenpfleger allein.

Diese sah ihm geradewegs in die Augen. »Jetzt sind wir allein, Sie und ich, Puccini. Hier sind jetzt keine Staatsanwälte oder Anwälte, nur wir zwei unter vier Augen. Also können wir offen reden.«

Der Krankenpfleger schob den Kiefer vor und zog ein Gesicht, als habe er in eine Zitrone gebissen. »Und worüber sollen wir reden?«

Chiara beugte sich vor und sah ihn mit verschwörerischer Miene in die Augen. »Ich glaube, Sie haben jetzt nur eine Möglichkeit, sich retten«, sagte sie und senkte dabei die Stimme, als würde sie ihm ein Geheimnis verraten. »Alles gestehen und mit uns zusammenarbeiten.«

Puccini schüttelte seinen dicken Kopf. »Aber Sie sind ja verrückt! Ich weiß doch nichts.« Seine Stimme zitterte. Er war kurz davor loszuheulen.

»Gut. Wenn Sie nichts wissen, dann wird Ihnen ja auch nichts Schlimmes geschehen, nicht wahr? Die Bösen wissen bestimmt, dass die Vermutungen in diesem Zeitungsartikel völlig aus der Luft gegriffen sind. Heute Abend werden Sie nach Hause gehen, und in den folgenden Tagen können Sie uns dann anzeigen, weil wir Ihnen diesen üblen Streich gespielt, Sie bedroht, ohne Anwalt verhört und Ihnen inakzeptable Vorschläge gemacht haben. Ganz zu schweigen von Einschüchterungsversuchen, moralischer Erpressung und dergleichen mehr. Sie können sich auch noch ausdenken, dass wir Sie geschlagen hätten. Da steht dann Wort gegen Wort. Doch in jedem Fall wird das für Sie ein zweitrangiges Problem sein, dafür lege ich meine Hand ins Feuer.«

Puccini sah sie mit weit aufgerissenen Augen und einem ungläubigen Blick an, als habe er gerade ein Gespenst gesehen.

Er bewegte den Mund, um etwas zu sagen, doch es kam nur ein unterdrücktes Schluchzen heraus.

Chiara seufzte. »Also, die Situation ist folgende – ich werde sie Ihnen noch einmal in aller Deutlichkeit erklären: Sie kommen heute Abend hier raus. Und die werden glauben, dass Sie gesungen haben und kommen Sie besuchen. Sie werden ein hübsches Spielchen mit Ihnen spielen. Das ist so sicher wie das Amen in der Kirche. Vielleicht nehmen sie bei Ihnen ja auch einen Hammer.«

Puccini ließ sie nicht einmal ausreden. »Aber ich weiß wirklich nichts!« Seine Stimme klang flehend.

Chiara streckte eine Hand aus, packte ihn an der Schulter und beugte sich vor, bis sein Atem, der widerlich nach Gefängnissuppe roch, ihre Nase streifte. Sie wäre am liebsten zurückgewichen, doch sie riss sich zusammen. »Passen Sie auf, Sie haben mich offenbar nicht richtig verstanden, Sie Mistkerl. Es gibt keine Alternative für Sie. Sie können nur mit uns zusammenarbeiten. Sie haben keine andere Wahl.« Chiara richtete sich wieder auf und wartete noch einen Moment, bevor sie tief durchatmete, denn sie fürchtete, der Atem dieses Mannes könnte an ihren Lippen hängen geblieben sein.

Dann schaltete sie das Aufnahmegerät an und spielte die bekannte Aufnahme ab.

Dump, dump.

Uh, uh.

Sie trat ein Stück zurück und blieb mit verschränkten Armen stehen. Der Mann wurde immer blasser, bei jedem *Dump* und bei jedem *Uh*.

Langsam wurde er weich.

Als die Aufnahme zu Ende war, trat Chiara wieder näher, kramte in ihrer Tasche nach einem Foto von Vasco Terrano und legte es auf den Tisch. »Kennen Sie diesen Mann?«.

Der Krankenpfleger schüttelte langsam den Kopf. Auf seiner Stirn bildeten sich dicke Schweißperlen.

»Kennen Sie ihn oder nicht?«

Puccini bewegte die Lippen, um zu sprechen, und als die Worte schließlich aus seinem Mund kamen, hörten sie sich klebrig an, so als wären sie zu lange an einem zu feuchten Ort gewesen. »Ja, ich kenne ihn. Ich habe ihn ein paarmal mit den Pushern gesehen.«

Chiara sah ihm gerade in die Augen, um zu erkennen, ob er log. Doch er sagte die Wahrheit.

»Aber ich weiß nicht, welche Rolle er genau spielt.«

Jetzt log er.

»Puccini, wir sind noch nicht ganz da, wo wir sein sollten. Versuchen Sie, ein bisschen deutlicher zu sein. Ich illustriere Ihnen jetzt zum letzten Mal Ihre Situation. Aufgrund dieses Artikels und aufgrund der Tatsache, dass Sie heute Abend in den Hausarrest entlassen werden, werden alle denken, dass Sie gesungen haben. Also sollten Sie das auch wirklich tun, denn dann nehmen wir zuallererst die richterliche Verfügung für den Hausarrest zurück, sodass Sie noch ein Weilchen im Gefängnis und damit in Sicherheit bleiben können. So lange, bis wir dank Ihrer Hinweise die bösen Buben aus dem Verkehr gezogen haben. Dann können Sie endlich mit der Staatsanwaltschaft verhandeln und mit dieser unglücklichen Situation abschließen. Sie werden mit ein paar Monaten davonkommen, weil sie kooperiert haben. Was halten Sie davon? Das ist doch eine runde Sache.«

Chiara hatte dies alles mit kühler und unbeteiligter Stimme erläutert, was die Wirkung ihrer Worte noch verstärkte. Es war ein Angebot, das man nicht ablehnen konnte.

Puccini hatte ihr mit skeptischer Miene zugehört, doch jetzt hatte er wieder ein bisschen Farbe bekommen. Vielleicht sah er zum ersten Mal einen Ausweg aus diesem fürchterlichen Schlamassel, in das er sich hineingeritten hatte. Vielleicht spürte er zum ersten Mal ein bisschen Erleichterung. Das, was ihm hier angeboten wurde, war eine gute Möglichkeit, um seinen dicken Kopf zu retten mit allem Drum und Dran.

»Jetzt rufen Sie Ihren Anwalt an und erklären ihm, dass Sie mit der Justiz zusammenarbeiten werden. Dann machen Sie vor dem Staatsanwalt ein schönes Geständnis, wie es sich gehört.«

Puccini nickte mehrmals, schweigend.

Chiara machte ein Zeichen in Richtung der Spiegelscheibe, durch die man in den Raum hinein-, aber nicht hinausschauen konnte. Kurz darauf kam Silvia Cavallo wieder in den Raum, ein kleines Lächeln auf den Lippen. »Ich freue mich, dass Sie, Signor Puccini, den Weg der Gerechtigkeit gewählt haben«, sagte sie ironisch. »Das ehrt Sie.«

Sobald das Geständnis des Krankenpflegers vorlag, würde sie vom Richter einen hübschen Haftbefehl für Vasco Terrano bekommen. Zweifelsohne gute Aussichten. Sie suchte Chiaras Blick, zwinkerte ihr zu und dachte, dass die junge Frau einen hervorragenden Job machte. Dass die Polizei fähige Leute wie sie dringend brauchte.

Chiara erwiderte den Blick der Staatsanwältin. Beide Frauen wussten, dass sie es mit einer weitverzweigten, mächtigen und grausamen kriminellen Organisation zu tun hatten. Es würde ein ungleicher Kampf werden, bei dem Tiefschläge nicht ausbleiben würden. Es war beruhigend zu wissen, dass sie nicht allein ihren Teelöffel schwenkte, um damit einen schmutzigen See auszulöffeln.

17

Die Zahlen und Daten liefen in unendlicher Folge vor seinen Augen über den Bildschirm. Identitätslose Fotos. Männer wie er, tote Mädchen. Zerstörte Menschen. Kaputte Familien.

Zahlen. Abkürzungen.

Statistische Auswertungen.

All solche Dinge.

Drei Tage lang war er völlig abgetaucht. Hatte fast nichts gegessen, bloß literweise Wasser getrunken und war nur aufgestanden, um pinkeln zu gehen. Er hatte eine Zigarette nach der anderen geraucht, allen Ermahnungen der Ärzte aus dem Istituto Lazarus zum Trotz. Und plötzlich war es wie durch ein Wunder Freitag geworden. Bei den letzten fünfzehn Unfällen aus dem »Paket«, das er analysieren sollte, kam ihm jemand bekannt vor.

Das ist nicht möglich!

Maria F., zwanzig Jahre alt, wohnhaft in der Via Bazzanese.

Tödlich verunglückt in der Nacht von Samstag, dem 22., auf Sonntag, dem 23.

Verfluchter Mist.

Überfahren von einem Fahrzeug, Fahrer beging Unfallflucht.

Aufgefunden mitten auf der Straße wenige Kilometer von der Diskothek Gehenna entfernt. Via della Guasta.

Franco sah sich die beigefügten Fotos an. Eines davon stammte aus ihrem Führerschein.

Verflucht, das ist sie. Das ist sie wirklich!

Dann überflog er das gerichtsmedizinische Gutachten.

Gesichtsverletzungen.

Fraktur des Schädelbeins.

Starke Veränderung der Gesichtsmorphologie.

Aber das kann doch nicht sein, dachte er.

Der Unfall schien ganz ähnlich verlaufen zu sein wie der, den er gehabt hatte. Und genau an derselben Stelle.

Ein absurder Zufall.

Franco lehnte sich zurück, schloss die Augen und versuchte zu begreifen, was er fühlte.

Er fühlte nichts.

Und er schämte sich deswegen.

Er hatte Sex mit diesem Mädchen gehabt. Er hatte an ihrer Haut gerochen, hatte sie gestreichelt, hatte sich in ihr verloren. Sie war jung und schön gewesen.

Franco verdrängte das Bedürfnis, nach etwas Spitzem zu greifen – einem Brieföffner, einem Küchenmesser – und es sich irgendwo hineinzustechen, in die toten Bereiche seines Körpers, in die erstarrten Zonen seines Bewusstseins. Ein paar Blutstropfen statt der Tränen, die er nicht weinte.

Mit einer so langsamen Bewegung, dass sie einstudiert wirkte, warf er den Drucker an. Der Epson begann zu surren und die Fotos von Marias verunstaltetem Gesicht auszuspucken, eins nach dem anderen. Franco verlor sich in der Betrachtung dieser grauenvollen Bilder. In seinen Unterarmen kribbelte es, die Gefühllosigkeit schien sich jetzt bis in die Finger zu erstrecken. Er ballte die Hände, öffnete sie und wiederholte diese Bewegung immer wieder. In seinem Gesicht spiegelten sich Schmerz und Einsamkeit. Er fühlte sich so verlassen, so verloren.

Er war nichts mehr, er war niemand mehr.

Er ging im Zimmer umher, immer im Kreis … Oder drehte sich das Zimmer um ihn? Er war sich nicht sicher. Die Fotos von Clorinda an der Wand, das Monster und der Engel, links und rechts, wirbelten mit ihm umher in einem Kaleidoskop aus leuchtenden Farben und Flügelschlägen.

Nichts Besonderes, nur Verzweiflung, die sich wie ein Kreisel drehte.

Er zwang sich, den Schwindel und das Trudeln unter Kontrolle zu bekommen, und blieb mitten im Zimmer stehen. Maria war tot, und ihm ging es damit nicht wirklich schlecht. Er bedauerte ihren Tod nicht so, wie es angebracht gewesen wäre. Das Herz in seiner Brust schien betäubt zu sein, genau wie seine Beine. Er wusste, dass es da war, er spürte es und nahm es gleichzeitig doch nicht wirklich wahr. Ein Gespensterherz.

Maria war bei einem Verkehrsunfall ums Leben gekommen, auf genau die gleiche Art wie Clorinda. Ein Zufall, ein schrecklicher Zufall.

Er ging zum Drucker und nahm die Blätter heraus. Dann holte er Klebstreifen und stellte sich vor eine noch freie Wand.

Völlig ruhig befestigte er die neuen Fotografien auf dem Putz.

Maria, Maria. Wie konnte das geschehen, du scharfe Braut, die du so egoistisch und leer warst?

Wie nur, sag mir das?

Sie hatte gelebt. Sie war durch das Nichts gestolpert, natürlich, aber sie hatte gelebt. Sie war auf dieser Erde gewesen und hatte Gefühle gehabt, existiert, gezittert, geweint, und war zornig gewesen, wie alle anderen.

Jetzt war *sie* eine Dienerin des Nichts.

Wie Clori.

Fäuste auf, Fäuste zu.

Sie war tot, und er verspürte nicht den geringsten Schmerz, nur Verwirrung.

Er ballte die Hand so stark, wie er nur konnte. Die Unterarmmuskeln spannten sich bis zum Zerspringen, dicke Stränge unter der Haut.

Dann schrie er und begann, auf die Wände einzuhämmern.

Die Knöchel schlugen auf die Bilder, auf die aufgehängten Blätter. Der Knochen produzierte ein dumpfes Geräusch, und die Vibration des Rückschlags setzte sich bis in die Schulter fort.

Ein Faustschlag, noch einer. Rechts und links. *Gyaku-Zuki*, so hieß das beim Karate. Überbleibsel aus den schönen, alten Zeiten.

Wenn sein Vater und er miteinander kämpften, verbeugten sie sich zunächst voreinander, schlugen dann aufeinander ein mit präzisen Bewegungen, offen und ehrlich, und das Herz pochte heftig vor Erregung. Am Anfang ließ sein Vater ihn immer gewinnen: Er tat so, als mache er einen Fehler oder führte die Schläge so langsam aus, dass er ihm nicht allzu wehtat. Doch mit den Fortschritten, die sein Sohn machte, wurden die Kämpfe heftiger und brutaler. Franco hatte seinen Vater sogar einmal am Brustkorb verletzt.

Das waren die schönen Zeiten gewesen.

Bevor der Kommissar in die Luft flog. Bevor Zorn und Verzweiflung regierten. Bevor seine Mutter irre wurde und er anfing, sich zu prügeln, Autorennen zu fahren, Wetten zu gewinnen, und das mit großer Verbissenheit, statt mit Freude Medizin zu studieren. Bevor er den Traum vergaß, Polizist zu werden wie sein Vater und die verschiedenen Formen des Wahnsinns zu bekämpfen.

Franco, der immer wütend ist. Franco, der alle vögelt. Franco, der jedes Mal so tut, als sei er verliebt, verliebt in alle. Franco, der trinkt und raucht. Franco, der den Sonnenuntergang anschreit, nachdem er am Straßenrand kniend Hamburgerreste und seine Seele ausgekotzt hat, und der die Sonne sieht und sich fragt, was zum Teufel er auf dieser Welt verloren hat und was zum Teufel in dieser Welt eigentlich vorgeht. Wegen all dem verprügelt er die Wände. Er schreit einen *Kiai* nach dem anderen, die Haut platzt über den Knochen auf, noch ein Faustschlag und ein Schrei, *und das ist mir scheißegal, ich spüre ohnehin nichts.*

Die Wände beben, die Fotos von Maria sind mit Blut beschmiert, das Papier reißt. Und noch ein Schlag, und das Blut wird Teil der Verwüstung dieses zerquetschten, deformierten Gesichts, ein Gesicht, das zuvor einmal schön gewesen ist.

Ein Schlag. Noch einer.

Dann ließ er sich auf den Boden gleiten, keuchend und von Zuckungen geschüttelt.

Er blickte erstaunt auf dieses Bild an der Wand, eine Art expressionistisches Kunstwerk: rote Schlieren und Flecken, die sich wie zufällig auf der Wand verteilten, und die angeklebten Fotos des verwüsteten Gesichtes seiner Exfreundin.

Dann holte er tief Luft und sah seine Hände an. Seine Hände mit den bloßliegenden Knöcheln. Knochen, Blut und ein wenig Putz, weißer Staub auf dem intensiven Rot der Wunden.

Ein leichtes Zittern ging durch seine Hände, ein kaum wahrnehmbares Vibrieren, das gar nicht zu ihm zu gehören schien.

Ich bin, und wie ich bin! Schau nur her.

Er hatte das Gefühl, dass der Schmerz zusammen mit dem Zittern stärker wurde. Und er empfand Erleichterung und Angst zugleich.

Er hob den Blick, keuchte mit offenem Mund, um das Atmen zu erleichtern, denn an diesem Ort schien es weder Luft noch Sauerstoff zu geben. Luft ohne Luft. Leer sogar sie.

Nur eines der Fotos an der Wand hatte seinen Versuch, die Leere zu verprügeln, überlebt.

Eine Großaufnahme von Marias Gesicht.

Irgendetwas an diesem Gesicht, an diesen Wunden, war merkwürdig.

Mit jedem Blutstropfen wuchs der Schmerz. Er hatte das Gefühl, dass seine Fingerknöchel um das Dreifache angeschwollen waren.

Er ging einen Schritt nach vorn, reckte den Hals, als wolle er sich vornüberbeugen, durch ein Fenster ins Nichts, über eine unsichtbare Grenze in der Luft. Ein Gefühl von Kälte, als habe er sein Gesicht in eisiges Wasser getaucht.

Die Schmerzen tropften nun schneller. Seine Nerven spannten sich, bis alles die richtige Intensität erreicht hatte. Ein stechender Schmerz ging von seiner Hand aus, stieg den Arm hinauf und verzweigte sich dann in der Brust, in immer breiter werdenden Rinnsalen, die sich mit Feuer und Flammen in sein Herz ergossen.

Er wollte wieder schreien, doch er hielt sich zurück.

Vielleicht hatte er sich etwas gebrochen, doch eigentlich war ihm das egal. Denn jetzt spürte er wenigstens etwas.

Da begann er zu lachen, mit weit aufgerissenem Mund und vor Schmerzen zitternden Händen. Er lachte, und die Tränen liefen ihm über die Bartstoppeln auf den Wangen.

Er lebte!

Er existierte noch.

Er zitterte und konnte nicht aufhören damit.

18

Das Mädchen hatte gesagt, sie heiße Giuliana, Giuli für ihre Freunde. Und kaum hatte sie ihren Hintern auf den Beifahrersitz des Käfers geschoben, beugte sie sich zu ihrem Kavalier hinüber und versuchte, ihn zu küssen. Ihr Atem stank nach Alkohol und Zigaretten.

Saverio wich zurück und sah sie an, ein wenig Wehmut im Blick.

Das Herz ist weg.

Die leere Brust schreit.

Giuli schien Saverios inneren Kampf zu bemerken, und ein Schauder überlief sie.

Jetzt sah dieser Typ gar nicht mehr so gut aus, und auch nicht mehr so jung. Sie hatte ihn im Gehenna angemacht, auf ihre besondere Weise: genau einstudierte Bewegungen und schmachtende Blicke, die vollen Lippen wölben sich, die Zunge fährt über die Lippen, verschwindet wieder, macht einem verheißungsvollen Lächeln Platz. Sie hatte ihn für den Richtigen gehalten, weil er einen so intensiven, fast gierigen Blick hatte, der sie irgendwie erregte. So ließ sie sich von ihm etwas zu trinken spendieren, spielte ein bisschen das Häschen, zeigte ihre Beine und wischte sich den Schweiß aus der Furche zwischen den Brüsten. Dann bat sie ihn, sie wegzubringen, irgendwohin, an ein ruhiges Plätzchen. Er willigte ein und ließ sie in dieses Auto einsteigen, das von einer Zeitmaschine hierher versetzt zu sein schien. Es erinnerte sie vage an einen Videofilm, den sie als Kind zusammen mit ihrem Vater gesehen hatte. Dort hatte genau so ein Auto eine Rolle gespielt wie das, in dem sie jetzt saßen, ein Auto, das denken konnte, auch wenn das völlig verrückt war ... es war ein Walt-Disney-Film gewesen.

Er startete den Motor, und sie beugte sich zu ihm hinüber, um ihn zu küssen. Gewissermaßen als Vorgeschmack.

Um nicht unhöflich zu sein.

Zu blöd, dass er so abrupt zurückwich, und sie mit heraushängender Zunge wie eine Idiotin dasitzen ließ.

Zu blöd, dass er sich auf einmal so zu verändern schien.

Ohne den Schleier der farbigen Lichter und ohne das Zucken der Stroboskopblitze auf seinem Gesicht, das die Gesichtszüge und die Empfindungen verklärte, konnte sie auf seiner Stirn Andeutungen von Falten und Tränensäcke unter seinen Augen erkennen. Es war, als würde etwas aus seinem Gesicht hervordrängen, etwas, das er zurückzuhalten und zu verbergen suchte, gleichzeitig schien er aber darauf zu brennen, dass es ans Licht kam. Ein innerer Kampf bis aufs Blut, ein Kampf, der ohne Vorankündigung zu Ende sein konnte und dessen Sieger in schadenfrohen Jubel ausbrechen würde.

»Warum bist du traurig?«, fragte er und fixierte das Gesicht des Mädchens, das neben ihm im Auto saß. Auf der Suche nach Flügelschlägen, nach einer Wiederkehr.

»Ich bin überhaupt nicht traurig«, antwortete sie.

Losfahren, sich im Dunkeln vortasten.

Die richtige Stelle suchen. Warten, bis die Zeit abgelaufen ist.

Kilometer um Kilometer, das Auto frisst die Straße, eine Kurve nach der anderen.

Wohin bringst du mich?

An den üblichen Platz. Wie immer. Immer derselbe.

Ein Kick, erst auf den Lippen, dann im Mund, und runter damit. Er fließt wie Regen hinab, Gewitter in der Seele, Sturm aus Seufzern und Herzschlägen.

Ein Kopfschütteln.

Finger ballen sich in der Luft zu Fäusten.

Wo bist du? Sag doch, wo?

Ich weiß es nicht, ich habe es nie gewusst. Und du?

In der Hölle vielleicht. Wie alle, weißt du.

Zu einem bestimmten Zeitpunkt zuschlagen. Ins Schwarze treffen. Schnell. Ohne auch nur den Hauch einer Ankündigung. Mit den Fingerknöcheln mitten auf die Stirn.

Ein Gedanke, den man nicht ignorieren, dem man nicht entkommen kann.

Der Kopf der jungen Frau sackte nach vorn, Saverio packte sie an den Haaren und richtete sie wieder auf. Es war, als würde er eine Stoffpuppe bewegen, so leicht war sie. Er stellte sich vor, dass sie ganz leer und deswegen ohne Gewicht war, und dachte, dass mittlerweile alle nur wenig mehr als eine Puppe waren, dass sie Marionetten glichen.

In den Händen eines Dämons, der alles lenkt.

Das Mädchen schien mit zurückgelegtem Kopf zu schlafen. Ihr langer, gebogener milchweißer Hals im Zwielicht, in dem alle Farben nur noch Schattierungen von Grau waren. Ein kleines dunkles Mal, eine Art Bluterguss seitlich am Hals: ein Knutschfleck.

Saverio dachte an Vampire. Aufgrund einer Assoziation, die ihm seine Fantasie oder seine Erinnerung eingab, sah er das Gesicht eines kleinen Mädchens vor sich, ein Mädchen, das nach Luft rang und das wie seine Tochter aussah, aber nicht seine Tochter war. Genau wie diese junge Frau, die da jetzt neben ihm saß und im Rhythmus der Kurven nach rechts und nach links rutschte.

Die Uhr am Armaturenbrett zeigte 02:45. Es war Zeit.

Er prüfte im Rückspiegel, dass niemand hinter ihm war. Dann kam die Kurve, und er bremste ab. Die Maske auf seinem Schoß war nicht einen Moment still.

Hungrig wie ein Wolf.

19

03:00.

Er tauchte ganz plötzlich vor ihm auf, unmittelbar hinter der Kurve.

Er stand mitten auf der Fahrbahn, die rechte Hand nach vorn ausgestreckt. Ein Mann mit einer Glatze, nur Haut und Knochen, leuchtete im Licht der Scheinwerfer auf. Die Erscheinung eines Dämons in der Nacht.

Giangiacomo Pasotti war auf der Rückfahrt von Mailand. Nach einem langen Tag auf der Messe für diesen verfluchten Job, den er sich ausgesucht hatte: Vertreter für zweitklassige Boutiquenware. Oft musste er auch samstags bis spätabends arbeiten. Wie heute.

Er hatte drei endlose Stunden auf der Autobahn verbracht und sich nur danach gesehnt, bald zu Hause bei Frau und Sohn zu sein.

In Castiglione war er von der Autobahn abgefahren und hatte dann, um Verkehr zu vermeiden, die Straße über die Hügel genommen und nicht an der Diskothek vorbei.

Er klammerte sich ans Steuer und versuchte, sich auf die Straße zu konzentrieren. Das Radio war plötzlich verstummt, obgleich der Empfang gerade noch sehr gut gewesen war. Jetzt gab es merkwürdige Geräusche von sich, die wie das Knurren eines wilden Tiers klangen.

Was zum Teufel ist das?, fragte er sich, hatte aber nicht einmal mehr Zeit zum Fluchen, denn plötzlich war der Empfang wieder da. Ein Stück aus guten alten Zeiten, ein Song von Pink Floyd, an dessen Titel er sich nicht mehr erinnerte.

Ein wenig Melancholie quoll zwischen zwei Tropfen Müdigkeit hervor, und er streckte die Hand aus, um das Radio lauter zu stellen. Doch obwohl er den Knopf auf Maximum gedreht hatte, blieb die Lautstärke unverändert.

Wie kann das sein?

Er sah wieder nach vorn und schaltete vor der nächsten Kurve herunter. Dann stand auf einmal dieser Mann mitten auf der Straße.

Eine plötzliche Vision, sein Herz machte einen Satz.

O Gott!

Das Bremspedal durchdrücken, das Lenkrad herumreißen, im Versuch, niemanden zu überfahren. Das Auto wieder unter Kontrolle bringen.

O mein Gott!

Sein Gehirn reagierte auf die Erscheinung, indem es die Wahrnehmung verfälschte und ganz unvermittelt auf Zeitlupe stellte, während die Angst ihm das Adrenalin durch die Adern pumpte.

Während sein Fahrzeug sich unglaublich langsam zur Seite legte, konnte der Mann alle Einzelheiten dieser absurden Vision beobachten.

Der Mann auf der Straße, wie eine Statue. Doch da ist nicht nur er. Er hält ein Mädchen an den Haaren gepackt, dessen Körper zu seinen Füßen liegt, die Hände vor dem Gesicht, und die Finger scheinen sich die Gesichtshaut wegreißen zu wollen.

Sein Auto kippte zur Seite, das kreischende Blech auf dem Asphalt.

Als er so über die Straße schleuderte, nahm alles wieder eine normale Geschwindigkeit an.

Er wurde nach vorn geworfen, der Airbag blies sich auf, und als es ihn wieder zurückriss, hörte er das Knacken der Halswirbelsäule.

Dann war alles still, und der Mann starrte auf den magnetischen Fotorahmen am Armaturenbrett mit dem Bild seiner Frau und seines Sohnes. Unter ihrem Lächeln stand: WIR HABEN DICH LIEB, FAHR BITTE LANGSAM.

Ich habe euch auch lieb.

Während sich in einer Dimension außerhalb von Zeit und Raum seine Lippen zu einer unbekannten Klage öffneten, die nah war wie ein Gedanke und fern wie eine Erinnerung.

20

Der einzig überlebende Scheinwerfer starrte wie ein seltsames böses Auge aus dem Blechknäuel, zwinkerte dann noch einmal matt und erlosch schließlich ganz. Dunkelheit, Stille und Kälte.

Doch das war nicht wichtig. Er brauchte kein Licht. Er konnte sehen, was er sehen musste.

Saverio ging zu dem Autowrack und zog dabei das Mädchen hinter sich her wie einen Sack. Giuli bewegte sich nicht mehr. Wahrscheinlich war ihr Gesicht schon von der Maske geformt worden.

Der Mann in dem zerstörten Auto war noch nicht tot. Er war in seinem Blechkokon eingeklemmt und stöhnte. Gestank nach Blut, Exkrementen und Benzin – Saverio nahm dieses mittlerweile so vertraute Gemisch mit Abscheu wahr.

Er beugte sich über den Sterbenden und betrachtete ihn gleichgültig.

Dann legte er ihm eine Hand aufs Gesicht und drückte zu. Er hatte keine Pflaster mehr an den Fingern, denn die Wunden waren geheilt und die Nägel fast schon wieder nachgewachsen. Also konnte er deutlich spüren, wie die zerbrochenen Knochen unter dem Druck knirschten.

Er presste dem Mann die Hand auf Mund und Nase, sodass dieser keine Luft mehr bekam. Dann wartete er, bis die verdrehten und blutunterlaufenen Augen ganz erloschen.

Ein letztes Zucken. Dann war es vorbei.

Saverio zog nun an der eingedrückten Beifahrertür, bis das Blech mit einem Kreischen nachgab. Es klang wie der Schmerzensschrei eines verletzten Tiers.

In der Ferne leuchteten zwei Lichtpunkte auf. *Scheinwerfer.* Ein Auto kam die Straße entlang. Er musste sich beeilen.

Er hob die Leiche des Mädchens hoch und hievte sie in das Autowrack.

Giulis Oberkörper hing nach draußen, ihr Kopf war nach hinten gefallen, und Saverio beugte sich hinunter, um ihr die Maske abzunehmen. Einen Augenblick lang verlor er sich in der Betrachtung ihres zerfressenen Gesichts.

Dann richtete er sich seufzend wieder auf.

Das Auto fuhr durch die Kurve, wurde aber nicht langsamer.

Da er bestimmt deutlich zu sehen sein würde, hob er die Maske vors Gesicht und konnte gerade noch der Versuchung widerstehen, sie richtig anzulegen. Eine starke Hitze strömte ihm entgegen, als habe er eine Ofentür geöffnet, um das Feuer zu schüren.

Das Auto fuhr vorbei und hielt nicht an. Für einen Augenblick leuchtete das Innenlicht auf, und er konnte durch die glühenden Augenschlitze drei junge Gesichter erkennen, die in seine Richtung schauten.

Das waren bestimmt Jugendliche auf dem Heimweg von der Diskothek, und mit Sicherheit standen sie unter Drogen. Jedenfalls hatten sie offenbar beschlossen, nicht anzuhalten, um zu helfen. Wahrscheinlich wollten sie nichts mit dem Unfall zu tun haben, weil sie befürchteten, Schwierigkeiten mit der Polizei zu bekommen.

Saverio wartete, bis die Rücklichter von der nächtlichen Dunkelheit verschluckt worden waren, dann nahm er die Maske wieder herunter. Und für einen Augenblick spürte er einen eisigen Hauch auf dem Gesicht.

Er ging zu seinem Käfer zurück. Sein Gesicht brannte, als wäre er zu lange in der Sonne gewesen.

Seine Einsamkeit war so groß, dass es fast nicht zu ertragen war.

Und seine Brust brannte vor Kälte und Leere.

21

Um Punkt drei Uhr fuhr er aus dem Schlaf hoch.

Eigentlich hatte er keine Ahnung, wie spät es war, und dennoch wusste er es mit Bestimmtheit. Er musste nicht einmal auf sein Handy schauen. Er war sich ganz sicher.

Er begriff nicht, in welchem Teil des Hauses er sich befand, ob er saß oder lag, er fühlte nur ein Gewicht in seinem Schoß, und seine Hände waren gefangen. Er bewegte ruckartig die Arme und spürte, wie sich seine Unterhose mit einer kalten Nässe vollsog.

Scheiße.

Er überlegte, ob er sich in die Hose gemacht hatte wie ein kleines Kind.

Doch das wäre nicht so kalt gewesen. Außer, er war jetzt tot. Doch Leichen müssen eigentlich nicht pinkeln, und außerdem konnte er schon deswegen gar nicht im Jenseits sein, weil seine Hände verdammt wehtaten.

Da erinnerte er sich wieder und fluchte in die Dunkelheit hinein, während er sich von dem Ding befreite, das da in seinem Schoß lag.

Die Karaffe.

Er hatte die ganze Nacht über die Hände in eine Karaffe mit Eiswürfeln gehalten, in der Hoffnung, die Schwellungen würden ein wenig zurückgehen.

Er sah sich wieder, wie er zwei Tage zuvor die Wand mit Fäusten traktiert hatte. Rechts und links.

Wie er gegen die Leere gekämpft und verloren hatte.

Dann hatte er sich verarztet, hatte sich Jodtinktur auf die Wunden gepinselt. Das Brennen hatte er mit einer leisen Genugtuung hingenommen.

Am Samstagvormittag war er so erschöpft, dass er beschloss, einen Tag Pause zu machen und etwas frische Luft zu schnappen.

Er strich durch den Garten des Hauses wie ein Löwe im Käfig, völlig mutlos, ein Vollidiot mit geschwollenen Fingerknöcheln. Gegen neun stieg er schließlich in sein Auto und raste wie ein Wahnsinniger zum Pflegeheim seiner Mutter.

Er ging jedoch nicht hinein.

Er stellte sich nur mit dem Auto auf den Parkplatz und blieb einfach sitzen.

Von dort aus beobachtete er seine Mutter, die allein im Garten saß und dem Nichts zulächelte, schöner denn je, verloren wie ein Pfad in einem Märchenwald.

So saß er da mit seinen geschwollenen Händen und sprach mit ihr. Er erklärte ihr, wie er sich fühlte. Erzählte von seiner Wut und dem Gefühl der Leere, von Maria und von dem, was passiert war, und offenbarte, dass er dabei nichts fühlte, keine Trauer, nichts. Und wie er eine Wand mit Faustschlägen traktieren musste, nur um ein bisschen Schmerz zu empfinden. Er bewegte die Lippen, flüsterte Worte, und vertraute ihr so alles an. Er setzte diese Unterhaltung über die Entfernung fort, bis eine Schwester kam und seine Mutter zum Essen ins Haus führte.

Dann fuhr er nach Hause zurück, wo er sich zwang, nichts zu tun, nicht zu arbeiten. Denn sobald er versuchte, seine Finger zu bewegen, um die Computertastatur zu bedienen, schmerzten sie höllisch.

Er musste sich Ruhe gönnen. Zumindest ein wenig.

Er hoffte von ganzem Herzen, dass er sich nichts gebrochen hatte. Es wäre grotesk gewesen, wenn das Samstagnachtwunder plötzlich gezwungen wäre, mit eingegipsten Händen zu Hause festzusitzen.

Am Sonntag hielt er es aber nicht mehr aus. Er machte sich wieder an die Katalogisierung der Daten und vertiefte sich bis zum Abend in diese Arbeit. Danach waren seine Hände wieder sehr geschwollen. Also ging er in die Küche, holte Eiswürfel aus der Gefriertruhe und tat sie in eine Karaffe. Dann setzte er sich auf das Sofa im Arbeitszimmer, die Hände in das Eis getaucht, sah zum Fenster hinaus und wartete darauf, dass die Sonne unterging, während es in seinem Kopf rumorte und raunte. Ein schwacher, wehmütiger Singsang, der ihn wie ein Schlaflied eingelullt hatte, sodass er schließlich eingeschlafen war. Und dann war er plötzlich mitten in der Nacht hochgeschreckt, in der Überzeugung, dass es drei Uhr war, und mit dem sicheren Wissen, dass er sich in die Hose gemacht hatte.

Wenn er nun die Fäuste öffnete und schloss, tat es nicht mehr besonders weh. Er stand auf und stolperte im Dunkeln zur Tür, drückte auf den Lichtschalter, und im Zimmer wurde es so hell, dass ihm die Augen schmerzten.

Er sah sofort auf seine Hände. Die Haut war aufgeweicht, und die Fingerkuppen waren ganz runzelig, weil sie so lange im Wasser gewesen waren. Sie wirkten fast unecht, wie aus Plastik.

Die Knöchel waren abgeschält wie Orangen, doch die Haut heilte schon, sodass die bloßen Knochen nicht mehr zu sehen waren. Offensichtlich war seine Regenerationsfähigkeit noch immer hervorragend. Die Myelinrezeptoren in stroboskopischer Ausführung waren nicht mehr so schnell wie ein Jet, doch zumindest so schnell wie ein Ferrari. Er überlegte, ob er ins Bett gehen sollte. Doch er glaubte nicht, dass es ihm gelingen würde, wieder einzuschlafen.

Daher setzte er sich an den Schreibtisch und schaltete den Computer ein.

Clorinda, Clorinda.

Er betrachtete die Fotos an der Wand, um von dort einen Hinweis zu bekommen, was er jetzt tun sollte.

Perfektes Gesicht, Monstergesicht, perfektes Gesicht, Monstergesicht.

Es fehlte nur noch ein Teilchen. Eine letzte Analyse, um zu begreifen, was passiert war.

Was *genau* ihr passiert war.

Clorinda, meine Clorinda.

Seufzend gab er sich einen Ruck, wartete, bis das Eingabefenster erschien, und ging zum Verzeichnis von Clorinda M.

Er zündete sich eine Zigarette an und zog daran. Dann ging er ins Internet und öffnete Google Earth, das mit dem Programm verlinkt war, das er gerade benutzte. Er tippte die Längen- und Breitengradangaben ein, um den Ort zu finden, wo der Unfall passiert war, die genaue Stelle. Dann gab er die topometrischen Daten ein: die Neigung der Straße und die Eigenschaften der Straßendecke.

Beim Wetterdienst fand er die Werte des atmosphärischen Drucks und der relativen Luftfeuchtigkeit zur Stunde des Unfalls und notierte sie.

Er legte die Zigarette in den Aschenbecher und nahm sich nur die Fahrzeugdaten vor: Marke, Modell, Reifensorte, Stoßdämpfertyp, Ausstattung, vermutete Geschwindigkeit zum Unfallzeitpunkt.

Dann waren die Autopsiedaten an der Reihe: Alter der Toten, Gewicht, Körperbau, Größe, Form der Wirbelsäule. Und dann die bei dem Unfall erlittenen Verletzungen, alle Brüche: Typ, Art, Tiefe der Fraktur. Als Letztes gab er noch die Messdaten von der Unfallstelle ein, die die Beamten der Straßenpolizei protokolliert hatten, und setzte alles mit den physikalischen, mathematischen und statistischen Daten, mit Vortriebs- und Aufprallkräften in Beziehung …

Er war so in seine Arbeit vertieft, dass er seine brennende Zigarette völlig vergessen hatte, die mittlerweile zu Asche geworden war. Ganz erstaunt betrachtete er nun den grauen, leicht gebogenen Rüssel, der aus dem Filter ragte.

Er zündete sich eine neue Zigarette an und startete den Rechenvorgang, der die eingegebenen Variablen verarbeiten sollte, mit dem Ziel, eine Videosequenz des Unfalls zu erhalten.

Im Stuhl zurückgelehnt, wartete er mit klopfendem Herzen darauf, dass das Programm fertig wurde.

22

Aufgrund der Zeugenaussage von Stanislao Puccini erließ der Untersuchungsrichter einen Haftbefehl gegen Vasco Terrano. Jetzt konnten sie loslegen. Dass das Dokument als Datum den ersten April trug, war zum Schmunzeln, denn der Fisch, den sie zu fangen hatten, war schon dick genug, und wenn sich das Ganze dann noch als Aprilscherz herausstellen sollte …

Nun standen sie vor dem Problem, wie sie an ihn herankommen sollten.

In einem ersten Schritt mussten sie alle verdeckten Ermittler instruieren. Dann das übliche Verfahren. Die Carabinieri, die Finanzpolizei, die kommunalen Polizeistellen und so weiter informieren. Auf diese Weise würde ihnen der Fisch vielleicht ins Netz gehen.

Vielleicht.

Chiara konnte natürlich nicht die Hände in den Schoß legen und warten, dass sie *früher oder später* zufällig auf ihn stießen.

Sie musste eine Möglichkeit finden, *sofort* an ihn heranzukommen. Noch bevor er Wind von der Sache bekam und vielleicht beschloss, Italien mit einem falschen Pass zu verlassen.

Was gegen Terrano junior vorlag, wog im Grunde nicht zwingend schwer: das Wort eines Dealers, der ausgesagt hatte, dass Terrano in die Organisation der illegalen Autorennen verwickelt war, und der Verdacht auf Beihilfe zum Mord an den Zwillingen Bovini, der noch nicht durch Beweise erhärtet worden war. Gravierender war da die Anklage wegen Vergewaltigung von Clorinda Mastri, vorausgesetzt, dass es möglich war, diese über eine DNA-Analyse nachzuweisen. Bei dieser Überlegung fiel Chiara ihr eigenes Problem wieder ein, das große Fragezeichen, das nach so vielen Jahren wieder aufgetaucht war, der nagende Zweifel, wer Gioias Vater war. Es war schon eine Woche vergangen, seit sie die Haare ihrer Tochter und ihres Mannes zur Analyse geschickt hatte.

»Alles streng vertraulich, natürlich, Signora Monti, machen Sie sich keine Sorgen«, hatte ihr alter Freund Carmelo Pecora, Inspektor bei der Spurensicherung, gesagt. Pecora hatte mit ihr in den Zeiten der Anti-Gang zusammengearbeitet und war jetzt bei der Polizei von Forlì. Er hatte gute Beziehungen zu Biologen in Rom und hatte versprochen, ihr die Ergebnisse so schnell wie möglich zu übermitteln. *Guter Carmelo.*

Doch jetzt hatte sie wichtigere Dinge zu tun, zum Beispiel einen verfluchten Psychopathen zu fassen, den Sohn eines Monsters aus der Vergangenheit, der es gewagt hatte, ihre Tochter zu bedrohen, und der so schnell wie möglich ausgeschaltet werden musste. Denn sie hielt es nicht mehr aus, Tag für Tag mit dieser Angst zu leben.

Es war neun Uhr, gleich würde die Besprechung beginnen. Sie steckte sich eine Zigarette an und öffnete das Fenster. Sie rauchte und blies dabei graue Rauchwolken zwischen den schmalen Lippen hervor. Ihre Nervosität wuchs.

Die Sonnenscheibe über den Hausdächern war rund und rot. Sie sollte schön sein und Freude bereiten.

Doch Chiara wusste, dass alles nur eine Illusion war.

Ein Betrug.

Ein Aprilscherz.

23

Die Rekonstruktion des Unfalls durch das Programm hatte ergeben, dass Clorinda im Moment des Aufpralls mitten auf der Straße gekniet hatte.

Der Hyundai hatte sie zunächst mit der Front im Gesicht getroffen. Der Körper war in die Luft geschleudert worden, hatte sich gedreht und war wieder auf der Windschutzscheibe aufgekommen, von dort abgeprallt, auf die Straße gestürzt und noch etliche Meter weitergerollt, bevor er liegen geblieben war.

Die Bildqualität war gut, ähnlich wie bei einem Videospiel: der Avatar eines Mädchens, der vom Avatar eines Autos angefahren wird, in intensiven Farben, wie bei einem Zeichentrickfilm. Franco versuchte, das beengende Gefühl zu ignorieren, das sich in ihm breitgemacht hatte, während er sich anschaute, was an jenem schicksalhaften Abend geschehen war. Was er getan hatte. Am Ende speicherte Franco das Ergebnis in einem Videoformat ab.

Er betrachtete seine kaputten Fingerknöchel. Sie hatten fast etwas Künstlerisches an sich, mit all diesen Variationen von Rot und Gelb.

Franco drückte die Zigarette im Aschenbecher aus und sah aus dem Fenster: Die Sonne stand hoch am Himmel. Es musste später Vormittag sein. Er wusste nicht, wie viel Zeit seit seinem Erwachen vergangen war.

Er drückte den Rücken durch, streckte sich und ließ die Lendenwirbel knacken.

Obwohl er nur wenige Stunden geschlafen hatte, verspürte er keine Müdigkeit.

Im Gegenteil.

Es war, als würden Stromschläge durch seine Nerven gehen.

Er überlegte, in die Küche zu gehen und sich einen Kaffee oder etwas zu essen zu machen.

Doch er entschied sich dagegen, denn eigentlich hatte er keinen Hunger. Zumindest nicht auf gewöhnliche essbare Dinge.

Was er jetzt in sich aufnehmen wollte, gehörte zur Kategorie giftiger, krank machender Substanzen. Hamburger für das Blut und als Beilage zornige Pommes frites: Samstagabendgrauen, Albträume auf Erden, frenetischer Höhepunkt.

Denn er wollte es wissen. Alles, was es zu wissen gab.

Er musste es wissen.

Er nahm sich nun wieder Maria F. vor, um eine weitere dynamische Rekonstruktion zu generieren. Da Maria von einem Auto erfasst worden war, dessen Fahrer Fahrerflucht begangen hatte, fehlten alle Angaben über das Unfallfahrzeug, also würde auch das virtuelle Ergebnis sehr viel weniger konkret sein.

Doch irgendwelche neuen Hinweise würden dennoch dabei herauskommen.

Franco gab geduldig die Daten ein.

Ort, Höhe, Längen- und Breitengrad, Druck, Feuchtigkeit.

Eine Information nach der anderen, mit kühler Effizienz.

Alter, Körperbau, Größe, Gewicht.

Er passte auf, ja keinen Fehler zu machen.

Verletzungen im Gesicht, Verletzungen an der Wirbelsäule.

Er überprüfte gründlich jede Zeile, bevor er zur nächsten überging.

Am Ende war er so fertig, als wäre er stundenlang gelaufen. Er atmete ein paarmal tief durch.

Dann ließ er den Computer rechnen.

Es passte alles überhaupt nicht zusammen.

Es war nicht plausibel.

Die virtuelle Rekonstruktion von Marias Tod war völlig widersprüchlich, so als habe es sich dabei um zwei unterschiedliche Unfälle gehandelt.

Aus den Frakturen der Wirbelsäule, des Beckens und des Genicks konnte man schließen, dass das Opfer von einem Mittelklassewagen überfahren worden war, als es auf dem Boden gelegen hatte. Es gab Profilspuren von Michelinreifen, die seit Jahren nicht mehr hergestellt wurden.

Die Frakturen im Gesicht zeigten hingegen, dass Maria frontal von einem Auto erfasst worden war, während sie auf der Fahrbahn saß. Oder kniete.

Das Programm ging von zwei verschiedenen Fahrzeugen aus.

Doch es weigerte sich, die beiden Hypothesen in eine Reihenfolge zu bringen, offenbar fehlten die verbindenden Elemente.

Vielleicht war das Programm noch fehlerhaft, denn im Grunde handelte es sich um eine recht neue Software.

Oder er, Franco, hatte doch fehlerhafte Eingaben gemacht.

Die ganze Geschichte war überaus seltsam und undurchsichtig – etwas ganz Neues also. Franco nahm seine Glücksbringer-Patrone vom Schreibtisch und drückte sie fest in der Hand.

24

Alle hatten sich um den Tisch im Besprechungszimmer versammelt, sie saßen oder standen, die meisten mit einer dampfenden Tasse Kaffee in der Hand.

Chiara sah die Männer ihres Teams der Reihe nach an, ging dann zum Computer, der an einen Beamer angeschlossen war, und drückte auf die Leertaste. Auf der Leinwand erschien das Foto eines Mannes mit schwarzen Augen und zurückgekämmten langen Haaren.

»Unser Job ist es nun, Vasco Terrano zu fassen«, begann sie und hatte sofort das Bedürfnis nach einer Zigarette.

Sie waren hier zusammengekommen, um gemeinsam nachzudenken und sich offen über die Fakten und die zu ergreifenden Maßnahmen auszutauschen, zum »operativen Brainstorming«, wie es die Amerikaner nannten. Chiara hasste diese Bezeichnung, denn sie sah dabei immer kleine rosafarbene Gehirne vor sich, die vor einem düsteren Himmel im Wind flatterten, eine Szene wie aus einem Horror-Film.

»Ich vertraue auf Sie und darauf, dass Sie alle Leute in Ihrem Zuständigkeitsbereich auf dem Laufenden halten.«

Jetzt waren alle ganz Ohr.

Chiara sprach mit fester, professioneller Stimme weiter. »Galimberti wird die verdeckten Ermittler der Antidrogeneinheit koordinieren, Einsatzbereich wird vor allem das Gehenna sein, auch wenn ich nicht glaube, dass dieses Schwein sich in der nächsten Zeit dort blicken lässt.«

Galimberti nickte.

»Molisi wird veranlassen, dass alle Streifen von hier bis Florenz und bis zur Adriaküste hin alarmiert sind. Kontrollen an den Mautstationen, Überprüfungen der Überwachungskameras und der Radargeräte ... Nun, ich brauche Ihnen ja nicht zu sagen, wie Sie Ihre Arbeit zu machen haben.«

Auch Molisi nickte und trank seinen Kaffee aus.

»Soll ich mich darum kümmern, dass in der ganzen Provinz Verkehrskontrollen aufgestellt werden?« Gadda stellte seine übliche rhetorische Frage. Mit seiner Baseballkappe sah er aus wie ein amerikanischer Cop.

Chiara wandte sich ihm zu und lächelte. »Wenn es Ihnen lieber ist, können Sie sich ja auch um die Kaffeeautomaten in der Zentrale kümmern. Der Kaffee wird immer widerlicher.«

Einige höfliche Lacher waren zu hören. Die Spannung im Raum war fast mit den Händen zu greifen.

Chiara fuhr fort: »Terrano wird verdächtigt, bei der Vergewaltigung von Clorinda Mastri dabei gewesen zu sein, möglicherweise ist er auch der Anstifter. Aus den bisherigen Ermittlungen, die ich persönlich zusammen mit Kommissar Molisi durchgeführt habe, lässt sich Folgendes schließen. Bei der Bande handelt es sich um eine Art Rudel, das Angst und Schrecken verbreitet und Gewalt sät, wobei unter anderem psychogene Drogen eingesetzt werden.«

»Also benutzen diese Bastarde auch Scoop, um bei den Opfern eine Amnesie hervorzurufen?«, fragte Sapori.

»Meinem Eindruck nach haben sie sich als höchstes Ziel gesetzt, auf die allerübelste Weise Böses zu tun. Dabei töten sie nicht unbedingt, doch was sie tun, tun sie mit psychotischer Hingabe.«

Martini kratzte sich die Wange. »Wie bei einem Ritual?«

»Vielleicht. Wir reden über ein Rudel Wölfe mit einem Leittier. Sie packen zu und empfinden Lust dabei.«

»Und die illegalen Autorennen, was haben die damit zu tun?«, fragte Grossi aus der anderen Ecke des Raums.

»Meiner Meinung nach stehen die verbleibenden Mitglieder der Familie Terrano hinter der Triplice. Vasco, der ja noch sehr jung ist, hat möglicherweise die Aufgabe, die illegalen Rennen zu organisieren, mit allem, was dazugehört: Versorgung mit Drogen, Wettgeschäfte und so weiter.«

Gadda drehte den Schirm seiner Baseballkappe nach hinten. »Und dann vergewaltigt und tötet er so ganz nebenbei schutzlose Mädchen.«

»Und bedroht und provoziert eine Polizistin«, fuhr Molisi fort. »Verrückt, psychotisch, wahnsinnig und Gott weiß, was noch alles.«

»Sollten wir nicht auch die Mails des Mädchens überprüfen, um zu sehen, ob es vorher schon über Internet Kontakte gab?«, fragte Girardelli.

Chiara nickte. »Hervorragende Idee. Übernehmen Sie das mit Ihren Möglichkeiten bei der Post- und Kommunikationspolizei, Girardelli?«

Der Kommissar trank einen Schluck aus einer Dose Cola light und nickte. »Bis morgen früh haben Sie die Daten«, versicherte er.

An diesem Punkt sah Chiara jedes Mitglied ihres Teams einzeln an.

»Noch Fragen?«

Die Antwort war Schweigen. Sieben Augenpaare, die ins Leere starrten.

»Nun denn, an die Arbeit, meine Helden«, schloss sie mit gespielter Fröhlichkeit, die sie in keiner Weise empfand.

25

Er warf eine weitere Pille in den Glaskolben, dann zündete er den Brenner des Rechauds an.

Statt Käse schmolz er Mixtura.

Denn das Jammern von Duckdichweg wurde von Tag zu Tag lauter und unerträglicher. Wenn das so weiterging, würde er noch verrückt werden.

Doch er musste stark und hart bleiben.

Der einzige Sohn der Familie.

Seine Schwestern schickten ihn in die Gefahr hinaus, und er musste all seinen Mut zusammennehmen und das Unvorstellbare zerstören.

Dieser verfluchte Zwerg, dieser Krankenpfleger, hatte offenbar vor der Staatsanwaltschaft alles ausgeplaudert, was er wusste. Das war zwar nicht viel, jedoch ausreichend für einen hübschen Haftbefehl gegen ihn, Vasco Terrano.

Bestimmt stellten sie ihm eine Falle. Vielleicht überwachten sie Puccinis Wohnung, in der Hoffnung, dass sich jemand dort blicken ließ, um Vergeltung zu üben.

Was glaubten die eigentlich, mit wem sie es zu tun hatten?

Vasco wusste, wer hinter all dem stand. Er wusste es nur zu gut.

Chiara Monti ließ sich von den Drohungen gegen ihre Tochter nicht einschüchtern. Das würde sie noch bereuen, dafür würde er sorgen. So viel stand fest.

Denn alles war ein Kreis. Der sich immer enger zusammenzog. Und die Wölfe würden mit gefletschten Zähnen am Rand der Stille auf ihre Beute warten.

Er klopfte sich auf die Vene in der Ellbogenbeuge, nahm sich ein wenig Blut ab und spritzte es in den Kolben. Die Flüssigkeit begann zu zischen und vermischte sich mit dem geschmolzenen Mixtura. Vasco machte den Brenner aus und wartete, bis die Flüssigkeit nicht mehr schäumte. Dann zog er alles mit der Spritze auf.

Dieses Mal nahm er eine Vene am Handgelenk und spritzte sich das kochend heiße Gemisch aus Blut und Droge hinein.

Er musste spüren, dass Knallhart auf seiner Seite war. Musste wissen, ob dieser überhaupt noch da war, denn er wusste immer, was zu tun war, stark und böse, wie er war.

Irrlichternde Flammen, Blutstickerei, Fragmente der Angst und des Zorns.

Dann vernahm er ein Geräusch. In der dunklen Ecke zwischen der Verzweiflung und dem Wunsch, die ganze Welt zu töten, hörte er ein Rascheln, als würde sich dort jemand leise und verstohlen fortbewegen.

Er riss die Augen auf, und plötzlich stand er vor ihm.

Vasco sprang auf, drehte sich um und wollte weglaufen. Doch es war zu spät.

Der andere lächelte ihm zu, mit eisigem Gesicht, in dem sich die Augen unabhängig voneinander bewegten, ein Blick, vor dem man nicht fliehen konnte.

Sein Vater würde immer da sein. Er würde ihn nie verlassen.

Da begann Vasco zu schluchzen, während Knallhart sich knurrend seinen Weg bahnte.

26

Er hatte das Gefühl, dass jemand im Haus war.

Jemand, etwas.

Als wäre er nicht allein.

Dieses Gefühl war ganz plötzlich da gewesen, wie ein Geschmack oder ein Geruch. Ein unmerklicher Hauch in der Luft.

Franco wandte sich vom Monitor ab und sah sich argwöhnisch um.

Die Bilder an der Wand waren unscharf, wie von einem Schleier bedeckt.

Er ließ die Augen von links nach rechts wandern, als wolle er die Fotofragmente mit seinen Blicken übermalen.

Die dritte Wand war die mit den Ausdrucken von Marias verwüstetem Gesicht. Einige der Bilder hingen schief, andere waren halb durchgerissen und mit dunkelroten Spritzern und Schlieren versehen, die Folgen seines Wutanfalls gegen die Leere am Freitag zuvor.

Das verwüstete Gesicht von Maria und das von Clorinda.

Das Gesicht des Engels in der Mitte, wie ein Erlösungsversprechen.

Ein Geräusch ließ ihn zusammenfahren, er erstarrte mit zur Seite gelegtem Kopf, das Herz in Aufruhr.

Ein plötzlicher Knall, *Rummms*!

Die Tür zum Arbeitszimmer war auf einmal zugefallen, ganz von selbst, wie in einem Horrorfilm. Doch vielleicht hatte ihm seine Fantasie einen Streich gespielt, vielleicht verwirrten sich langsam seine Sinne vor Müdigkeit.

Er hatte den ganzen Montag damit verbracht, die vom Computer bearbeitete Videosequenz wieder und wieder anzuschauen.

Clorindas Tod.

Er hatte noch einmal alle Daten des Unfalls analysiert, hatte sie zerlegt, statistische Indizes und medizinische Gutachten gewichtet. Angetrieben von einem inneren Drängen, hatte er alles mit einer gewissen Gier in sich aufgesogen. Er hatte sich von diesen Berichten genährt.

Happen um Happen verstärkte sich das Gefühl, in einen Strudel geraten zu sein.

Die Beschäftigung mit all dem, was mit dem Unfall in Zusammenhang stand, verschaffte ihm eine ungeahnte Erleichterung. Das Grauen in seinen intimsten Einzelheiten kennenzulernen, gab ihm die Illusion, es bekämpfen, besiegen und so überwinden zu können.

Er las noch einmal die Autopsieergebnisse von Clorinda Mastri und stieß dabei auf eine Anmerkung, die er vorher nicht zur Kenntnis genommen hatte. Es war der Hinweis, dass sich im Gehirn der jungen Frau eine Ansammlung anormaler Zellen befunden hatte. Eine Art Gliom, das unmittelbar vor der Epiphyse im Frontallappen entstand. Es handelte sich gewissermaßen um einen stillen Tumor. Soweit Franco wusste, waren derartige Neoplasien selten inaktiv. Gliazellen hatten ein großes Wachstumspotenzial und waren die Hauptursache für Degeneration. Im vorliegenden Fall glichen sie einem schlafenden Drachen. Wenn Clorinda am Leben geblieben wäre, wäre das Monster in ihrem Gehirn vielleicht erwacht und hätte sein Zerstörungswerk begonnen.

Dieses Mädchen war gezeichnet gewesen.

Vom Schicksal gezeichnet.

Oder von etwas anderem?

Franco erinnerte sich an eine medizinische Theorie, die besagte, dass viele Lebewesen unmittelbar nach der Empfängnis einen Zwilling haben. Sein Anatomieprofessor hatte sogar davon gesprochen, dass dies in zwanzig Prozent aller Fälle so war. In einem Großteil der Fälle nahm der stärkere Zwilling den schwächeren in sich auf. Man konnte dies als uterinen Kannibalismus bezeichnen. Auf dieser Theorie hatte Stephen King einen seiner Romane aufgebaut, den Franco als Kind gelesen hatte: *Stark – The Dark Half*. Ein Buch, das ihn sehr fasziniert hatte. So sehr, dass er einige Wochen lang fest entschlossen gewesen war, später einmal Schriftsteller zu werden. Danach hatte er seine Pläne zu Ehren seines Vaters geändert. Und seine Träume hatten sich auf handfestere Themen verlegt: Medizin und Kriminologie.

Vielleicht war die seltsame Zellanhäufung in Clorindas Kopf, die der Pathologe bei der Autopsie entdeckt hatte, nichts anderes als der Überrest eines einverleibten Zwillings.

Dunkler Zwilling, weicher Körper und räuberische Seele.

In Francos Kopf tauchte das Bild des schwarzen Falters auf, den er im Augenblick vor dem Zusammenprall mit dem Mädchen gesehen zu haben glaubte.

Clorinda, meine Clorinda.

Weiß der Teufel, was diese Visionen bedeuten sollten und was ihm sein Unbewusstsein oder wer auch immer hatte sagen wollen. Vielleicht wollte ja Clorinda selbst, oder zumindest das, was von ihr übrig geblieben war, ihr Geist vielleicht ... ihm etwas mitteilen.

Wenn Franco an Clorinda dachte, hatte er das Gefühl, sie schon immer gekannt zu haben. Es war, als habe sich zwischen ihnen eine gewisse Vertrautheit eingestellt.

Doch wie kann man mit einem Menschen vertraut werden, der tot ist?

Die Antwort auf diese Frage lag verborgen im Magma der Obsession. Oder es war noch schlimmer.

Denn vielleicht ging es hier tatsächlich um das Wahrnehmen anderer Ebenen oder Dimensionen, wie bei diesem Esoterikkram, den er zwar schon immer faszinierend gefunden, aber niemals allzu ernst genommen hatte.

Seine inneren und äußeren Empfindungen, seine Visionen, die stillstehende Zeit, die gefühllosen Beine und all diese mysteriösen Ereignisse und grauenvollen Zufälle mussten Teil eines Ganzen sein. Deswegen tappte er so oft im Dunkeln und hatte das Gefühl, den Traum eines anderen zu leben. Genau wie in diesem Moment. Seit er diese bedrohliche Gegenwart spürte und dieses plötzliche dumpfe Geräusch gehört hatte, das ihn hatte auffahrend lassen.

Rumms!

Die Tür zum Arbeitszimmer war plötzlich zugefallen.

Doch kein Fenster hatte offen gestanden, kein Lüftchen regte sich. Aber diese verdammte Tür war trotzdem ins Schloss gefallen, etwas hatte sie zugedrückt oder zugezogen.

Das war die Bestätigung, dass er nicht allein im Haus war. Dass etwas hier war. *Scheißescheißescheiße.*

Vielleicht kam *sie* ihn noch einmal besuchen, wie in dem dunklen Bauch.

Bei diesem Gedanken überlief ihn ein Zittern, ein Gefühl, das er jedoch nicht als Angst bezeichnen konnte, eher als subtile Unruhe. Jene schmachtende Zärtlichkeit, die man als Jugendlicher verspürt, wenn man zum ersten Mal verliebt ist. Eine Regung, die eher vom Wunsch, noch an Märchen glauben zu dürfen, hervorgerufen wird als von sexueller Begierde. Eine Art Flucht aus der Realität, bei der die Fantasie so lange die Wünsche beeinflusst, bis sie das Verhalten bestimmt. Sodass der Verlust der Illusionen ein Spiel wird, etwas Fingiertes.

Und damit war alles möglich.

Fliegende Hexen, rosa Elefanten, Werwölfe und Gespenster.

Oder es waren nur banale Schuldgefühle, in die Metapher »Das Mädchen, das mit den Armen schlägt, als wären es Flügel« gekleidete Gewissensbisse.

Ein Blick auf die verdammte Tür.

Geschlossen.

Ein Blick auf die Fotos an den Wänden.

Die Lider klappen zu, schließen sich fest, um die Absurditäten der Welt nicht hineinzulassen. Im Dunkeln eine Melodie aus Raunen und Schreien. *Wish You Were Here*, gesungen von einem kleinen Mädchen. Falsch und unrhythmisch.

Ein Delirium.

Augen auf.

Der Monitor leer.

Plötzlich erschienen nacheinander zwei Bilder, beide begleitet vom Geräusch einer zuschlagenden Tür.

Rummms! Das zerstörte Gesicht von Clorinda M.

Rummms! Das zerstörte Gesicht von Maria F.

Franco konnte sich von seinem Staunen kaum erholen. Wie war das möglich, wo er doch die Tastatur gar nicht berührt hatte? Doch sofort schimpfte er sich einen Idioten. *Wie war es möglich?* – Diese Frage musste er aus seinem Wortschatz verbannen. Er erlebte doch schon seit einer ganzen Weile, dass alles möglich war, dass er alles, was in seinem Leben passierte, glauben musste. Wollte man ein wenig philosophieren, so ließe sich das auch auf das Leben aller Menschen ausweiten.

Er sah sich die beiden Bilder an und spürte einen Knoten im Magen. Nicht sehr stark, nur ein Nagen von spitzen Zähnen in dem Bereich, der für die Verdauung unangenehmer Dinge zuständig ist, dicke Kröten oder krankhafte Begierden zum Beispiel.

Denn irgendetwas stimmte an diesen beiden Bildern nicht.

Nein, viel schlimmer: Etwas stimmte, obwohl es das gar nicht sollte.

Franco öffnete die beiden entsprechenden Verzeichnisse. Es erschien die sogenannte »Frakturkarte«: dreidimensionale Projektionen, die sich um eine kartesianische Achse drehten und dabei Vertiefungen und Falten, die Tiefe von Riefen und Verletzungen, die Ausdehnung von Prellungen und die Verschiebungen von Knochen und Knorpeln zeigten.

Er prüfte die Zahlen und Maße nach, und als er fertig war, wurde ihm kalt.

Bestimmt hatte er einen Fehler gemacht, Daten vertauscht, jedenfalls ein großes Durcheinander angerichtet. Das würde auch die mangelnden Übereinstimmungen erklären, die die Simulation von Marias Unfall blockiert hatte.

Er ging alles noch einmal ganz konzentriert durch, überprüfte jede Zeile, jedes Wort, jeden Buchstaben, jede Zahl. Und dann wurde ihm klar, dass das, was gleich zu sein schien, nur ähnlich war.

Es handelte sich um eine Ähnlichkeit, die fast identisch zu nennen war. Derselbe Typ von Verletzungen und Brüchen, die auf den tausendstel Millimeter übereinstimmten.

Völlig absurd, der Wahnsinn in Reinkultur.

Ganz was Neues.

Scheiße.

Franco zitterte und hatte Schweißausbrüche.

Er stand vor einem neuen Albtraum. Doch vielleicht war er auch bloß im Begriff, verrückt zu werden.

Überprüf das noch einmal, schau hin, lies, check es, versuche zu verstehen.

Er bemerkte ein Detail auf dem zerstörten Gesicht Clorindas, ein Zeichen auf dem Stirnbein, das er zuvor nicht gesehen hatte. Er vergrößerte das Bild, bis er es gut erkennen konnte.

Ein Schädel.

Es sah wirklich wie ein winziger Schädel aus.

Zunächst war Franco perplex, dann begriff er. Es handelte sich um den Ring des Phantoms, den er anstelle des Firmenzeichens vorn am Auto gehabt hatte. Das Kampfemblem des schwarzen Franz, das Familienbanner, das Wahrzeichen seines Herzens. Die Unfallsimulation: Das Opfer kniet, und die Front des Fahrzeugs trifft das Mädchen ein erstes Mal mitten ins Gesicht.

Mit diesem Schädel hatte er das Gesicht des Engels auf Erden gezeichnet. In gewisser Weise hatte er sich das Mädchen dadurch zu eigen gemacht.

Er sah sich nun die gleiche Stelle in Marias Gesicht an.

Und sah, was er schon wusste.

Dasselbe Zeichen, derselbe Schädel zeichnete auch ihre Stirn.

Ein letzter Beweis der Absurdität, wenn es dessen überhaupt bedurft hätte.

Doch inzwischen war es seine Aufgabe, seine Pflicht, gegen die Ausprägungen des Wahnsinns vorzugehen.

Oh ja. Verrückter geht es wirklich nicht mehr.

Ein Blick auf den Bildschirm.

Er verschlang weitere grauenvolle Übereinstimmungen, weitere unerklärbare Impulse.

Wenn er so weitermachte, würde er noch Verdauungsstörungen bekommen.

Genauso gut konnte er noch eine letzte Probe durchführen. Die eindrucksvollste von allen, die mit dem größten Effekt.

Er wählte eine Projektion von Clorindas Gesicht und legte sie über die von Maria.

Er musste lachen.

Die beiden Gesichter passten genau aufeinander: Fraktur auf Fraktur, Vertiefung auf Vertiefung, Schädel auf Schädel, Absurdität auf Absurdität. Maria und Clorinda hatten also die gleichen Gesichtsverletzungen, völlig identisch.

Ein Zufall?

Ein Rätsel ohne Lösung?

Mittlerweile war sein Leben so voll von beidem, dass er es genauso gut einfach akzeptieren konnte. Lieber die Ärmel hochkrempeln, als Energie zu vergeuden.

Etwas anderes musste an die Stelle des reinen Staunens treten.

Franco dachte, dass er eigentlich schon fast Arzt war. Ein Wissenschaftler also. Abgesehen davon auch Ermittler aus Berufung. Also musste er tun, wofür er geboren war: versuchen zu begreifen und Abhilfe schaffen, eine Lösung finden … Vorausgesetzt, das war überhaupt möglich. Und ohne den Vorhang zwischen dem Möglichen und dem Unvorstellbaren zu schließen.

Mit neuer, kühler Effizienz verglich er die Daten aller in der NSPIA-Akte vorhandenen Fälle miteinander.

Schon die Hypothese einer Übereinstimmung war an den Haaren herbeigezogen und völlig unwahrscheinlich. Aber wenn auch nur ein weiterer derartiger Fall auftauchte, dann würde Franco umgehend in das schwarze Haus von Mister Außerordentliches Ereignis oder Lady Paranormal umziehen müssen.

Er trommelte auf die Tischplatte, starrte auf die geschlossene Tür und wartete ungeduldig und voller Angst auf die Ergebnisse.

27

Die Durchsicht von Clorinda Mastris E-Mails hatte nichts ergeben, was zu Vasco Terrano hätte führen können.

Ihr Computer wies Spuren von MSN-Aktivitäten auf: Clorinda war offenbar täglich in verschiedenen Chatrooms unterwegs gewesen.

Chiara Monti las nochmals den Bericht von Girardellis Leuten von der Post- und Kommunikationspolizei, um zu sehen, ob ihr etwas entgangen war.

›Gr@ziella‹ Hi, alles klar?
›MisterSaffemnero‹ Was macht ihr so? Wo seid ihr grad?
›nigro777‹:-):-):-)
›Titti‹:-(:-(:-(

›Patty‹ Hey ihr.
›Haima-von-meinem-Blut‹ ich blute omg und wie
›Sissi‹ seid ihr on? schon, oder?

Wenn man auf die Namen klickte, konnte man das Profil des jeweiligen Nutzers einsehen, vorausgesetzt, es war eines angelegt. Chiara sah alle durch, fand aber nichts Verdächtiges.

bin stinkig, zieh mir Mastema rein, les nen scheißdreck
bin ein chicken invader, schlepp gerne chicks ab
mich ekelt alles an, atme das nichts, gehe ins leere

Clorinda schrieb manchmal im Singular, manchmal chattete sie unter einem Doppelnamen, als wollte sie zeigen, dass sie zwei Personen war: Babyclori und La Falena.

›BabycloriLaFalena‹ heute sind wir ganz schön traurig
›BabycloriLaFalena‹ wir würden gerne fliegen, aber …
›BabycloriLaFalena‹ ich fühl mich hart und angespannt und will knurren grrrrrr
›BabycloriLaFalena‹ heute haben wir beim Aufwachen schon gezittert
›BabycloriLaFalena‹ flap flap flap

Das waren Sätze, die von Einsamkeit sprachen, von unbefriedigten Gefühlen, aber keine Spur von einem Kontakt zu einem gewissen Typen. Es hatte keine Verführung gegeben. Clorinda alias BabycloriLaFalena hatte auch keine Erotikchats besucht und chattete nur selten pvt, also privat.

Zuletzt war sie an jenem Diskothekenabend im Chatroom online gewesen, am Abend, an dem sie gestorben war. Sie hatte mit einem gewissen nigro777 gechattet.

›nigro 777‹ seid ihr da?
›BabycloriLaFalena‹ gleich nicht mehr, heute Abend fliegen wir weg

Wieder die Antwort im Plural, als gäbe es zwei Wesen Babyclori, die kleine Clorinda, und La Falena.

War das ein Spiel? Oder steckte etwas anderes dahinter?

Laut der Telecom-Aufstellung, die dieses Mal ohne Verzögerung gekommen war, hatte es auf ihrem Handy keine Anrufe gegeben, weder eingehende noch abgehende. An jenem Abend hatte Clorinda mit niemandem gesprochen, also konnte man davon ausgehen, dass sie mit niemandem verabredet gewesen war.

Sie hatte sich heimlich aus dem Haus geschlichen, um allein in die Diskothek zu gehen. Oder besser, Babyclori und La Falena waren zusammen gegangen.

Clorinda hatte sich allein gefühlt.

Clorinda wollte fliegen.

Clorinda war vergewaltigt und getötet worden.

Und sie war erst achtzehn Jahre alt gewesen.

Chiara klappte den Aktendeckel zu, stand auf und ging zum Fenster. Sie dachte an ihre Tochter. Wie schnell doch die Zeit verflog. Gioia war zehn und noch klein. Aber sie würde groß werden. Aus dieser ganzen Chat-Unterhaltung, aus diesen Botschaften, Sätzen, diesen direkten oder indirekten Hilferufen quoll eine immense Einsamkeit. Der Bodensatz war Traurigkeit.

Chiara überlegte, wie es zu ihrer Zeit gewesen war ... *in den guten alten Tagen.*

Jetzt redete sie schon wie eine alte Frau.

Hilfe!

Zu ihrer Zeit war es anders gewesen, sicher, aber eigentlich auch ganz ähnlich.

Alles fließt, alles verändert sich, alles bleibt immer gleich: Die Kinder werden groß, die Eltern grau und verstehen einen Scheißdreck.

Sie hatte einen autoritären Vater gehabt, der ihr das Leben schwer gemacht und ihr jede Fluchtmöglichkeit verbaut hatte.

Gioia dagegen, was hatte sie?

Vielleicht alles, vielleicht nichts.

Ganz bestimmt eine Mutter, die immer da gewesen wäre, trotz der Leere.

Die Wahrheit war, dass man den Tentakelarmen des Königreichs der Realität nicht entkommen konnte. Sie umschlangen einen. Sie zwangen einen zur Stille, in einem Kreis. Und vielleicht gab es für niemanden mehr einen Ausweg.

28

Die Recherche hatte ein weiteres Opfer hervorgezaubert, ein grausiges Kaninchen aus einem grausigen Zylinder. Der unsichtbare Zauberer vergnügte sich damit, die Herzen der gottgefälligen Menschen mit Bestürzung zu füllen.

Barbara G.

Gestorben in der Nacht von Samstag, dem 15., auf Sonntag, dem 16. März. Vermuteter Todeszeitpunkt: 03:00 Uhr morgens.

Kollision mit einem Lastwagen.

Erklärung des überlebenden Fahrers, Mario B. [siehe Anlage 3]

»Sie war plötzlich vor mir, und ich habe gebremst, aber es hat nichts mehr genutzt.«

Ort: Via della Guasta, Kilometer 33.

Dieselbe Stelle, an der Clorinda verunglückt war, natürlich.

Franco las noch einmal die Akte seiner Ex.

Maria F.

Gestorben in der Nacht von Samstag, dem 22., auf Sonntag, dem 23. März.

Kollision mit einem Kraftfahrzeug. Fahrerflucht.

Eine Woche nach dem anderen Mädchen.

An derselben Stelle.

In der Nähe der Diskothek.

Gehenna forever.

Das hieß, dass die Diskothek irgendeine Rolle spielte.

Jemand schleppt die Mädchen ab und dann …

Genau, dann, was tut er dann?

Es gab keine weiteren Opfer, die zu dem Fall passten.

Nur zwei also, zumindest für den Moment. Erstes Opfer: umgekommen an genau dem Wochenende, an dem er aus dem Istituto Lazarus entlassen worden war. Zweites Opfer: die arme Maria, am Samstag darauf.

Blick geradeaus auf die Wand: die Fotos des perfekten Gesichts.

Blick zur Seite auf die Wand: die Fotos des Monsters.

Barbara G.

Maria F.

Junge Frauen, die allein unterwegs sind und angefahren werden, mit dem Schlachtruf: Wie Clorinda! Wie Clorinda!

Das war Rache.

Doch wer rächte sich da?

Der Vater vielleicht.

Doch wie sollte er das können?

Franco öffnete Google und gab den Suchauftrag »Saverio Mastri« ein.

Etwa fünfhunderttausend Ergebnisse.

Der Mann war berühmt, ohne Frage.

Franco nahm sich eine Zigarette, zündete sie an und blies den Rauch gegen den Monitor.

Dann begann er zu lesen.

»Einzelausstellungen in New York und Paris, der Wert vieler Werke wird auf Tausende von Dollar geschätzt.«

»Saverio Mastri, der Schamanenkünstler. Schuld, Sünde und Buße im Mittelpunkt seines Schaffens.«

»Wie in einer Art Reinigungsritual begibt er sich zwischen die körperliche und die nichtkörperliche Dimension, Vermittler des Göttlichen, Fährmann der verlorenen Seelen. Seine

Werke sind echte Spektakel, Performances des Unbewussten, Delirien der Seele.«

»Synthese aus Kubismus, Dadaismus, Surrealismus, Expressionismus und Fraktalkunst. Seine pantheistische Weltauffassung wird gleichermaßen von Leonardo da Vinci und den Rosenkreuzern inspiriert, von Jackson Pollock und Joseph Beuys. Er verbindet Atavismus und Futurologie miteinander. Mastri holt aus dem kollektiven Unbewussten die prälogischen Überreste hervor, befreit sie und entlässt sie in die chaotischen Turbulenzen des rohesten und gewalttätigsten Bewusstseins, das zugleich zerbrechlich und weich, hart und schneidend ist, je nach Verbindung. Seine Werke ermöglichen, ausgehend von der Veränderung, die Erleuchtung. Die Geburt des Deliriums, gleichsam eine Kaiserschnittentbindung der Seele.«

Franco las und las und konnte nicht aufhören.

Wilder Tanz, kreative Besessenheit. Alles ist Teil eines Ganzen.

Seite um Seite.

»Saverio Mastri scheint wie Joseph Beuys – der Künstler und Prediger – weit entfernt von einer ästhetisierenden Poetik zu sein, seine persönliche Mythologie wird zur Lymphe seiner Werke. Es gibt keinen Unterschied zwischen Kunst und Leben. Was zählt, ist die Palingenese, das energetische Potenzial, das benötigt wird, um die Welt zu verändern.

Dann gab es einen Artikel vom 4. März 1990.

»Autounfall auf regennasser Fahrbahn. Die junge Ehefrau des berühmten Bildhauers, im neunten Monat schwanger, bringt eine Tochter zu Welt, während sie selbst stirbt.«

Staunend las Franco den Bericht, sein Magen krampfte sich zusammen, und in seinem Kopf machte sich ein hundertfaches Raunen breit.

Fotos von Clorindas Mutter, dasselbe Gesicht wie die Tochter, so ähnlich, wie ein Ei dem andern gleicht.

Als sie starb, wurde die Tochter geboren.

Geburt und Tod.

»Saverio Mastri schließt sich in seinen Schmerz ein und gibt keinen Kommentar ab.«

»Kein Interview mit dem durch den Tod seiner Frau schwer geprüften Schamanenkünstler.«

»Tochter im Brutkasten.«

»Schamanenkünstler hüllt sich in Schweigen.«

»Die Tochter Saverio Mastris ist gerettet und kommt aus dem Brutkasten.«

Saverio Mastri gab seine erste offizielle Verlautbarung erst ein Jahr nach dem Unfall ab. In einem kurzen Interview erklärte er, dass seine Tochter ihn davor bewahrt habe, sich ganz dem Schmerz zu überlassen, dass sie ihn vor dem Abgrund gerettet habe.

Man konnte den Eindruck gewinnen, er sei ein bisschen verrückt, aber er war ja auch ein Künstler. Und er hatte einen furchtbaren Schicksalsschlag erlitten.

Franco vergrößerte einige der aktuelleren Fotos von ihm.

Eines war etwa ein Jahr alt. Mit seinen langen Haaren und dem langen Bart sah Saverio ein bisschen wie ein indischer Guru aus. Seine Augen waren sehr hell, fast durchsichtig. Ein attraktiver, wenn auch äußerst merkwürdiger Mann. Sein Blick hatte eine beunruhigende Intensität.

Das andere Foto war auf Clorindas Beerdigung aufgenommen worden. Bart und Haar waren nun schneeweiß, als wäre er innerhalb kurzer Zeit um Jahre gealtert. Er sah aus wie ein irre gewordener Weihnachtsmann ohne Bauch. Er war ein großgewachsener, attraktiver Mann.

Franco fragte sich, warum er eigentlich diese ganzen Nachforschungen anstellte.

Er konnte doch nicht wirklich glauben, dass Saverio, so merkwürdig er auch war, in der Lage sein könnte, Verkehrsunfälle zu simulieren, die jedem einzelnen Opfer die gleichen Gesichtsverletzungen beibrachten, als wolle er auf diese Weise den Tod der Tochter zelebrieren.

Wie hat er das gemacht, hat er eine Form benutzt?

Er ist Künstler und kein Zauberer!

Franco stand auf, ging zum Fenster und sah hinaus.

Er hatte sich hier im Haus eingeschlossen wie ein Eremit, allein mit seinen Obsessionen, seit Tagen schon. Er war im Begriff, den Bezug zur Wirklichkeit zu verlieren.

Vielleicht musste er doch mit Chiara Monti sprechen, ihr mitteilen, was er herausgefunden hatte, um ihre Meinung zu hören.

Diese Frau gefiel ihm. Auf eine Weise, die schwer zu erklären war. Er fand sie sehr anziehend, auch körperlich, allerdings ohne dabei die Hormone zu bemühen, es war eher wie bei einem Dichter, der eine Muse besingt.

Mittlerweile war sein Leben mit seltsamen Frauen bevölkert. Einige waren tot, andere lebten, wieder andere befanden sich in einem Zwischenstadium.

Clorinda in all ihren Versionen: zermalmtes Opfer, umherflatterndes Mädchen und Geist.

Chiara, die unbezähmbare Polizistin.

Seine Mutter, gefangen im Käfig des Schweigens. Vor allem und allen in Sicherheit.

Franco fiel der Begriff des »stillen Kreises« beim Karate ein und die Erläuterung seines Karatemeisters dazu.

Wenn er die Augen fest zusammenkniff, konnte er jenen Augenblick wieder heraufbeschwören, als er in der Begrüßungsposition neben seinem Vater auf der Tatamimatte gesessen und den Worten des Sensei gelauscht hatte, eindringliche und schöne Worte waren es gewesen.

»Es gibt einen hypothetischen Kreis um jeden der beiden Kämpfer, die gegeneinander antreten, ein Kreis, der den Bereich bezeichnet, in dem man geschlagen werden kann. Das Maß für den Radius hängt von der Länge der Gliedmaßen ab, wenn es ein Kampf mit bloßen Händen ist, wie beim Karate, oder von der Länge der Klingen, wenn es sich um einen Kampf mit Hieb- oder Stichwaffen handelt. Wenn sich die hypothetischen Kreise um die Gegner nicht überschneiden, dann sind beide vor einem Angriff geschützt, können jedoch auch nicht erfolgreich zuschlagen ...«

Im Leben gab es immer jemanden, der sich in einem solchen stillen Kreis aufhielt, entweder um seine Ruhe zu haben oder weil ihm alles egal war oder weil er verunsichert war. Andere hingegen waren risikobereiter, sie betraten den Bereich der Gefahr, wagten sogar zuzuschlagen, auch um den Preis, eine Niederlage zu erleiden.

Mit einem Seufzer fragte sich Franco, zu welcher Kategorie er gehörte.

Staunend blickte er über die grüne Landschaft, die sich vor ihm erstreckte. Zu dem Hügel, der sich zum Wald herabsenkte.

Er warf einen Blick auf die Timex seines Vaters, die stumm mit reglosen Zeigern auf drei Uhr verharrte.

Auch eine kaputte Uhr zeigt zweimal am Tag die richtige Uhrzeit an. Was für eine schöne Entdeckung, amigo.

Eine stehengebliebene Uhr war in gewisser Weise eine Entsprechung des stillen Kreises. Sie bewahrte einen vor der verrinnenden Zeit.

Auch wenn sich alles dann doch nur als Betrug herausstellen sollte.

Am Ende war es, als wäre man als Lebender tot und umgekehrt.

Der stille Kreis war der Ort, in dem die Geister wohnten.

Die Geister, die weinten und zurückkehren wollten.

Die Geister, die nicht zuschlagen konnten, die aber trotzdem Angst machten.

29

Der Polizeipräsident hatte sie einbestellt und fragte nun: »Ist es denn unbedingt notwendig, wegen eines Hühnerdiebs so einen Aufstand zu machen?«

Zunächst begriff Chiara nicht. Dann stieg eine vage Ahnung in ihr auf, und sie antwortete: »Vasco Terrano ist nicht gerade das, was man einen Hühnerdieb nennt, Herr Polizeipräsident.«

Mastroleo setzte jedoch seine Standpauke fort. Mit seiner allzu ruhigen und daher fast nervtötenden Stimme. »Ich verstehe, liebe Kollegin, dass Ihnen diese Angelegenheit am Herzen liegt. Auch ich habe Kommissar Negronero sehr gemocht. Doch Sie stimmen mir sicher zu, dass man die Vergangenheit Vergangenheit sein lassen muss. Dieser Vasco Terrano, mag er auch zehnmal der Sohn des Mannes sein, den wir kennen, ist doch im Grunde nur ein Rowdy. Wie können Sie es rechtfertigen, dass die ganze Einheit mobilisiert wurde, um ihn zu verhaften, als wäre er ein gefährlicher Sträfling auf der Flucht? Überall Verkehrskontrollen und die Streifenwagen in Alarmbereitschaft. Ist Ihnen klar, dass alle regionalen Dienststellen bei mir anrufen und wissen wollen, was da los ist? Kommen Sie! Sie haben getan, was sie tun mussten. *Mehr* als das. Ganz zu schweigen von diesem Gerücht, das mir da zu Ohren gekommen ist, hinsichtlich eines ... wie soll ich mich ausdrücken ... wenig vorschriftsmäßigen Verhaltens einem potenziellen Zeugen gegenüber. *Im Augenblick* betrachte ich das nur als Gerede, und ich hoffe sehr, das Thema nicht noch einmal aufgreifen zu müssen. Doch Sie, Sie sollten sich jetzt erst mal ein bisschen beruhigen. Wollen Sie das?«

Nein, einen Dreck will ich.

Chiara biss sich auf die Lippen, um nicht zu schreien, und musste die Tränen hinunterschlucken, die in ihren Augen standen. Sie fühlte sich schmutzig, als hätte sie sich längere Zeit nicht gewaschen. »Ich tue alles, was notwendig ist, im Rahmen des üblichen Verfahrens, keine Sorge«, sagte sie knapp, ihre Stimme klang brüchig und frustriert.

»Ich vertraue auf Ihre Professionalität, meine liebe Monti. Vergessen Sie das nicht …«, schloss der Polizeipräsident.

Fast fühlte sie sich wie ein Hund, der einen Klaps auf den Kopf erhält, damit er still ist.

Der Polizeipräsident hatte sie zur Ordnung gerufen, was sie ärgerte, aber auch irritierte. Was steckte dahinter? Gab es da irgendwelche politischen Implikationen? Machte jemand Druck von oben, um etwas zu vertuschen?

Nach ihrer Zeit bei der DIA in Palermo und bei der Anti-Gang hatte sie begonnen, allen und allem mit Misstrauen zu begegnen, und sie konnte nicht umhin, überall eine Verschwörung zu wittern.

Vielleicht war es auch viel simpler, und Giulio Mastroleo wollte nur keine Schwierigkeiten bekommen. Er war so ein Typ, der mit allen gut konnte und dem anstelle von Blut Diplomatie durch die Adern floss. Er hätte Politiker werden sollen.

Meine liebe Monti, wollen Sie das?

Meine liebe Monti, leck mich doch.

Sie würde Vasco Terrano auch allein jagen. Druck oder kein Druck.

Nach vier Tagen fruchtloser Recherchen wurde sie langsam deprimiert und wütend. Die Hoffnung, Terrano fassen zu können, begann zu schwinden.

Er schien sich in Luft aufgelöst zu haben. Und diese Nervensäge von Polizeipräsident hatte ihr da gerade noch gefehlt. Wenn man *seine* Familie bedroht hätte, dann, ja dann wäre er wesentlich weniger nachgiebig gewesen.

Vielleicht hatte sie alles falsch gemacht, vielleicht hatte sie einen Weg eingeschlagen, der nirgendwohin führte.

Wie ein Raubtier im Käfig strich sie durch ihr Büro, eine Zigarette zwischen den Lippen, und sah sich noch einmal die Magnettafel an: *Hau ab, duck dich weg.* Und: *Ich hab Angst, Papa.*

In der rechten unteren Ecke hing das Foto von Vasco.

Schwarze Augen, tief und leer, genau wie die seines Vaters. Flüchtig und doch intensiv. Doch in seinen glomm ein weicheres Licht, als verberge er eine Zartheit, die mit dem Rest von ihm nichts zu tun hatte, die nicht dazu passte.

Wenn man darüber nachdachte, war Vasco im Grunde ein Opfer. Sein Leben war von Anfang an verdorben gewesen.

Chiara fiel ein Buch von James Hillman über die Theorie des Daimon ein, in dem von einer Art Schutzengel oder Dämon die Rede war, der die Aufgabe hat, die Menschen auf den Weg ihrer Vorbestimmung zu führen. Alle Menschen seien für ganz bestimmte Herausforderungen geboren, denen man sich nicht entziehen könne.

Dabei musste Chiara an Clorindas Chat-Mitteilungen denken, die so geschrieben waren, als wäre sie zwei Wesen. Einer der von ihr gewählten Namen war La Falena – der Nachtfalter. Vielleicht war das ihre persönliche Interpretation von Hillmans Theorie. La Falena war der Daimon, der ihr die Kraft zum Weitermachen gab. Die Entsprechung zur kreativen Inspiration eines Künstlers.

Doch was zum Teufel hatte die Vorbestimmung von Clorinda gefordert?

Verirrte Flüge zu fliegen.

Werwölfen zu begegnen.

Auf der Straße zu krepieren.
Vergewaltigt zu werden.
Es war nicht richtig.
Also musste man die Verantwortlichen fassen.
Daimon oder nicht Daimon.

Mit einem letzten Blick auf das Foto des Gesuchten ging Chiara zu ihrem Schreibtisch zurück. Ihr war ein bisschen schwindelig, da sie seit dem Frühstück nichts mehr gegessen hatte.

Während sie die Zigarette im Aschenbecher ausdrückte, warf sie einen zerstreuten Blick auf die Akte vom Katasteramt, die sie in der Woche zuvor angefordert hatte, um herauszufinden, wer die Eigentümer der Wohnungen waren, die Vasco und seine Cousins als Steuerwohnsitz gewählt hatten. Sie hatte vergessen, die Unterlagen wieder ins Archiv zu schicken. Aus einer plötzlichen Eingebung heraus zog sie die Akte zu sich heran und las den Namen der Immobiliengesellschaft: Domus S.n.c. Sie griff zum Telefonhörer und rief ihren Freund Domenico Paone an, ein Vermessungstechniker mit guten Beziehungen zur Immobilienkammer. Innerhalb einer Stunde hatte Domenico ihr eine E-Mail mit der kompletten Liste aller Immobilien der Firma geschickt.

Mit klopfendem Herzen druckte Chiara den Anhang der E-Mail aus.

Dann sah sie ihn aufmerksam durch.

Es handelte sich um etwa zwanzig Immobilien – Wohnungen, Landhäuser und Villen.

Eine der Adressen ließ sie zusammenzucken.

Sie markierte sie mit einem gelben Leuchtstift und starrte darauf, als wolle sie sich ihrer wahrhaftigen Existenz versichern.

Hofanlage in der Via della Trappola 3/3.

Der Hof, in dem zehn Jahre zuvor der Buchhalter Serra und

seine Familie so grausam hingerichtet worden waren. Das Innenministerium hatte es nach den Ereignissen offenbar verkauft. Und es war wirklich merkwürdig, dass es ausgerechnet von derselben Immobilienfirma erworben worden war, die anscheinend auch eine Wohnung an Vasco und seine Leute vermietet hatte. Vielleicht war die Domus S.n.c. sogar eine Scheinfirma der Familie Terrano.

Bestimmt wäre es ganz gut, sich diesen Hof einmal anzuschauen.

Ganz inoffiziell natürlich.

Ohne Kollegen mit hineinzuziehen – aus Rücksicht auf die aktuelle Stimmung.

Der Polizeipräsident hatte sie auf das Gerücht angesprochen, auf das üble Spiel, das sie mit Puccini gespielt hatten. Davon konnte nur jemand aus ihrem Team etwas wissen. Jemand, der über alles berichten sollte, was innerhalb der NSPIA passierte.

Wenn sie nicht ganz vorsichtig vorging, riskierte sie eine Suspendierung.

Daher freute sie sich, als Franco Negronero am Telefon war, um sie zu fragen, ob sie sich treffen könnten, und beschloss spontan, ihn um einen Gefallen zu bitten.

»Wir treffen uns am Samstag um elf auf dem inneren Parkplatz der UCI-Kinos«, sagte sie. »Dann musst du mich mit deinem Auto an einen bestimmten Ort fahren.«

30

Franco hatte lange überlegt, ob er Chiara anrufen sollte, um ihr von seiner Entdeckung zu erzählen.

Als er sich endlich dazu durchgedrungen hatte, war ihr Handy ausgeschaltet.

Da war er wieder unsicher geworden.

Was soll ich tun?

Anrufen oder nicht anrufen?

Seine Entdeckung war so verrückt und kaum zu erklären.

Und vielleicht nur ein Auswuchs seines inneren Chaos.

Vor lauter Zweifel begann er noch einmal von vorn mit der Arbeit. Er prüfte alles bis in die kleinsten Details. Doch er kam immer zu demselben Ergebnis. Also war er nicht verrückt. Oder vielleicht doch?

Das Ganze war bestimmt kein Beweis für seine geistige Gesundheit. Wer die Kontrolle verliert und sich die Wirklichkeit entgleiten lässt, kann keine Situation rational beurteilen, also …

Also einen Dreck.

Da war es besser, noch ein bisschen Zeit zu schinden.

Er hatte sich die virtuelle Rekonstruktion von Clorindas Tod noch einmal angeschaut.

Er hatte die Daten und die Fotos nochmals überprüft und hatte zum Frühstück seine tägliche Ration blutiger Hamburger zu sich genommen. Angst und Melancholie hatten sich in ihm ausgebreitet.

Seine Fingerknöchel heilten in Windeseile.

Seine Beine schliefen und träumten von verlorenen Bewegungen.

Sein Geist versuchte, sich zu öffnen, doch er schaffte es nur halb. Ihm wurde nur ein Spalt zugestanden, wie damals, in dem dunklen Bauch.

Dann, am Freitagnachmittag, versuchte er es noch einmal. Er wählte Chiaras Handynummer, und sie nahm sofort ab.

31

Der rote Alfa Romeo von Chiara Monti kam zehn Minuten zu spät auf den Parkplatz der UCI-Kinos gefahren, wo Franco wie verabredet mit seinem schwarzen Saab Turbo wartete.

»Ich werde mit einem Dinosaurier kommen«, hatte er am Ende des Telefonats am Tag zuvor zu ihr gesagt. »Du kannst ihn nicht übersehen.«

Tatsächlich hatte sie ihn gleich entdeckt und stellte ihr Auto in der gegenüberliegenden Parkreihe auf dem einzigen noch freien Platz ab. Es war viel los, denn samstags parkten viele Leute hier, um zum Supermarkt in der Nähe zu gehen.

Kaum war sie eingestiegen, verbreitete sich schon ihr Parfum im Auto, und Franco spürte, wie sich sein Herz zusammenzog. Er drehte sich zu ihr und lächelte sie an. Seine hellen, grünen Augen schienen im Zwielicht zu leuchten. »Dir ist aber bewusst, dass ich ohne Führerschein fahre, weil er vorübergehend eingezogen wurde?«, fragte er.

Chiara sah ihn an und setzte eine strenge Miene auf. »Ach so, nun, dann werde ich dich nachher festnehmen, wenn wir erledigt haben, wofür ich dich brauche.«

»Dann nehme ich dich aber nie mehr zum Pizzaessen mit«, erwiderte er.

»Oje, dann also lieber nicht.« Sie lachte. Dann bemerkte sie seine verletzten Fingerknöchel. »Was hast du denn mit deinen Händen gemacht?«

»Ich habe gegen eine Wand in meinem Haus gekämpft.«

»Mir scheint, die Wand hat gewonnen.«

»Na ja, du weißt ja, wie das heißt: Mit den Fäusten durch die Wand wollen.«

Schwache Replik.

Als sie den Parkplatz verließen, drehte sich Chiara um, um zu überprüfen, ob ihnen jemand folgte.

Da war niemand.

»Wohin soll's gehen?«, fragte er, als er in den Kreisverkehr fuhr.

»Nimm die Autobahn in Richtung Florenz.«

Bis zur Mautstation herrschte Schweigen, als würde jeder für sich überlegten, was er sagen sollte. Schließlich fragte Franco: »Was müssen wir tun? Darf man das erfahren, oder unterliegt es dem Amtsgeheimnis?«

Chiara nahm eine Zigarette aus ihrer Handtasche. »Es heißt Untersuchungsgeheimnis. Darf ich rauchen?«

»Natürlich.«

Sie drückte den Zigarettenanzünder hinein, wartete, bis er wieder heraussprang, dann zündete sie sich die Zigarette an und stieß nervös den Rauch aus. »Wie ich bei meinem Besuch bei dir im Krankenhaus schon angedeutet habe, wurde das Mädchen vor dem Unfall Opfer einer Gruppenvergewaltigung. Ich habe einen Verdacht, wer der Anführer dieser Gruppe sein könnte. Und ich brauchte ein unbekanntes Fahrzeug für eine inoffizielle Ortsbesichtigung.«

»Also ist das hier eine zwielichtige Aktion, genau wie im Film?«

Chiara nickte mit einem halben Lächeln. »Der Ort, den ich mir anschauen will, könnte sein Unterschlupf oder etwas in der Art sein. Ich möchte einfach lieber erst einen Blick darauf werfen, bevor ich einen offiziellen Zugriff anordne, denn der Polizeipräsident ist im Augenblick nicht sehr angetan von meinen operativen Methoden. Wenn ich viel Wirbel um nichts mache, kann es sein, dass er mich von dem Fall abzieht.«

»Verstehe«, sagte Franco. »Aber warum hast du ausgerechnet mich um diesen Gefallen gebeten?«

Chiara schwieg einen Moment, um ihre Gedanken zu sortieren. »Ich wäre auch allein hingefahren, wenn du nicht gerade angerufen hättest.« Sie holte ihr Diensthandy aus der Handtasche und stellte das GPS an. Dann tippte sie die Zieldaten ein und wartete ein paar Sekunden. Am Vortag hatte sie sich das betreffende Gebiet schon in Google Earth angeschaut, doch sie brauchte eine genaue Wegbeschreibung. »Wir müssen bei Rioveggio von der Autobahn und dann Richtung Futa-Straße«, erklärte sie. Franco setzte den Blinker, dann schaltete er herunter und gab Gas, um einen langsam dahinkriechenden Lieferwagen zu überholen. Seine nicht existierenden Beine gehorchten den Befehlen einwandfrei. Er schaltete den Turbo ein, und das Auto schoss nach vorn.

»Du brauchst dir aber keine Sorgen zu machen, wir fahren nur hin und schauen uns ein bisschen um, es wird nicht gefährlich«, erklärte sie.

»Sehe ich aus, als würde ich mir Sorgen machen?«

Vierter Gang, fünfter Gang. Das Auto fuhr nun konstant hundertzwanzig.

Chiara bemerkte, dass er immer noch die alte Uhr am Handgelenk trug. »Bist du von deiner Zeit-Anomalie geheilt?«, fragte sie, einfach, um etwas zu sagen.

»Nein, ich bin immer noch ein Serienkiller der vergehenden Zeit. Diese Timex ist eine Erinnerung an meinen Vater.«

Chiara lächelte traurig. »Du siehst ihm sehr ähnlich«, sagte sie leise und bereute es sofort. Es war sicher ein Fehler, Francesco ins Spiel zu bringen.

»Wart ihr nur Kollegen oder auch Freunde, du und mein Papa?«, fragte Franco sofort.

Sie zögerte. »Wir waren uns sehr verbunden«, sagte sie. Dann fügte sie rasch hinzu: »In beruflicher Hinsicht und auch menschlich.«

»War er ein so guter Polizist, wie alle sagen?«

»Er war der Beste.«

Während des folgenden Schweigens war sich jeder sicher, den Herzschlag des anderen hören zu können.

Sie waren beide aufgewühlt, weil Francesco für einen Augenblick zu ihnen ins Auto gestiegen war, ein gespaltener Geist. Perfekter Vater und heldenhafter Polizist auf der einen Seite, leidenschaftlicher Liebhaber, Mörder und Ehebrecher auf der anderen. Zwei Seiten, die nicht zusammenpassten.

Chiara fragte sich, ob auch Geister eine Vorbestimmung hatten und ob sie sich mit ihren dunklen Hälften auseinandersetzen mussten. Seufzend drückte sie auf den Knopf, der die Scheibe hinunterfahren ließ, und warf ihre Kippe hinaus. Sie sagte sich, dass es vielleicht angebracht wäre, Franco weitere Informationen zu geben. Mittlerweile fand sie ihre Idee, ihn in die Ermittlung hineinzuziehen, gar nicht mehr so gut. Doch nun war es zu spät, um umzukehren. »Der Mann, der mit der Vergewaltigung von Clorinda Mastri zu tun hatte, heißt Vasco Terrano. Sagt dir der Name etwas?«, fragte sie.

Franco sah sie an und zog die Augenbrauen hoch. »Ist das ein Verwandter von diesem Mafioso, den mein Vater vor zehn Jahren erschossen hat?«

»Es ist der Sohn«, eröffnete ihm Chiara mit einer Stimme, die nun ganz rau klang. Sie hustete, um den Hals wieder frei zu bekommen. »Würdiger Erbe eines Supervaters. Als ihm klar geworden ist, dass ich ihm auf den Fersen bin, hat er gedroht, meiner Tochter etwas anzutun. Also muss ich jetzt alle Hebel in Bewegung setzen, um ihn zu fassen. Auch gegen den Willen meines Vorgesetzten.«

»Ach, du hast eine Tochter? Wie heißt sie denn?«

Ihre Augen leuchteten auf. »Gioia. Sie ist zehn Jahre alt.«

Francos Augen verdunkelten sich. »Ich hätte so gerne eine Schwester gehabt.«

Chiara spürte einen Kloß im Hals beim Gedanken an die DNA-Prüfung, die ihr bald eine Antwort geben würde.

Vielleicht hatte Franco ja tatsächlich eine Halbschwester.

Sie fragte sich, ob es richtig wäre, wenn er davon erführe. Es war alles so kompliziert, so konfus. Die Grenze zwischen legitim und illegitim, Moral und Unmoral. Alles drehte sich, alles veränderte sich mit jedem Augenblick. Es gab Geheimnisse, die man nicht lüften konnte, Gleichgewichte, die man wahren musste. Damit das gelang, war man nur allzu oft gezwungen, zur Lüge zu greifen. Das Leben basierte im Grunde auf einem dauerhaften Betrug, auf einer sich wiederholenden Lüge.

Sie würde nie fähig sein, das Bild, das Franco von seinem Vater hatte, zu zerstören. Doch ebenso wenig wollte sie dies mit ihren eigenen Empfindungen und ihren Erinnerungen tun. Gioia würde es nie erfahren, Franco würde es nie erfahren, Roberto würde es nie erfahren. Ein fragiles Gleichgewicht, das nicht gestört werden durfte. Intakte Geheimnisse.

Chiara, du bist doch eine kleine Lügnerin.

Die Wahrheit war vielleicht nur ein Luxus, den sich allein Heilige, Tiere oder Verrückte leisten konnten.

Ein plötzliches Vibrieren an ihrem Bauch holte sie aus ihren Gedanken. Ihr Privathandy. Chiara schob ihr Gesäß nach vorn, um das Telefon hervorzuholen. Als sie auf das Display schaute, entfuhr ihr ein genervter Ausruf. Sie meldete sich: »Ja, was ist, Roberto?« Dann schwieg sie eine Weile und sagte dann: »Ich weiß nicht, wann ich komme. Vor heute Abend, denke ich. Aber geh nicht mit Gioia in den Park, bleibt lieber zu Hause, das ist besser.« Die Stimme des Mannes drang nur bruchstückhaft an Francos Ohr. Er sprach laut, doch mit langsamer Betonung und war offenbar nicht zornig.

Nachdem Chiara das Gespräch beendet hatte, drehte sie sich zu Franco um. Dieser schielte zu ihr hinüber. »Alles in Ordnung?«, fragte er.

Chiara antwortete: »Ja, natürlich«, vielleicht ein bisschen zu schnell. Wie ein Seufzer. Dann wurde sie rot.

»Dein Mann?«

»So was in der Art.«

Franco ließ das Thema fallen. Um etwas zu tun, schob er die in der Anlage steckende Musikkassette ganz hinein – ein Album von Ivano Fossati, das noch von seiner Mutter stammte. Ein Stück mit dem Titel *Il bacio sulla bocca – Der Kuss auf den Mund* – begann. Die erste Zeile lautete: *Mein Schatz, was schert uns die Welt?*

Er drehte sich um und sah die neben ihm sitzende Frau an, die seinen Blick erwiderte.

Uns wird verziehen, das sag ich dir/eines Tages durch einen Kuss auf den Mund.

Auf einmal herrschte eine magische Stimmung. Sie schuf einen Ort, an dem sie beide vor allem sicher waren.

Mein Schatz, was schert uns die Welt?

Franco umfasste das Lenkrad fester und fragte sich, ob die Lösung vielleicht darin bestand, sich mit jemand anderem in den stillen Kreis einzuschließen und die übrige Welt außen vor zu lassen. Sich zu verzeihen.

Der flüchtigen Zeit zuzuhören.

Diese ganze neue Zeit/die mit dir kommt.

Dann war das Lied zu Ende, und auch die Magie verschwand mit schnellen Flügelschlägen. Es blieben nur die rebellierenden Herzen, die sich der Stille nicht ergeben wollten.

Franco dachte, dass es noch einmal gutgegangen war, weil dieses Mal nicht *Wish You Were Here* gelaufen war.

Chiara dachte, dass sie am liebsten geheult hätte, auch wenn das jetzt nicht angebracht war.

Außerdem hatten sie ihr Ziel schon fast erreicht. Sie machte das Kassettenradio aus, weil sie befürchtete, es könnte noch so ein anrührendes Stück kommen.

»Du hast mir noch gar nicht gesagt, warum du mich treffen wolltest.«

Franco beschloss, dass dies nicht der richtige Moment war, um über seine Entdeckungen bei der Datenanalyse zu sprechen. Clorindas zerstörtes Gesicht, das sich wie durch Ansteckung ausbreitete, schien im Augenblick weit weg zu sein … »Ich würde dir das lieber ein anderes Mal erzählen«, sagte er. Dann schaltete er herunter und überholte einen roten Panda. »Ich wollte dir nur ein paar seltsame Dinge zeigen, die ich in dem Material von dir entdeckt habe.« Er machte eine Pause und sprach dann weiter: »Nichts Großes.«

Chiara beharrte nicht weiter darauf, auch weil sie fast schon die Ausfahrt Rioveggio erreicht hatten. »In drei Kilometern, nach der Mautstation, musst du nach links abbiegen«, erklärte sie, wobei sie starr auf das Display ihres Handys mit dem GPS sah.

Ein plötzliches Kältegefühl. Wie eine schlechte Vorahnung.

Franco versuchte, es zu ignorieren. Die Augen auf die Straße gerichtet.

Er hoffte auf eine neue Zeit, die mit Sicherheit niemals kommen würde.

32

Das Dach des Bauernhauses war auf der einen Seite eingefallen. Das Gebäude stand dicht an einem Steilhang, von dessen höchster Stelle sich der Wald bis hinunter zum Fuß des Hügels zog.

Auf der einen Seite führte ein schmaler, nur zu Fuß begehbarer Pfad am Rand eines Sonnenblumenfeldes entlang. Er schien die Grenze zwischen zwei Welten zu markieren, einer lächelnden und einer düsteren. Chiara kauerte hinter einem Busch und suchte die Umgebung mit einem kleinen Fernglas ab, welches sie zusammen mit der Pistole in ihre Handtasche gesteckt hatte.

Die Kapelle auf der linken Seite, am Rand des Gebäudekomplexes, stand in dichtem Gestrüpp. Das Mauerwerk war verwittert, das Kreuz auf dem Dach verrostet, und vor die geschlossenen Fensterläden hatte jemand Bretter genagelt.

Wahrscheinlich war sie einem Irrtum erlegen. An diesem Ort gab es nur noch Ruinen, hier konnte niemand mehr wohnen.

Sie hatten das Auto an der Grundstücksgrenze zwischen den Bäumen abgestellt, gleich hinter der Einmündung in die Straße, die zur Scheune des Bauernhofs führte. Dann hatte sie das Fernglas genommen und war geduckt durch die Büsche geschlichen, wobei sie sich die Beine an den Brombeerranken zerkratzte. Schließlich erreichte sie eine Stelle, an der sie alles überblicken konnte, ohne gesehen zu werden, so hoffte oder glaubte sie zumindest.

Hier war wirklich niemand.

Dann sah sie plötzlich einen roten Fleck unter einem halb versteckten Unterstand auf der linken Seite des Bauernhauses hervorschimmern.

Sie bewegte sich ein Stückchen hinüber, um besser sehen zu können, weiter durch das Gestrüpp. Ihre Strumpfhose bekam noch mehr Laufmaschen, und sie verfluchte sich selbst für die abstruse Idee, bei einer solchen Aktion einen Rock zu tragen.

Die Augen fest an das Fernglas gedrückt, konnte sie unter einer Pergola aus wildem Wein die Front eines Ferraris identifizieren.

Oh, verdammt.

Sie war so überrascht, dass sie sich gegen den Stamm einer Eiche lehnen musste.

Ihr Magen krampfte sich zusammen.

Und ihr brach der Schweiß aus.

Doch sie zwang sich, wieder hinzuschauen.

Da unten stand außerdem noch ein SUV, ein dunkler Porsche Cayenne.

Oh, verdammte Scheiße.

Sie fragte sich, was Franco jetzt tat. Sie hatte ihn gebeten, im Auto sitzen zu bleiben und die Straße zu kontrollieren, für den Fall, dass plötzlich jemand kommen sollte. Sie verspürte einen leisen Stich der Angst, als ihr bewusst wurde, dass sie ihre Handtasche mit der Pistole im Auto gelassen hatte. Nicht dass sie glaubte, sie zu brauchen, doch dieses Gefühl einer drohenden Gefahr wollte dennoch nicht weichen.

Vielleicht war es besser zurückzugehen. Dieser Ort war bewohnt. Von jemandem, der einen Ferrari besaß und sich in einer Ruine eingenistet hatte. Das war irgendwie krank.

Sie hörte ein Geräusch, ein Rascheln hinter sich.

Vielleicht war Franco ihr gefolgt, obwohl sie ihm gesagt hatte, er solle sich nicht von der Stelle rühren. Vielleicht war es auch ein Tier. Sie befanden sich ja in der freien Natur …

Chiara nahm das Fernglas herunter und sah sich um, ihr Herz klopfte. Nichts, niemand.

Sie hob das Fernglas wieder vor die Augen und suchte das Haus noch einmal ab. Von links nach rechts und wieder zurück.

Es war alles still, nichts rührte sich.

Wieder dieses Rascheln in ihrem Rücken.

Eine Nadelspitze im Magen, die immer wieder zusticht.

Was zum Teufel ist das?

Sie machte einen Schritt zurück und drehte sich um.

Dunkelgrünes Buschwerk, rissige Baumstämme. Ein Zweig bewegte sich.

Franco? Bist du das? Sie hatte nicht den Mut, die Frage laut zu stellen.

Durch die Windschutzscheibe des Saab starrte er in den dichten Wald. Und überlegte, wie viel Zeit wohl vergangen sein mochte, seit Chiara weggegangen war. Er war nicht besonders angespannt oder besorgt. Er fühlte keine Angst. Auch wenn es vielleicht angebracht war, welche zu haben. Er steckte eine Hand in seine Hemdtasche, um die Glücksbringer-Patrone herauszuholen. Sie war nicht da. Wahrscheinlich hatte er sie zu Hause auf dem Schreibtisch liegen gelassen. Schade, er hätte sie jetzt gern zwischen den Fingern gedreht. Stattdessen trommelte er auf das Lenkrad.

Vielleicht sollte er ja losgehen und nachsehen. Von hier hatte er keine gute Sicht, auch weil er mit der Front in Richtung Straße stand, sodass er schnell losfahren konnte, wenn es sich als nötig erweisen sollte.

Irgendwo dahinten konnte man einige zerfallene Gebäude sehen. Ruinen. Er fragte sich, ob das, was Chiara da tat, schon als Hausfriedensbruch bezeichnet werden konnte. Nicht dass ihn das gestört hätte, er war immer für Abenteuer zu haben gewesen.

Er hörte auf zu trommeln. Atmete langsam ein. Noch einmal.

Warum kommt sie nicht zurück?

Etwas klopfte, er hatte keine Ahnung, was das sein konnte.

Vielleicht war es besser, ihr nachzugehen und zu schauen, ob alles in Ordnung war.

Er öffnete die Tür und steckte den Kopf aus dem Auto.

Er spürte die Gefahr, noch bevor er das Rascheln hörte. Er warf sich nach vorn und sah einen schwarzen Schatten auf sich zustürzen. Dann einen herabsausenden Stock.

Instinktiv rollte er sich zur Seite und versuchte, den Schlag mit der rechten Faust abzuwehren. Der Stock rutschte an seinem Unterarm ab und traf ihn seitlich am Kopf.

Hinter seinen Augen explodierte ein Blitz aus Schmerz. Er konnte gerade noch die Gesichter sehen, die sich über ihn beugten, rasierte Schädel und Fratzen. Dann hielt ihn jemand fest und schlug nochmals zu: Schwarze Tinte breitete sich in seinem Kopf aus, ertränkte seine Gedanken, bis er in Bewusstlosigkeit versank.

»Ah, ist das so?«

Vascos Blick ging ins Leere, er sprach offenbar mit den Sternen, in Gedanken noch bei den Rosen, die ihn umgaben.

Alle weiß, alle voller Dornen.

Einer seiner Gorillas war zu ihm in die Dunkelkammer gekommen, in der er seine merkwürdigen Blumen zog, und hatte etwas von einem Pärchen im Wald erzählt.

An den Bäumen, die die Lichtung säumten, hatten sie Überwachungskameras angebracht. Kleine Augen, die über eine AirPort-Station mit den Computern verbunden waren.

So gut wie möglich versteckt.

Er wollte sich das selbst ansehen, bevor er irgendwelche Anweisungen gab.

Er wollte eigentlich niemanden in der Nähe seiner Höhle erlegen. Wenn es wirklich ein Pärchen war, dann sollten sie doch ruhig vögeln. Und er und seine Männer würden sich ganz ruhig verhalten, versteckt in diesen von Blut und Erinnerungen getränkten Ruinen.

In dem kleinen Überwachungsraum standen zehn Elf-Zoll-Monitore, die Augen der Kameras.

Der Mann, der die Konsole überwachte, sagte: »Die Frau schaut mit einem Fernglas zu uns herüber.«

Vasco beugte sich hinunter, bis er den Monitor fast berührte, und da sah er sie, erkannte sie und knurrte wie ein Wolf. Er zuckte nach vorn, schlug die Zähne zusammen, als wolle er in den Bildschirm eindringen und diese Frau packen, die da am Rand der Lichtung hockte und spionierte.

Das kleine Mädchen war gefahren und hatte das Ziel erreicht, endlich. Der Kreis der Wölfe zog sich noch enger zusammen, die Beute war in die Falle gegangen, ganz von selbst, wie immer. Und er, er würde sie nicht entkommen lassen.

Gott, wie würde er sie zerfleischen! *Gott*, wie viel Blut, und wie viele Köpfe er zermalmen können würde, wenn er es gut anstellte.

Er stand mit einem Ruck auf, hätte am liebsten aufgeheult, doch er hielt sich zurück.

»Du hast gesagt, dass sie mit jemandem hier ist.«

»Im Auto. Er wartet da.«

Sein Mann zeigte jetzt auf einen Monitor ganz links, auf dem ein alter Saab Turbo zu sehen war, der zwischen den Bäumen abgestellt war.

Vasco wusste ganz genau, wer »er« war. Denn irgendwo stand geschrieben, dass sie beide sich treffen würden. Sie waren miteinander verbunden. Wie Zwillinge.

Er zoomte das Bild der Kamera, die die Frontansicht des versteckten Autos zeigte, näher, und sah auf die Großaufnahme des Mannes hinter dem Steuer.

Franco Negronero schien die Leere anzustarren, als fände er sie ganz besonders interessant.

»Geht los, und bringt sie mir. Geht hinten herum, durch den Entwässerungskanal. Dann können sie euch nicht sehen. Und passt auf, dass ihr sie lebend erwischt«, fügte er nach einem tiefen und bangen Seufzen hinzu.

Dann schien sich alles Stöhnen der Welt zusammengetan zu haben, um ihn anzugreifen.

Doch er würde bereit sein, ihm zu begegnen.

Papa, wo hast du dich versteckt?, fragte er sich zum hundertsten Mal.

Und zum hundertsten Mal antwortete ihm ein Knurren.

33

Um sechs schaute Roberto auf die Uhr. *Warum ist Chiara noch nicht zu Hause?* Mittlerweile tat er fast nichts anderes mehr, als sich diese Frage zu stellen.

Vielleicht, weil sie nie wirklich zu Hause war.

Chiara fehlte ihm schrecklich. Schon seit geraumer Zeit.

Vielleicht war sie nie wirklich hier gewesen.

»Wo ist Mama?«

Die Stimme seiner Tochter, die neben dem Sessel stand. Sie war hinreißend, wie sie sich so am Kopf kratzte, mit ihren weichen, blonden Haaren.

»Ich weiß es nicht, aber sie kommt bestimmt bald.«

»Bist du sicher?«

Roberto dachte, dass er sich überhaupt nicht sicher war.

Er machte sich mehr Sorgen als sonst. Warum, wusste er nicht.

Sollte er sie auf dem Handy anrufen?

Er hatte das schon häufiger getan. Und immer hatte sie mit genervter Stimme geantwortet.

Er beschloss, es nicht zu tun. Zumindest vorerst nicht.

»Soll ich dir etwas zu essen machen?«, fragte er seine Tochter.

Sie verneinte und sagte, dass sie lieber auf die Mama warten wolle.

Roberto durchlief ein Frösteln.

34

Verflucht, ist das eng!, dachte er.

Dieser Kreis tut weh.

Wo bin ich?, fragte er sich. Dunkelheit und Angst.

Ein Geruch. Nach Blut und Schweiß vielleicht.

Was bin ich?, fragte er sich.

Er wusste es nicht. Franco wusste gar nichts mehr.

Sein Kopf schmerzte höllisch, und er konnte sich nicht bewegen. Er hoffte, dass er nicht wieder in die dunkle Bauchhöhle zurückgekehrt war. In der Luft lag Musik.

No Quarter von Led Zeppelin, kalt und schwebend, gecovert von den Tool. Das Stück war wie das Warten selbst, mit diesen Gitarren-Arpeggios und dem Schlagzeug, das mit dem Riff des Solisten einsetzte, dann der Beginn der Strophe. Die raue Stimme presste geflüsterte Worte durch den engen Trichter eines Megafons, Verzweiflung und Angst.

Wo bin ich?

Was bin ich?

Die üblichen Fragen, die Fragen eines Lebens.

Ich bin verloren, und ich bin blind, dachte Chiara im Dunkeln.

Sie fragte sich, woher diese Musik kam, die die Luft erfüllte.

Aus einem Nebenzimmer vielleicht? Sie fragte sich, wo sie war. Wo man sie hingebracht hatte.

Ihre Hände waren gefesselt, sie konnte sich nicht bewegen.

Im Dunkeln, neben ihr, zählte Franco die Flügelschläge in seinem Innern.

So viele waren es nicht.

Keine Chance wegzufliegen.

Der Kopf explodiert, das Herz brennt.

Die Zeit ist verschwunden.

Ganz was Neues.

Vasco stellte die Anlage leiser. *No Quarter* reduzierte sich auf ein düsteres Hintergrundgeräusch. Er sah seinen Cousin und seine Cousine an und sagte: »Ihr wisst, was ihr zu tun habt!«

Erst eine halbe Stunde zuvor hatte sich Dana ein Piercing in die Schamlippe gestochen, und ein dünnes Blutrinnsal lief ihr an der Innenseite des linken Beins herunter und verzweigte sich in Höhe der Fessel. Sie trug ein T-Shirt und einen superkurzen Minirock. Die Hörnchen auf ihrem Kopf waren mit Eiweiß frisch geformt und standen steif und gebogen nach oben. Mit langsamen und präzisen Bewegungen steckte sie alles Notwendige in einen kleinen Rucksack: einen gefälschten Polizeiausweis, zwei Paar Handschellen und die Umarex-Luftpistole mit verstärkter Feder. Ihr neues Spielzeug.

Rollo hatte sich seiner gewohnten Lederklamotten im Matrix-Stil entledigt und stand nun splitternackt da. Er war muskelbepackt und gedrungen, mit kurzen Beinen und dicken Armen, und wies eine starke Körperbehaarung auf. Nachdem er seine Rastalocken gelöst hatte, hingen die Haare nun lang über seinen Rücken, und er sah aus wie ein Urmensch. Auch er war dabei, konzentriert seine japanischen Messer in das Futteral zu stecken. Zwanzig Zentimeter lange Klingen, scharf wie Rasiermesser. Auf einem Stuhl neben ihm lag ordentlich zusammengefaltet ein eleganter Anzug – schwarze Jacke und Hose, ganz wie die *Men in Black*.

Vascos Stimme, die noch immer in der Luft hing.

»Ihr wisst, was ihr zu tun habt!«

35

Molisi stand vor dem Kaffeeautomaten und wartete darauf, dass der Becher sich füllte. Er war gerade in die Zentrale gekommen und fühlte sich noch etwas benommen von dem Nickerchen, das er zu Hause auf dem Sofa gemacht hatte. Er hatte sich vor seinem Dienst, der um Punkt zweiundzwanzig Uhr begann, noch etwas ausgeruht, während seine Frau in der Küche ferngesehen hatte.

Er rieb sich die Augen, dann streckte er seine Hand nach dem Becher aus. Mit gespitzten Lippen schlürfte er einen kleinen Schluck, weil der Kaffee noch heiß war. Dann ging er von seinem Becher nippend durch den Flur bis zur Funkzentrale. Er steckte den Kopf durch die Tür, um den Disponenten zu begrüßen. »Weißt du, wo Kommissar Grossi sein könnte?«, fragte er.

Der Disponent antwortete, er habe ihn vor zwanzig Minuten von der Schießbahn wiederkommen sehen. »Vielleicht ist er im Umkleideraum.«

Molisi nickte, dann zog er sich wieder zurück.

In diesem Augenblick nahm der Disponent ein neues Telefonat entgegen. »Zentrale NSPIA«, sagte er. Er lauschte einige Momente, dann riss er sich das Headset vom Kopf und rief: »Commissario Molisi, es ist für Sie!«

Molisi ließ sich das Telefonat in sein Büro stellen.

Er stellte auf Freisprechen, damit er seine Sachen weiter zusammenpacken konnte. Er war spät dran, und seine Männer warteten schon auf ihn, um ihren Streifendienst antreten zu können.

»Hallo? Hier spricht Molisi«, sagte er sehr laut, damit sein Gesprächspartner ihn hören konnte, während er eine Schreibtischschublade aufzog und die Mappe mit den Protokollformularen hervorholte.

»Entschuldigen Sie die Störung. Ich bin der Mann von Chiara Monti. Ich kann meine Frau nicht erreichen. Ich wollte nur wissen, ob sie noch im Dienst ist.«

Molisi hielt erstaunt inne. Seines Wissens hatte die Kollegin Monti einen Tag Urlaub genommen. Deshalb vertrat er sie bei der Leitung des Teams in der heutigen Nachtschicht.

Er hatte schon länger das Gefühl, dass die Dinge zwischen Chiara und ihrem Mann nicht zum Besten standen. Nun befand er sich in einer Zwickmühle. Vielleicht hatte sie eine Affäre, obwohl sie dafür eigentlich nicht der Typ war. Daher beschloss er, vage zu bleiben. »Ich bin gerade erst in die Zentrale gekommen und müsste auf den Dienstplan schauen.«

»Meine Frau ist heute Morgen weggegangen und sagte, sie käme gegen Abend wieder. Ich mache mir Sorgen.«

»Aber nein, das brauchen Sie nicht.« Der Kommissar versuchte, ihn zu beruhigen. »Sie ist bestimmt aufgehalten worden.« Doch nun spürte er selbst einen leichten Stich der Besorgnis. »Geht Sie denn nicht ans Handy?«, fragte er.

»Nein, es klingelt einfach ins Leere«, antwortete Roberto mit einem leichten Zittern in der Stimme.

»In Ordnung, Signor Monti, jetzt …«

»Bulgari.«

»Wie bitte?«

»Ich heiße Bulgari.«

»Hören Sie, Signor Bulgari, machen wir es so: Ich gebe Ihnen die Nummer meines Privathandys, dann können Sie mich erreichen, wann immer Sie wollen, ohne über die Zentrale gehen zu müssen, auch während ich draußen auf Streife bin. Aber lassen Sie uns noch eine halbe Stunde warten, und wenn sich Chiara bis dahin nicht gemeldet hat, ergreifen wir entsprechende Maßnahmen. Haben Sie etwas zu schreiben?«

»Ja …«

»Also, die Nummer ist drei, drei, acht, eins, fünf, zwei …«

In diesem Augenblick brach die Verbindung ab.

Aus dem Lautsprecher kam nur ein enervierendes *tut tut tut*.

Dem Kerl ist bestimmt der Hörer heruntergefallen, dachte Molisi.

Während er die Pistole in das Holster schob, wartete er darauf, dass Bulgari wieder anrief. Schließlich wählte er den Kollegen in der Zentrale an und bat ihn, die Telefonnummer des letzten Gesprächs anzuwählen und den Anrufer nochmals zu ihm durchzustellen.

Er sah auf die Uhr: Viertel vor elf. *Verflucht, ist das schon spät.*

Das Telefon läutete. Er nahm ab und und sagte hastig: »Ja, hallo, Signor Bulgari?«

»Ich erreiche ihn nicht.« Das war die Stimme des Disponenten.

»Wie, du erreichst ihn nicht?«

»Sein Telefon ist tot.«

36

Das Haus war alt, und die Telefonleitungen ragten vorschriftswidrig aus der Hauswand.

Rollo hatte mit einem japanischen Messer die Drähte durchgeschnitten, wo sie mit dem Relais verbunden waren, welches dann zum nächsten Telefonmasten führte. Ein Schnitt, als wären die Drähte aus Butter.

Dann grinste er breit.

Dana wartete unter dem Vordach auf ihn. Sie hielt die Umarex-Luftpistole mit beiden Händen. Das Blut an der Innenseite ihres Beines hatte sie sich nicht abgewaschen, und jetzt, da es getrocknet war, sah es aus wie eine seltsame Tätowierung. Rollo trug den schwarzen Anzug und hatte sich die Haare mit Gel nach hinten gekämmt. Das Futteral mit den japanischen Messern hing unter der Jacke verborgen an seinem Gürtel.

Er gab seiner Begleiterin ein Zeichen.

Dana schlich geschmeidig an der Hauswand entlang, nach vorn gebeugt wie im Film. Sie biss sich auf die Lippen, um nicht laut loszulachen.

Ihr Cousin hatte in der Zwischenzeit die Eingangstür erreicht.

Auf dem Schild standen zwei Namen, einer oben, einer unten: MONTI, BULGARI.

Rollo seufzte und drückte auf den Klingelknopf.

Roberto drückte auf den Tasten des schnurlosen Telefons herum und versuchte zu begreifen, warum es nicht mehr funktionierte. Er hatte den Hörer in die Basisstation gestellt, um zu sehen, ob der Akku leer war, doch das Telefon blieb stumm. Also musste es ein Defekt an der Leitung sein. Er wollte gerade sein Handy holen, als es an der Tür klingelte.

Gioia fragte: »Soll ich gehen?«

Roberto sagte: »Nein, ich mache das schon.«

Ich habe das blöde Gefühl, dass da etwas nicht stimmt, dachte Molisi und drückte ärgerlich auf den Ausknopf, nachdem er mehrere Male die Privatnummer von Chiara Monti direkt von seinem Telefon aus gewählt hatte.

Dann rief er den Kollegen in der Funkzentrale an und bat ihn, bei der Telecom nachzufragen. »Du kannst mich auf dem Handy erreichen, ich bin jetzt unterwegs.«

Er verließ sein Büro und hatte nach zehn Metern das Büro der Kollegin Monti erreicht. Er trat ein und roch sofort ihr Parfum, ein gutes Parfum, eines, das er mochte.

Er sah sich aufmerksam um.

Die übliche Unordnung. So wie Chiara eben war.

Dann fiel ihm das Foto von Terrano junior an der Magnettafel ins Auge. Diesen verfluchten Schweinehund würden sie nicht einmal tot zu fassen bekommen.

Eine Woche lang hatten sie ermittelt, und jetzt auch noch die Mahnung des Polizeipräsidenten: »Wir können uns doch nicht ausschließlich mit dieser Sache befassen, nicht wahr?«

Mastroleo hatte nicht ganz unrecht.

Auch wenn …

Ein Typ wie dieser Terrano musste gleich von Geburt an aus dem Verkehr gezogen werden.

Molisi sah sich die Papiere auf dem Schreibtisch an.

Eine Akte des Katasteramtes war zu Seite gelegt worden.

Weiter nichts.

Er bewegte die Maus, damit der Bildschirm wieder erwachte, und es erschien der Desktop mit all den wie kleine Soldaten aufgereihten Icons.

In diesem Moment meldete sich sein Handy.

Die Techniker der Telecom hatten keinen externen Schaden gefunden, erklärte ihm der Disponent. Es musste ein Defekt im Haus sein, vielleicht hatten sie ja das Telefon ausgesteckt.

Von wegen ausgesteckt.

Molisis böse Vorahnungen wichen mit jeder Sekunde der Gewissheit einer tatsächlichen Gefahr. Denn nun kamen ihm die Bovini-Zwillinge wieder in den Sinn, die Art, wie sie getötet worden waren, dann die heimlich aufgenommenen Fotos von Chiara, die versteckten Drohungen an die Tochter, die mysteriöse weiße Rose, Symbol irgendeines absurden Rituals. Ja, da war gerade etwas ganz Schlimmes im Gange. Er überlegte, ob er zum Schutz der Tochter einen Polizisten zu Chiaras Haus schicken sollte.

37

Roberto öffnete mit vorgelegter Sicherheitskette.

Der Mann, der durch den Türspalt zu sehen war, lächelte.

»Was wollen Sie?«, fragte Roberto alarmiert.

Der Mann zeigte ihm einen Ausweis. »Ich bin von der Polizei«, sagte er mit ruhiger Stimme. Dann nahm er rasch den Arm herunter und fügte immer noch lächelnd hinzu: »Ich habe eine Nachricht für Signora Monti.«

»Sie ist nicht zu Hause.«

»Nicht?«

Aus dem Nebenzimmer rief Gioia. »Papa, wer ist denn da?«

Roberto drehte sich um und antwortete: »Niemand, mein Schatz, ich komme gleich.« Dann drehte er sich wieder um.

Der Mann sah ihn mit einem seltsamen Blick an. »Wollen Sie mir nicht öffnen, Signor Monti?«

Roberto macht einen kleinen Schritt zurück. »Ich heiße Bulgari«, sagte er. Dann nahm er sein Handy und führte es ans Ohr. »Ich rufe die Polizeizentrale an ... Wie ist denn Ihr Name?«

Der Mann antwortete nicht und tat, als wolle er wieder gehen.

»Darf ich wissen, wer zum Teufel du bist?«, flüsterte Roberto.

»Papa ...« Gioias Stimme hinter ihm klang jetzt ganz dünn und voller Angst.

Roberto drehte sich um und wollte seine Tochter beruhigen, da sah er die Pistole, das Lächeln und die Tränen.

38

Molisi hatte versucht, Chiara auf dem Handy anzurufen, doch sie nahm nicht ab. Das Telefon klingelte und klingelte, genau wie ihr Mann es gesagt hatte.

Er hätte sich mit der Technik in Verbindung setzen und um eine Lokalisierung von Chiara Montis Diensthandy bitten können. Doch das würde Zeit brauchen, und die hatte er nicht.

Chiara war nicht auffindbar, und das Telefon zu Hause funktionierte aus unerfindlichen Gründen nicht mehr.

Was ist da los?

Molisi sah sich um und hoffte auf einen Geistesblitz.

Wo bist du, Chiara? Sag mir, wo bist du?

Sein Blick fiel wieder auf die Katasterakte auf dem Schreibtisch. Gedankenverloren schlug er sie auf. Er fand einen Ausdruck mit einer Übersicht über die Immobilien einer gewissen Firma namens Domus S.n.c. Das waren die Eigentümer der Wohnung, in der Vasco und seine Bande gemeldet waren. Eine Adresse war mit Leuchtstift markiert.

Ehemalige Hofanlage. Via della Trappola 3/3.

Er fragte sich, warum Chiara sich für diesen Ort interessiert hatte. Soweit er wusste, gab es eine Straße dieses Namens in den Hügeln von Bologna, zwischen Roncrio und Santa Liberata. In dieser Gegend hatte vor ein paar Jahren ein Serienkiller blonde Mädchen entführt und sie vor laufender Kamera gequält, ein furchtbarer Fall, den Kommissar Negronero untersucht hatte, als er noch Chef der Mordkommission gewesen war.

Warum hat Chiara ausgerechnet diese Adresse markiert?

Von einer plötzlichen Eingebung erfasst, schaute er in Chiaras Computer, welche Internetseiten sie sich zuletzt angeschaut hatte. Er fand eine Ortsrecherche bei Google Earth nach einer Via della Trappola in der Gemeinde Rioveggio im toskanisch-emilianischen Apennin.

Vielleicht war Chiara dorthin gefahren, weil sie dort Terranos Unterschlupf vermutete. Und mit Sicherheit war dort etwas passiert. Sie war in eine Falle geraten.

Er musste Ruhe bewahren.

In diesem Moment kam Kommissar Grossi herein, ein stattlicher, wie ein Buchhalter gekleideter Mann. »Was hast du denn im Büro der Chefin zu suchen, Polizist der Straße?«, fragte er.

Molisi sah ihn verstört an. »Ich habe auf dich gewartet, Polizist des Feuergefechts«, sagte er und versuchte sich an einem Lächeln, das ihm jedoch misslang.

Dann begann er zu erklären.

39

Seine Tochter. In den Armen einer unbekannten Frau. Die ihr eine Pistole an die Schläfe drückte, eine sehr große Pistole.

Das war unmöglich.

Er bewegte die Lippen und murmelte: »Was wollen Sie?«

Die Unbekannte lächelte. Sie hatte schwarz bemalte Lippen und zahlreiche Piercings in den Augenbrauen. Ihr Haar war zu Zöpfchen geflochten, die ihr wie kleine Hörner vom Kopf abstanden. Sie sah ihn böse an, mit Blicken, die Angst machten.

»Ich will, dass du die Tür dort aufmachst. Und dass du hübsch ruhig bleibst.« Ihre Stimme war tief, nicht ganz wie die eines Mannes, aber fast.

Der Mann, der sich als Polizist ausgegeben hatte, betrat das Haus. Er hatte ein großes Messer in der Hand.

Roberto machte einen Schritt zur Seite. »Was wollt ihr?«, fragte er noch einmal. Er wusste nicht, was er sonst sagen sollte. Er zitterte vor Angst und Wut.

Der falsche Polizist schloss die Tür hinter sich und legte die Sicherheitskette vor.

Dann lächelte er Roberto an und schlug ihm mit der um den Messergriff geschlossenen Faust ins Gesicht. Dessen Kopf flog durch die Wucht des Schlages zur Seite; er verlor das Gleichgewicht und fiel auf die Knie. Der Mann trat ihm in den Unterleib, und Roberto krümmte sich.

Rollo schlug noch einmal zu, dann trat er ihm mit der Metallspitze seiner Springerstiefel in die Nierengegend. Einmal, zweimal.

Gioia schrie.

Dana hielt ihr den Mund zu. »Schschscht … mach keinen Ärger, Schätzchen, sonst werden wir auch zu dir böse.«

Roberto spuckte Blut. Es war ein Albtraum.

Er hoffte aufzuwachen, während die Fußtritte seinen Körper malträtierten und ihn vor Schmerzen aufstöhnen ließen. Weiter und weiter, bis er endlich das Bewusstsein verlor.

Rollo sah Robertos Körper erschlaffen, machte aber trotzdem weiter. Als er endlich aufhörte, war er schweißnass und keuchte. Er steckte das Messer ein, zog seine Jacke aus und warf sie über einen Sessel. Dann beugte er sich hinunter, packte den Mann auf dem Boden unter den Achseln und zog ihn hoch. Der Typ war ziemlich schwer, und Rollo musste seine ganze Kraft aufbieten, bis er ihn endlich auf den Stuhl neben dem Sofa gezogen hatte. Dort ließ er ihn sitzen. Robertos Kopf hing zu einer Seite, eine dünne Blutspur zierte sein Kinn. Dann wandte sich Rollo an seine Cousine und sagte: »Zieh ihn aus, Liebes, verbinde ihn, und leg ihm die Handschellen an.«

Roberto kam rasch wieder zu Bewusstsein. Ihm war, als zöge ihn jemand aus einer schwarzen, eisigen Flüssigkeit.

Er schlug die Augen auf, schluckte einen Klumpen seines eigenen Blutes herunter und blickte sich um. *Also ist es doch kein Traum*, dachte er.

Gioia saß auf einem Stuhl mit riesigen, vom Weinen geröteten Augen und sah zu ihm hinüber. Sie war mit einem Tuch geknebelt und atmete mühsam.

Nein, es ist kein Traum, es ist ein Albtraum.

Die Frau mit den Hörnchen aus Haar hatte ihre riesige Pistole in der Hand und betrachtete ihn. Plötzlich erkannte er sie wieder: die junge Frau mit der verspiegelten Sonnenbrille, die Gioia eine weiße Rose geschenkt hatte.

Als er zu sprechen versuchte, merkte er, dass auch er einen Knebel im Mund hatte. Alles tat ihm weh, sein Rücken brannte wie Feuer, und er musste dringend pinkeln. Sie hatten ihn mit Handschellen an die Armlehnen eines Stuhls – dem Hochzeitsgeschenk seiner Mutter – gefesselt, und er war vollkommen nackt.

Die Frau mit den Hörnchen kam näher und musterte ihn anerkennend von oben bis unten. »Du hast einen schönen Body.« Dann beugte sie sich zu ihm hinunter und leckte ihm das Blut von der Wange. »Hmm, lecker«, hauchte sie mit ihrer tiefen und rauen Stimme.

Der falsche Polizist hatte seine Jacke ausgezogen und stand nun in Hemdsärmeln da. An seinem Gürtel hing ein Futteral mit vielen Messern, orientalisch geformte Klingen wie kleine Katanas. Er machte sich gerade an einem Handy zu schaffen.

Roberto fragte sich, wie er aus diesem Albtraum fliehen konnte. Er fragte sich, wo Chiara war, und bei dem Gedanken, es könne ihr etwas passiert sein, wurde ihm vor Angst schlecht. Um sich selbst machte er sich keine Sorgen. Er hatte Angst um seine Tochter und um seine Frau und um sonst niemanden.

Die Frau mit den Hörnchen befühlte seine Schultern und seinen Bizeps und tastete sich langsam nach unten. Sie streichelte seinen Bauch, dann griff sie nach seinem Penis und lachte. Sie musste vollkommen durchgeknallt sein.

Roberto suchte mit den Blicken nach seiner Tochter. Diese verfolgte die Szene mit weit aufgerissenen Augen, die ihr fast aus dem Kopf zu springen schienen.

Roberto schüttelte den Kopf und zwinkerte ihr zu, um ihr ein bisschen Mut zu machen. Und ganz plötzlich kam er sich sehr lächerlich vor. Es war alles so abartig und grotesk ... so demütigend.

Die Frau mit den Hörnchen lachte in einer noch tieferen Tonart. »Du kriegst wohl keinen hoch, was?« Sie ging ein paar Meter zurück, nahm die Pistole hoch und zielte auf Robertos Brust. »Deine Brustmuskeln sind so prall, dass sie wie Bälle aussehen«, sagte sie.

Dann drückte sie auf den Abzug.

40

Sie wurde in einen Raum gezerrt, und dort stand er plötzlich vor ihr. Sie versuchte, ihre Angst nicht zu zeigen, diese Angst, die ihren Magen wie eine eisige Hand zusammenpresste. Sie sah ihn an und fragte mit ruhiger Stimme: »Was willst du nun tun?«

Vasco Terrano grinste und schürzte die Lippen. »Ich will gar nichts tun.« Dann bedeutete er seinen Männern mit einer Kopfbewegung, dass sie die Frau loslassen sollten.

Chiara massierte sich die schmerzenden Arme und ließ den Blick schweifen, um die Lage abzuschätzen. Fünf große, kräftige Männer standen um sie herum. Sie waren schwarz gekleidet, hatten kahle Schädel, Ringe in Nasen und Ohren, und ihre Augen glänzten vom Mixtura, das sie sich eingeworfen hatten. Sie schienen keine Schusswaffen zu haben, nur Teleskopschlagstöcke und an den Gürteln befestigte Schlagringe und Messer. Idiotenkram. Sie befanden sich im Innern der Kapelle. Einige Fresken an den Seitenwänden – es handelte sich um Szenen des Kreuzweges – hatten dem Zahn der Zeit widerstanden. Der Boden des kleinen Mittelschiffs wies tiefe Risse auf.

Große Kerzen brannten neben dem Altar, einem vor Schmutz starrenden Marmorblock.

Franco war an das wurmstichige Holzkreuz über dem Tabernakel gebunden, seine Handgelenke waren mit Lederriemen am Querbalken festgeschnallt, sein Kopf hing zu einer Seite, und er war bewusstlos. Er hatte Verletzungen von Schlägen an den Augenbrauen, seine Oberlippe war aufgeplatzt und sein Kinn dunkel vor Blut.

Mein Gott, was habe ich getan?, fragte sich Chiara. *Ich hätte ihn nicht in diesen Wahnsinn mit hineinziehen dürfen.*

Die Szene war mehr oder weniger dieselbe wie die vor zehn Jahren, so wie sie sie auf den Fotos in der Akte gesehen hatte. An diesem Ort hatte die grausame Ermordung des Buchhalters Serra und seiner Familie stattgefunden.

Vasco hatte ein Gedenkritual organisiert. Dieser Typ war völlig wahnsinnig.

Plötzlich fiel Chiara der Satz auf der Magnettafel ein: *Hau ab, duck dich weg.* Und dieses verängstigte Kind, das auf der Tonbandaufnahme zu hören war. Plötzlich begriff sie.

Terranos Sohn kam auf sie zu und hielt ihr ein Handy hin. »Da ist jemand, der mit dir sprechen will.«

Mit zitternden Händen griff Chiara nach dem Telefon, doch Vasco schob ihren Arm zurück. »Es ist auf laut gestellt. Du kannst einfach reden.«

Ungläubig hörte sie die Stimme ihrer Tochter aus dem Lautsprecher in einer erschütternden Deutlichkeit. »Mama, ich hab Angst.«

Das war nicht möglich. Dieser Albtraum konnte einfach nicht wahr sein. »Was ist bei euch los, Gioia? Was?«, schrie sie.

Aus dem Telefon kam nun eine andere Stimme. Chiara konnte nicht erkennen, ob von einem Mann oder einer Frau. »Ich schneide sie ganz langsam in Stücke und reiße ihr die Eingeweide bei lebendigem Leib heraus, wenn du dich nicht anständig verhältst.«

Chiara hatte das Gefühl, als habe man ihre Brust in der Mitte aufgerissen und ihr Herz hämmere nun außerhalb ihres Körpers. »Lasst meine Tochter in Ruhe!«, schrie sie. »Sie hat nichts damit zu tun.«

Weinen und Stöhnen im Hintergrund.

»Dein Mann blutet.« Wieder diese tiefe Stimme, eine von einem Dämon besessene Frau, wenn Chiara sich nicht täuschte. »Ich habe ihn regelrecht durchlöchert. Er sieht aus wie ein Sieb, wie ein Blutsieb.«

Chiara nahm eine Hand an die Brust, als wolle sie ihr bloßliegendes Herz schützen.

Sie wusste nicht, was sie sagen, was sie tun sollte. Sie musste vor allem Ruhe bewahren.

Sie zitterte. Dann konnte sie sich nicht mehr zurückhalten.

»Wenn Ihr meiner Tochter etwas antut, dann ...«

Eine plötzliche Ohrfeige, eine Explosion in ihrem Gesicht.

»Dann was?«

Vasco war über ihr, packte sie an den Armen, riss sie zum Altar. Auf der Marmorfläche lagen kleine Rosen, kleine, weiße Rosen. Überall diese weißen Rosen ...

»Dann was?«, wiederholte Vasco Terrano. »Dann was?« Wie eine düstere Litanei.

Er blutete aus mehreren Wunden in der Brust und im Bauch.

Purpurfarbene Rinnsale liefen herab, verzweigten sich, vereinigten sich wieder, verzierten seinen glatten, muskulösen Oberkörper.

Am Anfang, als die Frau mit den Hörnchen auf ihn gezielt und den Abzug gedrückt hatte, hatte er geglaubt, dass nun alles vorbei sei. Die Detonation war ein dumpfer Ton gewesen, dann hatte er den Schmerz an der Brust gespürt. Einen stechenden, aber nicht sehr starken Schmerz.

Ungläubig sah er die Frau an, die eine Art Kolben spannte, und er begriff. Sie benutzte eine Luftpistole.

Die nicht tödlich sein konnte, soweit er wusste.

Das war keine Schusswaffe, das war ein Folterinstrument.

Dann schoss sie noch einmal.

Dump, dump, dump.

Die Schmerzen wurden schlimmer, und ihm war, als würde er mit einem Ochsenziemer traktiert.

Stöhnend versuchte er, aufrecht sitzen zu bleiben, indem er die Unterarmmuskeln anspannte. Die Handschellen schnitten in seine Handgelenke.

Dump, dump.

Die Frau lud, zielte und schoss. Sie amüsierte sich offensichtlich, als wäre sie beim Scheibenschießen.

Gioias Augen waren noch immer riesig groß, das Mädchen war zu Tode erschreckt.

Roberto riss an den Handschellen, als wollte er sie abstreifen, und das Holz des Stuhls knirschte protestierend.

Er hatte Mühe zu atmen und war kurz davor, noch einmal das Bewusstsein zu verlieren.

Er versuchte, sich zusammenzureißen, denn er musste die Situation unter Kontrolle behalten. Aufpassen, dass sie seiner Tochter nichts antaten.

Ich darf auf gar keinen Fall ohnmächtig werden, sagte er sich.

Dann wurde Dana von Rollo zur Ordnung gerufen und unterbrach ihre Schießstunde.

Rollo reichte ihr das Handy.

Die Frau mit den Hörnchen sagte etwas, dann nickte sie. Nachdem sie ein paar Tasten gedrückt hatte, ging sie zu Gioia, nahm ihr den Knebel ab, hielt ihr das Handy vor den Mund und sagte: »Sag etwas zu deiner Mutter, Schätzchen.«

»Mama, ich hab Angst.«

»Was ist bei euch los, Gioia? Was?«

Als Roberto die Stimme seiner Frau hörte, jubelte er innerlich auf. Chiara war am Leben.

Dann stürzte ihn das Grauen der Gegenwart erneut in tiefste Verzweiflung.

Sie lebte, ja. Aber dieser Wahnsinn war bestimmt erst der Anfang.

»Wenn Ihr meiner Tochter etwas antut, dann …« Chiaras wütende und verzweifelte Stimme.

Das Geräusch einer Ohrfeige.

»Dann was?« Die Stimme eines Mannes, ruhig.

»Dann was?« Wieder diese Stimme, verändert.

»Dann was?« Jetzt wütend.

»Dann was?«

Vielleicht würde dieser Albtraum niemals enden.

41

Franco kam plötzlich wieder zu Bewusstsein.

Er erinnerte sich daran, dass man ihn geschlagen hatte, während er gefesselt gewesen war. Die letzte Erinnerung war das angstvolle Gesicht von Chiara, die ihn ansah. In diesem dunklen Raum, in dem sie stundenlang festgehalten worden waren, nachdem man sie erwischt hatte.

Er hatte unerträgliche Kopfschmerzen und war sich nicht zu hundert Prozent sicher, ob er tatsächlich wieder bei Sinnen war. Vielleicht befand er sich nicht wirklich in dieser zerfallenen Kirche, aufgehängt wie eine Salami, um zu sehen, wie ein Rudel von Dreckskerlen versuchte, eine wehrlose Frau zu quälen. Vielleicht träumte er ja.

Ein Stöhnen entschlüpfte ihm.

Dann hob er den Kopf und bewegte die Lippen, um etwas zu sagen.

Zorn breitete sich in seinem Kopf aus wie flüssiges Feuer, glühende Lava, die von einer Schläfe zur anderen schwappte. Er spannte die Muskeln an und riss die Arme nach unten.

Dann öffnete er den Mund und schrie, so laut er konnte. Eine Art *Kiai*, der Schrei eines *Karateka*, der zuschlägt.

Vasco drehte den Kopf.

Er sah, dass der Gefangene wieder bei Bewusstsein war, und lächelte. Dann ging er zu Franco hinüber, mit gesenktem Kopf, als schäme er sich.

Erst als er vor ihm stand, sah er auf und blickte Franco

durchdringend in die Augen. So als wolle er in seinen Kopf eindringen.

»Wer bin ich?«, fragte er. »Sag mir, wer ich bin!«

Franco erwiderte den Blick, ohne die Augen zu senken. »Du bist nichts«, antwortete er.

Vasco sog die Luft durch die Nase ein und schüttelte langsam den Kopf. »Du hast ja keine Ahnung«, flüsterte er. Dann wiederholte er, jetzt lauter: »Du hast ja keine Ahnung!« Er trat einen Schritt zurück. »Mach mit bei diesem Totenfest«, sagte er und senkte wieder den Kopf, wie zur Verbeugung. »Zu Ehren unserer verlorenen und nie wiedergefundenen Väter.«

Franco überlief ein Schauder. Er hatte das Gefühl, nur einen Schritt davon entfernt zu sein, in einen dunklen Abgrund zu stürzen.

Wie zum Schutz kniff er die Augen fest zusammen. Das Schmetterlingsmädchen war noch dort, im Dunkeln hinter den Lidern. Sie wartete dort auf ihn, um mit den Flügeln zu schlagen, in der Hoffnung auf Erlösung, ein Wahnsinn, ein Traum, dem man folgen musste.

Du bist also da?

Ich bin immer da, ich werde dich nicht allein lassen, weißt du.

Er riss die Augen wieder auf.

Vasco starrte ihn an. Seine Schergen warteten mit verschränkten Armen auf Befehle. Chiara lag mit entblößten Schenkeln zusammengekauert auf dem Altar.

Eine Stimme in der Luft, fast nur ein Flüstern: »Mama, wo bist du? Mama, hilf mir!«

Die Stimme eines weinenden Mädchens.

42

Ich bin da, mein Engel, die abwesende Mama ist immer da, dachte Chiara, hatte aber nicht den Mut, den Satz laut auszusprechen.

Sie befand sich mitten in diesem Albtraum und hatte das Gefühl, ihre Konsistenz eingebüßt zu haben, als habe sie sich in einen Klang verwandelt.

Eine Geisterfrequenz aus der Vergangenheit.

Sie sah Vasco Terrano langsam auf sich zukommen und wusste genau, was er vorhatte.

Einen Albtraum überleben, der nicht verging, indem er ihn zelebrierte.

Chiara hatte begriffen, wer *Duckdichweg* war. Sie wusste nun, was damals geschehen war, an diesem Ort hier. Sie hatte es gespürt, es nach und nach erahnt, es hatte hier in der Luft gelegen.

Vasco kam näher, das Handy wie eine Waffe vor sich ausgestreckt. Sein Gesicht begann sich zu verzerren, ein Pulsieren, ein Warten auf Verwandlung. Ein innerer Kampf, der von Zittern und Raunen begleitet war.

Jetzt, dachte sie, als die Männer sie an den Handgelenken und den Fußgelenken packten und sie hochhoben.

Sie legten sie auf den Altar, mitten in die weißen Rosen hinein. Die kleinen Dornen bohrten sich in ihre nackte Haut, denn ihre Bluse hatte sich bis zur Brust hinaufgeschoben. Dann drückten sie ihr die Beine auseinander.

Jetzt, genau wie damals.

Vasco beugte sich über sie, um ihr die Reste ihrer Strumpfhose und den Slip herunterzureißen.

Er wandte sich an seine Männer und befahl ihnen, die Frau loszulassen.

Dann brachte er sein Gesicht dicht an das von Chiara. »Lass schön die Beine offen, mein Schatz«, flüsterte er und hielt sich dabei das Telefon an die Wange.

Damit seine Worte gut zu hören waren.

Damit die Laute zu hören waren.

Gioia war das Aufnahmegerät, das die Erinnerung bewahren würde.

»Du weißt ja, was passiert, wenn du nicht anständig bist. Hast du das verstanden, Süße?«

Chiara versuchte, sich an einen anderen Ort zu fantasieren, und gehorchte, sie spreizte die Beine und zeigte dem Wolfsrudel ihr Geschlecht.

Sie spürte ihre Blicke, wie widerliche Schlangen, die herbeiglitten und in sie hineinzuschlüpfen versuchten.

»Mama, wo bist du?«

Immer wieder die Stimme ihres Kindes.

»Hilf mir doch! Komm doch und hilf mir!«

Vasco sah sich um, und sein Gesicht sah jetzt ganz anders aus, viel kleiner. Die Züge waren entspannt und weich, die Augen weit aufgerissen.

Das Gesicht eines Jungen.

Eines verängstigten Jungen. *Ich hab Angst, Papa.*

Chiara suchte aus ihrer Erinnerung die Klänge der Hölle hervor – die Tonaufnahme des Albtraums von vor zehn Jahren – und konnte nun die Bilder miteinander verbinden und sich die ganze Szene vorstellen.

Der Junge kommt an der Hand seines Vaters in die Kapelle. Der Junge möchte am liebsten wegrennen. Er muss sich aber die ganze Folterszene ansehen, muss sich alles anhören. Muss über die Bedeutung des Grauens nachdenken.

Vasco war im Alter von fünfzehn Jahren hierher gebracht worden und hatte alles mit ansehen müssen.

Hau ab, Duckdichweg!

Wie Antongiulio Terrano den Sohn des Buchhalters Serra zu Brei schlug.

Das Kind hat sich in eine Ecke verkrochen und versucht, sich wegzuducken, die Arme schützend über den Kopf gelegt.

Das Stöhnen, die Geräusche.

Hau ab, Duckdichweg!

Vasco mit dem Gesicht eines Jungen bewegte langsam die Lippen, sagte sein Gebet auf. Chiara flüsterte es ebenfalls, denselben Satz, wie ein Mantra. Erst leise, dann immer lauter.

Hau ab, Duckdichweg!

Unaufhörlich.

Immer und immer wieder.

43

Er sah das Haus oben am Ende der Straße. Ein freistehendes Haus. Der kleine Fußweg, der Garten, das Vordach. Im Erdgeschoss brannte Licht.

In keinem der auf der Straße geparkten Autos schien jemand zu sitzen.

Kommissar Grossi sprach in sein Headset. »Ich nähere mich jetzt dem Objekt«, sagte er. »Bleibt in Funkkontakt.« Seine Männer saßen in einem Zivilfahrzeug in der nächsten Querstraße: vier bewaffnete Polizisten, bereit zum Eingreifen.

Grossi stieg aus dem Auto und ging den Gehweg entlang, wobei er versuchte, nicht zu schnell und nicht zu langsam zu sein, sondern wie jemand zu gehen, der nach einem fröhlichen Samstagabend um zwei Uhr nachts nach Hause kommt. Er betrat das an Chiaras Haus angrenzende Grundstück, bewegte sich auf die Einfriedung zu und suchte nach einer Stelle, an der er über die Mauer steigen konnte. Zum Glück war diese nicht sehr hoch. Er legte die Hände auf die Mauerkrone, stieß sich mit den Füßen ab und zog sich hinauf, wobei er inständig hoffte, dass ihn niemand beobachtete. Dann sprang er auf der anderen Seite hinunter.

So etwas hatte er schon länger nicht mehr gemacht. Eigentlich war er inzwischen zu alt dafür, und seine Zeiten bei der NOCS, der Einheit zur Terrorismusbekämpfung, lagen weit zurück.

Er war aufgeregt, die Spannung wuchs, und das Adrenalin

gab ihm das Gefühl, stärker und schneller zu sein, als er eigentlich war.

Er zog die Pistole aus dem Schulterholster und entsicherte sie mit dem Daumen.

Dann schlich er durch den Garten zum Haus. Auf dieser Seite waren keine Straßenlampen, sodass er sich gut im Schutz der Dunkelheit vorwärtsbewegen konnte. In einer so schwierigen Situation allein zu operieren war riskant. Wenn die Bewohner eines Hauses in Gefahr waren, vielleicht gar als Geisel gehalten wurden, war äußerste Vorsicht angezeigt. Doch die Zeit drängte.

Unbemerkte Annäherung, schnelle Aktion, überraschender Zugriff.

Das waren die drei zentralen Momente beim Einsatz einer Spezialeinheit.

Grossi sah auf die Uhr: Es war schon 2 Uhr 20. Irgendwann jetzt würde Molisi den Ort erreichen, an dem vermutlich Chiara Monti festgehalten wurde.

Wenn ihr nicht schon Schlimmeres zugestoßen war.

Sie hatten die Blinklichter auf das Dach gesetzt, die Sirenen jedoch nicht eingeschaltet. Drei Zivilfahrzeuge, blaue Alfa Romeo 155, schossen mit fast zweihundert Stundenkilometern über die Autobahn. Nach einer dreiviertel Stunde erreichten sie den vermuteten Tatort.

Eine ungepflasterte Nebenstraße.

Dann die Via della Trappola, die durch einen dichten Wald führte.

Es war stockfinster, nur die Scheinwerfer leuchteten Baumstämme und Zweige an.

Molisi hatte mit den Männern von Grossi gesprochen: Dieser hatte bereits mit der Annäherung an sein Zielobjekt begonnen.

Zwei kritische Situationen waren zu bewältigen. Immer vorausgesetzt, sie lagen richtig mit ihren Vermutungen.

Einerseits befand sich ihre Chefin aller Wahrscheinlichkeit nach auf diesem Gehöft in der Via della Trappola in den Händen von Terrano und seinen Männern.

Andererseits waren vermutlich Chiara Montis Ehemann und ihre Tochter in Gefahr und wurden als Geiseln gehalten. Sie mussten zwei synchrone Einsätze durchführen und dabei schnell und wirksam vorgehen.

Ein Blick auf die Uhr des Navis am Armaturenbrett.

02:30.

Kommissar Mauro Molisi schluckte seine Besorgnis herunter und gab seinen Männern den Befehl, loszuschlagen.

44

Dann ging alles ganz schnell. Ein Strudel aus wirren Sequenzen.

Eines der Bandenmitglieder kam in die Kirche gestürmt und rief: »Die Polizei!«

Das Geräusch hastiger Schritte.

Schreie.

Das Heulen einer Sirene.

Franco spannte seine Armmuskeln an, und das Kreuz, an dem er festgebunden war, knirschte.

Vasco hatte Chiara bei den Haaren gepackt und vom Altar heruntergerissen, ohne sich von dem, was um ihn herum geschah, beeindrucken zu lassen.

Das Handy war heruntergefallen. Aus dem kleinen Lautsprecher rief jemand: »Was ist los? Hey, was ist da los bei euch?«

Einer von Vascos Männern kam näher. »Wir müssen hier weg!«, rief er Vasco zu. Doch dieser schien ihn nicht zu hören. Er hob den rechten Fuß und begann, der auf dem Boden liegenden Frau Tritte zu versetzen.

In der Ferne war ein Schuss zu hören.

Franco dachte: *Sie ist da.*

Die Kavallerie, wie in einem Western.

Er zerrte an den Fesseln und versuchte, sich zu befreien. Die Lederriemen an seinen Handgelenken schnitten ihm ins Fleisch.

Franco riss seinen Oberkörper nach vorn, und das Kreuz löste sich aus seiner Verankerung und brach in der Mitte durch.

Franco stürzte mit einem Aufschrei zu Boden.

Dann versuchte er, auf die Beine zu kommen und den Oberkörper so gut wie möglich aufzurichten. So bewegte er sich vorwärts, mit ausgebreiteten Armen, die noch immer an dem Holzbalken festgebunden waren. Ein grotesker Christus auf einem ebenso grotesken Kreuzweg. Alle liefen davon, und niemand achtete auf ihn.

Vasco traktierte Chiara immer noch mit Fußtritten. Sie stöhnte.

Franco musste handeln, sich befreien, irgendetwas tun.

Sie retten.

Er spannte seine Schultermuskeln an und holte aus der tiefsten Tiefe seiner Brust einen Schrei zu Hilfe. Einen verzweifelten *Kiai*, der ihm die nötige Kraft gab, um auch noch den Querbalken des Kreuzes zu zerbrechen.

Dann löste er die Lederriemen, stürzte wie ein Racheengel auf Vasco zu, packte ihn bei den Schultern und zwang ihn, sich umzudrehen. Er holte zum Schlag aus, doch dann zögerte er.

Denn dieser Mann schien nicht mehr derselbe zu sein.

Auf seinem Gesicht zeigte sich ein wechselndes Mienenspiel, wütende Blitze und verzweifeltes Zucken.

Ein unsichtbares Stroboskoplicht ließ ihn einmal grausam und einmal zerbrechlich erscheinen.

Es war zum Fürchten.

Franco hätte den Mann am liebsten in Stücke geschlagen, ihn getreten, bis das Blut aus ihm herausfloss, literweise Blut. Gleichzeitig hatte er beinahe das Bedürfnis, ihn zu trösten, wie man ein Kind tröstet, das mitten in der Nacht aus einem schlimmen Traum aufgewacht ist.

Dumpfe Schläge waren zu hören. Die Polizei versuchte, die alte Kirchentür aufzubrechen.

Vasco wich einen Schritt zurück.

Dann drehte er sich um und rannte los.

Franco wollte ihm schon nachlaufen, doch in diesem Moment stöhnte Chiara auf, und er beugte sich zu ihr und nahm sie in den Arm.

Mit einer Fingerspitze wischte er ihr die Tränen von den Wangen.

»Wie geht es dir? Sag doch!«

Ihre Handrücken waren aufgerissen, weil sie versucht hatte, ihren Kopf vor Vascos Tritten zu schützen.

Hau ab, Duckdichweg, verpiss dich.

Franco versuchte, ihr beim Aufstehen zu helfen, doch ihre Beine gaben nach.

»Gioia ...« Sie schluchzte und streckte eine Hand nach dem Handy aus, das auf den Boden gefallen war. »Wie geht es ... meinem Kind?«

Ein verzweifeltes Fragezeichen, das in der reglosen Luft hing.

Vasco war in der Zwischenzeit durch die Tür neben dem Altar verschwunden.

Chiara nahm das Handy an den Mund und versuchte, etwas zu sagen. Doch es kam nichts heraus, sie musste sich erst räuspern. »Gioia, sag doch was, bitte ...«

Als Antwort hörte man Geräusche, unterdrücktes Stöhnen. Dann ein Satz, der unmöglich wahr sein konnte: »Ich mach ein Sieb aus ihr, extra für dich.«

O mein Gott, nein, ich bitte dich.

Ihre Augen wurden glasig, der Blick erlosch, als würde sie gleich das Bewusstsein verlieren.

Franco half ihr, sich aufzusetzen und gegen den Altar zu lehnen.

Dann zog er ihr den Rock herunter und streichelte ihr noch einmal über die Wange. Sie sah ihn an, als würde sie ihn nicht erkennen. Immer noch mit dem Handy am Ohr.

Die tun meiner Kleinen etwas zuleide.

In ihrem Kopf war nur dieser eine Gedanke.

Die tun meinem Kind etwas zuleide.

Dann kam der Schuss. Ein Knall wie ein erstickter Hauch aus dem Handy.

Und sie glaubte zu sterben.

45

Dana fragte in das Handy in ihrer Hand: »Was ist los? Hey, was ist da los bei euch?« Aus dem auf Freisprechen gestellten Handy kamen zur Antwort nur die Geräusche von hastenden Schritten.

Eine Stimme schrie: »Wir müssen hier weg!«

Auf dem Hof war die Hölle los. Vasco war reingelegt worden.

Rollo sah sie mit fragendem Blick an. »Was machen wir jetzt? Sollen wir das Kind abmurksen?«

Er machte einen Schritt nach vorn und schwenkte sein japanisches Messer.

Dann eine Art Knall, Holz splitterte.

Im Augenwinkel sah er die Bewegung und wirbelte herum.

Roberto warf sich schreiend wie ein Besessener auf ihn. Die Handschellen mit den Armlehnen baumelten an seinen Handgelenken wie seltsame Pendel.

Er hatte sich befreit. Irgendwie hatte er es geschafft. Und jetzt gab er alles. Die Hände wie Krallen ausgestreckt, vor Wut rollende Augen und ein aufgerissener Mund. »Das darfst du nicht!«, rief er.

Von dem plötzlichen Angriff überrascht, verlor Rollo das Gleichgewicht, fiel nach hinten und wurde von dem kräftigen Körper seines Angreifers fast erdrückt. Er riss das Messer von unten nach oben, sodass die Klinge in den Bauch seines Gegners fuhr. Mit Leichtigkeit drang sie bis zum Heft in das Fleisch, und ein Blutschwall ergoss sich über seine Hand. Rollo jubelte innerlich.

Getrieben von der Kraft der Verzweiflung, hatte Roberto es geschafft, sich zu befreien. Getrieben von einem Urinstinkt und von dem Wissen, dass er bereit war zu sterben, um sein Kind zu retten, ohne Zögern und Zweifeln. Er hatte die Armlehnen aus dem alten Stuhl herausgerissen, den er selbst repariert hatte. Er hatte gewusst, dass sie nur mit Leim und ein paar Tapeziernägeln befestigt waren und eigentlich nur wie durch ein Wunder hielten.

Mit dieser Wut, die in ihm anschwoll wie eine unaufhaltsame Flutwelle, stürzte er sich auf diesen Wahnsinnigen, der seine Tochter bedrohte, um ihn irgendwie zu stoppen, irgendwie.

Als er ihn am Hals gepackt und auf den Boden gedrückt hatte, spürte er das Messer in seinen Körper eindringen wie eine eiskalte Liebkosung.

Er stöhnte auf, nur ein Mal.

Ein einziger Gedanke beherrschte seinen Kopf. Ein Befehl, der jeglichen Schmerz, jegliche Furcht beiseiteschob: Er musste seine Tochter retten. Kein Messer der Welt hätte ihn davon abhalten können.

Er begann, auf den Mann unter ihm einzuschlagen. Mit geballten Fäusten, die wie Hammerschläge niedergingen. Handschellen und Armlehnen peitschten den Boden.

Er hob die Arme und schlug zu, hob die Arme und schlug zu.

Ein Hammer, der nicht aufhörte.

Knochen, die zerbersten. Zähne, die abbrechen und aus dem Mund springen.

Und immer wieder dieser Satz: »Das darfst du nicht!«

Dann traf ihn etwas von hinten am Kopf. Sein Schädel zersprang, noch eine blutige Wunde, und er brach zusammen.

Dana sah sich die Szene an und dachte, dass es war wie unter dem Einfluss von Mixtura, wenn alle Dinge der Welt sich entzogen und sich nicht mehr festhalten ließen.

Alles drehte sich. Eine Szene nach der anderen. In ihrer Verwirrung wusste sie nicht mehr, wo sie war. Sie musste sogar ein bisschen lachen.

Rollo lag auf dem Boden mit einem Gesicht wie ein Hackbraten.

Und dann dieser große, starke Mann, der immer wieder zuschlägt, bis die Knochen brechen.

Es schien alles so weit weg zu sein.

Sie zwinkerte ein paarmal mit den Augen, bis ihr Kopf wieder klar war.

Dann kam sie ihrem Cousin zu Hilfe, indem sie Roberto mit dem Pistolengriff so fest wie möglich auf den Nacken schlug.

Schließlich ging sie mit großen Schritten zu dem Kind, packte es bei den Haaren und sah, wie es weinte. Sie sah diese Augen voller Tränen und den Mund, der Satzfetzen stammelte: »Papa, was machen die mit dir ... Papa, du blutest ... Mama, wo bist du ... Hilf mir, komm zu mir ... Ich hab solche Angst ... Ich will hier weg ...«

Sie zog den Kopf des Mädchens nach hinten und zwang es so, zur Decke zu sehen. Dann hielt sie ihm den Pistolenlauf an das rechte Auge.

Und schrie etwas.

»Hör auf!«

Der Muskelmann lag stöhnend auf dem Boden, aus seinem Mund floss Blut und aus seinem Bauch Magensäure, dort, wo das Messer steckte, dessen Heft noch herausschaute und irgendwie künstlich aussah.

Rollo lag zitternd auf dem Boden, Rollo ohne Nase, ohne Augen, nur Blut war da, aber kein Gesicht mehr.

Nur ein Gedanke raste durch ihren Kopf: *Wie komme ich hier wieder raus?*

Eine Stimme schrie aus dem Handy, das auf dem Boden lag: »Gioia, wo bist du?«

Die Stimme der Mutter, die Stimme dieser Polizistenschlampe.

Dana suchte kurz nach Worten, zog sie dann hervor wie aus einem Zauberhut. Die Worte kamen aus ihrem Mund wie weiße Kaninchen und sprangen umher, monströse und böse Kaninchen, die alles, was sie finden, zertreten und zerquetschen. »Ich mach ein Sieb aus ihr, extra für dich.«

Unterdrücktes Stöhnen. Flüstern.

Dann war da auf einmal dieser Mann.

Direkt vor ihr.

In Sakko und Krawatte. Ein Buchhalter mit einer Pistole in der Hand.

Sie sah ihn an, als wäre er ein Geist.

Die schwarze Pistolenmündung. Ganz ruhig.

Leck mich doch am Arsch, dachte sie.

Und lächelte.

Sie sagte noch einmal: »Ich mach ein Sieb aus ihr!«

Der Zeigefinger drückte den Abzug durch.

Dann der Knall.

Er war von hinten ins Haus gekommen. Die Küchentür hatte offen gestanden.

Von dort trat er in einen kleinen Flur. Die Pistole in beiden Händen. Mit vorsichtigen Schritten tastete er sich vorwärts, ohne ein Geräusch zu machen.

Er blickte durch den Türspalt und sah die ganze Szene.

Zwei Männer auf dem Boden. Eine Frau, die ein Kind festhielt und mit einer Pistole direkt in dessen Gesicht zielte.

Er handelte rasch.

Die Pistole im Anschlag, betrat er den Raum.

Im selben Augenblick, als die Frau ihn bemerkte und drohte: »Ich mache ein Sieb aus ihr!«, zog er den Abzug durch und schoss. Er hatte auf den Kopf gezielt.

Ohne zu zögern und ohne mit der Hand zu zittern.

Die Stirn der Frau explodierte. Überall Blut und Hirnmasse, die alles mit sich zu Boden rissen: den bebenden Körper mit dem hochgeschobenen Rock und die nackten Beine, die einen zuckenden Tanz vollführten.

Kommissar Grossi sah das Geschlecht der Frau mit dem frisch gestochenen Ring, die Blutkruste auf den Schamlippen. *Widerlich.*

Dann lief er zu dem Mädchen, um es zu trösten und ihm das Blut der Frau abzuwischen.

Er zuckte zusammen, bereit zum erneuten Kampf, als er eine Stimme hörte, die immer wieder dieselbe Frage stellte: »Was ist passiert? Mein Gott, was ist denn passiert?«

Da erst bemerkte er das Handy auf dem Boden und hob es auf.

Es war auf laut gestellt.

Am Apparat war Chiara Monti mit der immer gleichen Frage.

»Signora Monti, hier spricht Grossi. Beruhigen Sie sich, Ihrer Tochter geht es gut.«

Und meinem Mann?

Sie fragte lieber nicht.

Chiara sah Franco an, der vor ihr kniete. Sie hatte das Bedürfnis, ihn zu umarmen und von ihm umarmt zu werden. Mit ihm dieses Gefühl der Erleichterung zu teilen. Doch sie hielt sich zurück. Vielleicht war nun alles vorbei. Vielleicht auch nicht. Vielleicht würde es niemals wirklich vorbei sein. Dann sagte sie knapp: »Terrano haut ab.«

Franco erhob sich.

Die Schläge hörten nicht auf. Die Tür würde bald nachgeben, und die Polizei würde hereinkommen.

Chiara stützte sich auf die Hände und versuchte, aufzustehen. Sie sah Franco mit einem verzweifelten Blick an. Doch dann musste sie den Kopf senken, weil sie glaubte, ohnmächtig zu werden. »Da ist ein Auto in einem Unterstand unter den

Bäumen hinter der Kirche. Ein roter Ferrari. Den will Terrano sicher nehmen. Wir müssen das meinen Kollegen sagen.«

Franco schüttelte den Kopf. »Dazu ist keine Zeit mehr«, sagte er.

Und rannte in die Richtung, in die er Vasco Terrano hatte fliehen sehen.

46

Im Zucken der Stroboskope sah das Mädchen den Mann unter ihren halb geschlossenen Lidern an und lachte. Ihr transparenter Lidschatten war farblich auf die blaue Tönung ihrer Haare abgestimmt.

Saverio Mastri erwiderte diesen vielsagenden Blick, wobei er sich auf die feinen Kontraktionen seiner Gesichtsmuskeln und die unter seiner Wangenhaut pulsierenden Nerven konzentrierte. Das Make-up ließ keine Gefühlsregungen nach außen dringen, seine kunststoffglatten, glänzenden Gesichtszüge waren faltenfrei. Er begann zu sprechen, mit jener tiefen und gemessenen Stimme, die er einstudiert hatte, um beruhigend und hypnotisierend zu wirken und heimliche Ängste zu zerstreuen.

»Wer bist du? Was machst du?«

Fragen ohne Antworten.

Raunen und Schreie.

Der große Seufzer des Mädchens ging in der zornigen Musik unter, die wie der scharfe Rauch und die Lichter viel zu schnell durch den Raum wirbelte. Das Mädchen versuchte, selbstsicher zu wirken, was ihr aber nicht gelang. Ihr verlorener Blick verriet, dass sie nach Mixtura gierte.

»Sollen wir woanders hinfahren, um das Nichts zu feiern?«

»Kein Problem.«

Das Mädchen hatte positiv auf seinen Vorschlag reagiert, denn sie lechzte danach, sich als Teil von etwas Wichtigem zu fühlen, als Strahl eines wahren Lichts.

»Ich heiße Gloria und bin Waage.«

»Erzähl mir von deinen Träumen.«

»Manchmal glaube ich zu fallen, manchmal glaube ich zu fliegen.«

»Sag mir, warum du traurig bist.«

»Ich bin nicht traurig.«

Dann im Auto. In der Nacht

Er hatte die Scheinwerfer ausgeschaltet.

Eine verrückte Fahrt durch die Dunkelheit.

Er hatte sich an ein altes Lied von Lucio Battisti erinnert: *Emozioni*. Damals war er ungefähr so alt gewesen wie diese Gloria mit den blauen Haaren jetzt.

Mit ausgeschalteten Scheinwerfern durch die Nacht fahren, um zu sehen, ob es wirklich so schwer ist zu sterben.

Die Dunkelheit verschlingt und verdaut, die Straße gleitet unsichtbar dahin.

Sie fragte fassungslos: »Was machst du denn da? Bist du verrückt geworden?«

Die Fäuste ballen, um etwas festzuhalten ...

... etwas, was ...

... in mir ist ...

Plötzlich eine Kurve.

Saverio bremste, und der Käfer schleuderte ein wenig und kam dann zum Stehen.

Das Mädchen fragte: »Was hast du jetzt vor?«

Er war langsam zwischen den Bäumen hindurch auf die kleine Lichtung gefahren.

»Was hast du vor? Sag doch?«

Er machte den Motor aus.

Sie begann zu lachen wie eine Verrückte und strich sich dabei mit einer Handfläche über die Brust. Sie hatte ihre Bluse aufgeknöpft, und ihre Brustwarzen waren hart.

Saverio versuchte, nicht zu ihr hinüberzusehen.

»Ich könnte dein Vater sein.«

»Sagst du das oder fragst du mich das?«

»Ich weiß nicht. Macht es dir was aus, wenn ich ein bisschen durcheinander bin?«

»Kein Problem.«

Saverio holte aus der Tasche seiner Lederjacke eine Dose mit Kicks und reichte sie ihr.

Das Mädchen öffnete den Mund und schüttete den Inhalt der ganzen Dose hinein, als würde sie einmal tief Luft holen. Dann lehnte sie den Kopf zurück und leckte sich mit der Zungenspitze über die Lippen, immer schneller.

Raunen und Schreie. Die Maske war nicht einen Moment lang still.

»Hast du was dagegen, wenn ich Musik mache?«

»Kein Problem.«

Sanfte Klänge, ein altes Stück, das sie noch nie zuvor gehört hatte.

Ein leises Stöhnen drang aus ihrer Kehle. Das Mixtura begann zu wirken. Die Türen der Wahrnehmung öffneten sich, so wie sich die Pupillen angesichts eines goldenen Sonnenuntergangs erweiterten. Mattes Streicheln, Rosen ohne Duft.

Wish You Were Here.

Wo hier?

Die Uhr am Armaturenbrett zeigte 02:57.

Das Handschuhfach öffnen, die Maske herausnehmen.

»Darf ich sie dir aufsetzen?«

Das Mädchen nickte und sagte: »Kein Problem.«

47

Franco öffnete die Tür, durch die Vasco Terrano verschwunden war. Er trat hinter der Kirche ins Freie und spähte in alle Richtungen. *Wie weiter? Wohin jetzt?* Von der anderen Seite hörte er die erregten Stimmen der Polizisten.

Er fand einen Pfad, der zu einem Kanal führte, eine Art offener Tunnel. Franco kletterte hinein, tastete sich dann vorwärts und setzte seine Füße vorsichtig auf. Er war nicht in der Lage, irgendetwas zu erkennen, obwohl die Nacht sternenklar war und der Dreiviertelmond hell schien.

Nach etwa hundert Metern fand er sich auf der anderen Seite der Scheune wieder. Ein Stück weiter weg konnte er durch die Dunkelheit die peitschenden Blaulichter sehen, dort legten Polizisten in Uniform den Festgenommenen Handschellen an.

Irgendwo vor sich hörte er das Dröhnen eines startenden Motors.

Franco rannte nun zwischen den Bäumen hindurch, die Hände vor sich ausgestreckt, um sich vor den Ästen zu schützen, die nach ihm schlugen, als seien sie lebendig. Er durfte sich auf keinen Fall von den Polizisten erwischen lassen, denn diese würden ihn garantiert festhalten, weil sie glaubten, er sei einer von den Bösen. Zu seiner Linken sah er im Augenwinkel eine Bewegung, etwas schoss dröhnend vorbei. Vasco fuhr davon. Sein Verfolger musste sich beeilen.

Franco sprang in den Saab, ließ den Motor an und schoss los. Im Rückspiegel sah er noch einen Polizisten, der mit gezückter Pistole hinter ihm herlief. Hoffentlich schoss der Mann nicht.

Franco gab Gas, und der Wagen sprang förmlich über den schadhaften Straßenbelag und die Querrinnen.

Nach einigen Kurven erreichte Franco das letzte gerade Stück der Zufahrt und sah den Ferrari gerade noch nach links auf die Bundesstraße abbiegen. Eigentlich wusste Franco gar nicht genau, was er tat. Er handelte völlig aus dem Instinkt heraus, angetrieben von einer unaufhaltsamen Kraft, als wäre da jemand oder etwas, der oder das seine Handlungen leitete und das Lenkrad an seiner Stelle führte.

Er *musste* diesen Mann verfolgen. Und der Grund, weshalb er es tun musste, hatte etwas mit den eisigen Gefilden der Obsession zu tun.

Die Empfindungslosigkeit seiner Beine hatte sich jetzt bis zum Kopf und bis zum Herzen ausgebreitet, fast wie eine Anästhesie. Es war, als sei er sein eigener Zuschauer.

Als erlebe er die Dinge von außen, ohne wirklich etwas zu empfinden, als entstammten seine Gefühle nur einem Reflex. Als sei er Gefangener des stillen Kreises: immer dieser Kreis, das magische Reich der verlorenen Seelen und der Anhänger des Rituals der Leere, das Reich derjenigen, die keinen Biss haben. Derjenigen, die nicht kämpfen.

Franco fuhr durch die Nacht und versuchte, das Warum dieses Grauens zu verstehen. Er verfolgte den Sohn des Mannes, der der Feind Nummer eins seines Vaters gewesen war. Und seine Nemesis. Der über seinen Tod verfügt hatte. Die Schicksale von Francesco Negronero und Antongiulio Terrano hatten sich gekreuzt, weil sie einander bedingten, weil sie wie die beiden Seiten einer Münze waren. Als sei der eine für das Leben des anderen verantwortlich. Für das Leben und für den Tod.

Vielleicht passierte ja dasselbe zwischen ihm und Vasco.

Franco hatte in den Augen dieses Mannes ein ganz besonderes Leuchten gesehen. Dasselbe fieberhafte Leuchten, das er manchmal in seinem eigenen Blick bemerkte. Jedes Mal wenn er atmete, jedes Mal wenn er aus einem Traum erwachte, wenn er ins Nichts fiel und auf eine Veränderung hoffte.

Er schoss durch die Nacht, die Hände fest ums Lenkrad geklammert. In seiner aufgeplatzten Lippe pochte der Schmerz. Er drückte das Gaspedal bis zum Anschlag durch, als führe er ein Rennen. Sein Blick ging durch die Dunkelheit, hängte sich an den roten Schweif des Ferrari, den er verfolgte, ohne zu wissen, warum.

Der Motor des Saab stotterte hin und wieder, setzte aus, sprang wieder an, um dann den Wagen mit neuer Energie vorwärts zu jagen wie ein wildes Tier.

Franco hoffte, dass dieser Dinosaurier auf vier Rädern ihn nicht ausgerechnet jetzt im Stich ließ.

Der Turbo setzte ein und pfiff durch die Nacht.

Franco dachte an das, was geschehen war. An die Ereignisse des Nachmittags, des Abends und der Nacht. Die Bilder wirbelten durch seinen Kopf, er hatte sie noch nicht verdaut, sie waren zu stark, um sofort absorbiert zu werden. Alles war dunkel und blutig, drinnen wie draußen.

Die Straße, die sie entlangrasten, war abschüssig, und dank der Leuchtspur, die die Rücklichter von Vascos Auto zeichneten, konnte er sehen, wie sich die Kurven in der Nacht öffneten und wieder verengten. Der Ferrari war nun fast einen Kilometer voraus, und der Abstand vergrößerte sich stetig.

Neben Franco auf dem Sitz lag Chiaras Handtasche. Er fragte sich, ob nicht vielleicht eine Waffe darin war. Vielleicht würde er sie gebrauchen können, um diesen Bastard zu fassen. Er wusste, wie man mit einer Pistole umging.

Mit zehn Jahren hatte er das erste Mal geschossen, mit einer kleinen .22er im Wald hinter dem Haus.

Er hatte einen Flash: Sein Vater hielt sein Handgelenk und

sagte: »Du musst ganz entspannt sein, einfach zulassen, dass es passiert, wie selbstverständlich. Du sollst nicht schießen, sondern atmen.« Es war wie beim Karate, man musste sich selbst überwinden, um das Ziel zu treffen. Dann der plötzliche Knall, das Herz, das zum Zerspringen schlug, dieses Gefühl, als wäre man eine Zehntelsekunde mit der Welt im Einklang, wenn man den innersten Ring getroffen hatte.

Franco hielt das Lenkrad mit der linken Hand, während er mit der rechten die Innenbeleuchtung einschaltete. Dann drehte er Chiaras Tasche um und schüttete den Inhalt auf dem Sitz aus. Die üblichen Frauensachen: ein Schminktäschchen, Papiertaschentücher, ein kleiner Beutel aus schwarzem Leder, die Brieftasche mit dem Polizeiausweis. Die Pistole steckte in einem Holster aus schwarzem Nylon. Franco öffnete den Sicherheitsverschluss und zog die Waffe heraus. Sie war kompakt, aber leicht, fast wie eine Plastikpistole. Es musste das neueste Modell von Beretta sein, ganz aus Stahl-Polymer.

Er nahm sie in die Hand. Sie fühlte sich gut an. Dann legte er sie wieder auf den Sitz.

Jetzt war der Ferrari aus seinem Blickfeld verschwunden.

Doch das war egal, denn Franco wusste genau, wohin Vasco fuhr.

Der Weg ist vorgezeichnet, dachte er mit einer Hälfte seines Gehirns. Die andere Hälfte war im Nichts verloren.

Vasco hatte bemerkt, dass ihn jemand verfolgte. Er spürte es, und er wusste auch genau, wer da hinter ihm war.

Er wusste es, weil es vollkommen offensichtlich war.

Weil es ganz natürlich war.

Franco Negronero war ihm auf den Fersen.

Er kam zu ihm.

Schicksale, die sich kreuzen, Zwillinge der Traurigkeit.

Er verspürte eine seltsame Erleichterung. Das Jammern von Duckdichweg und das Knurren von Knallhart waren immer noch in seiner Brust, rechte Kammer, linke Kammer, doch sie schienen schwächer zu werden, ihr Flüstern war weit weg. Sodass er zum ersten Mal nach langer Zeit das Schlagen seines eigenen Herzens hören konnte.

Er hatte die Polizistin nicht getötet, er hatte nichts getan. Das Gedenkritual war nicht vollendet worden, und er hätte eigentlich deprimiert sein müssen. Stattdessen verspürte er eine große Freude. Als legte sich endlich eine große Stille über ihn und über seine lärmende Seele.

Er flüchtete und wusste nicht, wohin.

Doch er musste es tun.

Es war wie eine Verabredung, die er nicht verpassen konnte und durfte.

Eine Kurve, noch eine. Ab einem bestimmen Punkt wurde die Straße abschüssig.

Er war in der Gegend der Via della Guasta.

Man konnte schon die Laserstrahlen des Gehenna in der Ferne sehen. Auf die Sterne, auf die Unendlichkeit ausgerichtet, durchbohrten sie die Dunkelheit.

Leuchtende Finger des Volkes der Nacht, die versuchten, den Himmel zu berühren.

Als er an die Kreuzung kam, warf er einen Blick auf die Digitaluhr am Armaturenbrett: 02:58.

Und er schoss geradeaus und bog nicht ab.

Auf den Kreis zu, der ihn erwartete.

48

Die Maske war stärker und unersättlicher geworden.

Sie fraß sich viel schneller hinein. Sie biss und nagte. Modellierte Knochen und Fleischstücke und Hautfetzen.

Er glaubte fast schon, das Geräusch dieses Zerlegens und Zermalmens hören zu können.

Gloria stürzte aus dem Auto und floh in die Nacht hinein, ohne zu wissen, wohin.

Saverio folgte ihr, lief über das mit Tau benetzte Gras und schrie wie ein Besessener. Die Augen voller Tränen, wütend und aufgewühlt. Er trampelte auf dem Boden mit all seinem Schmutz herum: benutzte Kondome, zusammengeknüllte Papiertaschentücher, Zigarettenkippen.

Wieder ein Ritual, eine Beschwörung. Clorinda kam zurück.

Er dachte an das, was er unter der Maske finden würde, das Modell, den Ursprung der Lehre.

Neu erschaffen, neu formen, neu hervorbringen, ans Licht bringen.

Der Wunsch, eine Spur zu hinterlassen, um den Sinn zu begreifen, die Bedeutung von allem und von noch viel mehr.

Gloria hatte die Straße erreicht und war auf die Knie gesunken.

Saverio blieb am Straßenrand stehen und wartete.

Auf das Licht, das hinter der Kurve hervorstach.

Das Dröhnen des Motors.

Und wieder.

Dieser Augenblick, der in einem stummen, für immer in der Brust verschlossenen Schrei kulminierte.

Während die Welt verschwindet und nur eine leere und unversöhnliche Wüste hinterlässt.

Der dunkle Ort, an dem Leben und Tod einander begegnen und eins werden.

Schatten glitten vorbei, verfolgten einander.

Sein Kind, von den Wölfen verschlungen. Gedämpftes Knurren und Tränen.

Sie fasst sich an den Hals, ringt nach Luft. Ihr unreifer, nackter und schutzloser Körper.

Du, Papas Goldschatz, süßes Sternenwesen.

Sie torkelt mitten auf die Straße.

Ohne Hoffnung. Ohne alles.

Dann der Aufprall.

49

Die Szene vor seinen Augen, beleuchtet von den Scheinwerfern des Saab. Ein Déjà-vu.

Franco hatte nach der Kurve angehalten, war ausgestiegen und hatte sich umgesehen, während sein Herz wie wahnsinnig hämmerte. Er hatte das Gefühl, eine Szene aus der Vergangenheit noch einmal zu durchleben, doch aus einer anderen Perspektive. Dies war der Ort, an dem alles begonnen hatte. Clorindas Tod, der Abstieg in den dunklen Bauch. Nur dass jetzt nicht er in dem zerstörten Auto saß.

Der Ferrari lag auf einer Seite, eine Schmetterlingspuppe aus Blech, geschwollen von Blut.

Weiter hinten auf der Straße sah Franco gerade noch ein paar Rücklichter aufleuchten und dann erlöschen. Jemand fuhr weg. Jemand hatte den Unfall miterlebt und war dann geflohen. Oder hatte vielleicht auch Schlimmeres getan.

Verwirrung. Der Drang, alles auszukotzen, auch die Seele.

Mit dem absurden Gefühl, über brennenden Asphalt zu gehen, erreichte er das Autowrack und blickte hinein. Er entdeckte Vasco mit zertrümmertem Schädel inmitten des Blechs, der Airbag drückte auf seine Brust, die Lenksäule war völlig verbogen und das Armaturenbrett voller Risse und mit den Beinknochen verschmolzen.

Der Gestank von Blut und Benzin drang ihm in die Nase, und er musste zurückweichen, um nicht zu ersticken. Draußen sog er die frische Luft ein.

Weitere furchtbare Übereinstimmungen.

Verflucht.

Er dachte, dass er einen Rettungswagen rufen musste. Irgendwen anrufen musste.

Er sah sich um, verwirrt und betäubt.

Erst da entdeckte er den kleinen Körper am Straßenrand.

Die Verwunderung verwandelte sich in Angst.

Alles hatte sich wiederholt.

Vasco hatte an derselben Stelle und auf dieselbe Weise ein Mädchen totgefahren wie er.

Es war wie die Rache des Schicksals.

Er wusste nicht, was er denken sollte.

Das Mädchen bewegte sich nicht mehr, atmete nicht mehr.

Ihr Gesicht war zerstört.

Ein Monster.

Wie Clorinda.

In diesem Moment hörte er endgültig auf, sich Gedanken über den Sinn dieses Albtraums zu machen.

Und versteckte sich unter einer Decke aus Gleichgültigkeit.

Wie ein Automat kehrte er zu seinem Auto zurück.

Um nach Hilfe zu rufen.

Steckte den Kopf ins Auto.

Holte das Handy heraus. Doch bevor er die Nummer eingeben konnte, kam ein Anruf. »Ja, hallo?«

Eine aufgeregte Stimme. »Warum hast du nicht abgenommen?« Chiaras Stimme. »Wie ist die Lage?«

Die Lage?

Er konnte nichts sagen. Sein Hals war plötzlich im Griff einer eisigen Zange.

»Franco? Bist du da?«

In diesem Moment ging der Radiorekorder an.

Während die Töne von *Wish You Were Here* in die Stille drangen, sagte Franco: »Ja, ich bin da.«

Dann ging alles durcheinander. Er spürte nichts mehr. Keinen Schmerz. Nichts mehr.

Wir sind eingeschlossen in diesen Kreis, dachte er.

Und wir werden nie mehr herauskommen.

Fünfter Teil
Wie, wann, warum

Lose your face, find it again in the monster within you

Mastema, Sacrifice

X

Wie

1

Weil sie bei einem schwierigen Einsatz eigenmächtig und unverantwortlich gehandelt hatte, war sie vom Dienst suspendiert worden.

Der Polizeipräsident hatte sie am Montag einbestellt. »Es tut mir leid, aber Sie lassen mir keine andere Wahl«, hatte er gesagt. »Sie haben vorgestern ein ziemliches Chaos angerichtet. So leichtsinnig vorzugehen und dann noch cinc Zivilperson mit hineinzuziehen … Was haben Sie sich bloß dabei gedacht? Die Sturheit, mit der Sie diesen Mann um jeden Preis verhaften wollten, hat auch Ihre Familie in Gefahr gebracht. Ich weiß, dass unser Job manchmal hart ist. Umso wichtiger ist es, eine gewisse innere Distanz zu wahren und persönlichen Groll zurückzustellen. Ich glaube, es ist besser, wenn Sie sich eine kleine Auszeit nehmen. Sagen wir einfach, dass Sie so lange Sonderurlaub erhalten, bis sich die Wogen geglättet haben. Damit haben Sie dann ausreichend Gelegenheit, in sich zu gehen, was nur gut für Sie sein kann.«

Mastroleo hatte wie ein verfluchter Politiker gesprochen.

Chiara Monti hatte während dieser Rede vor dem Schreibtisch ihres Vorgesetzten gestanden, mit ihren Blutergüssen im Gesicht und den verweinten roten Augen, reglos und schweigend. Sie hatte in der Nacht kein Auge zugetan und alle Tränen vergossen, die in ihr waren, als sie neben ihrer Tochter im Bett lag, die sich nicht von ihr in den Arm nehmen lassen wollte.

Während sie die Ansprache über sich ergehen ließ, hatte sie

das Gefühl, auf einer schwarzen Wolke zu treiben, die nur darauf wartete, sich mit Donner und Blitz zu entladen.

Sie versuchte, ihren Zorn hinunterzuschlucken, und ballte die Hände in den Taschen ihrer Jacke.

Am Ende nickte sie nur.

Sie beschwor sich, ihn nicht zu beschimpfen. *Tu das bloß nicht.*

Betroffenheit zeigen, Zustimmung signalisieren.

Chiara, kleine Lügnerin.

Sie trieb dahin.

In den Wolken.

Das war im Augenblick ihr Normalzustand.

Das erste Mal hatte sie dieses Gefühl beim Anblick des tränenüberströmten Gesichts ihrer Tochter gehabt, nachdem Molisi sie am Sonntagmorgen endlich nach Hause gebracht hatte.

Sie hatte Gioia ganz fest in die Arme genommen, sie überall gestreichelt, um sich zu vergewissern, dass ihre Tochter wirklich und wahrhaftig noch da war. Doch das Kind hatte sie nur völlig verstört und abwesend angeschaut. Es war nicht mehr das kleine Mädchen, das ihr am Tag zuvor noch beim Frühstück mit seinem Milchbart einen Kuss abverlangt hatte, das immer lachte und von Zauberern und Feen träumte. Gioia hatte einen wahren Albtraum erlebt, ihr erster Albtraum im verfluchten Königreich der Wirklichkeit, das alles zerstört und vernichtet.

Auf Gioias Frage, ob nun alles vorbei sei, gab Chiara keine Antwort, denn sie wusste es nicht. Ganz leise flüsterte sie: »Ich hab dich lieb«, und drückte sie noch fester an sich. Das war im Augenblick ihre einzige Gewissheit: Liebe zu empfinden machte das Wissen entbehrlich. Wie auch tiefer Hass oder der Wunsch zu träumen oder das Grauen.

Die Angst in all ihren erdenklichen Facetten war der Motor von allem.

»Ich hab dich so lieb, mein Engel«, wiederholte Chiara, und ihre Stimme bebte, als wäre sie gerannt, sie stolperte in ihrer Kehle, verfing sich im Schlagen ihres Herzens.

Als Antwort stemmte Gioia die Arme gegen die Brust ihrer Mutter, um sich der erstickenden Umarmung zu entziehen.

Da gab es ein Geräusch in Chiaras Kopf – eine Art *krack* –, wie wenn eine Muschelschale aufbricht oder ein Kokon.

In ihr waren nur noch Kälte, Einsamkeit und Angst.

Aus ihrem Mund kamen weitere bebende Worte: »Wie fühlst du dich, mein Schatz?«

Ihre Tochter sah sie mit einem seltsamen Gesichtsausdruck an. »Wie geht es Papa?«

»Sag, haben sie dir wehgetan?«

»Sag, wohin haben sie Papa gebracht?«

Nur Fragen und keine Antworten.

Chiara spürte, dass zwischen ihr und Gioia etwas kaputtgegangen war. Eine Symmetrie, ein Gleichgewicht war zerstört.

Die Mama war wieder einmal nicht da gewesen, einmal zu viel. Sie hatte ihr Kind mit diesen Monstern allein gelassen, mit Monstern, die so anders waren als die in den Büchern oder im Film.

»Was ist mit Papa? Sag doch!«

Chiara hörte die Frage, und für einen Moment flammte Ärger in ihr auf.

Sie erinnerte sich an ihre Empfindungen, als sie die Nachricht bekommen hatte, dass Gioia unversehrt war.

Die Stimme von Kommissar Grossi aus dem Lautsprecher des Handys: »Ihrer Tochter geht es gut. Aber ihr Mann ist in einem kritischen Zustand. Er hat mehrere Verletzungen, und man hat ihm ein Messer in den Unterleib gestoßen. Wahrscheinlich hat er innere Blutungen.«

Da war diese unendliche Erleichterung gewesen, Erleichterung, weil Gioia gerettet war. Und auch Bedauern wegen Robbi natürlich. Gleichzeitig hatte sich etwas in ihren Magen gebohrt, der Stich eines leisen Neids. Denn er hatte sich geopfert. Ihr Mann hatte getan, was seine Aufgabe gewesen war, und war dabei bis über seine Grenzen gegangen. Sie hingegen nicht. Chiara hatte die ungezähmte Polizistin gespielt wie im Film. Sie war vorgeprescht, anstatt abzuwarten.

Der Neid klebte an ihr. Sie war sich sehr schmutzig vorgekommen und hatte begonnen, sich zu kratzen, denn es juckte sie am ganzen Körper.

Ihr Gesicht fühlte sich wegen der Schläge zwar geschwollen an, doch offenbar waren es keine schlimmen Verletzungen. Schon bald würde sie wahrscheinlich nur noch ein paar blaue Flecken haben. Ihr war übel, und die Demütigung wegen dem, was sie mit ihr gemacht hatten, nagte an ihr. Am liebsten hätte sie geschrien, ganz laut geschrien, um sich zu beruhigen.

Dann rief sie Franco an, der ihr erklärte, was mit Vasco passiert war. Sie sagte ihm zu, sofort jemanden zur Unfallstelle zu schicken. »Ich werde dich decken. Und jetzt geh sofort in die Notaufnahme und lass dich untersuchen.«

Franco erwiderte, es ginge ihm gut und dass er gleich nach Hause fahren wolle.

Als sie aufgelegt hatte, bat sie Molisi, sie zu ihrer Tochter zu fahren.

Auf der Autobahn erzählte sie ihrem Kollegen, was passiert war.

Sie hatte aus reinem Instinkt gehandelt. Eigentlich hatte sie ja nur einen Blick auf den Hof werfen wollen.

Molisi erklärte ihr seinerseits, was bei ihm geschehen war: Der besorgte Anruf Robertos, das unerklärlich verstummte Telefon, die Intuition, in die Katasterakte zu schauen. Und schließlich der mit Kommissar Grossi in aller Eile ausgeheckte Plan.

Am Ende war doch alles noch einmal gut gegangen.

Die Bösen waren ohne Blutvergießen festgenommen worden. Die Guten waren gerettet.

Als sie endlich ihr Haus erreicht hatten, lief Chiara sofort hinein und sah sich um. Die Spurensicherung war noch bei der Arbeit. Sie fühlte sich völlig fremd, ihr Haus war kein sicherer Hafen mehr.

Kommissar Grossi nahm sie zur Seite, um sie auf den aktuellen Stand zu bringen.

Die Frau, die Gioia in ihrer Gewalt gehabt hatte, Dana Dobrovič, war tot. Durch einen Kopfschuss getötet. Ende des Spiels. Sie hatte Roberto gequält, indem sie mit einer Luftpistole auf ihn geschossen und dabei offensichtlich Vergnügen empfunden hatte.

Ich habe ihn richtig durchlöchert, weißt du?

Chiara erinnerte sich an die Worte dieser Frau, Worte, die erst vor ein paar Stunden gesprochen worden waren, als sie noch mitten in diesem Albtraum gesteckt hatte.

Dana Dobrovič musste geistig völlig verwirrt gewesen sein. Genau wie Rollo und Terrano.

Bei diesem Fall waren offenbar alle durchgeknallt, die Guten wie die Bösen.

Und herausgekommen war dabei ein absolutes Chaos.

Roberto war bereits mit dem Rettungswagen weggebracht worden.

Auch der andere Mann, Giuseppe Rollo, war mit Gesichtsverletzungen von den Schlägen, gebrochener Nase und einer schweren Gehirnerschütterung abtransportiert worden. »Wir vermuten, dass das Ihr Mann war … Er hat sich gewehrt, hat versucht, etwas zu tun«, sagte Grossi. »Soweit ich das nachvollziehen konnte, hat Signor Monti sich den Messerstich eingefangen, um das Kind zu retten.«

»Bulgari!«, verbesserte Chiara sofort, wobei ihre Augen zu ihrer Tochter wanderten, die ein wenig abseits neben einer Polizeipsychologin saß und darauf wartete, dass ihre Mama endlich zu ihr kam, die wieder einmal nicht da gewesen war. »Mein Mann heißt Bulgari!«, schloss sie brüsk. Dann entschuldigte sie sich, ging zu Gioia hinüber und nahm sie in die Arme.

Dann hatte diese den Kokon zerrissen.

Krack!

Gioia hatte sie von sich weggeschoben.

Chiara versuchte, ihre Tochter zu trösten, indem sie ihr versicherte, dem Papa ginge es gut. Doch es war deutlich zu sehen, dass diese ihr nicht glaubte. Der Blick, den Gioia ihrer Mutter zuwarf, war so voller Misstrauen, als fürchte sie, dass diese ihr etwas Böses tun könne.

Ich glaube dir nicht mehr, Mama. Es reicht jetzt.

»Wo warst du, Mama, sag mir das!« Ganz plötzlich Gioias Stimme. »Sag mir, wo du warst, Mama! Sag es mir, wenn du es weißt!«

Chiara glaubte zu sterben.

»Wo warst du, Mama? Sag mir, wo!«

Chiara schwieg wieder einmal, weil sie keine Worte fand. Sie war nirgendwo. Sie hatte sich im Nichts verloren. Wie immer.

Fast hätte sie ihrer Tochter das Märchen vom Königreich der Wirklichkeit erzählt, doch ihr fehlte der Mut dazu. Ihr fehlte der Mut zu allem.

»Was wollen Sie mit ihr machen?« Molisi war zu ihnen herübergekommen.

Wie?

Mit ihr, mit wem?

Tun, wann?

Chiara blickte auf, ihre Augen schwammen in Tränen, sie sah ihren Vize fragend und gleichzeitig mit leerem Blick an. Als stünde sie unter Drogen.

»Mit dem Kind, was wollen Sie mit dem Kind machen?«, fragte er noch einmal.

»Ich weiß nicht, ich ...«

»Sie beide können auf keinen Fall hierbleiben.«

Molisi hatte recht. Ihr Haus war zu einem Ort des Schreckens geworden, und die Erinnerungen daran würden nur schwer zu verarbeiten sein.

Sie hatten keine Verwandten, bei denen Gioia hätte bleiben können, sie konnten nirgendwo hingehen.

»Sie könnten zu Marta und mir kommen«, schlug Molisi vor. »Wir haben ein großes Haus und ein leeres Zimmer mit einem Doppelbett.«

Chiara sah ihn perplex an. »Aber wir können doch nicht einfach so bei Ihnen einfallen ...«

»Warum nicht? Meine Frau würde sich freuen.«

Chiara dachte darüber nach. Im Augenblick schien es die beste Lösung zu sein.

Sie willigte ein.

Dann hörte sie dem Gespräch zwischen Gioia und der Polizeipsychologin zu, die sich von der psychischen Verfassung des Kindes ein Bild machen musste.

Gioia antwortete viel zu ruhig auf die Fragen und erzählte alles sehr detailliert.

»Die Frau hatte eine wahnsinnig große Pistole. Und dann war da noch der mit den Messern.«

»Hattest du große Angst vor den beiden?«

»Natürlich. Sie waren ja böse.«

Ihre Stimme war flach und ließ nicht die kleinste Gefühlsregung erkennen. Es war eher, als erzähle sie einen langweiligen Film.

»Dann haben sie Papa wehgetan. Sie hat mit dieser Pistole auf ihn geschossen. Es hat ganz viele Löcher gegeben, und er hat gejammert. Dann ist mein Papa stinkwütend geworden und hat den Stuhl kaputtgemacht. Er war plötzlich gar nicht wie sonst. Er hat mich gerettet und den Mann geschlagen, aber dann hat der Mann ihm das Messer in den Bauch gestoßen.«

»Und wie ging es dir dabei, Gioia? Was hast du dabei gefühlt?«

»Nichts. Nach einer Weile habe ich nichts mehr gefühlt.«

»Hattest du keine Angst mehr?«

»Mein Herz war einfach nicht mehr da. So war es besser.«

»Wie bei einer Anästhesie?«

»Was ist das?«

»Und was ist dann passiert?«

»Dann war da plötzlich der Mann mit der Pistole und hat uns alle gerettet.«

»Und wie hast du dich da gefühlt?«

»Ich musste weinen.«

»Dann hast du also in diesem Moment dein Herz gespürt?«

»Nein. Ich hab nur mit den Augen geweint.«

Nach dem Gespräch nahm die Psychologin Chiara zur Seite. »Ihre Tochter, Signora Monti, hat ganz offensichtlich einen schweren emotionalen Schock erlitten und in gewisser Weise den Kontakt zur Außenwelt abgebrochen, sie hat ihre Gefühle ausgeschaltet, was in einem solchen Fall nicht ungewöhnlich ist.«

»Bitte sagen Sie mir, was ich tun kann, um Gioia zu helfen.«

»Sie müssen ihr Sicherheit geben.«

Eine Weile bei den Molisis zu wohnen konnte also wirklich eine gute Lösung sein. Er und seine Frau waren feinfühlige Menschen, denen man vertrauen konnte.

In den nächsten Tagen sollte Gioia noch weitere Gespräche mit der Psychologin haben. In den nächsten Tagen, so hoffte Chiara, würde es auch Roberto schon besser gehen.

»Ich muss zu meinem Mann fahren«, sagte Chiara zu Molisi, nachdem sich die Psychologin verabschiedet hatte. »Und ich brauche einen Wagen, um mein Auto in Casalecchio abzuholen.«

»Können wir nicht zusammen zu Papa gehen?«, fragte Gioia.

Chiara spürte einen Stich im Herzen. »Er wird noch im Krankenhaus behandelt. Wenn der richtige Zeitpunkt gekommen ist, nehme ich dich ganz bestimmt mit.«

»Das heißt, dass du jetzt allein zu ihm fährst?«

»Ja, natürlich. Die Ärzte lassen im Augenblick nur Erwachsene zu ihm.«

»Und wohin gehe ich jetzt?«

Molisi trat einen Schritt auf Gioia zu, beugte sich zu ihr hinunter und zwinkerte mit einem Auge. »Hättest du Lust, mit zu mir nach Hausc zu kommen?«, fragte er mit einem strahlenden Lächeln. »Meine Frau und ich wären sehr geehrt, ein so hübsches Mädchen als Gast zu haben.«

»Kommt Mama auch?«

Chiara beugte sich nun ihrerseits zu Gioia hinunter und strich ihr über das Haar. »Natürlich komme ich auch. Ich komme so schnell wie möglich, gleich nachdem ich Papa besucht habe.«

Dann versuchte sie noch einmal, Gioia zu umarmen, doch auch dieses Mal wurde sie zurückgewiesen.

Krankenhaus Sant'Orsola, Intensivstation.

Ein unendlich langer Flur, den sie ganz langsam entlangging. Einen Fuß vor den anderen setzend, schwebte sie auf ihrer schwarzen Wolke dahin, in ihrem zerdrückten Rock, der blutverschmierten Bluse und den zerrissenen Strümpfen. Das Haar hing wirr herunter, und ihr Gesicht war geschwollen. Sie bot bestimmt keinen besonders schönen Anblick.

Chiara wollte umgehend den Chefarzt sprechen.

»Wir haben ihn gerade operiert«, sagte dieser. »Er hatte einen Magenriss und eine Blutung, die wir stillen konnten. Außerdem eine leichte Gehirnerschütterung und etwa dreißig Schusswunden am ganzen Körper. Wir mussten die Kugeln herausoperieren. Zu seinem großen Glück sind die Nieren trotz der vielen Tritte unbeschadet geblieben. Er hat Blut im Urin, doch eine Hämaturie ist in einem solchen Fall normal. Wir haben eine Sonographie gemacht, und ich glaube, dass es im Augenblick nicht erforderlich ist, weitere endoskopische Untersuchungen vorzunehmen.«

»Also ist er außer Lebensgefahr?«

»Wir können noch keine endgültige Prognose abgeben, dafür brauchen wir noch ein paar Tage, doch wir sind sehr optimistisch, Signora Bulgari.«

Sie war versucht zu antworten: »Signora Monti«, doch sie hielt sich zurück. »Kann ich ihn sehen?«, fragte sie in der Hoffnung, der Arzt würde verneinen.

Doch der Chefarzt sagte: »Natürlich.« Dann begleitete er sie bis zum letzten Zimmer am Ende des Flurs.

Schwebend betrat sie das Zimmer. Roberto lag im Bett, er war überall verbunden und an viele Schläuche angeschlossen, sein Gesicht war blass und die Augen geschlossen.

Chiara ging näher, überstieg einige beharrlichere Wölkchen, dann streckte sie eine Hand aus, um Robertos Wange zu streicheln. Da schlug er plötzlich die Augen auf und sah sie an, als sei sie ein Gespenst. Chiara wich vor Schreck zurück.

Da lächelte Roberto. »Du bist hier?«, fragte er, über seinen Augen lag ein Schleier. »Ich träume nicht?«

»Ja, ich bin hier«, flüsterte sie und versuchte zu lächeln. Vergeblich. »Du warst toll, Roberto.«

»Bei was?«

»Nein, ich meine, wie du versucht hast, Gioia zu retten ... Du warst sehr mutig, das hätte ich nicht gedacht.«

»Du hättest nicht gedacht, dass ich mutig sein kann?«

»Nein, entschuldige bitte, es ist nur, dass ...«

Auf Robertos Stirn bildeten sich Schweißperlen, er war offenbar erregt. Sie nahm seine Hand und drückte sie. »Jetzt musst du erst einmal gesund werden, du fehlst Gioia so sehr und ...«

»Fehle ich nur Gioia?«

Verlegenes Lächeln. Das Bedürfnis zu schreien: *Ich halte das nicht länger aus!*

Lippen, die sich ganz von selbst bewegten.

Sie sagte: »Natürlich fehlst du auch mir, das muss ich doch nicht extra sagen.«

Seine traurigen Augen.

Ihre traurigen Augen.

Und die gewohnte Stimme in ihrem Kopf: *Chiara, kleine Lügnerin, du änderst dich nie.*

»Du hast ja lauter Blutergüsse im Gesicht, bist du sicher, dass es dir gut geht?«, fragte er besorgt.

»Das sind nur ein paar blaue Flecken, gar nicht der Rede wert.«

»Bist du sicher?«

»Aber ja, keine Sorge. Und du findest in deinem Zustand noch die Kraft, dich um mich zu sorgen?«

»Ja.«

Seine traurigen Augen.

Ihre traurigen Augen.

Etwa zehn Minuten waren vergangen, als eine Krankenschwester hereinkam und fragte: »Bleiben Sie heute Nacht hier bei dem Patienten?«

Ein Lächeln, Verlegenheit.

Dann sagte Roberto: »Es ist besser, wenn du zu Gioia fährst, Chiara. Ich brauche nichts.«

»Bist du sicher?«

»Ja, ganz sicher.«

Sie sah ihn an und bemerkte einen neuen Gesichtsausdruck an ihm. Eine steile Falte auf der Stirn, als wäre er wieder einmal enttäuscht worden, einmal zu viel. Enttäuscht von ihr.

Als Chiara sich hinunterbeugte und ihn auf den Mundwinkel küsste, stach ihr der Medikamentengeruch in die Nase. Sie richtete sich rasch wieder auf, lächelte und drückte seine Hand, dieses Mal kräftiger als zuvor.

Sie sagte: »Wir hören uns morgen.«

Dann ging sie, ein seltsames Zwicken in den Augenwinkeln, die Tränen drängten hervor, wollten sich befreien.

Sie verließ das Krankenhaus.

Um zu ihrer Tochter ins Haus der Molisis zurückzukehren.

Auf der Fahrt versuchte sie, Franco zu erreichen. Sie wollte erfahren, wie es ihm ging, doch sein Handy war ausgeschaltet.

Vasco hatte an derselben Stelle, an der Clorinda Mastri ums Leben gekommen war, einen Autounfall gehabt, nachdem er ein Mädchen angefahren hatte, das sich auf der Fahrbahn befand ... ein Albtraum, völlig irrwitzig.

Die ganze Geschichte war so absurd, dass man eigentlich nur mit einem Schulterzucken darauf reagieren konnte.

Es passieren einfach verrückte Dinge. Na und?

Als sie schließlich bei den Molisis ankam, saß Gioia vor dem Fernseher.

Chiara wechselte einige Worte mit ihrem Kollegen und seiner Frau, dann ging sie zu ihrer Tochter und fragte sie, ob sie sich nicht ein bisschen ausruhen wolle. Gioia verneinte, sie wollte ihren Zeichentrickfilm weiter anschauen. Dabei wirkte sie so apathisch, als würde sie ins Nichts starren.

Also saßen sie den ganzen Nachmittag schweigend nebeneinander. Dann schlief Gioia gegen acht Uhr abends ganz plötzlich ein. Wie ein Stein.

Molisis Frau sagte: »Sie hat ja nicht einmal etwas gegessen, die arme Kleine.«

Chiara nahm ihre Tochter auf den Arm, trug sie in ihr Zimmer, legte sie ins Bett und betrachtete sie im Schlaf.

Schließlich zwang sie sich zu duschen.

Während sie sich etwas Frisches anzog, fiel ihr Blick auf die Fotos, die auf der Kommode standen. Ein sehr schönes, blondes Mädchen war darauf zu sehen. Das musste Marina sein, Molisis Tochter. Sie hatte dasselbe Lächeln wie er gehabt. Chiara wurde es ganz schwer ums Herz, als sie daran dachte, wie groß der Schmerz gewesen sein musste, als er seine Tochter verlor. Sie sah sich weiter um und entdeckte die Stofftiere auf einem Sessel: Bären, Giraffen, Mäuse ... eine richtige Sammlung. Die Tränen bahnten sich ihren Weg. Das Leben war so verflucht gemein und hatte Spaß daran, diejenigen zu treffen, die es gar nicht verdient hatten.

Sie verbot sich das Weinen und ging zu Molisi, der in seinem Arbeitszimmer auf sie wartete.

Sie rauchten und besprachen noch einmal die Ereignisse des Tages.

»Das Ende von Terrano ... ist ja fast wie die Rache eines Geistes.«

Bestimmt hatte Molisi das ohne Nachdenken gesagt, doch Chiara überlief ein Schauer. »Wie ist sein Zustand?«

»Es steht nicht gut um ihn. Sie haben ihn ins Lazarus gebracht. Er liegt im Koma, und es sieht so aus, als müssten sie ihm die Beine amputieren.«

»Ich würde eigentlich sagen, dass es ihm recht geschieht, aber das kann ich nicht. Er war ein Opfer der Umstände. Im Grunde hat sein Vater eines seiner vielen Verbrechen an ihm begangen. Ein kranker Mensch, von Anfang an verdorben.«

»Und Sie, Chiara, wie geht es Ihnen jetzt?«

»Meinen Sie nicht, Molisi, dass es Zeit ist, dass wir uns duzen?«

»Ich hänge aber so an dem Sie.«

»Wie Sie wollen, mein lieber Kommissar. Sie sind ein wirklich guter Freund. Ich möchte Ihnen aus tiefstem Herzen danken.«

»Sie hingegen sind stur wie ein Maulesel, wissen Sie das, Chiara? Doch es ist mir eine Ehre, in Ihrem Team arbeiten zu dürfen.«

An diesem Punkt stand Chiara auf und drückte die Zigarette im Aschenbecher aus, mit gesenktem Blick, weil sie schon wieder die Rührung überkam. »Ich gehe jetzt ins Bett, zu meiner Kleinen«, sagte sie. Dann verabschiedete sie sich mit einem Kuss auf die Wange ihres Kollegen. »Nochmals vielen Dank, Molisi.«

Dieser errötete bis in die Spitzen seines Kinnbartes.

Als sie im Zimmer war, legte sie sich neben Gioia ins Bett und nahm sie in den Arm. Doch nach einer Weile wurde Gioia unruhig, als mache ihr die Gegenwart ihrer Mutter Angst.

Da ließ Chiara sie los und weinte in der Dunkelheit.

Sie starrte auf die Stofftiere und ließ den Tränen freien Lauf, bis sie ganz leer war. Sie schlief keine Minute und hatte am nächsten Morgen verquollene Augen. Dennoch war sie bereit, sich dem Montag zu stellen, mit allem, was er mit sich bringen würde.

Der Anruf des Polizeipräsidenten erreichte sie unmittelbar nach dem Frühstück auf ihrem Diensthandy. »Kommen Sie bitte gleich zu mir, ich muss mit Ihnen sprechen, Signora Monti.«

Gioia schlief noch, als sie sich auf den Weg machte, und Molisi konnte ihr gerade noch ein bedrücktes »Viel Glück« hinterherrufen.

Als sie im Präsidium ankam, stellte sie fest, dass sie gar keinen Dienstausweis bei sich trug, weil dieser zusammen mit der

Pistole in ihrer Handtasche in Francos Auto geblieben war. Daher musste sie ihren Alfa Romeo auf der Piazza Roosevelt abstellen und sich dann an der Pforte einen Tagesausweis ausstellen lassen.

Ihr Herz schlug heftig, als sie das Büro von Mastroleo betrat.

Sie setzte sich nicht, sondern blieb starr vor dem Schreibtisch stehen, mit ihren geschwollenen Augen, und hörte zu, was er zu sagen hatte.

Dann ging sie, verärgert und niedergeschlagen.

Über diese schwarzen Wolken, die sich beim besten Willen nicht auflösen wollten.

Sie trieb immer weiter.

2

Als Franco am Sonntagmorgen nach Hause kam, stieg er sofort in das Arbeitszimmer seines Vaters im Turm hinauf. Wenn er an die Ereignisse der Nacht dachte, empfand er nichts, seine Gefühle waren tot. Er suchte sich aus den alten CDs ein Album von Pink Floyd mit dem Titel *The Dark Side of the Moon* heraus, legte sie in den Player und startete den fünften Track. Das Stück hieß *The Great Gig in the Sky*, und er hatte es nicht mehr gehört, seit er dreizehn war.

Mit geschlossenen Augen wartete er auf den Anfang des Songs, in der Hoffnung, es würde der richtige sein, ohne dass ein Geist seine Finger im Spiel hatte.

Nur mit einer schwarzen Boxershorts bekleidet, hockte er sich mit dem Gesäß auf den Fersen in der Karate-Begrüßungsposition auf den Boden.

Es sah Clorinda auf den Fotos an der Wand fest in die Augen.

Lauschte der Musik.

Hörte die Schreie.

Das verzweifelte Flehen einer Musik, die einen einhüllt und weit wegführt. Verzehrende, in einen Rocksong gegossene Traurigkeit.

Er ließ sich davon durchdringen, hoffte, dass diese Schreie andere Schreie hervorrufen und die Stille durchbrechen würden.

Er hatte das Gefühl, als existierte er gar nicht und als könnte er die Gefühlsfragmente, die seine Seele bildeten, nicht zusammenhalten. Das Stück hatte ihn früher sehr berührt. Sein Vater hatte es ihm vor langer Zeit vorgespielt. Franco erinnerte sich noch an dessen Gesicht und seine Worte: »Hör gut zu, mein Sohn, wie weit man mit einem Musikstück gehen kann, in welche Tiefe deines Herzens dich eine Melodie bringt.«

Er hatte damals nicht verstanden, was sein Vater meinte. Doch das Stück hatte seine Seele ergriffen.

Mit aller Konzentration, die er aufbringen konnte, versuchte er, nun wieder dorthin zu kommen, niederkniend vor dem wichtigsten Zeugnis seiner Obsession.

Während die Schreie des Sängers in die hintersten Winkel seines Geistes drangen, überkam ihn ein Gefühl der Unabwendbarkeit, das Bewusstsein, Teil eines unveränderlichen Plans zu sein. Genau das hatte er in der letzten Nacht empfunden, als er Vasco verfolgt hattc. Dass irgendjemand seine Handlungen leitete.

Ein Wesen.

Dasselbe, das hier im Haus umging. Dasselbe, das in seinem Kopf herumspukte.

Ein in der Nacht verlorener Geist, der immer wieder zurückkehrte.

Der immer wieder auftauchte wie eine Erinnerung und schrie, um die Aufmerksamkeit auf sich ziehen.

Franco sagte sich, dass die Zeit helfen würde zu vergessen.

Doch seine Zeit war stehengeblieben, also würde er auch nichts vergessen.

Es gibt Dinge, die immer in uns bleiben.

Die nie mehr verschwinden.

Schrei um Schrei.

Franco dachte an den Augenblick, als er seinen Vater zum letzten Mal gesehen hatte, an die breiten Schultern, die sich von ihm entfernten.

In jener Nacht, als sein Vater in sein Zimmer gekommen war,

um ihm den Ring des Phantoms auf den Nachttisch zu legen und ihn auf die Stirn zu küssen, während Franco steif im Bett lag und sich schlafend stellte. Wenige Stunden später war sein Vater in einem Dienstwagen krepiert.

Wenn er damals die Augen aufgemachte hätte, um dieses Lächeln noch einmal zu sehen, wenn er mit ihm gesprochen hätte, wenn er seine Stimme gehört hätte … Doch er hatte die Augen zusammengekniffen und sich damit begnügt, den Geruch seines Vaters einzuatmen, den Geruch nach Aftershave, Haut und Zigarren. Er hatte dem Geräusch der sich entfernenden Schritte gelauscht, ihrem typischen Takt. Dann schlug er die Augen auf, vielmehr nur eines, als wollte er jemandem zuzwinkern, und sah im Halbdunkel seinen Vater aus dem Zimmer gehen. Und er entdeckte, dass er eine riesige Angst verspürte, die ihm fast den Atem nahm. Er versuchte, den Mund zu öffnen, um den Vater zurückzurufen, um ihn irgendwie aufzuhalten: *Bitte, Papa, komm zu mir, geh nicht weg, bitte, lass mich nicht allein.* Doch sein Mund bewegte sich tonlos in der Dunkelheit, und so sah er ihm schweigend nach, wie er durch die Tür verschwand, fort von ihm, fort für immer.

Sein Vater, der Superheld und Märtyrer, der Mistkerl und Schweinehund, hatte ihn alleingelassen. Ein Engel, der nicht vergeht, eine Erinnerung, eine Stimme und ein Lächeln aus der Tiefe. Zwei helle Augen, deren Blick in ihn eindrangen, ihn wuschen wie Quellwasser und seinen Durst löschten.

Die Schreie des Stücks breiteten sich in ihm aus.

Franco spürte, wie seine Brust weit wurde.

Dann, als die Musik zu Ende war, schloss er, von der Erinnerung durchflutet, die Augen, um zu sehen, ob das Flügel-Mädchen gekommen war.

Was bedeutete dieser Wunsch, wegzufliegen? Eine Flucht

verbotenen Träumen entgegen? Warum dieses Bedürfnis, in perfekter Synchronisation mit dem Herzschlag zu atmen, einen Schluck Luft nach dem anderen, bis zum Wahnsinn?

Im Dunkeln unter seinen Lidern war niemand. Nur konfuse Gedanken und Bilder.

Doch er wusste, dass er nicht allein war.

Er spürte es wie eine leise Luftbewegung im Nacken, ein sanftes Atmen. Nicht eisig, sondern erfrischend wie ein leichter Wind nach einem warmen Frühlingstag, wenn das Wetter noch unsicher ist. Auf der Scheide zwischen zwei Augenblicken, die einander berühren.

Er fragte sich: *Was ist ein Geist?*

Der Hauch einer Erinnerung. Die Wiederkehr eines Gefühls.

Tausend Fragen drängten sich in seinem Kopf.

Die Ereignisse und ihr Sinn gingen in der Verwirrung verloren.

Franco stand auf und setzte sich an den Computer.

Zerstreut betrachtete er seine Fingerknöchel: keine Schwellungen, keine Wunden mehr. Es war alles verheilt.

Er nahm seine Glücksbringer-Patrone in die Hand und starrte auf den dunklen Monitor.

Während er den glänzenden Metallzylinder in der rechten Hand drehte und mit dem Fingernagel an der Bleispitze kratzte, wartete er auf eine Eingebung, auf eine Idee, wie er weitermachen sollte. Um zu verstehen.

Schließlich tat er das Allerbanalste. Er gab bei Google das Wort »Geist« ein.

Dann legte er die Patrone weg, klickte eine Seite nach der anderen an, überflog die Texte, druckte sie aus. Schließlich las er das Ausgedruckte aufmerksam durch, strich sich mit einem Marker die interessanten Stellen an, schrieb sich Stichworte heraus, dachte nach, hektisch, besessen.

»Als Geist oder Gespenst bezeichnet der Volksglaube ein meist unkörperliches ... Wesen ...«

»Geist – Gespenst – Daimon – Larve (das Wort leitet sich vom lateinischen larva(ae) her und meinte zunächst gefährliche Gespenster, welche mit dem Reich der Toten assoziiert wurden) ...«

Er schrieb an den Rand des Blattes: LARVE, KOKON, SCHMETTERLING.

»... Erscheinungen, die sich durch wiederkehrendes Verhalten charakterisieren, wie zum Beispiel das Auftauchen zu einer bestimmten nächtlichen Stunde ...«

Und er schrieb: DREI UHR MORGENS!!!

»Geister oder Gespenster gibt es gleichförmig in der Vorstellungswelt verschiedener Kulturen. Im engeren Sinne des Wortes sind Gespenster nur die Totengeister.«

Er fand auch ein paar Seiten, die sich mit Nahtod-Erfahrungen befassten, so wie er sie gemacht hatte. Diese verfluchte Erfahrung, die ihm nichts weiter eingebracht hatte, als dass in seiner Gegenwart alle Uhren stehenblieben.

»Wenn ein Körper stirbt, dann geben seine Zellen Energieladungen ab. Die Menschen, die wieder zurückkehren, können manchmal paranormale Fähigkeiten entwickeln ...«

Die Worte von Dr. Casali vom Istituto Lazarus waren nah und fern zugleich. Auch sie waren Geister.

Er notierte: ENERGIELADUNGEN, PARANORMALITÄT.

Eine Woche lang war er in dieser Spalte zwischen Leben und Tod eingeklemmt gewesen, und vielleicht war genau dort etwas in ihn eingedrungen oder hatte ihn als Vermittler benutzt, als Übergang, um hinauszugelangen, aus dem Kreis heraus.

Tod und Leben berühren sich. Bis sie zu etwas anderem werden.

»Die untere Ebene der vierten Dimension, die siebte Astralebene nämlich, die tiefste, die der physischen Welt am nächsten ist, ist die schlimmste und ist die, von der man sagt, dass dort böse Wesen, Dämonen und Geister leben.«

Von dort also riefen die Satanisten bei ihren schwarzmagischen Ritualen die Kreaturen des Teufels an.

Der dunkle Bauch war vielleicht nichts anderes als der Limbus, in dem die Geister der im Koma liegenden Menschen sich bewegen, derselbe Ort, an dem sich die Seelen der durch einen gewaltsamen Tod Verstorbenen befinden.

Gequälte Seelen im Wartesaal.
Clorinda … Und wenn ihr Geist dort gefangen wäre?
Deswegen habe ich sie also getroffen.

»Selbstmörder und Entkörperlichte mit monströsem Aussehen bewegen sich in diesem infernalischen Raum. Besessene mit der Erinnerung an das physische Leben, gepeinigt von nicht befriedigten Wünschen, versuchen, die Lebenden zu quälen.«

Noch mehr Internetseiten, noch mehr Ausführungen zum Thema.

Viele glaubten, dass die Geister eine Art Videofilm der Seele seien, dass die Gefühle eines Individuums in Form von Klängen und Bildern zurückkehrten und so weiterexistierten.

Im Hinduismus sprach man von der Vermittlung durch das *Prana*.

Die Holisten definierten verschiedene Formen der körperlichen Dichte, bis hin zum sogenannten »ätherischen Doppel«.

Der Astralleib, die Aura.

Franco machte sich sofort eine Notiz: SAVERIO MASTRI HAT STUDIEN IN DIESE RICHTUNG GEMACHT. ARTIKEL ÜBER IHN LESEN!!!

Franco spürte, dass sich allmählich die somatischen Züge des Albtraums abzuzeichnen begannen.

Er machte weiter, stundenlang, wie in Trance. Er hatte sich intensiv mit dem Thema befasst, hatte viele Seiten ausgedruckt und viele Textstellen angestrichen. Wie ein Student, der sich auf ein Examen vorbereitet.

So war der Tag vergangen, der Abend war gekommen und dann die Nacht.

Bis Franco, von Müdigkeit überwältigt, den Kopf zurücklegte und auf seinem Stuhl einschlief. Er glitt in einen düsteren Traum voller Stöhnen und Raunen.

Erst nach unendlich langer Zeit schlug er ganz plötzlich die Augen auf und schrak zusammen, als habe er einen elektrischen Schlag bekommen. Er hatte das Gefühl, ihn riefe jemand.

Wer bist du? Was willst du von mir?

Desorientiert und verwirrt sah er auf seine Timex mit den auf drei Uhr verharrenden Zeigern. Dann prüfte er die digitale Uhrzeit auf dem Bildschirm und stellte fest, dass es wirklich drei Uhr war.

Auch eine kaputte Uhr zeigt zweimal am Tag die richtige Uhrzeit an.

Es war der einzige Moment, an dem er die Illusion haben konnte, dass alles wieder normal sei, wenn die erstarrte Uhrzeit mit der tatsächlichen übereinstimmte. So wurde die Wiederkehr des Albtraums ein Zeichen für Normalität, für Symmetrie.

Er dachte an seine Recherchen. Er konnte kaum glauben, dass er so viel Zeit damit vertan hatte, Texte über heimgesuchte Orte und verrückte esoterische Theorien zu lesen. Pseudowissenschaftler, die versuchten, dem Unlogischen eine logische Erklärung zu verpassen. Auswüchse der Verrücktheit, des Wahns, was auch immer. Auch wenn er sich mittlerweile als Anhänger der Liturgien des Absurden bezeichnen durfte. Gegen seinen Willen hatte er sich einen Platz in der unergründlichen Leichtigkeit des *Nichtseins* erobert. Mittlerweile war er wieder in der Lage, an alles zu glauben, wie ein Kind. Ihm standen alle notwendigen Werkzeuge zur Verfügung, um nicht das kleinste Anzeichen von Staunen verspüren zu müssen. Um an alles und nichts glauben zu können.

Er fühlte sich substanzlos wie ein Betrunkener. So als wäre er gar nicht mehr da.

Panik ergriff ihn, und er ruckte an der Maus, damit der Bildschirm wieder hell wurde, dann aktivierte er die Webcam an seinem Rechner. Auf dem Bildschirm erschien sein Gesicht.

Ich bin, hier, jetzt! Gott sei Dank.

Doch er war nicht ganz überzeugt.

Vielleicht war es nur eine Halluzination oder eine Vision.

Oder ich bin ein Geist, der sich falsche Hoffnungen macht.

Er klickte auf das Fotoapparat-Icon, und der Countdown lief: drei, zwei, eins. Dann der Blitz.

Die Fotografie seines Gesichtes.

Franco betrachtete sie lange und versuchte, sich wiederzuerkennen.

Das bin wirklich ich.

Verwirrter, geradezu erstaunter Gesichtsausdruck. Die grünen Augen weit aufgerissen. Der Mund zu einer Grimasse verzogen.

Hinter ihm die Dunkelheit des Zimmers.

Mit unbestimmten Schattierungen, undeutlichen Formen.

Er sah sich das Bild genauer an und hatte das Gefühl, dass da etwas Seltsames war. Irgendetwas stimmte nicht mit dem Dunkel hinter ihm. Dort war keine Leere, sondern eine Bewegung.

Das Dunkel hinter mir bewegt sich, es hält nicht einen Augenblick still.

In diesem Moment merkte er, dass sein Kopf sich drehte. Vielmehr drehte sich das ganze Zimmer. Ein Kreisel in der Dunkelheit.

Er war nahe dran, ohnmächtig zu werden, als wäre sein Blutdruck plötzlich abgesackt.

Vielleicht hatte die Webcam seinen Schwindel aufgezeichnet wie eine Art Heiligenschein.

Geisterschwindel.

Er öffnete das Bild mit Photoshop und vergrößerte den Ausschnitt, auf dem der Hintergrund zu sehen war.

Er glaubte, ein Gesicht zu entdecken, ein kaum angedeutetes Gesicht.

Das Herz schlägt, das Blut pulsiert, Angst steigt hoch.

Vielleicht war es nur ein Spiel von Licht und Schatten. Oder seine Einbildung war zu schnell, über zweihundert Stundenkilometer. Einbildung und Myelinkomponenten, die Hand in Hand spazieren gingen.

Das Dunkel hinter seinem Rücken hatte das Gesicht eines Mädchens geschaffen.

Ein unklares Gesicht, ein Brei?

Clorinda, meine Clorinda, bist du immer noch hier, um mir auf die Nerven zu fallen, mein Herz?

Aber nein, geh. Übertreib doch nicht.

Ihm fielen die Rorschachkleckse ein, die man interpretieren konnte, je nachdem, was man gerade empfand. Oder fürchtete.

Bestimmt hatte er sich von seiner Lektüre beeinflussen lassen. Von diesen absurden Geschichten über Geister, die zurückkehrten. Und jetzt sah er einen von ihnen, der auf diesem verfluchten Foto hinter seinem Rücken lauerte.

Ach was, das ist doch nur eine optische Täuschung!

Was soll es denn sonst sein?

Die Wand hinter ihm war bedeckt mit den Fotos von Clorinda. Bestimmt war eines von diesen auf das Bild mit seinem Gesicht geraten.

Oder nicht?

Franco stand auf und ging nach draußen, sog die frische, nach Gras und Blumen duftende Luft ein. Sie hätte ihn heiter stimmen sollen. Er hingegen war traurig und melancholisch. Mal ganz was Neues also.

Chiara Monti kam ihm in den Sinn.

Er sah sie vor sich, wie sie weinte, als die Männer sich auf sie stürzen wollten, um sie zu vergewaltigen. Und er sah ihren angstvollen Ausdruck, als sie das Handy umklammerte und nach ihrer Tochter fragte, nachdem sie den Klauen Terranos entronnen waren. Er hatte Lust, sie zu sehen, ihre Stimme zu hören.

Er hatte noch ihre Handtasche mit der Pistole, die in seinem Auto geblieben war. Deswegen würden sie ohnehin Kontakt aufnehmen müssen, deswegen und wegen anderem. Er musste ihr erklären, was er entdeckt hatte. Sie an der Absurdität teilhaben lassen.

Er brauchte neues Datenmaterial zum Verarbeiten, Daten über neue Unfälle, die er analysieren konnte, um mögliche Übereinstimmungen zu finden.

Schritt für Schritt würden sie der Lösung des Rätsels näher kommen.

Seufzend ging er ins Haus zurück, um sich eine Zigarette anzuzünden. Sein Kopf drehte sich immer noch.

Verfluchter Geisterschwindel.

3

Da Gioia unter Schock stand und Robbi im Krankenhaus war, hätte sich Chiara in jedem Fall ein paar Tage Urlaub nehmen müssen. Also konnte sie ihre Suspendierung fast schon als notwendige Auszeit betrachten.

Nur dass sie sich durch die Worte des Polizeipräsidenten und wie er sie behandelt hatte – nämlich wie eine blutige Anfängerin – verletzt und gedemütigt fühlte. Kein Verständnis. Kein tröstendes Wort, kein Vertrauensbeweis.

Sie mochte Mastroleo überhaupt nicht. Wahrscheinlich hatte er ihr die Leitung des NSPIA nicht wegen ihrer kriminalistischen Fähigkeiten übertragen, sondern weil er überzeugt gewesen war, dass eine Frau leichter zu manipulieren sein würde als ein Mann. Oder noch Schlimmeres.

Jedenfalls stimmte da etwas nicht.

Auch wenn ihr im Augenblick nichts gleichgültiger sein konnte.

Sie musste jetzt an ihre Familie denken, musste es wirklich tun, wenigstens ein Mal im Leben.

Vielleicht war es jetzt aus mit ihrer Karriere bei der Polizei, was sie früher tief getroffen hätte, sie hätte es nicht ertragen können. Jetzt aber fühlte sie etwas, das fast schon Erleichterung war.

So viele Jahre hatte sie unter Druck gestanden. Jetzt war es an der Zeit, einen Gang runterzuschalten, etwas ruhiger zu werden.

Mit einer Therapie zu beginnen.

Wenn sie nicht verrückt werden wollte.

Auf einmal hatte sie den dringenden Wunsch, ihre Tochter zu umarmen. Sie konnte es kaum abwarten, zu ihr zu kommen.

Um sie zu küssen.

Um sie zu berühren.

Um sie zu spüren.

Zum Teufel mit allem anderen: den verbogenen Kaffeelöffeln, Seen aus Blut, getöteten Menschen, Wahnsinnstaten auf den Straßen, nervenden und korrupten Polizeipräsidenten. Zum Teufel mit diesem ganzen Mist, der für das Königreich der Wirklichkeit so typisch war.

Chiara, die kleine Lügnerin, würde endlich einmal da sein für die, die es verdienten, ganz bestimmt.

Schluss mit der Abwesenheit.

Sie kam zum Haus der Molisis.

Marta empfing sie mit einem Lächeln. »Mauro ist in die Zentrale gefahren«, sagte sie. »Gioia ist in ihrem Zimmer. Sie wollte die ganze Zeit allein dort bleiben. Ich habe sie gelassen.«

Chiara nickte. Dann entschuldigte sie sich und ging zu ihrer Tochter.

Gioia saß auf der Bettkante mit dem Rücken zu ihr, dem Fenster zugewandt, das zum Garten hinausging. Sie fixierte irgendetwas, vielleicht die Sonne, vielleicht das Nichts.

Chiara näherte sich ihr langsam, legte ihr eine Hand auf die Schulter und drückte sie. Gioia zuckte zusammen, als hätte sie einen Schlag bekommen.

»Mein Schatz ... Ich bin es. Mama ist zurück.«

Worte in der Stille.

»Ich bin es, mein Engel.«

Das Mädchen drehte sich nicht um, starrte weiter in die

Leere hinter dem Fenster. Als wäre niemand ins Zimmer gekommen, als wäre sie ganz allein auf der Welt.

Schuldgefühle, Zärtlichkeit, das Bedürfnis, sie an die Brust zu drücken, wie damals, als sie gerade auf die Welt gekommen war.

Von einem heftigen Gefühl der Sehnsucht überfallen, befahl Chiara ihrer Tochter, sich umzudrehen, und streckte die Arme nach ihr aus.

Gioia sah sie mit gerunzelter Stirn an, als würde sie sie nicht erkennen.

Ihre Lippen bewegten sich langsam, bleiche Lippen. »Wer bist du?«

Wie, wer bin ich?

Chiara atmete tief durch die Nase ein.

Sie nahm den Geruch ihrer Tochter ganz deutlich wahr, es war immer noch derselbe wie damals, als die Hebamme ihr das Baby nach der Geburt auf den Bauch gelegt hatte: nach Honig und Haar. Unbändige Freude und innerer Frieden. Sie spürte jetzt wieder Gioias kleinen Mund an den Brustwarzen, das Gefühl, eingesaugt zu werden, sie zu nähren und dabei ein Stück weit in dieses kleine, schutzlose Wesen hineinzugleiten. Ein einziger Körper, verschmolzen in flüssiger Zärtlichkeit.

Sie hielt Gioia an den Schultern fest und beugte sich hinunter, um ihr in die Augen zu sehen.

Lippen wie zitternde Regenwürmer. »Wer bist du?«

»Ich bin deine Mama.«

Sie entdeckte einen Schleier aus kaltem Groll in diesem Blick, die zusammengekniffenen Lippen waren zu einer schiefen Grimasse verzogen. Wütende Regenwürmer, die sich ausstreckten und zusammenzogen, über einem Knurren und Raunen. Einen Augenblick lang sah sie aus wie ein von einem Dämon besessenes kleines Mädchen, dann erkannte Chiara das verängstigte Gesicht ihrer Tochter wieder.

Das Herz explodiert, das Herz blutet.

»Komm zu mir, mein Schatz.«

»Nein.«

Als wäre es die normalste Sache der Welt, begann Gioia ohne Ankündigung, ihre Mutter mit ihren kleinen Fäusten zu traktieren, ins Gesicht, auf die Brust, was immer sie treffen konnte. »Geh weg, ich weiß nicht, wer du bist, geh weg, ich will allein sein, geh weg!«

Sie schlug und schrie.

Und Chiara glaubte wieder einmal zu sterben.

Mein armes Kind, o Gott ...

Was geschieht mit dir? Was?

Ihre Tochter war wie ausgewechselt, eine zornige Kreatur, die sie anstarrte, ohne sie zu erkennen.

Vielleicht war sie tatsächlich verrückt geworden.

4

Vom Parkplatz auf der Kuppe des Colle della Guardia aus gesehen war die Basilika San Luca besonders beeindruckend. Vollständig angeleuchtet hob sie sich gegen das nächtliche Panorama der Stadt ab, eingerahmt von den dunklen Hügeln.

Chiara starrte durch die Windschutzscheibe hinaus auf einen Punkt vor sich. Sie sah nichts. Sie registrierte die Bilder, ohne sie wirklich wahrzunehmen.

Durch ihren Kopf rasten die Worte, die ihr die Psychologin nach dem Besuch bei Gioia am Nachmittag gesagt hatte.

»Ihre Tochter versucht verzweifelt, das zu verarbeiten, was mit ihr geschehen ist, das, was sie hat miterleben müssen, die Folterung ihres Vaters, die Bedrohung, selbst getötet zu werden, und das Gefühl der Verlassenheit. Sie, Signora Monti, repräsentieren einen Grund für die Rückkehr dieses Grauens. Kurz gesagt: In ihrer Gegenwart ist Gioia gezwungen, sich an das zu erinnern, was sie eigentlich bloß vergessen möchte.«

Die Erläuterungen der Psychologin hatten sich in ihren Kopf eingebrannt, Wort für Wort.

»Mein Gott.«

»Ich glaube, dass das Kind in dieser ersten Zeit viel Alleinsein braucht. Gioia muss frei sein, die Dinge zu verarbeiten, wie und wann sie will.«

»Sagen Sie mir vielleicht gerade, dass meine Anwesenheit meine Tochter psychisch schädigen kann?«

»Hören Sie, Sie dürfen sich nicht schuldig fühlen …«

»Ich fühle mich nicht schuldig, ich verstehe es nur nicht!«

»Gioia braucht eine mentale Pause ... Sie muss Anlauf nehmen können, bevor sie zum Sprung ansetzt, der sie zu etwas Neuem führt. Sie möchte die furchtbaren Ereignisse überwinden, doch ihre Erinnerungen sind ein gewaltiges Hindernis, und sie muss sich vorher ausruhen und Kräfte sammeln können, sonst besteht die Gefahr, dass sie stürzt und sich ernsthaft verletzt. Vielleicht irreparabel.«

»Dann sagen Sie mir, was ich tun soll.«

»Nichts, sie brauchen jetzt gar nichts zu tun. Lassen Sie sie am besten so viel wie möglich mit sich selbst allein. Das erscheint paradox, ich weiß. Doch in der Psychoanalyse gibt es viele Dinge, die man für absurd halten könnte. Der Geist ist seltsam. Das Ziel lautet: Wiederherstellung des Gleichgewichts. Ihre Tochter muss die Gewissheit bekommen, dass die Welt wieder sicher ist. Gleichzeitig muss ihr klar werden, dass sie es niemals zu hundert Prozent sein wird, aber dass das in Ordnung so ist.«

Diese Worte, all diese Worte.

Nach Gioias hysterischem Anfall hatte Chiara sofort die Psychologin angerufen, die ein paar Stunden später gekommen und bis zum Abend mit dem Kind im Zimmer geblieben war.

Als die Sitzung vorbei war und die Frau wieder aus dem Zimmer kam, bat sie Chiara zu sich und sagte ihr all diese schrecklichen Dinge. Chiara fiel in ein schwarzes, schmerzliches Loch.

»Ihre Tochter hat gesagt, dass es ihr hier gut geht und dass sie gerne hier ist. Wenn das Ehepaar Molisi einverstanden ist, könnten sie Gioia vielleicht noch für ein paar Tage hierbehalten, bis sie die Krise überwunden hat. Ich komme regelmäßig vorbei und sehe nach ihr. Und wenn ich der Auffassung bin, dass der richtige Moment gekommen ist, können Sie, Signora Monti, sie wieder in die Arme nehmen. Was meinen Sie?«

Natürlich erklärte sich Marta Molisi bereit, Gioia noch eine Weile zu beherbergen, bis es ihr wieder etwas besser gehen würde. »Auch mein Mann wird keine Einwände haben«, fügte sie hinzu.

Kurz nachdem die Psychologin gegen fünf gegangen war, kam der Kommissar nach Hause. Er wirkte angespannt und verdrossen. Natürlich sei es gar kein Problem, wenn Gioia noch hierbliebe, er freue sich darüber. »Auch wenn ich in den nächsten Tagen wahrscheinlich wenig zu Hause sein werde.« Dann wandte er sich mit bekümmertem Blick an Chiara. »Sie haben mich gebeten, an deiner Stelle die Leitung des Teams zu übernehmen. Vorübergehend.« Er vergaß völlig, sie zu siezen.

»Und hast du eingewilligt?«

»Ich habe gesagt, dass ich darüber nachdenken würde.«

Chiara sah ihn mit einem schmalen Lächeln an. »Du darfst dir wegen mir keine Gedanken machen. Wenn sie mich von meiner Aufgabe entbinden wollen, dann machen sie das sowieso. Da ist es doch viel besser, wenn du das Team leitest, oder?« Sie meinte es aufrichtig.

Was wohl mein Kind macht?

Ihr Kopf war angefüllt mit Gedanken an Gioia, nur noch ein kleines Inselchen versuchte mit aller Kraft, die Angelegenheiten des Alltags zu bewältigen, das stumpfsinnige Königreich der Wirklichkeit.

»Ich bin wirklich froh, dass sie dich gefragt haben«, fügte Chiara noch hinzu.

Molisi sah sie an und wirkte schon weniger bedrückt. »Du bist eine starke Frau.«

»Und du bist ein wunderbarer Mann, Mauro.« Dann drehte sich Chiara zu Marta um und zwinkerte ihr zu. »Schade, dass dich schon eine andere geschnappt hat.«

Jetzt lächelte auch Molisis Frau. Sie versuchte, etwas Scherzhaftes zu erwidern, doch sie brachte vor lauter Rührung nur ein Hüsteln hervor. »Mach dir keine Sorgen um Gioia. Du wirst sehen, es wird alles gut.«

Chiara nickte.

»Und wo gehst du in der Zwischenzeit hin?«, fragte Molisi.

»Ich weiß es noch nicht genau. Vielleicht schlafe ich heute Nacht auf dem Notbett im Büro. Ich hoffe, dass die Spurensicherung morgen die Siegel entfernt und mein Haus dann kein Tatort mehr ist.«

»Es tut mir leid, dass all das passiert ist. Ehrlich.«

»Ich weiß, lieber Molisi, ich weiß.«

Chiara packte ihre wenigen Sachen in eine Tasche, widerstand der Versuchung, nochmals zu Gioia hineinzugehen, schluckte die Tränen hinunter und verließ das Haus. Als sie losfuhr, sah sie im Rückspiegel das Gesicht ihrer Tochter hinter dem Fenster, wie sie ihr nachsah. Und sogar von der Straße aus konnte sie diese schreckliche Leere im Blick des Mädchens und seine Distanziertheit ihr gegenüber erkennen, und beides tat ihr weh.

Sie fuhr mit quietschen Reifen davon und nahm die Umgehungsstraße. Dann bog sie auf die Straße ab, die in die Hügel führte.

Bis nach San Luca. Dort stand sie dann auf dem Parkplatz vor der Basilika und starrte in die Landschaft, ohne sie wirklich zu sehen. Noch einmal dachte sie über jedes Wort nach, das die Psychologin gesagt hatte.

Und sie fühlte sich so allein, dass sie es kaum aushalten konnte.

5

Virtual Animator war nur eines der Softwareprogramme, die ihm für die Analyse der Verkehrsunfälle bereitgestellt worden waren. Es gab auch noch ein anderes ziemlich interessantes Programm, Morphologic System, das, ausgehend von der Grundstruktur des Schädels, die virtuelle Rekonstruktion des dazugehörigen Gesichts ermöglichte. Man konnte es zum Beispiel verwenden, um die Identität eines Opfers mit extremen Gesichtsverletzungen herauszufinden. Aber auch, um nachvollziehen zu können, was in traumatologischer Hinsicht geschehen war.

Das Programm basierte auf einem statistischen Verfahren, das Hunderttausende von morphologisch vergleichbaren Modellen miteinander in Beziehung setzte. Franco hatte es schon einmal in einer frühen Testversion in der Anwendung gesehen, damals in einem Uni-Seminar, als er noch Spaß daran gehabt hatte, den Musterstudenten zu geben. Er war zutiefst beeindruckt gewesen. Am Ende der Berechnung tauchte das rekonstruierte Gesicht wie eine spektrale Erscheinung auf dem grünlichen Hintergrund des Bildschirms auf.

Er hatte es bei seiner aktuellen Arbeit für den NSPIA noch nicht benutzt. Doch diese Vision, die ihm im Dunkel seines schwindelnden Kopfes erschienen war, hatte ihn auf die Idee gebracht, die Opfer – die Adeptinnen des Clorinda-Kultes –, noch für einen letzten Versuch heranzuziehen.

Das Gesicht verlieren, es wiederfinden in dem Monster, das in dir ist.

Die Strophe eines Stückes von Mastema lautete genau so. *Sacrifice* hieß der Song, wenn er sich richtig erinnerte.

Mit Morphologic System würde er einen endgültigen Beweis erbringen können, um zu bestätigen, was bereits im Raum stand.

Er rauchte eine Zigarette vor den Fotos von Clorinda.

Dann setzte er sich an den Computer, drückte die Kippe aus und begann mit der Arbeit.

Seine Finger flogen über die Tasten, um das Programm aufzurufen, dann klickte er auf Optionen. Er hatte beschlossen, mit Maria F., seiner Ex, zu beginnen. Es fing damit an, dass er die allgemeinen Merkmale eingeben musste: weiblich, weiß, zwanzig Jahre alt, blonde Haare, blaue Augen, Größe 172 cm, Gewicht 50 kg.

Zunächst aber öffnete er die Anleitung und studierte sie gründlich, wobei er sich Notizen machte, denn er konnte sich nicht mehr richtig erinnern, wie das Programm zu benutzen war. Dann trug er die ihm vorliegenden Angaben in die für die Skelett-Struktur vorgesehenen Felder ein, dann die offiziellen Daten der Autopsie, die er mit seinen eigenen Analyseergebnissen verglichen hatte. Am Ende scannte er ein Bild des verwüsteten Gesichts ein und gab den Befehl, mit der Berechnung zu beginnen.

Er zündete sich eine neue Zigarette an, blies den Rauch gegen den Bildschirm und spielte mit seiner Glücksbringer-Patrone, während er darauf wartete, dass das Programm zu Ende rechnete.

Wie lange dauert das denn noch?

Er hatte keine Ahnung, wie viel Zeit vergangen war, ihm kam es jedenfalls wie ein Jahrhundert vor.

Dann kam plötzlich Bewegung auf den Bildschirm. Franco drückte die Zigarette aus und beobachtete staunend, was dort geschah.

Zunächst erschien der untere Teil des Gesichts: Kinn, Lippen, Kiefer.

Zähne und Zahnfleisch bauten sich auf, Blütenblätter aus rotem Fleisch umschlossen weißglänzende Flecken, die langsam zu Schneidezähnen, Eckzähnen, Backenzähnen wurden. Dann die Lippen, die sich wie ein weicher Schrein um alles schlossen.

Jetzt kam die Software zum oberen Teil des Gesichts und modellierte Nase, Schläfen, Augenhöhlen, die Augen und schließlich die Stirn bis zum Haaransatz.

Wunden schlossen sich, Knochenfragmente wurden ergänzt, der Schädel nahm seine alte Form an. Zuletzt erschien die Haut, überzog das Gesicht.

Das Endergebnis lag vor.

Franco Negronero sah dieses Gesicht an, das in der schwarzen Leere des Monitors zu schweben schien. Ein Gefühl von Unwirklichkeit hüllte ihn ein. Er fühlte sich gut, gewissermaßen in Sicherheit. So wie wenn man einer Sache gegenübersteht, die man schon kennt und die deswegen keine Angst macht.

Das letzte Experiment hatte bestätigt, dass es keine Bestätigung gab.

Es war ein absurdes Spiel und nichts weiter.

Er sah dieses Gesicht lange an, unendlich lange, wie ihm schien. Erst als sein Handy klingelte, kehrte er in die Wirklichkeit zurück und antwortete.

6

Im Büro.

Auf dem Notbett die Sporttasche mit der Wäsche zum Wechseln, eine Jeans, ein Rock, ein paar Blusen, Zahnbürste, Zahnpasta, Schminktäschchen. Wenige Dinge, nur für ein paar Tage. So hoffte sie wenigstens.

Die Magnettafel mit dem Foto von Terrano. Die beiden Sätze in ihrer kleinen, schmalen Schrift: *Hau ab, duck dich weg* und *Ich hab Angst, Papa*.

Kalter Knoten im Bauch, zusammengekrampfter Magen, gepeinigt von eisigen Peitschenhieben.

Die Schuld der Väter, die Schuld der Mütter.

Kinder sind wehrlose Wesen, dachte sie. *Wesen, um die man sich kümmern muss, die unsere ganze Aufmerksamkeit brauchen. Man muss die Liebe eimerweise über ihnen ausschütten.*

Im Unwetter, mitten im Sturm, wird die Seele zerstört, und das Herz füllt sich an mit einem tödlichen Cocktail aus Verzweiflung und dem Wunsch wegzufliegen.

Mein Gott, wie kompliziert ist es, zu leben oder zu sterben.

Wie schwer ist das alles.

Von Panik gepackt, starrte sie auf das Telefon. Sie hätte jetzt gerne mit jemandem gesprochen, um nicht verrückt zu werden. Das Problem war nur, dass es niemanden gab, den sie hätte anrufen können.

Sie hatte ihr ganzes Leben der Arbeit gewidmet, als wäre es eine Mission, ein Kreuzzug. Ein ungleicher Kampf gegen die

Dunkelheit, und im Gegenzug hatte sie ein zerrissenes Leben bekommen.

Mehr nicht, nur das. Die Bruchstücke waren überall in ihr verteilt, umherfliegende Scherben, die alles zerschnitten.

Im Tausch gegen ihre Hingabe hatte sie Tod und Schmerz, Trauer und nur selten ein Lächeln bekommen.

Eine für immer verlorene Liebe, eine Tochter, die unter unglücklichen Bedingungen aufwuchs, ein Mann, den sie nicht mehr liebte und den sie vielleicht noch nie geliebt hatte.

Ohne Frage ein Verlustgeschäft.

Es war schwer, die Kraft zu finden, trotzdem weiterzumachen.

Blick zu ihrem Handy auf dem Schreibtisch. Fehlanzeige.

Der Wunsch, die Stimme eines Menschen zu hören. Vielleicht sollte sie einfach irgendeine Nummer wählen und dem Erstbesten alles erzählen. Sich einem Unbekannten anzuvertrauen konnte eine gute Lösung sein.

Bestimmt besser, als dieser Idee zu folgen, die du da in dir drin nährst, Chiara, kleine, geliebte Lügnerin.

Das Säuseln des Ehegatten-Vaters ließ sich ganz plötzlich in ihr vernehmen, stark und klar. Sie hatte diese Stimme, eine Mischung aus scharfen und leiernden Tönen, schon eine ganze Weile nicht mehr gehört. *Ich nähre keine Idee!*

Pass gut auf, uns führst du nicht an der Nase herum. Wir sind mit dir und in dir drin, und du kannst nichts vor uns verbergen.

Ich weiß gar nicht, wovon ihr redet!

Wir hingegen glauben, dass du es sehr wohl weißt.

Sie kniff die Augen so stark zusammen, dass es fast wehtat. Die Einsamkeit spielte einem üble Streiche, wenn sie so tief und ohrenbetäubend war.

Die brüllende Stille, die sich mit den Lauten der Erinnerungen füllte. Wie bei einem Lied.

Hör nicht auf sie, tu es einfach, Kind.

Eine dritte Stimme war hinzugekommen, ein Neuzugang. Die gequälte Stimme des kleinen Mädchens Chiara.

Wenn sie diese Nacht überleben wollte, jeden Atemzug, durfte sie sich nicht weiter diesem unkontrollierten Raunen überlassen, das an der Vergangenheit klebte.

Zum Teufel mit den Stimmen!

Sie musste gesund werden, irgendwie musste sie es schaffen, mit der gütigen Erlaubnis von Papa Carmine Monti. Also griff sie nach ihrem Handy und suchte Francos Nummer heraus. Er nahm nach drei Klingeltönen ab. Und sie war darüber froh und erschrocken zugleich.

7

Als er Chiaras Stimme hörte, war Franco kurz davor gewesen zu schreien, ohne zu wissen, warum. Er biss sich stattdessen auf die Lippen. »Hallo?«, sagte er dann mit übertrieben tiefer Stimme.

Sie sagte etwas in der Art wie: »Wie geht es dir? ... Was machst du gerade?« Doch ihrer bebenden Stimme war anzuhören, dass etwas nicht stimmte.

»Wie geht es deiner Tochter?«

»Wie geht es deinen Verletzungen?«

»Arbeitest du schon wieder?«

Nur Fragen zwischen ihnen und keine Antworten.

Dann sagte sie, dass sie ihn gern sehen würde, und er sagte: »Wir müssen uns treffen.«

Sie hatten gleichzeitig gesprochen, im Chor.

»Du hast noch meine Handtasche mit der Pistole und dem Polizeiausweis.«

»Soll ich morgen in dein Büro kommen und dir die Sachen bringen?«

»Nein, ich werde morgen nicht im Büro sein. Wenn es dir nichts ausmacht, würde ich gern zu dir nach Hause kommen, dort können wir in aller Ruhe reden.«

»Ist etwas passiert?«

»Das erzähle ich dir dann.«

8

Sie war auf dem Weg zu ihm.

Die Nacht hatte sie vollständig angekleidet und ohne ein Auge zuzumachen auf der Liege verbracht.

Unterwegs hatte sie eine Brioche und einen Cappuccino in einer Bar zu sich genommen. Müde stand sie nun mit ihrem Alfa Romeo vor dem Tor zu jenem Haus, wo der Mann, für den sie all ihre Liebe verbraucht hatte, mit seiner Familie gelebt hatte. Wie oft hatte sie damals davon geträumt, dass sie in diesen Wänden zu Hause wäre, anstelle von Francescos Frau.

Jetzt war sie hier und war aufgewühlt. Und sie fühlte sich auch ein bisschen schwindlig, als stünde ihr etwas bevor, das zu schön war, um wahr zu sein. Oder zu schlimm. Vielleicht auch beides zusammen. Sie wünschte sich wegzufliegen und wünschte sich, in Sicherheit zu sein, eingesperrt in einem Käfig.

Als Franco sie hörte, betätigte er die Torautomatik. Dann wartete er im Hof, bis das Auto den Weg hinaufgefahren kam, und bedeutete Chiara, neben dem Saab zu parken.

Sie stieg aus, und er ging ihr entgegen. Dann standen sie einen Moment lang voreinander und wussten nicht, wie sie sich begrüßen sollten.

»Ich freue mich, dich zu sehen«, sagte er und streckte die rechte Hand aus.

Chiara ergriff sie lächelnd, sie war blass und hatte Ringe unter den Augen. »Ich freue mich auch, hier zu sein.« Dann schaute sie sich um, musterte das Haus, ein Landhaus mit Natursteinmauern mit einem kleinen Türmchen zwischen den mit roten Dachpfannen gedeckten Giebeln. »Das ist wirklich ein schönes Haus.«

»Warst du denn noch nie hier?«

Sie verzog das Gesicht, als habe sie sich in einem entfernten Gedanken verloren. »Nur ein Mal«, antwortete sie. »Aber das ist schon lange her.« In einem Flash sah sie sich aus dem Dienstwagen steigen und auf Francesco zugehen, der in der Tür wartete. Sie hatte ihn abholen wollen, um mit ihm gemeinsam in die Zentrale zu fahren. Er war allein zu Hause. Mara war bei der Arbeit.

»Komm, lass uns hineingehen«, sagte Franco.

Was?

Sie betraten die Eingangshalle. Ein Ledersofa, zwei Sessel, eine Kommode, spätes 18. Jahrhundert, ein paar Bilder mit Alltagsszenen in vergoldeten Rahmen. Ein leiser Geruch nach verbranntem Holz.

Genau wie damals.

Chiara dachte daran, wie sie sich damals geliebt hatten, wild und leidenschaftlich, sie und Francesco hier auf dem Sofa vor dem Kamin, in dem gerade das Feuer erlosch. Geruch nach Holz und Sex. Er mit auf den Waden hängenden Hosen und sie mit hochgeschobenem Rock, nicht einmal den Slip hatte sie ausgezogen, sondern nur zur Seite geschoben.

Er stieß in sie, immer heftiger.

»Chiara?«

Jemand hatte gesprochen.

Franco.

»Alles in Ordnung mit dir? Du bist so blass.«

Sie riss sich zusammen. »Nein, es ist alles okay. Ich habe nur zu wenig geschlafen. Weiter nichts.«

Es war nicht leicht, in diesem Zimmer zu sein und sich nicht von wehmütiger Erinnerung verzehren zu lassen.

Francesco, der die Augen schließt, als er kommt. Dann öffnet er sie wieder und sieht mich an mit diesem grünen Feuer. Und ich fühle mich, als würde jemand mein Herz mit einer warmen Hand umfassen.

»Soll ich dir einen Kaffee machen?«

Chiara biss die Zähne zusammen und versuchte, ihr Gedächtnis auszuschalten.

Francesco, der lacht. Seine Hand streichelt mich und fährt über meine Lippen. Und er sagt: »Ich liebe dich so sehr, weißt du das?«

Dann …

Klick!

Schwarzer Bildschirm.

Die Erinnerung ausgeblendet.

Chiara holte tief Luft, sie hatte den Atem angehalten. »Ja, bitte. Einen starken Kaffee.«

Franco nickte und ging in Richtung Küche. Sie folgte ihm, sie musste diesen Raum so schnell wie möglich verlassen, wenn sie die Erinnerung nicht wieder zurückholen wollte.

Franco stellte den Espressokocher auf den Herd, drehte sich zu ihr um und fragte sie, was geschehen sei.

Chiara setzte sich an den Tisch, sah den randvollen Aschenbecher und zündete sich eine Zigarette an, ohne zu fragen. Sie nahm den ersten Zug dieses Morgens und musste husten.

Dann blickte sie zu dem jungen Mann auf, der vor ihr stand und sie neugierig ansah, und wieder einmal fiel ihr auf, wie ähnlich er seinem Vater sah. Jetzt waren ihre Gefühle abgeschaltet. Sie blieb nüchtern.

Und dann begann sie mit großer Sachlichkeit zu erzählen.

Ganz offen, ohne Umschweife. »Man hat mich vom Dienst suspendiert, meine Tochter will mich nicht sehen, und ich würde am liebsten sterben«, stieß sie hervor.

Franco nickte. »Erzähl mir alles ganz genau«, verlangte er.

Der Espressokocher begann zu brodeln.

Als Chiara mit ihrer Erzählung fertig war, keuchte sie ein wenig, als wäre sie gerannt. Franco sah sie an und empfand so etwas wie Rührung. Er zündete sich eine Zigarette an, und der Geschmack des Rauchs vermischte sich mit dem des Kaffees, den er soeben getrunken hatte. »Du wirst sehen, es kommt alles wieder in Ordnung«, sagte er und blies den Rauch aus.

Sie nickte und wechselte das Thema: »Du hast angedeutet, dass du etwas Merkwürdiges entdeckt hast.«

Franco wusste, dass jetzt der Moment gekommen war. Er musste jetzt über Albträume und Absurditäten sprechen. »Bist du bereit für eine Reise ins Land des Unmöglichen?«, fragte er beschwörend.

»Und wie ich bereit bin«, antwortete sie und hatte ein Déjà-vu-Gefühl. Dann stand sie auf, ihre Knie gaben vor lauter Müdigkeit nach, doch sie versuchte, nicht darauf zu achten.

Franco führte sie durch einen langen, im Halbdunkel liegenden Flur, der von der Eingangshalle aus abging. Sie fragte ihn: »Wie machst du das nur, so ganz allein in diesem großen Haus?«

»Oh, aber ich bin doch gar nicht allein.«

Sie kamen in eine Art Arbeitszimmer. Chiara sah sich um: ein Schreibtisch, darauf ein Computer und ein Durcheinander von Papieren und Ordnern, ein Schreibtischstuhl, ein Sofa, ein Teppich, ein Bücherregal neben der Tür, als sei es zur Seite geschoben worden, weil es im Weg war, und etliche in einer Ecke aufgestapelte Gemälde.

Mit großen Augen betrachtete sie die an der Wand hängenden Fotos, Gesichter von Clorinda, als Engel, als Monster, die Autopsieberichte, das Blut, die Knochen ...

Francos Worte hallten in ihrem Kopf wider.
»Oh, aber ich bin doch gar nicht allein.«
Und sie erschauerte.

9

»Es sind noch mehr.«

Francos Stimme klang erstickt. Als würden all diese an der Wand hängenden Bilder den Schall absorbieren.

»Wie bitte, sorry?« Chiara war verwirrt. Sie fragte sich, ob Franco durch den Unfall doch Schaden genommen hatte. Diese Bilder an der Wand, eine Art Puzzle, hatten etwas Morbides an sich.

»Es sind noch mehr Mädchen auf die gleiche Weise wie Clorinda Mastri umgekommen …«, beeilte sich Franco zu erklären.

Chiara nickte und versuchte, Verständnis zu simulieren. »Ich weiß, ich weiß. Viele Jugendliche sterben auf diese Weise.« Ganz plötzlich hatte sie das dringende Bedürfnis, von hier zu verschwinden. Als stünde sie unmittelbar vor einer Entdeckung, die sie gar nicht machen wollte. Als habe sie einen Fuß über eine Grenzlinie gesetzt und danach würde nichts mehr wie früher sein.

Das ist wirklich schrecklich!«, fügte sie hinzu und wusste selbst nicht, ob sie sich auf Francos Worte bezog oder auf diese morbiden Fotos an der Wand.

Franco bat sie mit einer Geste zu schweigen. »Nein, das meinte ich nicht.«

Chiara wollte schon wiederholen »Ich weiß« und nochmals nicken, der Reflex eines imaginären Verstehens, nur um ihr Erschrecken zu überspielen. Gerne hätte sie eine Hand ausgestreckt und Franco über den Kopf gestrichen, mit den Fingern sein Haar durchwühlt, um seine Haut zu spüren, um sie wie durch einen Zufall zu streifen. Sie hielt sich zurück. Das war jetzt wirklich nicht der richtige Zeitpunkt, ganz und gar nicht. Sie sah ihn an, stürzte in seine Augen, in denen eine große Traurigkeit lag. Seine Iris war so grün, so intensiv. »Leg los«, murmelte sie.

Franco ging zum Computer und winkte sie zu sich. »Ich habe alle Daten, die du mir geschickt hast, analysiert und katalogisiert. Die der Verkehrsunfallopfer im Umfeld von Diskotheken in den ersten drei Märzwochen.«

Er ruckte an der Maus, und auf dem Bildschirm erschienen eine Reihe von Bildern.

Ein monströses Gesicht, buchstäblich zerschmettert.

»Hier das Gesicht von Clorinda, wie es ein uns wohlbekannter Schweinehund zugerichtet hat«, erklärte er. Dann klickte er, um die grafische Bearbeitung zu starten. Jetzt erschien der Schädel des Mädchens, es war dasselbe Gesicht, nur dass man jetzt die zerstörten Knochen sehen konnte. Anmerkungen und Pfeile verwiesen auf die diversen Verletzungen und die Schwere der Zerstörungen der Knochenstruktur. »Tut mir leid, diese Bilder sind nicht besonders schön.«

»Keine Sorge, ich bin daran gewöhnt«, antwortete Chiara mit fester Stimme. »Komm zur Sache.« Franco seufzte. »Okay, ich zeige dir jetzt ein anderes Unfallopfer.« Er klickte auf das nächste Bild, und ein zweites Foto erschien. »Barbara G., neunzehn Jahre alt, ums Leben gekommen in der Nacht von Samstag, dem 15., auf Sonntag, dem 16. März. Um drei Uhr nachts. Kilometer 33, Via della Guasta.«

»Also zur gleichen Zeit und am selben Ort wie Clorinda Mastri?«

Franco nickte und holte tief Luft. »Das ist leider nicht die einzige Analogie.« Nach ein paar Mausklicks legte sich über das Bild von Barbara G. das Foto von Clori. »Fällt dir etwas auf?«

Chiara beugte sich vor, um besser sehen zu können. Ihre Brüste drückten sich gegen seinen Rücken, er roch ihr Parfum, und ein Stich des Begehrens durchfuhr ihn. Er mochte ihren Geruch, und den Rest von ihr auch. Sie war einfach atemberaubend. Er hätte sie gerne in den Armen gehalten.

Ein leichtes Seufzen, während du genießt, und danach schaust du ihr tief in die Augen und fühlst dich lebendig wie nie.

Die beiden Fotos lagen jetzt übereinander, und die Anmerkungen schienen genau übereinzustimmen. »Ich verstehe das nicht. Was bedeutet das?«, fragte Chiara.

»Das heißt, dass die beiden Frauen dieselben Frakturen haben, ihre Gesichter sind auf identische Weise zerstört worden, fast auf den Millimeter genau.«

»Aber das ist unmöglich. Sie haben dir bestimmt die falschen Autopsieberichte geschickt.«

Franco drehte sich zu ihr um. Er roch ihren Atem und verspürte den Wunsch, näher an sie heranzurücken und einzusaugen, was sie ausströmte. »Du hast recht, es ist unmöglich«, sagte er. »Aber es kommt noch schlimmer.«

Franco klickte auf das dritte Foto. »Maria F., zwanzig Jahre alt, verunglückt in der Nacht von Samstag, dem 22., auf Sonntag, dem 23. März. Gleiche Uhrzeit, derselbe Ort wie bei den anderen beiden. Jedoch andere Modalitäten. Diese hier ist von einem fahrerflüchtigen Auto erfasst worden.« Er tippte etwas auf der Tastatur, und das Programm legte die verschiedenen Trauma-Projektionen übereinander und verglich sie miteinander.

»Wie du sehen kannst, hat auch das letzte Opfer die gleichen Verletzungen wie die Mastri.«

Alle identisch.

Chiara starrte auf den Bildschirm und schwieg.

»Hat es dir die Sprache verschlagen?«

Sie schüttelte den Kopf, mit dem Anflug eines Lächelns. Dann war sie wieder ernst. »Nein, es ist nur ... Es kommt mir so völlig absurd vor. Drei Opfer am selben Ort, zur gleichen Uhrzeit, mehr oder weniger im gleichen Alter, mit den gleichen Gesichtsverletzungen.«

»Oh, das ist noch nichts«, sagte Franco. »Wenn du etwas wirklich Grauenvolles sehen willst, dann pass auf ...« Er öffnete ein anderes Programm. »Wenn ich diese zerstörten Gesichter nehme und sie mithilfe eines eurer Programme anhand der Frakturen rekonstruiere ... Nun, schau gut hin, Polizeidirektorin Monti.«

Die verunstalteten Gesichter der drei Opfer begannen, auf den jeweiligen orthogonalen Achsen zu rotieren und sich mit Linien zu füllen, die sich nach und nach zu Gesichtszügen formten und Plastizität erlangten. Als wäre die geisterhafte Hand eines Bildhauers am Werk.

Am Ende der Berechnung erschienen auf dem Bildschirm nacheinander die Versionen der drei rekonstruierten Gesichter.

Und Chiara erkannte zu ihrer Verblüffung in jedem der drei Rekonstruktionen Clorinda. Ihr wunderschönes Gesicht.

»Es ist, als wären diese anderen Mädchen auf irgendeine Weise in Clorinda transformiert worden, als hätte man ihnen Clorindas durch den Unfall grauenhaft verunstaltetes Gesicht gegeben«, sagte Franco.

»Und du bist dir zu hundert Prozent sicher, dass du die Daten, die wir dir geschickt haben, nicht durcheinandergebracht hast?«

»Das war mein erster Verdacht. Doch ich habe alles wieder und wieder überprüft und durchgerechnet. Die Daten stimmen, es gibt keine Doppelungen. Die Verletzungen sind die gleichen, wurden aber in den Berichten jeweils unterschiedlich beschrieben. Sie beziehen sich auf verschiedene Personen, daran besteht kein Zweifel.«

Chiara sah sich noch einmal die Gesichter an, und ihr wurde kalt. »Hast du eine Hypothese, wie es zu diesen absurden Übereinstimmungen kommen konnte?«

»Das alles kann kein Zufall sein. Es muss geplant oder konstruiert worden sein. Vielleicht tötet jemand *mittels* einer Reihe von Verkehrsunfällen, die dann im großen Topf der Diskounfälle untergehen. Und es gelingt ihm irgendwie, dass seine Opfer die gleichen Verletzungen aufweisen, die Clorinda so entstellt haben.«

»Wie könnte er das angestellt haben?«

»Diese reproduzierten Gesichter der Toten kommen mir vor, als wären sie durch einen Abdruck geformt. Ein Abdruck, wie ihn zum Beispiel ein Bildhauer benutzt.«

»Sag jetzt nicht, dass du an Clorindas Vater denkst.«

Franco schlug einen Ordner auf, der mindestens hundert Blätter Papier enthielt. Alles Ausdrucke von Internetseiten. Er nahm einige davon in die Hand und begann laut zu lesen: »Saverio Mastri, eine Ikone des postmodernen Expressionismus, Bildhauer der Metamorphose; ... Prophet der Fraktale, des ästhetischen Esoterismus zum Jahrtausendbeginn ... Schamanenkünstler.« Er reichte Chiara die Blätter. »Hier, sieh dir das mal an.«

Sie folgte seiner Aufforderung. Einige Passagen waren mit einem gelben Marker angestrichen. »Prophet der Fraktale ... das hat doch was mit Mathematik zu tun. Was bedeutet das?«

»Fraktal kommt vom Lateinischen *fractus*, ›gebrochen‹, ›zerbrochen‹. Es handelt sich um eine geometrische Figur, die ihre eigene Form wiederholt, was als ›Selbstähnlichkeit‹ bezeichnet wird. Ein Fraktal ist also eine Einheit von Kopien von sich selbst. Einfacher gesagt, es ist das gleiche Bild, das sich bis ins

Unendliche selbst reproduziert und so immer wieder neue Formen schafft.«

»Und die Werke von Saverio Mastri basieren auf diesem Konzept der Selbstähnlichkeit?«

Franco nickte. »In der Natur ist die Spirale ein Beispiel für ein Fraktal. Und wenn du an die DNA denkst, die die Grundlage des Lebens bildet und eine Spirale ist, dann kannst du verstehen, wie wichtig das ist. Oder denk an Farne, Schneeflocken ... Es sieht so aus, als wäre Mastri von diesem Konzept geradezu besessen gewesen. Ich habe Artikel über ihn gelesen, in denen er behauptet, dass die Selbstähnlichkeit die Basis der Schöpfung ist.«

»Das Wort ›fraktal‹ lässt mich immer an eine Krankheit denken.«

»Es ist auch tatsächlich so, wie wenn sich ein Virus über Ansteckung vermehrt. Es injiziert seine Essenz in die Wirtszelle, ersetzt die Originalform durch sich selbst und nimmt diese Form als Vorlage.«

Chiara war ganz still geworden, ihr Blick starr. Sie versuchte, Francos Worte in sich aufzunehmen. Dann las sie weiter.

Ein bestimmtes Wort tauchte in vielen Artikeln und Interviews immer wieder auf, und immer war es mit dem Marker angestrichen. »Auch die Aura ist Teil des künstlerischen Konzepts dieses Verrückten?«, fragte sie, ohne aufzusehen.

Stille.

Chiara hob mit einem Ruck den Kopf, denn einen absurden Moment lang hatte sie befürchtet, Franco sei verschwunden. Er war aber noch da, sah sie an, als schätzte er sie ab, als fragte er sich, ob es richtig wäre, ihr etwas anzuvertrauen.

Dann hatte er sich offenbar entschieden und nickte. »Die Verletzungen, die sich wie durch Ansteckung wiederholen, sind nicht das einzig Seltsame bei der ganzen Geschichte. Es gibt noch mehr Dinge, die viel beunruhigender und noch unerklärlicher sind. Für einen rational denkenden Menschen zumindest.«

Chiara sah ihn nun ihrerseits an. Sie tat gleichgültig, doch ihr Herz hämmerte auf Hochtouren. Sie war aufgeregt und verwirrt, und das ärgerte sie. »Dann mal her mit den nächsten Absurditäten«, sagte sie und versuchte, dabei ungezwungen zu klingen.

Franco holte tief Luft, als müsse er Anlauf nehmen.

»Glaubst du an Geister?«

10

Die Fotos an den Wänden. All diese Gesichter, die sie anzustarren schienen, von allen Seiten. Franco saß vor dem Computer, das Gesicht ihr zugewandt, und wartete auf ein Zeichen, ein Wort, irgendetwas.

Und sie wusste nicht, was sie sagen sollte.

Glaubst du an Geister?

Die Frage stand unbeantwortet im Raum.

Ihre Lippen bewegten sich gerade genug, um ein Flüstern herauszulassen. »Wie meinst du das, bitte?«

Franco streckte eine Hand aus und berührte ihr Gesicht, strich ihr sacht über die Wange, um sie zu beruhigen. »Du bist *hier*«, sagte er. »Ich berühre dich, ich spüre dich, ich sehe dich, ich nehme deinen Geruch wahr. Doch wenn ich versuchen würde, deine Gedanken zu sehen, eine deiner Erinnerungen zu streifen, deinen Glauben zu erfassen, das würde mir nicht gelingen. Und doch denkst du, träumst du, glaubst du. Es sind Ausdrucksformen von etwas, das ebenfalls existiert.«

»Ich verstehe nicht, was du damit sagen willst.«

»Nach dem, was mir passiert ist, habe ich oft das Gefühl, dass ich es mit etwas zu tun habe, was nicht zu greifen, nicht festzumachen ist. Ich werde von Visionen und Empfindungen verfolgt. Als würde jemand versuchen, mich zu führen. Sogar mein Erwachen aus dem Koma wurde von etwas gesteuert. Außergewöhnliches Ereignis, Wunder, nenn es, wie du willst. Die Ärzte konnten es sich nicht erklären. Was mich betrifft, so hatte ich die

Vision von Clorinda, die mir die Hand reichte, und sobald ich sie ergriffen hatte, habe ich die Augen aufgeschlagen. Ich weiß, dass Träume metaphorische Verarbeitungen der Wirklichkeit sind und erlauben, in die tiefsten Sphären des Unbewussten einzutauchen. Ich weiß, dass das Gehirn uns nur das sehen lässt, was wir ganz tief in unserem Innern sehen wollen. Ich habe das Psychologieexamen mit Auszeichnung bestanden, doch seit meinem Erwachen verbringe ich die Tage damit, die Fragmente meiner selbst zusammenzusetzen, umringt von Existenzen, die mich dazu drängen. Es ist, als müsste ich eine Aufgabe zu Ende bringen.«

Chiara dachte an die Theorie des Daimon und daran, dass auch sie sich manchmal als Teil einer Vorsehung fühlte.

Was Franco da sagte, ging aber weiter. Sie deutete auf die Fotos an der Wand. »Wahrscheinlich hast du aufgrund deiner Schuldgefühle eine Obsession gegenüber dieser jungen Frau entwickelt.«

Franco lachte auf. »Glaubst du jetzt, ich bin verrückt geworden, Hüterin des Gesetzes?«

Chiara legte Daumen und Zeigefinger zusammen. »Nur ein bisschen.«

»Kennst du die Theorie über das ätherische Doppel?«

Sie schüttelte den Kopf.

»Nach der holistischen Theorie besitzt der Mensch mehrere Körper, durch die er sich auf den verschiedenen Ebenen der Natur manifestieren kann: auf der physischen, der astralen, der mentalen. Für sie bildet die Materie sieben Aggregatzustände: gasförmig, flüssig, fest, atomisch, subatomisch – bis hierhin alles okay –, hinzu kommen aber noch ätherisch und superätherisch.«

Chiara runzelte die Stirn. »Holismus ist eine philosophische Richtung, die behauptet, dass das Ganze mehr ist als die Summe seiner Teile, richtig?«

Franco nickte. »Wenn man wollte, könnte man auch sagen, dass es eine philosophische Theorie ist, die auf dem Konzept des Fraktals aufbaut.«

»Und was ist das ätherische Doppel?«

»Dabei handelt es sich um den sogenannten Astralleib, der so etwas ist wie eine Schale um uns herum. Man nennt ihn auch Doppelgänger und, wenn er sich nach dem Tod vom physischen Leib gelöst hat, ›Erscheinung‹. Das *Prana* im Hinduismus.« Franco fischte sich eine Zigarette aus dem Päckchen. »Man kann das ›ätherische Doppel‹ als eine Art Verbindungsring zwischen dem physischen Leib und dem Astralleib sehen, zwischen Gehirn und einem höheren Bewusstsein.«

»Also die berühmte *Aura*.«

»Genau. Aura und Fraktale: die vornehmlichen Quellen der Inspiration unseres werten Schamenenkünstlers Saverio Mastri.«

»Du sprichst von ihm, als wäre er eine Art Zauberer oder ein Magier.«

»Die Kunst an sich ist eine Form der Evokation. Der Versuch, etwas wieder zum Leben zu erwecken.«

Jetzt nahm sich Chiara eine Zigarette. »Ich verliere den Überblick ... Was hat das alles mit den unerklärlichen Todesfällen und den traumatologischen Übereinstimmungen zu tun, mit dem vermeintlichen Serienmörder, der samstagabends zuschlägt?«

Franco zündete sich seine Zigarette an, dann beugte er sich vor, um Chiara Feuer zu geben. Er stieß den Rauch rasch wieder aus. »Das Doppel kann durch den Tod vom physischen Leib gelöst werden, doch auch durch ein Anästhetikum oder durch bestimmte Drogen.«

»Clorinda hatte eine hohe Dosis Mixtura im Blut«, erklärte Chiara.

»Auch die anderen Opfer übrigens. Mixtura ist ein Mix aus verschiedenen halluzinogenen Pflanzen, daher der Name.« Franco kramte in dem Papierberg auf seinem Schreibtisch nach dem Ergebnis seiner Studien, seiner Reise in die Welt des Absurden. Als er fand, wonach er gesucht hatte, las er vor: »›Autopsiebericht von Clorinda M. Im Blut fanden sich Spuren von Tropan-Alkaloiden, Hyoscin, Flavonoiden, Kumarinen und Tanninen.‹« Er sah von seinem Blatt auf. »Dieselben Substanzen, die sich in einer Pflanze aus der Familie der Nachtschattengewächse finden, *Datura stramonium*, auch als Stramonium oder Gemeiner Stechapfel bekannt. Der Legende nach nahmen es Hexen, um Visionen zu bekommen, und Zauberer nutzten es, um die Geister zu rufen, ein bisschen wie die Schwarze Tollkirsche oder die Alraune.«

Chiara zog an ihrer Zigarette. Als sie den Rauch entweichen ließ, kniff sie die Augen leicht zusammen. »Ich habe das Gefühl, dass ich schon einen richtig dicken Kopf habe von deinen gelehrten Ausführungen. Aber mach nur weiter. Ich denke, dass du schon irgendwann auf den Punkt kommst.«

»Ich weiß nicht, wie ihr normalerweise eure Ermittlungen führt, Hüterin des Gesetzes. Ich, der ich ein Mann der Medizin bin, bin daran gewöhnt, zunächst die Fakten zu untersuchen und alle nur erdenklichen Variablen in Betracht zu ziehen, und auch die unerdenklichen. Wenn wir es mit etwas Paranormalem zu tun haben, dann müssen wir es in seinem Umfeld analysieren. Wir müssen es dekonstruieren, um das Wie, das Wann und das Warum wirklich zu begreifen.«

»Nun, Mann der Medizin. Wenn du mir nun das Wie, das Wann und das Warum dieses ganzen Wahnsinns begreiflich machen könntest, wäre ich dir sehr verbunden.«

Ein Lächeln, ein Zug an der Zigarette. Ein leises Gefühl des Unbehagens. Weil alles so kompliziert und unklar war. Das Unergründliche physisch zu berühren war ein wirkliches Paradoxon. Oder Schlimmeres.

»Wie, wann und warum. Wir haben Clorinda, die auf die uns bekannte Weise ums Leben kommt. Verschuldet durch Vasco und durch mich. Dann haben wir weitere junge Frauen, die auf die gleiche Weise wie Clorinda ums Leben kommen, mit den gleichen Gesichtsverletzungen, als habe jemand einen Abdruck benutzt. Lassen wir jetzt einmal die Tatsache außer Acht, dass das in der uns bekannten Realität unmöglich ist, zumindest in der, die wir zu kennen glauben. Halten wir uns an die Fakten, wie schon einmal jemand sagte ... vielleicht Maigret. Oder Inspektor Colombo. Die Fakten sagen, dass Saverio Mastri, Clorindas Vater, der große Bildhauer, der Künstler, als Rächer seiner Tochter der Hauptverdächtige, vom Konzept der Selbstähnlichkeit bei Fraktalen besessen ist und versucht hat, die Aura aller möglichen organischen Subjekte darzustellen. Wenn wir nun die verschiedenen Elemente, die wir gesammelt haben, zusammenführen, kommen wir zu einer Ermittlungslinie, die alles zu bestätigen scheint.«

»Eine Geisterlinie?«

»Genau. Es ist, als habe Clorinda ihre Verletzungen von der Welt der Toten in die der Lebenden teleportiert, um Abdrücke des erlebten Grauens zu erhalten. Wie ein sich vervielfältigendes Fraktalobjekt. Oder ein Virus.«

»Was genau geschieht im Augenblick des Todes? Nach der Theorie des ätherischen Doppels, meine ich?«

»Es gibt einen ganz konkreten Ablauf.« Franco suchte aus dem Durcheinander auf seinem Schreibtisch eine Mappe heraus, schlug sie auf und las die Erläuterungen, die er sich aus dem Internet gezogen hatte. »›Das ätherische Doppel zieht sich aus dem grobstofflichen Körper zurück. Die Atomhülle löst sich von der Materie und zieht sich ins Herz zurück, dann erreicht sie das dritte Hirnventrikel. Eine Zeit lang bleibt das Bewusstsein des Entkörperlichten noch in sein ätherisches Doppel gehüllt wie eine Schmetterlingslarve in ihrem Kokon. Und genau in diesem Stadium kann sich der Verstorbene zeigen. Er erscheint dann als flüchtige, verschwommene Gestalt.‹«

Das Bewusstsein des Entkörperlichten bleibt noch in sein ätherisches Doppel gehüllt … Chiara dachte an Clorindas Mitteilungen im Chat, an diesen doppelten Nicknamen, an den möglichen dunklen Zwilling: BabycloriLaFalena, kleine Clorinda-Nachtfalter. Sie sog die Luft scharf ein. »Jetzt sind wir endlich, wo wir hinwollten«, sagte sie. »Der sogenannte ›Geist‹ tritt auf.«

Franco legte die Mappe wieder auf den Schreibtisch zurück, nahm einen letzten Zug und drückte seine Zigarette dann im Aschenbecher aus. »Möglicherweise. Besser gesagt, es gibt Leute, die nehmen an, dass es möglich ist, dass ein Verstorbener, der das Leben noch nicht loslassen kann – weil er noch etwas erledigen muss, Rache nehmen zum Beispiel –, sich der ätherischen Materie des verlassenen Körpers bemächtigt und sie benutzt. In diesem Fall löst er sich gemäß der Theorie nicht vollständig auf. Die umherirrende Seele kann sich einer anderen Hülle bedienen oder zwischen der dritten und der vierten Dimension hängenbleiben und den Lebenden auf die Nerven fallen. Das haben wir in unzähligen Horrorfilmen gesehen.«

»Dann wäre also Clorindas Geist der Hauptverantwortliche für diesen Wahnsinn?«

»Hauptverantwortlich, das hast du richtig gesagt. Doch wir müssen herausfinden, wer die Nebenverantwortlichen sind. Die, derer er sich bedient. Zweifelsohne bin ich einer von ihnen.«

»Wie meinst du das?«

»Nun, ich habe Vasco verfolgt und ihn in den Tod getrieben, sodass sich der Kreis schloss: dieselbe Straße, die gleichen Umstände. Dann die Tatsache, dass ich jetzt dir, ungezähmte Polizistin, all diese Absurditäten erzähle. Sie will durch mich an dich herankommen. Bestimmt musst du noch etwas Wichtiges erledigen.«

Chiara dachte an die Worte, die sie glaubte gehört zu haben, als sie sich über das Mädchen beugte, an jenem Tag, als der

Wahnsinn begann: *Du bist die Auserwählte ... Aber auserwählt wozu?* Mittlerweile hatte sie aufgehört, sich zu wundern. Sie hatte aufgehört, es grotesk zu finden, hier zu sein und sich diesen ganzen Unsinn anzuhören. Sie hatte aufgehört, weggehen zu wollen, die Sache auf sich beruhen zu lassen, sich nicht noch weiter hineinziehen zu lassen. Ihre Karriere stand ohnehin auf der Kippe. Geistergeschichten à la Edgar Allan Poe oder Stephen King würde sie nicht überleben. Und Mastroleo wäre entzückt. »Also du, ich und Clorindas Vater sind involviert. Und wer noch?«

»Ich habe keine Ahnung. Ich glaube, wir brauchen einfach noch mehr Material zum Analysieren. Du solltest mir die Daten über die Unfälle der letzten beiden Wochenenden beschaffen. Dann sehen wir ja, ob sich noch andere wichtige Hinweise finden.«

Chiara nickte. »Kein Problem. Ich rufe meinen Stellvertreter an.« Sie unterbrach sich und sah nachdenklich ins Leere. »Ich lasse mir auch die Auswertung der Blitzer und der Videoüberwachungen auf dem Autobahnstück zwischen Sasso Marconi und Castiglione dei Pepoli in den betreffenden Nächten geben.«

»Wir sollten das Autokennzeichen von Mastri überprüfen und eine Querkontrolle machen, um seine eventuellen Bewegungen festzustellen. Ist das möglich, oder gibt es so etwas nur im Film?«

Chiara lächelte. »Das ist schon möglich«, versicherte sie ihm. Sie fühlte sich plötzlich wie verwandelt. Sie war nicht mehr niedergeschlagen, sondern hellwach und voller Energie. Die Entwicklung, die der Fall nahm, die Faszination des Mysteriösen, die Herausforderung, der Wunsch, der Finsternis eine, wenn auch schwache, Grenze zu setzen, erregte sie. Das war der Beruf, für den sie geboren war, sie fühlte sich gut und in Frieden mit sich selbst. Jetzt konnte sie sogar an ihre Tochter denken, ohne das Gefühl zu haben, ihr Herz sei in zwei Teile zerrissen, sondern eher, als wäre es voller blauer Flecken, ein Schmerz, der erträglich war für eine, die wie sie an Leid gewöhnt war. »Du bist gar nicht so schlecht als Ermittler, weißt du das?« Beinahe hätte sie noch hinzugefügt: *Genau wie dein Vater.* Hielt sich aber gerade noch zurück. Sie wollte sich nicht ausgerechnet jetzt von der Melancholie überwältigen lassen.

Sie traf Francos Blick. Gott, wie grün und intensiv diese Augen waren.

»Auch du bist nicht von schlechten Eltern, Hüterin des Gesetzes.«

Chiara versuchte sich an einem Lächeln. Es gelang ihr, strahlend und schön.

XI

Wann

1

Die Lider zittern, sie scheinen ein Eigenleben zu besitzen. Vorhänge, die das Innere verbergen. Leuchtende Augen. Verbotene Verrücktheiten, Wünsche, Unsicherheiten.

Ängste.

Noch näher. Bis er die Lippen mit dem Blick berührt. Weiche Lippen mit kleinen Rissen, leicht geöffnet.

Das Heben und Senken des Brustkorbs. Der Duft ihres Atems.

Die Haut, Pfirsichsamt, der sich von der Rundung des Kinns hinaufzieht über Wangen und Jochbeine bis zur hohen Stirn. Quer, eine kleine Wunde, ein heilender Kratzer. Aus einer Entfernung von wenigen Zentimetern kann man die Gerinnung gut sehen, Schorf, der die Ränder verschließt, regenerierte Zellen, neues Gewebe.

Das Haar. Aufgefächert auf dem Kissen bildet es ein Passepartout für den Kopf, der auf wunderbare Weise geneigt ist. Der eine Arm liegt wie ein Rahmen um alles, der andere hängt herunter, der Handrücken streift den Fußboden. Eine bleiche Möwe im Zwielicht.

Ein Stöhnen.

Ganz plötzlich zwischen zwei Atemzügen, ein einziges nur.

Dann wieder Stille.

Ein regloser Körper, wie ein Leichnam auf dem Sofa.

Warm jedoch.

Warm unter der Handfläche. Unter dem leichten Streicheln, unter dem aufmerksamen Blick.

Als wolle er ihr die Traumblasen stehlen.

Seltsamer Gedanke.

Der Blick gleitet hinab über den bloßliegenden Bauch, das kurze Hemd, den nackten Bauchnabel. Eine kleine, kaum angedeutete Kuhle, die unecht wirkt. Das Bedürfnis zügeln, sie zu berühren, zu streicheln.

Die Beine. Eines ausgestreckt, das andere gebeugt, in Stretchjeans, die langen Glieder, obgleich sie nicht größer als ein Meter sechzig sein kann.

Dann die leichte Andeutung ihres Geschlechts, das zu erahnen ist. Der Anblick erregt ihn nicht, er ist nur gerührt.

Wie von einem Sonnenuntergang. Von einem wunderbaren Bild.

Franco kniete auf dem Boden vor dem Sofa mit der schlafenden Frau darauf und betrachtete sie.

Er spürte ihre Anspannung, offenbar träumte sie schlecht.

Er hätte sich gerne neben sie gelegt, sie in den Arm genommen, sie gestreichelt. Mehr nicht. Einfach so, einfach, um sie ein wenig zu beruhigen.

Seufzend griff er nach der Fleecedecke, die zusammengefaltet auf dem Sessel neben ihm lag, stand auf, nahm die Decke mit beiden Händen wie ein Torero sein Tuch, beugte sich über die Frau und deckte sie zu.

Dann entfernte er sich rückwärts, ohne sie aus den Augen zu lassen.

Er setzte sich an den Computer und zwang sich, seine unterbrochene Arbeit wieder aufzunehmen: die Analyse der neuen Daten, ganz frisch vom NSPIA-Rechner.

Chiara hatte sie am Nachmittag von dort heruntergezogen und sich dann ein bisschen hingelegt. Sie war am Ende ihrer Kräfte gewesen.

Mittlerweile war es Abend, und sie schlief noch immer.

Franco fühlte sich stark angezogen von Chiara und empfand eine große Zärtlichkeit ihr gegenüber.

Denn sie war anders als die Frauen, die er bisher kennengelernt hatte. Er wusste aber nicht, in welcher Hinsicht.

Vielleicht würde er das nie herausfinden.

2

Zuerst nahm sie den Geruch wahr.

Dann erwachte sie.

Sie wusste erst nicht, wo sie war, erinnerte sich für den Bruchteil einer Sekunde an nichts.

Dann war alles wieder da.

Francos Haus im Halbdunkel. All diese Gesichter an der Wand, die sie ernst zu betrachten schienen. *Mein Gott.* Dann dieser Duft, nach Kaffee und etwas frisch Gebackenem, vielleicht Ciambellas.

Ich bin hier einfach eingeschlafen. Sie setzte sich auf.

Ein Blick auf die Uhr. Die Zeiger standen still. Wie tot.

Verflucht. Tatsächlich.

Sie ging zum Fenster und sah hinaus, die Sonne stand schon hoch am Himmel.

Eine Spätvormittagssonne.

Also habe ich sehr lange geschlafen.

Dann plötzlich eine Stimme hinter ihr. Sie drehte sich um, und da stand er vor ihr, in verwaschenen Jeans und mit offenem Hemd. Ein rascher Blick auf seinen muskulösen Bauch, dann in sein Gesicht und auf das strahlende Lächeln auf seinen schmalen Lippen.

»Guten Morgen.«

Seine Stimme.

Genau wie jene andere …

»Gut geschlafen?«, fragte er.

Sie frühstückten draußen in der Sonne.

Aufgebackene Tiefkühlbrioches vom Supermarkt, Milch und Kaffee, Fruchtsaft.

In aller Ruhe essen, sich wie im siebten Himmel fühlen, an nichts denken, die ganze Welt außen vor lassen.

Dann war das Frühstück zu Ende.

Er sagte: »Ich habe fast die ganze Nacht gearbeitet.«

Und sie fragte: »Was hast du entdeckt?«

Und so kehrten sie in die Welt mit all ihren Absurditäten zurück.

Sehnsucht nach dem Moment, der gerade erst vergangen war, als wäre er schon lange her.

So tun, als wäre nichts. Wieder von vorn anfangen.

3

Zauberei, Magie.

Zwei neue Kaninchen aus dem Datenzylinder ziehen: Samstagabend-Opfer mit Verletzungen im »Clorinda-Stil«.

Die eine hieß Gloria M. und war das bislang letzte Opfer. Tödlich verunglückt am vergangenen Samstag um drei Uhr nachts, an der üblichen Stelle.

Sie war die junge Frau, die von Vasco Terrano erfasst worden war, die Frau, die den Kreis der Rache geschlossen hatte. Oder vielleicht auch nicht.

Als Franco an den Unfallort gekommen war, am Ende seiner verrückten nächtlichen Verfolgungsfahrt, hatte er in der Ferne gerade noch die Rücklichter eines Autos gesehen, bevor sie in der Dunkelheit verschwanden. Wahrscheinlich war es das Auto des Mörders gewesen.

Das andere Opfer war in der Nacht von Samstag, dem 29. März, auf Sonntag, dem 30., umgekommen: Giuliana C., achtzehn Jahre alt.

Derselbe Ort, die gleiche Uhrzeit, natürlich. Doch mit dem neuen – verwirrenden – Umstand, dass die junge Frau in einem Auto gesessen hatte, das von der Straße abgekommen war. Der Fahrer, ein Mann mittleren Alters, war ebenfalls tot.

Franco saß wieder am Schreibtisch und Chiara wieder neben ihm, in diesem düsteren Zimmer mit den düsteren Fotos. Die Luft schien nicht die richtige Zusammensetzung zu haben, zu viele grobe Partikel zwischen den Sauerstoffmolekülen.

»Also ist sie nicht auf der Straße angefahren worden wie die anderen alle?«, fragte sie.

»Glaubt man dem Computerprogramm, stimmen die Verletzungen des Mädchens überhaupt nicht mit denen überein, die jemand nach einem Unfall haben müsste, wenn er im Auto sitzt. Die Software ermittelt zwei verschiedene Dynamiken, dann kommt sie durcheinander, und das Programm stürzt ab. Es kapiert nicht, was da passiert ist. Das war bei Maria F. auch schon so. Auch in ihrem Fall passte auf der Ebene der Unfalldynamik nichts zusammen. Ihre Verletzungen deuteten darauf hin, dass sie einen Zusammenprall mit einem Auto hatte und überfahren wurde, doch das Programm konnte keine mögliche Abfolge ermitteln.«

Chiara hörte mit gerunzelten Brauen zu, während eine innere Stimme flüsterte: *Du brauchst hier keine Show abzuziehen. Du bist doch gar nicht erstaunt.* Und das stimmte. Sie hörte sich diese neuen Absurditäten völlig unbeteiligt an, als habe sie aufgehört, sich Fragen zu stellen.

Genug mit diesem eingefrorenen Staunen. Genug mit all dem. Jetzt galt es einzig und allein aufzudecken, was es aufzudecken gab. Um jeden Preis.

»Was wissen wir über den Mann am Steuer?«, fragte sie.

»Giangiacomo P., vierzig Jahre alt, Bekleidungsvertreter. Wohnhaft in Vergato. In seinem Fall passen die Verletzungen zu einem heftigen Auffahrunfall.«

Chiara beugte sich zum Computer hinüber. »Lass mich mal sehen, wer den Bericht vom Unfallort geschrieben hat.«

Mit wenigen Mausklicks kam Franco zum Kopf des Berichts: CARABINIERI, POSTEN VON CAMUGNANO. »Wir brauchen die Originalberichte des Falls, auch die, die nicht direkt mit dem Unfall zu tun haben. Vielleicht bekommen wir dann noch mehr Informationen«, sagte sie.

»Und wie kriegen wir die?«

»Ganz einfach, wir holen sie uns.«

Sie nahmen den Alfa Romeo. Denn es war besser, wenn Chiara fuhr.

»Damit nicht alles noch schlimmer wird«, sagte sie.

Der Geruch von Mimosen im Auto.

Fahrtziel: Camugnano.

Unterwegs diskutierten sie über die Ermittlungen, als handele es sich um einen ganz normalen Fall.

Sie brauchten ganze vierzig Minuten bis zum Carabinieri-Posten in Camugnano, weil sie den Fehler gemacht hatten, nicht die Autobahn zu nehmen. Stattdessen waren sie auf der Porettana mit knapp fünfzig Stundenkilometern hinter einem verfluchten Sattelschlepper hergeschlichen, da sich keine Gelegenheit zum Überholen geboten hatte.

Sie stiegen aus und kamen zum Eingang der Carabinieri-Kaserne. Als Chiara dem Posten ihren Ausweis hinhielt, trat dieser zur Seite und ließ sie vorbei.

Ein junger Wachtmeister kam ihnen entgegen und begleitete sie zum Büro des Vorgesetzten am Ende des Flurs.

In einem kahlen Raum mit einem einzigen Tisch und zwei Stühlen in der Mitte begannen Chiara und Franco, das Material zu sichten, das ihnen zur Verfügung gestellt worden war.

Aussage von Monica Rodolfi, Ehefrau von Giangiacomo Pasotti, Vertreter: »Ich habe überhaupt keine Ahnung, was dieses Mädchen im Auto meines Mannes zu suchen hatte. Ich nehme an, er hat sie auf der Heimfahrt ein Stück mitgenommen. Er ist auf dem Rückweg immer diese Strecke gefahren, also …«

»Also handelt es sich entweder um ein zufälliges Treffen oder eine heimliche Liebesgeschichte«, kommentierte Franco.

»Das sind die wahrscheinlichsten Hypothesen, obwohl …«

»Obwohl?«

Chiara blätterte die Akte bis zum Ende durch, bevor sie wieder von vorn anfing. »Da, schau mal. Die Carabinieri haben durch den Hinweis einiger Jugendlicher von dem Unfall erfahren. Sie haben die Kids um 3 Uhr 15 an der Kreuzung zwischen Via Guasta und Guzzano kontrolliert. Eine Viertelstunde von der Stelle entfernt, wo der Unfall mit Giuliana C. passiert ist. Es gibt ein entsprechendes Protokoll in der Akte.«

BETREFF: Protokoll der Aussage von Marino Farro (Fahrzeugführer), festgehalten wegen Trunkenheit am Steuer, Fahrzeug wurde beschlagnahmt.

Vor dem Unterzeichner, Oberwachtmeister Antonio Balestrini, stationiert beim Carabinieri-Posten Camugnano:

[...] Marino Farro und die in seiner Begleitung befindlichen (s. beigefügte Protokolle) Sacha Cantelli und Mario Canuti, wohnhaft Via Marconi (Camugnano) und Via Nazionale (Grizzana Morandi), berichteten von einem Unfall auf derselben Straße, bei Kilometer 33, wie später verifiziert. Bei den oben Genannten wurde während der Kontrolle psychische Veränderung durch Rauschmittelkonsum festgestellt.

Sie erklärten (in konfuser Weise), nicht angehalten zu haben, da schon Ersthelfer vor Ort gewesen wären.

HINWEIS: Ggf. zusätzliche Anzeige wegen unterlassener Hilfeleistung.

Chiara schüttelte den Kopf. »Dieser Bericht ist ein einziges Durcheinander. Doch etwas ist deutlich daraus zu ersehen. Diese Kids haben jemanden am Ort des Unfalls gesehen und könnten wertvolle Zeugen für uns sein.«

»Obwohl sie alle stoned bis zur Halskrause waren«, erwiderte Franco.

»Notieren wir uns die Namen und die Adressen. Es kann

nicht schaden, wenn wir uns mit einem von ihnen ein bisschen unterhalten.«

Als Erstes nahmen sie sich Sacha Cantelli vor, die in der Nähe des Carabinieri-Postens wohnte.

Das Mädchen war keine Schönheit, sommersprossig und viel zu dünn, den lilafarbenen Pony im Emo-Stil an einer Seite angeklatscht, schwarze Lippen, schwarzgestreifte fingerlose Wollhandschuhe. Sie besah sich skeptisch den Ausweis, den ihr Chiara hinhielt. Dann wanderte ihr Blick zu Franco, der mit verschränkten Armen wartete. Schließlich zog sie scharf die Luft durch die Nase und fragte: »Muss ich meinen Anwalt anrufen?« Ihre Pupillen waren geweitet, und in ihren mühsam hervorgebrachten Sätzen schwang Panik mit. »Meine Mutter kommt erst heute Abend um fünf nach Hause.« Sie hatte offenbar etwas geraucht, denn ihr Atem roch säuerlich nach Gras.

Chiara steckte ihren Ausweis zurück und schenkte ihr ein beruhigendes Lächeln. »Keine Sorge, wir wollen dir nur ein paar Fragen stellen. Nichts, was deine Situation noch verschlimmern könnte. Du bist natürlich nicht verpflichtet, uns zu antworten, doch es könnte vor den Richtern ein gutes Licht auf dich werfen. Beim Prozess sagen zu können, dass du dich der Polizei gegenüber kooperativ gezeigt hast, kann nur gut für dich sein.«

Sacha ließ sich überzeugen.

»Was habt ihr an jenem Abend genau gesehen, du und deine Freunde?«, fragte Chiara ohne Umschweife.

Sacha saß auf der Armlehne eines abgenutzten Ledersofas und hatte den Kopf in die Hände gestützt, als könne sie so besser denken. »Es war alles so chaotisch. Ich war voll zu. Wir alle eigentlich.«

»Ihr habt erklärt, dass am Unfallort schon jemand war. Kannst du uns die Person beschreiben?« Chiara stand. Sie hatte sich nicht setzen wollen. Franco war ebenfalls stehen geblieben.

Das Mädchen massierte sich die Schläfen. »Aber ich will nicht noch mehr Ärger. Bitte.«

Chiara sagte besänftigend: »Du brauchst dir keine Sorgen zu machen, Sacha. Wir wollen nur wissen, wer dort war.«

»Da war dieses total geschrottete Auto. Daneben ein Schatten, eine Gestalt, wir haben sie kurz mit den Scheinwerfern angeleuchtet.«

»Kannst du uns diese Gestalt beschreiben? Mann? Frau? Irgendetwas Auffälliges?«

Sacha massierte sich immer noch die Schläfen und schüttelte den Kopf. »Ich erinnere mich nicht mehr so gut, ich war total durcheinander, das habe ich doch schon gesagt. Und außerdem war der Typ ganz komisch.«

»Erklär das bitte näher.«

»Na ja, man konnte nicht gut sehen, ob es ein Mann oder eine Frau war ... Die Gestalt war irgendwie alles beides.«

»Wie meinst du das?«

»Puh, was weiß ich.«

Chiara seufzte resigniert. Dann kramte sie in der Tasche ihrer Bomberjacke nach den Fotos, die sie für eine mögliche Identifikation eingesteckt hatte. Sie zog den Ausdruck eines Internetartikels der *Repubblica* heraus. Dieser berichtete von dem Unfall, bei dem Clorinda ums Leben gekommen war. Ein großes Foto zeigte den Vater – »der vom Schmerz gezeichnete Schamanenkünstler ...« – mit langen Haaren und Gurubart, auf dem er zehn Jahre jünger war, ein weiteres die Tochter. Sie streckte dem Mädchen das Blatt hin. »Schau dir das mal an.«

Sacha blickte auf das Papier, kniff die Augen etwas zusammen, so als müsse sie das Bild erst scharf stellen. »Ich würde sagen, das ist schon ähnlich.«

Franco ging einen Schritt auf sie zu und ergriff zum ersten

Mal in diesem seltsamen Verhör das Wort. »Willst du damit sagen, dass der Mann, den du am Unfallort gesehen hast, der auf dem Foto in der Zeitung ist?«, fragte er und konnte seine Erregung kaum verbergen.

Sacha schüttelte den Kopf. »Nicht *er*«, murmelte sie mit einer gewissen Nachdrücklichkeit.

»Er ... *sie*.« Ihr Finger deutete auf das Foto von Clorinda. »Dieser Mann sah aus wie das Mädchen da. Das heißt ...«

»Das verstehe ich nicht. Was willst du damit sagen?«

»Der, den ich gesehen habe, neben dem geschrotteten Auto, der hatte einen Körper wie ein Mann, groß und breit, und es sah aus, als hätte er keine Haare, als wäre er ganz kahl, denn der Schädel hat im Licht geglänzt. Und das Gesicht ... das sah aus wie das Mädchen in der Zeitung. Ich hab das Gesicht da gesehen.«

Ungläubiges Staunen.

Wieder ein Staunen, dem man nachgehen musste, als wären es Spuren. Ohne innezuhalten, ohne nachzudenken. Brotstückchen, die den Weg zu irgendetwas wiesen. Vielleicht zu einem sicheren Ort, vorbei an der Angst.

Auf der Rückfahrt im Auto schwiegen sie. Chiara fuhr, Franco sah aus dem Fenster.

Er durchbrach die Stille. »Was denkst du darüber?«

Sie antwortete nicht sofort. Erst seufzte sie. »Ich denke, dass es ein völliges Wirrwarr ist. Je näher wir der ganzen Sache kommen, desto unerklärlicher wird sie.«

»Vielleicht hat dieses Mädchen den Mörder gesehen oder zumindest denjenigen, der in irgendeiner Weise für diese Todesfälle verantwortlich ist. Jemand muss den Unfall provoziert haben, jemand, der dann den Körper des Mädchens mit dem zerstörten Gesicht in das Auto gelegt hat ... Das würde die Widersprüchlichkeiten bezüglich der Verletzungen erklären.«

»Jemand begeht einen Mord und versucht dann, ihn als Unfall erscheinen zu lassen, natürlich. Aber wie erklärst du dir die Tatsache, dass dieser Mister X das Gesicht von Clorinda hat … das Gesicht von Clorinda vor ihrem Tod?«

Wieder Schweigen.

Chiara nahm das Handy vom Armaturenbrett und gab eine Nummer ein. »Hallo, Molisi?« Sie nickte einmal, sie nickte zweimal. »Hast du die Auswertungen von den Radarfallen? Kannst du sie mir auf mein Diensthandy mailen?« Sie lächelte, dann wurde sie wieder ernst. »Wie geht es Gioia?« Pause. »Hat sie etwas gegessen?« Pause. »Hat sie nach mir gefragt?« Längere Pause. »In Ordnung, ich danke dir. Liebe Grüße.«

Mautstation Sasso Marconi. Chiara zeigte dem Kassierer ihren Ausweis. Im Kreisverkehr nahmen sie die Via Porettana.

Franco griff nach einem Zigarettenpäckchen. Es war leer.

»Ist es für dich okay, wenn wir im Ort beim Tabakladen vorbeifahren?«

Chiara bog an der ersten Ampel nach links ab. »Kein Problem«, sagte sie.

Sie kauften Zigaretten. Chiara war schweigsam und ganz offensichtlich bedrückt.

»Wie geht es deiner Tochter?«, wagte Franco zu fragen.

»Unverändert. Sie fragt nicht nach mir.«

Franco legte die Hand auf ihren Arm. »Du wirst sehen, dass sie sich bald wieder erholen wird, sehr bald«, versuchte er, sie zu trösten. Als könnte er wissen, wann dieser Zeitpunkt kommen würde.

4

Sie beschlossen, sich irgendwo hinzusetzen, und suchten sich einen Tisch vor der kleinen Bar direkt am Platz. Ginseng-Kaffee für beide.

Plötzlich spürte Chiara das Handy in der Tasche ihrer Jeans vibrieren. Sie holte es heraus und sah auf das Display. »Die Mail mit der Radar-Auswertung ist gekommen«, sagte sie. »Schauen wir uns das doch mal an ... Das Auto von Mastri wurde von einem Blitzer in einem Tunnel gleich hinter der Mautstation von Sasso Marconi geblitzt. Fahrtrichtung Florenz, am 15. März um 23 Uhr 50 ...«

»Also war er am Abend, bevor das erste Opfer, Barbara G., umgekommen ist, unterwegs. Noch dazu auf einer Straße, die in Richtung Gehenna führt«, kommentierte Franco.

»Für sich genommen heißt das natürlich gar nichts. Doch es könnte noch bedeutsam werden ... Da, Mastri ist noch einmal geblitzt worden, wir haben ein Foto von der Kommunalpolizei Bologna. Er ist am 7. März um 1 Uhr 30 an der Kreuzung Via Timavo und Via Tolmino bei Rot über die Ampel gefahren.

»Seine Tochter war doch erst ein paar Tage tot ... Was hat er denn um diese Uhrzeit so weit weg von zu Hause gemacht?«

Chiara biss sich auf die Lippen. Dann legte sie das Handy weg. »Vielleicht ist er einfach nur so durch die Nacht gefahren, um nachzudenken oder um gerade nicht denken zu müssen. Wer weiß das schon. Am Morgen des 6. war die Beerdigung, und er war sicherlich ziemlich durcheinander.«

»Die Kreuzung, an der er geblitzt worden ist … Wenn man da geradeaus in die Via Montefiorino fährt und dann nach rechts abbiegt, kommt man doch direkt zum Friedhof, wenn ich mich recht erinnere.«

»Das stimmt. Vielleicht wollte er seiner Tochter, die er gerade unter die Erde gebracht hatte, noch nahe sein.« Chiara sah die Bilder von der Beerdigung wieder vor sich: die vielen Menschen, Vasco mit seinen beiden Begleitern und ansonsten gar keine jungen Leute. Als hätte Clorinda keine Gleichaltrigen gekannt. Als hätte sie keine Freunde gehabt. Seltsam. Und dann fielen ihr wieder die Chatnachrichten auf MSN ein, mit dem doppelten Nicknamen. »Sie muss ein sehr einsames Mädchen gewesen sein.« Ihre Stimme klang trauriger als sonst.

Franco sah sie an: »Wie bitte?«

»Clorinda Mastri, meine ich. Es scheint, als habe sie abgeschottet von allem gelebt.«

»Meinst du, dass der Vater sie zu Hause eingesperrt hat?«

»So in der Art.«

»Wie dieser Typ in Österreich?«

Chiara schüttelte den Kopf. »Nicht auf so furchtbare Weise. Nicht mit diesem krankhaften Verhalten, zumindest nicht in sexueller Hinsicht. Ich denke eher an eine Abschottung in geistiger und psychischer Hinsicht. Als wolle er sie fern von der Welt halten.«

»Um sie zu beschützen?«

»Ja, vielleicht.«

Chiaras Miene verdüsterte sich. »Das versuchen im Grunde alle Eltern. Alle wollen sie ihre Kinder vor den Grausamkeiten des Lebens bewahren. Das Problem ist nur, dass das nicht geht. Es gibt keine Schutzhülle, die wirklich stabil ist.«

Franco zündete sich eine Zigarette an. »Eltern müssten ihren Kindern beibringen, wie man aus der Deckung herauskommt, wie man kämpft. Nicht, wie man sich versteckt hält.«

Chiara nickte. »Ja, natürlich. Aber das ist eben nicht so einfach.«

»Weißt du, wie Clorinda geboren wurde?«

»Wie meinst du das?«

Franco versuchte, seine Gedanken zu ordnen. Es gab so viele Puzzleteile in dieser verfluchten Geschichte, die man zusammenbringen musste. »Ihre Mutter saß neben Saverio im Auto, er am Steuer. Dann hat es einen Unfall gegeben, und das Auto ist von der Straße abgekommen. Das Kind wurde geboren, während die Mutter starb. Das war am 3. März 1990. Die Zeitungen sagen nichts über die genaue Uhrzeit, doch ich bin absolut überzeugt, dass es drei Uhr morgens war. Die gleiche Uhrzeit, zu der achtzehn Jahre später Clorinda ums Leben gekommen ist. Die gleiche Stunde, zu der all die anderen jungen Frauen umgekommen sind, alle mit identischen Verletzungen. Die gleiche Uhrzeit, zu der Vasco Terrano verunglückte und mit dem Auto ein Mädchen erfasst hat, das dann das vierte ›selbstähnliche‹ Opfer wäre. Sag du mir, ob das nicht alles völlig verrückt ist. Zu glauben, dass hinter alldem auch noch Geister stecken, ist im Grunde gar nicht mehr so absurd.«

Chiara starrte ins Leere. »Wie es dem Mädchen wohl die ganzen Jahre über gegangen ist«, murmelte sie, als ob sie gar nicht mit Franco spräche, sondern mit sich selbst. »Zu wissen, dass man unter diesen Umständen auf die Welt gekommen ist... Wer weiß, in welchem psychischen Zustand sie war ...« Jetzt sah sie Franco wieder an. »Als wir ihre Aktivitäten im Internet unter die Lupe genommen haben, haben wir ziemlich rätselhafte Chat-Mitteilungen entdeckt. Clorinda hat sich dort mit einem doppelten Nicknamen angemeldet, BabycloriLaFalena, und sie hat immer im Plural geantwortet.«

»Glaubst du an eine Persönlichkeitsspaltung?«

Sie schüttelte den Kopf. »Nein, ich würde eher sagen, es war eine Art Fluchtversuch, indem sie sich eine imaginäre Freundin geschaffen hat.«

»Die außerdem immer Zugang zu ihr hatte – wenn es stimmt, dass sie zu Hause ganz abgeschottet von der Welt gelebt hat.«

»Im Vernehmungsprotokoll von Saverio Mastri vom Tag, als er seine Tochter identifizieren musste, steht zu lesen, dass er nicht wusste, dass seine Tochter in die Diskothek gehen würde. Und er hielt es für völlig ausgeschlossen, dass sie Drogen nahm. Ich habe es nicht für notwendig gehalten, diese Aussagen nachzuprüfen, doch ich bin sicher, dass er nicht gelogen hat. Er war wirklich erstaunt. Das könnte die Gefängnishypothese stützen. Clorinda hatte für diesen schicksalhaften Abend eine Flucht aus ihrem Käfig geplant. Sie hat das Haus ganz bestimmt ohne Wissen ihres Vaters verlassen. Und obendrein war es ihr Geburtstag.«

»Glaubst du, dass es sich um einen Akt der Rebellion gehandelt hat, der übel ausgegangen ist?«

»Eher um einen Blindflug, der in einem Abgrund endete.«

Sie verließen das Café und gingen in Richtung Auto. »Glaubst du, dass es richtig ist, Kinder von der Angst fernzuhalten?«, fragte Franco.

»Ich weiß es nicht. Ich weiß nichts mehr, ganz ehrlich.«

»Als ich auf diese unerklärliche Weise aus dem Koma erwacht bin, habe ich begriffen, was es heißt, ganz bei sich zu sein. Die Macht, Uhren anzuhalten, ist nicht das einzig Seltsame, was mir von dieser Erfahrung geblieben ist.«

»Abgesehen davon, dass du von Geistern umgeben bist?«, fragte sie und wollte mit diesem Scherz die Spannung lockern.

Franco lachte auf, zumindest versuchte er es. Dann verzog er das Gesicht und erklärte: »Meine Beine, manchmal auch andere Körperteile, sind seitdem völlig gefühllos. Es ist, als würden sie einem anderen gehören. Und das hat mir gezeigt, wie wichtig es ist, sich lebendig zu fühlen. Wie wichtig es ist, Empfindungen zu haben, die Dinge zu spüren, egal, ob sie schön oder furchtbar sind. Jeden Tag, der vergeht, bewege ich mich auf dem Rand des Abgrunds, starre in die Tiefe, verbissen und verletzt. Die Geister flüstern mit mir und sagen mir, was ich tun soll. Die meiste Zeit würde ich am liebsten schreien und heulen, weil ich eine Todesangst habe. Doch dann ist es wieder so, dass ich mich immer stärker fühle. Ich weiß nicht, wie ich dir das erklären soll …«

»So als würde dich die Angst abhärten?«

Franco machte eine unbestimmte Geste. »Die Angst setzt uns in Bewegung, lässt das Herz schneller schlagen und das Blut schneller fließen. Die Angst macht, dass wir uns unser selbst bewusst werden. Durch die Angst spüren wir alles viel intensiver, unsere Sinne werden schärfer. Wir entdecken, dass wir lebendig sind …«

»Aber auch durch die Liebe!«, erwiderte sie.

»Die Liebe ist auch eine Form von Angst, wenn du es recht bedenkst.«

»Unsere tägliche Angst gib uns heute, jetzt und immerdar, von Ewigkeit zu Ewigkeit?«

»Oh ja, Hüterin des Gesetzes, so ungefähr. Die Angst ist ein Anker. Ein Felsen im offenen Meer. Die Hölle ist das Nichts.«

Ich bin nicht.

Sie blieben vor einem Geschäft mit Geschenkartikeln stehen.

»Hast du den Film *Fearless – Jenseits der Angst* gesehen?«, fragte Franco.

Chiara schüttelte den Kopf.

»Da geht es um einen Überlebenden wie mich. Einer, der wie durch ein Wunder nach einem fürchterlichen Unfall gerettet wird. Danach glaubt er, unsterblich zu sein, und hat vor nichts mehr Angst. Keine Angst mehr zu haben lässt ihn das Gefühl für sich selbst verlieren, sodass er sich immer und immer wieder auf die Probe stellen muss.«

»Eine interessante Geschichte.«

In dem Schaufenster, vor dem sie standen, waren Schokoladeneier ausgestellt, in verschiedenen Größen und in schillerndes Papier verpackt. Es war kurz vor Ostern.

Franco nahm den Faden wieder auf: »An einer bestimmten Stelle im Film beschließt die Hauptfigur zusammen mit einer jungen Frau, die ihre Tochter verloren hat, in ein Geschäft zu gehen, um ein Geschenk für diejenigen zu kaufen, die nicht mehr da sind.«

»Und das machen wir jetzt auch?«, fragte sie.

»Du sagst es.«

In dem Laden gab es Geschenke für Geburtstage, Namenstage und diverse andere Gelegenheiten.

Nippes, Modeschmuck, Bücher.

Aber keine Geschenke für die Toten.

»Wem möchtest du denn etwas schenken?«, fragte Chiara.

Franco sah sich in der Abteilung Geburtstagsgeschenke um. Er war ernst geworden. »Ich möchte Clorinda ein Geschenk machen, die genau an dem Tag, an dem ich sie zerstört habe, achtzehn Jahre alt geworden ist.« Er griff nach einem Silberanhänger in Form eines Schmetterlings. »Und du, welchem Toten kaufst du ein Geschenk?«

Chiara dachte nach. »Ich kaufe eines für meinen Vater.«

Der gestorben ist, ohne mich noch einmal anzusehen, und der mich, als ich klein war, ins Königreich der Wirklichkeit schickte, um die Fantasie niederzukämpfen.

»Und was suchst du für ihn aus?«

Chiara nahm einen kleinen Traumfänger.

Da es Osterzeit war, bot das Geschäft den Service an, die Geschenke in Schokoladeneier zu verpacken. Während sie darauf warteten, dass die Verkäuferin ihre Eier fertigstellte, ließ Franco seinen Blick über die Bücher schweifen. Ein Titel auf einem der oberen Regalbretter erregte seine Aufmerksamkeit: *Wochenendtrip*. Der Autor war ein gewisser Pater Cristoforo Baldi.

Sieh mal einer an, dachte Franco und zog das Buch hervor. Dieser seltsame Pater, der ihn im Lazarus »therapiert« hatte, betätigte sich also auch schriftstellerisch.

Auf dem Umschlag war eine kleine, mit Blumen geschmückte Gedenkstätte an einem Straßenrand zu sehen, und direkt davor auf dem Asphalt ein dunkler Fleck, es musste Blut sein. Franco schlug das Buch auf. Es gab viele Fotos, vor allem Fotos von Verkehrsunfällen. Verbogenes Blech, zerstörte Körper, alles ziemlich drastisch. Auf der Rückseite standen einige Hinweise zum Autor:

»Cristoforo Baldi, Jesuitenpater und anerkannter Anthropologe und Psychotherapeut, war lange Zeit als Missionar in Südamerika und Afrika tätig. Heute widmet er sein Leben der Unterstützung junger Menschen, die einen sogenannten Diskounfall überlebt haben. Dieses Buch ist eine Betrachtung ethisch-religiöser Theorien über die soziokulturellen Bedingungen zu Beginn des neuen Jahrtausends. Eine Reportage aus der Welt der Diskotheken. Apokalyptische Visionen der Zukunft.«

Franco nahm das Buch mit zur Kasse.

Chiara hatte ihr Ei schon bezahlt und wartete an der Tür auf ihn.

Sie gingen auf das Auto zu, und mit jedem Schritt verschwand das angenehme Gefühl der Vertrautheit, das sich im Laden zwischen ihnen eingestellt hatte, und Unruhe machte sich breit. Ihre Auszeit war zu Ende. Jetzt mussten sie den Kampf gegen das Absurde und die Monster wieder aufnehmen. Im Namen aller Ängste der Welt.

5

Saverio Mastris Haus war eine Art modernes Schloss in Miniaturausgabe mit Zinnen und Türmchen. Es sah aus wie aus einem Märchen.

Chiara fuhr den Alfa Romeo in eine Straßenbucht, von der aus sie die Lage mit dem kleinen Fernglas, das sie immer im Handschuhfach hatte, sondieren konnte. Franco und sie waren hier ziemlich gut zu sehen, aber man konnte sie durchaus für ein Pärchen halten, das ein bisschen für sich sein wollte.

Da es mittlerweile auch dunkel geworden war, hatten sie wenig zu befürchten.

Nachdem sie den Großteil des Nachmittags miteinander verbracht hatten, war Chiara gegen Abend auf einen Sprung ins Krankenhaus gefahren, um Roberto zu besuchen. Es ging ihm den Umständen entsprechend. »Unverändert«, sagten die Ärzte mit leiser Stimme, als müssten sie sich dafür schämen.

Um neun Uhr hatten sich Chiara und Franco wieder getroffen, um zur Behausung ihres Hauptverdächtigen zu fahren.

Sie hatten sich dazu entschlossen, um die Atmosphäre dort in sich aufzunehmen, um vielleicht ein zufälliges Indiz zu finden ... Eigentlich wussten sie selbst nicht so genau, was sie dort wollten.

»Wie oft hast du diesen Mastri getroffen?«, fragte Franco plötzlich.

»Zwei Mal. Das erste Mal, als er in die Pathologie kam, um den Leichnam zu identifizieren, und dann bei der Beerdigung.«

»Welchen Eindruck hattest du von ihm?«

»Beim ersten Mal war er natürlich ziemlich durcheinander. Er wollte nicht glauben, dass es sich bei der Toten um seine Tochter handelte, und weigerte sich, sie zu identifizieren. Dann musste er das Offensichtliche akzeptieren und hat gebrüllt und geschrien wie ein Wahnsinniger. Wir haben ihm ein Beruhigungsmittel geben müssen.«

»Und wie war er auf der Beerdigung?«

»Sehr blass und sehr ruhig. Er schien sich wieder voll unter Kontrolle zu haben. Er war schweigsam und würdevoll. So wie ich ihn erlebt habe, hat er weder seltsam noch bösartig auf mich gewirkt.«

»Er hatte offensichtlich schon mit der Verarbeitung seiner Trauer begonnen ... oder mit Schlimmerem.«

»Was meinst du mit ›Schlimmerem‹?«

»Vielleicht hat er ja den Tod seiner Tochter nicht nur beweint, sondern ihn auch zelebriert.«

Als Chiara sich eine Zigarette anzündete, beleuchtete die Flamme ihr Gesicht. »Die Hypothese ist, dass er junge Frauen im Alter seiner Tochter durch inszenierte Unfälle tötet, nachdem sie das Gehenna verlassen haben. Wie eine Art Ritual. Du sagst zelebrieren, aber es könnte ja auch einfach nur Rache sein. Dann passt alles zusammen, sogar das Motiv. Aber wie zum Teufel macht er das? Wie kann er die Gesichtsverletzungen seiner Tochter reproduzieren? Hat er die Gesichter der Opfer modelliert?«

»Ich weiß nicht, vielleicht müssen wir meine Theorie des Abdrucks in der Bildhauerei wieder aufgreifen ...«

Chiara schaltete die Zündung ein, drückte auf den elektrischen Fensterheber und öffnete die Scheibe einen Spalt breit, damit der Rauch hinauskonnte. »Denken wir also in dieser Richtung weiter. Weißt du, wie man Abdrücke für Skulpturen macht?«

»So in etwa. Er hätte auf jeden Fall nach dem Unfall eine Negativform vom Gesicht seiner Tochter nehmen müssen. Und er war ja in der Nacht nach der Beerdigung in der Gegend des Friedhofs unterwegs.«

»Glaubst du, dass er in der Familiengruft war?«

»Vielleicht können wir diesbezüglich nach Spuren suchen.«

Chiara warf die Kippe durch den Fensterspalt. »Du bist verrückt. Ein Leichnam kann nur auf Anordnung der Staatsanwaltschaft exhumiert werden. Schon unter normalen Umständen würde ich mit unseren fantastischen Hypothesen keine Genehmigung erhalten, und schon gar nicht jetzt, da ich praktisch vom Dienst suspendiert bin.«

Franco legte seine rechte Hand auf ihren Arm. »Wir gehen einfach heute Nacht hin, ohne jemandem etwas zu sagen. Wie zwei Diebe. Das ist doch aufregend, findest du nicht?«

»Nein, überhaupt nicht. Ich finde das völlig verrückt.«

Seine schmeichelnde Stimme, so nah und fern zugleich. »Fällt dir eine andere Möglichkeit ein, um an die Lösung des Rätsels zu kommen?«

»Nein. Aber das heißt nicht, dass es richtig ist, so etwas zu tun«, beharrte sie. Dann nahm sie den Zündschlüssel in die Hand.

»Wir sehen einfach zu, dass wir nicht erwischt werden.«

»Und du willst Polizist werden? Na prima!«

»Polizeiarzt. Das ist etwas ganz anderes. Polizeiärzte sind von Natur aus eigensinnig. Hast du niemals *CSI* gesehen?«

Chiara zuckte mit den Schultern und startete den Motor. »Wie spät ist es?«

»Drei Uhr, das weißt du doch«, erwiderte er und grinste.

Die Uhr am Armaturenbrett zeigte Punkt Mitternacht.

Sie fuhren los.

In Richtung Friedhof La Certosa ins Zentrum von Bologna.

Das Haus von Mastri lag wie ein drohender Schatten zwischen den Bäumen.

Noch brannte dort kein Licht.

6

Er sieht aus dem Fenster. Von Raunen und Schreien geleitet, ist er hierhergekommen und betrachtet nun das rote Auto auf der Straße. Er stellt sich keine Fragen, er sieht nur hin, weiter nichts. Vielleicht sind sie ihm auf der Spur, vielleicht auch nicht.

Das ist auch nicht wichtig. Nichts ist mehr wichtig. Nicht einmal das Nichts.

Das Nichts ängstigt ihn nicht, es hat ihn niemals geängstigt. Die Leere, ja, aber das ist etwas anderes. Die Stille ist hörbar, sie schreit.

Während das Nichts sich auflöst. Mit allem Schmerz, der daraus folgt.

Verschwindet wie durch einen Zauber.

Als das rote Auto wegfährt, macht er einen Schritt zurück, hinein in das dunkle Zimmer.

Aus seiner leeren Brust dringt ein Stöhnen, stärker als zuvor, wie ein Aufschluchzen in der stummen Luft. Plötzlich ein Gefühl von Kälte.

Er beginnt zu keuchen, und sein Atem verwandelt sich in Dampf, trockenes Eis, das sich ausbreitet.

Saverio fällt auf die Knie.

Wo bist du, Babyclori?

Süße Herrin der Sterne.

Komm zu deinem Papa, Licht des Morgens, Sonne und Mond, Glück meiner Augen.

Er reißt sich die Kleider herunter, wirft sie weit von sich in den Raum, bis er nackt dasteht.

Er bietet der Luft seine Wunden dar, die Blut-Tattoos, die er sich mit dem Messer ins Fleisch geritzt hat: Seltsame Wesen tanzen in einem Wirrwarr aus roten Nervenbahnen. Engelsgesichter und Wellen brechen sich an einem prächtigen Sternenhimmel. Ein Versuch, das Wandbild im Schlafzimmer, das er mit den Fingernägeln heruntergekratzt hat, wiederherzustellen.

Der kreative Akt ist wie eine heilige Handlung. Ein Versöhnungsritual, das den Gedanken verwandeln, ihn lebendig, blutend und lichtdurchflutet machen kann.

Er beugt sich hinunter und tastet im Dunkeln nach der Maske, hebt sie auf, hält sie vor sich auf der rechten Handfläche, als habe sie sich durch einen Zauber materialisiert.

Das Werk steht kurz vor der Vollendung.

Nur noch wenige Tropfen.

Dann würde sein Kind für immer zurückkehren.

7

Sie kamen relativ leicht hinein, von hinten durch die Schrebergärten. Alles war verlassen, nichts rührte sich. Die Friedhofsmauer war an dieser Stelle nicht besonders hoch. Sie mussten nur auf einen Altglascontainer klettern und aufpassen, dass sie nicht abrutschten. Dann die Hände auf die Mauerkrone legen und sich hochziehen. Ein Kinderspiel.

Sie sprangen leichtfüßig auf den Boden, erst er, dann sie.

In der Ferne bellte ein Hund.

Chiara erinnerte sich noch gut daran, wo sich das Familiengrab der Mastris befand. Sie hatte sich die Nummer des Sektors und des Grabes leicht merken können: Sektor III, Grab 33. Die Zahl drei wiederholte sich immer wieder.

Erstarrt wie tote Zeiger in der Besessenheit, die ihn durchflutet.

Anhand der Nummerierung auf den Schildern an den Wegen fanden sie das Grab rasch.

Sie lauschten aufmerksam, ob sie irgendwelche Geräusche hörten, sahen sich lange schweigend an, als wollten sie sich gegenseitig Mut machen. Dann nahm er den Schraubenzieher vom Bordwerkzeug des Autos und brach das Schloss der Metalltür auf. Jetzt konnten sie in die Gruft hinein.

Franco betrat sie mit der eingeschalteten Taschenlampe in der Hand, Chiara folgte ihm und lehnte die Tür an.

Ein dumpfer Geruch und welkende Blumen. Die Luft war so dick, dass ihnen das Atmen Mühe machte. Es war eisig. Die

Temperatur war in der Gruft um einiges niedriger als draußen.

Der Atem der Toten, dachte Franco, während er sich umsah.

Im Lichtstrahl der Taschenlampe konnte er ein Grab ausmachen und ging darauf zu, dann merkte er, dass es das falsche war. Das Todesdatum war 1990, es musste sich also um die Mutter handeln, die ebenfalls Clorinda hieß. Die Mutter sah aus wie die Tochter. Oder andersherum: Die Tochter sah aus wie die Mutter. Sie ähnelten sich wie ein Wassertropfen dem anderen, als wären sie geklont.

Links neben der Ruhestätte von Signora Mastri war das Grab der Tochter, neu, aus glänzendem Marmor.

Franco deutete darauf, und Chiara trat neben ihn. Er reichte ihr die Taschenlampe, damit sie ihm bei der Arbeit Licht geben konnte.

Er schob die Grabplatte weg und stellte dabei fest, dass die Steine darunter zunächst entfernt und dann wieder mehr schlecht als recht an ihren Platz gesetzt worden waren.

Mit einem kleinen Akkuschrauber – auch dieser einc Leihgabe des Alfa Romeo – schraubte er den Sargdeckel los. Er brauchte nicht lange dazu. Einige Kratzer auf dem Deckel wiesen darauf hin, dass sich schon einmal jemand am Sarg zu schaffen gemacht hatte.

Als er den Sargdeckel vollständig abhob, sprang sie ein fürchterlicher Gestank an. Verwesungsgeruch.

Wie ein Chirurg, der sich emotional distanzieren kann, betrachtete Franco die formlose Masse, den die Leiche anstelle des Gesichts hatte. Er hatte das zerstörte Gesicht schon oft auf dem Computerbildschirm und auf den Bildern an den Wänden seines Zimmers gesehen. Daher war es ihm so vertraut wie die Fotografie eines Familienangehörigen und hatte für ihn alles Monströse und Unmenschliche verloren.

Er warf Chiara einen Blick zu. Sie blickte über den entstellten Leichnam hinweg, als sei er gar nicht vorhanden. Sie wirkte ziemlich ruhig.

Franco berührte sie am Arm, um ihre Aufmerksamkeit auf sich zu lenken, und ließ sich eines der Beweismittel-Tütchen geben, die sie eingesteckt hatte.

Dann machte er sich an die Arbeit. Mithilfe von zwei Pinzetten entnahm er einige Gewebeproben von Wangen, Hals und Stirn. Er untersuchte aufmerksam jeden Quadratzentimeter des Gesichts, dieses Objekts seiner Obsession. Die Zerstörung Clorindas. Er bemerkte eine dunkle Substanz, die aussah wie getrockneter Schlamm. Mit einem Spachtel schabte er den Knochen sauber, dann griff er nach einer Spritze, mit der er Flüssigkeit aus dem Rachen entnahm. Als er fertig war, war er außer Atem, als wäre er gelaufen. Vielleicht hatte er die Luft angehalten, ohne es zu merken. Um nicht zu viel vom Geruch des Todes einzuatmen.

»Ich bin so weit«, flüsterte er.

Chiara nickte nur.

Er verschloss den Sarg, schob die Grabplatte wieder an ihren Platz, trat einen Schritt zurück und prüfte, ob er auch nichts vergessen hatte.

Dann lächelte er Chiara an, sie versuchte ebenfalls zu lächeln, was ihr misslang. Sie sah angespannt und konzentriert aus.

Schließlich schlüpften sie aus der Grabkammer und blickten sich um.

Machten einige vorsichtige Schritte auf dem Kies.

Hielten einen Augenblick inne und lauschten mit gespitzten Ohren.

Nichts. Zum Glück.

Sie erreichten die Mauer und kletterten darüber wie Diebe in der Nacht.

8

Das Grab war schon einmal geöffnet worden, und das konnte nur Saverio Mastri gewesen sein. Sie waren bei ihren Ermittlungen einen Schritt vorangekommen, doch war es zugleich auch ein Schritt auf den Abgrund zu, der sie mit Bestimmtheit erwartete. Sich einem solchen Albtraum zu nähern war in keiner Weise beruhigend.

Vielleicht schwiegen sie aus diesem Grund fast die ganze Rückfahrt über.

Er fuhr, weil Chiara ihn darum gebeten hatte. »Ich habe keine Lust, fahr du bitte«, hatte sie gesagt. »Ich bin völlig fertig.« Wenn man sie anhielte, würde sie immer noch ihren Polizeiausweis zeigen können, und niemand würde Theater machen. »Sieh nur zu, dass du keinen Unfall baust.«

Die Uhr am Armaturenbrett zeigte kurz vor vier.

Die Armbanduhr stand natürlich auf drei.

Niemand war unterwegs an diesem frühen Donnerstagmorgen.

Nach einer Weile fiel Chiaras Kopf zur Seite. Sie war eingeschlafen. Franco fuhr langsamer und versuchte, den Sitz ein wenig flacher zu stellen, damit sie es bequemer hatte. Er sah immer wieder zu ihr hinüber. Sie sah aus wie ein kleines Mädchen. Das rührte ihn.

Endlich waren sie zu Hause.

Franco öffnete das Tor mit der Fernbedienung und bog in

den Zufahrtsweg ein. Doch er parkte nicht im Hof, sondern fuhr weiter bis zum Rand der Wiese, die sich den Hügel hinunterzog. Er stellte das Auto so ab, dass die Front nach Osten wies.

Dann legte er einen Arm um Chiara und zog sie an sich. Sie drehte sich zu ihm um, ohne aufzuwachen, und schmiegte sich an ihn, wobei sie den Kopf ein wenig hob. Ihre Lippen streiften sich einen kurzen Moment.

Franco hätte sie gerne geküsst, ließ es aber bleiben. Er wusste selbst nicht, warum. Er hätte es gerne getan und gleichzeitig auch nicht.

So drückte er sie an sich mit der ganzen Zärtlichkeit, derer er fähig war, streichelte ihr übers Haar und roch an ihrer Haut.

Chiara schlief, träumte, atmete schnell. Er streichelte sie weiter, bis sie wieder ruhig wurde.

Dann schloss er die Augen.

Nur für einen Augenblick spürte er sein Herz schneller schlagen. Dann schlief er ein, in Erwartung der Morgensonne.

9

Sie begab sich direkt von der Tiefgarage aus in die Labors der Spurensicherung. Sie wollte so wenigen Leuten wie möglich begegnen. Sie hatte keine Lust auf mitleidiges Lächeln und Höflichkeitsfloskeln.

Als Sapori sie sah, begrüßt er sie herzlich. »Sind Sie schon wieder im Dienst, Signora Monti?«

»Nein, mir bleiben noch einige Tage Urlaub. Ich habe Geschmack daran gefunden, wissen Sie?«, antwortete Chiara. Dann kam sie ohne Umschweife zur Sache und zog das Tütchen mit den Proben, die Franco bei Clorindas Leiche entnommen hatte, aus der Jackentasche. »Ich bräuchte eine detaillierte qualitative Analyse dieser Proben. Das ist aber nicht ganz offiziell, eher eine Art persönlicher Gefallen. Würden Sie das tun?«

»Ja, aber natürlich!«

»Wie lange bräuchten Sie dafür?«

Ihr Gesprächspartner verzog abschätzend den Mund. »Zwei Stunden, höchstens drei.«

Chiara nickte. »Prima. Könnten Sie mir die Ergebnisse an meine private E-Mail-Adresse schicken, wenn Sie sie haben?«

Sie gaben sich die Hand.

Chiara wollte schon gehen, doch als sie in der Tür war, rief Sapori sie zurück. »Ach, Signora Monti, entschuldigen Sie, jetzt hätte ich fast etwas vergessen.« Er zog eine Schublade seines Schreibtischs auf und holte einen gelben Umschlag heraus. »Da ist etwas für Sie gekommen, vom Präsidium Forlì, Abteilung Kriminaltechnik.«

Plötzlich hatte Chiara das Gefühl, in ihrer Brust schlüge eine Trommel. Sie streckte eine Hand nach dem Umschlag aus. Als Absender stand dort: POLIZEIHAUPTMEISTER CARMELO PECORA. Es waren die Ergebnisse der DNA-Analyse. Sie steckte den Umschlag in die Innentasche ihrer Jacke und verspürte sofort ein Brennen, es war, als würde der Umschlag glühen.

Sie versuchte zu lächeln, sich gleichgültig zu geben, dankte dem Kommissar noch einmal und ging.

Als sie ins Auto gestiegen war, versuchte sie, tief durchzuatmen, doch die Luft war zu dick. *Verflucht.* Sie hatte das Gefühl zu ersticken.

Der Umschlag schien immer heißer zu werden. Sie öffnete die Jacke, zog ihn mit zwei Fingern wieder hervor und warf ihn auf den Beifahrersitz.

Starrte ihn an.

Was soll ich tun?

Hineinschauen? Nicht hineinschauen?

Jetzt, da sie eine Antwort hatte, jetzt, da sie erfahren konnte, wessen Tochter Gioia war, merkte sie plötzlich, dass sie eine Heidenangst hatte.

Nachsehen? Nicht nachsehen?

Sie schnappte buchstäblich nach Luft. Schließlich öffnete sie das Handschuhfach, nahm den Umschlag und schob ihn hinein. Dann schloss sie die Klappe wieder und seufzte erleichtert auf.

Es war nicht der richtige Augenblick für diese Offenbarung.

Sie musste zuerst das Problem mit ihrer Tochter lösen.

Sie musste zuerst mit Franco zusammen die Ermittlungen zu Ende bringen.

Sie hatte große Lust, zu ihm zu fahren.

Sie sah sein Gesicht und sein in Sonnenlicht getauchtes Lächeln wieder vor sich. Die grünen Augen, die im Widerschein des Sonnenaufgangs geleuchtet hatten, als sie am Morgen im Auto aufgewacht war. In seinen Armen.

Sie hatten sich angeschaut, die Lippen dicht an dicht, sodass sich ihr Atem vermischte.

Sie hatte den fast schmerzhaften Wunsch verspürt, ihn zu küssen.

Und hatte leicht die Lippen geöffnet.

Er dasselbe.

So verharrten sie, nur wenige Millimeter voneinander entfernt. Ohne den Mut zu haben, den nächsten Schritt zu tun.

Dann hatte sie sich aufgerichtet.

Und er hatte einen tiefen Atemzug durch die Nase genommen, wie um alle Gerüche zu stehlen, die sie in sich trug.

Chiara startete den Motor, schaltete in den ersten Gang und fuhr an.

Sie fuhr zu sich nach Hause.

Man hatte ihr mitgeteilt, dass die Siegel entfernt worden waren. Sie konnte ihr Zuhause wieder in Besitz nehmen.

Es war besser, sich von Franco Negronero fernzuhalten. Zumindest für den Moment.

10

Das Arbeitszimmer im Halbdunkel. Alle Jalousien heruntergelassen, um das Sonnenlicht auszusperren.

Der hell flimmernde Computermonitor.

Die Maus auf dem schwarzen Pad.

Neben dem mit Kippen randvollen Aschenbecher die Glücksbringer-Patrone.

Rechts von der Tastatur ein Buch: *Wochenendtrip* von Cristoforo Baldi, aufgeschlagen auf Seite 99, drittes Kapitel, in der Mitte ein Lesebändchen.

Am oberen Rand des Monitors einige handgeschriebene Post-its.

1) DIE GLEICHEN VERLETZUNGEN – SELBSTÄHNLICHKEIT – FRAKTALE
2) DERSELBE ORT: GUASTA; DIE GLEICHE UHRZEIT: DREI UHR. ZUFALL?

Auf einem weiteren Klebezettel, der einen anderen halb überlappt, steht mit einem roten Stift geschrieben: NEIN!

Die weiteren Zettel:

3) RITUAL, WIEDERKEHR
4) ZELEBRATION?
5) ANALOGIEN, KONNOTATIONEN: DER ABDRUCK EINES BILDHAUERS

6) ZWEITER VERDÄCHTIGER: DER VATER?
7) HAUPTVERDÄCHTIGER: EIN GEIST?

Auf einem Post-it in der oberen Ecke: SIE AGIEREN ZUSAMMEN!

Ein Zeitungsausschnitt mit dem Foto von Saverio Mastri: ernstes Gesicht, durchdringende Augen, transparente Iris. Quer darüber geschrieben: SCHAMANE.

9) AURA, DOPPEL, GEIST
10) MIXTURA – DROGE, DISKOTHEK (GEHENNA) GEMEINSAMER AUSGANGSPUNKT DER OPFER

Das elfte Zettelchen löst sich ab, taumelt herab und kommt auf dem Holzfußboden auf, ein gelbes, quadratisches Stück Papier mit der Aufschrift:

VER WISH YOU WERE HERE.

Wenige Zentimeter entfernt ein auf der Seite liegender Bugs-Bunny-Hausschuh, der linke.

Einen halben Meter weiter ein Küchenmesser. Ein Häufchen Holzsplitter.

Dann der rechte Hausschuh, blaues Ohr, vorstehende Zähne.

Die Schnitzerei auf dem Parkett ist unregelmäßig, tief, gewellt. Eine unschlüssige geometrische Figur, ein Punkt, der sich ausweitet, sich krümmt, eine Kurve bildet, bis er sich wieder mit sich selbst vereint.

Ein Kreis.

Franco hockt auf seinen Unterschenkeln in der Karate-Begrüßungsposition in der Mitte der Kreisform. Die Hände ineinandergelegt und mit den Handflächen nach oben auf den Oberschenkeln. Er hat die Augen geschlossen. Langsames Einatmen. Ausatmen. Suche nach einem inneren Punkt des Gleichgewichts.

Jetzt ist es nah. Sehr nah. Gleich.

Ein entfernter Laut. Ein sonores Raunen, das näher kommt, immer lauter, immer sanfter.

Wish You Were Here.

Er öffnet die Augen.

Auf der Wand die Gesichter Clorindas, Fragmente, die weitere Fragmente bilden.

Auf dem Monitor bewegt sich im stärker werdenden Flimmern ein Bild. In Zeitlupe.

Das Faltermädchen schwingt die Arme, als wären es Flügel.

Unter Spritzern von Finsternis und Knurren.

Während Fragen durch die stumme Luft wirbeln und das Herz brennt.

An den Rändern des Kreises.

Nur um das Warum herauszufinden.

XII

Warum

1

Fragen. Immer nur Fragen.

Warum bin ich hier, warum dieses ganze Chaos, mein Gott?

Ihr Haus.

Das nie wieder so sein wird wie früher.

Ihr Haus.

Chiara betrat das Haus wie eine Diebin durch die Hintertür. Sie ging durch die Zimmer, untersuchte, prüfte alles. Jede Ecke, jeder Gegenstand barg eine Erinnerung. Eine schöne oder schlechte Erinnerung.

Immer wenn sie einen neuen Raum betrat, schnupperte sie. Denn jedes Haus hat seinen charakteristischen, ganz individuellen Geruch. Die Gerüche der Menschen, die es bewohnen, vermischen sich, das Atmen, die Haut, die Kleider, das Essen.

Chiara fand jedoch den gewohnten Geruch ihres Hauses nicht wieder.

Das bereitete ihr Angst.

Als sie im Wohnzimmer war, dem Raum, in dem all diese furchtbaren Dinge geschehen waren, starrte sie lange auf den Boden: der Blutfleck, die Kreidestriche. Das Sägemehl, das zum Aufnehmen der organischen Flüssigkeiten gedient hatte. Die verschobenen Möbel. Der alte Sessel von ihrer Schwiegermutter, den sie so sehr verabscheute, lag kaputt auf der Seite, man konnte ihn nur noch wegwerfen.

Chiara seufzte tief.

Dann ging sie zur Abstellkammer unter der Treppe.

Bewaffnete sich mit Besen und Putztüchern, Möbelpflege, Desinfektionsmittel und Reinigungsschwämmen.

Sie trug alles in den Flur, ging dann ins Badezimmer und stellte den Eimer unter den Wasserhahn der Wanne. Während sie darauf wartete, dass er volllief, zog sie sich bis auf Slip und BH aus und steckte ihre schmutzigen Sachen in die Waschmaschine. Dann schob sie sich einen Reif ins Haar, damit ihr die Ponyfransen nicht ins Gesicht hingen. Einen Augenblick lang betrachtete sie sich im Spiegel. Die Blutergüsse waren fast ganz verschwunden. Dennoch kam sie sich hässlich und verbraucht vor und entdeckte außerdem noch einige zusätzliche Falten. In diesem Moment hasste sie sich. Sie machte einige Schritte rückwärts, sah sich dabei weiterhin an, als befürchtete sie, im Nichts zu versinken, wenn sie den Blick von ihrem Spiegelbild abwendete. Dann drehte sie sich ganz vorsichtig um. Der Eimer mit dem heißen Wasser lief bereits über. Sie drehte den Wasserhahn zu, nahm den Eimer und verließ das Bad.

Im Wohnzimmer sah sie sich um und begann mit der Reinigung.

Sie rückte alle Möbel zur Seite, fegte den Staub und das blutgetränkte Sägemehl zusammen, wischte die Kreidestriche weg, desinfizierte die Fußböden, einmal, zweimal, dreimal. Im Bad wusch sie den Putzlappen aus, wechselte das Wasser, ging wieder zurück und wischte, immer und immer wieder.

Sie war schweißgebadet.

Sie desinfizierte und polierte ohne Pause, stundenlang. Hin und wieder hielt sie inne, schnupperte und machte weiter.

Danach kam der Flur an die Reihe, dann die Küche.

Verfolgt von dem neuen Geruch, den sie hinterließ.

Sie hantierte mit Schrubber und Putzlappen wie ein Automat und kam so schließlich auch ins Schlafzimmer.

Das Ehebett. Die beiden Nachttische. Links und rechts.

Sie hatte bei diesem Anblick immer schon zwei aneinandergrenzende Länder vor sich gesehen.

Die völlig unterschiedlich waren und in denen ganz verschiedene Vorlieben und Lebensweisen herrschten.

Auf dem Nachttisch von Roberto: ein leeres Glas und eine volle Flasche stilles Wasser. Für den Fall, dass er nachts Durst bekommen würde. Doch er trank nie davon.

Manien.

Bodybuilding für Männer von Arnold Schwarzenegger, akkurat ausgerichtet neben der Nachttischlampe.

Auf dem Nachttisch von Chiara: drei aufeinandergestapelte Bücher, alle angefangen und nicht ausgelesen. Stephen King, *Love*, Caro Lucarelli, *Die achte Vibration*, Alan D. Altieri, *Armageddon*.

Ein nicht angebrochenes Päckchen Papiertaschentücher. Für den Fall, dass sie sich nachts einmal ganz plötzlich die Nase putzen musste.

Zwei aneinandergrenzende Länder.

Sie schnupperte wieder, versuchte, den Geruch wahrzunehmen, den ihr Ehemann und sie hinterlassen hatten.

Nichts.

Das Zimmer war geruchslos.

Desillusioniert ließ Chiara den Schrubber auf den Boden fallen und stellte den Eimer ab. Dann wischte sie sich mit dem Handrücken einen Tropfen von der rechten Wange, Schweiß oder Träne, wer konnte das wissen.

Sie machte einen Schritt. Dann noch einen. Bis zum Schrank.

Sie kniete sich auf dem Eichenparkett nieder.

Zog die unterste Schublade auf und kramte darin herum.

Ihr Herz pochte heftig.

Die Reliquien.

In einem Pappkarton, der ganz früher einmal ihre Barbie enthalten hatte, ein Geschenk ihrer Mutter, bevor sie gestorben war und sie in den Krallen des Vaters zurückgelassen hatte. Carmine Monti, der sich so gut um seine Tochter gekümmert hatte. Die Puppe hatte sie mit dem anderen Spielzeug in ihrem alten Haus in Palermo gelassen. Die Schachtel hingegen war ihr immer überallhin gefolgt.

Sie war leer gewesen und konnte mit allem Möglichen gefüllt werden.

Dann war Gioia auf die Welt gekommen.

Und die Schachtel war zum Aufbewahrungsort für ihre Sachen geworden.

Den Reliquien ihrer Tochter.

Mit zitternden Händen und einem Kloß im Hals nahm Chiara den Deckel ab und kniff die Augen so fest zu, wie sie konnte.

Pass auf, süße kleine Chiara. Das wird sehr wehtun.

Sie hatte die Augen fest geschlossen und atmete tief durch, um sich Mut zu machen.

Dann hob sie rasch den Deckel ab und blickte in die Schachtel. Und die Wehmut sprang sie an wie eine wütende Katze.

Die Tränen liefen ihr unaufhaltsam über die Wangen.

Der erste Milchzahn, den ihre Tochter verloren hatte.

Die erste abgeschnittene Haarlocke.

Das erste selbstgemalte Bild, auf dem etwas zu erkennen war: ein Haus, das lächelt, und eine Sonne, die wütend über das Dach lugt.

Auf den Knien wie vor einem Altar spürte Chiara, wie die Trauer über ihr zusammenschlug.

Und sie glaubte zu vergehen.

All diese Erinnerungen. An das, was gewesen war.

Immer und immer wieder.
Träne um Träne.
Bis sie sich ganz sauber und geruchlos fühlte.
Wie ein Haus ohne Spuren.

2

»In den Diskotheken werden Formen von Trance praktiziert, um einen halluzinatorischen Bewusstseinszustand zu erreichen, ähnlich wie bei bestimmten rituellen Tänzen von Naturvölkern.

Die Jugendlichen gehen in Diskotheken und vergessen dort alles: das Wie, das Was, das Warum. Und wer sie sind. Sie vergessen die Leere, von der sie sich bedroht sehen, und füllen ihr Herz mit Lichtern und Klängen. Die Gefühle fließen über.

Die Musik dringt in deine Seele und vermischt sich mit dem, was du bist, und dem, was du sein willst. Danach bist du immer noch in dir selbst und deinen Unmöglichkeiten gefangen, und die anderen werden zu Beiwerk, zu sinnlosen Visionen und Klängen, die du nicht verstehst.

Du verlässt vollgepumpt mit Mixtura und Alkohol die Diskothek, verdaust musikalische Klänge und Versöhnungsphrasen. Am Ende des Rituals zählst du Musiktropfen und buchstabierst verborgene Texte – magische Formeln, die dazu dienen, den Kopf völlig auszuschalten und dich für immer der Verdammung preiszugeben.

Wenn du ins Auto steigst, spürst du, wie dein Wunsch zu fliehen die letzte Ölung erhält.

Dann lässt du den Motor an und fährst los, forderst den harten Asphalt heraus, verschlingst ihn in unkontrollierter Geschwindigkeit und gehst so als Mitspieler in einem Spiel der Verdammnis in die Statistiken ein.

Der Teufel, oder wer auch immer an seiner Stelle, erwartet dich am Übergang.

Das ist das Opfer.

Die Messe ist vorbei. Gehet in Frieden.«

(Von Cristoforo Baldi, *Wochenendtrip*, Bologna, Edition San Petronio, 2007, S. 99)

3

Die auf dem Kopfkissen ausgebreiteten dunklen Haare, das blasse Gesicht, Bartstoppeln. Ein Schlauch kam aus seinem Mund und führte zu einer großen Apparatur, die neben dem Bett stand und ein leises Säuseln von sich gab; die Maschine, die ihm half zu atmen.

Er war mit einem weißen Leintuch zugedeckt, die Arme lagen ordentlich in einem Fünfundvierzig-Grad-Winkel vom Körper abgespreizt darauf. Eine Nadel steckte im Handgelenk und eine im Hals. Der Schlauch des Katheters war mit einem Urinbeutel verbunden, der an einem Metallständer hing.

Franco konnte den Blick nicht von diesem reglosen Körper lösen, wie angewurzelt stand er vor dem Bett, die Arme verschränkt, und drückte sich das Buch gegen die Brust, als sei es ein Schild, mit dem er sein Herz schützen könnte.

Er war aufgeregt und versuchte, jede Einzelheit des Patienten in sich aufzunehmen. Es war, als sähe er sich selbst in einem Spiegel.

Ein Spiegel in einer Zeitmaschine.

An den Schläfen waren kleine Elektroden angebracht, deren Drähte zu einem EEG-Gerät führten. Über einen winzigen Monitor liefen ganz flache sinusförmige Kurven.

Trotz allem versuchte Vasco Terrano zu leben. Er befand sich jetzt in dem schwarzen Bauch und kämpfte mit Ängsten und Hoffnungen. In einer finsteren und eisigen Hölle.

Franco bemerkte auf dem Nachttisch eine Vase, in der eine

kleine weiße Rose stand. Sie wirkte hier irgendwie fehl am Platz. Als er genauer hinsah, stellte er fest, dass auch der Stil und die Blätter ganz hell waren, fast weiß. Er vermutete, dass es sich um eine künstliche Blume handelte, und fragte sich, wer Vasco wohl so etwas mitbrachte. Vielleicht ein Verwandter.

Als er seinen Blick zum Fußende des Bettes schweifen ließ, bemerkte er, dass dort, wo die Beine hätten sein sollen, keine Ausbeulung unter der Decke war. Übelkeit stieg in ihm auf, und er wich einen Schritt zurück.

Es war keine gute Idee gewesen, auf diese Krankenstation zu kommen und Vasco aufzusuchen.

Als die Krankenschwester ihn am Morgen hatte kommen sehen, hatte sie sich sehr gefreut, ihn umarmt und geküsst, und er hatte dasselbe getan. Er war gerade von seiner wöchentlich fälligen Kontrolle zurückgekommen, den Check-up, den Dr. Casali am Samstagabendwunder durchführte, um dessen unerklärlichen Zustand im Blick zu behalten und hatte der Versuchung nicht widerstehen können, die Aufwachstation mit den Patienten, die dahinvegetierend und ähnlich zugerichtet waren wie er einst, zu besuchen. Den Ort, der ihn nach seiner Wiederauferstehung empfangen hatte.

Vielleicht weil es Karfreitag war und er sich seltsam fühlte, nachdem er die ganze Nacht damit verbracht hatte, über die Mechanismen des Absurden nachzudenken, und nachdem er Chiaras E-Mail mit den Analyseergebnissen der Proben aus dem Grab erhalten hatte.

Vielleicht *weil* er wusste, dass auch Vasco Terrano jetzt dort war. Aufgrund einer absurden, schicksalhaften Fügung. Er hatte darum gebeten, einmal ins Zimmer hineingehen zu dürfen. »Schwester, darf ich? Ich kannte ihn. Vielleicht spreche ich an seinem Bett ein Gebet.«

»Aber nur ganz kurz. Eigentlich dürfen nur die engsten Verwandten zu ihm.«

Franco hatte das mit piependen Geräuschen angefüllte Zimmer betreten, hatte diesen Geruch nach Medikamenten und Schweiß eingeatmet und sich gewundert, wie unschuldig dieses Arschloch jetzt aussah.

Er hatte gedacht: *Scheiße, der sieht aus wie ich!*

Einen Schritt zurück, noch einen. Das Buch, das er sich mitgebracht hatte, hielt er gegen die Brust gedrückt.

Es ist besser zu gehen.

Nachdem er das Zimmer verlassen hatte, verabschiedete er sich mit einem Kuss von der Schwester, mit einem richtigen Schmatz.

Dann nahm er den Aufzug und fuhr ins Tiefgeschoss hinunter, wo die Sitzungen der Gruppentherapien stattfanden.

4

Der erste Gedanke war: *Ein wahrer Ort der Wunder.*

Der zweite: *Aber was für Wunder eigentlich?*

Etwa zwanzig junge Leute befanden sich in dem Raum, fast alle im Rollstuhl. Viele hatten keine Beine mehr. Einige keine Arme. Verbundene Köpfe. Deformierte Gesichter.

Krüppel.

Das pure Grauen.

Verzweifelt umherirrende Augen.

Als er den kleinen Hörsaal betrat und sich auf den oberen Treppenstufen niederließ, um zuzuhören, drehten sich einige der jungen Leute zu ihm um und sahen ihn an. Die meisten von ihnen jedoch hatten gar nicht bemerkt, dass ein fremder, unversehrter Mann hereingekommen war. Unversehrt und unerklärlich. Das berühmte und einzigartige Samstagabendwunder.

Es war einfach nicht gerecht, sagte sich Franco, dass er gerettet war und sie nicht. Dann dachte er: *Gott sei Dank!* Und fühlte sich wieder einmal schmutzig und egoistisch.

»Ihr müsst euren Enthusiasmus, eure Energie, eure Motivation anheizen. Ihr müsst das Feuer eures Wunsches, ins Leben zurückzufinden, schüren. Alles hat seine Grenze. In der Tat kann nur Weniges gefahrlos und ohne Schmerzen bis zum Äußersten getrieben werden.« Am Pult stand Pater Cristoforo Baldi. Groß und kräftig und für einen Priester eigenwillig gekleidet, in Jeans und einem schwarzen Levis-Hemd, dessen Kragenknöpfe geöffnet waren. Vor der Brust das bekannte silberne

Kreuz. Er sprach mit ruhiger, kräftiger Stimme zu diesem Auditorium von Monstern. »Ralph Waldo Emerson hat gesagt: ›Großes kann nur mit Begeisterung vollbracht werden!‹ Der Hölle entfliehen, sich abfinden, in Würde weiterleben, sich weiterhin als Mensch fühlen. Sich weiterhin als lebendiger Mensch fühlen. Damit euch das gelingt, braucht ihr Begeisterung.«

Im Saal war es mucksmäuschenstill. Die Jugendlichen – *all diese Krüppel, mein Gott!* – hingen buchstäblich an den Lippen des Jesuitenpaters.

»Am Morgen erwachen und der Sonne zulächeln, auch wenn du keine Beine mehr hast, wenn dein Leib verwundet ist, wenn du Schmerzen hast. Das ist eine enorme Leistung und von ganz außergewöhnlichem Wert.«

Franco hörte zu, fasziniert von der Fähigkeit dieses Mannes, direkt zum Kern der Sache zu kommen, direkt mitten ins Herz zu treffen.

»Ihr seid die neuen Märtyrer. Eure Aufgabe ist sehr wichtig. Ihr müsst bezeugen, dass man trotz allem den Kopf hochhalten kann. Heute ist Karfreitag. Heute wird das Opfer Jesu gefeiert. Doch was ist seine Botschaft?« Er zeigte mit dem Finger auf einen jungen Mann in der ersten Reihe, einer, dem beide Arme fehlten. »Giuseppe, kannst du uns das sagen?«

Verlegenes Grinsen, die Armstummel bewegten sich. »Nächstenliebe, Erbarmen.«

»Gut, Giuseppe. Richtige Antwort.«

Die Stummel des jungen Mannes flatterten jetzt hektisch.

Gleich fliegt er weg, dachte Franco. Und sofort musste er den Gedanken an das Faltermädchen wegschieben, das jeden gottverdammten Tag zu ihm kam, um ihm auf die Nerven zu gehen.

»Die Botschaft von Jesus Christus ist einfach: in die Finsternis eintauchen, bluten, um schließlich ans Licht zu kommen.

Immolatio, Opferung. Erhebt eure Herzen über die Beeinträchtigungen eurer Körper.« Cristoforo tat, als müsse er ein unsichtbares Gewicht anheben. »Niemand kann euch euren Geist, euren Enthusiasmus nehmen, wenn ihr es nicht erlaubt. Ihr seid vom Herrn auserwählt, ihr seid seine Lieblingskinder. Also erhebt eure Herzen, und wartet auf den Augenblick der Wiederauferstehung.«

So viele schöne, vielleicht nutzlose, doch in jedem Fall berührende Worte.

Franco wartete, bis die Therapiesitzung zu Ende war.

Mit dem Buch in der Hand stieg er dann die Stufen hinunter.

Einige Krankenschwestern halfen denjenigen, den Raum zu verlassen, die es am schlimmsten getroffen hatte.

Cristoforo hatte ihn schon entdeckt und kam ihm lächelnd entgegen.

»Wie geht es dir, Mann des Kreuzes?«, fragte Franco und drückte Pater Cristoforo die Hand.

»Welcher gute Wind hat dich denn hierhergebracht, du verlorenes Schaf?«

»Jetzt kotz ich alles vor dir aus, Pfaffe!«

»Willst du etwa beichten?«

Franco blickte seinem Gegenüber in die hellen, aufrichtigen Augen, und eine große Welle der Sympathie überflutete ihn. »Ich bin zur Kontrolle hier und habe gedacht, ich schaue mal vorbei.«

Der Pater schenkte ihm ein strahlendes Lächeln. »Das hast du gut gemacht!« Dann bemerkte er das Buch. »Und das? Das kommt mir irgendwie bekannt vor.«

Franco reichte ihm den Band. »Ich hätte gerne eine Widmung.«

Cristoforo nahm das Buch und legte es wie ein Tablett auf die linke Handfläche, dann holte er einen Füller aus der Jackentasche und zog die Kappe mit den Zähnen ab. Er machte eine vage Geste und fragte: »Hältst du mich etwa für einen Starautor?« Dann schlug er mit der anderen Hand von unten gegen das Buch, sodass es aufklappte. Mit kratzender Feder schrieb er etwas auf die weiße Fläche unterhalb des Titels. Dann blies er die Tinte trocken, machte den Füller wieder zu und gab Franco das Buch mit einem verlegenen Lächeln zurück. »Hast du es wenigstens gelesen?«, fragte er.

»Ich habe einen Blick hineingeworfen. Es scheint ganz interessant zu sein.«

Cristoforo bewegte sich in Richtung Tür. »Los, raus aus diesem erdrückenden Hörsaal«, sagte er.

Sie gingen durch die Gartenanlage. Grüne Bäume und Blumenbeete, eine heitere Atmosphäre. Wenn nicht die Krankenpfleger und Schwestern und die Patienten ohne Gesicht, ohne Beine gewesen wären. Monster, die sich von der Sonne bescheinen ließen.

»Wie läuft es bei dir, Franco?«

»Sagen wir, es läuft, aber es ist kompliziert.«

»Sag mir bloß nicht, dass du jemand bist, der es einfach mag.«

»Na ja, wenn du darauf bestehst, dann sag ich es dir eben nicht«, erwiderte Franco mit einem halben Lächeln. Sein Blick fiel auf eine Patientin, die in einem Rollstuhl mitten auf der Wiese stand. Unter dem Bademantel und dem geblümten Jäckchen in Bonbonrosa konnte man einen gut gebauten Körper erahnen. Ihr Kopf und auch das Gesicht waren verbunden. Sie sah aus, als wäre sie dem Film *Die Mumie* entsprungen. Sein Lächeln verflog, und er wurde sofort wieder ernst.

»Was willst du denn nun vor mir auskotzen?«, fragte Cristoforo und zwinkerte ihm zu.

Franco zögerte. »Das ist schwer zu erklären«, flüsterte er. Das Mumien-Mädchen starrte ihn jetzt an, und er fragte sich nach dem Grund. Vielleicht hatte sie ihn wiedererkannt.

Cristoforo war stehen geblieben. Auch er starrte Franco jetzt an.

Was gibt's denn da zu glotzen, he?

Franco bewegte den Kopf, als wolle er etwas abschütteln, etwas Unsichtbares in den Haaren, Tropfen aus Nichts. Er bewegte die Lippen zum Sprechen, holte Luft und fragte: »Glaubst du an Geister?«

Sein Gesprächspartner antwortete nicht sofort. Erst seufzte er tief. »Ich glaube an das Leben nach dem Tod, an ein Leben der Seelen, die auf den Leib warten, um sich mit Gott zum letzten Gericht zu vereinen.« Pause. »Bist du immer noch besessen vom Geist von *Ring*?«

Franco war schon fast soweit, dem Pater alles zu erzählen. Doch er wusste, dass dieser Mann der Geschichte dann eine ganz andere Richtung geben würde, die Franco jedoch im Augenblick nicht für sich annehmen konnte und wollte. Er war ohnehin schon verwirrt genug. Es war nicht ausgeschlossen, dass er es eines Tages tun würde. Vielleicht würde er, wenn dieser Albtraum zu Ende war, etwas anderes brauchen, auf das er seinen Wunsch, an das Unmögliche zu glauben, lenken konnte, seinen *Enthusiasmus* für Dinge, die unerklärlich waren.

Das Mumien-Mädchen starrte ihn immer noch an. Nur die Augen blickten zwischen den Verbänden hervor, die Pupillen blitzten purpurrot auf, vielleicht im Widerschein der Sonne. Franco begann nun zu zweifeln, dass sie wirklich da war. Vielleicht sah er sie nur in seiner Fantasie. »Manchmal habe ich das Gefühl, dass ich nicht allein bin«, erklärte er in sachlichem Tonfall. Er kam sich ein wenig lächerlich vor bei diesem Versuch, vage zu bleiben, etwas zu sagen und gleichzeitig nicht zu sagen.

»Es wäre schlimmer, wenn du dich von allen verlassen fühlen würdest, oder nicht?« Die heiligen Worte von Pater Cristoforo.

»So habe ich es nicht gemeint. Ich wollte sagen … Es ist, als wäre da eine Präsenz, die neben mir hergleitet und meine Entscheidungen lenkt. Die mir etwas einflüstert, was ich dann ausführe. So in der Art jedenfalls.«

Cristoforo ging weiter, die Hände in den Taschen. »Vielleicht ist es ja dein Schutzengel, der dir Ratschläge gibt.«

Franco folgte ihm, das Buch unter den Arm geklemmt. »Du glaubst nicht an Geister, doch du glaubst an Engel, an Himmelswesen mit weißen Flügeln?«

»Entitäten vielmehr. Umherirrende Geister, die dem Licht und der Finsternis angehören. Engel, Dämonen …«

Das Mumien-Mädchen fasste sich jetzt ans Gesicht, als wolle sie sich den Verband zurechtziehen.

»Aber kann man denn mit ihnen in Kontakt treten?« Francos Stimme klang nun rauer, gedämpfter.

Cristoforo blieb wieder stehen. »Kennst du *Sixth Sense*?«

»Den Film mit Bruce Willis?«

Das Mumien-Mädchen hielt nun das Ende des Verbands, der ihr Gesicht bedeckte, zwischen Daumen und Zeigefinger. Vielleicht hatte es sich gelockert, und sie versuchte, es wieder festzustecken.

Christoforo nickte. »Die Hauptfigur, der kleine Junge, kann Dinge sehen, die andere nicht sehen können. Geister eben. Er ist auf einen Kanal eingestellt, den nur er empfangen kann. Oder den nur solche wie er wahrnehmen können.«

»Eine Art Radiofrequenz?«

»Ja. Wenn du ein bestimmtes Programm wählst und es dir anhörst, ist es ja nicht so, dass die anderen Sender verschwinden und gar nicht mehr existieren. Du hast eben einfach *diesen* gewählt. So ist es auch mit dem menschlichen Bewusstsein. Bestimmte Menschen mit besonderen Fähigkeiten können besondere Kanäle empfangen und sich auf Frequenzen einstellen, die ein normaler Mensch nicht wahrnehmen kann. Ihr Bewusstsein bewegt sich auf einem sehr breiten Frequenzspektrum. Das nennt man dann ›mediale Kräfte‹.«

Das Mumien-Mädchen schien nun im Begriff zu sein, sich den Verband ganz abzuwickeln. *Was zum Teufel tut sie da?*

»Hast du gehört, was ich den jungen Leuten in der Therapie gesagt habe?«

Franco sah wieder zu Cristoforo. »Dein Vortrag zum Thema Enthusiasmus? In der Theorie ist das bestimmt richtig.«

»Auch in der Praxis. Wenn uns etwas Schlimmes geschieht, dann begreifen wir immer auch etwas Neues, mit dem wir ansonsten nie konfrontiert worden wären.«

»Also, wer Pech hat ... hat Glück, oder wie?«

»Wenn du es so prosaisch ausdrücken willst ... Das, was dir passiert ist, hat dich bereichert. Gott hat dir eine zusätzliche Möglichkeit der Rettung gegeben. Und lass dir gesagt sein, dass ich durchaus weiß, wovon ich rede. Das ist kein Priestergeschwätz. Ich bin durch großen Schmerz und tiefe Verzweiflung gegangen, bevor ich begriffen habe, welchen Weg ich gehen muss.« Er setzte sich wieder in Bewegung. Langsame Schritte. Die Hände hatte er aus den Taschen genommen.

»Hast du niemals bereut, Geistlicher geworden zu sein? Keine Frau, keine Familie, keine Kinder ...?«, fragte Franco.

»Ich bereue es jeden Tag, den Gott werden lässt, und gleichzeitig danke ich dem Himmel, dass er mich auf diesen Weg gelenkt hat.«

»Du bist ganz schön chaotisch, Mann des Kreuzes.«

»Das Chaos macht frei, Bruder.«

Nun standen sie wieder einander gegenüber wie in einem Duell. »Dann bin ich wohl ein Wesen der Luft«, sagte Franco, »ich verstehe nämlich gar nichts mehr, also kann ich fliegen. Und niemand kann mich aufhalten.«

»Du hast die Situation gut erfasst, Mann ohne Angst.«

Mittlerweile hatte das Mumien-Mädchen ihre untere Gesichtshälfte freigelegt. Unter dem Verband konnte man etwas Rotes, Glänzendes erkennen.

Was tut sie denn da? Mein Gott!

Sie wickelte weiter ihren Binde ab.

Bald würde das ganze nackte Gesicht zu sehen sein.

Ein Brei.

Franco hob einen Arm und deutete in ihre Richtung. Genau wie es seine Mutter tat, wenn er sie in ihrem Pflegeheim besuchte.

»Was macht denn das Mädchen da, das da im Rollstuhl?«

Das Gesicht des Mumien-Mädchens war nun völlig ohne Verband, die Gesichtszüge zu Hackfleisch reduziert, rote Augen, herablaufendes Blut.

Die Lider schließen, um dieser Horrorvision zu entrinnen.

Die Stimme von Pater Cristoforo ganz aus weiter Ferne. »Welches Mädchen denn?«

Lider aufklappen. Die Wiese ist leer. Das Herz hämmert rasend.

Der Wunsch, zu schreien wie ein Besessener.

Der Finger deutet ins Leere.

5

Freitagnachmittag. Unter der Pergola. Auf dem Tisch ein Tablett mit Espressokocher, Tässchen, kleinen Löffeln und einer Zuckerdose. Eine Schale mit Vollkornkeksen. Ein Aschenbecher. Zwei einander gegenüberliegende Zigarettenpäckchen: Camel und Marlboro.

Franco und Chiara.

Worte zwischen ihnen. Die in der Luft vibrieren.

Fragen, die entstehen und vergehen.

Spuren von Ton und Gips.

Auf Clorindas entstelltem Gesicht waren Spuren von Substanzen gefunden worden, die man zur Herstellung von Abformungen benutzte. Typische Materialien eines Bildhauers.

Chiara hörte zu und versuchte, mit den Füßen auf der Erde zu bleiben, was ihr aber nicht gelang. Es war stärker als sie: Wie immer, wenn es ihr schlecht ging, glaubte sie dahinzutreiben. Wie auf schwarzen Wolken. Vor ihr lag ein Notizblock, den sie von zu Hause mitgebracht hatte, und in der Hand hatte sie einen gut gespitzten Bleistift.

Franco versuchte, seine Überlegungen verständlich darzulegen. Und er zog Schlüsse, die ebenso offensichtlich wie absurd waren. »Deshalb muss jemand in die Familiengruft eingedrungen sein und einen Abdruck von Clorindas zerstörtem Gesicht genommen haben, und dieser Jemand war mit großer Sicherheit Saverio Mastri. Vermutlich, um daraus eine Maske oder etwas Ähnliches zu machen.«

Chiara schrieb ABDRUCK auf ihren Block, zog einen Kreis um das Wort und zeichnete einen Pfeil zu dem Wort MONSTER. Dann hob sie den Kopf. »Also benutzt Mastri diesen Abdruck, um dieselben Zerstörungen zu reproduzieren, wie Clorinda sie hatte, und er rekonstruiert auf irgendeine Weise den Unfall.«

Franco nickte. »Er reproduziert Monster wie in dem Buch von Victor Hugo.«

»Die lachende Maske?«

»Genau. Die *comprachicos*, Wesen ohne Herz, rauben Kinder, setzen ihnen Masken auf, die ihre Gesichter deformieren, und ziehen sie groß, um sie dann als Schaubuden-Attraktionen oder zur Belustigung an Edelleute zu verkaufen.«

Chiara zog einen weiteren Kreis um die Worte ABDRUCK und MONSTER. Darüber schrieb sie das Wort RITUAL. »Also möchte Mastri die Monstrosität reproduzieren, die seinen Schmerz hervorgerufen hat, um den Tod seiner Tochter zu zelebrieren«, sagte sie so ruhig, als wäre es das Normalste von der Welt. Der Bleistift in ihrer Hand malte ein großes Fragezeichen. »Aber wie zum Teufel stellt er das an? In der Theorie mag das ja eine bestechende Hypothese sein. Doch wie realisiert er das in der Praxis?«

»Er setzt dem Opfer die Maske auf«, antwortete Franco.

»Und dann?«

»Ich weiß es nicht. Vielleicht fährt er die jungen Frauen mit dem Auto an.«

Chiara wedelte mit der rechten Hand vor ihrem Gesicht herum, als wolle sie eine Fliege verjagen. »Aber wie verletzt er sie auf genau die richtige Weise? Wie bringt er sie dazu? Und außerdem würde die Maske doch kaputtgehen.« Sie nahm eine Zigarette und zündete sie an, während sie weitersprach. »Wenn ich versuche, mich in den Mörder hineinzuversetzen, und versuche zu begreifen, wie er vorgegangen ist, dann fällt mir überhaupt nichts ein. Wenn ich Regisseurin wäre und diese Szene drehen sollte, wüsste ich nicht, wie. Da muss noch etwas anderes sein.«

Franco lächelte wenig überzeugend. »Da wäre noch die Hypothese mit den übernatürlichen Kräften, oder?«

Chiara schlug sich mit einer Handfläche gegen die Stirn. »Ah ja, stimmt, das hätte ich fast vergessen, natürlich, die Geister!«

»In der Flüssigkeit, die wir der Leiche entnommen haben, fanden sich Spuren eines Biopolymer-Epoxids, wie es bei Autopsien verwendet wird, um das Gewebe zu erhärten, wenn man eine präzisere Sektion durchführen möchte. Vielleicht hat er es verwendet, damit der Abdruck detaillierter wird und um die Form besser herauszuarbeiten.«

»Ich wette, du denkst an die Aura.«

»Ja, diese Idee hat mich gestreift. Na ja, absurd mal absurd ...«

»... mal drei Komma eins vier, das verrückte *Pi*? Haben sie noch etwas gefunden?«

Franco zog den Ausdruck von Saporis E-Mail zu sich heran. »Spuren von Vaseline, die vermutlich dazu gedient hat, den Abdruck besser vom Gesicht ablösen zu können, nachdem er ausgehärtet war. Und Povidon-Jod, eine Substanz, die Reptilien und Amphibien für die Zellregeneration besitzen. Salamander zum Beispiel, deren Beine und Schwänze wieder nachwachsen können. Wir sprechen also über ein Naturphänomen.«

Chiara starrte auf die Notizen, die sie vor sich liegen hatte. »Das alles macht auf mich den Eindruck eines irren und wahnhaften Rituals. Die Versuche eines Totenbeschwörers, mit dem Jenseits zu kommunizieren.«

»Oder die Geister zu rufen«, ergänzte er.

Wesen des Himmels und der Hölle, Engel und Dämonen auf Radiofrequenzen, die es gar nicht gibt.

Die Erinnerung an die Worte von Pater Cristoforo.

Die Erinnerung an das Mumien-Mädchen im Garten des Istituto Lazarus.

Erscheinungen.

»Mastri ruft mithilfe von Opferriten den Geist seiner Tochter und übt gleichzeitig eine Form von Rache aus. Er tötet Mädchen in Clorindas Alter, reproduziert gleich aussehende Monster, wie einen grauenvollen Akt sozialer Katharsis. Doch bei all dem gibt es auch einen Teil, der mich betrifft. Das Wesen, das mir im Koma begegnet ist, das mir geholfen hat, wieder zu erwachen, und mich dazu gedrängt hat, meinen Weg mit dem von Terrano zu kreuzen.«

»Man bekommt den Eindruck, als gäbe es zwei Erscheinungen. Eine gute und eine böse. Eine, die nach Gerechtigkeit giert, während die andere Rache will.« Chiara dachte wieder an die Chat-Nachrichten. »Vielleicht hatte das Mädchen wirklich eine latente Schizophrenie«, vermutete sie. »Das würde erklären, warum sie im Chat mit einem Doppelnamen kommunizierte: BabycloriLaFalena.«

Franco nahm den Espressokocher und schenkte ein. Dann griff er nach dem Löffel in der Zuckerdose und sah Chiara fragend an, doch sie schüttelte den Kopf. »Aus den Autopsieberichten, die ich ausführlich durchgearbeitet habe, geht hervor, dass es in Clorindas Gehirn eine seltsame Wucherung anormaler Zellen gab, wie ein Tumor, der sich aber still verhält.«

Chiara nickte. »Stimmt, jetzt erinnere ich mich, dass ich davon gelesen habe ...« Sie trank einen Schluck Espresso und verzog das Gesicht. Der Kaffee war mittlerweile kalt. »Kann es sein, dass dieser Tumor ihr in achtzehn Jahren niemals Beschwerden verursacht hat?«

»Natürlich. Es ist auch denkbar, dass der Vater nichts davon gewusst hat. Ohne spezielle Untersuchungen kann man so etwas kaum entdecken. Es gibt Theorien, die besagen, dass solche anormalen Wucherungen Gewebereste von Zwillingen sein könnten, die vom Organismus absorbiert wurden.«

»Daher also die Doppelung?«

Franco trank seinen kalten Espresso mit einem Schluck, ohne eine Miene zu verziehen. Danach starrte er in den schwarzen Satz, als könne er darin die Zukunft lesen. »Clorinda hat sich eine Art dunklen Zwilling geschaffen, um sich stärker und weniger allein zu fühlen. Eine Art Schizophrenie, wie du schon gesagt hast. Das könnte auch auf spiritueller Ebene zu einer Persönlichkeitsspaltung geführt haben.«

Chiara begann, mit dem Bleistift auf ihrem Notizblock herumzukritzeln. Sie wusste nicht, was sie denken, was sie glauben sollte. »Ist dir eigentlich bewusst, was wir hier tun, Franco? Wir diskutieren über völlig verrückte Dinge und stellen darüber auch noch Hypothesen auf.« Ihre Hand bewegte sich nervös über das Blatt.

»In diesem Augenblick sind wir wie Schriftsteller, die versuchen, einer fantastischen Geschichte, die sie sich ausgedacht haben, Kompaktheit zu verleihen. Es hat uns in eine unergründliche Welt verschlagen, in der alles möglich ist. Wir staunen nicht mehr. Wir analysieren die Dinge und weiter nichts, wir versuchen zu erkennen, wie sie zusammenpassen können. Ohne uns um das Wie und das Wann zu scheren. Wir finden alle denkbaren Fragezeichen, ohne uns Schranken zu setzen. Und wir versuchen, diesen Wahnsinn zu stoppen.«

Chiara sah von ihrem Block auf, kritzelte aber weiter. »Um das zu tun, müssen wir aber noch eine letzte Frage klären: Wie macht er das?«

»Ich glaube, um darauf eine Antwort zu finden, müssen wir uns auf etwas konzentrieren, das vielleicht das Wichtigste von allem ist: nämlich das ätherische Doppel.« Er machte eine

Pause, als müsse er seine Gedanken ordnen. »Hast du schon mal von der Kirlian-Kamera gehört?«

»Ja, ich glaube schon.«

»Mittels hoher elektrischer Spannung und niedriger Stromstärke kann man die Aura eines Organismus fotografieren. Seine Lebensenergie, sein Bioplasma, nenne es, wie du willst. Die Chinesen nennen es das *qi*, und wir Karateka bezeichnen es als *ki*. Das Konzept gibt es in vielen östlichen Kulturen, und die holistische Medizin und die Akupunktur basieren darauf.«

Die Bleistiftspitze brach ab. Chiara seufzte und hörte mit ihrer Kritzelei auf. »Komm zum Punkt!«

»Es gibt eine Apparatur, mit der man Experimente mit pflanzlichen und tierischen Organismen gemacht hat. Man hat zum Beispiel das Phantombild des fehlenden Teils eines in der Mitte durchgeschnittenen Pflanzenblatts fotografiert oder auch die Spur des fehlenden Schwanzes einer Eidechse. In Cloris Gehirn befand sich dieses Gewebe, möglicherweise ein dunkler Zwilling – unkontrolliertes Wachstum von Zellen, das aber nichts Zerstörerisches hatte, sondern ganz normales Leben war. Vielleicht hat ihre Lebensenergie, ihr *qi*, einen Abdruck von ihrem Gesicht behalten, stimuliert durch Zellvermehrung beziehungsweise Degeneration. Stell dir eine Projektion der Aura des zerstörten Gesichts vor, mit der eine neue Form geschaffen werden soll. Die Negativform einer Skulptur aus purer Energie.«

Chiara bewegte den nun stumpfen Stift über das Blatt und schrieb in großen Buchstaben wie einen Titel oben auf die Seite: DEGENERATION, REGENERATION. »Nehmen wir einmal an, dass dieser ganze Wahnsinn wahr ist«, überlegte sie, »wie können wir ihm ein Ende bereiten?«

Im Hintergrund die Hügel in leuchtendem Grün. Der sonnige blaue Himmel. Franco ließ den Blick auf diesem Panorama ruhen. Es wäre schön, hier sitzen bleiben zu können und furchtbaren Kaffee zu trinken, ohne an etwas zu denken. Ohne

Ängste, ohne Wehmut. Ohne sich um das unkontrollierbare Auftreten der Albträume auf Erden kümmern zu müssen. Er fischte sich eine Zigarette aus dem Päckchen, zündete sie an und nahm einen so tiefen Zug, dass er husten musste.

Er sah die Frau an, die ihm gegenübersaß, und versuchte, sich nicht von den Gefühlen ablenken zu lassen, die sie in ihm hervorrief. Er konzentrierte sich auf das, was jetzt zu tun war. Auf das, was zu sagen war. »Er sucht sich seine Opfer samstagabends im Gehenna, richtig? Er reißt sie auf und schleppt sie ab. Wir haben keine andere Wahl, als dorthin zu fahren, ihn zu finden, ihm zu folgen, dicht auf den Fersen, und ihn zu stoppen, bevor er noch einmal tötet.«

»Warten, bis er ein Mädchen abgeschleppt hat, sehen, was er tut, und dann agieren?«, fragte sie.

»Warum nicht? Hast du eine bessere Idee?«

Chiara antwortete nicht sofort. Erst sah sie Franco direkt in die Augen.

Man hörte die Vögel ringsum zwitschern.

Chiara hielt den abgebrochenen Bleistift wie eine Waffe und murmelte: »Ja, die habe ich.«

6

Er betrachtete sich lange im Spiegel, versuchte, sich zu erinnern, wie er vor zwei Monaten ausgesehen hatte.

Das Ergebnis verglich er mit seinem jetzigen Aussehen.

Mit den raspelkurzen Haaren und dem ungepflegten Bart sah er älter aus. Aber gar nicht mal schlecht, denn so wurde das Grün seiner Augen stärker betont. Doch er wirkte einfach zehn Jahre älter, als er tatsächlich war. So konnte er auf keinen Fall in eine Diskothek gehen. Nicht etwa, weil er Wert auf sein Äußeres gelegt hätte, sondern weil er nicht auffallen durfte, wenn er sich unter die Freaks im Gehenna mischen wollte.

Franco holte das Rasiermesser mit der kurzen Klinge aus dem Badezimmerschränkchen. Es war jenes, welches er benutzt hatte, um sich den tröstlichen Satz des Samstagabendwunders in den Schenkel zu ritzen: *Ich bin!* Er bemerkte, dass noch ein wenig Blut daran klebte, und wusch es im Waschbecken unter dem Wasserstrahl ab. Dann rasierte er sich die Haare oberhalb der Schläfen ab, wobei er der Wuchsrichtung der Haare folgte. Mit langen Strichen und ohne Schaum. Bis er an den Seiten ganz kahl war. Dann hielt er seinen Kopf unter den kalten Wasserstrahl, trocknete sich sorgfältig ab und rieb sich mit Aftershave-Creme ein. Er verteilte einen Tropfen Vitamin-E-Öl auf dem Kopf, damit der Schädel glänzte. Als Letztes raufte er sich noch die verbliebenen Haare. Dann war der Bart an der Reihe. Er rasierte sich die Wangen und ließ nur einen dünnen Strich stehen, der in den Kinnbart überging. Am Ende besah er prüfend das Ergebnis: Gar nicht so übel.

Er ging in sein Schlafzimmer. Auf dem Bett hatte er schon die Sachen zurechtgelegt, die er an diesem Abend anziehen wollte: Schwarze Levis 501 mit niedrigem Bund, Nietengürtel von Gucci, T-Shirt von Cruciform Styling. Es waren dieselben Sachen, die er am Abend des Unfalls getragen hatte. Er hatte sie noch nicht einmal gewaschen, sie waren ganz zerknittert und voller Flecken. Getrocknetes Blut war auf der Hose und ein Riss am Knie. Das T-Shirt war an den Seiten und vorn zerrissen.

Er zog sich in aller Ruhe an und betrachtete sich dann in dem großen Schrankspiegel. Er hatte abgenommen, zwangsläufig, denn er aß ja kaum noch etwas, und die Klamotten waren ihm ein bisschen zu weit. Doch das war in Ordnung so. Er wirkte leidend und hart. Perfekt, um der Zeit, die niemals anhielt, gerecht zu werden. Der letzte Schrei der Mode und des Wahnsinns.

Aus dem Schuhschrank holte er seine alten Cowboystiefel hervor.

Und zog dann noch die übliche schwarze Lederjacke an.

Er fühlte keine besondere Aufregung. Er fühlte nichts.

Nur einen leichten Schwindel.

Dann ging er ins Arbeitszimmer, um sein Portemonnaie und das Handy zu holen, und steckte beides in die Jackentasche. Das Geschenk in Ei-Form lag auf dem Bücherbord. Er nahm es, packte es aus und schüttelte es. Der Schmetterling im Innern bewegte sich.

Franco drehte den Kopf und sah zu den Fotos von Clorinda an der Wand. Dann betrat er den in den Holzboden eingeritzten Kreis und ließ das Ei fallen. Der silberne Schmetterling rollte hervor und blinkte düster zwischen den Splittern aus Bitterschokolade hervor.

Dein Ostergeschenk, Clorinda, dachte er. *Von ganzem Herzen.*

Er machte einen Schritt zurück, noch einen, und wollte schon das Zimmer verlassen, hielt aber plötzlich inne, ging zum Schreibtisch zurück, nahm seine Glücksbringer-Patrone und steckte sie in die Hosentasche. Heute Abend würde er sie brauchen. Er bewegte die Maus, um den Bildschirm zu aktivieren, und sah nach der Uhrzeit: noch eine Viertelstunde bis Mitternacht. Chiara würde wahrscheinlich gleich da sein, also konnte er genauso gut unten im Hof warten.

In einem plötzlichen Moment der Panik sah er auf die Timex seines Vaters. Die Zeiger standen noch immer still. Dröhnen und Summen erfüllten seine Brust, als er aus dem Arbeitszimmer ging und das Haus verließ.

Draußen zündete er sich eine Zigarette an, die letzte des Päckchens.

Am Ende des Wegs waren Scheinwerfer zu sehen, ein Auto stand vor dem Tor.

Chiara war schon da. Jetzt ging es los.

Dieser verfluchte Samstagabend ... Der nicht sein würde wie die anderen. Mit Sicherheit nicht.

Nicht einmal im Traum.

7

Chiara hatte alles Mögliche anprobiert, bevor sie sich für ein Outfit entscheiden konnte. Sie war ziemlich nervös.

Schon den ganzen Samstagnachmittag über. Bis zum Abend.

Und noch länger.

In diesem unbekannten Haus, in ihrem Zimmer. Der Kleiderschrank stand offen, alle ihre Sachen lagen auf dem Bett nebeneinander. Die Schuhe waren über den ganzen Fußboden verteilt.

Wie ein Teenie vor dem ersten Date.

Doch sie war eine – vom Dienst suspendierte – Polizistin, die jemanden verfolgte. Wen auch immer.

Und dies war eigentlich ihr ganz normaler Job.

Sie ging durch das Zimmer, nur mit einem String-Tanga bekleidet und schon geschminkt – fuchsiafarbener Lippenstift, Eyeliner, zartrosa Lidschatten –, und überlegte, dass sie etwas Praktisches und dennoch Aufreizendes anziehen müsse, etwas Leichtes. Dabei war auch noch die verfluchte Pistole zu bedenken, die sie so verstauen musste, dass man sie nicht sah. Die P9 lag ebenfalls auf dem Bett bereit, daneben zur Auswahl zwei Holster: das Schulterholster und das mit dem Clip für den Gürtel.

Nach langem Hin und Her entschied sie sich für einen silberfarbenen Minirock von Cavalli und ein dunkelblaues Dolce & Gabbana-Top mit kleinen Glitzersteinen. Dazu Walker-Stiefel mit Nieten und Metallspitze.

Dann zog sie das Schulterholster mit der Pistole an und komplettierte das Outfit mit einer kurzen Lederjacke.

Vor dem Spiegel. Die Waffe war nicht zu sehen. Sehr gut.

Fehlte nur noch die Frisur.

Doch da blieb ihr keine große Wahl. Da Saverio Mastri sie schon einmal gesehen hatte, wenn auch nur flüchtig in der Leichenhalle, in einer Situation großen Schmerzes und großer Verwirrung, konnte sie nicht riskieren, von ihm erkannt zu werden. Sie besaß nur eine Perücke, die sie bislang auch nur einmal benutzt hatte. Ein tizianroter Pagenkopf.

Die stülpte sie sich über ihr zu einem Knoten hochgestecktes Haar.

Als sie mit der leidigen Ankleideaktion fertig war, tupfte sie sich ein wenig Parfum hinter die Ohren und auf die Handgelenke. Dabei fiel ihr Blick auf ein goldgerahmtes Foto von Gioia mit sechs Monaten, auf dem sie lachte und ihren nackten Popo in die Luft streckte – ein Geschenk ihrer Schwiegermutter.

Ein Stich im Magen, das Gefühl von Leere.

Und sie musste wieder an den Morgen denken, als sie mitten zwischen Gioias Stofftieren plötzlich aus dem Schlaf hochgeschreckt war.

Sie hatte Molisi irgendwann fast schon in der Nacht angerufen und war ohne Umschweife zur Sache gekommen: »Ich muss sie sehen, aber ich will nicht, dass sie mich sieht.«

So vereinbarten sie, dass Chiara bei nächster Gelegenheit zu den Molisis fahren würde, sobald Gioia eingeschlafen war.

Als sie vor der Villa parkte, schlug ihr Herz so heftig, dass es wehtat.

Mauro öffnete ihr die Tür. »Hallo, Chiara, ich freue mich, dich zu sehen.« Dann gab er ihr einen Kuss auf die Wange.

Im Flur wartete Marta und lächelte traurig. »Sie schläft erst seit einer Stunde. Sie war heute Abend sehr unruhig, die arme Kleine.«

Übelkeit, Unbehagen.

»In Ordnung, dann gehe ich jetzt zu ihr hinein.«

Vor der geschlossenen Tür zögerte sie einen kurzen Moment.

Dann gab sie sich einen Ruck und betrat auf Zehenspitzen das Zimmer.

Im Zwielicht konnte sie die Gestalt ihrer Tochter im Bett liegen sehen, die Decke bis zum Kinn hochgezogen.

Ganz vorsichtig ging Chiara näher, voller Angst, dass ihr so heftig schlagendes Herz im Zimmer zu hören sein könnte.

Liebevoll betrachtete sie das Gesicht ihres Kindes, soweit sie es im Dunkeln erkennen konnte. Gioias weiche Lippen bewegten sich leicht, als würde sie unverständliche Worte murmeln.

Chiara beugte sich über sie, wollte sie riechen, wollte lauschen, ob ihr Atem regelmäßig ging, ihn einsaugen, um sich lebendiger zu fühlen.

Der vertraute Geruch nach Honig und Haaren.

Dann ein metallisches Aroma in ihrem Atem. Als habe das Mädchen stundenlang auf Münzen gelutscht.

Chiara streckte eine Hand aus und wollte sie schon streicheln, hielt jedoch wenige Zentimeter vor der Wange inne. Sie hatte nicht den Mut, das Kind zu berühren.

Mit einem Kloß im Hals zog sie sich zurück und setzte sich in einen Sessel gegenüber vom Bett, nachdem sie die alten Plüschtiere der Tochter der Molisis ein wenig zur Seite geschoben hatte. Sie machte es sich inmitten der ganzen Ansammlung von Bären, Katzen und Mäusen jeglicher Form und Farbe bequem und verschmolz fast mit ihnen.

Die Augen auf den diffusen Umriss ihres Kindes gerichtet, dachte sie, dass es schön wäre, ihr die Traumwolken stehlen zu können, wenn ihr dies ein wenig von ihrer Angst nehmen würde.

Reglos im Dunkeln sitzend bewachte sie den Schlaf ihrer Tochter und wartete auf die Morgensonne. Bis sie, von Müdigkeit überwältigt, selbst einschlief.

Nach einer ganzen Weile wurde sie von einem Rascheln aus der Traumwelt geholt, in die sie sich im Schlaf geflüchtet hatte. Sie schlug die Augen auf …

Vor ihr stand Gioia und sah sie ernst an. Das Mädchen war aufgewacht und stand nun in ihrem rosa Schlafanzug, einen Finger im Mund und in einer nachdenklichen Pose da. So als frage sie sich, wer dieses merkwürdige Stofftier sei, das sie da anstarrte, aber groß war wie eine Frau und überhaupt nicht pelzig.

Chiara schob den Drang, Gioia zu umarmen, sie zu drücken und zu küssen, beiseite. Mein Gott, wie das Kind ihr fehlte.

Als sie aus dem Sessel aufstand, fielen ein kleiner Bär und eine Katze hinunter und landeten mit einem leisen Geräusch auf dem Boden. Sie verzog die Lippen zu einem Lächeln, und wusste nichts zu sagen.

Sie befürchtete, alles falsch zu machen. Etwas zu zerstören.

Sie wusste nichts mehr.

Gioia kam einen Schritt näher, streckte die Hand aus und streichelte ihr über das Gesicht. Voller Ernsthaftigkeit. Dann wich sie wieder ein Stück zurück.

Chiara beschloss, dass es jetzt besser wäre, sich zurückzuziehen, bevor sie etwas kaputtmachte. Daher ging sie zur Tür und wollte schon hinausgehen, als Gioia sagte: »Mama?«

Ein zartes, kleines Glücksgefühl.

Chiara drehte sich mit einem Ruck um und strahlte ihre Tochter an.

Gioia hingegen war immer noch ganz ernst. Sie sah aus wie eine Statue, wie die Tonfigur von einem Kind. Dann bewegten sich ihre Lippen. »Du kannst morgen wiederkommen.« Ein Satz ohne Emotionen, neutral. Doch zweifelsohne ein Schritt nach vorn, ein Hoffnungsschimmer.

Chiara nickte.

Du kannst morgen wiederkommen.

Ohne etwas zu sagen, war sie gegangen.

Sie war aus diesem Zimmer, aus diesem Haus geflohen, ohne sich zu verabschieden, denn ihr war zum Heulen zumute, zum Schreien, aus Freude und Wut zugleich.

Der Popo von Klein-Gioia, Himmel, war der süß gewesen, so pummelig …

Natürlich komme ich morgen zu dir, ich werde zu dir kommen, mein ganzes Leben lang. Jeden Tag, den Gott werden lässt, komme ich zu dir zurück.

Chiara löste sich von den Gedanken an ihre Tochter und ging in das glänzende, desinfizierte Wohnzimmer. Dort warf sie einen Blick auf die Uhr.

Sie musste gehen.

Zu Franco.

Er wartete auf sie.

Was für ein seltsames Ermittlerpaar sie beide waren. Wie aus einer Folge von Akte X.

Ein letzter prüfender Blick in den Flurspiegel.

Die Pistole unter der Jacke war nicht zu sehen.

Und mit dieser roten Perücke erkannte sie sich selbst nicht mehr.

Sehr gut.

Dann verließ sie ihr unbekanntes Haus.

Draußen war es bereits Abend geworden.

Die Sonne begraben, der Mond auferstanden.

Sie erreichte die Via Vizzano in Sasso Marconi in weniger als einer halben Stunde.

Am Tor blendete sie mehrmals auf. Die schmiedeisernen Torflügel öffneten sich, und sie fuhr hinein.

8

Er parkte den Saab vor der Eisdiele im Zentrum von Sasso neben einem roten Porsche Carrera, der ihm bekannt vorkam.

Zu Chiara sagte er: »Ich gehe mal Zigaretten holen.«

An einem Tisch erkannte er ein paar von den Chaoten aus der Clique, die hinter großen Biergläsern saßen.

Einer von ihnen sah ihn mit einem schiefen Grinsen an: »*Hola*, Franz, *que pasa?*«

Ein anderer sagte: »Hast dich ja ewig nicht blicken lassen.«

Da war auch dieses Emo-Arschloch, dem er an jenem letzten Abend im Greco die Nase gebrochen hatte, vor ungefähr einem halben Jahrhundert. Bestimmt gehörte ihm der Porsche. Giorgi-Gorni hatte natürlich keine dicke Nase mehr, dafür war er überheblich wie eh und je. »He, was für ein Gefährt hast du dir denn da besorgt, schwarzer Franz?« Er klang wie ein Arschloch, die Stimme leiernd wie immer wegen dem vielen Mixtura und Bier im Blut. »Hast du das bei Fred Feuerstein gekauft?«

Franco bedachte ihn mit einem gleichgültigen Blick. Er ging dicht an dem Tisch vorbei und ignorierte die Provokation. Eine flüchtige Handbewegung zum Gruß, dann stand er am Tresen, wo er ein Päckchen Marlboro kaufte, holte sich eine Kippe heraus und zündete sie an. Er schob sich zur Tür, ohne die Chaoten eines Blickes zu würdigen. Doch im letzten Augenblick überlegte er es sich anders. Er trat zu seiner alten Clique an den Tisch und versuchte, genauso cool zu wirken wie früher, was ihm aber nicht gelang. »Es geht, wie es gehen muss, *amigos*. Und bei euch? Alles klar?«

Der Punker mit dem Iro und dem schwarzen Slipknot-T-Shirt rechts von ihm sagte: »Man kann nicht klagen. Und du, Alter, was geht ab?«

»Nicht viel.«

»Wir haben dir gesimst, um zu wissen, wie's dir geht.«

»Mein Handy war kaputt.« *Lüge, Lüge.*

»Tut uns echt leid wegen deiner Freundin«, meinte nun ein Typ mit kahlem Schädel und einem T-Shirt von Collateral Image.

»Maria und ich waren nicht mehr zusammen.«

»Ach was.«

Augenpaare huschten zu Chiara hinüber, die im Auto saß, anzügliche Blicke.

Einer flüsterte: »Ja, klar.«

Jemand sagte: »Scharfes Teil.«

He he, das ist ja wohl nicht dein Ding, oder was?

Satzfetzen.

Null Inhalt. Minus null Interesse.

Leere Blicke und Lippen, die sich nur bewegen.

»Trinkst du was mit uns?«

»Nein, ich muss jetzt gehen.«

Grüne Gorilla-Bomberjacke mit bluttriefender Schrift: Mastema LIFE!, Bierschaum am Mund. »Lass dich mal wieder blicken.«

Tschüs, Alter.

Servus, du Sack.

Mach's gut, Schwarzer.

Adios, amigo.

Er drehte den Chaoten von der Clique den Rücken zu und hatte das Gefühl, dass ein Kapitel seines Lebens zu Ende ging.

Ihre Stimmen verschwammen, als er sich entfernte, und er dachte an ein Radio, das immer leiser wird, bis man nichts mehr hört und nur Stille zurückbleibt.

Irre

»Die Maya versuchten, die Apokalypse abzuwenden, indem sie junge Leben opferten. Sie entrissen den Kindern die Herzen und assen diese, ehe sie ihre Opfer enthaupteten. Unsere Gesellschaft reisst die Gefühle aus den Herzen unserer Kinder und die Gedanken aus ihren Köpfen.

So werden Verkehrsunfälle unvermeidlich.

Die Lämmer sterben.

Und der Teufel lacht.«

Von Cristoforo Baldi, *Wochenendtrip*,
Bologna, Edition San Petronio, 2007, S. 3

1

Scheinwerfer und Laserstrahlen.

Oben in der Kuppel der Schriftzug: RAVE INTO THE RAGE.

Rausch und Rage. Rasender Irrsinn des Herzens.

In dem Tunnel zwischen den Unfallautos, der zum Haupteingang führt, meint man, Benzin und verbranntes Öl zu riechen. Aber nicht nur das. In der Luft liegt auch noch ein süßlich-herber Geruch.

Spuren von kristallisiertem Hämoglobin auf verbeultem Blech.

Eine Mahnung, eine Aufforderung. Vielleicht beides zugleich.

In beiden Fällen schließt sich der Kreis. Stoned abtanzen, ein Unfall, Metall und Blut, stoned abtanzen: eine perfekte Nahrungskette.

Franco stellte fest, dass die Autowracks seit seinem letzten Besuch in der Diskothek mehr geworden waren, ein wachsender Organismus, und er fragte sich, ob unter diesen ganzen kaputten Autos auch seines war.

Chiara Monti stand etwa zehn Meter vor ihm in der Schlange der Jugendlichen vor dem Eingang. Eine perfekt modellierte weibliche Silhouette, sanft wiegende Bewegungen, ein Hintern wie gemalt.

Er musste aus gebührender Entfernung auf sie aufpassen.

Und versuchen, sie nicht aus den Augen zu verlieren.

Chiara gab dem Gorilla am Eingang ihre Karte, dann zeigte sie ihre nackten Handgelenke vor, keine Uhr.

Okay, Baby, geh nur.

Schlucken, Speiseröhre, ein Jugendlicher nach dem anderen, Happen um Happen.

Sie unterdrückte das Bedürfnis, den Kopf zu drehen, um nachzuschauen, ob Franco noch hinter ihr war, ob da wirklich dieser Schutzengel war, der auf sie aufpasste, sodass ihr nichts Schlimmes passieren konnte.

Sie war bis zum Äußersten angespannt. Ihr Rachen fühlte sich kalt an, als hätte sie eine große Menge Pfefferminzbonbons gelutscht.

Und dann fand sie sich ganz unvermittelt im Zentrum der Diskothek wieder, eingezwängt in der Menschenmasse. Sie sah sich um, die Lichter spielten verrückt, und eine Erinnerung stieg in ihr hoch. Doch es war nicht ihre eigene Erinnerung, sondern die einer anderen Person.

Ein Gemenge von Armen, rasierten Schädeln, Klingen verschiedenster Größe, verspiegelten Brillen, schwarzem Leder und Silberketten.

Ein Déjà-vu, das nicht ihr gehörte.

Das Herz macht dudump, dudump, dudump. Und die Dreieinigkeit Guitarbassdrum, *die metallische Empfindungen auf der Haut hervorruft.*

Über den Hauptfloor bewegen sich Projektionen von finsteren Monstern, Holografien von Teufeln und Dämonen.

Sie ließ den Blick schweifen und fragte sich, wie sie inmitten dieses ganzen Durcheinanders ausgerechnet Saverio Mastri treffen sollte, vorausgesetzt er war überhaupt da, auf seiner Jagd nach jungen Mädchen.

Ein Typ wie er musste an einem solchen Ort doch auffallen. Mit seinem Guru-Bart und den lang über den Rücken hängenden weißen Haaren, ein verrückter Weihnachtsmann, der sich am Ostersamstag in einem Heavy-Metal-Tempel herumtreibt.

Grotesk.

Vielleicht hat er ja auch sein Aussehen verändert, dachte sie.

Das würde die Sache nur noch schwieriger machen.

Rein statistisch gesehen war die Wahrscheinlichkeit, auf ihn zu stoßen, praktisch gleich null. Hier drinnen waren Hunderte von Menschen. Und dennoch wusste Chiara ganz bestimmt, dass es geschehen würde. Als stünde es irgendwo geschrieben. Sie musste in diesem Augenblick hier sein, weil sie die *Auserwählte* war.

Sie wusste noch nicht, wozu auserwählt, doch das würde sie bald herausfinden.

Bestimmt würde es nichts Schönes sein.

Irre und unausweichlich.

Als er sie sah, verzerrt durch das Lichtstottern, die schwimmenden Regenbögen und den Eisdampf, wusste er, dass sie die Richtige war. Er spürte es, wie man einen Geschmack oder einen Geruch wahrnimmt, eher eine sinnliche als eine kognitive Wahrnehmung. Instinktiv, nicht rational.

Gewaltsam drängte Saverio Mastri seine Empfindungen zurück und konnte sich so weit beruhigen, dass die Make-up-Schicht in seinem Gesicht keinen Schaden nahm. Mit Schwimmbewegungen bahnte er sich seinen Weg durch die tanzende Menge und passte auf, dass er seine Beute nicht aus den Augen verlor.

Er durfte sie nicht entkommen lassen.

Er hatte keine Wahl.

Killing For Recreating von Legion Of The Damned wurde gespielt, und alles drehte sich. Die Doublebass hämmerte mit 200 bpm in den Unterleib.

Ein Irrenhaus.

Franco ließ den Blick nicht von Chiaras rotem Schopf, der im Rhythmus der Stroboskope immer wieder aufleuchtete.

Es war wahnsinnig heiß, und er war froh, dass er seine Lederjacke im Auto gelassen hatte.

Im Gang, der in den Bereich »Formkästen« führte, bemerkte er einen Jungen mit künstlich wirkenden Augen, der in eine Ecke pinkelte, das Mädchen, das neben ihm saß, lachte wie eine Gestörte und scherte sich nicht um die Spritzer. Ihre Bluse war über ihren schweren Brüsten aufgeknöpft, sie trug große Ringe an den Brustwarzen und ein schwarzes Hundehalsband mit Nieten um den Hals.

Plötzlich veränderte sich seine Wahrnehmung, so als würden Interferenzen seinen Empfangskanal stören und falsche Übertragungen die Wirklichkeit überlagern und modifizieren.

Er kniff die Augen zusammen, wie um seinen Geist auf »Reset« zu setzen.

Dann riss er sie wieder auf.

Vor ihm saß in einem Sessel ein dunkelhaariges Mädchen, es lächelte und machte ihm schöne Augen. Franco nahm zerstreut wahr, dass sie ausgesprochen hübsch war. Doch er hatte anderes zu denken. Er erwiderte den verheißungsvollen Blick mit gleichgültiger Miene. Dann suchten seine Augen wieder nach Chiara. Sie war immer noch da, schob sich durch das Gedränge und spielte den Köder.

Die Luft war viel zu stickig, und es stank nach Verdorbenem, nach Schweiß. Die Musik war so ohrenbetäubend, dass sie nur aus einem einzigen diffusen Ton zu bestehen schien.

Mit den Ellbogen bahnte sie sich einen Weg durch die dicht an dicht gepressten Menschen, auf der Suche nach einem ruhigeren Ort, wo sie darauf warten konnte, dass geschah, was geschehen musste.

Endlich fand sie ein freies Plätzchen auf einer Treppenstufe am Rand des Floors, hinter einem Pfeiler, der von oben bis unten mit rostfarbenen Nieten bestückt war. Sie setzte sich. Die Pistole im Schulterholster drückte ihr in die schweißnasse Rippenpartie. Was hätte sie nicht alles gegeben, um sich von diesem lästigen Ding zu befreien. Dreizehn Jahre lang trug sie schon eine Waffe mit sich herum und hatte sich immer noch nicht daran gewöhnt.

Sie versuchte, Franco auszumachen, doch sie sah ihn nicht.

Wo bist du hin?

Plötzlich fühlte sie sich inmitten der vielen Menschen sehr allein.

Verlassen in einer Wüste aus Feuer und Eis.

Sie hatte Mühe zu atmen, als ob um sie herum nicht genügend Sauerstoff wäre.

Von einem Zittern erfasst, öffnete sie den Mund und versuchte, wieder Luft zu bekommen. Einatmen, ausatmen.

Fast hätte sie aufgeschrien.

Vor ihr war ein formlos diffuses Wesen aufgetaucht, zuckende Augen, hundert Nasen und hundert lächelnde Münder und Zähne, die zu mahlen und immer länger zu werden schienen, ein fürchterliches, im Stroboskopzucken zerstückeltes Gesicht.

Sie wäre gerne weggerannt und spannte schon die Muskeln an, doch der vom Gehirn abgeschickte Befehl verlor sich im Nichts.

Das diffuse Wesen bewegte sich auf sie zu, entzog sich den Lichteffekten und nahm Form an.

Stück für Stück setzten sich die Gesichtszüge zusammen.

Killing For Recreating von Legion Of The Damned wurde durch *Pollution Soul* von Mastema abgelöst, ein bisschen antiquiert, aber gut. Schlagzeug und Bass legten los, dann kam der Gitarrenriff dazu.

Franco konnte nicht anders, er musste diesem Wahnsinnsrhythmus folgen, er nickte im Takt zur Musik, um einer seiner Lieblingsgruppen die Ehre zu erweisen. Doch plötzlich schien sich alles zu verlangsamen. Eine Art akustische Zeitlupe. Die Klänge verzerrten sich zu einem schaurigen und misstönenden Gesang. *Wish You Were Here* in dämonischer Version. Mit der Stimme von Camus Babb, dem verfluchten Sänger von Mastema, die sich verwandelte, zu einer zischenden Schlange wurde.

Ich wünschte, du wärst hier …

Aber wo hier?

Ein plötzlicher Schwindel überkam ihn, er nahm den Kopf zwischen die Hände, stieß einen angstvollen Seufzer aus und sah, wie eine Atemwolke vor seiner Nase aufstieg und sich öffnete, ein Gedanke aus Dunst. Ein Todesgedanke.

Da. Da ist es wieder!

Sie kam. Der Geist gesellte sich zu ihm.

Oder, vielleicht …

Vielleicht war sie immer da gewesen.

Clorinda, meine Clorinda. Sag mir, was, sag mir, wer.

Er massierte sich die Schläfen, bis schließlich alles wieder normal war. Auch die Musik.

Als er den Hals reckte und nach Chiara Ausschau hielt, sah er, dass sie sich in einer ruhigeren Ecke an der Tanzfläche niedergelassen hatte.

Und sie war nicht mehr allein.

Der kahlköpfige Mann hatte ein völlig glattes, bartloses Gesicht. Ein ganz anderer Mann als der, den sie in der Leichenhalle und dann vor einem Monat auf der Beerdigung gesehen hatte. Wie sie vermutet hatte, hatte er sein Aussehen verändert, um unter den Besuchern des Gehenna nicht aufzufallen. Doch das war noch nicht alles. Ein Schatten schien sich über Mastris Gesichtszüge gelegt zu haben. Rouge und dunkles Make-up waren darübergepinselt. Sein Blick offenbarte Verzweiflung und Wut, vermischt mit Wehmut und einem Gefühl der Leere. Zum Fürchten.

Sie bemerkte einen Ring in seiner Nase, es war der gleiche Piercing-Ring, wie ihn seine Tochter in der Nacht ihres Todes getragen hatte. Ein Schauer überlief sie.

Mastri beugte sich über sie und streckte seine rechte Hand aus.

Mit enervierender Langsamkeit streichelte er in einer kalten Berührung über ihre Wange.

Sein Gesicht kam immer näher, schien sich auszudehnen.

Chiara hatte das Gefühl, in die Gesichtszüge dieses Mannes hineinzustürzen, in die Leere zu fallen, die sie in sich bargen.

Sie versuchte, etwas zu sagen, doch es kam nichts aus ihr heraus. Es gab keine passenden Worte.

Alle Vermutungen waren richtig gewesen.

Keine Wahnvorstellungen oder Fantastereien.

Der Albtraum existierte, und seine Verkörperung stand vor ihr.

Saverio Mastri sah sie mit ernstem Blick an, sein Gesicht war eine reglose, künstlich wirkende Maske.

Franco versuchte, sich unauffällig zu nähern.

Der kahlköpfige, schwarz gekleidete Mann, der gerade mit Chiara anbändelte, sah nicht aus wie ein Fünfzigjähriger. Doch das Stroboskopblitzen verfälschte manches, also konnte es vielleicht doch Clorindas Vater sein.

Franco kam nun an den Rand der Tanzfläche. Er versuchte, in diesem Glatzkopf den Mann mit langen Haaren und Bart in seiner Erinnerung wiederzuerkennen.

Ein Mädchen mit einem runden, ausdruckslosen Puppengesicht, das in wilden Tanzbewegungen umherhüpfte wie ein aufspringender Ball, kam immer wieder in sein Blickfeld. Genervt trat Franco einen Schritt zur Seite und reckte den Hals.

Der vermeintliche Vater von Clorinda beugte sich nach vorn und flüsterte Chiara etwas ins Ohr.

Immer näher, bis er ihre Wange streifte, dann die Lippen an ihrem Ohr. »Vielleicht kann ich etwas für dich tun«, flüsterte Saverio Mastri gedehnt. Heißer, geruchloser Atem.

Chiara wusste nicht, ob sie sich wie ein zartes Rotkäppchen im Angesicht des bösen Wolfs geben oder sich einfach nur vulgär verhalten sollte. Sie entschied sich für den Mittelweg. »Es kommt darauf an, wie gut du bist.«

Der Mann richtete sich wieder auf und sah sie unverwandt an. Mit diesen durchsichtigen Augen, an die sie sich noch sehr gut erinnerte. Dann reichte er ihr die rechte Hand, als wolle er sie zum Tanzen auffordern. An seinen Fingerkuppen waren Blutkrusten, und seine Fingernägel sahen aus, als seien sie schlecht nachgewachsen.

Chiara gab sich einen Ruck und versuchte zu lächeln, während sie seine Hand ergriff und aufstand. Sie ließ sich wegziehen, ohne Erklärungen zu verlangen, mit dem Gefühl, auf schwarzen, gallertartigen Wolken zu treiben.

Einen Fuß vor den anderen.

Rechts, links.

Wie in einem seltsamen Traum.

Ah, jetzt gingen sie weg.

Sie waren schon fast auf der anderen Seite des Floors. Bestimmt wollten sie hinaus.

Chiaras rote Haare.

Er durfte diese Haare nicht aus den Augen verlieren.

Er bahnte sich einen Weg durch die Menge, um ihnen zu folgen.

Sie ging freiwillig mit einem Mann weg, und dieser Mann konnte nur Mastri sein.

Franco musste ihnen folgen, musste versuchen, schon im Entstehen zu verhindern, was auch immer letztendlich geschehen sollte.

Er wusste nur nicht, wie, wann und warum.

Tatsächlich wusste er gar nichts mehr. Er wankte am Rand eines Abgrunds, wie er es sein Leben lang getan hatte. Hin- und hergerissen zwischen der Angst vor der Leere und dem Wunsch zu fallen.

Ein Fuß vor den anderen, rechts, links, am Rand des Kreises.

2

Er hielt sie bei der Hand, die Finger in ihre verflochten, als wäre es das Normalste der Welt, wie ein Verliebter.

Auf dem Parkplatz. Erste Reihe, zweite.

Ein weißer VW-Käfer.

Wie in Trance kletterte Chiara ins Auto.

Der Geruch nach Leder und Kunststoff. Ein Pioneer-Radio im Armaturenbrett. Der Innenraum des Fahrzeugs war sauber und ordentlich.

Für einen kurzen Moment stieg Panik in ihr hoch.

Sie versuchte, sich an das Gefühl der Pistole im Schulterholster zu klammern, an das Wissen, dass sie sich verteidigen konnte. Beim kleinsten Anzeichen von Gefahr würde sie die Pistole ziehen und sie auf diesen seltsamen Mann richten, auf diesen Mann mit dem Plastikgesicht, das zum Fürchten undurchdringlich war.

»Warum sagst du nichts?« Seine Stimme, ruhig und tief.

Seine durchsichtigen Augen waren dunkel geworden, fast schwarz.

»Was soll ich denn sagen?«, fragte sie.

Der Zündschlüssel drehte sich, der Motor sprang an.

»Sag mir, warum du traurig bist.«

Ein sich wiederholender Text.

Ein Ritual.

Chiara suchte nach einer Antwort. »Ich bin gar nicht traurig«, sagte sie und schüttelte dabei den Kopf in schnellen Bewegungen, wie damals als Kind, wenn sie gelogen hatte. In Wirklichkeit war sie nicht nur traurig, sondern auch von Entsetzen gepackt und randvoll mit Angst. Ihr Herz hämmerte und wollte sich gar nicht wieder beruhigen.

»Wie heißt du?«, fragte er.

»Chiara. Und du?«

»Du kannst mich Papa nennen, wenn du willst.«

Wieder dieses Gefühl, etwas zu erleben, das schon einmal geschehen war.

Du bist doch hoffentlich nicht so ein Perverser, der irgendwelche komischen Spielchen machen will …

Die dahingleitende Straße, das schwarze Land. Die Hügel sind gerade noch zu erkennen, sie zeichnen sich wie drohende Schatten gegen den violetten Himmel ab.

Wohin fährst du mit mir, Paparino?

An den üblichen Platz. Wie immer.

Chiara drehte sich wie gleichgültig um und sah durch die Heckscheibe hinaus. Es waren keine Scheinwerfer zu sehen. Sie fragte sich, wo Franco blieb.

Sie fühlte sich immer einsamer und diesem Mann ausgeliefert, der ganz offenbar ein Mörder war und sie irgendwohin brachte, um irgendetwas mit ihr anzustellen. Er fuhr nicht in Richtung Via Guasta. Was auch immer er sich für sie ausgedacht hatte, er würde es jedenfalls nicht dort tun, wo Clorinda ums Leben gekommen war.

Dieses Mal war es offenbar anders. Doch sie wusste nicht, wieso und warum. Ihr ganzer Plan, die Falle, die sie sich ausgedacht hatten, war hinfällig geworden. Dieser kühne und naive Plan.

Was wohl der Polizeipräsident sagen würde? *Natürlich, ich habe es geahnt, Signora Monti, Sie müssen ganz schön irre sein!*

Jetzt hatte der Tanz begonnen, und sie musste tanzen. Außerhalb dieser wahnsinnigen Diskothek. Ein makaberer Totentanz ohne Lichter und ohne Musik, dem sie höchstpersönlich beiwohnen würde.

Sie steckte die rechte Hand in die Tasche und umfasste das Handy. Sie hatte Francos Nummer unter einer Kurzwahl gespeichert und hielt den Finger jetzt auf die Taste, die die Verbindung herstellen würde. Sobald sie herausbekommen hatte, wohin Mastri fuhr, würde sie versuchen, es Franco mitzuteilen.

Kilometer, die vorüberflogen, Kurve um Kurve.

Wohin bringt er mich?

Nebenstraßen durch die Hügel.

Erst als sie das Ortsschild von Sasso Marconi las, wurde ihr alles klar.

Er fährt zu sich nach Hause. Dahin bringt er mich also.

Es gab keinen Zweifel.

Durch den Ort und dann wieder in Richtung Hügel. Dann bogen sie in die Via del Castello ein.

Erneut Kurven. Die Scheinwerfer strahlten die Vegetation an, graugrünes Laub, gespenstische Baumstämme, Natursteinmauern.

Dieselbe Straße, die sie vor ein paar Tagen mit Franco entlanggefahren war, als sie sich vor Mastris Haus auf die Lauer gelegt hatten.

Sie kamen zu der Residenz, die aus dem Königreich der Wirklichkeit zu stammen schien.

Vor ihnen das dunkelgrüne schmiedeeiserne Tor.

Und Chiara drückte auf die Taste ihres Handys.

Sie hoffte inständig, dass die Verbindung zustande kommen würde. Sonst hatte sie keine Möglichkeit, Franco ihre Position mitzuteilen.

Sie wartete noch einige Sekunden.

Dann sprach sie mit lauter Stimme, und hoffte, dass Franco sie hören konnte. »Wohnst du hier?«

Saverio Mastri antwortete nicht. Er hielt die Augen starr geradeaus gerichtet, als nähme er etwas wahr, was nur er hören konnte. Die Anweisungen eines verfluchten Geistes.

»Das sieht ja aus wie ein richtiges Schloss!«, rief Chiara aus.

Der Mann schien sich aus seiner Erstarrung zu lösen und drehte sich zu ihr um.

Die Luft war von Knurren, Raunen und Schreien erfüllt.

Die Ereignisse schienen sich zu überschlagen.

Instinktiv schob Chiara die Hand unter ihre Jacke, um die Pistole zu ziehen.

Doch sie hatte nicht einmal mehr die Zeit, den Arm zu bewegen.

Er rannte durch den gläsernen Tunnel aus der Diskothek. Dann sah er sich hektisch um. Er konnte die beiden nirgends entdecken.

Scheiße.

Er hatte die Situation falsch eingeschätzt, war zu weit weg gewesen, vor lauter Angst, entdeckt zu werden. Und jetzt hatte er sie verloren.

Dann sah er einen weißen VW-Käfer, der gerade vom Parkplatz fuhr, und rannte zu seinem Saab.

Rückwärtsgang und raus aus der Parklücke. Nach rechts wegen des Einbahnverkehrs, nur ein Auto vor ihm, im Schritttempo. Ein gelber Fiat Punto.

Er drückte auf die Hupe und fluchte, steckte den Kopf aus dem Fenster, um dem anderen zu bedeuten, er solle sich beeilen.

Dann endlich war er von diesem Parkplatz herunter.

Der Käfer war nach links abgebogen.

Franco folgte ihm.

Drückte das Gaspedal durch. Auf dem Rücken kalter Schweiß.

Er kam zur Kreuzung.

Niemand zu sehen.

Also nahm er die Straße, die zur Via Guasta führte, da er vermutete, dass Mastri an den Ort fuhr, an dem seine Tochter und all die jungen Frauen, die Opfer seines Irrsinns geworden waren, ihr Leben gelassen hatten.

Zelebration, Ritual, Wiederkehr.

Es konnte gar nicht anders sein.

Die Straße war verlassen.

Wo zum Teufel sind sie hingefahren?

Er fuhr noch schneller, trieb den Turbo zum Äußersten und bot seine ganzen Fahrkünste auf.

Nichts.

Mastri war nirgends zu sehen.

Und das war seltsam. Denn so viel Vorsprung hatte er gar nicht gehabt.

Außerdem war der Käfer ein langsames Auto, er hätte es schon längst eingeholt haben müssen.

Franco fuhr weiter, und seine Angst wuchs. Er kontrollierte jeden Taleinschnitt. Dann, nach einer Zeit, die ihm unendlich lang vorkam, spürte er sein Handy in der Hosentasche vibrieren. Er drückte sein Gesäß hoch, um es hervorzuziehen, und schielte auf das Display, ohne dabei die Straße aus den Augen zu lassen.

Es war Chiara.

Also schaltete er herunter, bremste ab und ließ das Auto am rechten Straßenrand ausrollen. Dann schaltete er die Warnblinkanlage ein, stellte die Verbindung her und hielt sich das Handy fest ans Ohr, damit ihm nichts entging. Die Augen fest auf die Timex gerichtet, die unter dem Kilometerzähler lag. Er hatte die Uhr dort hingelegt, damit er sie im Gehenna nicht abgeben musste. Das Gefühl von etwas, das zu schnell vorbeigeht, das Gefühl, zu spät zu sein, trotz der auf dem Ziffernblatt erstarrten Zeit.

Es ist immer nur drei Uhr, verflucht!

Chiaras Stimme. In einem Konzert aus elektrostatischen Entladungen. Weit weg, kaum hörbar wegen des gestörten Empfangs.

Er verstand nicht, was sie sagte. Bestimmt rief sie ihn versteckt an, weil sie ihm etwas Wichtiges mitteilen wollte.

Er glaubte, das Wort »Schloss« verstanden zu haben.

Dann eine Reihe von erstickten Lauten.

Schließlich ein dumpfer Schlag. Wie wenn etwas Hartes auf etwas Weiches trifft.

Und dann brach die Verbindung plötzlich ab.

Er traf sie mit der von unten nach oben geführten geschlossenen Faust. Aus heiterem Himmel.

Schnell. Ohne auch nur den Hauch einer Ankündigung. Mit den Fingerknöcheln mitten auf die Stirn. Ein Gedanke, den man nicht ignorieren, dem man nicht entkommen kann.

Die Frau prallte gegen die Kopfstütze und sackte dann in sich zusammen.

Saverio packte sie an den Haaren, um sie wieder aufzurichten. Dann schaltete er das Innenlicht an und beugte sich über sie, um das Handschuhfach zu öffnen.

Ein Stöhnen kam über Chiaras halb geöffnete Lippen. Sie würde nicht lange ohnmächtig sein.

Er musste sich beeilen. Die Evokation vollenden.

Er brauchte noch ein letztes Opfer, nur dieses noch.

Das letzte Mal.

Dann würde La Cicogna die Rückkehr seiner verlorenen Liebe gebären. Endlich würde der Engel seines Herzens wiedergeboren werden. Mutter und Tochter miteinander verschmolzen. Und seine Brust würde sich von Neuem füllen.

Schluss mit den Schreien, es war genug, alles war genug!

Die Auserwählte schien mit zurückgelegtem Kopf zu schlafen. Sie war schön, aber nicht mehr ganz jung. Sie kam ihm irgendwie bekannt vor. Er glaubte fast, sie schon einmal irgendwo gesehen zu haben.

Ihr langer, gebogener milchweißer Hals im Zwielicht. Ein Blutfaden rann aus ihrem Mundwinkel.

Er hielt ihn mit einer Fingerspitze auf. Eine Träne aus Blut. Nichts Besonderes.

Er musste sich jetzt in Bewegung setzen.

Ihm blieb nicht mehr viel Zeit.

Die Uhr auf dem Radio zeigte 02:30.

Er holte einen kleinen Metallbehälter aus dem Handschuhfach und öffnete ihn. Darin lag eine vorbereitete Einmalspritze. Er nahm sie heraus und überprüfte den Inhalt des Zylinders, indem er sie gegen das Licht hielt. Die Flüssigkeit war rötlichtrübe. Er klopfte mit dem Zeigefinger dagegen, damit sich eine Luftblase löste. Reines Mixtura, aufgelöst in destilliertem Wasser und mit zwei Tropfen Valium versetzt, um den sedativen Effekt zu verstärken.

Er seufzte und zog mit den Zähnen die Schutzkappe ab, spuckte sie aus und führte die Nadel an die Halsvene der Frau.

Die Haut dort schien sich zunächst sträuben zu wollen und gab kaum nach, nahm aber dann doch die Nadel auf.

Mastri injizierte die gesamte Dosis, dann legte er die Spritze wieder zurück in das Metallkästchen.

Er betrachtete sein Opfer und zuckte zusammen, als habe er einen elektrischen Schlag bekommen.

Er dachte, dass er sich in Bewegung setzen musste.

Gleich würde es drei sein.

3

Chiara versuchte, sich durch einen roten Schleier aus dem wahnsinnigen Chaos in ihrem Inneren zu kämpfen. Sie war noch benommen von dem Schlag, den sie erhalten hatte. In ihrer Stirn pochte es, und alles drehte sich.

Sie war wie eine blutige Anfängerin überrumpelt worden. Sie hatte sich von diesem Mann hereinlegen lassen, und jetzt ...

Wohin zum Teufel hat er mich gebracht?

Nachdem sie zu sich gekommen war, hatte sie sich aufgerichtet und umgeschaut. Sie musste sich in einer Art Keller befinden, denn die Wände waren feucht und der Boden rau.

Dann sah sie etwas wie einen Altar vor sich. Aufgereihte Köpfe, Masken von Clorindas Gesicht – als kleines Kind, als Mädchen, als Jugendliche.

Unmerkliche Vergrößerungen, Ausdruck für etwas, was in einem unsichtbaren, pulsierenden Rhythmus Stufe für Stufe die Zeit emporsteigt.

Chiara versuchte, die Arme zu bewegen, es ging aber nicht, denn ihre Hände waren wie betend vor der Brust gegeneinandergelegt, und ihre Handgelenke waren mit Lederriemen gefesselt.

Elektrische Stöße am Rücken, in der Nierengegend.

Verflucht noch mal, was passiert hier mit mir?

Wirbel um Wirbel, als würden sie eine Treppe hinaufsteigen. Ein Gefühl von Kälte wand sich ihren Rücken hinauf bis zum Hals.

Verflucht noch mal, was passiert hier mit mir?

Ihr war zum Lachen, zum Weinen, zum Schreien zumute, alles auf einmal.

Die Zweifel trieben ihr ein paar Tränen die Wangen hinunter und trübten ihren Blick. Was sie brauchte, war eine kleine Atempause.

Dann wurde ihr Blick wieder klar.

Und diese verfluchten Köpfe waren immer noch da.

Starre Augen ohne Pupillen. Blinde, in der tönernen Materie verlorene Augen.

Sie bemerkte einige Monitore, die hinter dem Altar an der Wand befestigt waren.

Flimmernde Bildschirme.

Was mache ich hier?

Sie wusste, dass sie in Gefahr war.

Doch sie war nicht in der Lage zu reagieren.

Vielleicht hatte Mastri sie unter Drogen gesetzt.

Sie versuchte, die Augen zu schließen. Doch dann war es noch schlimmer. In ihrem Inneren, hinter den geschlossenen Lidern regierte das absolute Chaos. Verrückte Klänge und Bilder. Donnern und Blitzen.

Augen auf. Wieder Tränen.

Da bemerkte sie, dass sie splitternackt war. Ihre rote Perücke lag mit all ihren anderen Sachen auf dem Boden.

Sie versuchte, ruhig zu bleiben und nachzudenken.

Sie befand sich an diesem dunklen Ort, vor sich eine Installation. *Grauenvoll.*

Clorindas Gesicht in diesen Masken.

Der Vater.

Er musste das gemacht haben.

Saverio Mastri hatte das Gesicht seiner Tochter in feste Materie gebannt, während Clorinda gewachsen war.

Er musste komplett irre sein. Von wegen Schamanenkünstler.

Chiara versuchte aufzustehen, doch sie schaffte es nicht. Ihre Kraft reichte gerade, sich auf den Knien zu halten, ohne wieder zusammenzusacken.

Sie leckte sich die kribbelnden Lippen.

Als sie das Blut schmeckte, dachte sie an das, was sie gesehen hatte, bevor sie das Bewusstsein verlor. Das völlig gleichgültige Gesicht von Mastri, der sie ansah, und dann seine Faust, die nach vorn schoss.

Er hatte sie niedergeschlagen, und dann musste er ihr irgendeine Droge verabreicht haben. Ein starkes Halluzinogen. Vielleicht Mixtura. Und noch etwas anderes. Irgendein Gebräu, das sie völlig benommen machte.

Sie hatte keine Möglichkeit, sich zu wehren.

Sie war diesem Mann ausgeliefert, nackt wie ein Wurm.

Auch die Pistole hatte sie nicht mehr, natürlich nicht.

Mastri hatte die Beretta gefunden und wusste nun, wer sie war.

Reglos, mit unbeteiligter Miene beobachtete der Meister von der Tür aus die Szene.

Die Frau war wieder zu Bewusstsein gekommen und hatte sich aufgerichtet.

Er befand sich hinter ihr und machte nun einen Schritt auf sie zu. In der Hand die Pistole, die er bei ihr gefunden hatte. Jetzt, da sie keine Perücke mehr trug, ähnelte sie der Polizistin, die ihn in der Leichenhalle befragt hatte.

Das hieß, dass sie ihn entdeckt hatten. Irgendwie waren sie ihm auf die Spur gekommen. Doch das war nicht wichtig. Nichts war mehr wichtig.

Er spürte sich von einem Raunen durchflutet, wie immer, und die leere Brust schrie zum Gotterbarmen.

Er baute sich vor seiner Gefangenen auf und stellte fest, dass sie perfekt war.

In der Pose von Santa Crash.

Chiara hatte gemerkt, dass sich etwas bewegte. Leise Schritte in ihrem Rücken. Dann stand er plötzlich vor ihr: nackter Oberkörper, durchsichtige Augen und zusammengekniffene Lippen.

Beinahe teilnahmslos.

Sie starrte auf seine Brust, auf der allerlei Zeichen zu sehen waren, seltsame gewundene Arabesken aus frischen Verletzungen. In der Mitte über dem Brustbein hob sich deutlich eine Narbe in Form eines W ab. Ein Irrsinn.

Er hatte eine Pistole in der Hand. *Ihre* Pistole.

Chiara versuchte zu sprechen. Versuchte, eine Erklärung zu verlangen.

Es kam nur ein Stöhnen heraus.

Ihr Kopf drehte sich noch immer, er hielt nicht einen Moment lang still.

Sie bewegte mühsam die Lippen. Ein spuckegetränktes Flüstern: »Warum?«

Eine einfache Frage, eine komplizierte Antwort.

Mastri lächelte. Die Make-up-Schicht, die sein Gesicht bedeckte, schien auf den Wangen Risse zu bekommen.

Er nahm das Magazin aus der Pistole und ließ es auf den Boden fallen. Dann zog er den Schlitten auf, machte einen Schritt nach vorn und zeigte seiner Gefangenen die ungeladene Pistole, als wollte er sagen: *Siehst du, was für ein Mist das ist.*

In einem plötzlichen Anfall von Zorn warf er die Beretta weg. Sie kam mit einem dumpfen Schlag auf und rutschte, während sie sich um sich selbst drehte, ein paar Meter über den Boden, bis sie an der Wand neben der Tür liegen blieb.

Mastri sah der Frau in die Augen. »Wer bist du?«, fragte er mit ruhiger, tiefer Stimme. »Du kannst es mir sagen, wenn du es weißt.«

Chiara versuchte, diesem allzu klaren, allzu durchdringenden Blick standzuhalten. Ein Blick mit einem unwirklichen Glitzern. »Was ...« Sie versuchte noch einmal, die Lippen zu bewegen, doch diese fühlten sich an wie taub, wie bei einer örtlichen Betäubung beim Zahnarzt. »Was ... willsss ...« Sie konzentrierte sich, riss sich zusammen. »Was hast du mit mir vor?«, brachte sie schließlich heraus und fühlte sich dabei, als sei ihr Mund ganz woanders. Lichtjahre entfernt.

Mastri schüttelte nur den Kopf. »Du würdest es sowieso nicht verstehen«, flüsterte er. Dann trat er zurück und kniete vor der Installation von La Cicogna nieder wie vor einem Altar. Mit ein paar Tastenschlägen setzte er die Bilderfolge in Gang: Großaufnahmen von Clorinda, Ganzkörperaufnahmen, Details ihres Gesichts. Am oberen Rand aller Bildschirme eine digitale Zeitangabe: 02:50:20, 02:50:21 ...

Mastri nahm die letzte Maske in die Hand, die mit den erwachsensten Zügen, es war die achtzehnte. Ganz vorsichtig, als habe er Angst, sie zu zerbrechen. Er hob sie auf Höhe seines Gesichts, dann wandte er sich der knienden Frau zu, als wolle er ihr die Maske demonstrieren. Ein Priester des Albtraums mit schweißglänzender Brust, Zelebrant eines Opferrituals, der eine Gabe darbietet. Ein Gesicht, das verzweifelt um Vergebung der Sünden bittet, jetzt und in der Stunde des Todes.

02:51:00.

Mastris eigenes Gesicht war nicht mehr zu sehen. Es war durch Clorindas Gesicht ersetzt, durch ihre in die Maske geschnitzten perfekten Gesichtszüge, die er vor sich hielt.

Chiara dachte, dass die mit Drogen vollgepumpten Jugendlichen aus Camugnano genau das gesehen haben mussten. Sie hatten ein seltsames Wesen auf der Straße bemerkt, einen haarlosen Mann mit dem Gesicht einer Frau neben einem Autowrack. *Wirre* Erinnerungen an *wirre* Überlegungen. Jetzt hatte sie die Bestätigung, dass alles stimmte und Franco und sie mit ihren Ermittlungen auf dem richtigen Weg waren. Eine bittere und inakzeptable Wahrheit. Eine Emanation des Königreichs der Wirklichkeit. Sie fragte sich, wo Franco blieb, der schöne Düstere, der so plötzlich in ihr Leben getreten war. Ein Teil der Vergangenheit, der sie nicht loslassen wollte.

Wiederkehrende Wiederkehr.

Aufsteigende Erinnerungen, flüchtige Hoffnungen.

Mastri drehte die Maske nun um und ließ Chiara das Innere sehen. Nicht mehr in Kopfhöhe, vielmehr sah es jetzt so aus, als sei ihm ein Gesicht auf der Brust gewachsen, genau über dem Herzen.

Die nach außen gekehrte Seele einer verlorenen Form.

Ganz langsam kam der Meister nun auf sie zu. Das Innere der Maske leuchtete in phosphoreszierendem Grün, wie es bei manchen Madonnenstatuen vorkommt. Die Gesichtsform pulsierte, wies Krater und Deformationen auf – die somatischen Züge des Albtraums. Diese doppelköpfige Maske wechselte zwischen Perfektion und Monstrosität, zwischen Innen und Außen. Sinnbild für die Ungewissheit, für die Neigung der Menschen, zwischen Licht und Schatten zu leben.

Stöhnen und Seufzen lag in der Luft. Verborgene Energien, die versuchten, sich ihren Weg durch die Gedanken und Empfindungen zu bahnen, und sich dann ausbreiteten, um ihre Existenz zu proklamieren.

Vielleicht war es die Wirkung der Drogen in Chiaras Blut, vielleicht war sie auch nur im Begriff, verrückt zu werden. Sie versuchte zu reagieren, lehnte sich zurück, verlor das Gleichgewicht und fiel auf den Rücken.

Die schreckliche Maske war über ihr.

Sie wusste, was geschehen würde. Sie würde sterben. Sterben mit diesem Grauen auf dem Gesicht.

Und die böse Seite von Clorinda würde aus der Finsternis auferstehen.

Denn sie war die Auserwählte, und es gab kein Entrinnen.

Saverio setzte sich rittlings auf den Bauch der Frau, die nun auf dem Boden lag, in der Hand die Maske. Er war aufgeregt wie beim ersten Mal.

Aus den Lautsprechern drang die Musik von Pink Floyd, so ergreifend, dass es schmerzte.

Ein Teil seines Bewusstseins, der dem Wahnsinn widerstanden hatte, erzitterte. Für einen Augenblick glaubte er, ein dünnes, das Raunen der Maske übertönendes Stimmchen zu vernehmen.

Papa, nicht.

Sein Kind.

In diesem flehentlichem Tonfall, den ihre Stimme annahm, wenn sie Angst hatte.

Dann gewannen Knurren und Heulen wieder die Oberhand. Und seine Brust schrie, so laut sie konnte.

Auf irgendeine Weise musste er diese Leere zum Verstummen bringen.

Es war unausweichlich.

Ich muss es tun, mein Kind. Ich muss es für dich tun.

Während er langsam die Hand senkte, um das Gesicht dieser Frau, die sich Chiara nannte, zu bedecken, schien die Maske ihn anzustarren.

Zentimeter für Zentimeter, immer näher kam er ihrem Gesicht.

Dann verspürte er plötzlich eine Luftbewegung.

Da war etwas …
Ein Schatten legte sich über ihn.
Er hob den Kopf.
Und sah den Mann in der Tür ungläubig an.

4

Er war gefahren wie ein Henker, war durch die Kurven geschossen, immer kurz davor, von der Straße abzukommen.

Der Saab hatte sich wacker geschlagen und folgsam seinen Kommandos gehorcht.

In gerade einmal zwanzig Minuten hatte Franco das Schloss erreicht.

Er hatte keine Ahnung, wie er weiter vorgehen sollte.

Das Tor stand offen.

Er sprang aus dem Auto und lief auf das Grundstück.

Der Käfer stand schräg und mit aufgerissenen Türen mitten im Hof.

Franco ließ seinen Blick an der Hausfront entlangwandern: Nirgendwo brannte Licht.

Dann bemerkte er doch einen schwachen Schein in einem der Souterrainfenster.

Er lief zum Haupteingang und riss an der Tür. Sie war nicht verschlossen.

Er trat ins Halbdunkel des Hauses.

Die schwarzen Umrisse der Möbel waren gerade noch zu erkennen. Am Ende des Raums das erleuchtete Viereck einer Tür. Ganz vorsichtig näherte er sich, setzte einen Fuß vor den anderen, rechts, links, und lauschte mit aufgesperrten Ohren nach verdächtigen Geräuschen.

Die Musik wies ihm den Weg.

Wish You Were Here.

Immer wieder dieses sanfte, fürchterliche Stück.

Er schob sich durch die Tür, hinein in das Licht, dahinter war eine Treppe, die zum Keller führte. Ganz langsam stieg er die Stufen hinab.

Dann ging er durch einen kühlen, feuchten Gang, der nach Schimmel und Salpeter roch.

Die Musik leitete ihn. Es war der letzte Raum ganz am Ende des Gangs. Die Tür stand offen. Das Licht brannte.

Ohne Zögern ging er hinein.

Aus Chiaras Blickwinkel überlagerten sich die Bilder. Ein wahres Chaos. Sie erinnerten sie an jene Albträume, in denen der Schlafende wie erstarrt ist, unfähig, etwas zu tun oder zu sagen oder gar wegzurennen.

Verlorene Illusionen, heilige Unmöglichkeiten. Freud hätte seine Freude daran gehabt.

Das über sie gebeugte Gesicht von Saverio Mastri schien zu schwimmen. Der Schweiß lief ihm in verzweigten Rinnsalen über die Wangen und den Hals. Die Blutschnörkel auf seiner Brust glänzten und schienen sich zu bewegen wie Schlangen unter der Haut. Das weiße W auf seinem Brustbein hob und senkte sich.

Chiara spürte das Gewicht des Mannes, sein Gesäß auf ihrem nackten Bauch. So, wie sie gefesselt war, mit den zusammengelegten Händen, konnte sie zumindest ihre Brüste mit den angewinkelten Armen schützen.

Dann war da noch die Maske.

Eine grauenvolle, pulsierende Form, die sich auf sie herabsenkte, auf ihr Gesicht, um ihr weiß Gott was anzutun.

Meißeln, gestalten. Abwandlungen des Verbs »zerstören«.

Chiara spürte eine Energie. Die Form, die sich über ihr Gesicht legen wollte, schien Hitze auszustrahlen.

Prägen, evozieren, eine Form durch eine andere ersetzen, neu erschaffen.

Franco sagte: »Lass sie los!«

Eine sinnlose Aufforderung.

Fassungslos stand er vor dieser Szene, einen Augenblick lang wie versteinert und schwer atmend.

Saverio Mastri saß rittlings auf Chiaras Bauch und hielt eine Maske in der Hand.

Das Schauspiel hatte etwas Obszönes.

Mastri war im Begriff, Chiara Schmerzen zuzufügen.

Franco warf sich nach vorn, um ihn davon abzuhalten.

Doch seine Beine versagten plötzlich, und er sackte stöhnend auf den Boden.

Jetzt war er wirklich gelähmt, das war keine falsche Wahrnehmung, seine Muskeln waren völlig unbrauchbar.

Das Myelin hatte sich beruhigt, das Wunder war keines mehr.

Er stützte die Hände auf den Fußboden und drückte den Oberkörper hoch, um zu sehen, was Mastri mit dieser Maske vorhatte, die er wie eine Waffe auf Chiaras Gesicht gerichtet hielt.

Franco gab einen Schrei von sich, um die notwendige Kraft zu sammeln. Jemand oder etwas hielt ihn am Boden fest, ohne dass er etwas dagegen tun konnte.

Er spannte die Muskeln an und begann, sich vorwärtszuziehen. Böse Mächte machten sich an diesem Ort zu schaffen, die Luft war wie elektrisiert.

Saverio Mastri hatte die pulsierende Maske noch immer in der Hand und war im Begriff, sie auf Chiaras Gesicht zu pressen.

Franco musste etwas tun, bevor es zu spät war.

Chiara war erstarrt, wie hypnotisiert, mit weit aufgerissenen Augen.

Bald würde die Maske beginnen, ihr Gesicht zu zerfressen. Nach und nach würde sie Chiaras Gesichtszüge formen. Und dann würde etwas aus dem Jenseits wiederkehren, vielleicht ein Monster, vielleicht ein Dämon.

Vielleicht nur eine Obsession, dachte Franco.

Dann bemerkte er die Pistole mit dem offenen Schlitten auf dem Boden. Er erkannte sofort, dass sie nicht geladen war, dass das Magazin fehlte. Dass sie völlig unbrauchbar war!

Die Maske schwebte jetzt fast in der richtigen Position über Chiaras Gesicht. Von ihrer Unterseite ging ein rötliches Leuchten aus.

Franco konnte nichts tun, um sie zu retten.

Nur noch wenige Minuten bis drei.

Dann die Idee.

Eine zarte Mädchenstimme flüsterte ihm etwas ein.

Ein duftender Hauch in seinen Gedanken.

Die Patrone.

Sein Glücksbringer war ihm eingefallen. Die 9-mm-Patrone in seiner Hosentasche.

In der Luft war ein Geräusch zu hören, ein ohrenbetäubendes Konzert aus Flügelschlägen wie bei einer Falterzucht.

Und dann die Musik, immer wieder dieses Stück.

Franco griff nach der Pistole, umfasste sie.

Dann setzte er sich auf, sodass er auf seinen Unterschenkeln saß, in der Begrüßungsposition des Karate.

Seine Beine schienen zu pulsieren, in einem Moment spürte er sie, im nächsten waren sie verschwunden.

Sein Gefühl für den eigenen Körper wurde wie durch ein Stroboskop gesteuert. Er existierte nur intermittierend.

Ich bin. Ich bin nicht.

Dann holte er die Patrone aus seiner Hosentasche.

Die Maske auf Chiaras Gesicht, Raunen, Knurren, Zähne, die zusammenschlagen, unglaublich spitze Zähne.

Ich bin. Ich bin nicht.

Franco schob die Patrone in die Kammer der Beretta. Er versuchte, sich an die Anweisungen seines Vaters zu erinnern, als dieser ihm das Schießen beigebracht hatte. Vor langer, langer Zeit.

Er drückte die Taste, um den Schlitten zu schließen.

Hob den Arm, der einen Zentner zu wiegen schien.

Du musst zulassen, dass alles ganz natürlich geschieht, wie das Atmen.

Er zielte.

Genau in die Mitte von Saverio Mastris Brust.

Eine Sekunde, zwei Sekunden.

In dem Moment, in dem die Digitaluhr an der Wand auf 03:00:00 sprang, dachte er: *Ich bin, verflucht noch mal!*

Dann stieß er den Atem aus und drückte den Abzug. Mit seinem ganzen Herzen und mit seiner ganzen Verzweiflung.

5

Alles drehte sich, wirbelte herum. Seine Tochter und was sie gewesen war. Ihr Leben. Die Erinnerung und der Traum.

Der Einschlag hatte ihn nach hinten geschleudert, seine Oberschenkelmuskeln hatten sich in einem Schnalzen der Nerven zusammengezogen, und er stand plötzlich mit gespreizten Beinen über dem Körper der Frau, die sein Kind für immer hätte zurückkehren lassen sollen.

Auf dem Boden zusammengekauert, versuchte sie, unter dem Blutregen davonzukriechen, weg von ihm und der Maske.

Saverio sah den jungen Mann verblüfft an, der in der Zimmertür kniete, in der Hand noch die Pistole, mit der er soeben geschossen hatte; ein Rauchfaden stieg vom Lauf auf.

Die Ohren waren noch betäubt von der Explosion. Die Übelkeit, das Bedürfnis, auch noch die Seele auszukotzen.

Das Projektil hatte ihn mitten in die Brust getroffen. In die Mitte des W, das auf seine Haut gebrannt war. Es war in eine Leere eingedrungen. Und er hatte nichts gespürt. Keinen Schmerz. Nur ein Gefühl von Beklemmung, als würde ihm jemand eine Faust in den Körper rammen. Eine Faust aus Gummi, die in ein Meer aus verzweifelten Schreien dringt. Jetzt hing sein Kopf nach vorn. Das Kinn war auf die Brust gefallen, und er starrte auf das Blut, das aus seinen zerschmetterten Rippen spritzte. Er stellte fest, dass er immer noch die Maske in der Hand hielt, und benutzte sie nun dazu, das Blut aufzufangen, das aus ihm herauslief. So blieb alles in der Familie: ein Kelch aus einem zerfressenen Gesicht, der sich bis zum Rand mit seinem Blut füllte.

Er hoffte, dass ihm das Atmen helfen würde, sog die Luft tief ein, die nach nassem Eisen roch, was ihm Übelkeit verursachte. Derselbe Geruch, den er im Leichenschauhaus wahrgenommen hatte, als er Clorindas unkenntlichen Körper hatte identifizieren müssen. Derselbe Geruch wie damals, als seine Frau unter dem Ungestüm eines Engels, der sich aus ihrem Bauch zu befreien versuchte, gestorben war. Der kleine Falter hatte Knorpel und Fleisch zerrissen, um den Kokon zu zerstören.

Während sein Blut aus ihm herausströmte, holten ihn die Erinnerungen ein. In einem unaufhörlichen Strom sah er Bilder an sich vorbeiziehen und hörte eine Abfolge von vertrauten Tönen.

Alles, was wir sind, alles, was wir sein wollen, der Wunsch, nie zu enden. Ein Künstler schüttelt und presst seine eigene Seele aus, damit sie sich teilen kann, damit er sie mit anderen teilen kann. Ein Künstler stirbt und lebt und stirbt in einem beständigen Kreislauf von Wiedergeburt und Auferstehung.

Mit der blutgefüllten Maske in der Hand fiel er vor der Installation von La Cicogna auf die Knie, als wolle er vor dem Werk beten, das er geschaffen hatte, um seine Tochter zurückkehren zu lassen.

Er brauchte Hilfe, um atmen zu können. Um den Sinn dieses ganzen Irrsinns zu verstehen. Um die Bedeutung des Nichts zu begreifen.

Auf den Monitoren huschten nun Bilder des Reliquiars in seinen Händen vorüber, verrückt gewordene Fraktale, Erinnerungen, Bruchstücke nicht verwirklichter Träume.

Seine leere Brust weinte Tränen aus Blut und stieß gellende Schreie hervor.

Saverio wusste nicht, was er tun sollte.

Clori weint, Clori lacht, Clori rennt, Clori fällt, Clori mit

Micky-Maus-Ohren, Clori schreit im Schlaf, Clori, Clori, Clori.

Seine wunderbare Babyclori.

Ich warte auf dich, Papa.

Bruchstücke der Verzweiflung.

Nur um ein bisschen mit Mama die Sonne anzuschauen.

In der Leere verlorengegangene Wünsche.

Der Meister hob die Hände mit der Maske und goss das Blut aus. Seine Augen starrten geradeaus, während sich ein Weinen wie eine Schlange durch die stumme Luft wand.

Der Kreis schloss sich zum letzten Mal.

Saverio nahm die Maske und reckte den Kopf nach vorn.

Ganz vorsichtig legte er sein Gesicht in die Formen seiner Tochter, wie ein Liebender, der sich einer Frau zum Kuss zuneigt.

Ganz sanft, ohne Eile.

Entschlossen, jeden Augenblick auszukosten.

Zuerst fühlte er eine große Kälte, gefolgt von einem Druck. Seine Schädelknochen knirschten.

Dann kamen die Bisse.

Das Blut lief ihm den Hals hinunter.

Die offenen Hände seitlich am Kopf, als wolle er sich die Ohren zuhalten, in einer absurden Parodie von Munchs *Der Schrei.* Dann packte ihn die Panik, und er überlegte es sich anders. Mit den Daumen drückte er gegen den Rand der Maske, versuchte, sie von seinem Gesicht wegzudrücken, doch vergebens.

Seine Gesichtshaut brannte. Die Wangenknochen pulsierten, und die Schläfen wurden zusammengepresst. Er löste sich auf, Stück für Stück.

Seine Gesichtszüge waren dunkler Ton, der in Form gemeißelt wurde, Schlag für Schlag.

Alles zerfiel: Der Kiefer zerbröselte wie ein Keks, die Nase wurde eingedrückt. Der Blutsirup rann, und der Atem floh. Die Aura war eine Klinge aus Eis und Feuer, sie schnitt sich ihren Weg durch das Fleisch, modellierte, presste und hörte nicht mehr auf damit. Ein blutsaugender Vampir, ein bissiges wildes Tier, eine Geliebte, die küsste, leckte und Hautstücke verschlang.

Ein Künstler, der Formen modellierte und schuf, und Monster und Engel zugleich wurde. Satan und Gott. Mann, Frau.

Sich auflösen, mutieren.

Ein Meister und ein Vater, Schöpfer des Himmels und der Erde und der Angst, Verzweiflung und immer lauter werdende Schreie.

Während er starb, von all diesen Formen erdrückt, die von innen und außen pressten, während er seine Tochter zum letzten Mal zurückkehren ließ, bevor das Dunkel und die Stille kamen und die Sinne Frieden fanden, dachte er, dass La Cicogna in der Katharsis, im Opfer, im letzten Werk seines Lebens vollendet sein würde.

Während er sich entglitt, begab er sich noch für einen Augenblick an jenen verbotenen Ort, an dem die Wünsche mit einem Fingerschnipsen in Erfüllung gehen und alles rein und leicht ist.

Das Bild einer Sonne, die an einem wolkenlosen Morgen aufgeht. Er, der seine Tochter und seine Frau an der Hand hält und glücklich ist.

Das, was hätte sein können und nicht gewesen ist.

Dann war plötzlich Schweigen, und er löste sich in Finsternis auf.

Der Körper stürzte zu Boden, bebte.

Die letzte Rückkehr seines Kindes.

Und endlich verstummten die Schreie in seiner Brust.

Franco versuchte aufzustehen.

Seine Beine kribbelten furchtbar, doch er konnte sie jetzt wieder bewegen.

Die mysteriösen Kräfte, die ihn gelähmt hatten, als er in diesen Raum getreten war, die Energie hunderter sich in der Leere verlierender Flügelschläge – beides war verschwunden.

Schwankend wie ein Betrunkener ging er zu Chiara hinüber, kniete sich neben sie und half ihr aufzustehen. Er hielt sie fest in seinen Armen und spürte, wie zerbrechlich sie war, wie sehr sie zitterte. »Es ist alles vorbei«, sagte er.

Dieser Albtraum ist vorbei.

Saverio Mastri lag immer noch bebend auf dem Boden, während die Maske ihn zerfraß.

Ein dunkelroter Kreis aus Blut breitete sich wie ein Heiligenschein unter seinem Kopf aus.

Dann dieses Musikstück in der Luft, immer dasselbe. Franco hörte es nun zum letzten Mal aus der Welt der Schatten dringen.

Die Tonspur des Albtraums. Wie es begonnen hatte, so endete es.

Wish You Were Here.

Er hob den Blick, und da sah er es, wie in einem Traum.

Das Faltermädchen auf allen Bildschirmen, lauter Fraktale.

Es bewegte die Arme, als wären es Flügel.

Die Bedeutung des Nichts.

6

Als sie im Auto saßen, nahm Franco die Timex in die Hand. Die Zeiger wanderten über das Ziffernblatt. Die Zeit bewegte sich wieder, *ticktack*, und er hatte schon jetzt das Gefühl, sie wieder zu verlieren.

Chiara und Franco hatten alle Spuren ihrer Anwesenheit im Schloss beseitigt und beabsichtigten, anonym die Notrufnummer 113 anzurufen – jemand, der seinen Namen nicht nennen wollte, hatte einen Schuss gehört –, damit zumindest eine Streife vorbeischaute. Die Entdeckung von Mastris Leichnam in diesem Kellerraum würde etliche Fragen aufkommen lassen, für die es jedoch keine Antworten geben würde. Ihnen würde man nicht auf die Spur kommen. Zumindest hofften sie das. Das einzige Indiz würde eine alte 9-mm-Patrone sein. Man würde vielleicht an einen Einbrecher denken, etwas in der Art, und die Ermittlungen würden schließlich im Sande verlaufen. Vor allem würden sich die Ermittler nicht erklären können, warum das Gesicht des Opfers unter der Maske so zugerichtet war.

Ihre Erlebnisse, das, was sie durchgemacht hatten, schien einer Parallelwelt anzugehören, wie es das Reich der Träume ist. Sie waren erschöpft wie bei einem plötzlichen Erwachen nach einem unruhigen Schlaf. Doch gleichzeitig fühlten sie sich leicht. In gewisser Weise hatte alles ein Ende gefunden, und sie waren unversehrt und gerettet. Auch die Nacht war vorbei.

Franco legte sich die Armbanduhr um das rechte Handgelenk und schob eine Musikkassette in die Anlage.

Chiara sah ihn an. Der Schleier der Verwirrung, verursacht durch die Drogen, war aus ihren Augen verschwunden, das Adrenalin hatte sich abgebaut und machte einem neuen Bewusstsein Platz.

Erleichterung. Ein Himmel voller Sonne.

Ganz plötzlich.

Die Musik, die Worte: *Mein Schatz, was schert uns die Welt?*

Franco nahm Chiaras Gesicht zwischen die Hände. Seine Finger bebten und schienen einen Takt auf ihre Schläfen zu klopfen. Ein synkopierter Rhythmus, der dem seines Herzschlags entsprach.

Ihrer beider Herzen.

Sie stimmten sich aufeinander ein, während ihre Blicke sich ineinander verloren.

Uns wird verziehen, das sag ich dir/eines Tags durch einen Kuss auf den Mund.

Ihre Gesichter näherten sich, zentimeterweise. Ihr Atem vermischte sich zu einem einzigen Hauch, im süßen Duft von Sternenstaub und Seufzern.

Ihre Lippen, die sich suchten und fanden, pochende Herzen.

Flieg mir entgegen, was auch immer geschehen mag.

Nach dem Albtraum. Und nach allem, was gewesen war.

Ein Kuss auf den Mund, lang und verzweifelt. Wie im Kino.

Es zählt nicht das Dunkel, das uns erdrückt, oder die Nacht, die uns beschuldigt.

Es zählt das Licht der Sonne, die für uns scheint.

Dies waren die Worte auf der ersten Seite des Buches, gleich unterhalb des Titels.

Die Widmung: *Für Franco, den Mann ohne Glauben, vom Mann des Kreuzes.*

Letztes Geläut

Pater Cristoforo hält sein Motorrad am Straßenrand an. Da ist eine kleine, aus Steinen errichtete Gedenkstätte mit einem verwelkten Blumenstrauß.

Er nimmt den Helm ab und lässt den Blick über das Tal wandern, so wie ein Ritter ohne Furcht und Tadel den Horizont absucht. Sein Gesicht, von den ersten Sonnenstrahlen angeleuchtet, erstrahlt in kräftigen Farben.

Er denkt an das, was ihn erwartet, an die Mission seines Lebens: dem Grauen auf die Spur zu kommen.

Das Gefühl von Einsamkeit im Angesicht der erdrückenden Finsternis.

Sonnenblumenkinder. Weiter nichts.

In der Luft erklingt feiertägliches Glockengeläut.

Vor dem Haus der Molisis steigt Chiara aus dem Auto. Da wird die Haustür aufgerissen, und Gioia rennt ihr strahlend entgegen, fällt ihr in die Arme, sagt: »Ich hab auf dich gewartet, damit wir Papa besuchen können.« In ihren Augen ist keine Spur mehr von Angst oder Abwehr. Sie scheint sich wirklich zu freuen, ihre Mama wiederzusehen. Ihr Gesicht ist so weich und entspannt, als wäre sie gerade aufgewacht und säße nun am Frühstückstisch. Sie ist so wunderbar. Sie ist ihr Augenstern.

Dann erscheinen Molisi und seine Frau in der Tür. Sie lächeln und winken.

Die fernen Glocken läuten immer noch zum Fest.

Schweigend steigen sie ins Auto, Mutter und Tochter, die sich endlich wiedergefunden haben. Sie fahren zum Krankenhaus. Chiara versucht, sich ganz auf das Fahren zu konzentrieren, sie strengt sich wirklich an, doch dann gibt sie es auf und denkt an Franco, an den leidenschaftlichen Kuss, den sie einander geschenkt haben. Sie schmeckt noch seinen Mund, das bittersüße Aroma der Wehmut, Widerstreit und Unbeständigkeit eines schlagenden Herzens, das nicht weiß, was es tun soll.

Nachdem sie sich von ihm verabschiedet hatte, war Chiara zu sich nach Hause gefahren. Zu ihrem entweihten Haus. Dort hatte sie sich umgezogen, um endlich ihr Kind abzuholen.

Gioia sitzt jetzt neben ihr im Auto. Sie kann es nicht glauben. Ihre Tochter hat die Angst verarbeitet, und die Nachwirkungen des Albtraums scheinen verflogen zu sein.

Krankenhaus Sant'Orsola. Intensivpflegestation.

Mutter und Tochter gehen nebeneinander den Flur entlang, wie in einem Traum. Mit einem in geblümtes Papier eingewickelten Überraschungs-Osterei. Chiara hält Gioia an der Hand und spürt die eiskalten Finger ihrer Tochter und gleichzeitig die warme, fast glühende Handfläche.

Als sie an der Tür sind, bleibt sie stehen, zögert einen Moment. Ihre Tochter sieht sie an und fragt: »Mama, was ist?«

Es ist nichts, mein Schatz, gar nichts.

Chiara reißt sich zusammen und lächelt, sie zwingt sich, noch einen Schritt nach vorn zu machen.

»Nichts, mein Schatz, jetzt gehen wir hinein.«

Sie betreten das Zimmer. Robbi liegt im Bett. Sein vertrautes Lächeln. »Da sind sie ja, meine zwei Hübschen«, sagte er. Sein Gesicht ist blass mit dunklen Ringen unter den Augen. Es ist deutlich zu erkennen, dass er noch sehr mitgenommen ist. An seinem rechten Arm hängt ein Tropf.

Gioia läuft zu ihm und reckt sich über das Bett, um ihm einen Kuss zu geben.

Chiara kommt hinzu, beugt sich hinunter und streift seine Lippen.

Sie riecht den Medizingeruch in seinem Atem, zieht sich rasch zurück, lächelt immer noch. Auch wenn ihr zum Heulen ist.

Sie weiß nicht, warum.

Robbi sieht sie an, bemerkt den blauen Fleck auf ihrer Stirn und fragt besorgt, was passiert ist. Chiara zupft sich den Pony über die Schwellung und antwortet: »Es ist gar nichts, ich habe mir nur ein wenig den Kopf angeschlagen.« Dann schaut sie auf ihre Tochter, die neben dem Bett steht. Ihr Blick ist verängstigt. Sie sieht so schutzlos aus, so zerbrechlich. Sie ist erst zehn Jahre alt und hat noch das ganze Leben vor sich. Chiara denkt, dass sie sie vor allem beschützen muss. Sie hofft, dass Gioia es ihr erlauben wird.

Vor der Welt im Königreich der Wirklichkeit und außerhalb.

In ihrer Jackentasche steckt der Umschlag mit den Ergebnissen der DNA-Analyse. Als sie am Vormittag zu ihrer Tochter gefahren ist, hat sie ihn mit dem festen Entschluss, ihn zu öffnen, aus dem Handschuhfach gezogen. Doch wieder einmal hatte sie nicht den Mut dazu gehabt. Also hatte sie ihn in ihre Tasche geschoben, um auf den Moment zu warten, in dem sie die Kraft dazu finden würde. Jetzt hält sie den Umschlag fest in der rechten Hand und glaubt zu spüren, dass er Kälte und Wärme zugleich ausströmt, genau wie die Hand ihrer Tochter, als sie durch die Krankenhausflure gegangen sind.

Sie setzt sich auf den Bettrand. Gioia stellt sich zwischen sie beide und sieht erst ihre Mutter, dann ihren Vater an. Sie lächelt. Strahlend wie die Sonne.

Chiara reicht ihrem Mann das Überraschungsei.

Er fragt: »Ist das für mich?«

Mutter und Tochter im Chor: »Fröhliche Ostern.«

Roberto packt das Ei aus und sieht es an, als wisse er nicht recht, was er damit anfangen solle. »Darf ich es kaputtmachen, wie es kleine Kinder tun?«, fragt er.

Ohne auf die Antwort zu warten, presst er die Daumen in die Schokolade und zerdrückt die Schale wie einen Kokon.

Er schiebt die Schokoladenstücke zusammen mit seinen großen Händen, die an den Knöcheln aufgeplatzt sind, als er diesen Verbrecher, der sein Kind bedrohte, verprügelt hat.

Er war da gewesen, er hatte etwas getan. Und hatte dabei großen Mut bewiesen.

Neben der Schokolade liegt nun ein merkwürdiges Ding.

»Es ist ein Traumfänger«, erklärt Chiara. »Vielleicht fängst du ja irgendwann einmal einen.«

Roberto nickt, eine eigenartige Falte, die Chiara noch nie gesehen hat, hat sich in seine Stirn gegraben.

Ärzte und Krankenschwestern kommen zur Visite.

Alle Angehörigen bitte das Zimmer verlassen.

Gioia verabschiedet sich mit einem Kuss von ihrem Papa.

Chiara tut es ihr nach. Sie beugt sich über ihren Mann und drückt ihre Lippen auf seine, ein wenig zärtlicher als sonst. Doch er reagiert nicht. Er blickt sie sehr ernst an, immer noch mit dieser steilen Falte auf der Stirn.

»Wir kommen heute Abend wieder«, versichert Chiara.

»Tschüs, Papi«, ruft Gioia.

Sie verlassen die Station, dann das Krankenhaus, wieder Hand in Hand, Mutter und Tochter.

Dann bleibt Gioia stehen und sieht Chiara an, die Stirn von einem plötzlichen Zweifel gerunzelt. Sie fragt: »Mama, hast du den Papa eigentlich lieb?«

Chiara zögert. Aber nicht so lange wie sonst. Sie antwortet: »Natürlich habe ich ihn lieb.«

Chiara, kleine Lügnerin?

Dann fügt sie flüsternd hinzu: »Sehr lieb, doch.«

Sie gehen wieder weiter.

Chiara denkt an Franco.

Sie denkt an Francesco und würde gern schreien, irgendetwas, sie weiß nicht, was.

Alles, was geschehen ist, diese ganze wahnsinnige Geschichte.

Es scheint zu einem Traum zu gehören, wie auch der ganze Rest.

Lauf vor deinen Träumen davon, solange du noch Zeit hast, sagte Papa Carmine, der sich so gut um seine Chiara gekümmert hatte. Vor ungefähr einer Million Jahren.

Halte dich an die Wirklichkeit, das ist sicherer.

Gioia lächelt jetzt wieder und summt ein Lied vor sich hin. Dudududu-dudu.

Wish You Were Here.

Weiß der Kuckuck, woher sie das hat.

Ich werde immer da sein, mein Engel. Du kannst ganz beruhigt sein.

Chiara greift nach dem Umschlag mit den Ergebnissen der DNA-Analyse. Sie spürt das Handy in der Rocktasche vibrieren. Doch sie geht nicht ran, das kann sie jetzt nicht tun.

Sie weiß, wer sie da anruft.

Als sie an einem Mülleimer vorbeikommen, wirft sie den Umschlag mit einem Seufzer hinein.

»Was hast du da weggeworfen, Mama?«, fragt Gioia neugierig.

»Nichts. Ich habe nichts weggeworfen.«

Dann lächelt sie und geht weiter, als wäre nichts geschehen.

Sie macht einen Schritt, dann noch einen und noch einen. In ein neues Leben. Vielleicht.

Eine Hoffnung mehr.

Um den Käfig und den Kreis zu überleben.

Drei, zwei, eins ... *klick!*

Franco legt das Handy weg. Chiara hat nicht geantwortet.

Er steigt aus dem Saab und geht durch den Hof des Pflegeheims zum Garten. Ein Fuß vor den anderen, rechts und links, mit dem Gefühl zu schweben. Seine Beine sind wieder da, sie vermitteln ihm ein Gefühl von Leichtigkeit und Kraft, sind wieder flink und frisch, geradezu wie neu.

Von der nahen Kirche kommen Glockenschläge, die das Fest einläuten. Es ist Ostersonntag.

Seine Mutter sitzt auf einer Bank und blickt mit abwesendem Gesichtausdruck auf den Boden. Ein leichter Wind, der nach Gras und Sonne riecht, zaust an ihrem Haar.

Franco geht zu ihr und bleibt stehen, auf Zehenspitzen, wie am Rand eines Abgrunds.

Ich wünschte, du wärst hier, jetzt.

Es ist nichts, es sind nur Wünsche, Schwingungen, Seelen im Einklang.

Seine Mutter will schon die Hand heben, um mit dem Finger auf ihn zu zeigen, als wäre er ein Alien. Sie, die glücklich auf ihren Wolken und ohne Schmerz lebt, vielleicht sogar mit Francesco, oder vielleicht hält sie auch mit dem Teufel einen Schwatz, vielleicht will sie trotzdem sterben, in der Hoffnung auf ein lautloses Dunkel. Sie, die so tut, als sei sie weit weg, wo sie doch näher ist als alle anderen.

Seine Mutter hebt den Kopf und sieht ihn an, und etwas huscht durch ihre Augen, ein Schatten, ein Umriss, der von einem Auge zum anderen springt.

Ihre Lippen bewegen sich, um Worte hervorzubringen, die ersten Worte nach langer, langer Zeit. »Franco, bist du das?«

Die Stimme seiner Mutter, ein zartes Streicheln des Herzens.

»Sag das noch mal, bitte, ich habe dich nicht richtig verstanden.«

»Du bist es!«

Ja, ich bin es, ich werde es immer sein. Trotz der Leere.
Franco beugt sich vor, um sie zu umarmen.
Sie lacht, sie erkennt ihn wieder.
Seine Mutter ist zurückgekehrt.
Vielleicht würde er sich jetzt weniger allein fühlen.

Istituto Lazarus, Koma-Station, Zimmer 33.
In einem so dunklen Bauch, dass es kaum zu ertragen ist.

In einer Ecke ein Kind, das weint, den Kopf in den Armen verborgen.
Es weint immer.
Ein Pochen an der Tür, jemand versucht hereinzukommen.
Bitte, geh weg.
Die Tür springt ganz plötzlich auf. Eine schwarze Gestalt.
Kommt auf ihn zu.
Nein, bitte, ich …
Bip-bip-bip.
Das EKG fängt wie verrückt an zu rattern.
Bip-bip-bip.
Die Schwester ruft den Arzt über das Haustelefon, dann läuft sie zu dem Patienten.
Vasco Ales Terrano schlägt ganz plötzlich die Augen auf und sagt: »Ich hab so große Angst, Papa.«

Wie durch die Augen eines Falters gesehen, der frei durch die Luft fliegt, weit weg von der Dunkelheit, vibriert in diesem Moment alles, als der junge Mann die kleine Frau im Morgenmantel umarmt. Eine junge und schöne Frau.
Franco drückt seine Mutter, versucht, ihr nicht wehzutun.

Er spürt ihren nervösen Körper gegen seinen gepresst, lebendig und bebend. Und er ist glücklich. Zumindest versucht er, es zu sein.

Der stille Kreis wartet irgendwo außerhalb der Gerichtsbarkeit in den wilderen Gefilden des Königreichs der Wirklichkeit.

Clorinda verborgen im Wind und endlich frei, fliegt dem großartigen Licht entgegen, das auf sie wartet.

Während ein Raunen durch die Luft geht, sich mit den letzten Glockenschlägen vermischt.

Das ist grauenvoll, nicht wahr?

Nachwort des Autors

Dieses Mal war es schlimmer als sonst, das will ich gar nicht abstreiten, wieso auch? Ich habe zum Schreiben dieses Romans auch nicht nur den üblichen knappen Monat gebraucht.

Nun, dieses Mal habe ich es anders angefangen. Vielleicht, weil sich in meinem Leben bestimmte Dinge geändert haben, vielleicht weil mit dem Älterwerden alles und vor allem man selbst langsamer wird. Na ja, sagen wir, reflexiver, das klingt besser und lässt an einen Spiegel denken, mit allem, was daraus folgt, dein Gesicht als Negativbild, die dunkle Seite und so weiter. Tatsache ist, dass die Geburt zwar lang und (zeitweilig) schmerzhaft war, aber trotzdem unglaublich schön.

Und bei jeder Geburt ist es ja so: Kaum hast du hervorgebracht, was du hervorbringen solltest, und kaum hat sich der Schmerz in Weinen und Lachen und Freude verwandelt, beginnst du bereits alles zu vergessen, was schwer war. Den Schmerz, als der Kokon aufgebrochen ist. Gutes, gnädiges Vergessen! Du neigst dazu, die Momente zu vergessen, in denen du glaubtest, es nicht mehr zu schaffen. In denen dich die Angst gepackt hielt, weil du dich an einem Punkt angelangt sahst, an dem du im Nichts zu verschwinden drohtest, meintest, dich selbst zu verzehren.

Wie oft vergeht man bei dem Versuch, Erlösung zu finden? Wie oft holt einen Künstler die Unsicherheit ein?

Am Ende ist Schreiben dasselbe wie Leben. Jeder Tag ist geprägt vom Widerstreit zwischen dem, was du bist, und dem, was du werden willst.

Jetzt, da der Roman fertig geschrieben, mein Teil vom Leben auf das Papier gebannt und in einer Geschichte festgehalten ist – eine Geschichte, die atmet, mit Figuren, die ineinander verwoben sind, mit allem Sinnvollen oder nicht Sinnvollen –, gerade jetzt glaube ich, dass ich nicht zu lange gebraucht habe. All diese Stunden, die ich Blut und Wasser geschwitzt habe.

Natürlich habe ich mir bei der Erzählung einige Freiheiten genommen, auch im Hinblick auf die Zeit. Doch keine Bange, ich will sie hier nicht alle ausbreiten, das würde bis morgen dauern. All die Orte, Diskotheken, Polizeireviere, ganz zu schweigen von Verfahrensregeln, den exakten Wissenschaften etc. Ich habe mein Bestes gegeben, habe Experten befragt (denen ich auf den *Zing-Zing*-Seiten meinen ausdrücklichen Dank ausspreche), doch eine Handlung und eine Geschichte fordern am Ende auch immer ihre Opfer und Tribute. So musste ich zwingend einige Modifikationen vornehmen, die manche Passagen »unexakt« gemacht haben. Doch das Universum ist fantastisch, keine Frage, also sehe ich mich jeglicher Verantwortung enthoben. Wichtig ist, dass das Ganze jenseits der tatsächlichen Wirklichkeit in sich stimmig ist und für sich steht. Das nennt man »Wahrscheinlichkeit«.

Dem Königreich der Wirklichkeit zum Trotz.

Um es kurz zu machen, erkläre ich hiermit feierlich (Staatsanwalt Cavallo ist mein Zeuge), dass *alle* Figuren in diesem Buch, *alle* Orte und der *ganze* Rest frei erfunden sind, der wildesten Fantasie entsprungen, nicht weniger und nicht mehr.

Wie auch immer, da sind wir, *amigos*.

Das Kind ist aus dem dunklen Bauch gekrochen und schreit. Es lebt. Und ich vertraue es euch an, voller Hoffnung und Furcht. Jetzt seid ihr an der Reihe, ihr müsst euch darum kümmern, verehrte Leserinnen und Leser, Freunde und Freundinnen meiner wahrsten Augenblicke. Ihr, die ihr gerade eben das Buch ausgelesen habt, seid entweder begeistert oder wütend oder ungerührt. Ihr denkt: *Toll!* oder *Was für ein Mist, da habe ich mehr/weniger erwartet*, was weiß ich. Gebt ihm trotzdem seinen Brei, wiegt es in euren Armen, damit es wieder einschläft, in eurem Innern, dem magischen Ort, an dem die gelesenen Romane ihren Platz haben.

Denn es ist (und war) unverfälschte Kost, wie man sie früher gemacht hat. Ohne Zusätze (nur hin und wieder ein Tropfen Mixtura, weil ihr es seid).

Ein ehrliches Wesen: *Only for your eyes*.

GfN
Sasso Marconi
Januar bis Juni 2008

Fiedelstriche

Wie immer, wenn wir Schriftsteller uns Geschichten abringen und uns an den leidvollen Akt des Schreibens machen, haben wir Menschen an unserer Seite, die auf die eine oder andere Weise zum Gelingen beitragen, mit Ratschlägen oder indem sie uns den Rücken stärken. Ich möchte allen danken, die mir einfallen, und hoffe, dass ich niemanden dabei vergesse. Nicht mit Fanfarengeschmetter oder Trompetenstößen, das ist nicht meine Art. Ich ziehe Fiedelstriche vor.

Zing-zing

Meiner Anwältin Silvia Cavallo für ihre juristische Beratung und dafür, dass sie zugestimmt hat, eine Figur im Roman zu werden, gewissermaßen zum Feind überzulaufen und ein bisschen älter zu werden, denn in Wirklichkeit ist sie jünger, aber genauso tough und hübsch, *oh yes*. Ich schwöre, Euer Ehren.

Bleiben wir bei den Juristen: Zu großem Dank verpflichtet bin ich auch Cinzia Prosdocimo, ebenfalls Anwältin, eine von denen, von denen es nie genug gibt. Und wenn sie dann auch noch schöne Augen und spitze Eckzähne haben, umso besser!

Zing-zang-zong

Um den Juristenkreis zu schließen, ein fideles Staccato auch für S. zusammen mit S. Dank ihnen habe ich sechs Monate länger für die Vollendung des Romans gebraucht. Ich werde mich erkenntlich zeigen, *babies*.

Zing-zing-zing

Für Gionata Negrini, meinen Cousin, der auch dieses Mal gesagt hast: In Ordnung, gefällt mir, also los!

Zing-zing, zing-zing

Den Chaoten aus der Clique meines Sohns, die ich immer als Beispiel für die heutige Jugend vor Augen hatte. Durch sie habe ich verstanden, wie es wirklich ist, jung zu sein. Sie stehen jedoch außerhalb des Kreises, und ich hoffe, dass das auch immer so bleibt und dass sie auch so ihren Träumen und Wünsche entgegenwachsen.

Ganz besonders aber danke ich Sam Nero, meinem Sohn und Ratgeber und künftigen Kompagnon. Ich wüsste nicht, was ich wäre, wenn es ihn nicht gäbe. Ganz bestimmt aber ein schlechterer Mensch.

Zing-zing, zing-zing-zing

Für Inspektor Carmelo Pecora, auch ein Stargast im Roman, der den guten Andrea Cotti imitiert.

Zing-zing, zing-zing-zing, zing

Auch allen Chaoten meiner Clique, verfluchte Schriftsteller (aber nicht nur), die mir als Vorbilder dienten und außerdem mit allem zur Verfügung standen, was gute Freunde einem geben können. Allen voran Carlo Lucarelli, für alles, was er tut, für alles, was er ist. Dann Matteo Bortolotti und das Team der Schule für Kreatives Schreiben »Zanna bianca«: Andrea Cotti, Alfredo Colitto, Silvia Torrealta, Guido Leotta und Giampiero Rigosi. Luca Crovi (wegen unserer videomusikalischen Gleichklänge) und Danilo Arona, Irene Robbins (die Stimme meiner wahrhaftigsten Lesungen), Domenico Paone (der auch eine kleine Komparsenrolle hat) und Doktor (und auch Autor) Franco Foschi für die medizinische Beratung.

Für den ehrenwerten Sergio Scarani, der nie fehlt, ganz gleich ... und auch für Ines.

Für Gabriele (Barry) Martelli für die Hinweise, was die Musik betrifft.

Für Sally und Tabby.

Für Giulia Cotti wegen der Fotos.

Für Riccardo Coltri, der meine Internetseite pflegt und ein aufrichtiger Freund ist.

Dann an die Bande von Häretikern und den Wolf aller Wölfe, Sergio Altieri, den man, gäbe es ihn nicht, erst noch erfinden müsste, da es ihn aber nun einmal gibt, müsste man ihm eigentlich ein Denkmal setzen, jawohl.

Zing-zing, zing-zing, zing-zing

Für Roberta Oliva, meine Lieblings-Agentin.

Für Cristina Prasso, die gemeinsam mit Stefano Res an mich geglaubt hat. Ich bin froh, mit euch zusammen gewesen zu sein, denn auf derselben Wellenlänge zu schwimmen ist nicht unbedingt normal. Dann für Elena Cristiano für die Eroberungspläne. Und für Elena »Uti« Carloni dafür, dass ich ihr ihren Lieblingssong kaputt gemacht habe.

Wie habe ich euch gequält (alle zusammen!), weil ich immer gesagt habe, ich sei in Verzug.

Die letzten Fiedelstriche sind für meinen Vater, der ganz bestimmt von da oben herunterlächelt, und für meine Mutter, von der ich *weiß*, dass sie von hier unten dasselbe tut.

Und schließlich lasse ich natürlich die Saiten der Fiedel zerspringen, eine nach der anderen, um euch, liebe Leserinnen und Leser, zu danken.

Dieses Mal ist es länger geworden, nicht wahr? Geschieht euch recht.

Bis zum nächsten Mal, *amigos*.

Soundtrack

In diesem Roman habe ich musikalische Anregungen und Melodien verwendet, um das Innere der Worte zu enthüllen. Hier die Stücke, die mich während des Schreibprozesses begleitet haben:

Louis Armstrong, *We Have All the Time in the World* (Barry/David) aus dem Soundtrack des Films *James Bond 007 – Im Geheimdienst Ihrer Majestät* (1969)

Lucio Battisti, *Emozioni* (Mogol/Battisti), aus dem Album *Emozioni* (1970)

Walter (Wendy) Carlos, Titelmusik des Films *Uhrwerk Orange* (1971)

Black Sabbath, *Paranoid* (Iommi/Ward/Butler/Osbourne), aus dem Album *Paranoid* (1970)

Pink Floyd, *The Great Gig in the Sky* (Wright), aus dem Album *The Dark Side of the Moon* (1973)

Pink Floyd, *Wish You Were Here* (Gilmour/Waters), aus dem Album *Wish You Were Here* (1975)

Carcass, *Carnal Forge* (Walker/Steer/Amott), aus dem Album *Heartwork* (1993)

Megadeth, *Paranoid* (Iommi/Ward/Butler/Osbourne), aus dem Album *Hidden Treasures* (1995)

Sepultura, *Ratamahatta* (Max Cavalera/Igor Cavalera/Kisser/Paulo Jr./Brown) aus dem Album *Roots* (1996)

Linkin Park, *In the End* (Bennington/Bourdon/Delson/Farrell/Hahn/Shinoda), aus dem Album *Hybrid Theory* (2000)
Slipknot, *Wait and Bleed* (Wilson/Jordison/Gray/Fehn/
Root/Jones/Crahan/Thomson/Taylor), aus dem Album *Slipknot* (2000)
Tool, *No Quarter* (Jones/Page/Plant), aus dem Album *Salival* (2000)
Rammstein, *Mein Herz brennt* (Lindemann/Kruspe-Bernstein/Landers/Riedel/Schneider/Lorenz), aus dem Album *Mutter* (2001)
Depeche Mode, *Dirt* (Ron Ashton/Scott Ashton/Alexander/Pop), von der Single *I Feel Loved* (2001)
Hatebreed, *I Will Be Heard* (Shanahan), aus dem Album *Perseverance* (2002)
Ivano Fossati, *Il bacio sulla bocca* (Fossati), aus dem Album *Lampo viaggiatore* (2003)
Slipknot, *Duality* (Wilson/Jordison/Gray/Fehn/ Root/Jones/Crahan/Thomson/Taylor), aus dem Album *Vol. 3: (The Subliminal Verses)* (2004)
Mastema, *Pollution Soul* (Babb/Lucius/Silver/Gemma/Neyroz), aus dem Album *Resurrectum Raphsody* (2005)
Legion of the Damned, *Killing for Recreation* (Swinkels/Ebisch/Gielen/Fleuren), aus dem Album *Malevolent Rapture* (2006)
Mastema, *Sacrifice* (Babb/Lucius/Silver/Gemma/Neyroz), aus dem Album *Sacrifice* (2007)

Visiontrack

Dann gibt es natürlich noch die Bilder, die mich inspiriert haben und von denen einige aus folgenden Filmen stammen:

Nicholas Ray, *Rebel Without a Cause (... denn sie wissen nicht, was sie tun)*, 1955
Don Siegel, *Invasion of the Body Snatchers (Die Invasion der Körperfresser)*, 1956
Michael Powell, *Peeping Tom (Augen der Angst)*, 1960
Stanley Kubrick, *A Clockwork Orange (Uhrwerk Orange)*, 1971
Dario Argento, *Il gatto a nove code (Die neunschwänzige Katze)*, 1971
Philip Kaufman, *Invasion of the Body Snatchers (Die Körperfresser kommen)*, 1978
Michael Crichton, *Coma (Coma)*, 1978
Peter Weir, *Fearless (Fearless – Jenseits der Angst)*, 1993
Marco Risi, *Il branco*, 1994
M. Night Shyamalan, *The Sixth Sense (Sixth Sense)*, 1999
Rob Cohen, *The Fast and the Furious (Fast and Furious)*, 2001
Daniele Vicari, *Velocità massima (Maximale Geschwindigkeit)*, 2002
Hideo Nakata, *The Ring (Ring)*, 2002

Bibliotrack

Das letzte Wort gilt wie immer den Worten. Sie, die manchmal magisch und beschwörend sein können. Wie für mich dieses Mal in den folgenden Büchern:

Victor Hugo, *Die lachende Maske*, Leipzig, List 1971, aus dem Französischen von Eva Schumann
Stephen King, *Stark – The Dark Half*, Hamburg, Hoffman und Campe 1990, aus dem Amerikanischen von Christel Wiemken
James Ballard, *Crash*, Linkenheim, Ed. Phantasia 1985, aus dem Englischen von Joachim Körber
Arthur E. Powell, *Der Ätherkörper*, Grafing, Aquamarin-Verlag 2002, aus dem Englischen von Edith Zorn
Koji Suzuki, *The Ring*, München, Heyne-Verlag 2003, aus dem Englischen von Bernhard Liesen und Katrin Marburger
Danilo Arona, *Cronache di Bassavilla*, Palermo, Dario Flaccovio, 2006 (keine deutsche Übersetzung)

Inhalt

»Vichis raffinierter Toskana-Krimi bietet beste Unterhaltung«

GAZZETTA DI PARMA

Marco Vichi
DUNKLE WASSER
IN FLORENZ
Ein Fall für Commissario
Casini
Roman
Aus dem Italienischen
von Katharina Schmidt,
Barbara Neeb
400 Seiten
ISBN 978-3-404-16090-7

Ein gewaltiges Unwetter braut sich über Florenz zusammen, als in einem nahegelegenen Wald die Leiche eines Jungen aufgefunden wird. Der Rechnungsbeleg einer bekannten Florentiner Metzgerei ist das einzige Indiz, das Commissario Casini am Tatort entdeckt. Als die Wassermassen des überfluteten Arno die Stadt in den Ausnahmezustand versetzen, droht der Fall buchstäblich im Morast zu versinken. Bis zu dem Tag, an dem Casini mit einem rätselhaften weiteren Fund konfrontiert wird ...

Ausgezeichnet mit dem *Premio Scerbanenco*

Bastei Lübbe Taschenbuch